KB181093

Mary Eleanor Wilkins Freeman

A NEW ENGLAND NUN

뉴잉글랜드 수녀

메리 E. 윌킨스 프리먼/최순영, 송묘은 옮김

동

최순영
연세대학교 영어영문학과·국어국문학과 졸업. 옮긴 책으로 데이비드 그레
이버《가능성들》(공역), 이철수 판화집《네가 그 봄꽃 소식 해라》, Prime
Dharma Master Kyongsan《The Shore of Freedom》,《The Path to Awaken to and
Cultivate the Mind》등이 있다.

송묘은
한국외국어대학교 사범대학 졸업. 출판사에서 편집자로 근무하며 셰익스피
어 희곡 전집, 렘프레히트《서양철학사》등을 우리말로 옮기는 데 힘썼다.

뉴잉글랜드 수녀

지은이   메리 E. 윌킨스 프리먼
옮긴이   최순영, 송묘은
책임편집 김정연
디자인   홍동원
발행일   1판 1쇄 2022. 11. 1
펴낸이   고윤주
펴낸곳   동서문화사
창업   1956. 12. 12. 등록 16-3799
주소   서울 중구 마른내로 144(쌍림동)
홈페이지 www.dongsuhbook.com
전화   546-0331~2 팩스 545-0331
ISBN   978-89-497-1813-2 04800
      978-89-497-1812-5 (세트)

裏 미네르바 시리즈와 함께 시작하는 동서문화사의 새로운 엠블럼입니다.

뉴잉글랜드 수녀

차례

고딕소설

장미 덤불 속 바람

뉴잉글랜드 수녀

뉴잉글랜드 수녀

A New England Nun

늦은 오후였다. 햇빛이 약해지고 있었다. 바깥 뜨락 나무들의 그림자 모습도 달라졌다. 저 먼 곳에서 소 우는 소리와 딸랑딸랑 작은 방울 소리가 들려왔다. 때때로 농부가 끄는 마차가 기우뚱대고 지나가면서 먼지가 흩날렸다. 파란 셔츠를 입은 일꾼 몇몇이 삽을 어깨에 메고 터벅터벅 지나갔다. 부드러운 대기 사이로 작은 파리 떼가 사람들의 얼굴 앞을 오르내리며 춤을 추었다. 오직 가라앉음을 위해 모든 것 위에 부드러운 동요가 일어나는 듯했다―그것은 곧 휴식과 침묵, 그리고 밤을 알리는 전조였다.

이 부드러운 일상의 동요는 루이자 엘리스에게도 일고 있었다. 그녀는 오후 내내 거실 창가에 앉아 평화롭게 바느질을 했다. 지금 그녀는 곱게 접어 놓은 천에 조심스레 바늘을 꽂아, 그것을 골무, 실, 가위와 함께 바구니에 넣었다. 루이자 엘리스가 기억하는 한, 이제까지 그녀는 바로 자신의 일부처럼 오랫동안 사용해 오던 이 소소한 여성 부속품들 가운데 어느 것 하나라도 제자리가 아닌 곳에 놓은 적이 없었다.

루이자는 초록색 앞치마를 허리에 묶은 뒤 초록 리본이 달린 납작한 밀짚모자를 꺼냈다. 그리고 나서 차에 넣을 까치밥나무 열매를 따기 위해 작고 파란 도자기 그릇을 들고 정원으로 나갔다. 열매를 모두 따고 나서 그녀는 뒷문 계단에 앉았다. 그리고 열매 줄기를 떼어 앞치마에 모은 뒤 닭장 속으로 던졌다. 그녀는 떨어진 것이 있지나 않은지 계단 옆 풀밭을 빈틈없이 살펴보았다.

루이자는 움직임이 느리고 정적이었다. 그녀는 차를 준비하는데 오래 걸렸다. 그렇지만 찻상이 다 마련되었을 때, 그것은 혼

15

자였어도 실제로 손님이 온 것처럼 정성을 다한 멋스러운 모습을 갖추었다. 작고 네모난 식탁이 정확히 주방 한가운데에 자리 잡고, 화려한 꽃무늬로 가장자리가 장식된 풀 먹인 리넨 천으로 덮여 있었다. 루이자는 차 쟁반에 다마스크 직물로 짠 냅킨을 올려놓았다. 쟁반에는 티스푼이 가득 꽂혀 있는, 무늬가 새겨진 큰 유리컵과 은으로 된 크림 항아리, 도자기로 된 설탕 그릇, 분홍색 자기 잔과 잔받침이 놓여 있었다. 루이자는 그녀의 이웃들 가운데 누구도 선뜻 사용하지 않는 고급 도자기 그릇을 날마다 사용했다. 이웃들은 이 일에 대해 수군거렸다. 그들은 식탁을 평범한 그릇들로 채웠고, 자신들이 가지고 있는 가장 좋은 도자기 세트는 응접실 찬장에 모셔두기만 했다. 루이자 엘리스는 그들보다 부유하지도, 더 좋은 환경에서 자라지도 않았다. 그러나 그녀는 도자기를 사용했다.

그녀는 저녁으로 유리 접시에 담아낸 설탕에 절인 건포도와 작은 케이크 한 접시, 그리고 담백한 하얀 비스킷을 먹었다. 상추도 한두 잎 잘 잘라 먹었다. 루이자는 그녀의 작은 정원에서 완벽하게 키워낸 그 상추를 아주 좋아했다. 그녀는 나름대로 만족할 만큼 먹었지만, 언뜻 보기엔 새가 모이를 쪼아 먹듯이 조금 먹는 것 같아서, 그렇게 먹었는데도 상당한 양의 음식이 없어졌다는 것이 놀라울 정도였다.

차를 마신 뒤 그녀는 접시에 잘 구워진 얇은 옥수수케이크를 채웠다. 그리고 그것을 뒤뜰로 가져갔다.

"시저!" 그녀가 불렀다. "시저! 시저!"

쇠사슬이 움직이는 소리가 나는가 싶더니 노르스름한 흰 털을 가진 큰 개가 그의 작은 오두막 문에서 모습을 드러냈다. 그 작은 개집은 키 큰 풀들과 꽃들로 반쯤 가려져 있었다. 루이자는 개를 쓰다듬고는 옥수수케이크를 주었다. 그리고 집으로 돌아와 찻잔과 찻주전자, 접시를 씻고, 도자기를 조심스럽게 닦으며 윤기를 냈다. 땅거미가 짙게 깔렸다. 열린 창문 너머로 개구리들의 황홀한 합창 소리가 시끄럽게 느껴질 만큼 크게 맴돌았다. 가끔씩 그 소리를 뚫고 청개구리의 길고 날카로운 소리도 들려왔다. 루이자는 초록색 체크무늬 면 앞치마를 벗었다. 그러자 분홍과 하얀 무늬의 짧은 앞치마가 드러났다. 그녀는 램프를 밝혔다. 그러고는 바느질을 하려고 다시 앉았다.

30분쯤 지나서 조 다겟이 왔다. 그녀는 그의 무거운 발걸음 소리를 듣고는 일어나서 분홍과 흰 무늬 앞치마를 벗었다. 그 아래로 앞치마가 하나 더 있었다. 아래쪽 끝을 캠브릭 천으로 마감한 흰색 리넨으로 루이자가 손님맞이용으로 입는 것이었다. 그녀는 손님이 오지 않을 때면 그 위에 항상 바느질용 면 앞치마를 덧입었다. 벗은 분홍과 흰색 무늬 앞치마를 꼼꼼하지만 서두르는 손길로 개서 식탁 서랍에 넣었을 때 문이 열리며 조 다겟이 들어왔다.

온 방이 꽉 차는 듯한 느낌이었다. 남쪽 창가의 초록빛 새장에서 잠들어 있던 작고 노란 카나리아가 깨어나 거칠게 날갯짓을 하더니 철창에 매달려 그 작고 노란 날개를 파닥였다. 조 다겟이 방에 들어오면 언제나 그랬다.

"어서 와." 루이자가 말했다. 그녀는 엄숙하고 우정 어린 태도로 손을 내밀어 그를 맞이했다.

"안녕, 루이자." 커다란 목소리로 그가 말했다.

그녀는 그를 위해 의자를 놓았다. 그들은 식탁을 사이에 두고 서로 마주보며 앉았다. 그는 자신의 무거운 발을 가지런히 고정하고 앉아서, 쾌활하긴 하지만 조금 불안한 표정으로 방안을 둘러보았다. 그녀는 하얀 리넨으로 덮인 무릎 위에 가느다란 손을 포개 놓은 채 온화한 표정으로 반듯이 앉아 있었다.

"즐거운 하루였어." 다겟이 말했다.

"아주 즐거웠어." 루이자도 부드럽게 말했다. "건초더미를 만들었어?" 조금 지나 그녀가 물었다.

"응, 온종일 건초더미를 만들었어. 저기 아래쪽의 10에이커 땅에서 했지. 꽤 더웠어."

"정말 그랬겠네."

"볕이 뜨거워서 꽤 힘든 작업이었어."

"어머니는 잘 지내시지?"

"응, 어머니는 잘 지내셔."

"릴리 다이어가 어머니와 함께 있겠지?"

다겟이 얼굴을 붉혔다. "응, 그녀가 함께 있어." 그가 천천히 대답했다. 그는 그리 젊지는 않지만 그의 큰 얼굴에는 소년 같은 표정이 어려 있었다. 루이자는 그만큼 나이가 들지는 않았고 피부도 그녀가 더 희고 부드러웠지만, 어딘지 모르게 더 나이가 들어 보이는 인상을 주었다.

"그녀가 당신 어머니에게 도움이 많이 되겠네." 루이자가 덧붙여 말했다.

"그런 것 같아. 릴리가 없다면 어머니가 어떻게 지내게 될지 모르겠어." 다겟이 조금 당황하며 따뜻하게 말했다.

"정말 능력 있는 여자 같아. 예쁘기도 하고."

"응, 꽤 예쁘지."

다겟은 이제 식탁 위에 놓인 책들을 만지작거리기 시작했다. 그것은 네모난 빨간 사인 앨범과 루이자의 어머니가 가지고 있던 《영 레이디스 기프트북》이라는 책이었다. 그는 그것들을 하나씩 집어 들고 펼쳐 보다가 앨범이 《기프트북》 위에 놓이게 다시 내려놓았다.

루이자는 조금 불편한 마음으로 줄곧 그것을 바라보았다. 마침내 그녀는 일어나서 책들의 위치를 바꾸어 앨범이 아래에 오도록 놓았다. 그것은 처음부터 그렇게 놓여 있었다.

다겟은 조금 어색한 웃음을 지었다. "어떤 책이 위에 오든 무슨 차이가 있어?" 그가 말했다.

루이자는 동의하지 않는다는 뜻의 미소를 지으며 그를 바라보았다. "난 언제나 그렇게 놓거든." 그녀가 중얼거렸다.

"당신은 참 놀랍다니까." 다시 웃으려고 애쓰며 다겟이 말했다. 그의 큰 얼굴이 붉어졌다.

그는 한 시간쯤 머문 뒤에 가려고 일어섰다. 나가면서 그의 발이 깔개에 걸렸다. 다겟은 발을 빼려고 애쓰다가 탁자 위에 있던 루이자의 바느질 바구니를 쳤고, 바구니는 바닥에 떨어졌다.

그는 루이자를 먼저 한번 쳐다본 다음, 데굴데굴 굴러가는 실패를 바라보았다. 다겟이 그것을 주우려 어색하게 몸을 구부렸으나 그녀가 말렸다.

"신경 쓰지 마." 그녀가 말했다. "당신이 가고 나면 내가 주울게."

이렇게 말하는 그녀의 말투는 약간 딱딱했다. 조금 불안했는지, 아니면 그의 초조함에 영향을 받았는지, 그를 안심시키려는 그녀의 태도는 어딘지 부자연스러워 보였다.

조 다겟은 밖으로 나와서 달콤한 저녁 공기를 들이마시고는 한숨을 내쉬었다. 선의는 가졌지만 다소 우둔한 곰이 도자기 가게에 있다가 도망쳐 나온 것 같은 느낌이었다.

루이자는 루이자대로, 마음씨가 고운 탓에 말은 못 하고 한참 동안 속앓이를 한 도자기 가게 주인 같은 느낌이 들었다. 그녀는 분홍 앞치마를 다시 꺼내 입은 다음, 그 위에 초록 앞치마를 덧입고, 흩어진 보물들을 모두 집어 올려 바구니 안에 다시 넣었다. 그리고 깔개를 바로잡았다. 그녀는 바닥에 램프를 놓고 면밀히 살펴보기 시작했다. 손가락으로 문질러 보기까지 하며 잘 살폈다.

"그가 디딘 곳은 먼지투성이야." 그녀가 중얼거렸다. "그가 다녀가면 이렇게 될 줄 알았어."

루이자는 쓰레받기와 빗자루를 가져와 조 다겟의 흔적을 조심스럽게 쓸어냈다.

만일 이 사실을 알았다면, 비록 조의 충성심이 조금도 변하지 않는다 하더라도 그는 더욱 당혹스럽고 불안정한 상태가 되었을 것이다. 그는 일주일에 두 번 루이자 엘리스를 보러 왔다. 그리고 그녀의 우아하고 향기로운 방에 앉을 때마다 번번이 레이스 울타리 안에 갇혀 있는 것 같은 느낌을 받았다. 그는 그 아름다운 요정의 그물 사이로 어설프게 발이나 손을 놓아서 그 그물을 망가뜨릴까 봐 걱정했다. 그리고 루이자가 그것을 걱정하면서 바라본다는 것을 언제나 의식하고 있었다.

그럼에도 그는 무리해서 레이스와 루이자에게 완벽한 존중과 인내, 그리고 충성심을 바치고 있었다. 15년 동안 지속된 특이한 교제 끝에 그들은 한 달 뒤에 결혼식을 올리기로 했다. 15년 가운데 14년간은 서로 마주한 적이 없었다. 편지조차 아주 이따금 주고받았을 뿐이었다. 조는 그 세월 동안 오스트레일리아에 있었다. 돈을 벌어 보겠다며 떠난 그곳에서 그는 그 결심을 이룰 때까지 머물렀다. 오래 걸렸다면 그는 50년이라도 머물렀을 것이다. 그러다가 마침내 루이자와 결혼하기 위해 온몸에 힘이 다 빠져서 비틀거리며 돌아왔든가, 혹은 아예 돌아오지 않았을지도 모를 일이었다.

그러나 14년 만에 그는 한몫 벌었고, 참을성 있게, 그리고 아무것도 묻지 않고 그를 내내 기다려준 여자와 결혼하고자 이제 돌아온 것이다.

그가 루이자에게 새로운 세계로 떠날 결심을 했다고 알린 것은 그들이 약혼한 지 얼마 지나지 않아서였다. 그는 결혼하기 전에 재산을 모으겠다고 말했다. 그녀는 그 이야기를 듣고서 동의해 주었다. 그녀의 연인이 길고 불확실한 여행을 떠나는 그 순간에도 언제나 그렇듯이 상냥하고 평온했다. 조는 마지막에 조금 무너지기는 했지만 확고한 결심으로 들떠 있었다. 루이자는 그런 그에게 조금 얼굴을 붉히며 키스했고 작별인사를 했었다.

"오래 걸리지 않을 거야." 가엾은 조가 늠름하게 말했다. 그렇지만 14년이나 걸렸다.

그 긴 시간 동안 많은 일이 있었다. 루이자의 어머니와 오빠가 죽었고 그녀는 세상에 홀로 남겨졌다. 하지만 그 가운데서도 가장 큰 일은 ― 이 미묘한 사건을 이해하기엔 둘 다 너무 순진했지만 ― 루이자가 새로운 길에 발을 들여놓았다는 것이다. 바람 한 점 없이 고요한 하늘 아래 평탄하게 뻗은 그 길은 너무나 곧고 변함이 없어서 그녀의 무덤에 이르러서나 방해물이 나타날 것 같았다. 또한 그 길은 너무 좁아서 그녀 곁에 누구도 허락할 여지가 없어 보였다.

비록 그녀 스스로 인정하려 하지 않았고, 그도 꿈꾸던 바가 아니었지만, 조 다겟이 돌아왔을 때(그는 이 사실을 그녀에게 미리 알리지 않았다) 루이자가 느낀 첫 감정은 실망이었다. 15년 전에 그녀는 그를 사랑했다―적어도 그를 사랑한다고 생각했었다. 그때는 그저 말없이 소녀시절의 자연스러운 흐름을 순순히 받아들이며 그것에 빠져들었다. 그녀는 눈앞에 놓인 결혼을 삶에서 일어날 수 있는 합당하고 바람직한 일이라고 생각했다. 그녀는 결혼에 관한 어머니의 견해들을 조용히 고분고분하게 귀담아 들었다. 그녀의 어머니는 매우 분별력이 있고 상냥하고 차분한 성품을 지닌 분이었다. 조 다겟이 나타났을 때 어머니는 딸에게 현명하게 이야기했고, 루이자도 망설임 없이 그를 받아들였다. 그는 그녀의 첫사랑이었다.

그녀는 그에게 늘 충실했다. 다른 사람과 결혼할 가능성에 대해 꿈도 꾸지 않았다. 그녀의 삶은, 특히 지난 7년 동안은 즐거운 평화로 가득했다. 그녀는 연인이 곁에 없다고 해서 불만스럽거나 조급함을 느끼지 않았다. 모든 것에 대한 필연적인 귀결로, 그녀는 늘 그가 돌아와서 결혼하게 되리라 기대했다. 그렇지만 그것은 어느새 너무 먼 미래가 되어 버렸고, 이제는 다른 삶의 경계 너머에 놓인 것이나 마찬가지였다.

그녀는 그를 기다리면서 14년 동안이나 결혼을 꿈꾸었지만, 막상 조가 돌아왔을 때 그동안 조금도 그렇게 생각하지 않았던 것만 같아서 놀라고 당황스러웠다.

조의 실망은 나중에 찾아왔다. 그는 자신이 오래전부터 그녀에게 품어온 사모의 마음을 곧바로 확인하며 그녀를 바라보았다. 그녀는 단지 조금 변했을 뿐이었고, 여전히 어여쁜 태도와 부드러움과 우아함을 간직하고 있었다. 그는 그녀가 전처럼 모든 면에서 매력적이라고 생각했다. 그리고 나름대로 그녀에게 충실하려고 노력했다. 돈에 혈안이 되어 다니는 일을 그만두고 귓가에 크고 달콤하게 들려오는 옛 사랑의 바람 소리들에 고개를 돌렸다. 그가 그 바람 소리들 사이에서 들어왔던 온갖 노래는 오직 루이자의 것이었다. 오랜 기간 충실한 믿음으로 아직도 그것이 들려온다고 믿었고, 비록 그 바람 소리들이 언제나 그 하나의 노래만을 하는 듯이 느껴졌음에도 마침내 그것은 다른 이름을 지니게 되었다. 그러나 루이자에게 그 바람은 속삭임에 지나지 않았다. 이제 그것은 잦아들었고, 모든 것이 고요했다. 그녀는 반쯤 아쉬운 마음으로 잠시 동안 귀를 기울여 보다가 조용히 돌아서서 결혼 예복을 만들기 위해 자리에 앉았다.

조는 대대적으로, 꽤 아름답게 그의 집을 개조했다. 그것은 오래된 집이었는데, 그의 어머니가 그 옛집을 떠나지 않겠다고 했을 때 조는 어머니를 홀로 남겨 두고 떠날 수가 없었다. 그래서 신혼부부가 그곳에 들어가서 함께 살기로 했다. 그렇지만 그 때문에 루이자는 그녀의 집을 떠나야만 하게 되었다. 매일 아침 일어나 그녀의 잘 정돈된 처녀 시절의 물건들 사이를 걸어 다니노라면 마치 소중한 친구들의 마지막 얼굴을 보는 듯이 느껴졌다.

몇 가지는 가져갈 수도 있었다. 그렇지만 옛 환경들을 빼앗긴다면 그것들은 그 본디의 모습을 잃고 새롭게 비춰질 것이다. 그렇게 된다면 그녀가 홀로 행복하게 살아오면서 지녀온 독특한 삶의 모습도 어쩔 수 없이 모두 포기해야 할 것이다. 우아하지만 반쯤 필요 없는 물건들보다 더 엄중한 일들이 아마도 그녀에게 맡겨질 것이다. 그녀는 큰살림을 돌보게 될 것이다. 접대해야 할 손님들과 조의 엄격하고 연약한 노모가 기다리고 있을 것이다. 그리고 검소한 마을 전통에 따라 한 명 이상의 하인을 둘 수도 없을 것이다. 루이자는 작은 증류기를 가지고 있어서 더운 여름 날이면 장미와 페퍼민트, 그리고 스피어민트의 달콤하고 향기로운 진액들을 증류하면서 즐겁게 시간을 보내곤 했었다. 머지않아 그녀는 그 증류기를 한쪽으로 치워 놓아야만 할 것이다. 이미 향료들을 상당히 모아 두었으나, 오로지 즐거움을 위해 증류할 시간은 이제 주어지지 않을 것이다. 그리고 조의 어머니도 그것을 바보 같은 짓이라고 생각할 것이다. 그녀는 루이자에게 이 사안에 대해 이미 의견을 내비쳤다. 루이자는 리넨 솔기 바느질하는 일을 사랑했는데, 어떤 쓸모를 위해서만이 아니라, 바느질할 때 느끼는 단순하고 온화한 즐거움 때문이었다. 고백하기 꺼려지지만, 다시 꿰매는 즐거움을 위해 솔기를 일부러 뜯어버린 적도 몇 번 있었다. 길고 달콤한 오후 내내 창가에 앉아 앙증맞은 천 사이로 바늘을 잡아당길 때면 그 자체로 평화로움을 느꼈다. 그렇지만 앞으로 그런 어리석은 편안함은 주어지기 어려울 것이다. 나이가 많음에도 고압적이며 날카로운 조의 어머니와 정직하지만 남자 특유의 무례함을 지닌 조는, 노처녀가 지녀온 어여쁘지만 의미 없어 보이는 이 모든 삶의 방식들을 비웃으며 찡그릴 게 뻔했다.

루이자는 혼자 사는 이 집을 정리하고 치우는 일에 거의 예술가와 같은 열정을 쏟아부어 왔다. 그녀는 보석처럼 빛날 때까지 닦아 놓은 창문을 바라보며 진정한 환희로 가득 찼다. 잘 정리된 서랍장을 보며 흡족해 했다. 거기에는 잘 개켜진 옷들이 라벤더와 전동싸리 향기를 풍기며 담겨 있었다. 이런 것들을 하지 않고 지낼 수 있을까? 그녀는 이렇게도 상상해 보았다—남성의 거친 물건들이 쓰레기처럼 끝도 없이 여기저기에 흩어져 있는 것이 눈앞에 펼쳐졌다. 이 모든 섬세한 조화 속에 존재하는 남성이라는 거친 존재로 말미암아 어쩔 수 없이 생겨나는 먼지와 무질서였다. 이러한 것들은 그녀가 무례하다고 여기며 반쯤 거부할 만큼 너무나 뚜렷이 다가왔다.

이런 소란에 대한 예감 속에 시저의 자리는 조금도 없었다. 시저는 진정한 은둔자였다. 자신의 생애 대부분을 고립된 작은 집 안에서 자신이 속한 사회로부터 차단된 채, 악의 없는 순진한 개로서 누릴 수 있는 모든 기쁨을 누리지 못하고 살아왔다. 시저는 어릴 때부터 마멋 굴을 지켜본다든가, 이웃의 부엌 문 앞에서 주인 잃은 뼈다귀를 얻는 기쁨 같은 것은 조금도 누려 보지 못했다. 그것은 모두 아직 강아지였을 때 저지른 죄 때문이었다. 온화한 얼굴에, 너무나 순진해 보이는 이 늙은 개가 깊이 반성하고 있음을 아무도 알아채지 못했다. 그러거나 말거나 그는 충분히 정당한 응징을 받아야만 했다. 늙은 시저가 소리 높여 으르렁거리거나 짖는 일은 거의 없었다. 그는 뚱뚱했고, 언제나 졸린 듯했다. 나이 들어 침침해진 그의 두 눈 주위로는 마치 안경을 쓴 것처럼 누르스름한 원들이 보였다. 어떤 이웃의 손에 시저의 하얗고 어린 이빨 몇 개가 자국을 남기면서, 그 뒤로 14년 동안 시저는 사슬에 묶인 채 작은 집에서 이렇게 혼자 살아온 것이다. 이웃은 물린 상처의 통증 때문에 아프다면서 펄펄 뛰었다. 그리고 시저를 죽이거나 완전히 고립시켜야 한다고 주장했다. 그래서 개의 주인이었던 루이자의 오빠가 작은 개집을 만들어 그를 사슬로 묶어 놓았다. 그로부터 14년이 지났다. 어린 시절 한때의 넘치는 혈기로 이웃을 물었다는 그 기억들로부터 시저는 놓여날 수 없었다. 짧은 소풍을 제외하고는 늘 사슬에 묶여 있었다. 그의 주인이나 루이자의 엄격한 감시 아래, 늙은 개는 죄수처럼 살아왔다. 제한된 욕망 속에서 그 개가 이 사실을 자랑스럽게 여길지는 의심스럽지만, 시저가 상당히 값싼 명성을 떨치고 있음은 확실했다. 그는 마을의 모든 어린이들과 많은 어른들에게 사나운 괴물로 여겨졌던 것이다. '성 조지의 용'조차 그 악랄한 명성으로는 루이자 엘리스의 누르스름한 노견을 뛰어넘을 수 없었다. 어머니들은 자신의 자녀들에게 그에게 가까이 가지 말도록 엄격히 강조했고, 아이들은 공포에 사로잡혀서 그 말을 믿고 따랐다. 그리고 그 고약한 개를 곁눈질하거나 뒤돌아보며 루이자의 집 곁을 슬금슬금 지나다녔다. 그가 쉰 목소리로 짖기라도 하면 다들 겁에 질려 어쩔 줄 몰라 했다. 어쩌다 지나가던 사람이라도 루이자의 뜰에 들르면 그를 공손히 바라보며 사슬이 튼튼한지 물었다. 시저는 대체로 아주 평범한 개처럼 보였고, 딱히 어떤 말들을 불러일으킬 만한 면모가 없었다. 그러나 묶여진 신세로 한평생을 살아오며, 그의 명성이 그를 가두어 버렸다. 그는 그렇게 자신만의 제대로 된 모습을 잃어버렸고, 험악하고 거대해 보였다. 그러나 조 다겟은 그의 명랑함과 기민한 판단력으로 시저를 있는 그대로 봐 주었다. 루이자의 부드러운 경고에도 그는 개에게 용감히 다가가 그의 머리를 쓰다듬어 주었다. 그리고 그를 풀어 주려고까지 했다. 루이자는 몹시 놀랐지만 그는 때때로 그 문제에 대해 강력히 말했다. "이 녀석보다 성격이 더 좋은 개는 이 마을에 없을 거야." 그가 말했다. "그리고 계속 저기에 묶어두는 것은 너무 잔혹한 일이야. 언젠가 그를 데리고 나올 거야."

조만간 두 사람의 관심과 소유물들이 더욱 완전한 하나로 융합되어야 할 텐데, 그때 그가 시저를 풀어 주는 일은 없기를 루이자는 바랐다. 그녀는 시저가 조용하고 아무런 방비가 없는 마을에서 난폭하게 구는 모습을 상상했다. 죄 없는 어린아이들이 그가 지나간 곳에서 피 흘리고 있는 모습이 눈앞에 펼쳐졌다. 그녀는 그 늙은 개를 진심으로 좋아했다. 왜냐하면 죽은 오빠가 기르던 개였고, 그는 언제나 그녀에게는 아주 온순했다. 그렇지만 그가 사나워질 수 있다고 단단히 믿었다. 그녀는 언제나 사람들에게, 개에게 너무 가까이 가지 말라고 경고했다. 개에게 옥수수죽과 케이크 같은 금욕적인 음식만 먹였다. 그리고 그의 위험한 성질을 돋우지 않기 위해 살코기와 뼈와 같은 열을 내고 피 맛이 나는 음식을 주는 것을 삼갔다. 루이자는 간단한 밥을 소리 내어 씹어 먹는 그 늙은 개를 바라보았다. 그리고 다가오는 결혼을 생각하며 몸을 떨었다. 그러나 시저가 소란을 피울 리도 없고, 작고 노란 카나리아가 놀라 거칠게 파닥이지도 않는, 이 달콤한 평화와 조화로움의 장소가 혼란과 무질서로 바뀔 수 있다는 예측 때문에, 그녀가 조금이라도 돌아설 가능성은 없었다. 조 다겟은 그녀를 아주 좋아했고 이제까지 그녀를 위해 일했다. 그녀로서는 무슨 일이 있어도 충실함에서 벗어나 그의 마음을 상하게 하는 일이 있어서는 안 되었다. 그녀는 자신의 결혼식 예복을 정교하게 한 땀 한 땀 바느질했다. 그리고 시간이 흘러 결혼식이 일주일 앞으로 다가왔다. 그 일이 일어난 때는 바로 화요

일 저녁—결혼식은 그다음 주 수요일로 예정되어 있었다—이
었다.

그날 밤은 보름달이 떴다. 9시쯤 루이자는 짧은 산책길에 나
섰다. 길 양쪽으로 낮은 돌담이 둘러쳐져 있고 들판은 수확기를
맞이해 있었다. 돌담 옆으로는 덤불이 무성했고, 벚나무와 오래
된 사과나무들이 간격을 두고 자라 있었다. 루이자는 돌담 위에
앉아 조금 서글픈 마음으로 주위를 둘러보았다. 키 큰 블루베리
와 터리풀 관목들이 서로 얽혀 있었고, 블랙베리 덩굴과 가시나
무 덩굴이 헝클어져 양쪽으로 그녀를 둘러싸고 있었다. 그 사이
로는 좁은 공간이 조금 있었다. 그녀의 맞은편, 길의 다른 쪽에
는 푸른 나무가 한 그루 서 있었다. 나뭇가지 사이로 달이 보였
고 잎사귀들이 은빛으로 반짝거렸다. 길 위에는 은색 달빛과 검
은 그림자가 서로 교차하며 아름답게 흔들리고 있었다. 대기는
신비로운 달콤함으로 가득했다. "머루 향기일까?" 루이자가 중
얼거렸다. 그녀는 거기에 한동안 앉아 있었다. 그러다 일어나려
고 했을 때, 발소리와 낮은 목소리가 들려왔다. 그녀는 그대로
조용히 머물러 있기로 했다. 인적이 드문 곳이었기에 조금 소심
해졌다. 그녀는 그늘에서 아무 소리도 내지 않고, 그들이 누구이
든지 자신을 그대로 지나쳐 가기를 기다렸다.

그런데 그들이 그녀에게 가까워지기 바로 직전에 목소리도 발
걸음 소리도 그쳤다. 게다가 그들은 돌담 위에 자리를 잡고 앉았
다. 그녀가 눈에 띄지 않고 몰래 가버릴 수는 없을까 생각하고
있을 때 하나의 목소리가 고요함을 깼다. 조 다겟이었다. 그녀는
가만히 앉아 귀를 기울였다.

그가 큰 한숨을 쉬었다. 이 또한 그녀에게는 익숙했다. "그렇

다면," 다겟이 말했다. "당신은 마음의 결정을 한 거로군?"

"그래." 또 다른 목소리가 대답했다. "모레 떠날 거야."

'릴리 다이어야.' 루이자는 생각했다. 그 목소리는 그녀 마음속에서 형상화되었다. 그녀는 대담하고 예쁜 얼굴의, 키가 크고 체격이 큰 여자를 보았다. 달빛 아래서 여자는 더 예쁘고 대담해 보였다. 그녀의 샛노란 머릿결은 촘촘히 땋아져 있었다. 침착한 데다 시골 사람 특유의 힘과 혈색이 넘치는 그 여자의 원숙한 모습은 공주 같았다. 마을 사람들은 릴리 다이어를 좋아했다. 그녀는 감탄을 불러일으킬 만한 자질을 지니고 있었다. 그녀는 착하고 잘생기고 똑똑했다. 루이자는 사람들이 그녀를 칭찬하는 소리를 종종 들어왔다.

"그럼," 조 다겟이 말했다. "나도 할 말이 없어."

"당신이 뭐라 말할 수 있을까, 나도 모르겠어." 릴리 다이어가
말했다.

"아무 말도 할 수가 없어." 조가 무겁게 되풀이했다. 그리고 정적이 흘렀다. "나는 후회하지 않아." 그가 드디어 입을 열었다. "어제, 우리는 서로에게 어떻게 느끼고 있는지 털어놨던 것뿐이야. 우리가 알고 있던 그대로였던 것 같군. 물론 나는 달리 어떻게도 할 수 없어. 예정대로 다음 주에 결혼식을 올릴 거야. 14년 동안 나를 기다려준 여인에게 등 돌리고 상처를 주는 일은 차마 할 수 없어."

"혹시라도 당신이 내일 그녀를 저버린다면 나도 당신을 받아주지 않을 거야." 여자가 갑자기 흥분해서 목소리를 높여 말했다.

"나도 당신에게 그럴 기회를 줄 생각 없어." 그가 말했다. "하

지만 당신도 그러리라고는 믿지 않아."

"그러지 않을 거라는 거 알잖아. 무슨 일이 있어도 도의는 도의고, 옳은 일은 옳은 일이야. 나나 혹은 다른 여자 때문에 그러한 것들을 저버리는 남자라면 난 누구라도 좋게 생각하지 않을 거야. 당신도 알게 될 거야, 조 다겟."

"그럼 당신은 곧 알게 될 거야. 내가 당신이나 다른 여자 때문에 그러한 것들을 저버리지 않는다는 걸." 그가 말했다. 그들의 목소리는 거의 서로에게 화가 난 것처럼 들렸다. 루이자는 열심히 귀를 기울이고 있었다.

"당신이 떠나게 되어서 유감이야." 조가 말했다. "그렇지만 그게 최선일지도 모르지."

"물론 최선이야. 나는 당신과 내가 상식을 지키길 바라거든."

"아무래도 당신이 옳은 것 같군." 갑자기 조의 목소리가 부드러워졌다. "있잖아, 릴리." 그가 말했다. "나는 잘 지낼 수 있을 거야. 그렇지만 그런 상상을 하면 못 견딜 것 같은데…… 당신은 이 일로 너무 속 태우거나 하지 않겠지?"

"난 결혼한 남자 때문에 애태우지 않아. 당신도 알게 될걸."

"나도 당신이 그러지 않길 바라. 그게 내 바람이야, 릴리. 하느님이 아실 거야. 그리고…… 조만간…… 다른 사람을 만나길…… 바라."

"내가 그러지 말아야 할 까닭이 없잖아." 갑자기 그녀의 목소리가 달라졌다. 그녀는 달콤하고 맑은 목소리로 말했다. 그 소리가 지나치게 커서 길 건너편까지 들릴 것 같았다. "아니, 조 다겟." 그녀가 말했다. "내가 살아 있는 동안 다른 남자와 결혼은 절대로 하지 않을 거야. 나는 사리 분별력이 있는 사람이고, 내 마음을 아프게 한다거나, 내가 바보가 되는 일을 하지는 않을 거야. 하지만 결혼은 절대로 하지 않겠어. 확신해도 좋아. 난 이런 감정을 두 번 느낄 수 있는 사람이 아니니까."

루이자는 덤불 뒤에서 탄성과 함께 작은 소란이 이는 것을 들었다. 이윽고 릴리가 다시 말했다. 그녀는 몸을 일으킨 것 같았다. "이제 그만해야 해." 그녀가 말했다. "여기에 너무 오래 있었어. 그만 집에 갈게."

루이자는 그곳에 멍하니 앉아서 멀어져 가는 발걸음 소리를 듣고 있었다. 조금 뒤 그녀는 일어나 살금살금 집으로 돌아왔다. 이튿날 그녀는 세심하게 집안일을 했다. 그것은 숨 쉬는 일이나 다름없었다. 그러나 결혼 예복을 만드는 일은 하지 않았다. 그녀는 창가에 앉아 생각에 잠겼다. 저녁에 조가 왔다. 루이자 엘리스는 자신에게 그런 외교적 수완이 있는지 전혀 알지 못했었다. 그러나 그날 밤, 그녀의 작은 여성스런 무기들 사이에서 비록 온화할지언정 그것을 발견해냈다. 지금도 그녀는 자신이 제대로 들은 것인지 믿을 수 없었는데, 약혼을 깨서 조가 큰 상처를 입지 않기를 바랐다. 그녀는 그 문제에 관한 자기의 뜻을 너무 빨리 드러내지 않으면서 그의 의중을 헤아리고 싶었다. 그리고 그것을 성공적으로 해냈고, 그들은 마침내 합의에 이르게 되었다. 그러나 어려운 일이었다. 그도 그녀만큼 진심을 드러내길 두려워했기 때문이다.

그녀는 릴리 다이어를 언급하지 않고, 단순하게 말했다. 그에게 불만이 있어서 그런 게 아니라, 이미 자신만의 방식대로 너무 오래 살아와서 그러한 삶에 변화를 주는 것이 겁난다고 했다.

"나는 조금도 겁나지 않았어, 루이자." 다겟이 말했다. "솔직히 말해서, 이렇게 하는 편이 더 나을 수도 있겠군. 하지만 당신이 우리 관계를 지속하기를 바랐다면 나는 죽을 때까지 당신과 함께했을 거야. 당신이 그걸 알아줬으면 좋겠어.”

“그래, 알아.” 그녀가 말했다.

그날 밤 그녀와 조는 그 옛날 그랬듯이, 더욱 다정하게 헤어졌다. 문가에 서서 서로 손을 잡자, 안타까운 기억의 마지막 거대한 파도가 그들을 압도했다.

“우리가 이렇게 끝날 줄은 정말 몰랐어, 그렇지, 루이자?” 조가 말했다.

그녀는 고개를 끄덕였다. 그녀의 평온한 얼굴에 미세한 떨림이 일어났다.

“당신을 위해 할 수 있는 일이 있다면 무엇이든 말해줘.” 그가 말했다. “나는 당신을 결코 잊을 수 없을 거야, 루이자.” 그는 그녀에게 입을 맞추고는 길을 따라 걸어 내려갔다.

루이자는 그날 밤 철저히 혼자였다. 조금 울기도 했지만, 자신이 왜 울고 있는지 잘 알 수가 없었다. 그러나 다음 날 아침 깨어났을 때, 그녀의 마음은 자신의 영토를 빼앗길까 봐 두려워하다가 마침내 소유를 보장받은 여왕 같다고 느꼈다.

이제 잡초와 풀이 시저의 작은 은신처 주위에 무성히 자라고, 눈이 그 지붕 위에 해마다 내려앉아도, 그가 무방비한 마을에서 소란을 피울 일은 결코 없으리라. 그리고 작은 카나리아도 매일 밤 노란 공처럼 몸을 웅크린 채 평화롭게 잠들 것이다. 지독한 공포로 깨어나 창살에 날개를 푸드덕거릴 일도 없어졌다. 루이자는 리넨 솔기를 꿰매고, 장미꽃을 증류하고, 라벤더 향기에 둘러싸여 맘껏 먼지를 털고 윤을 내고 정리할 수 있을 것이다.

그날 오후 그녀는 바느질감을 가지고 창가에 앉았다. 아주 평온했다. 키가 크고 꼿꼿하고 생기 넘치는 모습의 릴리 다이어가 지나갔다. 그러나 그녀는 아무런 꺼림칙함도 느끼지 않았다. 루이자 엘리스가 스스로 깨닫지도 못한 채, 타고난 자기 삶의 권리를 팔았을지도 모르지만, 그 대가로 얻은 만족감은 너무나 달콤했고, 오랫동안 그녀를 충족해준 유일한 것이었다. 그녀에게는 고요함과 작은 평온함이 그녀가 누릴 수 있는 타고난 특권이나 다름없게 느껴졌다. 루이자는 묵주알처럼 이어진 앞으로의 날들을 그려보았다. 그 모든 날이 여느 날과 마찬가지로 매끄럽고 흠 없으며 온전했다. 그녀의 마음은 감사로 차올랐다. 밖은 뜨거운 여름 오후였다. 대기는 바삐 수확물을 거두어들이는 남자들과 새들과 벌들의 소리로 가득했다. 커다란 외침 소리와 달카닥거리는 쇳소리, 달콤하게 부르는 소리, 긴 콧노래 소리도 들려왔다. 루이자는 앉아서 그녀의 날들을 기도하듯 헤아려보았다, 수도원에서 갓 벗어난 수녀처럼.

자수정 빗

The Amethyst Comb

제인 커루 양은 역에서 뉴욕으로 가는 기차를 기다리고 있었다. 그녀는 친구인 바이올라 롱스트리트 부인을 방문하러 가는 길이었다. 그녀 옆에는 뉴잉글랜드 출신인 중년의 하녀 마거릿이 가장 전형적인 하녀 복장을 하고 서 있었다. 그녀는 딱딱한 가죽의 낡고 커다란 가방과 함께 가죽으로 된 커다란 보석 상자도 들고 있었다. 보석 상자를 공공연히 들고 다니는 것은 뉴잉글랜드의 기차역에서는 보기 드문 광경이었으나, 사람들은 그것이 무엇인지 대체로 알지 못했다. 그저 마거릿의 특별한 핸드백일 거라고 결론지었다. 마거릿은 매우 마르고 키가 큰 여자였는데, 몸가짐이나 표정이 곧았다. 마거릿을 가장 확실하게 특징짓는 것은 그녀의 작고 검은 보닛이었다. 그것은 조금 삐딱하게 머리 위에 씌워져 있었다. 그 많았던 그녀의 머리카락을 세월이 앗아가 버렸기에, 머리장식으로 보닛을 단단하게 고정할 수 없었다. 그런데 그날 아침에는 거센 바람이 불어 보닛이 그녀의 한쪽 눈을 가렸고, 제인이 그것을 발견했다.

"마거릿, 보닛이 삐뚤어졌잖아." 그녀가 말했다.

마거릿은 보닛을 바로잡았다. 그러나 흑옥으로 만들어진 깃털 모양의 뻣뻣한 머리 장식의 무게 때문에 보닛은 곧 다시 옆으로 기울어졌다. 제인은 보닛의 기울어진 형태를 살펴보고는 그런 상태가 될 수밖에 없음을 알았고, 그냥 내버려 두기로 했다. 그러나 마음속으로 그녀는 그 흑옥으로 만든 깃털 장식을 떼어 내야겠다고 생각했다. 제인은 마거릿보다 나이가 조금 위였는데, 자신의 실제 나이보다 더 들어 보이게 옷을 입었다. 제인 커루는 자신이 나이 들어가는 것에 대해 늘 신경을 쓰고 있었다. 그녀는 밝은색의 옷이나 심하게 파인 옷을 피했고, 모자 가게에서는 더 이상 해트[1]밖에 살 수 없어서 맞춤 보닛[2]을 따로 주문했다. 제인이 사는 위튼 지역의 모자 상인은 그녀를 배려해서 보닛 주문을 말렸었다.

"보닛은 지나치게 나이 들어 보여요, 커루 양." 그녀가 말했다. "당신보다 훨씬 나이 많은 사람들도 해트를 쓴답니다."

"말씀은 감사하지만, 제 나이 또래 여인에게 어떤 게 어울리는지 저 스스로도 안다고 생각합니다, 워터스 양." 제인이 말했다. 그러자 모자 상인은 그녀의 주문을 순순히 받아들였다.

제인이 떠나자 모자 상인은, 그녀처럼 자기 나이대로 보이려고 애쓰는 여자는 처음 봤다고 자기 딸들에게 이야기했다. "예쁜 여자인데도 말이야," 모자 상인이 말했다. "몸도 아주 곧고 날씬한 데다, 머리숱도 많고 흰머리도 거의 없었어."

제인 커루는 서둘러 나이 들어 보이려고 했지만, 보기 좋게 날씬하고 흰머리가 거의 없는 짙고 풍성한 머리를 가진 예쁜 모습을 간직하고 있었다. 때로 제인은 자기 나이라면 머리카락이 완전히 회색이 되어야 한다고 불안해하기도 했다. 그녀는 사람들이 자신이 머리카락을 염색한 것으로 의심하지 않기를 바랐다. 그녀는 가운데로 가르마를 타서 머리카락을 자연스럽게 뒤로 빗어 넘긴 뒤 머리 꼭대기에서 단단하게 하나로 말아 고정했다. 제인의 옷차림은 유행에 조금 뒤떨어졌는데, 그녀의 보수적인 성향과 나이를 드러내기에 딱 적절한 정도였다. 그녀는 우아한 장갑을 낀 한쪽 손에 테두리가 은으로 장식된 작은 가방을 들고 있었다. 다른 손으로는 승강장의 먼지가 달라붙지 않도록

38

1) Hat. 우리나라의 갓처럼 챙이 둥글게 달린 모자.
2) Bonnet. 뒤에서부터 머리를 싸듯이 가리고 턱 밑에서 끈을 매는 모자.

세심하게 드레스 치맛자락을 붙잡고 있었다. 바람이 세게 불 때면 그녀의 드레스 자락 아래로 주름 장식이 있는 실크 페티코트와 발볼이 좁은 발, 그리고 우아하게 가느다란 발목이 엿보였다. 제인 커루는 거센 바람에 맞서 드레스 자락을 아래로 내리려는 헛된 수고는 하지 않았다. 지체 높은 숙녀답게 발목이 드러나는 것쯤은 대수롭지 않게 여겼기 때문이다. 그녀의 검정 실크 치마가 발목 주변에서 휘날릴 때조차 마치 발목 같은 건 아랑곳하지 않는 사람처럼 가만히 서 있었다. 이런 상황에 그녀는 매우 의연했다. 어떤 이유에서인지 마거릿의 치마는 바람이 불어도 좀처럼 영향을 받지 않았다. 이제는 대부분 쓰지 않기는 하지만, 빳빳하게 풀 먹인 아마포 천을 써서 무게를 실어 주었기 때문인지도 모른다. 그녀는 보닛이 기울어질 때만 아니면 마치 목각 인형처럼 꼼짝 않고 서 있었다.

제인 커루는 위튼을 떠나본 적이 거의 없었다. 뉴욕으로의 이번 방문은 아주 놀라운 것이었다. 그 지역 화물 짐꾼이 제인의 딱딱한 가죽 가방을 쿵 소리 나게 승강장 위에 놓았을 때 주위에 있던 꽤 많은 사람들이 그 가방 쪽으로 몰려들었다. "커루 양이 뉴욕에 간답니다." 한 사람이 다른 사람에게 말했는데, 마치 "공원에 있던 커다란 느릅나무가 존스 박사의 앞마당으로 옮겨 간답니다"라고 말하는 것과 같은 말투였다.

기차가 도착하자 커루 양은, 발목 따위는 아랑곳 않고 위엄 있게 마거릿의 수행을 받으며 기차에 올랐다. 그녀는 창가에 자리를 잡았다. 마거릿은 큰 가죽 가방을 바닥에 내려놓고 보석 상자를 무릎 위에 올려놓았다. 상자 안에는 커루 양의 보석들이 들어 있었다. 보석은 꽤 많았지만 특별히 귀중한 것들은 없었다. 조각상이 박힌 브로치와 묵직한 금팔찌, 소녀 시절 이후로 한 번도 몸에 지녀 본 적 없는 산호석 장신구 등이었다. 그리고 석류석 장신구 한 벌과 볼품없이 다듬어진 다이아몬드 귀걸이와 반지, 작은 진주알이 달린 장신구들과 아주 아름다운 자수정 장신구 한 벌이 있었다. 자수정 장신구는 목걸이 하나와 막대 모양과 원형의 브로치 각각 한 개, 귀걸이, 반지, 머리빗이 한 세트를 이루고 있었다. 작은 진주들과 금줄로 섬세하게 세공되어 하나하나가 저마다 아름다움을 지니고 있었지만, 그것들 중에 빗이 단연코 가장 아름다웠다. 그것은 아주 큰 빗으로 윗부분의 중심에는 커다란 자수정이 박혀 있었다. 그 양옆에는 작은 자수정들로 만들어진 자두 열매와 작은 진주들로 만들어진 포도알, 그리고 금으로 새겨진 나뭇잎과 나무줄기 무늬 등이 서로 어우러지게 장식되어 있었다. 보석 상자를 맡은 마거릿의 모습은 대단히 위엄 있었다. 뉴욕에 도착했을 때 마거릿은, 아무런 사심 없이 상자를 쳐다보는 사람들을 마치 고발당하고 벌 받아 마땅한 사람들을 대하듯 차가운 눈길로 쏘아보았다. 한낱 인간 따위가 그녀의 눈길을 뚫고 보석 상자에 난폭하게 손을 대는 것은 감히 상상도 할 수 없는 일이었다. 그것은 신의 섭리에 따르면 중절도죄를 범하는 것처럼 보였으리라.

두 사람이 바이올라 롱스트리트의 교외 주택에 도착했을 때, 바이올라는 그 보석 상자를 보고 작은 소리로 외쳤다.

"사랑하는 제인 커루, 그 보석 상자를 마거릿에게 들려서 사람들에게 보란 듯이 여기까지 왔단 말이야? 누군가에게 빼앗길 뻔한 순간들이 수도 없이 많았던 거 아니야? 정말 대단하다."

커루 양은 상냥하지만 위엄을 잃지 않는 미소, 꼭 다문 입술을 살짝 치켜 올린 그녀만의 독특한 그 미소를 지어 보였다.

"난 그저," 그녀가 말을 이었다. "아무도 마거릿의 임무를 방해하지 않을 거라고 생각했어."

바이올라 롱스트리트는 커루 양만큼이나 나이를 먹었지만 아주 큰 소리로 어린아이처럼 웃었다. "제인, 네 말이 맞아." 그녀가 말했다. "난 뉴욕의 소매치기가 감히 네 하녀에게 맞서지 못했을 거라고 생각해. 그랬다가는 바로 플리머스록[3]을 대적해야 하는데. 네가 아끼는 보석들을 가지고 와서 기뻐, 비록 그 사랑스럽지만 오래된 진주 장신구와 빛바랜 다이아몬드들 말고는 네가 거의 몸에 지니고 다니지 않는다 해도 말이야."

"펠리시아 이모의 자수정들을 갖고 왔어." 제인은 자부심을 살짝 내비치며 말했다.

"오, 그래! 네가 지난여름 이모가 세상을 떠난 뒤 드디어 그 자수정들을 갖게 되었다고 써 보낸 편지를 기억해. 그분은 연세가 아주 많으셨지."

"아흔한 살이셨어."

"그분이 너한테 그걸 좀 더 일찍 물려주실 수도 있었을 텐데. 어쨌든 넌 물론 그 자수정을 하면 될 테고, 난 너의 산호석을 빌리고 싶어!"

제인 커루는 순간 놀랐다.

"거절하지 않을 거지, 사랑하는 제인? 난 마침 산호석에 어울리는 야회복을 샀거든. 그런데 요즘 주머니 사정이 별로 좋지 않

41

___
3) 19세기 매사추세츠에서 처음 발견되었으며, 20세기 초 미국에서 가장 인기 있었던 닭 품종으로 체형이 크고, 체질이 강건하며, 모든 풍토에 적응하는 성질이 있다. 여기서는 마거릿을 비유하고 있다.

아서 네 산호석만큼 멋진 장신구까지는 살 수가 없었어.”

“오, 물론이야.” 여전히 깜짝 놀란 듯한 표정으로 제인 커루가 말했다.

바이올라 롱스트리트는 흥분해서 큰 소리로 웃었다. “오, 나도 알아. 산호석은 내 나이보다는 젊은 사람들에게 어울리는 보석 이라는 걸. 너는 물방울무늬 모슬린 옷을 입지 않게 된 이후로 는 그 보석을 하지 않았지. 내 소중한 친구, 넌 나이에 맞게 살려 고 하지. 난 젊게 살고 싶어. 난 지난여름 물방울무늬 모슬린 옷 을 두 벌 샀어. 산호석은, 말하자면 나의 적에 맞서서 하려는 거 야. 네 기준으로 날 평가하지 마, 친구야. 넌 나이를 붙잡고 놓아 주지 않잖아, 비록 네 얼굴과 몸매, 머리카락이 그렇지 않다고 말해 주는데도 말이야. 내 얘기를 좀 하자면, 난 피부를 잘 간직 했고, 머리카락도 잘 관리했어. 몸매 관리는 좀 힘들었지만 그런 대로 괜찮아. 친구야, 난 내 젊음을 아주 숨이 막혀 죽을 만큼 붙잡고 살아왔어. 그리고 그렇게, 아직도 그 젊음을 붙잡고 있 어. 너도 그걸 부인할 수는 없을 걸. 자, 나를 봐, 제인 커루. 그리 고 이성적으로 말해 봐. 내 외모로 판단하건대, 내게 더 이상 산 호석이 어울리지 않는다고 말할 수 있겠니?”

제인 커루는 바이올라를 보았다. 그녀는 평소에 짓는 커루다 운 그 미소를 지어 보였다. “넌 아직도 아주 젊어 보여, 바이올 라.” 제인이 말했다. “하지만 젊은 건 아니잖아.”

“제인 커루,” 바이올라가 말했다. “난 아직 젊어. 내일 밤 저녁 식사에 너의 산호석을 내 드레스에 달아도 괜찮지?”

“물론 빌려줄 수는 있지, 네가 생각하기에……”

“내가 생각하기에 그게 적절할 것 같다면, 이라고 말하고 싶은 거지? 친구야, 이 세상에 젊음의 정점에 있는 여자에게 산호보다 더 어울리는 보석이 있다면, 그리고 네가 그걸 갖고 있다면, 난 너한테 그걸 빌릴 거야. 하지만 그렇지 않으니까 난 산호석이 답이라고 생각해. 내가 그 회갈색 야회복을 입고 산호석을 한 모습을 보면 너도 생각이 달라질걸! 기다렸다가 나중에 한번 봐."

제인은 기다렸다. 제인은 바이올라와 공통점이 거의 없었다. 한편으로는 너무나 다른 삶을 살아왔기 때문이고, 다른 한편으로는 태생 자체가 다르기 때문이기도 한데, 그럼에도 자신이 사랑하는 바이올라를 방문한 것이다. 그녀가 필요한 시간보다 한 시간 일찍 드레스를 갖춰 입고 서재에 앉아서 책을 읽고 있을 때, 바이올라가 나타났다.

바이올라의 모습은 황홀했다. 그럼에도 실제 모습이 어떻든 제인 커루는 초지일관 본질적인 진실만을 꿰뚫어본다는 것이 참으로 애석한 일이었다. 바이올라는, 그녀가 말했듯이 날씬한 몸매를 유지하기 위해 노력해왔고 실제로 그러한 몸을 유지하고 있었다. 그런데 그보다 더 놀라운 점은, 그러느라 아등바등한 흔적 같은 건 조금도 드러내지 않았다는 것이다. 허리를 꽉 조여 묶은 코르셋이나 긴 속옷 등으로 조금이나마 불편했다 해도 전혀 티가 나지 않았다. 그녀는 큰 안락의자에 웅크리고 앉아, (제인은 어떻게 그녀가 그렇게 할 수 있었는지 놀라울 따름이었는데) 다리를 꼰 채로, 은색 굽에다 커다란 은 버클과 산호석이 장식된 새틴 슬리퍼를 신고서 조금도 불편한 기색 없이, 회갈색 드레스 아래로 실크 스타킹을 신은 한쪽 발과 발목을 드러내고 있었다. 바이올라의 희고 둥근 목 주위로는 제인의 산호석 목걸이들이 빛을 뿜어내고 있었다. 그녀의 아름다운 팔에도 커루의 빛나는 산호석이 채워졌다. 한쪽 허리 윗부분으로는 회갈색이 감도는 드레스에 커다란 산호석 브로치가 우아하게 자리 잡고 있었고, 바이올라의 반짝이며 출렁이는 머릿결 위로는 산호석 빗이 꽂혀 있었다. 바이올라의 잿빛이 감도는 금발과 장밋빛 얼굴에 산호석은 아주 이상적으로 보였다. 그러나 제인은 친구의 아름다움을 살펴보면서, 자기만큼이나 나이 든 바이올라가 더 이상 젊지 않다는 사실이 그 아름다움을 가리고 빛을 잃게 한다고 생각했다.

"제인, 이만하면 산호석이 나한테 잘 어울리는 것 같지 않니?" 이렇게 묻는 바이올라의 목소리에서 제인 커루는 왠지 애처로움을 느꼈다.

남자든 여자든 젊음에 지나치게 집착하면, 그것이 성공적으로 유지된다 하여도 어딘지 측은하고 비극적으로 느껴진다. 그것은 이 지상의 기쁨을 부여잡으려는 영혼의 끊임없는 투쟁이며, 그 무의미함에 대한 내적 성찰 없이는 얻을 수 없는 천상의 기쁨과는 다른 것이다.

"너한테는 어울려, 바이올라." 제인 커루는 인간의 운명을 거부할 수는 없다는 듯이 말을 이었다. "하지만 난 아주 어린 아가씨들만 산호석을 해야 한다고 생각해."

바이올라는 웃었는데, 그 웃음은 슬픈 단조 같은 억양을 띠고 있었다. "하지만 난 젊은 아가씨야. 제인." 그녀가 말했다. "누가 뭐래도, 나는 젊은 아가씨니까. 나한텐 처녀시절이 없었다는 걸 너도 잘 알잖아."

바이올라는 아주 어릴 때 그녀 아버지뻘이라고 해도 좋을 만큼 나이 든 남자와 결혼했었다. 그 결혼은 슬픈 사건이었다. 그러나 그녀는 거의 내색하지 않았다. 바이올라는 돌이킬 수 없는 그 과거에 대해 자존심을 많이 세우는 편이었다.

"그래," 제인이 동의했다. 그녀는 잘 알아서라기보다는 무언가 더 말해주길 상대가 기대하는 것 같아서 덧붙였다. "물론 그토록 어렸을 때 결혼한 경우에는 상황이 다를 수 있겠지."

"그래." 그리고 바이올라는 덧붙였다. "정말 그렇다니까. 실제로 그런 결혼은 여인의 처녀시절을 흐지부지하게 만들어 버려. 너를 비롯한 많은 사람들이 그 타당성을 반박하지만 말이야. 어쨌든 난 내 방식대로 할 거야. 제인, 네 자수정은 정말 아름다워."

제인은 자신의 팔에서 맑은 보랏빛 보석이 반짝이는 것을 보았다. "응, 펠리시아 이모의 자수정은 다들 언제나 아름답다고 해." 그녀가 동의했.

"게다가 완벽하게 한 세트로 있으니까 더 그래." 바이올라가 말했다.

"맞아." 제인이 말했다. 그녀는 얼굴이 조금 붉어졌다. 그러나 바이올라는 그 까닭을 몰랐다. 마지막 순간에 제인은 자수정 빗을 머리에 꽂지 않기로 결심했었다. 그녀 나이에 그것은 지나치게 꾸민 듯한 인상을 준다고 생각한 탓이었다. 그런데 그녀는 바이올라에게 그런 생각을 선뜻 말하지 못했다. 바이올라라면 그녀를 비웃으며 그 빗을 꽂으라고 고집하리라 예상했기 때문이다.

"귀걸이도 사랑스러워." 바이올라가 말했다. "친구야, 난 네가 어떻게 귀를 뚫겠다고 동의했는지 모르겠어."

"아주 어릴 때였고 엄마가 원하셨거든." 제인이 얼굴을 붉히며 말했다.

　초인종이 울렸다. 바이올라는 드러내진 않았지만 줄곧 그 소리에 귀 기울이고 있었다. 곧 아주 잘생긴 젊은 남자가 춤을 추는 듯한 독특한 발걸음으로 방 안에 들어왔다. 해럴드 린드의 걸음걸이는 늘 춤을 추는 것 같았다. 아니 그 정도가 아니라, 그는 언제나 극도의 젊음, 인생에서 최상의 즐거움과 쾌락 그 자체를 느끼게 하는 것 같았다. 그는 모든 사물과 사람을 인정하고 받아주는 유쾌한 미소로 대했다. 그리고 그의 인정은 너무 호의적이어서 지금까지 누구도 기분 나빠하지 않았다.

　"날 보세요. 난 바보 같고 행복해요. 당신 자신을 보세요. 당신 또한 어리석고 행복하죠. 다른 모든 사람들도 한번 보세요. 마찬가지죠. 삶을 바라봐요. 삶이란 기꺼이 즐기고 싶어 죽겠을 만큼 가치가 있는 정말로 달콤한 유희죠." 해럴드 린드는 이렇게 말하는 것 같았다. 바이올라 롱스트리트는 그의 눈길을 받으며 더욱더 젊어졌다. 제인 커루마저도 자신이 자수정 빗을 꽂지 않은 것을 후회했고, 그것이 부적절하다고 생각한 것이 과연 옳았는지 의심하기 시작했다. 바이올라는 곧바로 그 젊은 남성이 제인의 자수정들에 관심을 갖도록 만들었는데, 제인은 그 뒤로 언제나, 그녀가 왜 그때 자수정 빗에 대해서 언급하지 않았는지 의아했다. 그녀는 그가 살펴볼 수 있도록 브로치와 팔찌를 빼서 내려 놓았다.

　"정말 아름답군요." 그가 말했다. "이토록 깊이 있는 자수정 빛깔은 본 적이 없어요."

　"린드 씨는 보석에 대해서는 권위자야." 바이올라가 말했다. 그 어린 남성은 그녀에게 어떤 위화감이 들게 하는 그런 눈길을 던졌는데, 제인은 한참 시간이 흐른 뒤에 이 순간을 떠올렸다. 그 눈길은 어떤 상황들의 핵심이 되는 시선들 중 하나였다.

해럴드는 장난감을 바라보는 어린아이 같은 표정으로 그 자줏빛 보석들을 바라보았다. 그 젊은 남자의 전체적인 모습에는 어린아이 같은 면이 많았다. 어떤 아이냐면, 짓궂고 아름다운 아이로, 엄마라면 너무 사랑스럽고 자랑스러워서 어쩔 줄 모르며 "난 그 아이가 다음엔 또 무슨 일을 저지를지 결코 예측할 수 없답니다."라고 말했을 듯하다.

해럴드는 팔찌와 브로치를 제인에게 돌려주면서, 마치 자수정들이 그녀와 자신을 세련된 안목이라는 특별한 유대감으로 묶어주는 사랑스러운 보랏빛 농담이라도 되는 듯 제인을 향해 미소를 지었다. "정말 아름다운 보석이군요, 커루 양." 그가 말했다. 그러고 나서 그는 바이올라를 바라보았다. "그 산호석들은 당신에게 아주 잘 어울립니다, 롱스트리트 부인." 그는 찬찬히 살펴보았다. "하지만 자수정도 잘 어울리겠는데요."

"하지만 이 옷에는 아니에요." 바이올라가 다소 가련하게 말했다. 젊은 남자의 눈길과 말투에는 전에 그녀를 왠지 모르게 떨리게 했던, 그녀가 이해하지 못하는 무언가가 있었다.

물론 해럴드는 산호석이 늙은 바이올라에게는 걸맞지 않는다고 생각했다. 제인은 해럴드의 생각을 눈치챘고, 옳지 않은 일이지만 내심 승리감을 느꼈다. 해럴드의 실제 나이는 바이올라의 아들이 될 수도 있을 만큼 어렸고, 그의 성격 때문에 더 어려 보였다. 해럴드는 산호석을 한 그녀의 모습이 우습다는 생각을 나름 즐기고 있었지만, 그런 자신의 속내를 드러낼 생각은 없었다. 그는 바이올라와 산호석에 대한 농담을 주고받는 것은 너무 무례하다고 생각했다. 가엾은 바이올라, 그녀가 자신에 대한 그의 평가를 눈치 챘더라면, 곧 관 속에 누워 있는 자신을 떠올렸으리라. 문제의 핵심을 간파하는 해럴드의 능력은 제인 커루의 그 것을 뛰어넘는 것이었다. 엑스레이를 찍듯이 사람 속을 들여다보는 것은 너무 끔찍한 일이지만, 해럴드 린드에게는 아무 문제도 아니었다. 그는 아무 거리낌 없이 춤추듯 걸어 다니고, 그의 푸른 눈동자는 즐거움이 넘쳐 반짝거렸으며, 그의 입술은 자신과 인생에 대한 어떤 행복한 생각으로 늘 미소를 잃지 않았다. 그의 밝은색 머릿결은 부드럽고 윤기가 흘렀다. 그의 피부는 마치 소녀의 살결 같았다. 그토록 아름다운 그에게는 무심한 듯자연스럽게 옷을 입는 재치가 엿보였다. 또한 그는 야회복은 너무 티 하나 없이 말끔해야 하기 때문에 야회복을 갖춰 입는 것은 좋아하지 않았다. 그날 저녁 제인은 그가 남자치고는 너무 예쁘장하게 생겼다고 마음속으로 생각하면서 그를 바라보았다. 저녁 식사가 끝나고 그와 다른 손님들이 떠나자 바이올라에게 말했다.

"그 사람은 지나치게 잘생겼어." 그녀가 말했다. "난 그렇게 잘생긴 남자는 별로 좋아하지 않아."

"그가 트위드 재킷 입은 모습을 보면 마음이 바뀔걸." 바이올라가 응수했다. "그는 야회복 입는 걸 아주 싫어하거든."

제인은 그녀를 염려하는 듯한 눈길로 바라보았다. 바이올라의 말투에는 제인을 놀라게 하고 혼란스럽게 하는 무언가가 있었다. 바이올라가 그런 젊은 남자를 사랑하고 있다는 것은 상상하기 어려웠다.—"그는 아주 젊어 보여." 제인은 아주 딱딱하게 말했다.

"그는 물론 젊지!" 바이올라가 인정했다. "하지만 보이는 것만큼 그렇게 젊지는 않아. 때로 나는 그에게 여든 살 노인이 되어도 소년처럼 보일 거라고 말하는걸."

"음, 그는 아주 젊은 사람일 거야." 제인은 굽히지 않았다.

"응." 바이올라는 이렇게 말했지만 그가 얼마나 젊은지는 이야기하지 않았다. 그동안의 흥분이 가라앉자 바이올라는 초저녁 때만큼 그렇게 젊어 보이지는 않았다. 그녀는 산호석들을 빼서 제인에게 돌려주었고, 제인은 바이올라가 그것들로 꾸미지 않은 모습이 훨씬 낫다고 생각했다.

"산호석 장신구들을 빌려줘서 고마웠어, 친구야." 바이올라가 말했다. "마거릿은 어디 있지?"

마거릿은 문을 톡톡 두드리는 것으로 그녀에게 답했다. 마거릿은 바이올라의 하녀, 루이자와 함께 아래층에 있는 손님들을 지켜보면서 위층 층계참에 앉아 있었다. 마거릿은 바이올라가 나간 뒤, 산호석과 자수정 장신구들을 보석 상자 안, 그들의 보금자리에 넣어 두었다. 그 보석 상자는 여러 칸으로 분리된 신기하게 생긴 오래된 물건이었다. 자수정들을 놓으려면 두 칸이 필요했다. 자수정 빗은 너무 커서 그 자체만으로 한 칸을 차지했다. 그래서 그날 밤 마거릿은 그것이 사라지고 없다는 것을 곧바로 알아차리지 못했다. 바이올라의 집에서 카드 게임 모임이 있기까지 사흘 동안은 아무도 그 사실을 알아채지 못했다.

테이블에 앉아서 말없이 카드가 오가는 근엄한 놀이인 휘스트 게임은 제인이 단 한 번도 마다한 적이 없는 것이었다. 그런 제인을 위해 휘스트 게임 테이블이 하나 마련되었다. 바이올라의 예쁜 거실에는 테이블이 여섯 개 있었다. 거실의 한쪽 끝에는 온실이 있었고, 다른 한쪽 끝 벽난로에서는 불꽃이 타닥타닥 소리를 내며 타오르고 있었다. 제인의 파트너는 퉁퉁한 노신사였는데, 그의 부인은 옥션 브리지[4] 게임에 빠져서 즐거워하며 탄성을 지르고 있었다. 휘스트 게임의 상대편 참가자들로는 별생각 없이 아무 게임에나 이리저리 기웃거리는 어수룩해 보이는 매우 젊고 체구가 작은 남자와 자제력을 중시하는 상냥한 젊은 여자가 있었다. 제인은 신중하게 게임을 했다. 그녀는 으뜸패와 같은 문양의 패로 응수했고, 두 번째에는 상대보다 낮은 패를, 그리고 세 번째에는 높은 패를 냈다.[5]

세 번의 삼세판 승부가 끝나고 나서야 비로소 그녀는 보았다. 사실 그것은 처음부터 버젓이 보이는 곳에 있었다. 제인은 손님들이 도착하기 전에 그것을 목격할 수도 있었을 것이다. 하지만, 바이올라는 마지막 순간에야 그것을 머리에 꽂았다. 바이올라는 기쁨으로 들떠 있었지만, 왠지 당당하지 못하고 안절부절못하는 듯한 모습이었다. 허리 부분이 제비꽃들로 장식된 부드러운 하얀 드레스를 입은 그녀는 해럴드 린드와 카드 게임을 하고 있었고, 그녀의 빛바랜 금발에는 제인 커루의 자수정 빗이 꽂혀 있었다. 제인은 가슴이 뛰고 얼굴이 창백해졌다. 그녀의 게임 상대인 상냥한 젊은 여인이 그녀를 보고 있었다. 마침내 그녀가 낮

---

4) 브리지 카드 게임의 일종으로 경쟁적인 비드의 방식을 도입했다.

5) 휘스트는 트릭테이킹(trick-taking) 게임, 즉 각 판에서 트릭을 따음으로써 최종적으로 더 많은 트릭을 따오는 편이 승리를 하는 카드 게임의 일종으로, 지금까지도 많은 사람들이 즐기는 브리지는 휘스트의 변형이다. 트릭이란 자신의 패에 갖고 있는 카드를 각 차례마다 내는 하나의 라운드다. 이때, "두 번째 패는 낮게, 세 번째 패는 높게(Second hand low, third hand high)"라는 것은 휘스트 게임이나 브리지에서 적용되는 일반적인 원칙이자 승리의 전략이다.

은 목소리로 말했다.

"괜찮아요, 커루 양?" 그녀가 물었다.

그러자 남자들도 그녀를 바라보았다. 퉁퉁한 남자가 호들갑스럽게 일어났다. "물 한 잔만 가지고 올게요." 그가 말했다. 어수룩해 보이는 작은 남자는 자리에서 일어나 어쩔 줄 몰라 하며 양손을 흔들었다.

"괜찮은 거죠?" 그 다정한 젊은 숙녀가 다시 물었다.

그제야 제인 커루는 침착함을 회복했다. 그녀가 침착함을 잃는 경우는 아주 드물었다. "아, 전 괜찮아요. 고마워요, 머독 양." 그녀가 대답했다. "다이아몬드가 으뜸패인 것 같은데요."

그들은 모두 테이블에 다시 자리를 잡았지만 젊은 숙녀와 두 남자는 계속해서 제인을 지켜보았다. 그녀는 예의 바르고 품위 있는 태도를 되찾았으나 낯빛만은 그렇지 못했다. 심지어 몹시 당황한 표정을 짓고 있었다. 그녀는 바이올라 롱스트리트의 빛바랜 금발에 꽂혀 있는 자수정 빗을 다시 보지 않으려고 필사적으로 노력했다. 신중하게 카드 게임에 몰입하면서 차츰 사고력이 발휘되기 시작했고 한 가지 결론에 이르렀다. 그녀의 얼굴빛은 다시 돌아왔고, 당황했던 모습은 사라졌다. 다과가 나올 때 그 젊은 숙녀가 친절하게 말했다.

"이제 괜찮아지신 것 같네요, 커루 양. 하지만 조금 전 카드놀이를 할 때는 깜짝 놀랐어요. 당신 얼굴이 너무 창백했거든요."

"아픈 곳은 전혀 없어요." 제인 커루가 대답했다. 그녀는 젊은 숙녀에게 특유의 커루다운 그 미소를 지어 보였다. 제인은, 틀림없이 바이올라가 마거릿에게 간청해서 자수정 빗을 빌려 간 것이라고 결론을 내렸다. 물론 바이올라는 그래서는 안 되는 것이었고, 자기에게 물어봤어야 했다. 제인은 좋은 집안 출신인 바이올라가 어째서 그렇게 행동할 수 있었을까 의아하게 생각했다. 그러나 명백하게 그런 일이 일어났다. 제인은 바이올라보다 먼저 아래층으로 내려왔고, 마거릿은 방에 남아 있었다. 바이올라는 마거릿에게 물어봤으리라. 제인은 그때 바이올라가 자수정 빗의 존재에 대해서 들어 본 적이 없다는 것을 기억해내지 못했다. 그녀의 머리를 빗겨주면서 마거릿이 자신만큼이나 당황해서 창백해진 얼굴로 그 일을 이야기하자, 그때서야 기억이 떠올랐다.

"저는 그걸 그때 처음 봤어요, 제인 아가씨." 마거릿이 말했다. "루이자와 제가 층계참에 앉아서 내려다보고 있을 때 롱스트리트 부인의 머리에 아가씨의 자수정 빗이 있었어요."

"내가 아래층에 내려가고 없었기 때문에 바이올라가 너한테 부탁한 거였니?" 제인이 힘없이 물었다.

"아니에요, 제인 아가씨. 저는 부인과 마주치지 않았어요. 전 아가씨 뒤를 따라서 바로 나왔어요. 루이자가 롱스트리트 부인을 살펴드리고 나서 루이자와 저는 편지를 부치려고 우체통 쪽으로 내려갔고, 다시 돌아와 층계참에 앉았고…… 그리고 아가씨의 자수정 빗을 봤어요."

"그랬구나. 그럼 보석 상자 안을 들여다봤니?" 제인이 물었다.

"예, 아가씨."

"그런데 거기 없었어?"

"없었어요." 마거릿이 단호하다 싶은 어조로 말했다. 그녀는 그 상황이 무엇을 암시하는지 알아차렸고, 자신의 초라한 위치를 있는 그대로 받아들이고 있는 그녀로서는 이제까지 상상조차 해 본 적 없는 일에 말문이 막혔다. 숙녀이자 자기 여주인의 오랜 친구인 한 사람에 대한 엄연한 심적 증거에도 불구하고 그녀는 도저히 믿을 수가 없었다. 만일 제인이 그 잿빛 금발 머리에 그 빗이 꽂혀 있는 것을 본 적이 없다고 확신에 차서 말한다면, 마거릿 또한 마치 최면에 걸린 듯이 그 말에 동의했을지도 모른다. 그러나 제인은 그저 그녀를 바라보기만 했고 그녀의 위엄은 그 어느 때보다도 흔들리고 있었다.

"보석 상자를 이리 가져와, 마거릿." 제인은 숨도 제대로 못 쉬며 말했다.

마거릿은 보석 상자를 가져 왔다. 보석들을 모두 밖으로 꺼냈다. 칸마다 구석구석 열어 보았으나, 자수정 빗은 어디에도 없었다. 제인은 그날 밤 잠을 이루지 못했다. 새벽녘에 그녀는 자신의 감각이 알려주는 증거들에 의구심을 가졌다. 그 보석 상자를 다시 철저히 살펴보고 빗을 찾지 못했음에도, 설마 바이올라의 머리에서 그 빗을 다시 보게 될 줄은 몰랐다. 그러나 그날 저녁, 식사를 하러 오는 손님이라고는 해럴드 린드 밖에 없었을 때였다. 바이올라가 분홍 드레스를 입고 허리에는 제비꽃으로 장식을 한 모습으로, 머리에는 자수정 빗을 꽂고 나타났다. 그녀는 그 빗에 대해 한마디도 하지 않았다. 그 누구도 그것에 대해 말하지 않았다. 해럴드 린드는 매우 기분이 좋은 상태였다. 무책임하고 아름다운 이 젊은 남자가 그녀와 바이올라, 그리고 모든 이를 희생양 삼아 장난을 치고 있다는 확신이 들기 시작했다. 아마도 그는 이 유희 안에 자신도 포함시켰는지도 모른다. 사실 별로 재치 있는 말도 아니었음에도, 그는 사람을 현혹시키고 들뜨게 하면서 쉬지 않고 말을 이어갔다. 바이올라의 하인들은 그의 농담에 웃지 않으려고 애써 참고 있었다. 바이올라는 해럴드를 감출 수 없는 다정함과 감탄의 눈으로 바라보았다. 마치 그녀 안에 있는 젊음이 이 매력 넘치는 동료를 만나기 위해 크게 도약이라도 한 듯이 그녀는 다른 때보다 훨씬 젊어 보였다.

제인은 그 모든 상황에 진저리가 났다. 그녀는 친구를 이해할 수 없었다. 단 한 순간도 그 상황에서 어떤 진지한 결과가 일어날 수 있으리라고는 꿈도 꿀 수 없었다. 제인은, 바이올라가 그녀를 기롱하면서 은밀한 즐거움을 누리는 이 얼빠진 젊은이와의 결혼을 생각한다는 것은 꿈도 꾸지 않았다. 그러나 그녀는 몹시 혼란스럽고 화가 났다. 심지어 차라리 이곳에 오지 않는 편이 나을 뻔했다고 생각했다. 그날 저녁 제인은 방으로 돌아와, 다음 날 집으로 돌아갈 테니 짐을 싸라고 마거릿에게 지시했다. 마거릿은 재빠른 동작으로 옷가지를 정리해 담기 시작했다. 그녀의 여주인만큼이나 보수적인 그녀는 많은 일들을 탐탁지 않게 여기고 있었는데, 무엇보다도 자수정 빗에 관한 일이 그녀의 마음에 가장 크게 자리 잡고 있었다. 마거릿은 너무나 궁금했다. 그녀는 끝내 참고 있던 것을 물어 보았다.

"그 자수정 빗 말인데요, 아가씨." 마거릿은 살짝 헛기침을 하면서 말했다.

"그게 왜, 마거릿?" 제인은 심각하게 되물었다.

"롱스트리트 부인이 어떻게 그 빗을 손에 넣게 되었는지 아가씨께 말씀하셨는가 해서요."

가엾은 제인에게는 그런 이야기를 털어놓을 상대가 아무도 없었다. 그녀는 하녀에게 처음으로 자신의 마음을 털어놓았다.

"바이올라는 한마디도 없었어. 그래서 말인데, 오, 마거릿, 난 이 상황을 어떻게 받아들여야 할지 도무지 모르겠어."

마거릿은 입술을 오므렸다.

"넌 어떻게 생각하니, 마거릿?"

"저도 모르겠어요, 제인 아가씨."

"나도 그래."

"저도 루이자에게 말하지 않았어요." 마거릿이 말했다.

"오, 말하면 안 돼." 제인이 소리쳤다.

"하지만 루이자가 말했는걸요," 마거릿이 말했다. "루이자가 저한테 바이올라 양의 새 빗을 봤냐고 물어보면서 웃었어요, 그 행동으로 봐서 제 생각으로는……." 마거릿은 머뭇거렸다.

"그게 어쨌다는 거지?"

"린드 씨가 바이올라 양에게 그 빗을 주었다는 것 같았어요."

제인은 소스라치게 놀랐다. "도저히 있을 수 없는 일이야!" 그녀는 소리쳤다. "그런 일이, 어떻게 일어날 수 있지? 뭔가 이유가 있을 거야. 우리가 떠나기 전에 바이올라가 말해줄 거야."

바이올라 롱스트리트는 말하지 않았다. 제인이 떠나겠다는 확고한 결심을 밝혔을 때 그녀는 놀라서 반대했다. 영문을 몰라 크게 당황한 눈치였다. 그 빗에 대해서는 아무 말도 하지 않았다.

제인 커루는 옛 친구를 떠나면서 자신이 다시는 친구를 방문하지 않을 거라고 마음속으로 확신했다. 두 번 다시 그녀를 볼 수 없을지도 모른다.

제인은 이해할 수 없는 불합리한 사건의 그림자가 드리워지지 않는 자신의 평화로운 집으로 돌아와서 말할 수 없이 기뻤다. 고요한 오후의 햇살이 어떠한 속임수도 배신도 없이 부드럽게 모든 것을 비춰 주고 있었다. 제인은 자신의 즐거운 삶으로 되돌아왔다. 그렇게 하루하루가, 몇 주가, 몇 달이, 그리고 몇 년이 지났다. 그녀는 3년 동안 바이올라로부터, 그리고 바이올라에 대해서 어떤 소식도 듣지 못했다. 그러던 어느 날 마거릿이 뉴욕에 다녀왔다. 그녀는 바이올라의 옛 하녀 루이자를 백화점에서 만나 새로운 소식을 들었다고 했다. 제인은 들을 필요 없다고 강력하게 거부하고 싶었지만, 결국 지고 말았다. 마거릿은 제인의 머리를 빗겨주면서 이야기했다.

"루이자는 바이올라 양과 함께 지내지 못한 지 한참 됐대요." 마거릿이 말했다. "그녀는 다른 주인을 보살피며 살고 있어요. 바이올라 양은 돈을 잃어서 집도 하인들도 포기해야 했답니다. 그리고 루이자는 바이올라 양과 작별할 때 울었다고 했어요."

제인은 뭔가 말을 꺼내보려고 했다. "그 사람은 혹시 어떻게……." 그녀가 입을 열었다.

마거릿은 제인이 궁금해 하는 것에 대한 대답을 했다. 그녀는 그 소문을 전하면서 흥분을 감추지 못했다. 엷은 뺨은 붉게 상기되고 두 눈에는 활활 불길이 타올랐다. "린드 씨는," 마거릿이 말을 이었다. "루이자가 말하길, 정말 나쁜 사람이었대요. 그는 금전 문제를 일으켰고, 그다음에는"—마거릿은 목소리를 낮추었다—"남의 돈을 많이 갈취했다는 이유로 체포됐대요. 루이자 말로는 그가 다른 사람들의 돈으로 사업을 벌였는데, 그와 사업상 관계가 있는 사람들을 속여 왔고, 그래서 그는 재판을 받았대요. 루이자 생각에는 바이올라 양이 증언을 위해 소환될까 봐 어딘가에 숨어있는 것 같대요. 그 사이에 그는 감옥에 들어가게 되었다고 했어요. 하지만……" 마거릿이 머뭇거렸다.

"무슨 일인데?" 제인이 물었다.

"루이자는 그가 1년 반 전쯤에 죽었다고 생각한대요. 그녀가 지금 함께 살고 있는 부인이 그에 대해 이야기하는 걸 들었대요. 그 부인은 바이올라 양과 전부터 알고 지냈는데, 린드 씨가 감옥에서의 힘든 생활을 견디지 못하고 그 안에서 죽었다고 하더래요. 바이올라 양은 그와 왕래하면서 돈을 모조리 잃고 그다음에는……" 마거릿은 다시 머뭇거렸고 제인은 조바심이 나서 그녀를 재촉했다. "그 부인은 바이올라 양이 그와 결혼할 거라고 생각했는데, 그녀는 그렇게 하지 않았다고, 자신이 생각한 것보다 바이올라 양이 더 사리 분별이 있는 사람이었다고 루이자에게 말했답니다."

"바이올라 롱스트리트 부인은 한순간도, 린드 씨와 결혼하겠다는 생각을 해 본 적이 없을 거야. 그는 그녀의 손자뻘밖에 되지 않아." 제인이 엄하게 말했다.

"네, 아가씨." 마거릿이 말했다.

때마침 그 주에 제인은 뉴욕에 갈 일이 있었다. 그녀는 어느 보석 상점 판매대에서 그 자수정 빗을 발견했다. 그곳에는 어떤 고난들을 겪어 왔는지 알 수 없는, 이곳저곳 떠돌다 거기까지 흘러들어 온, 옛 부유층 집안들에서 썼을 법한 전 세계의 온갖 잡동사니 골동품과 보석들이 보란 듯이 판매를 위해 진열되어 있었다. 제인은 어떤 것도 묻지 않았다. 여점원은 자발적으로 그 빗이 진짜 골동품이고, 보석들은 틀림없는 자수정이고 진주이며, 순금으로 세팅되어 있고, 가격은 30달러라고 했다. 제인은 그것을 샀다. 그녀는 자신의 자수정 빗을 집으로 가져왔지만 아무에게도 보여 주지 않았다. 그녀는 자신의 보석 상자 옛 자리에 그 빗을 도로 갖다 놓았다. 그것을 다시 손에 넣게 된 사실이 그녀는 매우 놀라웠고 기뻤지만, 한편으론 많은 비애감을 느꼈다. 그녀는 바이올라 롱스트리트를 여전히 좋아했다. 제인은 사랑하는 친구를 마음에서 쉽사리 떠나보내는 사람이 아니었다. 그녀는 바이올라가 어디에 있는지 알지 못했다. 마거릿이 루이자에게 물어 보았으나, 그녀 또한 아는 게 없었다. 가련한 바이올라는 어쩌면 삶을 마칠 때까지 어딘가 알 수 없는 삶의 항구에서 이리저리 떠돌며 표류하고 있을지도 모른다.

그러던 어느 봄날 제인은 5번가에서 바이올라를 만났다.

"정말 오래간만이구나." 제인은 질책하는 듯한 말투였으나 부드러운 눈빛으로 그녀의 안부를 물었다.

"그래," 바이올라가 말했다. 그러고 나서 그녀는 덧붙였다. "난 누구도 만나지 않았어. 그동안 내 삶에 어떤 변화가 있었는지 알아?" 그녀가 물었다.

"그래, 친구야," 제인이 상냥하게 대답했다. "언젠가 마거릿이 루이자를 만났거든."

"오, 그랬구나…… 루이자," 바이올라가 말했다. "난 루이자를 보내야 했어. 돈이 거의 바닥이 나 버렸거든. 난 간신히 늑대를 피해서 침대 하나가 딸린 방이 있는 조촐한 하숙집에 들어갈 돈밖에 없었거든. 가끔 그가 찾아와 문을 두드리고는 했지만 아예 모르는 척해 버렸어. 실제로 그 늑대의 울부짖음은 나한텐 일상적인 것이 되어 버렸지. 나는 오히려 그게 좋아졌어. 어떤 것에 익숙해지고 좋아하게 된다는 건 참 야릇하기도 해. 무시무시한 여름의 더위라든가, 음식 같은 것들은 여전히 좋아지지 않았지만, 결국 시간문제야."

바이올라의 웃음소리는 새의 지저귐과도 같았다. 그것은 그녀의 일부였고, 죽음을 제외한 어떤 것도 그것을 오랫동안 잠재울 수는 없었다.

"그럼, 여름 내내 뉴욕에서 지낼 생각이야?" 제인이 물었다.

바이올라는 다시 소리 내어 웃었다. "물론이지, 친구야. 모든 게 아주 단순해. 만일 내가 뉴욕을 떠나면 어딘가에서 하숙비를 내야 할 테고, 난 왕복 찻삯이 넉넉하게 없을지도 몰라. 그러면 틀림없이 내 침실을 그 늑대로부터 지키지 못하게 될 거란다."

"그럼, 나와 함께 가자." 제인이 말했다.

"나는 자선을 받아들일 수는 없어, 제인," 바이올라가 말했다. "나에게 그런 걸 요구하지는 마."

그때, 처음으로 바이올라 롱스트리트는 제인 커루의 화난 눈빛을 보았다. "넌 어떻게 내 제안을 자선이라고 말하는 거지?" 제인이 이렇게 말하자 바이올라는 받아들일 수밖에 없었.

59

제인은 바이올라가 살고 있는 작은 방을 보면서 한 남자의 사랑이 결코 도달하지 않은, 그토록 많은 것을 주었으나 어떤 보답도 받지 못한 여인의 삶에 대해 크게 놀라지 않을 수 없었다.

바이올라에게는 꾸릴 짐이 거의 없었다. 제인은 옛 친구의 몰락이 단순한 가난이 아니라 거의 곤궁 상태나 다름없음을 깨닫게 되면서 두려움으로 몸을 떨었다.

"넌 늘 좋아하던 북동쪽 방을 쓰게 될 거야." 기차를 탔을 때 제인은 바이올라에게 말했다.

"고전적인 공작무늬 벽지가 있고, 창가에 소나무가 자라던 그 방 말이지?" 바이올라는 행복감에 젖어 말했다.

제인과 바이올라는 함께 살았다. 바이올라는 자신이 겪은 비극에도 불구하고 뜻밖의 평화와 행복을 알게 되었다. 실제로 그녀는 여전히 젊어 보였지만 노년의 삶이 선사하는 기쁨 또한 누릴 수 있을 만큼 성숙해 있었다. 그녀는 그것들을 한껏 즐겼다. 그녀와 제인은 친구들을 방문하거나, 초대해서 조촐하고 우아하게 식사를 하고 차를 마셨다. 그들은 제인의 오래된 마차를 타고 돌아다녔다. 바이올라는 새 옷을 조금 장만했다. 그녀는 제인의 오래된 피아노 앞에서 연주를 곧잘 했다. 그리고 수를 놓거나 정원을 손질했다. 그녀는 작은 마을에서 나이 든 숙녀의 달콤하고 평온한 삶을 살았고 그러한 삶을 사랑했다. 그녀는 결코 해럴드 린드를 입에 올리지 않았다.

가련한 해럴드 린드는 지구상의 악인惡人 가운데 속한 자가 아니었다. 그는 오히려 본인의 아름다움과 매력으로 인해 세상이 버릇을 잘못 들여놓아, 온갖 풍요로운 식사 자리에 공짜 손님으로 갈 자격이 있다고 스스로를 평가하게 된 그런 부류의 사람에 속했다. 이 젊은이는 다른 사람들을 해치려는 의도보다는 못된 장난을 즐기는 마음이 도를 넘어 잔인한 행동까지 하게 되는 짓궂은 아이의 특성을 갖고 있었다. 예를 들면, 그 자수정 빗 사건에서도 그의 무책임하고 이기적이며 유치하기 짝이 없는 영혼이 몹시 신이 나서 들떠 그런 짓을 저지른 것이었다. 그는 바이올라를 좋아하지 않았으나 바이올라가 자신을 좋아하는 것을 즐겼다. 그는 그녀에게 장난을 쳤는데, 자신의 즐거움을 위해서—결코 다른 사람들의 즐거움을 위해서가 아니라—그렇게 했다. 아름다운 창조물인 그는 자기만의 쾌락과 어리석음에 젖은 삶을 추구하며 살아갔는데, 지상의 모든 쾌락과 어리석음이 나아가는 길이 그러하듯이, 그도 그렇게 끝을 맺은 것이다. 해럴드는 바이올라에게 찬사를 보냈지만, 제인 커루와 같은 관점으로 그녀를 바라보았다. 바이올라가 가장 젊고 훌륭해 보일 때에도 그의 눈에 그녀는 늘 존경의 표시를 보내야 할 만큼 나이 들어 보였다. 그는 때로 죄책감을 느끼곤 했는데, 마치 그의 할머니를 웃음거리로 삼는 것 같아서였다. 바이올라는 그 자수정 빗에 관한 진실을 알지 못했다. 그는 그 일을 자기 삶에서 가장 즐거운 놀이 가운데 하나로 여겼다. 그는 단순히 그 빗을 훔쳐서 바이올라에게 선물한 뒤에, 문제가 저절로 해결되겠거니 하고 기꺼이 내버려두었다.

바이올라와 제인이 한 달 동안 함께 지낸 뒤에 자수정 빗에 대한 이야기가 나왔다. 그러다 어느 날 바이올라는 제인의 방에서 그 보석 상자가 꺼내져 있는 것을 보고 그 안을 살펴보기 시작했다. 자수정 빗을 발견한 순간 그녀는 나지막이 비명을 질렀다. 책상 앞에 앉아서 무슨 일이 일어나고 있는지 몰랐던 제인은 그 소리를 듣고 돌아보았다.

빗을 들고 서 있는 바이올라의 뺨이 발갛게 달아올랐다. 그녀는 마치 그 장신구가 아기라도 되는 양 애착을 갖고 쓰다듬었다. 제인은 바이올라를 지켜보았다. 제인은 자신의 자수정 빗이 사라지게 된 비밀의 실체를 이해하기 시작했지만, 그 미묘한 상황만큼은 영원히 그녀가 이해할 수 있는 영역 너머에 존재하고 있었다. 그 순간 바이올라의 마음속에는 그녀가 사랑했던 그 무모한 젊은이가, 제인의 자수정들에 대해 감탄하는 말을 귀담아 들었다가 자신에게 그 보물을 건네주었던 일, 그리고 어떤 그릇된 행동이 개입되었는지 전혀 알 리 없는 채 자신이 그 빗을 그의 사려 깊음과 다정함의 증거이자 그에게서 받은 유일한 선물로서 더없이 소중히 여겨왔던 것, 또한 그녀가 감옥에 있는 그에게 물품을 보내기 위해 다른 보석들과 이별을 고해야 했듯이, 그 보석과 이별을 할 수밖에 없었던, 그 모든 일들이 주마등처럼 스쳐가고 있었다. 하지만 이 모든 상황을 바이올라가 설명해 주었던들 제인은 그녀를 이해할 수 없었을 것이다. 거의 소년처럼 보이는 젊은 남자를 늙은 여자가 좋아한다는 것은 제인으로서는 이해의 범위를 넘어선 것이었다. 그녀에게는 그토록 오랫동안 세상에 발을 디디고 살아온 이가, 이제 막 세상에 그 춤추는 듯한 첫발을 내디딘 철없는 남자에 대해 순진하고 어리석으며 거의 불가능에 가까운 사랑을 품어왔다는 것을 이해할 만한 상상력이 부족했다. 그러나 그 모든 상상력이 결여되어 있음에도 마치 이해하는 듯한 태도를 보일 만큼 제인 커루의 마음은 고귀했다. 그녀 자신은 그러한 상상을 해본 적이 없거나 해볼 수 없었음에도, 제인은 그 죽은 남자로부터 무덤 앞에 놓인 꽃들을 빼앗아 오기보다는, 자기 앞의 여인과 그 죽은 남자 사이에 흠결 하나 없이 상냥한 배려의 관계가 이어지기를 바랐다.

바이올라는 그녀를 바라보았다. "난 이 보석에 대해서 모든 것을 너에게 말할 수는 없어. 아마 너는 날 비웃을 거야." 그녀는 속삭였다. "하지만 이 보석은 한때 내 거였어."

"이젠 네 거야, 친구야." 제인이 말했다.

피델리아는 어떻게 가게에 갔을까

How Fidelia Went to the Store

"어떻게 하면 좋을까?" 마리아 크루커는 커다란 안락의자에 앉아 무릎 위에 설탕과 버터가 담긴 그릇을 올려놓고 휘저으며 케이크에 쓸 크림을 만들고 있었다. 매우 뚱뚱한 마리아의 몸은 양쪽 팔걸이 사이의 안락의자 안쪽을 빈틈없이 꽉 채우고 있었다. 그녀는 장밋빛이 감도는 크고 잘생긴 얼굴의 소유자로, 크림을 만들려고 숨을 헐떡이며 온 힘을 다해 설탕과 버터가 섞인 재료를 휘젓고 있었다.

"나도 잘 모르겠어," 그녀의 언니인 레녹스 부인이 다시 말했다. "난 어차피 다리가 불편해서 가게에 갈 수 없잖아."

"음, 나도 갈 수 없어." 마리아가 이번엔 더 강한 어조로 말했다. "난 지난 10년 동안 2마일[1] 이상 되는 거리를 걸어 본 적이 한 번도 없거든. 그렇게 갔다가 제대로 돌아올 수 있을지 자신이 없어."

"네 몸으로 그렇게 하는 건 무리일 거야. 그러니 어떻게 하면 좋을까? 어쨌든 건포도 없이 케이크를 만들 수는 없어. 아이 아버지가 그걸 잊었다니 정말 말도 안 되는 일이야. 그런데 지금 그이는 새 암소를 사러 이스트 다이튼[2]에 갔고 신시아는 보닛을 사러 킨[3]에 가서 아직 돌아오지 않았어. 나는 발을 데였고 넌 제대로 걸을 수도 없는데, 집에는 웨딩 케이크에 넣을 건포도가 하나도 없으니 말이야."

레녹스 부인이 잔뜩 푸념을 늘어놓는 동안 마리아는 한숨만 내쉬며 이마를 찌푸리고 있었다.

65

---

1) 약 3.2km(1마일은 약 1.6km).
2) 미국 매사추세츠주 브리스톨 카운티의 도시.
3) 미국 뉴햄프셔주 서남부의 도시.

"빌려줄 만한 이웃이 있으면 좋겠는데." 그녀가 말했다.

"음, 이곳과 가게 사이에는 알렌 씨와 시몬스 씨 가족 말고는 이웃이 없어. 그런데 알렌 가족은 너무 인색해서 추수감사절 파이에 절대로 건포도를 넣지 않아. 알렌 양이 자기들은 건포도를 넣지 않는다고 했어. 그녀는 사람들이 대부분 파이에 재료를 지나치게 많이 넣는다고, 자기 가족은 건포도 없이 그대로 먹는 것을 좋아한다고 했어. 시몬스 가족은 일 년 내내 건포도 먹는 것을 통 볼 수가 없어. 그 집은 그 많은 아이들에게 먹일 양식이라도 넉넉히 있다면 그나마 다행이야. 그러니 어떻게 해야 좋을지 모르겠어. 내일 드레스 만드는 사람이 오고 2주일 뒤에 신시아의 결혼식이 있으니까, 웨딩 케이크는 원칙대로라면 오늘쯤 미리 만들어 둬야 하는데 말이야."

"물론 그랬어야 하지." 마리아가 동의했다. "어쨌든 우리는 이미 충분히 미뤄왔어. 웨딩 케이크는 미리 만들어두어야 더 맛있어지는데."[4]

"그러게 말이야."

바로 그때 날카로운 비명 같은 소리가 길게 들렸다. 그 소리는 마당에서 들려왔다. 문과 창문들은 모두 열려 있었다. 몹시 더운 날이었다.

"무슨 일이지?" 마리아가 외쳤다.

"오, 저건 피델리아의 작은 수레야. 그 아이가 마당에서 수레

---

4) 전통적으로 웨딩 케이크는 건포도, 건자두 등의 말린 과일이나 견과류를 넣어 구워낸 케이크를 사용했는데, 구워낸 후 상온에 보관하면서 2주일에 한 번씩 럼과 글리세린이 섞인 시럽을 붓으로 적셔 절이면서 몇 달간 숙성시킨 뒤에 먹는 것이 특징이다.

를 끄는 소리야."

두 여인은 서로 마주보았다. 그들에게 동시에 어떤 생각이 떠오른 듯했다.

피델리아의 이모인 마리아가 먼저 말을 꺼냈다. "피델리아가 갈 수는 없을까?"

"마리아 크루커, 저 어린아이를 보내자고 말하다니! 피델리아는 여섯 살도 되지 않았어. 이제까지 어디에도 혼자 가본 적이 없단다. 내가 1마일이나 떨어진 가게까지 그 아이를 보낼 거라고 생각해?" 레녹스 부인은 화를 내며 말했으나 마리아의 눈빛은 여전히 어떤 가능성을 곰곰이 생각하는 듯했다.

"문제될 게 없어 보이는데." 마리아가 조금도 흔들리지 않고 단정적으로 말했다. 그녀는 설탕과 버터가 담긴 그릇을 식탁 위에 놓고 앞치마를 두른 무릎 위에 두 손을 가지런히 모아 올려 놓았다.

"나도 피델리아가 다섯 살밖에 되지 않았다는 건 알아, 하지만 그 애는 일곱 살 아이보다도 영리하잖아. 가게까지는 곧게 뻗은 길 하나밖에 없으니까 가다가 길을 잃거나 무슨 일이 일어날 염려는 없어. 피델리아는 가게가 어디에 있는지도 알고 있어. 3, 4주 전에 그 애를 데리고 로즈 부인 가게에 간 적이 있지 않아?"

"맞아, 그 애 아빠가 그날 곡식을 사러 갔었지. 피델리아도 기억할 거야."

"물론 기억할 거야. 난 피델리아가 마을로 가서 건포도를 구해 오지 못할 까닭이 없다고 보는데. 나도 저 나이 때 곧잘 심부름을 다녀오곤 했어. 그때는 애 키우면서 그렇게 유난떨지 않았거든."

"글쎄," 레녹스 부인이 마침내 크게 한숨을 쉬면서 말했다. "나도 잘 모르겠어, 하지만 그 애라도 보내는 게 나을 것 같아."

레녹스 부인은 그녀의 여동생보다 훨씬 키가 작고 조금 병약했지만 밝은 얼굴을 하고 있었다. 그녀는 걸을 때마다 자기 앞에 놓인 의자를 밀면서 나아가야 했다. 몇 주 전에 발에 크게 화상을 입었기 때문에 지금 붕대로 칭칭 감아 놓은 상태였다. 그녀의 큰딸 신시아가 곧 결혼을 앞둔 터라 온 가족이 결혼식을 위한 준비들로 매우 바쁜 상황에서 그 사건은 여러모로 무척 유감스러웠다. 가련한 레녹스 부인은 한쪽 무릎을 의자에 의지한 채 웨딩 케이크를 만들고 결혼식과 관련된 이런저런 준비를 하느라 몹시 힘겨웠지만 나름대로 최선을 다했다.

그녀는 문 쪽으로 의자를 밀고 가서 아이를 불렀다. "피델리아! 피델리아!"

곧 그 삐걱거리는 비명 같은 소리가 차츰 커지더니 바퀴가 덜컹거리는 소리가 났다. 집 한쪽 귀퉁이에서 피델리아가 천천히 모습을 드러냈다. 통통한 어린 여자아이였다. 아이의 파란 겹치마는 몸에 조금 끼는 듯했다. 초록색 케이프가 달린 자그마한 셰이커 보닛 아래로 동그랗고 발그레한 얼굴에 순진하고 정직한 검은 눈이 보였다. 아이는 풀밭 사이에서 곱디뎌 넘어질 것처럼 발끝으로 걸어 다녔다.

"그렇게 걷지 말라고 했지?" 아이의 어머니가 타이르듯이 말했다.

"그러다 신발이 다 닳고 말 거야."

피델리아는 곧바로 어린 고양이처럼 가벼운 발걸음으로 부드럽게 날아 들어왔다. 아이가 부엌으로 들어오자 어머니인 레녹스 부인이 모자를 벗기고는 꾸짖듯이 바라보았다. "머리를 빗어야겠구나." 그녀가 말했다. "피델리아, 3, 4주 전에 엄마랑 로즈 부인 가게에 다녀온 걸 기억하니?"

피델리아는 고개를 끄덕이며 윙크를 해 보였다.

"거기에 커다란 야옹이가 있었던 것도 기억하지? 로즈 부인이 너에게 쿠키도 줬었는데."

피델리아의 반짝이는 눈빛이 그렇다고 윙크해 보였다.

"그럼, 옆문에 가서 노크했던 사실도 기억해? 위쪽에 장미꽃들이 장식되어 있던 문 말이야, 로즈 부인이 그곳에서 나왔었지? 그 옆문에서."

피델리아는 엄마와 마리아 이모 앞에 서서 대단히 집중한 채 수긍하는 눈빛을 보냈다.

"음, 그 가게 앞쪽으로 테라스가 있었던 것도 기억하니? 아버지는 거기 있던 기둥에 말을 매어 놓았었지. 그리고 그 테라스 쪽에 문이 또 하나 있었지—창문처럼 유리가 끼워져 있던 그 문도 기억해?"

피델리아는 기억했다.

"그러면 피델리아, 너는 지금 이 엄마를 위해 혼자 그 가게에 가서 신시아 언니 결혼식에 쓸 건포도를 사 올 수 있겠니?"

"정말 똘똘한 꼬마 아가씨니까." 마리아 이모가 덧붙였다.

피델리아는 빨려 들어갈 듯한 검은 눈동자로 두 사람을 번갈아 바라보더니 갑자기 외쳤다. "내가 갈래요! 내가 갈래요!" 아이는 이제 막 날아가려고 하는 한 마리 작은 새처럼 곱디던 발로 이리저리 왔다 갔다 하더니 엄마의 앞치마를 세게 잡아당겼다.

"엄마가 1페니를 줄 테니 가서 빨간색과 하얀색 줄무늬가 있는 멋진 막대사탕도 사렴." 아이의 어머니가 덧붙였다.

피델리아가 문 쪽으로 달려가자 아이의 어머니가 붙잡았다. "잠깐 기다려!" 그녀는 타이르듯이 줄무늬 막대사탕을 먹으려면 아직 좀 더 있어야 한다고 말하면서 아이를 진정시켰다. "잠깐 기다려, 그렇게 서두르지 말고! 이대로 가면 안 돼. 네 겹치마는 더러워졌고 머리카락도 헝클어졌구나. 치마를 새로 갈아입고 머리도 빗고 세수도 하고 가야지!"

피델리아는 높은 의자 위로 올라가서, 엄마가 비누칠을 해서 얼굴을 씻기고 헝클어진 머리를 빗겨 주는 동안 두 눈을 꼭 감고 주먹을 꼭 쥔 채 참고 기다렸다. 아이의 얼굴은 더욱 발그레하고 밝게 빛났다. 아이의 머리카락은 아주 촉촉하고 매끄러워졌고, 풀을 먹인 하얀 겹치마를 새로 입고 셰이커 보닛도 바르게 잘 묶고 나니 아주 깔끔하고 단정해 보였다. 아이는 문가에서 엄마의 지시를 빼놓지 않고 열심히 들었다. 아이의 두 눈은 크고 강렬했고 꼭 다문 입술은 진지해 보였다. 그 일의 중요성이 아이에게 전해졌다. 아이의 손에는 1페니가 쥐어졌다. 건포도 값은 나중에 치르면 될 것이다. 어린 피델리아에게 그렇게 많은 돈을 주어 보내는 것은 바람직할 것 같지 않았다.

"이 어린아이가 3파운드나 되는 건포도를 들고 올 수 있을 것 같지 않아." 레녹스 부인이 아이 이모인 마리아에게 말했다. 그녀는 피델리아를 그곳에 보내야 한다는 사실에 점점 더 불안해졌다.

"그 작은 수레를 끌고 가게 해. 그게 딱 제격일 거 같아." 마리아가 차분한 목소리로 말했다.

그래서 피델리아는 삐걱거리는 그 작은 수레를 끌고 길을 나섰다. 무더운 7월이었고 흙먼지가 심하게 날렸다. 피델리아는 발끝으로 걷지 말라는 엄마의 지시는 곧 잊어 버렸다. 그녀는 그렇게 길 한가운데를 신나게 걸어가면서 먼지 구름 속으로 사라졌다.

가는 길에 피델리아 옆으로 마차 한 대가 지나갔다. 낡아서 덜컹거리는 그 마차는 흰 말이 끌고 있었는데, 늙은 농부 한 사람이 타고 있었다. 그는 천천히 말을 몰면서 피델리아 옆을 지나갔다. 그는 아이를 얼마쯤 지나쳐서 가다가 말을 멈추고는, 돌아보며 큰 소리로 물었다.

"넌 뉘 집 아이지?" 그가 물었다.

피델리아는 조금 겁이 났다. 아이는 부끄러운 듯 보닛 안으로 얼굴을 감추고는, 아버지의 이름을 말하는 대신 자기 이름을 정확히 말했다—"피델리아 에임스 레녹스예요."

"집을 나온 건 아니지?"

그 말은 피델리아의 자존심을 건드렸다. "난 엄마 심부름으로 가게에 가고 있어요." 아이는 날카로운 말투로 답했다. 그러고 나서 발걸음을 재촉하면서 수레를 끌고 나아갔다. 수레는 그 어느 때보다 더 크게 삐걱거리며 앞으로 나아갔다.

피델리아는 계속해서 같은 말을 되뇌었다. "가장 좋은 건포도 3파운드, 돈은 레녹스 씨가 와서 낼 거예요." 아이의 어머니와 이모는 아이가 떠난 다음, 그 내용을 종이에 써서 보내야 했다고 뒤늦게 깨닫고는 후회했다. 그러나 마리아는 피델리아가 계속 외우면서 길을 갔기 때문에 그처럼 똑똑한 아이가 건포도 3파운드를 사서 집으로 가지고 돌아와야 한다는 사실을 잊을 리가 없다고 말했다.

피델리아는 아침 10시쯤 출발했다. 그녀의 어머니와 마리아는 아이가 오후 1시까지 돌아오지 않아도 걱정할 필요가 없다고 생각했다. 그 어린 아이가 1마일을 걷는 데는 1시간 넘게 걸릴 터였다. 아마도 틈틈이 쉬느라 시간이 꽤 걸릴 것이다. 왜냐하면 아이에게, 돌아오기 전에 가게 안 의자에 앉아 잠깐 쉬었다 오라고 어머니가 지시했기 때문이다. "로즈 부인이 그 애에게 쿠키 같은 먹을 것을 주지 않을 리가 없어." 마리아가 레녹스 부인에게 속삭였다.

그래서 정오가 되자 두 여인은 피델리아가 가게 의자 위에 걸터앉아 로즈 부인이 건네준 쿠키와 사탕을 한입 가득 물고 있는 모습을, 심지어 로즈 씨 가족과 함께 식사하는 모습까지 상상했다. "전에 언니가 피델리아를 데리고 가게에 갔을 때 로즈 부인이 그 애한테 정말 많은 것들을 주었기 때문에, 그 애가 그 집에서 식사를 한다고 해도 조금도 이상할 건 없어." 오후 1시가 되어도 피델리아가 나타나지 않자 마리아는 더 힘주어 이러한 이론을 펼쳤다. "당연히 그러고 있을 거야." 그녀는 거듭 말했다. "함께 식사를 하는 데는 한 시간은 걸릴 거야. 그러니까 2시 전에 도착하지 않는다 해도 이상할 건 없어. 걱정하는 건 너무 어리석어, 제인."

가여운 레녹스 부인은 틈만 나면 피델리아가 서 있던 문 쪽으로 의자를 끌고 가서 얼굴을 찡그린 채 밖에 작은 형체가 터덜터덜 걸어오지 않는지 두 눈에 힘을 주고 바라보았다. 그녀는 저녁 식사로 피델리아가 좋아하는 블루베리 경단을 만들어 화로 뒤쪽에 따뜻하게 보관하고 있었다. 그녀와 마리아는 아무것도 먹지 못했다.

오후 2시가 되자 레녹스 부인은 완전히 무너졌다. "오, 맙소사!" 그녀가 울부짖었다. "어떻게 해야 하지? 그 애를 보내기 전에 좀 더 생각해 봤어야 했어."

피델리아의 이모 마리아는 레녹스 부인의 의자와 현관문 사이를 무겁게 서성거렸지만 여전히 담대한 태도를 유지하고 있었다. "제발 마음을 편히 가져, 제인." 그녀가 말했다. "내가 볼 땐 걱정할 게 조금도 없어. 그 사람들이 잘 돌봐주고 있을 거야."

2시 반쯤 되었을 때 레녹스 부인은 결심한 듯 일어섰다. "이렇게 앉아서 기다릴 수만은 없어, 내가 가서 찾아볼 거야." 그녀가 말했다. "피델리아가 개울에 빠졌거나 마차에 치였을지도 몰라." 레녹스 부인의 얼굴은 근심으로 가득했다.

"그 아픈 발로 어떻게 가겠다는 거야?"

"방 안에서처럼 의자를 밀고 길을 따라가면 돼."

"무릎 하나를 나무의자에 걸쳐 놓고 1마일을 가겠다니, 그것 참 볼 만하겠다!"

"그 애를 찾을 수만 있다면 내가 어떻게 보이든 상관없어." 레녹스 부인이 울부짖으며 말했다.

"언니는 그냥 앉아서 마음을 가라앉히고 있어." 마리아가 말했다. "누군가가 가야 한다면 내가 갈게."

"오, 넌 안 돼."

"아니, 할 수 있어. 나 1마일도 못 걸을 만큼 완전히 망가지진 않았어. 하지만 언니는 그렇게 데인 발로는 갈 수 없어. 결혼식이 코앞인데 그러다 병이라도 나면 어쩌려고. 절대로 안 될 말이야. 난 그냥 햇빛 가리는 모자랑 큰 초록 양산을 쓰고 목 긴 구두를 신고 걸어가면 돼."

마리아가 모든 준비를 마치고 출발하자 레녹스 부인은 인내심이 바닥난 듯한 얼굴로 그녀가 길을 따라 내려가는 모습을 지켜보았다. 자신이 의자를 밀면서 가는 편이 더 빠를 것 같았다. 가엾은 마리아가 햇볕에 벌겋게 달아오른 얼굴로 초록 양산을 쓰고 목 긴 구두를 신은 무거운 발로 더디고 힘겹게 길을 내려가고 있을 때, 다행히도 레녹스 씨와 신시아가 예상보다 2시간이나 빨리 집에 도착했다. 레녹스 씨가 덮개를 씌우지 않은 마차를 타고 마당 안으로 들어섰을 때는 오후 3시였다. 신시아는 꼿꼿하고 생기발랄한 모습으로 무릎 위에는 모자 상자를 올려놓고 당당하게 레녹스 씨 옆에 앉아 있었다. 마차 뒤쪽에 묶인 새 저지종 젖소가 음울한 소리를 내며 따라오고 있었다. 신시아는 결혼식 때 쓸 보닛을 예상보다 빨리 샀기 때문에 5시 기차 대신 3시 기차를 탈 수 있었다. 그녀의 아버지는 예상보다 일찍 소를 사서 신시아가 탄 기차가 역에 도착했을 때 마침 철도 건널목에 도착했다. 그래서 그는 마차를 세우고 신시아를 태워서 둘이 함께 집으로 돌아오게 된 것이다.

그들이 마차를 몰고 들어왔을 때 레녹스 부인은 부엌문 쪽에 서 있었다.

"오, 엄마!" 신시아가 외쳤다. "오늘 아주 운이 좋았어요! 가장 멋진 보닛을 구했어요!"

"지금 내 얘기를 들으면 보닛은 안중에도 없게 될 거다, 얘야. 피델리아가 길을 잃었단다." 그녀는 아주 천천히, 침착하게 말을 하다가 갑자기 큰 소리로 울기 시작했다. 그녀는 한참이 지나서야 평정을 되찾고 사건을 설명할 수 있게 되었다. 그러는 동안 신시아와 모자 상자, 레녹스 씨와 말과 마차와 소, 이 모든 존재들은 돌처럼 굳어버린 듯했다.

　레녹스 씨는 모든 상황을 충분히 이해한 뒤에 곧 마차에서 뛰어 내려 묶여 있던 소를 외양간에 데려다 놓았다. 그러고 나서 그가 급히 마차의 방향을 바꾸는 바람에 마차 바퀴에서는 날카롭게 삐걱거리는 소리가 났다. 그는 다시 마차 위로 뛰어 올라 손에 고삐를 쥐었다. 신시아는 장밋빛 뺨이 몹시 창백해진 채로 그대로 자리에 앉아 모자 상자 위로 눈물을 떨구고 있었다. 레녹스 부인은 자신의 의자를 문 밖에 내어놓고 힘겹게 끌며 마차를 따라왔다. "잠깐 기다려요, 여보," 그녀가 외쳤다. "나도 따라가겠어요!"

　"오, 안 돼요!" 신시아와 레녹스 씨가 동시에 말했다.

　"나도 가야겠어요. 아무 말도 하지 말아요. 당신은 내려와서 날 좀 도와줘요."

　레녹스 씨가 내려와서 그녀를 들어 올리고 마차 위에서는 신시아가 잡아끌어 당겼다. 레녹스 부인은 다친 다리가 아팠지만 입을 굳게 다문 채 아무 말도 하지 않았다. 세 사람은 자리를 잡고 앉았다. 레녹스 씨는 가운데 자리에 앉아서 적당한 속도로 마차를 몰았다.

　그들은 목적지인 가게까지 절반쯤 남은 곳에 다다랐을 때 마리아를 앞지르며 나아갔다. 마리아는 큰 초록 양산을 쓰고 천천히 옆으로 걸어가고 있었는데, 그렇게 하는 편이 앞으로 나아가는 것보다 더 효율적으로 보였다.

　"제가 내릴게요, 이모가 타는 걸 도와주세요." 신시아가 말했다.

　"안 돼," 아버지가 말했다. "그럴 순 없어, 마차 용수철이 끊어져 버릴 거야. 이 마차는 마리아 이모까지 셋이나 태울 순 없단다. 어쨌든 난 마차를 몰고 가야 한다."

그들은 그렇게 마리아를 지나쳐 갈 수밖에 없었다.

"더 가지 말아요, 마리아 이모," 신시아가 뒤쪽을 돌아보고 울먹이면서 외쳤다. "담장에 걸터앉아서 쉬고 계세요."

그러나 마리아는 고개를 저으면서 아무 말도 하지 않고 계속 걸어갔다.

그들이 로즈 씨 집과 그 가게에 도착했을 때는 3시 15분이었다. 가게 건물은 앞쪽에 있었고 로즈 씨 가족의 집은 뒤쪽에 있었다. 그 집은 길모퉁이에 있었기 때문에 건물 대부분이 눈에 쉽게 들어왔다. 건물 전체가 문이 닫혀 있는 것처럼 보였고, 가게 앞에는 농부의 마차가 한 대도 눈에 띄지 않았다. 그러나 레녹스 씨가 마차를 몰고 다가가자 한 여인의 얼굴이 창가에 나타났다. 이어서 옆문이 열리고는 그녀가 모습을 드러냈다. 그녀는 큰 앞치마를 둘렀는데 불 옆에서 일을 하고 있었는지 얼굴이 발갛게 달아올라 있었다. 손에는 커다란 나무주걱을 쥐고 있었다. 그녀는 레녹스 가족에게 뭐라고 말을 건넸는데 아무도 그 말에 주의를 기울이지 않았다. 그들의 눈길은 오직 가게 문에 꽂혀 있었다. 어두운 현관 앞에 있는 아주 작고 하얀 물체가 눈에 들어왔다. 그 물체는 갑자기 움직였다. 피델리아의 하얀 겹치마였다.

"어머나, 피델리아예요!" 신시아가 막혔던 숨을 내뱉듯이 말했다. 그녀는 아버지가 미처 마차의 방향을 돌리기도 전에 뛰어내려, 가게 문 쪽으로 달려갔다. 모자 상자가 땅에 굴러 떨어져 뚜껑이 열렸고, 결혼식 때 쓸 보닛이 먼지 속에 나뒹굴었지만 신시아는 신경 쓰지 않았다. 그녀는 피델리아를 붙잡고 소리쳤다.

"피델리아, 이 말썽꾸러기 아가씨야, 여태 여기 있었니?"

피델리아는 어리둥절한 눈빛으로 바라보았다. 아이의 입술이 점점 더 일그러지더니 신시아에게 매달려 훌쩍이면서 알아듣기 어려운 무언가를 말하기 시작했다. 아이의 아버지와 어머니, 신시아, 그리고 로즈 부인이 다가와 아이를 둘러싸고 한참을 주의 깊게 들은 끝에야 알아들을 수 있었는데, 아무리 문을 두드려도 문을 열어 주지 않더라는 이야기였다.

"문을 두드렸다고?" 로즈 부인이 놀라며 말했다. "아이쿠, 이 가여운 것, 로즈 씨와 샘은 온종일 가게를 비웠고 난 부엌에서 까치밥나무 열매 젤리를 만들고 있었어요. 계산대에는 벨이 있어서 고객들은 주위에 사람이 없으면 늘 벨을 누른답니다. 난 하루 종일 벨 소리에 귀를 기울이고 있어요. 날은 많이 덥지, 사람들은 다들 건초를 만들고 있지, 그러니 아침 9시 이후로 누군가가 근처에 와서 문을 두드리고 있으리라고는 상상도 못했어요. 이런 일이 있었다는 건 지금까지 들어 본 적이 없거든요. 이봐요, 꼬마 아가씨, 그사이 잠이 들진 않았었나요?"

피델리아는 뾰로통한 채 풀이 죽은 태도로 고개를 저었다. 그러나 아이의 얼굴은 발그스름했고 옷에는 구김이 조금 있었다. 그래서 아마도 아이가 가게 계단에서 잠이 들었기 때문에 속상한 마음을 누그러뜨릴 수 있었으리라고 그들은 생각했다.

레녹스 부인은 마차에 앉아 자기 무릎 위에 아이를 앉혔다. 그녀는 아이의 보닛을 벗기고는 머리카락을 쓰다듬고 입을 맞추었다. "이 애는 문을 노크해야 한다고 생각했던 거예요. 이 애한테, 가게에 들어갈 때는 노크할 필요가 없다고 말을 했어야 했는데, 가여운 것! 엄마는 네가 다 클 때까지 절대로 가게에 심부름 보내지 않을 거야."

"나는 문을 두드리고 또 두드렸어요," 가엾게도 피델리아는 울음을 터뜨리고 말았다.

아이는 마음의 상처를 받아서 몹시 지쳐 보였다. 로즈 부인은 집 안으로 뛰어 들어가 쿠키 한 접시와 우유 한 컵을 가져왔다. 피델리아는 어머니 무릎 위에 앉아서 쿠키도 먹고 우유도 마시며 마음의 안정을 조금씩 되찾았다. 건포도를 사고, 땅 위에 뒹굴고 있는 신시아의 보닛을 집어 들어 먼지를 털고, 삐걱거리는 작은 수레는 마차 좌석 아래에 놓은 뒤, 레녹스 씨 가족은 마차를 돌렸다. 그때 피델리아가 상처 받은 슬픈 목소리로 외쳤다. "내 사탕! 내 사탕! 내 사탕을 안 샀잖아!" 그러고는 꼭 쥐고 있던 작은 주먹을 펴서 구리 동전을 내보였다.

"가여운 것! 사탕을 주다마다!" 로즈 부인이 외쳤다. 그녀는 피델리아가 처음 보는 사탕들을 가게에서 한 움큼 가지고 나왔다. 빨간색과 하얀색 줄무늬의 박하맛 지팡이 사탕 말고도 피델리아에게는 분홍 앵두사탕, 말간 보리사탕 등 로즈 씨 가게 진열창에 있는 온갖 종류의 사탕이 주어졌다. 로즈 부인은 피델리아의 1페니를 절대로 받을 수 없다고 했다. 그녀는 피델리아에게, 다음에 다시 가게에 올 때까지 그 돈을 가지고 있으라고 했다.

마리아 이모는 그들이 떠날 때쯤 가게에 도착했다. 마리아는 레녹스 씨가 가족을 데려다 주고 다시 돌아올 때까지 그곳에 남아 있기로 했다. 그녀는 초록 양산을 접고 그곳 현관 계단에 풀썩 주저앉았고, 로즈 부인이 종려 나뭇잎 부채와 생강차 한 잔을 가져 왔다. "난 지난 10년 동안 1마일도 걸어 본 적이 없었어요." 마리아가 숨을 헐떡이며 말했다. "하지만 난 그 아이가 안전하게 잘 있었다는 사실에 그저 감사할 따름이에요." 느릅나무 푸른 가지들 아래로 마차가 사라져 가는 모습을 바라보는 그녀의 눈에 눈물이 맺혔다.

피델리아는 마차 안에서 어머니 무릎 위에 앉아 고요한 행복에 잠겨 말없이 보리사탕을 빨아먹으며 집으로 돌아갔다. 어린 시절의 슬픔은 금세 추억이 된다. 보리사탕을 손에 쥔 피델리아에게, 가게 문 앞에서의 길고 고통스런 기다림은 이제 지난 일이 되었다.

변변찮은 로맨스

A Humble Romance

그녀는 큰 주방 개수대 위로 허리를 굽힌 채 아침 설거지를 하고 있었다. 보살핌을 받는 환경이었더라면 그녀의 가냘픈 체구는 섬세함과 우아함으로 발현되었을지도 모른다. 하지만 힘과 일 사이의 조화가 거듭 깨지면서, 그 결과는 지금의 추한 모습으로 드러났다. 그녀의 손가락 관절과 손목뼈들은 울퉁불퉁하게 뒤틀려서 균형을 잃었고, 걷어 올린 소매로 드러난 팔꿈치는 뾰족하고 우툴두툴했다. 그녀의 어깨는 굽었고 발가락은 부자연스럽게 벌어져 있었다. 머리에서 발끝까지 그녀는 부조화, 그 자체였다. 얼굴은 창백하고 초췌했으며, 숱 없는 금발은 뒤로 한껏 잡아당겨 작게 틀어올려져 있었다. 그녀의 표정은 소극적이면서도 열정적이었다.

부엌문을 두드리는 소리가 들렸다. 큼직하고 뚜렷한 이목구비를 한, 당당한 표정의 또 다른 얼굴이 개수대 맞은편 식료품 저장실에서 내다보며 물었다.

"누구니, 샐리?"

"잘 모르겠어요. 킹 부인."

"문 쪽으로 가보렴, 그렇게 입 벌리고 서 있지 말고. 난 손에 버터가 묻어 있어서 갈 수가 없으니 말이다."

샐리는 물에 불고 빨개진 손가락에서 설거지물을 털어내고는 발을 끌면서 문 쪽으로 갔다.

들쑥날쑥 자란 옅은 갈색 콧수염의 키 큰 남자가 거기에 서 있었다. 그는 손에 저울을 들고 있었다.

"안녕하십니까." 그가 말했다. "입지 않는 헌 옷이 있나 해서요."

"있나 볼게요." 그녀가 말했다. 그러곤 식료품 저장실로 들어가 양철 장수가 왔다고 여주인에게 속삭였다.

"어휴, 귀찮아!" 킹 부인이 참지 못하고 소리쳤다. "왜 하필 오늘 온 거야? 헌 옷이야 많지만, 하필 버터 때문에 한창 바쁜 마당에. 그런데 새 우유통도 당장 하나 필요하기는 하고."

이 모든 말들이 양철 장수의 귀에 다 들렸지만 그는 커다란 입꼬리를 선하게 올리고는 상냥한 푸른 눈으로 부엌의 물건들, 특히 개수대로 돌아와 있는 샐리의 가냘프고 구부정한 모습을 세심히 살피며 그저 기다리기만 할 뿐이었다.

"아무튼," 한참 있다가 미심쩍다는 듯 양철 장수에게 다가와 킹 부인이 말했다. "버터 만드느라 바쁜 이 아침에 일을 하다 말고 나와도 될지 모르겠지만, 당신과 거래를 해야 할 것 같군요. 다른 날 하면 더 좋겠지만."

"제가 미리 알았다면 그랬겠지요, 부인. 하지만 부인께서 그 사실을 울타리에 써서 걸어놓으시거나, 신문에 싣거나 혹은 연감에 기록해 놓으신 게 아니니 저로선 알 도리가 없지요." 양철 장수가 웃으며 대답했다.

그는 느긋하게 문틀에 기대서서 미소를 지은 채 저울을 땡그랑거리며 여자가 마음을 정하기를 기다렸다.

그녀는 이맛살을 찌푸리며 마지못해 미소 지었다.

"뭐, 물론 당신을 탓하는 건 아니에요. 다락방에 올라가서 헌 옷들을 가져와야겠군요. 꽤 많아서 시간이 좀 걸릴 거예요. 당신이 기다릴 수 있을지 모르겠네요."

"괜찮습니다," 양철 장수가 대답했다.

"어차피 저도 좀 쉬고 싶었어요. 이 계절 치고는 아침인데도 벌써 꽤 덥네요. 종일 이럴 것 같은데요." 그는 들어와서 문가에 놓인 의자에 다리를 벌리고 편한 자세로 앉았다.

킹 부인이 나간 뒤, 그는 개수대 쪽에 서 있는 여자를 몇 분 동안이나 뚫어지게 바라봤다. 그녀는 조금 당황하고 불안한 얼굴이었지만 묵묵히 일을 계속했다.

"물 한잔 부탁하면 너무 번거로운 일이 될까요, 아가씨?"

그녀는 개수대 한쪽 끝에 있는 선반 위 들통에서 물을 떠서 막 씻어 놓은 유리잔에 물을 가득 채워 가져다주었다. "차가워요." 그녀가 말했다. "몇 분 전에 떠온 물이에요, 아니면 우물에 가서 바로 퍼다 줄 수도 있고요."

"이걸로 됐어요, 친절하게 대해줘서 고마워요, 아가씨. 마시기에 아주 적당한 물이네요."

그는 잔을 비우더니, 바로 개수대로 가 있는 여자에게 도로 가져다주었다. 그녀는 설거지거리에서 감히 잠시도 벗어나서는 안 되는 것처럼 보였다.

그는 빈 잔을 들통 옆에 내려놓고는, 여자의 가녀린 어깨를 붙잡고 그녀가 그를 바라보도록 몸을 돌려세웠다. 그녀는 하얗게 질려서 숨을 죽인 채 작은 비명을 질렀다.

"괜찮아요! 괜찮아! 겁내지 말아요." 양철 장수가 말했다. "절대로 해치지 않아요. 그저 당신을 똑바로 한번 보고 싶어서 그랬어요. 당신은 내가 본 아가씨 중에 가장 못생겼군요."

그녀는 반쯤 안심한 듯 가련한 얼굴로 그를 올려다보았다. 그녀의 부릅뜬 푸른 눈 주위에는 충혈된 기색이 역력했다.

"울고 있었죠, 그렇죠?"

여자가 고개를 순순히 끄덕였다. "놔 줘요." 그녀가 말했다.

"그래요, 놔 줄게요. 하지만 먼저 몇 가지 묻고 싶은 게 있어요. 대답해 주면 좋겠어요. 들키면 큰일이니까요. 그녀가 당신에게 잘해주나요?" 그는 킹 부인이 나간 문 쪽을 손가락으로 가리키며 물었다.

"네, 그럭저럭 잘해 주시는 편이에요."

"소리 높여 혼내지는 않아요?"

"음, 가끔은 그러시죠."

"오늘 아침에도 그랬죠, 맞죠?"

"조금요. 일이 밀렸었거든요."

"당신을 쉬지 않고 일하게 만들죠, 그렇지 않나요?"

"네, 요즘은 해야 할 일이 많아요."

"일꾼들을 위해 요리하고, 버터와 우유도 만들겠죠?"

"네."

"언제부터 여기 살았어요?"

"내가 어릴 때 부인에게 맡겨졌어요."

"일 말고 또 하는 게 있어요? 다른 여자들처럼 놀러 다니거나? 좋은 시간을 갖기는 해요?"

"가끔요." 그녀는 미심쩍게 말했다. 그것이 사실임을 증명하기 위해 기억을 떠올리려 애쓰는 것 같았다.

"돈은 잘 주나요?"

"열여덟 살이 되고부터는 일주일에 1달러씩 받아요. 그 전까지는 재워주고 입혀주는 값 대신 일을 했어요."

"가족은 있어요?"

"언니, 오빠들이 있는 걸로 알고 있어요. 정확히 어디 있는지는 몰라요. 둘은 서부로 갔고 한 명은 요크주에서 결혼했다고 들었어요. 아버지가 돌아가시고 우리는 뿔뿔이 흩어졌어요. 형

제자매가 열이었는데 우리 집은 끔찍하게 가난했대요. 킹 부인이 나를 맡아주셨어요. 나는 막내였는데 네 살쯤에 그렇게 됐대요. 킹 부인 말고는 아는 사람이 없어요."

샐리가 계속 설거지를 하는 동안 양철 장수는 부엌 바닥을 두어 번 오가더니 다시 그녀에게 다가왔다.

"이봐요." 그가 말했다. "설거지는 잠깐 놔두고, 날 좀 자세히 봐줘요. 그리고 나를 어떻게 생각하는지 말해줘요."

그녀는 부끄러운 듯 그의 얼굴을 올려다보았다. 그는 불그스름하고 주근깨가 있는 뺨에, 광대뼈는 높이 솟아 있었고, 숱이 없는 옅은 갈색 콧수염을 하고 있었다. 그녀는 다시 설거지통 속으로 두 손을 담갔다.

"잘 모르겠어요." 그녀가 수줍게 말했다.

"음, 알면서도 말로 못 옮기는 거겠죠. 창문 밖에 있는 내 양철 수레를 좀 봐요. 저건 온전히 내 거예요. 나는 누구 밑에서 일하는 게 아니고 혼자 일해요. 내 수레와 말이 있고, 헌 옷을 처리하며 양철로 된 물건들을 팔지요. 누구의 간섭도 받지 않아요. 그런 대로 잘 해내고 있어요. 돈도 좀 모아놨고. 가족은 없어요. 지금 생각한 건데요, 당신이 그 설거지거리랑 꾸짖기나 하는 여자, 버터, 그리고 이 모든 것을 두고 지금 바로 나랑 같이 양철 수레를 타고 떠나는 겁니다. 일주일만 지나면, 당신에 대해 나도 모르고 그 부인도 몰랐고 심지어 당신 자신조차 몰랐던 새로운 당신의 모습을 알게 될 거예요. 당신은 조금도 일할 필요가 없어요. 그저 저기에 여왕처럼 앉아서 여기저기 다니면서 둘러보기만 하면 돼요. 그게 우리가 살아가는 방식이거든요. 나는 당신을 노예처럼 부리며 집안 살림이나 하게 하지 않을 거예요. 다니다가 음식을 먹기 위해 가던 길을 멈추기도 하고, 밤에는 여관에 머물 거예요. 어때요?"

그녀는 이제 설거지를 멈추고 서서 그를 바라보았다. 그녀의 입술은 조금 벌어져 있었고 뺨은 붉게 물들어 있었다.

"내가 그리 잘생기지 않았다는 건 나도 알아요." 양철 장수가 말을 이었다. "당신보다 나이도 많아요. 마흔에 가까우니까. 그리고 전에 결혼도 했었죠. 당장 나를 좋아할 수 없다는 건 알아요. 시간이 걸리겠죠. 하지만 당신을 잘 돌봐줄게요. 오, 가여운 사람. 당신처럼 힘들고 어려운 시간을 보낸 사람은 당신을 좋아해주는 사람한테 돌봄을 받는다는 게 얼마나 좋은 일인지 모를 거예요."

그녀는 여전히 아무 말 없이 그를 보며 서 있었다.

"남자친구 없죠, 있어요?" 갑자기 생각이 떠오른 듯 양철 장수가 물었다.

"없어요." 그녀는 고개를 저었고 뺨은 더욱 붉게 물들었다.

"그럼, 나랑 함께 가는 게 어때요? 서둘러서 결정하지 않으면 늙은 부인이 돌아올 거예요."

그 젊은 여자는 어리석으리만치 세상을 몰랐지만, 그녀의 본능은 용감했고, 천사처럼 순수했다. 꿈도 야망도 없는 권태로움과 부모로부터 물려받은 무기력함이 온통 그녀를 휘감고 있었으나, 한편으론 그녀에게도 분명히 활기가 남아 있었다. 하느님의 은총인지, 아니면 먼 옛날 몇몇 청교도 조상들로부터 물려받아 그녀의 핏줄 안에서 아직 꺼지지 않은 불꽃 때문인지 몰라도, 그녀는 설령 다른 건 하나도 알아보지 못하더라도, 옳고 그름만큼은 너무나 명백히 구분할 수 있었다. 그녀를 착한 여자라고 부르지 않는 사람은 없었다. 얕보는 말이었는지도 모르지만 어쨌든 그녀는 늘 "착한 여자"였다.

그녀는 자기 앞에 서 있는 그를 올려다보았다. 그녀의 뺨은 타오르는 듯 고통스럽게 뜨거웠고 동시에 눈은 내리깔고 살피고 있었다. "무슨…… 뜻인지…… 모르겠어요." 그녀는 말을 더듬었다. "저는 왕이 부른다 해도 따라가지 않을 거예요…… 당신이 만약…… 나랑 결혼할 게 아니라면요……."

양철 장수의 얼굴도 그녀만큼 붉어졌다. "내 말 좀 들어봐요, 아가씨." 그가 말했다. "그냥 들어요, 하느님께 맹세코 내가 딴 마음이 있는 사람이었다면 당신에게 오지도 않았을 거예요. 다른 여자한테 갔겠지요. 더 예쁘고, 튼튼하고 그리고…… 그렇지만, 오, 맙소사! 난 그런 사람이 아니에요, 어쨌든. 솔직히 말해서 난 당신과 결혼하기를 원해요. 당신을 돌봐주고 싶고요. 그리고 당신 얼굴에서 그 표정을 지우고 싶어요. 너무나 갑작스러운 일이라는 건 알아요. 그리고 이렇게 처음 보는 남자를 믿어달라고 요구하는 게 무리인지도 알고요. 당신이 할 수 없다고 말해도 난 결코 당신을 비난하지 않을게요. 하지만 당신이 그렇게 할 수 있다면 결코 후회하지 않을 거예요. 많은 사람들이 나를 바보라고 생각할 거예요. 정말 그럴지도 모르죠. 그렇지만 난 당신을 처음 본 순간부터 돌봐주고 싶다고 생각했어요. 그리고 돌봐주고 싶다는 그 마음은 당신을 사랑하는 마음으로 바뀌게 될 것도 알아요. 이제 서둘러서 마음의 결정을 해요. 그녀가 돌아올 거예요."

샐리는 상상력이 부족했지만 다정스런 천성을 지니고 있었다. 그녀의 마음속에는 다른 모든 소녀들의 마음처럼, 연인에 대한 수줍고 비밀스런 갈망이 간직돼 있었고, 그것은 그녀가 자라 오면서 함께 깊어졌다. 그러나 한 연인을 뚜렷이 꿈꿔본 적은 없었다. 이제 그녀는 자기 앞에 있는, 수수하고 선하고 야윈 얼굴을 살폈다. 그리고 그 모습은 태어날 때부터 그녀의 무기력한 가슴 속에 자리 잡고 있던 그러한 갈망을 채우기에 충분했다. 그의 등장이 이전의 환상을 사라지게 하지는 못했다. 이전의 환상이라는 것 자체가 아예 없었기 때문이다. 누구도 그녀에게 이런 식으로 말한 적이 없었다. 거칠고 느닷없기는 했지만, 솜씨 좋은 구애였다. 오히려 진심이 느껴졌다. 그녀보다 더 세련된 여자였더라도 이 모든 것을 조금도 감동받지 않은 채 흘려버리기는 어려웠으리라.

이 과정이 평범한 궤도를 벗어났다는 사실에 그녀는 크게 실망하지 않았다. 그녀는 인습에 얽매이지 않았다. 그녀는 아주 단순했다. 그녀에게는 옳고 그름만이 중요했다. 이상한 말이지만, 이런 식으로 떠나버리면 그녀가 여주인에게 상처를 줄 수 있었음에도, 그에 대한 고려는 나중에서야 떠올랐다. 지금 그녀는 자신의 연인을 바라보며 신뢰감을 갖기 시작했고, 그를 신뢰하게 되자마자 ─가난하고, 매력 없고, 작고 무지한 이 여인은!─ 다른 여자들과 다름없이 사랑에 빠지게 되었다. 온통 진분홍빛으로 물든 그녀의 얼굴은 순종의 뜻을 드러내고 있었다. 양철 장수는 그것을 보고 알아차렸다.

"그렇게 할 거죠, 그렇죠, 꼬마 아가씨?" 그가 외쳤다. 그녀는 그 앞에서 더욱 눈을 내리깔았고 입술은 흐느낌과 미소 사이에서 떨리고 있었다. 그는 한 걸음 앞으로 나와 그녀를 향해 두 팔을 뻗었다. 그러고 나서 다시 물러섰고 팔도 내렸다.

"아니지," 그가 외쳤다. "안 돼. 당신을 안아주고 싶지만 그러지 않겠어요. 당신이 내 아내가 될 때까지는 그 작고 가녀린 손을 건드리지도 않을 거예요. 내가 정직하다는 걸 알게 될 테니까. 하지만 지금은 나를 따라와요, 그녀가 돌아오기 전에. 그녀가 기절한 게 아니라면 틀림없이 지금쯤 돌아올 거라고요. 지금 와요, 빨리요!"

"지금이요?" 샐리가 말했다.

"지금! 그야 물론 지금이죠! 기다릴 필요가 뭐가 있어요? 웨딩 케이크를 만들길 바라나 본데, 더비에 가서 사는 게 더 나아요. 늙은 여주인을 따돌려야 하니까요." 양철 장수가 빙그레 웃었다. "여기 내 양철 수레에 들어가 있으면 돼요. 물건을 팔러 다니느라 일주일 가까이 길 위를 떠돌 때도 있기 때문에 넉넉한 공간이 있어요. 그러고 나서 당신 여주인과 거래를 한 다음에는 이곳을 벗어날 거요. 당신이 본 어린 양 가운데 가장 죄 없는 양처럼 말이죠. 그리고 나는 안전해질 때까지 수레를 몰고 갈 겁니다. 그러면 당신은 밖으로 나와서 나랑 나란히 자리에 앉으면 돼요. 이대로 계속 길을 가다가 더비에 도착하면 결혼식을 올리기로 합시다. 10달러에 주례를 맡아 줄 목사를 찾기만 한다면 말이죠."

"그렇지만," 샐리는 숨이 막혔다. "주인이 내가 어디 있는지 찾을 거예요."

"내가 해결할게요. 수레 안에 누워서 내가 하는 말을 듣고 있어요. 세상에! 그 여자 얼굴을 보자마자 우리가 무엇을 할 건지 말하고, 그녀가 보는 앞에서 당신을 내 옆에 앉힐 수도 있지만 그녀가 험한 말을 할 거예요. 당신은 지금도 겁을 잔뜩 집어먹어서 바로 울음을 터뜨릴 테죠. 눈도 더 빨개질 거고. 그럼 더 심한 말을 해서 당신이 포기하게 만들걸요. 여자들은 다른 여자에게 험한 말을 할 수 있거든요. 그리고 자기 말고는 다른 여자들이 남자를 과신하는 걸 이해하지 못해요. 그러니까 이게 가장 좋은 방법이에요." 그는 문 쪽으로 가서 그녀에게 오라고 손짓을 했다.

"하지만 난 모자를 써야 해요."

"모자 같은 건 마음 쓰지 말아요. 더비에 가면 하나 사 줄게요."

"모자도 없이 맨머리로 더비까지 타고 갈 수는 없어요." 샐리가 거의 울먹이며 말했다.

"나야 그런 일에 대해서는 당신만큼 잘 알지는 못하지요, 그건 분명해요. 하지만 서둘러요. 어서 모자를 가져와요, 이러다 여주인이 돌아오겠어요. 좀 전에 그녀가 오는 소리를 들은 것 같아요."

"모아놓은 돈도 조금 있어요."

"그럼 그것도 가져와요. 그 늙은 부인에게 선물로 줄 수는 없으니까요. 그 돈으로 당신 사탕을 사먹으면 되겠군요. 어서 서둘러요."

그녀는 겁먹은 눈으로 그를 한 번 더 힐긋 보고는 서둘러 부엌에서 나갔다. 축 늘어진 옥양목 원피스는 그녀의 볼품없는 가녀린 팔다리와 말라빠진 엉덩이의 결점이 고스란히 드러나게 했다.

'뒤에 주름이 잡힌 드레스를 사줘야겠군.' 그녀를 바라보면서 양철 장수는 생각했다. 그러고 나서 양철 수레로 서둘러 가서는, 그녀가 몸을 뉘일 수 있게 빈자리를 만들었다. 그는 가지고 있던 긴 외투를 바닥에 깔았다.

"자, 아가씨, 내가 당신을 수레에 태워 줄게요." 샐리가 나타나자 그가 속삭였다. 그녀는 모자를 쓰고, 얇은 양털로 만든 초록색 잔무늬 숄을 어깨에 두르고 있었으며, 손에는 돈이 조금 든 목이 긴 낡은 양말을 들고 있었다.

그녀는 주변을 둘러보고 나서 다시 한번 그의 얼굴을 보았다. 마치 어린아이가 어두운 방 안을 들여다보는 듯한 눈빛이었다. "당신은 정직한 사람이죠?"

"하느님 앞에 맹세해요, 아가씨. 이제 빨리 타요, 그녀가 와요!"

제힘으로 수레에 올라타기에는 그녀의 가녀린 팔다리는 너무나 약했기에 그는 그녀를 들어 올려서 안에 태웠다. 그녀가 수레에 들어가기가 무섭게 킹 부인이 부엌 문 앞에 나타났다.

"저기요! 설마 지금 가려는 건 아니죠?" 그녀가 외쳤다.

"아닙니다, 부인, 말을 좀 살펴보느라 나왔습니다. 파리 때문에 좀 불편해 하는 것 같아서요. 노란 말벌도 윙윙거리고 돌아다니고 있지 뭐예요." 양철 장수는 순박한 얼굴을 한 채 문 쪽으로 다가섰다.

"기다리다 지쳤겠어요. 서두르지 않아도 된다고 말해서 색깔 있는 헌 옷들 사이에서 낡은 흰 옷들을 골라냈거든요. 할 수 있으면 더 가져왔을 거예요. 당신이 오기 전에 모두 정리해 두었으면 좋았을 텐데. 샐리가 지난주에 정리해 놓았으면 했지만, 그 아이가 아팠거든요.—그런데 샐리는 어디 있죠?"

"누구요?"

"샐리요. 당신이 왔을 때 설거지를 하다가 문을 열어줬던 여자애 말이에요."

"아, 그 여자애요! 제가 말을 보러 나오기 조금 전에 문 밖으로 나가는 걸 봤는데요."

"저런, 그 애를 불러야겠어요, 그렇지 않으면 설거지가 절대로 끝나지 않을 거예요. 그러고 나서 헌 옷들을 같이 좀 보지요."

킹 부인이 문 쪽으로 성큼성큼 걸어가자 양철 장수가 그녀를 말렸다.

"부인, 괜찮으시다면," 그가 말했다. "이 거래부터 해결해 주시면 좋겠습니다. 샐리는 나중에 찾으시고요. 저도 이제 좀 서둘러야 하거든요. 더는 기다릴 여유가 없을 것 같습니다."

"그러시다면," 킹 부인이 마지못해서 말했다. "당신한테 더 기다려 달라고 할 수는 없는 노릇이네요. 아무튼 이렇게 종종 맥이 빠질 때가 있답니다. 샐리가 저 설거지를 언제 다 끝낼지 모르겠네요."

"제 생각도 그래요. 제가 보기에도 그 아가씨는 결코 그 일을 끝낼 것 같지 않았거든요." 킹 부인의 헌 옷이 든 가방들을 주워 모아 수레 쪽으로 가면서 양철 장수가 말했다.

"2분만 그 애를 지켜본다면 누구라도 그 애가 얼마나 느린지 알 수 있을 거예요." 킹 부인이 맞장구를 치며 따랐다. "그 애는 어릴 때부터 내가 맡아 길렀어요. 그러지 말았어야 했다고 아마 50번도 더 생각했을 거예요. 아주 착한 아이지만 너무 느려 터졌거든요. 빠릿빠릿하지가 않아요. 이 우유 냄비들은 얼마죠?"

킹 부인은 흥정에는 날카롭기로 소문이 나 있었다. 그녀와 거래하는 일은 대부분 시간이 오래 걸려 어떤 행상인이라도 애를 먹었다. 그러나 오늘은 솜씨를 부려 짧게 마무리되었다. 고객이 그저 한번 던져봤을 뿐인데 양철 장수는 본인이 처음 제시한 가격에서 놀랍도록 신속하게 값을 내렸다. 그렇게 해서 평소보다 훨씬 짧은 시간 안에 흥정을 마무리했고, 그녀는 두 팔 가득 냄비들을 들고, 좋은 가격에 샀다는 확신에 차서 의기양양한 얼굴로 재빨리 집 안으로 들어갔다.

양철 장수는 얼른 자리에 앉아 고삐를 잡았다. 덜컹거리며 모퉁이를 돌아 가는 그때까지도 킹 부인이 샐리를 부르는 소리가 들려왔다.

킹 부인의 집에서 400미터쯤 떨어진 곳에 집이 한 채 있었다. 조금 더 가면 그 너머에는 숲속으로 이어지는 길이 뻗어 있었다. 이곳은 집이 아주 띄엄띄엄 있어서 인적인 드문 마을이었다. 양철 장수는 가능한 한 빠르게 달려 숲속에 다다르자 말을 멈추고 내려서 수레 안을 들여다보았다. 샐리의 하얀 얼굴과 동그란 두 눈이 애처롭게 그를 바라보았다.

“괜찮아요, 아가씨?”

“오, 돌아가게 해 줘요!”

“맙소사, 안 돼요, 아가씨. 지금 돌아가자는 말은 하지 말아요! 거 참, 그 여자는 모진 말을 할 거라고요. 이제 거기 갇혀 있지 않아도 돼요. 나와서 내 옆에 나란히 앉아요. 잘 듣고 있다가 누가 오는 소리가 들리면 곧바로 자리 밑 상자 안에 넣어 줄게요. 그런데 여기 3마일 이내에는 아무도 살지 않아요.”

그는 불쌍하게 몸을 떨고 있는 작은 그녀를 들어 올려 자리에 앉혔다. 그녀 옆에 앉아 말고삐를 잡으면서 그는 호기심 어린 눈빛으로 그녀를 바라보았다. 킹 부인이 얼마나 엄하게 간섭했는지 그녀의 모자는 형편없어 보였다. 갈색 리본으로 단조롭게 장식된 갈색 밀짚모자였다. 그는 그것을 못마땅하게 바라봤다.

"더비에 가면 신부가 쓰는 것 같은 하얀 보닛을 사 줄게요." 그가 말했다.

그녀는 얼굴을 조금 붉히더니 그를 올려다봤는데, 그 작은 얼굴에 고마워하는 빛이 스쳤다.

"가엾은 사람!" 양철 장수가 말했다. 그리고 그녀를 향해 손을 뻗었다가 도로 거두었다.

더비는 도시의 명망을 누릴 만한 마을이었다. 작은 시골 마을들의 교역이 이루어지는 중심지였으며, 날씨가 좋고 길도 좋으면 그 중심가는 별 특징 없는 구식 교통수단들로 붐볐고, 사람들은 분위기나 차림새에서 여러 가지로 독특하고 진기한 면모를 보여주었다.

그래서 사랑의 도피를 감행한 이 두 사람, 키가 크고 앙상하게 마른 느릿느릿한 남자와, 깡마르고 주눅 든 모습의 여자, 빈약한 치마가 그나마도 허리선 아래로 너무 많이 처져서 끌리는 통에 발뒤꿈치를 어색하게 움직이고 있는 그녀의 모습조차 특별히 눈길을 끌지 못했다.

양철 수레를 호텔 마구간에 세워 놓은 뒤에 두 사람은 법적으로 남편과 아내, 정확히는 제이크 러셀 부부가 되었다. 그들은 신부의 옷차림을 제대로 갖추기 위해 온갖 가게들이 모여 있는 번화가로 발을 옮겼다. 예전엔 티가 잘 나지 않았을지 몰라도 이제 샐리는 자신의 옷이 부적절하다는 사실을 민감하게 의식하고 있었다. 샐리는 주변을 돌아보면서 예쁘장하게 차려입은 여자들을 서글픈 눈으로 바라보았다. 그녀의 가슴속에는 자신이 가지고 있던 가장 좋은 드레스에 대한 미련이 남았다. 그것은 얇은 갈색 양모 드레스로, 아래에 주름이 잡혀 있고, 등 쪽에는 반짝이는 장식이 있었다. 그녀는 그 옷이 훌륭하다고 오랫동안 굳게 믿어 왔다. 그래서 이제 이런 화려한 주름으로 장식된 옷들을 바라보면서도 그녀의 머릿속에서 그 믿음은 좀체 사그라들지 않았다. 갈색 벨벳 드레스를 입은 여인이 우습다는 듯이 샐리의 초라한 행색을 바라보고 있을 때도 그녀의 마음속에서는 자신이 두고온 그 드레스가 더 나아 보였다. 그녀는 갈색 양모 드레스만 입었어도 이 낯선 사람들 속에서 좀 더 자신 있게 걸을 수 있었으리라 생각했다. 그렇지만 자신의 모자와 돈을 간신히 챙긴 그녀는 사실 다락 계단을 오르는 킹 부인의 발소리를 듣고는 그 옷을 챙기기 위해 감히 더 머물 엄두를 내지 못했었다.

그녀는 자신을 위한 새 드레스를 찾고 있다는 걸 알았지만, 그녀가 가장 좋아하던 그 두고온 드레스를 완전히 대신할 수 있는 옷은 찾을 수 없을 거라는 슬픈 확신이 들었다. 그리고 샐리는 바느질이 그렇게 빠르지도 않았다. 새로 만들어야 한다는 생각이 그녀를 낭패스럽게 했다. 재봉사의 도움을 받거나 기성복을 구한다는 생각 자체가 그녀의 단순한 머릿속에는 들어온 적이 없었다.

제이크는 어슬렁거리며 길을 따라 내려갔고, 그녀는 한 두 발자국 뒤에서 걸으며 그를 순순히 따랐다. 마침내 양철 장수가 큰 가게 앞에 멈춰 섰다. 여성용 기성복들이 진열되어 있는 것이 창문 너머로 보였다. "다 왔어요." 그가 신이 나서 말했다. 샐리는 힘없이 그를 따라 넓은 계단을 올라갔다.

진열된 드레스 가운데 하나가 양철 장수의 감탄을 자아냈다. 조금 화려하게 장식된 디자인에 붉은 빛깔이 여기저기 섞여 있었다. 제이크의 부탁으로 점원이 옷을 내려 그들에게 보여줬을 때 샐리는 조금 의아한 듯 그것을 바라보았다. 소박한 취향이었던 그녀는 산비둘기 색깔같이 얌전하고 고상한 옷에 끌렸다. 그가 고른 드레스의 빨간색 빗금무늬들이 그녀를 당황하게 했다. 그러나 드레스를 사겠다는 남편의 결정에는 아무 말도 하지 않았다. 그녀는 가격을 보고 창백해졌다. 그녀가 소중하게 모아온 돈 전부와 맞먹는 금액이었다. 그렇지만 제이크가 지갑을 만지기 시작했을 때, 그녀는 자신의 긴 양말 지갑을 단호히 집어 들었다.

"내가 낼게요." 그녀가 작은 얼굴을 그에게 들어 보이며 겁먹었지만 결심한 듯 점원에게 말했다.

"오, 안 돼요, 그러지 마요, 꼬마 아가씨!" 제이크가 그녀의 팔을 낚아채며 외쳤다. "당연히 내가 낼 거예요. 자기 아내에게 드레스 하나 못 사준다는 건 안 될 말이에요."

샐리의 가냘픈 목 전체가 붉게 물들었다. 하지만 그녀는 돈을 들고 단호히 버텼다.

"아니에요." 그녀가 고집스럽게 고개를 저으며 말했다. "내가 내겠어요."

양철 장수는 그녀가 하자는 대로 내버려두었다. 그는 그녀가 돈을 내는 모습을 놀라움과 속상함이 뒤섞인 눈으로 바라보며 숱 없는 콧수염을 깨물었다. 그녀는 조금은 걱정스러운 듯, 애석한 눈빛으로 자신이 아끼던 돈이 점원의 손으로 건네지는 것을 바라보았다.

그들이 가게에서 나왔을 때, 새 드레스가 그의 손에 들려 있었다. 그가 불쑥 물었다. "도대체 왜 그랬죠, 꼬마 아가씨?"

"다른 사람들도 그렇게 하잖아요. 능력이 되면 결혼할 때 옷을 새로 사잖아요."

"그렇지만 당신 돈을 몽땅 써 버렸잖아요, 그렇죠?"

"그건 상관없어요."

양철 장수가 반쯤 놀라고, 반쯤은 감탄하며 그녀를 바라보았다.

"흠," 그가 말했다. "자신만의 의지가 있는 것 같군요, 아가씨. 난 기뻐요. 여자는 상냥함을 뒷받침할 의지가 조금은 있어야 한다고 생각해요. 안 그러면 너무 부드럽고 시시하기만 하거든요. 하지만 드레스는 꼭 사줄게요."

그는 놀란 신부를 안내해 옷감 가게로 발을 옮겼다. 그리고 청록색 실크 드레스 옷감과 우아한 흰 보닛을 구입했다. 그러나 샐리는 자신의 남은 돈으로 평범해 보이는 해가림 모자를 사겠다고 고집을 부렸다. 그녀는 양철 수레 위에 앉아 그 하늘하늘한 흰 보닛을 쓰고 있을 자기 모습이 얼마나 우스꽝스러울지에 대해 뼈저리게 자각하고 있었다.

두 사람은 일주일쯤 더비에 머물렀다. 그러고 나서 그들은 여행길에 올랐고, 더비의 재봉사가 유행하는 스타일로 만들어 준 청록색 드레스는 하얀 모자와 함께 작은 새 가방에 넣어져 수레에 실렸다.

어차피 어디든 발길 닿는 대로 가면 되는 양철 장수는 이제 새로운 길을 찾았다. 샐리는 예전 여주인으로부터 멀리 떨어지기를 바랐다. 그녀는 예기치 못한 곳에서 여주인을 다시 마주치게 될까 봐 늘 두려워했다.

그녀는 그들이 더비를 떠나 멈춘 첫 번째 마을에서 여주인에게 어설픈 철자법으로 편지를 써 보냈다. 그것이 킹 부인에게 과연 안도감을 줄지 당혹감을 안길지는 모를 일이었다.

그들은 여전히 인적이 드문 길로 다녔다. 상점들과 멀리 떨어진 곳에 사는 농부의 아낙들이 양철 행상인의 손님이 되어 주었다. 늦은 봄이었다. 그들은 때때로 집 한 채 없는 싱그러운 숲길을 1, 2마일씩이나 그냥 지나치기도 했다.

조용하고 소박하게 살아가는, 전원에서의 이상적인 삶에 대해 여자는 들어본 적도 말한 적도 없었다. 하지만 이제 그녀는 수레를 타고서 금빛으로 반짝이는 푸른 나뭇가지 아래를 지나다녔고, 그럴 때마다 양철 그릇들이 경쾌한 소리를 냈다.

그들이 농가에서 물건을 팔기 위해 수레를 멈췄을 때, 그녀는 당당하게 자리에 앉아 있었다. 자신의 가느다란 등을 꼿꼿이 세운 채, 남편이 농가의 부인과 이야기를 나누는 동안 말고삐를 손에 꼭 쥐고 있었다. 그는 말하는 사이에도 이따금 아내가 안전한지 세심히 살폈다. 안식일이 되면 그들은 언제나 기도를 드리기 위해 예배 장소가 있는 곳을 찾아 다녔다. 그러면 청록색 실크 드레스와 하얀 모자는 고이 모셔져 있던 곳에서 경건하게 풀려 나왔다. 그리고 샐리는 가슴 가득 행복을 느끼며 신부에 걸맞는 옷차림으로 남편과 함께 교회에 갔다.

이 모든 아름다움과 우아함을 지닌 순박한 두 순례자들의 마음은 늘 서로를 향해 있었고, 오직 소박하게, 비판하지 않는 눈빛으로 서로를 바라볼 따름이었다. 두 사람은 더없이 행복하게, 3개월쯤 여행을 계속했다. 어느 날 오후 제이크는 그들이 밤을 보내려 했던 작은 시골 여관에서 나왔다. 두 사람이 하룻밤 묵을 수 있을지 그가 알아보러 간 사이에, 샐리는 수레에서 기다리고 있었다. 그는 그녀 옆에 다시 올라타더니 고삐를 잡았다.

"웨어로 갑시다." 그가 메마른 목소리로 말했다. "3마일만 더 가면 되니까. 여기는 방이 꽉 찼어요."

제이크는 급히 수레를 몰았다. 그의 따뜻한 얼굴이 끔찍한 표정을 짓고 있어서 비극적 아름다움이 엿보였다.

샐리는 내내 그를 애처로운 눈으로 올려다보았지만 웨어 마을에 가기 전 마지막 숲길에 다다를 때까지, 그는 그녀 쪽으로 눈길을 돌리지도 않았고 그녀에게 말을 건네지도 않았다. 그러고 나서 잎이 무성한 그 길을 빠져 나가기 바로 직전에, 그는 속도를 조금 늦추더니 그녀에게 팔을 둘렀다.

"나 좀 봐요, 꼬마 아가씨." 정적을 깨며 그가 말했다. "당신에겐 엄청난 근성이 있어요, 그렇죠? 만일 무슨 끔찍한 일이 있어도 당신은 죽지 않고, 견뎌낼 거죠?"

"당신이 그렇게 하라고 한다면요."

그는 그녀의 말에 열심히 귀를 기울였다. "그렇게 해요, 아가씨, 지금 당신에게 말할게요." 그가 외쳤다. "어떤 끔찍한 일이 일어난다고 해도 당신은 내가 견뎌내라고 했던 말을 기억해요."

"네, 그럴게요." 그녀는 떨면서 그에게 매달렸다. "오, 무슨 일이죠, 제이크?"

"지금은 마음 쓰지 말아요, 꼬마 아가씨." 그가 대답했다. "어쩌면 끔찍한 일이 일어나지 않을지도 몰라요. 난 그렇다고는 말하지 않았어요. 힘내고 나에게 키스해 줘요, 그리고 저 하늘을 봐요. 온통 분홍빛과 노란빛으로 물들어 있어요."

그는 쾌활해지려고 애썼고, 농담과 애정이 담긴 말들로 그녀를 편안하게 해주려고 했지만, 그 얼굴의 보기 흉한 주름들은 미소 속에서도 변하지 않고 굳게 남아 있었다.

그러나 샐리는 다가오는 악惡의 기미를 느끼기에는 분별력이 그리 뛰어나지 않았고, 기질적인 민감함도 없었다. 그녀는 곧 기운을 되찾아, 평소보다 더 명랑해졌다. 저녁 내내 그녀는 순진하고 행복에 넘치는 농담 몇 마디를 던졌고 제이크는 온 마음으로 웃어 보였지만, 그다음 순간 그는 더 고통스러워 보였다.

그날 저녁에 그는 지갑을 꺼내어 돈을 보여주며 장난치듯 그것을 세어 보았다. 그리고 무심히 지나가는 듯한 말투로 그가 지역 은행에 저금해 놓은 액수를 말해 주고, 혹시 자신이 아프거나 필요할 때 어떻게 자기와 마찬가지로 샐리도 돈을 찾을 수 있는지도 말해 주었다. 그리고 그가 가진 물건들의 값과 말, 수레의 가치도 말해 주었다. 그리고 그날 밤 잠자리에 들었을 때 그는 어떠한 의심도 하지 않는 아내에게 그의 일에 관한 모든 것을 말해 주었다.

그녀는 아이처럼 쉽게 잠들었다. 제이크는 꼼짝 않고 가만히 누워서 그녀의 새근대는 숨소리를 한 시간이나 듣고 있었다. 그리고 조용히 일어나 그녀의 얼굴로 빛이 향하지 않도록 주의하며 초에 불을 밝혔다. 그는 펜과 종이를 들고는 작은 탁자에 앉았다. 고개를 한쪽으로 숙인 채 근육에 경련이 온 상태로 펜의 움직임을 따라 고통스럽게 적어 내려갔다. 그는 확신에 차서 안정감 있게 써내려 갔는데, 마치 모든 중요한 사안을 미리 외워 두고 있는 듯했다. 그러고 나서 그는 주머니에서 작은 책을 꺼내 조심스레 그 종이로 감싸고, 아내가 잠들어 있는 침대 가까이 다가갔다. 그는 아내를 보지 않고 빈 베개 위에 그 작은 꾸러미를 올려 놓았다. 그러고는 재빨리 옷을 입고 고집스럽게 고개를 돌려 침대 쪽은 보지 않은 채 문을 살짝 열고 나갔다. 그는 결코 뒤돌아보지 않았다.

이튿날 아침, 잠에서 깨어난 샐리는 베개 위에서 작은 꾸러미를 발견했고, 남편이 사라지고 없다는 사실을 알았다. 그녀는 두려움보다는 호기심에서 그것을 열어 보았다. 접힌 편지 속에 은행 통장이 들어 있었다. 샐리의 입술은 창백해졌고 눈은 커졌다. 그녀는 힘겹게 그것을 읽어 나갔다. 단순한 글이었지만 거친 문장들 사이로 느껴지는 깊은 감정이 그녀의 가슴을 찌르는 듯했다.

사랑하는 아내에게,―나는 떠나야만 해요, 당신을. 이게 유일한 길이야. 내가 다시 돌아올 수 있다면 그렇게 할게. 내가 어젯밤에 내 일에 대해 말했지. 수레를 몰고 더비까지 가도록 해요. 내가 말한 암스 씨를 만나면 그가 수레와 말 파는 걸 도와줄 거야. 그에게 당신 남편이 떠나야만 했고, 그렇게 하라고 시켰다고 말해요. 당신에게 내 은행 통장을 주고 갈게. 내가 말한 대로 은행에서 돈을 찾을 수 있을 거야. 그리고 베개 밑에 내 시계와 지갑이 있어. 내가 어떻게든 먹고 살 돈 조금만 빼고 내 전 재산을 당신에게 남겼으니 받아주기를. 더비 어딘가에 머무는 게 좋을 거야. 돈은 한동안 충분할 거고 그게 다 없어지면, 내가 뼈가 으스러지도록 일을 해야 하는 한이 있어도, 다시 돈을 보내줄게. 당신은 걱정해서 너무 열심히 일하거나 하지 말고. 그리고 견뎌내요. 견뎌내겠다고 나에게 약속한 것 잊지 말아요. 분명히 그런 때도 있을 텐데, 기분이 아주 끔찍하게 나쁠 때, 스스로에게 이렇게 말해 봐요. "나더러 견뎌내라고 그가 말했어. 그리고 견뎌낼 거라고 나도 말했어." 글을 잘 쓰지 못해서 미안해.—이 목숨이 다할 때까지 당신의 사람인 제이크 러셀.

편지를 다 읽고 나서 샐리는 침대 끝에 잠시 멍하니 앉아 있었다. 그녀의 호리호리하고 둥근 어깨가 몸에 감겨 붙은 잠옷 사이로 고통스럽게 드러났다. 그녀의 눈은 앞을 똑바로 바라보고 있었다.

그녀는 일어나서 옷을 입고 편지를 접어 은행 통장을 감싸고 남편의 지갑을 집어 들어 품속에 넣었다. 그리고 조용히 아래층으로 내려갔다. 방을 나서기 전에 그녀는 문의 걸쇠에 손을 얹은 채 잠시 멈춰 서서 혼자 중얼거렸다. "그가 나더러 견뎌내라고 했어. 나도 견뎌낼 거라고 말했고."

그녀가 돈을 지불하려고 하자 이미 계산이 끝났다고 여관 주인이 말했다. 혼자 떠나기로 결심을 굳힌 그녀의 남편이 번거롭지 않게 일을 마무리하고 갔던 것이다. 여관 주인에게, 급한 일로 자신은 불려가지만 그의 아내는 다음 날 아침까지 남아 양철 수레를 끌고 어떤 곳에서 그와 만나기로 했다고 이야기해 놓은 것이다. 그래서 그녀는 상황을 의아하게 생각한 사람들이 내뱉는 말들로 인해 고통당할 일도 없이 홀로 양철 수레를 끌고 길을 나섰다.

그녀가 수레의 말고삐를 모아 잡고 덜컹거리며 시골길을 내려갈 때, 그녀는 마치 새로운 종교에 빠진 열정적인 제자와 같은 모습을 하고 있었다. 그녀의 비쩍 마른 양철 장수 남편이 곧 그녀의 예언자였고, 그가 그녀에게 남긴 작별의 말들은 곧 그녀의 교리이자 온전한 신앙 고백이 되었다.

그녀는 더비로 가지 않았다. 편지를 다 읽고 침대 끝에 앉아서 그녀는 마음을 정했다. 그녀는 본디 정했던 길을 따라 수레를 몰았고, 남편이 그랬듯이 농가에 멈춘 뒤 헌 옷들을 받고, 양철 물품들을 팔았다. 손님들은 크게 놀라서 이것저것 물어 오며 궁금해 했다. 여자 혼자서 양철 수레를 끌고 다니며 물건을 파는 것은 지금까지 본 적 없는 광경이었다. 그렇지만 그녀는 온화함과 위엄을 잃지 않은 채 자신에게 물어 오는 모든 사람들에게 사정을 설명했다. 남편은 떠나 버렸지만 그가 다시 돌아올 때까지 그녀가 그의 손님들을 응대하기로 했다고 말했다. 뭔가 잘못되었을 거라는 의심을 그녀가 언제나 누그러뜨릴 수는 없었지만, 꽤 만족스러운 거래를 이어갔고, 또 좋은 가격으로 주었기 때문에 무사히 장사를 해 나갈 수 있었다. 그러나 농장 뜰로 들어가거나 거기서 나올 때면 자신의 작은 심장을 뛰게 하는 말을 되풀이하고는 했다. 강하고 격려가 되는 구호였다. "그가 견뎌내라고 했어. 그리고 나도 견뎌내겠다고 말했어."

팔 물건이 떨어지자, 그녀는 그것을 보충하고자 더비까지 수레를 몰고 갔다. 그곳에서 중개상들의 반대에 부딪혔지만 거의 비정상적이다 싶은 그녀의 끈기로 그것을 이겨낼 수 있었다.

그녀는 암스 씨에게 제이크의 편지를 보여 주었다. 암스 씨는 그녀가 거래하는 양철 중개상이었다. 그가 좋은 가격을 약속하며 편지 안에 적힌 조언대로 하라고 설득했지만, 그녀는 단호했다.

곧 그녀는 자신이 남편이 했던 것만큼, 아니 그보다 더 잘 해내고 있음을 깨달았다. 손님들은 양철 장수가 남자가 아닌 여자라는 새로운 사실에 차츰 익숙해졌고 그녀를 좋아하게 되었다. 게다가 정규 품목에 더해서 핀이나 바늘, 실과 같은, 주부들이 흔히 필요로 하는 작은 잡화들도 싣고 다녔던 것이다.

그녀는 종종 여관이 아닌 농가에서 하룻밤을 묵었고, 날씨가 험할 때에는 가던 길을 멈추고 며칠씩 쉬어가곤 했다. 더비로 향했던 여행 뒤에 그녀는 늘 작은 권총을 지니고 다녔는데, 그녀 자신보다는 제이크의 시계와 물건들을 지키기 위해서였다.

그녀는 당장의 소비를 위해 필요하지 않은 돈은 모두 더비 은행으로 가져갔고, 제이크의 작은 재산은 차츰 불어났다. 3년 동안 그녀는 외로운 여행을 계속했다. 그 사이에 때때로 암스 씨를 통해 돈이 조금 그녀에게 보내지기는 했다. 돈이 올 때면 샐리는 가련하게 울었다. 그리고 자신이 가지고 있던 돈과 함께 은행에 넣었다.

그녀는 남편이 언젠가는 돌아오리라는 믿음을 절대로 버리지 않았다. 오늘이 바로 그날일지도 모른다는 희망을 품은 채, 그녀는 아침마다 눈을 떴다. 금빛으로 빛나는 모든 새벽이 그 멋진 가능성을 그녀에게 보여주는 듯했고, 해질 무렵이면 바라보는 붉은 노을이 또한 그러했다. 그녀는 멀리서 다가오는, 시골길에서 만나는 모든 이들이 그일지도 모른다는 믿음을 반쯤 마음속에 품고서 늘 그들을 유심히 살펴보기를 멈추지 않았다. 그리고 그들이 가까이 다가왔을 때 그 환상이 깨어지고 말아도, 잠시 가라앉았던 그녀의 마음은 곧 다시 용감하게 뛰었다. 그러고 나면 그녀는 또 다른 나그네를 살펴보았다.

그가 떠난 그 봄으로부터 3년이 다 지나도록 그는 여전히 돌아올 줄 몰랐다. 뉴욕 소인이 찍힌 봉투에 돈이 보내져 온 것 말고는 어떤 단서도 찾을 수가 없었다. 그녀는 그로부터 아무런 소식도 듣지 못했다.

6월 어느 오후, 이 가엾고 외로운 순례자는 사랑하는 이도 없이, 이제는 그 황홀한 의미도 잃어버린 전원의 이상향을 고독 속에서 수레를 몰고 가고 있었다. 그때 양철들이 쨍그렁거리는 소리 사이로 그녀를 뒤에서 부르는 목소리가 들려왔다. "샐리! 샐리! 샐리!"

그녀가 돌아보니, 그가 그녀를 뒤쫓아 달려오고 있었다. 그녀는 고개를 재빨리 돌리고는 말을 멈추었다. 그녀는 가만히 앉아서 잔뜩 긴장한 채로 숨을 가다듬고 있었다. 자신이 제대로 본 것인지 두려워서 다시 돌아볼 엄두가 나지 않았다.

서두르는 발걸음이 점점 가까이 다가왔다. 그녀는 수레 바로 옆에서 발소리가 들려오자 고개를 돌려 다시 바라보았다. 그랬다. 언제나 그녀에게 그 일이 일어나지 않으면 죽을 것만 같이 느껴졌었던 바로 그 순간이었다.

"제이크! 제이크!"

"오, 샐리!"

그녀가 다시 숨도 고르기 전에 그는 자리로 뛰어올라 팔로 그녀를 감싸 안았다.

"제이크, 해냈어요. 견뎌냈어요."

"해낼 줄 알았어. 꼬마 아가씨. 암스 씨가 모든 걸 얘기해 줬어. 오, 사랑스러운 사람, 가여운 사람, 혼자 이 수레를 끌고 다녔다니!"

제이크는 샐리의 뺨에 자기 뺨을 가져가 흐느꼈다.

"울지 말아요, 제이크. 나, 돈 벌었어요. 그리고 잘 가지고 있어요. 당신을 위해 은행에 넣어 뒀어요.”

“오, 이런 복덩이! 샐리, 더비에서 그들이 나에 대해 험한 말을 하지 않았어?”

실제로 그녀는 그 말을 듣고 지독하게 놀랐다. 더비에서 그녀에게 전달된 한 가지 말이 있었는데, 그 뒤로 더비에서 들은 그 말이 떠오를 때마다 그녀는 공포로 떨었다.

“네, 당신이 다른 여자와 달아난 거라는 말을 들었어요.”

“그래서 당신은 뭐라고 했어?”

“난 믿지 않았어요.”

“실은 그랬어, 샐리.”

“그래도, 이렇게 돌아왔잖아요.”

“당신과 결혼하기 전에 나는 다른 여자와 결혼했었어. 하느님께 맹세컨대 난 내 아내가 죽었다고 생각했거든. 그녀의 가족들이 그렇다고 말했으니까. 어느 날 행상을 마치고 집에 돌아왔더니 아내가 없더라고. 그리고 가족들은 그녀가 누굴 좀 방문하러 간 거라고 말했어. 몇 주 안 돼서 그녀가 다른 남자와 달아난 거라는 걸 알게 됐지. 난 앞으로 어떻게 되는 건가에 대해서 그다지 마음 쓰지 않고 다시 행상을 하러 나갔어. 그로부터 1년쯤 뒤에 신문에서 그녀가 죽었다는 기사를 읽었고, 그 사람 가족들에게 편지를 보냈더니 사실이라고 하더군. 그들은 나쁜 사람들이었어, 모두가. 난 속은 거였어. 하지만 그녀는 아주 예쁜 얼굴에 꿀처럼 달콤한 혀를 가지고 있었어. 그리고 나는 풋내기였어. 3년 전에 그로버에 있는 그 여관에 들어갔을 때, 그녀가 부엌에서 요리를 하고 있는 걸 봤어. 함께 달아났던 녀석은 그녀를 버렸다고 하더군. 그리고 그녀는 나를 찾고 있었다고 했어. 그녀는 너무 가난했고 그 장소를 우연히 발견해서 머물게 된 거라고 했지. 그 여잔 원래부터 요리를 잘했고, 손님들 비위를 잘 맞췄지. 손님들도 그녀의 예쁜 얼굴을 보는 게 좋았을 거야, 빌어먹을!

그런데 그 여자가 날 단번에 알아보고는 매달리더군. 울면서 자기를 용서해달라고 애원했어. 그리고 수레에 앉아 있는 당신을 보고는 날뛰었어. 그녀가 뛰쳐나가 당신한테 모든 걸 다 밝히지 못하도록 난 그녀를 붙잡아야 했어. 그 얘기를 들으면 당신이 죽을지도 모른다고 생각했어. 그때는 당신이 얼마나 잘 견뎌낼지 몰랐거든. 당신한테 그럴 강단이 없으면 어쩌나 싶었으니까!"

"제이크, 난 견뎌냈어요."

"그래, 알아, 그랬지. 당신은 축복이야. 그런데 그녀가 나한테 당신을 떠나지 않으면, 자기와 함께 가지 않으면 내 처지를 밝혀버리겠다고 했어. 자기 손에 유리한 무기를 쥐고 있다는 걸 알고, 나를 중혼죄로 처벌할 수 있다는 걸 알게 된 순간, 그녀는 더 이상 울지도 않았고 날 처음 알아봤을 때처럼 겸손하지도 않았지.

꼬마 아가씨, 그래서 나는 당신을 떠날 수밖에 없었어. 당신이 내 아내가 아닌 채로 내가 당신 곁에 머물 순 없었고, 그게 그녀의 입을 막을 수 있는 유일한 길이었지. 나는 그날 밤 그녀를 만나서 뉴욕으로 갔어. 그 여자를 위해 셋방을 얻고 상자 공장으로 일하러 다녔어. 그녀를 먹여 살렸지. 밤을 보내러 그녀한테 가는 일은 절대로 없었어. 내 마음속에 살의를 품지 않고는 도저히 할 수 없는 일이었으니까. 하지만 그녀에게 돈은 계속 보내줬지. 내게 돈이 조금이라도 모아지면 다 당신에게 보냈어. 그렇지만 당신한테 부족하면 어쩌나 싶고, 당신이 걱정돼서 밤에 잠을 이룰 수가 없었어. 이제 다 끝났어. 그녀는 한 달 전에 죽었으니까. 그녀가 묻히는 걸 봤어.”

“그 여자에 대해 당신이 이야기를 시작할 때부터 그녀가 이미 죽었다는 걸 알았어요. 당신이 돌아왔으니까요.”

“그래, 이번엔 정말로 죽었어. 그래서 기뻐. 겁먹은 얼굴 하지 말아요, 아가씨. 부디 주님께서 나를 용서해 주시길. 아무튼 난 기뻐. 그 여자는 정말 나쁜 사람이었거든, 샐리.”

“그녀가 미안해 했을까요?”

“나도 모르지.”

샐리는 제이크의 어깨에 편히 머리를 기댔다. 바스락대는 단풍나무와 아카시아나무 가지들 사이로 햇빛이 황금무늬를 이루며 그들 위에 내려앉았다. 말은 고개를 숙여 길가의 부드럽고 어린 풀을 뜯어 먹고 있었다.

“말을 몰고 더비에 가서 다시 한번 결혼식을 올리자, 샐리.”

그녀는 갑자기 고개를 들어 그를 열망하는 눈으로 바라보았다.

“제이크?”

“왜요, 꼬마 아가씨?”

“제이크, 내 청록색 실크 드레스와 하얀 모자가 수레 안쪽 가방 속에 그대로 있어요. 그 옷을 꺼내서 저기 저 나무 아래에서 갈아입고, 우리 가서 결혼식을 올려요!”

사라의 선택

Sarah Edgewater

도레나는 방을 나갔다. 그녀는 진정한 자기 해방을 위한 작은 주장으로서 강한 향수 냄새를 남기고는 당당하게 나갔고, 사라 에지워터는 그녀가 지난 몇 해 동안 남몰래 두려워한, 그 종말의 시간이 다가왔음을 알았다.

도레나는 그만두겠다는 뜻을 밝혔다. 그녀는 유감스러워 했고, 감정이 북받치기도 했다. 그녀는 에지워터 집안에 헌신하다 삶을 마친 자신의 어머니와 닮은 점이 매우 많았는데, "사라 아가씨"를 홀로 두고 떠나야 한다는 사실에 애틋함과 불안감을 느꼈다. 하지만 도레나는, 그녀만큼이나 밝은 피부색에 자기주장이 강한 잘생긴 젊은 남자를 사랑하게 되었다. "사라 아가씨에게 도저히 말하지 못하겠어." 도레나는 이렇게 울먹였지만 마침내 그녀에게 털어놓았다.

잡지를 손에 들고 앉아서 읽고 있던 사라는, 침착한 태도로 근엄하고 상냥하게, 도레나가 이야기하는 것을 들었다. 그녀는 이 상황을 알고 있었고 존중했다. 도레나가 떠나면 자신은 오직 홀로 남게 되리라. 그녀는 아직은 가늠하기 어렵지만 앞으로 깊은 정신적 고뇌에 빠지게 될지도 모른다. 하지만 조금도 당황한 기색을 드러내지 않았다.

"도레나, 다락방에 가서 네가 갖고 싶은 걸 모두 챙겨 놓으렴. 샘이 그것들을 너의 새 집에 가져다 줄 거야."

사라 에지워터는 선량한 여인이었다. 그녀는 자신이 좌절, 아니 좌절보다 더한 완전한 공황 상태에 빠져 있는 와중에도, 자신은 이 지상의 삶에서 이제껏 경험해 보지 못한, 하나의 문턱을 넘는 다른 여인의 행복에서 가장 순수한 기쁨의 전율을 느꼈다. 한 줄기 미소가 사라 에지워터의 잘생긴 얼굴을 한결 빛나게 했다. 중년이기는 하지만 사라 에지워터는 매우 훌륭한 외모를 지니고 있었다. 숱 많고 짙은 머리카락이 그녀의 관자놀이 위로 아름답게 물결치며 틀어올려져 있었다. 하얀 피부에는 붉은 기가 맑게 감돌았다. 그녀는 체구가 컸으나 살집이 있지는 않았다. 오직 그녀의 눈만이 날카로운 관찰자에게 그녀 내면에 깃든 자아를 보여 주는 듯했다. 검게 보일 만큼 짙은 그녀의 파란색 눈동자는 맑고 침착했으나 왠지 모를 수심이 서려 있었다.

　도레나가 머리 위에서 쿵쿵대며 짐을 챙기는 소리가 들려오는 동안 미소를 지어 보이고 있었지만 사라의 눈빛은 어딘지 비극적이었다. 그녀는 도레나가 떠나 버리는 게 무엇을 뜻하는지 알고 있었다. 사라, 그녀는 에지워터 집안의 그 커다란 저택에 홀로 남게 되리라. 일종의 공황 상태에 빠진 채, 그녀는 자신과 살게 될지 모를 이런저런 여인들을 상상해 보았다. 물론 도레나를 대신할 하녀를 한 명 들이는 것이 훨씬 실용적일 것이다. 그러나 홀로 남게 된다는 것에 대한 비정상적일 만큼 깊은 두려움과 더불어, 그 고독감 안에는 낯선 존재를 맞아들이는 일을 주저하고 망설이는 그녀만의 더 강한 고집스러움이 있었다. 자신과 한 집에서 더불어 살아가게 될 다른 여인의 존재는 생각조차 해 본 적이 없고, 낯선 하녀에 대한 상상만으로도 그녀는 몸을 떨었다. 오직 도레나와 그녀의 어머니와 할머니, 두 언니, 그리고 오빠, 이들만이 에지워터 집안을 관리해온 하인들이었다. 그날 밤 저녁 식사 후에 도레나는 자신을 대신해서 오게 될 수도 있는 한 여자에 대해 이야기를 꺼냈지만 사라는 고개를 저었다.

　"그 이야기는 그만해, 도레나." 그녀가 말했다.

　도레나는 반쯤 흐느꼈다. "그러면 어떡하시려고요, 사라 아가씨?" 그녀는 안타까워하며 말했다.

"다락방에서 네가 좋아하는 것들을 많이 찾아내서 다행이야." 여주인은 상냥하게 말했다.

사라는 다른 사람이 기뻐하는 모습을 바라보며 참된 기쁨을 맛보곤 했다. 이후 몇 주 동안 그녀는 도레나의 혼수 준비를 도우며 그녀에게 아름다운 결혼식을 선사하는 것으로 많은 즐거움을 누렸다.

"백인들이 하는 것과 똑같아." 도레나는 남편과 신혼여행을 떠날 때 기쁨에 들떠서 말했다.

이제 사라에게 그 기쁨은 끝이 났고, 그와 함께 사심 없는 이타성의 즐거움도 잦아들었다. 결혼식이 끝나고 며칠간은 그 뒷수습을 하느라 몸으로 하는 일들에 몰두하며 상황을 잊을 수 있었지만, 집안이 여느 때의 분위기로 돌아오자 마침내 그녀는 혼자라는 현실에 맞닥뜨렸다. 그녀는 이 상황을 정면으로 부딪쳐 나아갔다. 사라는 겁쟁이가 아니었다. 그녀는 이제까지 육체적이거나 정신적인 스트레스를 위축되지 않고 잘 헤쳐 왔다. 그러나 이번에는 사정이 달랐다. 이것은 그녀가 겁쟁이라서가 아니라, 오히려 어떤 모호한 유전 형질 안에 오래전부터 깊이 뿌리내린 특이한 성격 때문이었는데, 예상치 못한 사건, 어떤 비극적 상황으로 인해 그녀의 영혼에 일깨워지고 접목되었던 것이다.

소녀 시절부터 이 강하고 아름다운 창조물에게는, 자신이 언젠가는 홀로 살아가야 하리라는 두려움이 있었다. 이제 그 순간이 다가온 것이다. 그녀는 스스로 이성적이 되려고 노력했지만, 그녀에게 이 상황은 그녀가 받아들일 수 있는 이성의 한계를 벗어나 있었다. 그것은 원초적인 사실이었다. 많은 이들이 인간이 도저히 피할 길 없는 힘 너머의 원초적 사실들에 맞닥뜨리지 않은 채로 살다가 죽는다. 차라리 이 지상에서 가장 완고한 이와 이성적으로 논쟁하는 편이 그녀에게는 더 나았을 수도 있다.

사라의 가족은 대가족이었다. 그 집안에는 자녀들이 많았고 삼촌들과 고모들도 있었다. 부모님과 조부모님 세대가 백수를 누리며 오랫동안 함께 살아왔다. 지금은 모두 세상을 떠나고, 사라가 태어나서 한 번도 본 적 없는 오빠 한 명이 아주 먼 서부 지역에 살고 있었고, 그녀에게는 차라리 없느니만 못하게 된 언니가 한 사람 남아 있었다.

이 '로라'라고 하는 언니는, 사라의 삶에 끔찍한 비극을 몰고 오며 그녀의 성격마저 바꾸어 놓았다. 로라는 사라보다 나이가 아주 약간 더 위였다. 오래전 젊은 시절의 먼 기억에 따르면, 사라가 중서부 도시에 사는 고모를 방문하고 연인과 함께 집에 돌아왔을 즈음 로라에게는 아직 연인이 없었다. 이 토머스 엘러턴이라는 잘생긴 청년을 차지하고 자랑스럽게 여기지 않을 여인은 없었을 터이다. 이마 위로 아름다운 머리카락이 흘러내리는 그 청년은 기지가 넘쳤으며, 집안이 좋은 데다 성공을 보장하는 직업까지 갖고 있었다. 그는 의사였고, 에지워터 박사 또한 의사였는데, 이제 막 은퇴한 그가 사는 마을에는 정식 개업의가 아직 없었다. 젊은 엘러턴은 그곳에 정착해서 장인이 될 사람의 직업과 병원을 물려받아 일하면서 에지워터 가에 살 예정이었다.

그러나 토머스 엘러턴은 사라와 결혼하지 않았다. 그는 그녀의 언니 로라와 결혼했는데, 늙은 아버지는 몹시 화가 나서 자신이 살아 있는 동안에는 결코 그를 집 안에 들이지 않았다. 건강이 허락했다면, 그는 의사 일을 재개하고 토머스가 아예 개업할 수 없게 내쫓아 버렸을 것이다. 하지만 사정이 여의치 않았기에 그는 작게나마 다시 병원을 열어 직접적인 비난을 대신했다. 로라는 배신자였고, 그 배신 행위를 너무나 잔인하고 대담하게 했다. 아름답지만 연인이 없었던 로라는, 동생의 연인을 자신만의 방법으로 쉽게 빼앗아 버릴 수 있으리라는 걸 알았다. 마침내 사라가 토머스 엘러턴을 집으로 데려왔을 때 그 시기가 무르익었다. 애초에 로라는, 언니인 자신이 아닌 사라가 그토록 큰 성과로 이어진 여행에 초대 받았다는 사실에 화가 났다. 그런데 이제 그녀에게도 기회가 찾아 왔으므로, 둘 중에 누가 승리를 거머쥐게 되더라도 그것은 공정한 게임이라고 생각했다.

　로라는 너무나 사랑스러워서, 명예에 집착하지만 그 명예를 지킬 힘은 없었던 이 가엾은 토머스는 그녀를 처음 보자마자 무너지고 말았다. 만일 그녀의 사랑스러움이 부도덕함과 손을 맞잡지 않았다면 공정한 싸움이 되었을지도 모른다. 그러나 로라는 수줍음을 가장한 아주 교묘한 방법으로 그를 유혹해 나갔다. 그즈음 집안일을 돌보던 도레나의 어머니가 아파 드러눕게 되자, 로라는, 연인이 동행했든 아니든, 휴가를 다녀온 사라가 집안일을 맡을 차례가 된 것이 당연하다고 했다. 사라의 어머니는 몸이 약했고, 할머니는 일할 수 있는 나이가 아니었다. 그 오래전 여름, 예년보다 훨씬 더 무더운 날들이 이어지는 동안에도 사라는 사랑하는 사람을 기쁘게 하려고 이것저것 맛있는 음식을 만들면서 순진하게 부엌에서 나날을 보냈다. 그동안 로라는 시원한 모슬린 옷을 입고서 토머스에게 사랑 수업을 했다.

　어느 날 사라는, 부엌의 열기로 땀에 젖은 검은 머리카락이 관자놀이 위로 흘러내린 채 앞치마를 두른 차림으로 포도나무 옆을 지나가다 그 두 사람이 나무 아래에 연인처럼 함께 앉아 있는 것을 보게 되었다. 이때 갑작스런 의혹이 그녀를 사로잡았다. 그녀는 꽈배기 도넛을 만들고 있었고, 불에 올린 기름이 끓는 동안 자리를 비운 상태였다. 마침 부엌을 지나가던 아버지가 보고 위험한 상황으로부터 집을 구해냈다. 의혹은 그에게도 일어났다. 그는 사라의 뒤를 따라가다가 포도나무 아래의 광경을 목격하고 말았다. 초록빛 나뭇잎이 바람에 흔들리는 그늘 아래, 로라는 천사 같은 표정을 지으며 앉아 있었다. 그녀의 금발이 사랑스럽게 귓가를 덮고 있었고, 바람이 불 때면 그녀의 가녀린 몸을 휘감은 파란 모슬린 드레스 자락이 파란 꽃처럼 흩날렸다. 그리고 죽은 사람처럼 창백해진 얼굴의 토머스 엘러턴이 아름다움의 속임수에 굴복하고도, 짐짓 의연한 척 그곳에 앉아 있었다. 그의 팔은 가녀린 로라의 허리를 감싸고 있었다. 그는 애써 그 팔을 치울 생각은 없는 듯했다. 사라는 품위를 잃지 않고 아무 말 없이, 머리카락은 헝클어지고 얼굴은 상기된 채, 꽈배기 도넛 냄새를 풍기며 두 사람 앞에 서 있었다. 그녀는 비난의 말을 꺼내지 않았다. 오직 그녀의 침묵이 트럼펫 소리와도 같은 큰 울림을 전하는 가운데 그들을 지켜보고만 있었다. 그녀는 사랑의 거짓됨과 저버림을 말하는 세상의 끔찍한 지혜들을 침묵 속에서 삼키고 있었던 것이다. 말을 내뱉은 것은 에지워터 박사였다. 그는 성마르고 말재주가 좋은 사람이었다. 그는 정통 교리의 믿음에 어긋나는 언어를 내뱉었다. 사라는 그를 바라보면서 말했다. "저 두 사람을 그냥 내버려 두세요, 아버지."

그녀는 자기가 일하던 더운 부엌으로 다시 돌아왔다. 그을어 붙은 냄비를 깨끗이 씻은 뒤 냄비에 기름을 더 붓고는 도넛을 완성했다.

로라는 나무 아래에 그대로 앉아 있었다. 그녀는 리넨 위에 섬세하게 무언가를 수놓고 있었다. 야릇한 미소가 그녀 얼굴의 사랑스런 윤곽을 바꾸어 놓았다. 그 미소는 자신이 누군가의 시선을 받고 있을 때 보여주던 천사 같은 표정이 아니었다. 그녀는 조금도 흔들리지 않았다. 로라가 수를 놓는 동안 그 젊은이는 그녀 곁에서 두 손으로 자기의 머리를 감싼 채 어찌할 바를 몰라 하고 있었다. 로라는 이번에는, 그가 고개를 들기만 하면 자신이 들고 있던 리넨 천을 떨어뜨리고 함께 당황한 척을 해야겠다고 마음먹었다.

마침내 토머스가 무거운 머리를 들어 수치심 가득한 눈길로 로라를 바라보았을 때, 그녀는 수놓던 리넨 천을 무릎 위로 미끄러져 떨어트리면서 그녀의 황금빛 머리를 그의 어깨에 기댔다. 그녀는 한숨을 쉬었다. 여인의 슬픔과 후회를 담은 사랑스러운 한숨이었다. 순진해 빠진 가련한 얼간이였던 토머스는 그 가녀린 한숨 소리의 의미를 자신이 이해한다고 생각했다. "우리는 어쩔 수 없었어. 그렇지, 내 소중한 사랑?" 그가 속삭이는 동안, 그 황금빛 머리가 그의 가슴에 기댄 채 동의를 표했다. "나도 내가 짐승처럼 굴었다는 걸 알아."라고 그가 말했다. 그를 위해 변명하자면, 그는 이때만큼은 아둔하지 않고 진심 어린 말을 하고 있었다.

로라는 그녀의 가녀린 손을 뻗어 그의 뺨을 위로하듯 쓰다듬었다. 그녀는 그렇게 작고 사소해 보이는 속임수들을 썼다. 사라는 그런 것들을 경멸했고, 그런 면으로 인해 그녀의 성은 공격당하기 더 쉬워져 버렸다. 이제 로라의 백합처럼 흰 손길이 토머스의 자존심을 되찾아 준 듯했다. "물론, 당신을 먼저 만났더라면 좋았을 텐데." 그가 말했다.

"사랑은," 로라가 말했다. "흐르는 대로 가는 것뿐이잖아."

"그녀한테 미안해." 토머스가 말했다.

"어떤 사람들은 사라가 나보다 더 예쁘다던데." 로라가 살짝 곁눈질하며 중얼거렸다.

"당신보다 예쁘다고? 말도 안 돼, 로라!"

로라는 그의 어깨에 기댄 채 혼자 비밀스런 미소를 지었다. 그녀는 실제로 사라가 더 예쁘다는 걸 알고 있었다. 그녀는 사라에게는 전혀 필요치 않은, 화장품과 수제 미용보조품 등이 그녀에게 있었는지 곰곰이 떠올려 보았다. 또한 사라가, 이 모든 걸 다 알고도, 여전히 신뢰할 만한 사람이라는 점을 떠올리면서도 내심 즐거웠다. 그때 그녀의 뺨의 부드러운 곡선과 턱 끝과 귓불은, 딸깃빛으로 물들어 있었다. 황금빛 머리카락은 향기로운 기름을 발라 윤기가 흘렀는데, 자신이 그렇게 치장하는 모습을 사라도 이미 보았다.

로라는 안심했다. 그러나 한 가지 두려운 것은 멈출 줄 모르는 아버지의 분노였다. 토머스는 즉시, 그녀가 밤 마차를 타고 25마일 떨어진 곳에 살고 있는 그의 고모 루크레시아 엘러턴 부인에게 가는 게 좋겠다고 말했다. 그는 물론 자신도 그녀와 함께 갈 것이고, 루크레시아 엘러턴 부인의 허락 아래 결혼식을 올릴 수 있을 거라고 말했다. 그녀는 반대하지 않았다. 해가 질 무렵 그들은 떠났다.

두 사람은 결혼식을 올리고 돌아와서 오래된 스콰이어 아미돈 저택에 정착했다. 그곳은 마을에서 유일하게 들어가 살 수 있는 집이었는데, 에지워터 박사의 집 바로 맞은편에 있었다. 사라는, 신부 옷차림을 한 로라가 토머스와 함께 그 집 현관 밖으로 나오는 것을 창문 너머로 볼 수 있었다. 그 모습을 보게 되었을 때도 사라는 애써 피하려 하지 않았다. 다정하고 온화한 사라의 어머니가 보고 울음을 터뜨리자, 사라는 몸이 약한 어머니가 병에 걸릴까 봐 어떻게 해서든지 그런 어머니의 마음을 즐겁게 바꾸어 놓으려고 애썼다. "내가 마음이 상했을 것 같아요, 어머니?" 그녀가 말했다. "그렇게 쉽게 마음이 바뀌는 남자와는 차라리 결혼하지 않는 편이 나아요. 내가 바라던 건 변덕쟁이가 아니라 당당한 남자예요."

"그런데 로라는 너만큼 아름답지도 않잖니." 언제나 온화한 어머니가 조용히 한탄했다. "그 애만 아니었다면……"

"가만히 계세요, 어머니," 사라가 말했다. "어머니가 눈물 흘리실 까닭이 하나도 없어요. 아버지도 화내실 까닭이 없고요. 울거나 화내는 건 저를 부끄럽게 할 뿐이에요. 저는 동정 받을 까닭이 없어요."

에지워터 박사는 두 번 다시 로라와 말을 섞지 않았고, 로라의 집에도 결코 발을 들이지 않았다. 그러나 그러한 분노를 오래 간직할 만큼 오래 살지 못했다. 로라가 결혼한 지 채 2년도 되지 않았을 때쯤 그는 갑자기 세상을 떠나고 말았다. 유언에는 로라에 대한 언급은 일절 없었다. 다른 형제와 자매들도 유산을 물려받았으나, 그 오래된 저택과 재산의 대부분은 어머니와 사라에게 남겨졌다.

에지워터 부인은 오래 살았고, 사라는 늙은 어머니를 보살폈다. 로라와 토머스가 집에서 나오거나 집으로 들어가는 모습이 보였다. 또 두 사람의 아이들이 문가에서 걸음마하는 모습도 지켜보았다. 하지만 그들과 마주치는 일은 거의 없었다. 사라는 마을 행사에 그다지 참석하지 않았다. 로라는 아이들을 돌보느라 많은 시간을 집에서 보냈다. 게다가 그녀는 몸이 약했다. 그들과 마주칠 때마다 날카로운 관찰자들은, 사라의 비겁한 전 연인과 잘못을 행한 그녀의 언니에게 결코 좋은 눈길을 보낸 적이 없었다. 사라의 태도도 이전과는 다른 양상을 띠었다. 그녀는 겉으로는 침착함을 잃지 않고 품위 있게, 심지어 상냥함을 잃지 않았지만, 때로 그녀의 증오심은 너무나 강해서 그녀 스스로도 악한 무언가를 품고 다니는 듯했다. 사라는 토머스를 미워하지 않았다. 그에 대해서는 아예 생각조차 하지 않았다. 전쟁이 일어나 그가 외과의사로 떠나는 것을 볼 때도 그녀는 아무런 감정을 느끼지 않았다. 그는 곧 상이병이 되어 돌아왔다. 의사로서 개업을 했으나 성공적이지 못했다. 그리고 평화가 선포되고 얼마 지나지 않아 세상을 떠났다. 로라는 다섯 명의 아이들과 함께 홀로 남겨졌다.

그때 사라는 처음으로 그 길을 건너갔다. 그렇게 하는 것이 그녀의 의무라고 생각했고, 그녀는 그 의무를 회피하지 않았다. 어머니는 그즈음 세상을 떠났고 사라는 도레나, 그리고 도레나의 어머니와 함께 미혼으로 살고 있었다. 로라는 생활 능력이 없었지만, 그런 무기력한 상태에서도 사라에게 의기양양하게 굴었다. 도움을 받아야 하는 처지에 있음에도 로라의 태도는 좋지 못했는데, 그녀 스스로 부끄러워할 만한 일이었다. 사라가 울고 있는 막내를 달래려고 안아 올리자 로라는 그녀로부터 아이를 재빨리 낚아채며 말했다. "노처녀들은 어린아이 다루는 법을 몰라."

"그래, 그 말이 맞아," 사라가 말했다. "모르고말고, 난 노처녀니까." 어린 이모젠이 울면서 이모에게로 돌아오려고 하자 사라는 아이를 상냥하게 되돌려 보냈다.

사라는 로라를 미워했지만, 유언에 따라 재산을 사라가 물려받고 로라에게는 한 푼도 돌아가지 않게 되었을 때 자신을 향한 로라의 증오심이 얼마나 큰지를 깨닫고 몹시 놀랐다. 그녀는 로라가 알고 있던 사실을 모르고 있었다. 죽은 남자의 가슴속 깊이, 더없이 진실하고 사랑받을 가치가 있는 한 여인을 향한 순수한 불꽃같은 사랑이 멈추지 않고 타오르고 있었음을. 그리고 늘 그가 아내와 자기 자신을 배신자이며 죄인들로서 분류하고 있었음을. 로라에게 직접적인 증오심을 품고 있던 사라는, 더 복잡하고 치명적인 증오심이 존재할 수 있음을 미처 알아차리지 못했던 것이다. 그것은 과오를 저지른 사람이, 그 과오의 희생자에게 갖는 증오심으로, 그 해악은 부메랑처럼 그 장본인의 영혼에게 돌아갈 뿐이었다. 그런 식으로 로라는 사라를 미워했다.

로라는 어리석은 어머니였지만, 그 완벽한 이기심이 아무것도 모르는 아이들이 자라면서 가치 있는 존재가 될 수 있게 했다. 아이들이 일찍부터 자립심과 자제력을 배울 수밖에 없었기 때문이다. 토머스가 죽고 나서 처음 맞이한 그 겨울에 맏딸 에이미는 마을 학교에서 일자리를 얻었다. 보수는 아주 적었다. 에이미 다음에 태어난 아들 톰은, 학교 공부를 포기하고 마을 약국에서 점원으로 일했다.

톰은 아주 잘생긴 데다가, 성격도 매우 밝은 젊은이였다. 그는 학교에서 지식 습득 능력이 매우 빨랐기 때문에, 그의 아버지는 아들이 대학 과정을 밟은 뒤에 자신에게 맞는 전문직을 갖기를 바랐었다. 소년도 그런 꿈을 갖고 있었지만, 아버지가 세상을 떠나자 소년은 아무 토도 달지 않고 지체없이 소중한 꿈을 포기했다. 톰은 세상에서 가장 축복받은 아이들 가운데 하나였으나 지금 그의 발길이 닿을 수 있는 곳은 오직 좁은 길뿐이었다. 젊은 톰은 그의 좁은 길 위에서도 기꺼이 춤을 추며 나아갔다.

그는 이모 사라가 약국에 들를 때면 자주 그녀를 응대했다. 그는 그녀가 가족 가운데 유일하게 스스럼없이 대할 수 있는 사람이었다. 그녀가 문을 열고 들어오면 그 선하고 밝고 잘생긴 얼굴로 톰은 기쁨 가득한 말들을 그녀에게 쏟아냈다. 그녀는 망설이지 않고 그의 손위 누이와 어린 동생들의 안부를 물었다. 톰은 매우 낙천적인 성격이었다. "우리는 아주 난리나게 잘 지내고 있어요, 사라 이모." 이것은 그가 가장 자주 하는 대답이었다.

사라가 홀로 남겨진 뒤로, 그는 약국 일을 마치고 집으로 가는 길에 아무도 모르게 사라에게 들렀다. 도레나의 결혼식이 있고 사흘이 지난 뒤였다. 그는 이모 집 거실에 불이 켜져 있는 걸 확인하고 나서 현관으로 달려가 문을 두드렸다. 사라는 재빨리 문을 열어 주었다. 그녀 얼굴의 무언가가 젊은이를 깜짝 놀라게 했다. 너무나 창백한 그녀의 얼굴은, 여느 때와는 다른 데가 있었다. 이모의 크고 짙은 눈 속에 있던, 거의 비인간적인 두려움은 그를 보자마자 엄청난 안도감으로 바뀌었다. "어서 들어오렴, 톰." 그녀가 열띤 목소리로 말하자, 소년은 의아해 하며 그녀를 따라 들어갔다. 사라는 톰에게 까치밥나무 열매 와인과 햄 샌드위치, 캐러웨이 씨앗이 든 케이크를 내왔다. 그는 게걸스럽게 음식을 다 먹어 치웠다. 그의 집에서는 이렇게 맛있는 음식을 먹을 수 없었다. 사라는 어머니와 동생들의 안부를 물었다. 그리고 에이미가 학교에서 어떻게 해 나가고 있는지도 물었다. 에이미에 관련해서만큼은 소년의 놀라운 낙관주의가 움츠러들었다. 웃고 있던 그의 입가가 힘없이 아래로 쳐졌다. "에이미 누나가 안타까워요, 사라 이모." 그가 말했다.

"왜 그렇지?"

"오, 그 월터 딘스모어, 젊은 의사 딘스모어 말이에요. 아시다시피 그가 구애하기 위해 누나를 찾아왔고, 아버지가 하시던 일을 이어가려 애쓰고 있지만, 그에겐 버거운 일이에요. 그는 너무 젊어요. 그래도 잘 해나가고 있고 에이미 누나를 많이 생각해요. 그는 저에게 그 일을 상의해 오기도 했어요. 월터는 바른 사람이에요. 제 생각에는 그런 것 같은데, 이모 보시기에도 그런가요?"

사라는 고개를 끄덕였다.

"그는 진실한 사람이에요. 에이미와 그는 둘만이라면 잘 해나갈 수 있을 거예요. 그는 결혼해서 에이미를 보살필 수 있을 만큼의 돈은 충분히 벌고 있어요. 하지만 우리에게는 어머니와 동생들이 있고, 전 아직 돈을 많이 벌지 못하잖아요. 전 이제 겨우 열여덟 살이에요, 사라 이모. 지금 같은 상황에서 월터는 에이미와 결혼할 수 없어요. 누나가 그러려고 하지 않을 거예요. 누나는 착한 큰딸이에요. 어머니와 동생들을 모른 척할 수 없을 거예요. 그런데 월터는 그 일에 대해 누나에게 어떤 의견을 묻지도 않고, 자기가 누나에게 더 이상 눈길을 줘서는 안 된다고 생각해요. 그는 누나는 예쁘니까 어떤 돈 많은 사람과 결혼하면 행복할 수 있을 거라고 말해요. 자기는 여든 살이 될 때까지도 기다릴 수 있다고 하고요. 하지만 섣불리 잡아두려고는 하지 않아요. 나는 누나에게 이야기해 보라고 권했지만, 그는 그러려고 하

125

지 않아요. 몇 주 동안 그는 누나를 보러 오지도 않았어요. 에이미 누나도 지금쯤은 힘든 시간을 보내고 있을 거예요. 물론 강단이 있는 사람이지만요. 누나는 형장에 끌려갈 때도 머리를 단정하게 올려 묶고 갈 사람이에요. 하지만 그가 왜 그러는지 영문을 모르고, 상처를 받은 것 같아요. 저는 월터에게 누나한테 아무 말 하지 않겠다고 약속했어요. 시간이 좀 지나면 누나도 적응하겠죠?"

"에이미 같은 여자들은 쉽게 적응한단다." 사라는 톰을 안심시켜 주었다. 그 목소리는 확신에 차 있었지만 연민이 서려 있었다. 그녀는 에이미도 자신과 비슷한 사람일 거라고 생각했다. 또한 그녀는 에이미의 어머니가 세상을 떠난 뒤, 어린 세 여동생들이 스스로 자립할 수 있을 때까지 그 젊은 의사가 에이미를 기다려 주지는 않을 거라고 생각했다.

그러나 톰은 안심한 듯이 보였다. "누나 같은 여자들은 스스로 잘 극복해 낼 거예요." 그는 자신 있게 말했다. "나도 잘 해낼 수 있어요."

사라는 젊은이가 게걸스럽게 케이크를 먹어 치우는 모습을 사랑스럽게 바라보았다. "넌 무슨 일이든지 너무 힘들지 않게 내려놓을 수가 있구나." 그녀가 말했다.

"그건, 이 케이크가 아주 맛있기 때문이에요." 소년이 단순하게 말했다.

마침내 톰이 돌아가려고 몸을 일으켰을 때 그는 이모의 눈에서 다시 두려움의 감정을, 적어도 그 두려움이 시작되고 있음을 읽을 수 있었다. 그는 그 까닭을 생각해 보지 못했다. "어디 몸이 안 좋으세요?" 그가 물었다. 그는 검은 실크 옷으로 감싸인 이모의 큰 어깨를 두드려 주기까지 했다. 어쩌면 이 사랑스럽고 소중한 젊은이는, 그녀를 이 세상의 모든 두려움으로부터 지켜줄, 그녀의 자녀이자, 젊은 보호자가 되었을지도 모른다. "난 괜찮단다." 사라는 두려움으로 떨고 있는 입술을 힘껏 억누르면서 미소를 지어 보이며 말했다.

"약국 일이 끝나고 오는 길에 가끔 들를 수 있어요." 소년이 조심스럽게 말했다. "만일 제가 오는 게 괜찮으면 말씀해주세요, 사라 이모. 일주일에 두 번은 일찍 퇴근하거든요."

사라는 그를 보고 활짝 웃었다. "올 수 있을 때 언제든지 오렴." 사라가 말했다. "내가 오늘보다 더 맛있는 식사를 준비해 놓을 테니."

"오, 오늘도 정말 근사했는걸요! 이보다 더 좋을 순 없을 거예요." 톰이 말했다.

그가 현관 보도 위를 내려간 뒤 사라는 다시 앉았다. 그녀가 그 집에서 완전히 혼자가 되었던 날 밤 느꼈던 두려움이 또다시 그녀를 휘감았다. 몸과 마음이 그토록 강건해 보이는 여인이 실체도 없는 것에 이토록 맥을 못 추고 있다니, 이성적으로 이해할 수 없는 일이었다. 그녀는 자기 자신에게 그렇게 말했다. 그녀 스스로도 이해할 수 없어 헛웃음이 나오기도 하고, 또 자신을 비웃기도 했지만, 아무 소용없었다. 그녀는 기도했다. 이 또한 아무 소용없었다. 사라 에지워터는 자신이 평생 벗어날 수 없었던 그 두려움 앞에서 그 어느 때보다 절망했다. 그녀는 그 집에 단지 혼자 남겨져 있을 뿐이었다. 그게 다였다. 마을은 평화로웠다. 주민들은 해를 끼치는 사람들이 아니었다. 문 앞에 부랑자가 나타나는 일도 거의 없었다. 언제든 달려올 준비가 되어 있는 그 사랑스런 젊은이가 사는 언니의 집은, 그녀의 저녁 식사 종이 울리는 소리가 들릴 만한 거리에 있었다. 그녀에게는 전화도 있었다. 그녀에게 도둑을 유혹할 만한 귀한 물건들이 있는 것도 아니었다. 물질적인 해를 입을까 봐 두려워할 까닭도 전혀 없었다. 그녀는 미신을 믿지 않았다. 그녀는 눈에 보이지 않는 비물질적인 존재를 의식하거나 두려워하지도 않았다. 그러나 고독 앞에서 느끼는 그녀의 끔찍한 공황 상태를 어떠한 것도 고쳐줄 수 없었다. 무엇보다도 가장 최악의 상황은, 고독이란 것이 그녀가 상상하거나 생각해 온 것과 전혀 딴판이라는 것이었다. 그녀의 거친 꿈들조차 그 실체를 제대로 알려 주지 않았다. 고독은 실제로는 고독이 아니었다. 그것은 사실 정반대였다. 사라는 자기를 잔인하게 압박해 오는 군중들 사이에서 홀로 존재했다. 빈 집 안의 어떠한 방도 비어 있다고 말할 수 없었다.

공포가 엄습했다. 모든 것이 텅 비어 있고, 그녀는 그 가운데 홀로 있게 되는 것이 두려울 거라고 생각했다. 그러나 비어 있는 곳은 어디에도 없었다. 문가에서 창문에 이르기까지 그 집 어느 곳이나 얼굴들로 가득했다. 더욱 끔찍하게도 그 얼굴들은 하나같이 정체를 알 수 없는 낯선 이들의 얼굴이었다. 그녀는 그 무시무시한 방들을 가득 채우고 있는 얼굴들 가운데 그 집에서 이전에 살았던 얼굴들, 옛 친구들이나 이웃들을 전혀 찾아볼수 없었다. 그녀에게 온통 낯설기만 한 수많은 얼굴과 모습과 성격의, 한 번도 본 적 없는 이들이 무리지어 나타났다. 그들은 악하지도, 선하지도 않을지 모른다. 그런 것은 문제가 되지 않는 것 같았다. 문제는 그 낯선 무리들이 이 상상력 풍부한 영혼을 조여들고 쇄도하며 그녀의 집과 그녀의 삶에서 쫓아내려 한다는 것이다.

그날 밤 사라는 잠자리에 들지 않았다. 그녀는 잠을 이루지 못했다. 그 괴로운 시간 내내 그녀는 경계하고, 몸을 떨기도 했다. 그리고 헛되이 기도하고 자신이 비겁자라는 것도 알았지만, 여전히 이겨낼 수는 없었다. 마침내 날이 밝자 사라는 마치 연인처럼 새로운 날을 맞이했다. 그녀는 인간의 절망과 바람 위에 날마다 태양이 다시 떠오르며 새로운 기회를 가져오는, 그 헤아릴 수 없는 축복을 전에는 한 번도 깨닫지 못했었다. 그녀는 부엌에 가서 불을 올린 뒤에 커피를 끓이고 아침 식사를 준비했다. 여전히 심하게 고독감으로 내몰리고 낯선 무리들이 뇌리에 남아 있는 것 같았으나, 좀 더 자기 자신으로 돌아온 느낌이었다. 낮의 고독은 밤의 고독과 달랐다. 낮에는 오랫동안 큰 동요 없이 견딜 수 있었다. 밤에는 또 상황이 바뀔 것이다. 사라는 아침 식사를 하고 나서 거실 창가에 놓인 제라늄 화분에 물을 주었다. 진홍빛 왕관 같은 꽃들과 짙은 푸른 잎들 너머로 젊은 의사가 맞은편 언니의 집으로 있는 힘을 다해 달려가는 것을 보고 그녀는 흠칫 놀랐다. 그다음에는 아픈 사람이 생기면 언제라도 도와줄 준비가 되어 있는 친절한 영혼의 소유자인 위드너 부인이 길을 따라 달려갔고, 이어서 젊은 톰이 급히 집에서 나와 길을 따라 달려갔다가 곧 돌아왔다. 로라의 집 창가에 커튼이 올려졌다 내려졌다.

사라는 로라가 갑작스럽게 병에 걸렸거나 죽었다고 추측했다. 그 광경을 바라보는 동안 그녀의 심장은 크게 뛰었다. 그녀는 장의사가 마차를 타고 달려오는 것을 보게 되지나 않을까 지켜보았는데, 잠시 뒤에 수잔 벨로스 양이 간호를 위해 사륜마차를 타고 문 앞까지 달려와 급히 마차에서 내렸다. 톰이 문을 열어주었다. 조금 지나자 의사와 톰이 밖으로 나와서 함께 길을 따라 걸었다. 사라는 로라가 병에 걸렸고 아직 죽음이 임박하지는 않았다는 것을 알았다. 그녀는 모자를 쓰고 외투를 입고 약국으로 달려갔다. 다행스럽게도 톰은 혼자 있었다. 그는 어머니와 이모 사이의 오랜 불화를 알면서도 기꺼이 소식을 전했다. "어머니가 쓰러지셨어요, 이모." 그는 당황한 표정으로 말했다.

"상태가 나쁘니?" 사라의 얼굴이 몹시 창백해졌다.

"어머니는 회복할 거라고, 딘스모어가 말했어요. 그런데……." 톰이 머뭇거렸다. "어머니는…… 돌아가시지는 않지만 한동안 몸을 제대로 가누시지 못할 거래요. 혼자 몸을 일으키지 못할 거라고요…… 오, 사라 이모, 이모는 어머니가 얼마나 불쌍한지 모르실 거예요."

톰의 얼굴에는 자신도 모르게 초조한 표정이 드러났다. 사라는 로라가 가엾게도 얼굴이 한쪽으로 일그러졌다는 사실을 듣게 되었다.

"수잔 벨로스 양이 왔더구나." 사라가 말했다.

"네, 다른 환자를 보고 나서 곧장 달려왔어요."

"내가 무슨 일이든 도울 수 있다면 얘기하렴." 이렇게 말하고 사라는 밖으로 나갔다.

톰은 사라의 뒷모습을 바라보았다. 그는 그녀의 말이 다소 느닷없다 생각했지만 그녀의 동정심을 의심하지는 않았다. 오후 늦게 그녀는 다시 찾아왔다. 톰은 그녀의 질문에, 어머니가 말도 못하고, 차도가 없다고 말했다.

그날 사라 에지워터에게 한 가지 깨달음이 찾아왔다. 고독감에 빠져 앉아 있던 그녀는, 고독의 얼굴을 처음으로 이해하게 되었다. 그녀 내면의 눈이 언니의 발병으로 말미암아 명료해진 듯했다. 이성의 한계를 넘어 그녀를 충격으로 몰고 간 고독은 육체적인 게 아니라 자신의 가장 깊은 곳에 있는 영혼의 문제였던 것이다. 언니의 배신 이후로 사라가 그런 끔찍한 두려움 속에 있었던 것은, 인간의 손으로 지은, 집 안에 있는 텅 빈 방들 때문이 아니었다. 그것은 본질적으로 다른 존재들에 대한 자신의 사랑과 온화함과 배려로 채워져야 할 인간 영혼에 끔찍한 공허함만이 자리했기 때문이었다. 정당한 거주자가 있어야 할 곳에 두려움으로 잠 못 이루게 하는 알 수 없는 환영들이 나타나 그녀를 끔찍한 고독으로 몰고 간 것이었다. 바로 그때, 병에 시달리는 언니에 대해, 사랑이 아니라 더 고결한 어떤 것, 사랑을 넘어 자신에게 잘못을 범한 여인에 대한 연민과 용서의 마음이 일어났다—그리스도가 그러했듯이, 그녀의 삶에 들어올 수 있도록 그 삶의 문 앞에서 문을 두드리면서.

본성이 정직한 사라는, 그렇지만 자신의 언니가 잘못한 것이 없다고 인정할 수는 없었다. 로라는 잘못을 저질렀고, 더욱이 그러한 잘못된 행동을 즐기기까지 했다. 사라는 로라를 있는 그대로 바라보았다. 그녀는 사람을 배신했을 뿐만 아니라, 사악하게도 그러한 행위를 하면서 잔인하고 옹졸한 기쁨으로 들떠 있었다. 그러나 이러한 그녀를 향해서도 저 천상의 마음이 사라의 심장을 밝게 비추었다. 로라는 이제 아무런 잘못도 한 적 없었을 때보다 그녀에게 더 소중했고, 더 많은 권리를 가지고 있었다. 사라는 그녀를 미워했었고, 이제 그 미움이 만든 엄청난 빚을 떠맡게 되었다. 문제는 어떻게 그 빚을 갚느냐 하는 것이었다.

바로 그날 사라는 변호사를 만나러 갔고, 이제 그녀의 재산 일부는 그녀의 언니와 그 자식들에게 분배되었다. 그날 오후 에이미가 학교에서 돌아왔을 때 사라는 변호사의 마차가 언니네 집 앞에 서 있는 것을 보았다. 그는 그 집을 나와서 잠시 사라에게 들러 이야기했다. "엘러턴 부인을 만나지는 못했습니다만," 그가 말했다. "엘러턴 양과 다른 가족들은 몹시 기뻐했습니다. 아주 훌륭한 일을 하셨습니다, 에지워터 양."

사라는 그들 가운데 누구라도 자신을 만나러 오기는 할까 하고 생각했다. 톰이 약국에서 돌아와 그 소식을 알게 되자 곧바로 아이들 모두가 사라를 만나러 왔다. 톰과 에이미는 그 작은 행렬에 앞장섰다. 톰은 기쁨으로 상기되어 있었고, 에이미는 아름다웠다. 에이미는 가냘픈 불꽃 같은 창조물이었다. 그녀는 두 팔을 활짝 벌리고 이모에게로 달려와 키스를 퍼부었다. 그녀는 자기 어머니에게도 결코 그렇게 해본 적이 없었으나 사라에게만은 사랑스럽게 매달렸다. 에이미는 날카로운 통찰력을 가지고 있었다. 그녀는 모든 상황을 이해했다. 이모에게 달려가 이모를 끌어안은 순간, 동시에 그녀는 순식간에 자기 삶으로 날아들어온 행복도 함께 끌어안은 것이었다. 에이미뿐만 아니라 마지, 비올레타, 이모젠도 곁에 와 있었다. 다리가 길고, 짙은 눈썹 아래 배려심 깊고 생각에 잠긴 듯한 깊고 파란 눈을 가진 어린 소녀인 마지는, 이모와 꽤 닮았다. 그 아이를 보자마자 사라의 가슴은 처음부터 가장 큰 사랑의 마음을 품게 되었다. 그녀는 다른 아이들과 이야기를 하면서 앞으로의 계획을 세우는 동안 어린 마지를 무릎 위에 앉혔다. 톰은 의과대학에 진학한 뒤 나중에 개업을 하기로 했다. 에이미에 대해서는 이미 모두가 자연스럽게 어떻게 될지 알고 있었다. 그들은 웃었고 에이미는 얼굴을 붉혔다. 그들은 어떤 옷을 입을지 이야기했다. 또한 가까운 곳으로 짧은 여행을 떠날 계획도 이야기했다. 그동안에도 내내 그들의 생각은 길 건너편에서 간호사의 돌봄 아래 홀로 있는 로라를 떠나지 않았다. 그 사실을 떠올린 톰이 머뭇거리며 말을 이어 갔다. "그런데 사라 이모," 그는 말을 더듬거렸다. "제가 알기론……이모와 어머니는……. "

처음이자 마지막으로 그의 목소리에는 어머니에 대한 비난이 서려 있었다. 그는 어머니를 사랑했지만, 자신도 의식하지 못하는 사이에 있는 그대로의 그녀 모습—어쩌면 그들이 속한 성[性]의 정말 사악한 이들보다도, 여성을 더 수치스럽게 하는 유형의 그런 여성이라는 것—을 알았던 것이다. 그는 자신의 어머니가—약하고 허영심 많고 이기적인 데다 숭배를 받고 싶어 하는 성향이 있으며, 쉽게 믿음을 저버리고 그 배신 행위에 스스로 흡족해 한다는 것을—어머니라는 그 단어가 가진 완전한 의미에서의 어머니가 아니라는 것을 알고 있었다. 그는 전에는 그것을 인정한 적이 없었다. 그런데 이제 다만 그의 목소리를 통해, 소년다운 정직한 어조를 통해 그 사실을 인정했다.

사라는 마지를 내려놓았다. 그녀는 일어서서 그 어린 무리를 현명하고 사랑스럽고 친절하게 바라보았다. 아이들 모두가 희미하게나마 그 일에 대해 이미 뭔가 조금은 알고 있었다. 그녀는 모두에게 오직 한마디만 했다. "그건 모두 지나간 일이란다."

톰은 사라에게 다가가 입을 맞추었다. 이 사랑스런 소년은 그녀의 아이가 될 수도 있었으리라.

좀 더 복잡한, 여성이라는 창조물인 에이미는 머뭇거리면서 무언가를 말하려 했다. "그렇지만 엄마는......" 그녀가 입을 열기 시작했다. 자신도 여성인 사라 또한 한 여성으로서 에이미를 이해할 수 있었다. "어머니가 이 일로 인해 날 볼 필요는 없다." 그녀가 말했다. 에이미는 얼굴을 붉히며 다시 한번 이모를 끌어안았다.

사라는 그들이 무리 지어 건너가는 모습을 바라보았다. 그녀는 눈을 돌려 아이들이 재잘거리며 웃고 떠나간 방을 둘러보았다. 그 끔찍한 고독감은 이제 사라졌다. 그날 밤 그녀는 잠을 잘 이룰 수 있었다. 텅 비었던 방들이 이전에 그래 왔듯이 다시 가득 채워진 것처럼 느껴졌다.

그 뒤로 고독은, 더는 그녀를 예전처럼 조여들지 않았다. 에이미는 결혼했다. 톰은 대학에 다니게 되었고 더 어린 아이들, 특히 마지는 사라의 집에 마음껏 드나들었다. 그러나 모든 것이 다 잘 풀린 것은 아니었다. 사라의 가슴속에는 아직 극복되지 않은 채 여전히 그녀를 고독으로부터 완전히 벗어나게 하지 못하는 마지막 하나가 숙제처럼 남아 있었다. 사라는 그 이유를 알고 있었지만 그것을 극복하는 가장 훌륭한 과정을 아직 찾아내지는 못했다. 하루하루 지나면서 그녀는 그 상황을 깊이 생각해 보았다. 로라는 좀 나아졌다. 그녀는 자신이 늘 앉아 있던 창가에 앉아 있었다. 간호사 수잔 벨로스가 그녀를 돌보고 있었다. 로라는 다시 건강을 되찾지는 못했으나 날마다 몇 시간씩 앉아서 지낼 수 있을 정도는 되었다. 그녀의 얼굴에서 일그러진 모습은 사라졌다. 그녀는 말은 할 수 있었지만 그동안 일상적으로 해 오던 작고 섬세한 일들은 할 수 없었다. 로라의 건강에 관한 문제라면, 자신이 몹시 바라왔듯이, 사라가 그 길을 건너가서는 안 될 까닭이 없었다. 그러나 사라는 에이미가 그날 밤 머뭇거리며 하려던 말의 의미를 알고 있었다. 자신이 해를 입힌 사람이 시혜자가 되어 눈앞에 서 있는 모습을 보는 것만큼 인간에게 가할 수 있는 잔인한 상황이 또 있을까. 비유적으로 말한다면, 그것은 인간이 도저히 견뎌내기 어려운 지옥의 활활 타오르는 불길로 인간을 고문하는 일이 될 것이다. 그녀는 로라가 그녀를 만나고 싶어 하지 않으리라는 것을, 또 그 에지워터 집안의 옛 지붕 아래서 모든 것을 소유한 사라가, 로라가 좋아하는 우아한 파란색으로 새 단장한 로라의 옛날 방에 그녀를 데려와 함께 다시 살려고 하는 그 계획들을 실행하기를 원치 않는 이유를 알고 있었다.

에이미와 그녀의 남편은 계속해서 그 맞은편 집에서 살면 될 것이다. 사라가 그 집을 좀 더 수리해 줄 수도 있었다. 그러나 사라가 머뭇거리는 데에는 더 복잡하고 미묘한 이유가 있었다. 그녀는 로라를 잘 알고 있었다. 그녀는 화해를 위한 자신의 노력의 결과가 어떻게 될지 알 수 없었다. 언니의 집에서 두 사람이 서로 마주한다는 사실이 저 가련한 얼굴 위에—그녀가 오래전에 본 적 있는—모욕적인 그 비열한 승리감으로 다시 드러나게 될지, 그녀로서는 알 수 없었다. 그것을 또다시 보게 되느니, 아무리 기꺼운 마음으로 갈 뜻이 있대도, 가지 않는 편이 나을 터였다.

그러나 어느 여름날, 그녀는 창가에 로라가 앉아 있는 것을 보고 그녀가 집에 혼자 있음을 알게 되었다. 톰은 테니스 라켓을 들고 밖으로 나가고 없었다. 에이미는 남편과 외출 중이었다. 마지는 위드너 부인과 함께 조랑말이 끄는 마차를 타고 드라이브를 하고 있었다. 다른 아이들은 두 명의 어린 여자 친구들과 함께 사탕을 사러 나가고 없었다. 간호사 수잔 벨로스도 머리 위로 검은 양산을 살랑살랑 흔들며 산책을 나간 참이었다.

사라는 머뭇거렸다. 그녀는 이것이 무엇을 뜻하는지 알았다. 그녀는 연민과 후회, 용서의 말들을 건네려고 한다. 그러나 그 제의는 헤아릴 수 없는 해악들을 불러올지도 모른다. 사라는 곧장 길을 건너갔다. 로라는 앉아서 졸고 있었다. 그녀는 동생이 눈앞에 올 때까지 그녀를 보지 못했다. 로라는 건강하고 아름다우며 원숙한 여성인 사라를 바라보았다. 사라는 연약하고 여전히 사랑스런 로라를 바라보았다. 로라의 윤기 어린 황금빛 머리카락이 아름답게 그녀의 관자놀이 위로 흘러 내렸고, 뺨은 섬세한 분홍빛을 띠고 있었다. 사라는 로라를 바라보았다. 로라도 사라를 바라보았다. 사라의 표정은 고귀하고 훌륭하면서도 걱정스러운 기색이 있었다. 사라는 언니의 얼굴에 나타날지도 모를 표정들을 두려운 마음으로 살펴보았으나 그러한 표정은 찾을 수 없었다. 그 대신 사라 자신과 닮은 표정을, 비록 서로 용모는 달랐지만 그 얼굴 위에서도 볼 수 있었다. 로라는 사라를 보고 미소 지었다. 사라도 미소 지었다.

"이곳에 와야겠다고 생각했어." 사라가 말했다.

"네가 와줘서 기뻐." 로라가 말했다.

사라는 다른 창가에 놓인 맞은편 의자에 앉았다. 마당에서 활짝 핀 장미꽃 향기를 머금은 부드러운 바람이 열린 창문을 통해 불어 들었다.

"오늘은 기분이 좀 어때?" 사라가 물었다.

그것은 평범하지만 날개에 치유의 마음을 싣고 건네진 말이

었다.[1)]

"좋아졌어." 로라가 말했다.

---

1) 말라기서 4 : 2. "그러나 나의 이름을 경외하는 너희에게는 의로움의 태양이
   날개에 치유를 싣고 떠오르리니 너희는 나가서 외양간에서 나온 송아지들처
   럼 뛰놀리라."

노파 마군

Old Woman Magoun

아주 작은 마을, 배리스 포드는 산 사이의 깊은 골짜기에 위치해 있다. 그 아래 언덕들은 마치 석화된 바다처럼 움직임 없는 곡선을 이루고 있고, 그 위로는 초록 산마루가 절대로 부서지지 않는 물결 모양으로 솟아 있다. 그것이 배리스 포드였다. 배리스 포드의 배리는 한때 배리 가문이 이곳에서 가장 영향력이 있었기 때문에 붙은 이름이고, 포드^{Ford}는 이 작은 마을 초입에 있는 배리강이 물살이 조금 거칠긴 해도 걸어서 건널 수 있는 얕은 여울^{ford} 같았기에 붙은 이름이다. 그러나 이제는 조야하게 만든 다리 하나가 강을 가로지르고 있다.

늙은 여인 마군은 다리를 놓는 데 큰 역할을 했다. 그녀는 위스키와 담배를 주로 파는 보잘것없는 작은 식료품 잡화점에 자주 갔다. 그곳에서 그녀는 말이 많았다. 게으른 사내들 사이에 비집고 앉아 떠들곤 했다.

"저 다리는 올여름에는 꼭 놓아야 해." 노파 마군이 말했다. 그녀는 튼튼한 두 팔을 날개처럼 펼쳐서는, 빈둥대는 사내들이 반은 웃고 반은 화내며, 이리저리 흩어지게 했다. "내가 남자였다면 말이야. 지금 바로 나가서 가장 먼저 통나무를 놓겠어. 내가 아무리 빈둥빈둥 게으름 피는 남자들 무리에 있더라도 난 평생 한번은 뭐라도 시작해 봤을 거야, 그랬을 거라고." 그녀가 말하자 남자들이—넬슨 배리만은 제외하고—눈에 띄게 소심해져서 몸을 웅크렸다. 넬슨 배리는 숨죽여 욕을 하며 계산대로 성큼성큼 걸어갔다.

노파 마군은 당당하게 그를 눈으로 좇았다. "욕 하고 싶으면 실컷 해 봐, 넬슨 배리." 그녀가 말했다. "난 네깟 녀석이 두렵지 않으니까. 네가 통나무 다리를 놓으리라 기대하지 않지만, 어쨌든 난 올여름에 그걸 만들고 말 거야." 그녀는 그렇게 했다. 그런 격렬한 여성의 주장 앞에서 남성적 기운이 결여된 배리스 포드의 연약함은 경멸 거리였다.

노파 마군과 몇몇 여자들은 특별한 것을 계획했다. 통돼지구이 두 마리, 파이, 달콤한 케이크가 다리가 완성된 다음 보상으로 주어질 것이다. 그들은 심지어 독한 위스키 소비가 늘어나는 것마저 관대하게 바라보았다.

"이상한 일이지." 노파 마군이 샐리 징크스에게 말했다. "저놈들은 꼭 그래야만 기운을 차릴 수 있는지, 술을 마시고 담배를 씹지 않으면 아무것도 못한단 말이야. 세상에! 난 평생 일해 왔어도 그 중 어떤 것도 입에 대 본 적 없는데 말이야."

"남자들은 달라요." 샐리 징크스가 말했다.

"그래, 그렇겠지." 노파 마군은 보란 듯이 경멸하며 맞장구를 쳤다.

두 여자는 노파 마군의 집 앞 벤치에 앉아 있었고, 손녀 릴리배리는 이끼로 뒤덮인 근처의 작은 돌 위에 인형을 안고 앉아 있었다. 그들이 앉아 있는 곳에서는 남자들이 새로운 다리를 놓고 있는 게 보였다. 그날은 마지막 작업이 있었다.

릴리는 가련하고 낡은 넝마 같은 인형을 그 작은 가슴 가까이 끌어당겨 엄마처럼 꼭 껴안고서, 긴 금빛 머리가 물결치는 그녀의 둥근 얼굴을 작업 중인 남자들에게 고정하고 있었다. 어린 릴리에게는 배리스 포드에서 다른 아이들과 함께 뛰어노는 것이 결코 허락되지 않았다. 그녀의 할머니는 아이에게 자신이 아는 모든 것을 가르쳤다. 많은 것은 아니었지만 적어도 얼마쯤은 영적인 성장을 돕는 것이었다. 이를테면 그녀는 자신의 영혼이 품은 덕^德을, 자양분처럼 잘 받아들이는 이 작은 꽃병에다 쏟아부었던 것이다. 릴리는 거짓말하거나 훔치거나 할머니 뜻에 어긋나는 행동은 잘못된 일이라는 걸 확실히 알고 있었다. 그녀는 또한 늘 부지런해야 한다고 배웠다. 릴리가 인형을 안고 한가롭게 앉아 있는 경우는 드물었지만 오늘은 다리 공사 때문에 쉬는 날이었다. 그녀는 열네 살에 가까웠음에도 어린 아이로만 보일 뿐이었다. 그녀의 어머니는 열여섯 살에 결혼했다. 그 사실은 노파 마군이 자신의 딸, 그러니까 릴리의 엄마가 열여섯 살에 결혼했다고 말했기 때문에 알려졌다. 그 결혼에 관한 소문이 돌았을 때 누구도 감히 이 노파에게 드러내놓고 반대하지 못했다. 그녀는 딸이 넬슨 배리와 결혼했지만 그가 딸을 버렸다고 말했다. 딸은 어머니의 집에서 살아야 했고, 릴리도 그 집에서 태어났다. 그리고 아기가 갓 태어나고 일주일쯤 지났을 때 딸은 죽었다.

릴리의 아버지, 넬슨 배리는 오래되고 좋은 집안 출신이면서도 아주 위험하고 타락한 사람이었다. 그 이전에 넬슨의 아버지도 품행이 좋지 못했다. 지능이 조금 모자라 그 오래된 배리 저택에서 함께 살고 있는 그의 누이 한 명을 제외하면, 그는 이제 가문의 마지막 자손이었다. 그는 여전히 잘생긴 중년의 남자였다. 꿈도 야망도 없는 배리스 포드의 주민들은 마치 사악한 신^神이라도 되는 듯이 그를 우러러봤다. 그들은 노파 마군이 어떻게 감히 그에게 그처럼 용감하게 행동할 수 있는지 의아해 했다. 그러나 노파 마군은 사악한 미로의 한가운데에서도 늘 내면의 강한 의지로 바른 길에 서 있었고, 그 사실이 그녀에게 용기를 주었다. 넬슨 배리는 딸에게 하등의 관심도 보이지 않았다. 릴리는 아버지를 좀처럼 볼 수 없었다. 아버지가 좋아해서 자주 들르는 그 가게에 가는 일이 드물었기 때문이다. 릴리의 할머니는 손녀가 거기에 가지 못하도록 단속했다.

그러나 그날 오후 노파 마군은 평소의 습관과는 달리 릴리를 가게에 보냈다.

그녀는 통돼지구이에 양념을 끼얹으러 부엌에 들어갔다가 나왔다. "에구, 이를 어쩌나." 그녀가 말했다. "소금이 더 필요해. 마지막까지 탈탈 털어서 저 돼지 위에 뿌리는 데 다 썼지 뭐야. 가게에 좀 다녀와야겠는걸."

샐리 징크스가 릴리를 봤다. "릴리를 보내지 그래요?" 그녀가 말했다.

노파 마군은 망설이며 릴리를 바라봤다. 그녀는 몹시 피곤했다. 그 피곤한 몸을 끌고 그 먼지투성이 언덕 위 가게까지 갈 자신이 없었다. 그녀는 은근히 화가 나서 샐리 징크스를 힐긋 보았다. 마군은 샐리가 가겠다고 할지도 모른다고 생각했다. 그러나 샐리 징크스는 또다시 말했다. "릴리를 보내면 안 돼요?" 그러고는 나른한 눈으로, 인형을 안고서 돌 위에 앉아 있는 릴리를 쳐다보았다.

할머니가 불렀을 때, 릴리는 다리 위에서 일하는 남자들을 지켜보고 있었는데, 그것이 이 어린 소녀에게는 굉장한 볼거리였다.

"가게에 가서 소금을 좀 사오렴, 릴리." 노파가 말했다.

할머니의 목소리에 소녀는 이해하지 못한 듯한 눈빛으로 노파를 바라보았다. 릴리는 어린 시절의 순진한 몽상으로 가득 차 있었다. 그녀에게는 예술가나 시인의 자질이 있었다. 오래 이어진 그녀의 어린 시절이 그것을 증명하는 듯, 소녀의 회상하는 듯한 두 눈은 맑고 파랬다. 마치 파란 불꽃과도 같았다. 그녀의 눈동자는 바라보는 모든 것의 이면까지 보고 있는 듯했다. 그녀는 괜히 오래된 배리 가문 출신의 소녀가 아니었다. 할머니로부터 물려받은 변변찮은 계보에서 내려온 훌륭한 독실함에다, 배리 가문 혈통의 최상의 것이 그녀 안에 깃들어 있었다.

"모자 써라." 노파 마군이 말했다. "햇볕이 뜨거우니 머리가 아플 수도 있어." 노파는 소녀를 불러서 모자의 고무 밴드 아래 삐져나온 옅은 색의 구불거리는 머리카락을 정돈해 주었다. 그녀는 릴리에게 돈을 조금 주고는 릴리가 작은 면 손수건에 돈을 넣어 한 귀퉁이를 매듭 묶는 것을 지켜봤다. "조심해야 한다. 잃어버리면 안 돼." 그녀가 말했다. "그리고 지금 당장 소금이 필요하니까 다른 사람과 이야기하느라 멈춰서거나 하지 마라. 물론 누군가 네게 말을 걸어오면 예의 바르게 대답해야겠지만, 그런 다음에는 곧장 돌아오너라."

릴리는 출발했다. 그녀의 한 손에는 작은 은화로 무거워진 손수건이 들려 있었고, 어깨에는 헝겊 인형이 아기처럼 걸쳐져 있었다. 그 우스꽝스러운 인형의 얼굴이 릴리의 금발 너머로 살짝 보였다. 샐리 징크스가 코를 훌쩍이며 그녀를 눈으로 좇았다.

"저 헝겊 인형을 가게에까지 들고 가려는 건 아니겠죠?" 그녀가 말했다.

"그러고 싶은가봐." 노파 마군이 대답했다. 반쯤 부끄러워하면서도 도전적으로 변명하는 듯한 목소리였다.

"저 또래 여자애들 중에는 헝겊 인형 대신 남자친구를 생각하는 애들도 있어요." 샐리 징크스가 말했다.

할머니는 화가 나서 말했다. "릴리는 또래에 비해 크지도 않고 나이가 어려서 그래. 나는 릴리를 서둘러 결혼시킬 생각이 전혀 없어. 튼튼하지도 않은 애를."

"혈색은 좋아요." 샐리 징크스가 말했다. 그녀는 굵은 손가락으로 날렵하게, 코바늘로 하얀 면 레이스를 뜨고 있었다. 그녀는 그 굵은 레이스를 뜨는 것 말고는 정말이지 거의 할 줄 아는 게 없었다. 그 둔한 머리와 손가락들이 그래도 용케 그 일은 익혔다.

"나도 우리 애가 혈색이 좋은 건 알고 있어." 자랑과 걱정이 묘하게 뒤섞인 목소리로 노파 마군이 대답했다. "하지만 좋다가 안 좋다가 그래."

"그건 나쁜 징조라고들 하던데요." 실패에서 실을 좀 풀면서 샐리 징크스가 말했다.

"그래, 그렇긴 해." 할머니가 말했다. "릴리가 대부분 애들보다 뭐든 빨리 배운다 해도 아직은 어린아이일 뿐이야."

릴리 배리는 가게로 가고 있었다. 소녀는 아주 짧은 파란 면 드레스를 입고 있었다. 모자가 뒤로 젖혀져 소녀의 순진한 얼굴이 갸름하게 드러났다. 소녀는 아주 작았고, 어린아이처럼 작은 발로 탁탁 발소리를 내며 걸었다. 그녀는 이런 외모 때문에 열 살도 안 되어 보였을 것이다.

곧 그녀는 뒤에서 발소리를 들었다. 누가 오는지 보려고 조금 겁먹은 듯 돌아다봤다. 잘 차려입은 잘생긴 남자를 보고는 그녀는 안심했다. 남자는 옆으로 와서 처음에는 무심히 슬쩍 내려다보더니 곧 눈길이 깊어졌다. 그는 미소를 지었고 릴리는 그가 정말로 잘생겼다고 생각했다. 그의 미소는 소녀의 마음을 안심시킬 뿐만 아니라 놀라울 만큼 달콤하고 강렬했다.

"이런, 꼬마 아가씨. 인형까지 데리고 어딜 그렇게 가니?" 남자가 말했다.

"할머니께 소금을 사다 드리러 가게에 가요." 릴리가 달콤하고 높은 목소리로 말했다. 소녀는 남자의 얼굴을 올려다보았고, 그는 소녀의 순진한 아름다움에 꽤 놀랐다. 그는 소녀의 발걸음에 맞춰 걷기 시작했고, 두 사람은 계속 함께 갔다. 남자는 말을 더 이상하지는 않았다. 릴리가 줄곧 소심하게 그를 곁눈질할 때마다 남자는 미소를 지었고, 그를 향한 소녀의 신뢰는 더욱 커졌다. 곧 남자의 손이 소녀의 작고 아이 같은 손을 꽉 붙잡자, 그녀는 자신이 완전히 그를 신뢰하고 있음을 느꼈다. 소녀는 그를 올려다보고 미소 지었다. 외로운 길이었기 때문에 이 멋진 남자와 함께 걷는다는 것이 기뻤다.

잠시 뒤에 남자가 물었다. "이름이 뭐니, 꼬마야?" 그가 귀여워하며 물었다.

"릴리 배리."

남자가 깜짝 놀랐다. "아버지 이름은?"

"넬슨 배리요." 릴리가 대답했다.

남자는 휘파람을 불었다. "어머니는 돌아가셨고?"

"네, 그래요."

"몇 살이지?"

"열네 살이요." 릴리가 대답했다.

남자가 놀란 눈으로 그녀를 바라봤다. "그렇게 나이가 많다고?"

릴리는 갑자기 그 남자로부터 몸을 움츠렸다. 왜 그런지 이유는 알 수 없었다. 그녀가 그의 손에서 자신의 작은 손을 빼내자,

그도 반대하지 않고 그대로 내버려두었다. 소녀는 그가 다시는 자신의 손을 잡지 못하도록 손을 자유롭게 두지 않을 생각으로 헝겊 인형을 두 팔로 꼭 끌어안았다.

소녀는 남자에게서 조금 떨어져 걸었는데, 그는 재미있어 하는 눈치였다.

"아직도 인형을 가지고 노는 거야?" 그가 부드러운 목소리로 말했다.

"네, 그래요." 릴리가 대답했다. 그녀는 걸음을 재촉해서 가게에 도착했다.

릴리가 가게에 들어갔을 때 가게 주인 히람 게이츠는 계산대 뒤에 있었다. 가게에 있는 손님은 넬슨 배리뿐이었다. 그는 의자를 벽에 기대고 그 끝에 앉아 반쯤 졸고 있었다. 그의 잘생긴 얼굴은 며칠 동안 깎지 않아 수염이 빽빽했고, 검붉게 상기되어 있었다. 릴리가 들어오고, 그 뒤로 낯선 남자가 따라 들어왔을 때 그는 눈을 떴다. 그는 의자를 질질 끌며 다가와서 저항감과 불안이 뒤섞인 눈으로 그 남자를 바라봤고, 릴리가 와 있다는 사실을 전혀 눈치채지 못하고 있었다.

"안녕, 짐!" 그가 말했다.

"안녕하세요, 아저씨!" 낯선 남자가 화답했다.

릴리는 계산대로 가서 작고 예쁜 목소리로 소금을 달라고 했다. 소녀가 소금 값을 내고 가게를 가로질러 걸어갈 때, 넬슨 배리가 일어섰다.

"이런, 잘 지냈니, 릴리? 릴리 맞지, 그렇지?" 그가 말했다.

"네, 맞아요." 릴리가 힘없이 대답했다.

소녀의 아버지가 허리를 굽혀 생전 처음으로 아이에게 입을 맞추자 그의 숨결을 통해 위스키 냄새가 그녀의 얼굴까지 퍼졌다.

릴리는 자기도 모르게 깜짝 놀라 그에게서 몸을 움츠렸다. 그러고는 헝겊 인형과 함께 손에 쥐고 있던 작은 면 손수건으로 입술을 거칠게 문질렀다.

"빌어먹을! 날 무서워하잖아." 넬슨 배리가 굵은 목소리로 말했다.

"조금 그런 것 같군요." 다른 남자가 웃으며 말했다.

"이게 다 그 망할 할멈 때문이야." 넬슨 배리가 말했다. 그러고는 릴리에게 다시 미소 지었다. "내가 이렇게 작고 예쁜 딸이 있는 축복을 받았는지 그동안 몰랐었구나." 그는 모자 아래로 드러난 릴리의 분홍빛 뺨을 부드럽게 어루만졌다.

이제 릴리는 움츠러들지 않았다. 유전적인 본능과 본성이 아이의 순진하고 감수성 예민한 가슴속에서 그대로 발휘되고 있었다.

넬슨 배리는 신기한 듯 릴리를 바라보았다. "몇 살이지, 얘야?" 그가 물었다.

"9월에 열네 살이 돼요." 릴리가 대답했다.

"그런데 아직도 인형을 가지고 노니?" 배리가 다정하게 내려다보고 웃으며 말했다.

릴리는 아버지의 다정한 목소리에도 불구하고 인형을 더 꼭 껴안았다. "네, 그래요." 그녀가 대답했다.

넬슨은 막대사탕이 가득 담긴 유리병들을 힐긋 봤다. "여기 좀 보렴, 릴리, 사탕 좋아하니?" 그가 물었다.

"네, 좋아해요."

"잠깐 기다려 봐."

릴리는 아버지가 계산대에 갔다 올 때까지 기다렸다. 곧 그가 사탕 한 꾸러미를 들고 돌아왔다.

"네가 이 많은 걸 어떻게 들고 갈 수 있을지 모르겠구나." 그가 미소 지었다. "인형을 버리는 건 어떨까?"

릴리는 아버지를 바라보며 인형을 더 꼭 껴안았고, 아이의 표정에는 무언가 어른스러움이 나타났다. 그것은 그를 나무라는 듯한 여인의 얼굴이었다. 넬슨의 얼굴이 진지해졌다.

"오, 괜찮다, 릴리." 그가 말했다. "인형은 가지고 있으렴. 여기 이 사탕은 팔 밑에 끼고 가면 되겠구나."

릴리는 사탕을 거부할 수 없었다. 그녀는 넬슨의 조언에 따라 그것을 겨드랑이 아래에 끼고 가게를 나왔다. 두 남자도 자리를 뜨더니 바삐 이야기를 나누며 반대 방향으로 걸어갔다.

릴리가 집에 도착했을 때, 그녀를 지켜보던 할머니는 사탕 봉지를 바로 알아차렸다.

"그건 뭐냐?" 그녀가 날카롭게 물었다.

"아버지가 사 줬어요." 릴리가 망설이는 목소리로 대답했다. 샐리는 그녀를 조심스럽게 대했다.

"너의 아버지?"

"네, 할머니."

"그를 어디서 봤어?"

"가게에서요."

"그가 이 사탕을 줬다고?"

"네, 할머니."

"그가 뭐라든?"

"몇 살인지 물었고, 그리고……."

"그리고 뭐?"

"모르겠어요." 릴리가 대답했다. 그녀는 정말 아무것도 모르는 것 같았다. 그녀는 이 모든 일이 너무 무서웠고 혼란스러웠다. 무엇보다 자신에게 이것저것 묻는 할머니의 얼굴이 그랬다.

노파 마군의 얼굴은 오랫동안 예상해 온 어떤 재난이 마침내 닥쳐온 것에 타격을 입은 사람 같았다. 샐리 징크스는 멍하니 불안한 얼굴로 그녀를 바라봤다.

노파 마군은 소녀가 호랑이에게 붙잡혀 있기라도 한 것처럼 너무나 걱정스러운 눈빛으로 손녀를 바라보았다. "그가 또 뭐라고 했는지 기억이 나질 않는다고?" 그녀가 사납게 묻자 아이는 나직하게 훌쩍이기 시작했다.

"네, 할머니." 그녀가 흐느꼈다. "저는 모르겠어요, 그리고……."

"그리고 뭐? 대답해봐."

"거기에 다른 남자도 있었어요. 아주 잘생긴 남자요."

"그 남자가 너한테 말을 걸었니?" 노파 마군이 물었다.

"네, 할머니. 잠깐 동안 저와 함께 걸었어요." 릴리가 겁에 질려 당황한 듯 흐느끼며 고백했다.

"그가 네게 뭐라고 하든?" 노파 마군이 조금 체념하며 물었다.

릴리는 기억나는 모든 대화의 내용을 작고 겁먹은 목소리로 더듬거리며 말했다. 그다지 문제가 될 만한 내용은 없는 듯했지만, 마침내 닥쳐온 예상된 재난에 충격을 받은 듯한 표정은 할머니의 얼굴에서 좀처럼 사라지지 않았다.

해가 저물 무렵, 다리도 거의 완성되어 가고 있었다. 곧 일꾼들은 약속된 저녁 식사를 하려고 오두막으로 몰려들 것이다. 저 멀리 길 위로, 일을 도와주기로 한 건장한 몸집의 여자가 터벅터벅 걸어오는 모습이 보였다. 노파 마군은 다시 한번 릴리를 돌아보았다.

"넌 지금 바로 위층 네 방으로 올라가렴." 그녀가 말했다.

"세상에! 저 불쌍한 애를 안 재우고 놀게 해주려는 거 아니었어요?" 샐리 징크스가 말했다.

"넌 네 일이나 신경 써." 노파 마군이 강하게 말하자, 샐리 징크스는 움츠러들었다. "지금 바로 올라가라, 릴리." 한결 부드러운 목소리로 할머니가 말했다. "그러면 이 할미가 맛있는 저녁을 한 접시 가져다주마."

"언제쯤이면 저 애가 자라게 놔두실 거예요?" 릴리가 방으로 올라가자 샐리 징크스가 말했다.

"저 애는 주님의 뜻에 따라 다 때가 되면 자랄 거야." 노파 마군이 대답했다. 그녀의 목소리에는 슬프고 위협적인 무언가가 담겨 있었다. 샐리 징크스는 또다시 조금 움츠러들었다.

곧 일꾼들이 시끄럽게 집 안으로 몰려들었다. 노파 마군과 두 여자들은 푸짐한 저녁을 내왔다. 대부분의 남자들은 자신들이 내키는 대로 이미 충분히, 혹은 그 이상 술을 마셔서 취해 있는 상태였다. 그래서 노파 마군은 식사 중에 커피 말고는 아무것도 마시지 말라고 정했다.

"내가 해줄 수 있는 한 가장 맛있는 식사를 줄게." 그녀가 말했다. "하지만 만일 너희 가운데 누가 한 방울이라도 술을 입에 대면 모두 쫓겨날 줄 알아. 그렇게 술이 마시고 싶으면 나중에 가게에 가도록 해. 스스로 돼지가 되고 싶다면 너희가 갈 곳은 거기야. 내 집에는 돼지는 절대 들이지 않을 테니까."

사람들은 노파 마군의 말을 무조건 따랐다. 그녀는 자신이 마음만 먹으면 대부분 사람들이 그녀의 말을 받아들이게 하는 신기한 권위를 갖고 있었다. 저녁 식사가 한창일 무렵, 그녀는 조용히 위층으로 올라가 릴리에게 음식을 가져다주었다. 노파는 헝겊 인형을 팔에 끼고 창가 옆 흔들의자에 웅크리고 앉아 있는 소녀를 보았다. 그 흔들의자는 릴리가 아기 때부터 지금까지 사용하고 있는 유물이었다.

"저 사람들 너무 시끄러워요, 할머니!" 할머니가 그녀 앞 의자 위에 접시를 올려놓자 소녀가 겁먹은 목소리로 속삭이며 말했다.

"다들 술에 취했단다. 죄다 돼지 떼일 뿐이지." 노파가 대답했다.

"함께 있던 남자…… 아버지와 함께 있던 남자도 아래층에 있나요?" 릴리가 소심하게 물었다. 그러고 나서 할머니의 눈을 보고는 잔뜩 움츠러들었다.

"아니, 없다. 그리고 내가 있는 한 그는 절대로 아래층에는 얼씬도 못할 게다." 노파 마군이 사납게 속삭이며 말했다. "그가 어떤 인간인지 나는 잘 안다. 날 속일 순 없어. 그는 윌리스 가문 사람이야. 배리 집안과 결혼으로 맺어져 있지. 그들이 아무리 돈이 많다 해도 배리 가문 사람들보다 더 나쁜 녀석들이지. 밥 먹으렴. 그리고 그는 잊어라, 아가."

릴리가 잠든 뒤, 노파 마군이 혼자 저녁 설거지를 하고 있을 때 릴리의 아버지가 찾아왔다. 문은 닫혀 있었다. 그는 문을 두드렸다. 노파는 단번에 누가 왔는지 알아챘다. 그 노크 소리는 요새를 지키는 사람에게 휙 날아드는 폭탄 소리만큼이나 의미심장했다. 그녀가 문을 열자 거기에 넬슨 배리가 서 있었다.

"안녕하세요, 마군 부인." 그가 말했다.

노파 마군은 그 앞에 서서 단단한 몸집으로 출입구를 막아섰다.

"좋은 저녁입니다, 마군 부인." 그가 다시 한번 말했다.

"한가하게 노닥거릴 시간 없어." 노파가 가혹하게 대답했다. "저 남자들이 먹고 간 접시 치울 게 산더미야."

그녀는 자신이 길들이려는 반항적인 동물을 바라보듯 거기에 서서 그를 바라보았다. 남자는 웃었다.

"소용없습니다." 그가 말했다. "옛날부터 날 잘 알잖아요. 내가 한 번 들어선 길에서는 누구도 날 돌아서게 할 수 없어요. 날 들여보내는 게 좋을 겁니다."

노파 마군이 집 안으로 들어가자 배리가 뒤따라 들어왔다.

배리는 다짜고짜 말을 꺼냈다. "아이는 어디 있습니까?" 그가 물었다.

"위층에. 잠자리에 들었어."

"일찍 자는군요."

"애들은 그래야 해." 접시의 물기를 닦으며 노파가 받아쳤다.

배리가 웃었다. "그 애를 참 오래도 아이 취급하는군요." 그가 말했다. 목소리는 부드러웠지만 그 안에 가시가 돋쳐 있었다.

"릴리는 아직 어려." 노파가 저항하며 되받았다.

"그 애 엄마는 릴리가 태어났을 때 지금의 릴리보다 겨우 세 살 많았어요."

노파는 갑자기 남자에게 매우 위협하는 듯한 동작을 취했다.

그러고는 다시 접시를 닦았다.

"아이를 주시죠." 배리가 말했다.

"그 애는 안 돼." 노파가 엄중한 목소리로 대답했다.

"어떻게 하려는 생각인지 모르겠군요. 릴리가 제 아이라는 건 늘 인정하지 않았습니까."

노파는 하던 일을 멈추지 않았지만, 그녀의 튼튼한 허리가 휘청거렸다. 배리는 너무나 냉혹한 표정으로 그녀를 보았다.

"어쨌든 그 애를 데려갈 겁니다. 제 말의 요점은 결국 그거예요." 그가 말했다. "그리고 그게 아이한테도 가장 좋아요. 바보가 아니라면 알 거 아니에요."

"가장 좋다고?" 노파가 중얼거렸다.

"네, 가장 좋지요. 도대체 릴리를 어떻게 할 작정입니까? 당신이 아기처럼 만들려고 아무리 애를 써도 아이는 미인인 데다 아가씨가 다 됐어요. 영원히 사실 수도 없잖습니까."

"주님께서 그 애를 돌봐주실 거야." 노파가 대답했다. 그러고는 다시 몸을 돌려 그와 얼굴을 마주했다. 노파의 얼굴은 마치 선지자 같았다.

"좋습니다, 그러시라고 하죠." 배리가 쉽게 대답했다. "그래도 나는 그 애를 데려갈 겁니다. 그게 아이한테 가장 좋아요. 짐 윌리스가 오늘 오후에 릴리를 봤습니다. 그리고……."

노파 마군이 그를 바라봤다. "짐 윌리스!" 그녀는 끔찍하게 비명을 질렀다.

"네, 왜 그러세요?"

"윌리스라니!" 노파는 거듭 말했는데 이번에는 목소리가 둔탁했다. 거의 마비라도 온 것 같았다. 발음도 또렷하지 못했다.

남자가 조금 움츠러들었다. "지금 이렇게 소란을 피울 필요가 있습니까?" 그가 말했다. "내가 릴리를 데려가고 이자벨이 잘 보살필 겁니다."

"정신이 온전치 못한 자네 누나 말인가?" 노파 마군이 말했다.

"네, 정신박약 누나요. 생각하시는 것보다는 똑똑합니다."

"더 사악한 거겠지."

"그럴지도 모르죠. 악惡을 아는 것도 쓸모 있으니까요. 악이 뭔지도 모르면서 어떻게 그걸 피합니까? 누나와 내가 딸을 잘 돌볼 겁니다."

노파는 줄곧 남자를 노려보았고 그도 그 눈길을 피하지 않았다. 갑자기 그녀의 눈길이 상상할 수 없을 만큼 날카로워졌다. 마치 모든 사정을 꿰뚫어 보는 듯했다.

"무슨 일인지 알겠어!" 그녀가 외쳤다. "네 녀석은 카드놀이를 하다 진 거야. 그래서 그놈한테 이런 식으로 빚을 갚으려는 거지."

그러자 그 남자는 얼굴이 붉어졌고 숨을 죽이며 욕을 했다.

"오, 하느님!" 노파가 말했다. 그녀는 정말로 하늘 높이 눈을 치켜뜨고 자신들 둘 이외의 누군가와 말하는 듯했다. 그러고는 설거지를 마저 하려고 돌아섰다.

남자는 노파의 뒷모습을 집요하게 바라보았다. "그럼, 더 말할 필요도 없군요. 난 마음 정했습니다. 날 잘 알 테니, 그게 무슨 뜻인지 알죠? 난 저 아이를 데려갈 겁니다." 그가 말했다.

"언제?" 뒤도 돌아보지 않고 노파가 물었다.

"일주일 시간을 드리지요. 아이를 보내기 전에 옷가지나 잘 정리해서 보내세요."

노파는 대답이 없었다. 그릇만 계속 닦을 뿐이었다. 어찌나 조심스럽게 설거지를 하던지 접시들이 부딪히는 소리마저 나지 않았다.

"알아들었죠? 오늘부터 딱 일주일 후까지 준비시키세요." 배리가 말했다.

"알겠네." 노파 마군이 말했다. "알아들었어."

넬슨 배리는 산길을 올라가면서 노파 마군이 강인한 성격을 가졌으며, 불가피한 것에 저항하는 무모한 보통 여자들보다 훨씬 더 잘 이해했을 거라고 생각했다.

"음, 그 노인네는 내가 예상했던 것만큼 소란을 피우진 않더군." 집에 도착한 그는 짐 윌리스에게 말했다.

"그 애를 데려올 건가요?"

"응. 오늘부터 일주일 뒤에. 이거 봐, 짐. 약속 꼭 지켜야 해."

"알았습니다." 윌리스가 말했다. "한번 더 잘해 봐요."

두 사람은 한때 훌륭했지만 이제는 누추해진 배리 집안 저택의 오래된 응접실에서 카드놀이를 했다. 정신이 온전치 못한 누나 이자벨이 쟁반에 유리잔을 몇 개 챙겨 들고 들어왔다. 그녀는 미약한 지적 능력만을 지녔지만, 개처럼 훈련을 받아 몇 가지 재주를 익히게 되었다. 그 가운데 하나가 여러 가지 술을 섞는 것이었다. 그녀는 두 남자 옆 작은 탁자 위에 쟁반을 가져다 놓고, 멍청하게 웃으며 그들을 지켜봤다.

"이제 정리하고 가서 자." 남동생이 말하자 그녀는 순순히 그 말을 따랐다.

이튿날 이른 아침, 노파 마군은 릴리의 작은 침실로 가서 소녀가 자는 모습을 조금 지켜보았다. 베개 위로 소녀의 노란 머리카락이 흩어져 있었다. 이윽고 그녀가 말했다. "릴리, 릴리, 일어나라. 새 다리를 건너서 그린햄에 갈 거야. 너도 같이 가자꾸나."

릴리는 곧바로 침대에서 몸을 일으켜 할머니에게 미소 지었다. 안갯속을 헤매는 듯하던 그녀의 두 눈동자는 이제 잠에서 깨어난 듯 빛이 났다.

"얼른 일어나." 노파가 말했다. "입고 싶으면 새 옷을 입어도 된다."

릴리는 아기처럼 기뻐하며 까르륵 소리를 냈다. "새 모자도요?" 그녀가 말했다.

"마음대로 하렴."

노파 마군과 릴리는 늦게까지 잠들지 않았던 배리스 포드 마을이 완전히 깨어나기 전에 그린햄으로 향했다. 그린햄까지는 3마일 거리였다. 노파는 말이 다리를 조금 저니까 그들이 걸어서 가야 한다고 말했다. 아름다운 아침이었다. 아침 이슬이 모든 것 위로 다이아몬드처럼 빛나고 있었다. 할머니는 릴리의 머리카락을 평소보다 더 꼼꼼히 말아 주었다. 두 줄의 금빛 나선 사이로 그 조그만 얼굴은 장미꽃봉오리처럼 보였다. 릴리는 분홍색 띠가 달린 새 모슬린 드레스를 입고, 자신이 가장 좋아하는, 장미꽃봉오리 화환이 둘러진 하얀 밀짚모자를 썼다. 그리고 깔끔한 검정 망사 스타킹과 예쁜 신발을 신었다. 하얀 면장갑도 꼈다. 그들이 출발했을 때, 검정 드레스에 망토를 입고 모자를 쓴 늙고 무거운 발걸음의 여인은 분홍색으로 파닥이는 조그만 형체를 내려다보았다. 그 얼굴은 애틋한 사랑과 감탄이 가득했지만, 무언가 냉혹한 면이 있었다. 그들은 통나무로 엉성하게 지어져 만

늪새가 거친 새 다리를 건넜다. 노파 마군은 통나무 사이의 틈을 가리켰다.

"저것 좀 보렴." 그녀가 말했다. "남자들이 해 놓은 일이 저렇단다."

"남자들은 아주 좋지만은 않은 것 같아요, 그렇죠?" 작고 달콤한 목소리로 릴리가 말했다.

"응, 그래. 하나같이 다 그렇단다," 소녀의 할머니가 대답했다.

"저와 함께 가게까지 걸었던 그 남자는 다른 사람들보다는 좋아보였어요." 릴리가 희망을 품고서 말했다. 할머니는 아래로 손을 뻗어 작은 면장갑을 낀 아이의 손을 잡았다. "아파요, 제 손을 너무 꽉 잡으셨어요." 릴리가 곧 애원하는 듯한 작은 목소리로 말했다.

노파는 꽉 잡았던 손을 풀었다. "할미가 네 손을 그렇게 꽉 잡았는지 몰랐다." 그녀가 말했다. "앞으로도 너를 아무 까닭 없이 아프게 하는 일은 없을 게다. 물론 네 목숨을 구하거나 그런 일이 아니라면 말이다." 그녀는 소녀가 아직 어려서 이해할 수 없는 엄청난 의미를 품고서 말했다. 그들은 시골길을 따라 걸었다. 그린햄에 도착하기 직전에, 그들은 블랙베리 덩굴이 우거진 돌담을 지났다. 그리고 그 부근에서 보기 드문 것들이 있었는데, 벨라도나 열매가 독을 품은 채 주렁주렁 열려 있었다.

"저 열매들 먹음직스러워 보여요, 할머니." 릴리가 말했다.

그 순간 노파의 얼굴은 보기 흉하게 일그러졌다. "지금은 먹을 수 없어." 그렇게 말하고는 서둘러 릴리를 데리고 갔다.

"정말 맛있어 보여요." 릴리가 말했다.

그린햄에 닿자, 노파 마군은 그곳에서 가장 허세가 심한 집으로 곧장 갔다. 메이슨 변호사의 집이었다. 마군은 릴리에게 잠시 뜰에서 기다리라고 말했다. 릴리는 떡갈나무 아래 벤치에 앉아 할머니가 집 오른편에 있는 변호사 사무실의 문을 열고 들어가는 것을 호기심 어린 눈으로 지켜보았다. 이윽고 변호사의 아내가 나오더니 나무 아래 있는 릴리에게 말을 걸었다. 그녀는 손에 작은 쟁반을 들고 있었는데, 그 위에는 케이크 한 접시, 우유 한 잔, 그리고 풋사과 한 개가 놓여 있었다. 그녀는 아주 친절하게 릴리에게 말을 건넸고, 소녀에게 입을 맞추기도 했다. 그러고는 다과 쟁반을 건넸고, 릴리는 감사하며 받았다. 메이슨 부인이 지켜보는 가운데 릴리가 음식을 먹고 있는데, 곧 노파 마군이 무시무시한 얼굴로 변호사 사무실을 나왔다.

"뭘 먹는 거니?" 노파가 릴리에게 날카롭게 물었다. "그거 신 사과 아니니?"

"아이가 배가 고플 것 같아서요." 변호사의 아내가 사랑스럽고도 애잔한 눈으로 소녀를 바라보았다.

릴리는 사과를 거의 다 먹었다. "정말 시큼하지만 난 좋아요. 정말 맛있어요, 할머니." 그녀가 말했다.

"신 사과와 함께 우유를 마신 건 아니겠지?"

"참 맛있는 우유였어요, 할머니."

"우유를 마신 다음에 신 사과를 먹으면 절대로 안 돼." 할머니가 말했다. "오늘 아침에 네 위는 다 고장 났을 게다. 신 사과와 우유는 누구라도 아프게 할 수 있어."

"몰랐는데 그렇군요." 메이슨 부인이 푸른 풀밭 위에서 연보랏빛 면 원피스를 입고 그녀 주위를 서성거리며 변명하듯 말했다. "정말 죄송해요, 마군 부인. 제 생각이 짧았어요. 릴리에게 탄산

음료를 좀 가져다줄 게요.”

“탄산음료는 그 애한테 맞지 않아요.” 노파가 거친 목소리로
대답했다. “이리 와라.” 그녀가 릴리에게 말했다. “이제 집에 가야
지.”

릴리와 할머니가 길 아래로 사라진 뒤, 메이슨 변호사가 사무
실에서 나와 나무 아래 벤치에 앉아 있던 아내 옆에 나란히 앉
았다. 가만히 앉아 있는 그녀의 얼굴에는 아주 오래전의 기쁨을
되새기는 사람의 표정이 서려 있었다. 그녀는 몇 년 전에 유일한
자식이었던 어린 딸을 잃었고, 남편은 아내가 딸을 생각할 때면
늘 알아차렸다. 메이슨 변호사는 부인보다 더 늙어 보였다. 그는
메마르고, 빈틈없으며 한쪽으로 조금 기울어진 얼굴을 하고 있
었다.

“어떻게 생각해, 마리아?” 그가 말했다. “노부인이 저 아이를
입양해 달라는 절박한 부탁을 하러 왔어.”

“예쁜 아이였어.” 메이슨 부인이 조금 쉰 목소리로 말했다.

“그래, 예쁜 아이지.” 변호사가 아내를 가엾게 바라보며 맞장
구를 쳤다. “하지만 그건 불가능한 일이야, 여보. 아이를 입양하
는 건 신중하게 생각해야 할 문제고, 게다가 배리스 포드에서
온 아이란 말이야!”

“하지만 할머니는 좋은 분 같았어.” 메이슨 부인이 말했다.

“나도 그렇다고 생각하고 싶어. 그녀를 나쁘게 말하는 소리는
들어본 적이 없으니까. 하지만 그 애 아버지 말이야! 안 돼, 마리
아, 배리 집안의 피가 흐르는 아이를 맡을 수는 없어. 그 집안은
아주 밑바닥까지 갔어, 육체적으로도 도덕적으로도 형편없다고.
이건 안 될 일이야, 여보.”

"그 애 할머니가 아이한테 아주 예쁘게 옷을 입혔던데." 메이슨 부인의 충실하고도 아쉬움 가득한 눈에서는 눈물이 솟아나고 있었다.

"어쩔 수 없어." 사무실로 돌아가면서 변호사가 말했다.

노파 마군과 릴리는 배리스 포드로 가는 길을 따라 천천히 돌아갔다. 그들이 블랙베리 넝쿨과 벨라도나가 자라난 돌담까지 왔을 때, 릴리는 지쳤다고 말하면서 조금 앉았다 갈 수 없냐고 물었다. 할머니의 얼굴에 알 수 없는 그늘이 깊어졌다. 이따금 릴리는 할머니를 힐긋 보았는데 할머니가 낯선 사람처럼 느껴졌다.

"그래, 앉고 싶으면 앉아라." 노파 마군이 깊고 거칠게 말했다.

릴리는 흠칫 놀라서 할머니를 바라봤다. 마치 말하는 사람이 할머니가 맞는지 확인하려는 것 같았다. 그리고 나서 그녀는 덩굴이 많지 않은 돌을 골라 그 위에 앉았다.

"앉지 않을 거예요, 할머니?" 릴리가 소심하게 물었다.

"아니, 난 그 엉망진창인 데로 들어가고 싶지 않구나." 할머니가 대답했다. "지치지도 않았고. 할미는 여기 서 있으련다."

릴리는 가만히 앉았다. 그 연약한 작은 얼굴은 열기로 발갛게 달아올랐다. 그녀는 조그만 발을 뻗어 자신의 가장 좋은 신발을 바라봤다. "신발이 먼지투성이에요." 소녀가 말했다.

"털면 된다." 할머니가 말했다. 아직도 야릇한 목소리였다.

릴리는 주위를 둘러보았다. 뒤쪽 들판에 있는 느릅나무의 작은 가지가 머리 위로 그림자를 드리우고 있었다. 조금 시원한 한 줄기 바람이 그녀의 얼굴에 불어왔다. 소녀는 지평선 위의 낮은 산들―그곳에 그녀와 할머니가 살고 있는 집이 있었다―을 바라보며 까닭 모를 한숨을 내쉬었다. 그녀는 블랙베리 덩굴을 하릴없이 만지작거리기 시작했다. 거기에 블랙베리는 없었다. 그러다 그녀는 작은 손가락을 벨라도나 열매로 가져갔다. "맛 좋은 열매처럼 보여." 그녀가 말했다.

노파 마군은 아무 말도 하지 않고 길 위에 꼿꼿이 서 있었다. "먹음직스럽게 생겼어요." 릴리가 말했다.

마군은 여전히 아무 말이 없었다. 그녀는 날개처럼 펼쳐진, 거대한 흰 구름 사이로 드러난, 형언할 수 없이 푸른 하늘만 올려다보았다.

릴리는 벨라도나 열매를 몇 개 따서 먹었다. "와, 정말 달콤하다." 그녀가 말했다. "맛있어요." 그녀는 몇 개를 더 따서 먹었다.

곧 그녀의 할머니가 말했다. "이리 와라. 가야할 시간이야. 그만큼 앉아 쉬었으면 됐다."

릴리는 돌담에서 미끄러져 내려와 할머니를 공손히 따르며 다시 길을 나섰을 때도 여전히 열매를 먹고 있었다.

그들이 집에 도착하기 전에, 릴리는 목이 몹시 마르다며 투덜거렸다. 소녀는 멈춰서 나뭇잎으로 컵을 만들어 산 속 개울에서 오래도록 물을 마셨다. "끔찍하게 목이 말라요, 그런데 삼키면 아파요." 소녀는 마시기를 멈추고 할머니에게 말했다. 그러자 길가에서 기다리던 노파가 다가왔다. 할머니의 얼굴은 이상하게 어두워졌다. 그녀는 릴리의 손을 잡고 길을 계속 걸어갔다. "배에서 불이 나요." 릴리가 말했다. "물 좀 더 마시고 싶어요."

"조금 더 가면 또 다른 개울이 있어." 노파 마군이 흐릿한 목소리로 말했다.

개울에 이르자 릴리는 멈춰 서서 다시 물을 마셨다. 그러나 그녀는 삼키기가 어려워서 훌쩍이며 말했다. "뱃속이 타는 것 같아요. 목도 바짝 말랐어요, 할머니." 소녀는 걸어가면서 내내 고통을 호소했다. 노파 마군은 릴리의 손을 더 꼭 잡았다. "아파요, 손을 너무 꼭 잡았어요, 할머니." 마치 뿌연 안개 사이로 보이는 듯한 할머니의 얼굴을 올려다보며 릴리가 말했다. 그러자 노파는 꼭 잡은 손을 느슨하게 풀었다.

마침내 그들이 집에 도착했을 때, 릴리는 무척 아팠다. 노파 마군은 부엌 밖에 있는 작은 침실 안 자신의 침대에 소녀를 눕혔다. 릴리가 누워서 신음하고 있을 때 샐리 징크스가 들어왔다.

"왜 그래요, 뭐 때문에 병이 났어요?" 그녀가 물었다. "릴리가 열이 나는 것 같은데요."

릴리가 뜻밖에도 스스로 대답했다. "시큼한 사과를 먹고 우유를 마셨어요." 소녀가 신음했다.

"신 사과와 우유는 누구한테나 끔찍하게 해로울 수 있지." 샐리 징크스가 말했다. 그녀는 집으로 돌아가는 길에서 만난 몇몇 사람들에게, 노파 마군이 릴리가 그런 것을 먹도록 끔찍하게 조심성 없이 굴었다고 말했다.

그동안 릴리는 점점 더 나빠졌다. 그녀는 타는 듯한 복통, 어지러움, 극도의 메스꺼움으로 말할 수 없이 고통스러워했다. "너무 아파, 너무 아파요, 할머니." 그녀는 내내 신음했다. 할머니가 몸을 구부려 소녀에게 가까이 갔지만 그녀는 더 이상 할머니를 볼 수 없었다. 그렇지만 할머니의 목소리는 들을 수 있었다.

노파 마군은 릴리가 한 번도 그녀에게서 들어 본 적 없는, 그 누구도 그녀에게서 들어 본 적 없는 말을 했다. 그녀는 영혼 깊은 곳으로부터 말했다. 그 목소리는 비둘기 울음소리처럼 부드러우면서도, 장중하고 숭고했다. "너는 곧 괜찮아질 거다, 꼬마 릴리." 그녀가 말했다.

"너무 아파요, 할머니."

"너는 곧 괜찮아질 거야, 그리고……."

"아파요."

"너는 아름다운 곳으로 가게 될 거야."

릴리가 신음했다.

"너는 아름다운 곳으로 가게 될 거야." 노파가 계속 말했다.

"어디요?" 차갑고 작은 손으로 힘없이 더듬으며 릴리가 물었다. 그러다가 또다시 신음했다.

"아름다운 곳, 꽃들이 높게 자라는 곳."

"무슨 색이에요? 오, 할머니, 너무 아파요."

"파란색." 노파가 대답했다. 그것은 릴리가 가장 좋아하는 색이었다. "아름다운 파란색. 꽃들은 네 무릎만큼 키가 크고, 언제나 그 자리에 있지. 꽃이 지는 일도 없단다."

"꺾지만 않으면요, 할머니? 아아!"

"그래, 꺾지만 않는다면, 절대 시들지 않아. 그리고 그 꽃들은 아주 달콤해서 멀리서도 그 향기를 맡을 수 있지. 그리고 새들이 노래하고, 모든 길은 금빛 돌들로 되어 있단다. 돌담들도 금으로 만들어져 있지."

"할아버지가 할머니에게 준 반지처럼? 너무 아파요, 할머니."

"그래, 그런 금이란다. 그리고 집은 모두 금과 은으로 지어져 있고, 사람들은 다들 날개를 달고 있지. 그래서 걷기 지쳤을 때는 날 수 있단다. 그리고……."

"너무 아파요, 할머니."

"그리고 모든 인형들은 다 살아 있단다." 노파 마군이 말했다. "네가 가지고 있는 인형 같은 것들이 달릴 수 있고, 말할 수도 있고, 다시 널 사랑해 준단다."

릴리는 가여운 낡은 헝겊 인형을 고통에 찬 작은 가슴에 꼭 껴안고 함께 침대에 누워 있었다. 그녀는 눈을 뜨려고 애를 썼다. 동공이 크게 열려서 까맣게만 보이는 눈으로 할머니의 얼굴을 보려고 몹시 애를 썼지만 볼 수 없었다. "어두워요." 그녀가 힘없이 신음했다.

"네가 갈 그곳은 늘 밝단다." 할머니가 말했다. "그리고 모든 것이 오늘 만난 메이슨 부인의 브로치처럼 밝게 빛날 거야."

릴리는 애처롭게 신음하며, 알아들을 수 없는 말을 중얼거렸다. 섬망이 시작된 것이다. 곧 그녀는 침대에 똑바로 앉아서 미친 듯이 악을 썼다. 그러나 그 순간에도 할머니의 불가사의하고 강렬한 목소리는 그녀를 움직였다.

"너는 무지개 빛깔로 된 문으로 들어갈 거야." 할머니가 말했다. "그리고 문이 열리면 너는 곧장 들어가서 금빛 길을 걸어가렴, 엄마를 만날 때까지 푸른 꽃들이 네 무릎까지 오는 들판을 지나거라. 그러면 네 엄마가 네가 앞으로 살게 될 집으로 너를 데려가 줄 게다. 엄마는 널 위해 작고 하얀 방을 준비해 뒀어. 창문에는 하얀 커튼이 달려 있고, 작고 하얀 거울도 있단다. 네가 그 거울을 들여다보면 너는 보게 될 거야……."

"뭘 보게 돼요? 너무 아파요, 할머니."

"네 얼굴과 똑같이 생긴 천사를 보게 될 거야. 거기에는 작고 하얀 침대가 있고, 넌 거기 누워서 쉴 수 있을 게다."

"이제 아프지 않겠죠, 할머니?" 릴리가 물었다. 그러고는 신음하며 미친 듯이 횡설수설했다. 그래도 그녀는 할머니가 말하는 모든 이야기를 알아듣는 것 같았다.

"그래, 넌 다시는 아프지 않을 거야. 아프다는 이야기는 이제 네겐 아무런 의미가 없을 게다."

이야기는 계속되었다. 릴리는 미친 듯이 말했고, 릴리를 달래는 할머니의 힘 있는 목소리는 멈추지 않았다. 아이가 깊은 잠, 혹은 잠과 비슷한 무언가에 빠질 때까지 줄곧 그랬다. 그렇게 잠에 빠진 릴리는 뻣뻣하게 누워 있었고, 그 눈앞에 비춰진 촛불의 깜빡임도 그녀에겐 아무 소용이 없었다.

그때 넬슨 배리가 왔다. 짐 윌리스는 문 밖에서 기다리고 있었다. 넬슨은 노파 마군이 침대 옆에서 무릎을 꿇고 메마른 눈으로 울며 고통스러워하는 것을 발견했다. 이 모습은 전통 있고 훌륭한 가문의 퇴락한 인물인 넬슨 배리를 꽤 동요시켰다.

"아이가 아픕니까?" 그가 조용히 물었다.

노파 마군은 심하게 흐느끼며 울었는데, 마치 죽어가는 사람의 숨소리처럼 들렸다.

"샐리 징크스가 릴리가 우유와 신 사과를 먹어서 아프다고 하더군요." 배리가 조금 떨리는 목소리로 말했다. "릴리 엄마도 그것들을 먹어서 몹시 아팠던 기억이 납니다."

릴리는 가만히 누워 있었고, 그녀의 할머니는 무릎을 꿇고 앉아 심하게 흐느끼며 떨고 있었다.

갑자기 넬슨 배리가 흠칫 놀라서 말했다. "아이가 그렇게 나쁜 상태라면 그린햄에 가서 의사를 불러오는 게 낫겠어요." 그는 침대 쪽으로 가까이 가서 아이를 살펴보고는 크게 놀랐다. 그러고는 아이의 손을 만지고 침대보 아래로 손을 넣어 그녀의 작은 발도 만져 보았다. "손발이 얼음장처럼 차잖아요." 그가 외쳤다. "세상에! 이 지경이 될 때까지 왜 누굴 부르지 않았습니까? 왜 절 부르지 않았어요? 아니, 애가 다 죽어가잖아요, 거의 떠났다고요!"

배리는 달려 나가 짐 윌리스에게 말했고, 그도 창백한 얼굴로 들어와 침대 옆에 섰다.

"다 죽어가네." 그가 조용히 속삭이며 말했다.

"의사한테 갈 것도 없어, 의사가 도착하기 전에 죽을 거야." 넬슨은 자신의 무능력함을 몹시 비탄하면서 낯설고도 슬픈 표정으로 서서 죽어가는 아이를 바라봤다. 그는 이루 말할 수 없이 슬펐다.

"가여운 것, 어쨌든 고통은 지나간 것 같네요." 다른 남자가 말했다. 그 또한 어리둥절하고 혼란스러운 얼굴로 슬퍼하고 있었다.

릴리는 그날 밤 죽었다. 배리스 포드에서는 장례식이 끝날 때까지 꽤 소란이 있었다. 모든 일이 너무나 급작스러웠다. 그러고 나서 모든 것은 여느 때처럼 흘러갔다. 노파 마군은 예전처럼 살아갔다. 그녀는 자신의 작은 농장에서 생산한 농작물로 생계를 이어갔다. 그녀는 아주 부지런했지만 사람들은 그녀가 정신이 조금 이상해졌다고 말했다. 그도 그럴 것이 달걀과 텃밭 채소들을 그린햄에 팔기 위해 통나무 다리를 건널 때마다 그녀는 아기를 데리고 가듯이 릴리의 낡은 헝겊 인형을 들고 다녔던 것이다.

엄마의 반란

The Revolt of "Mother"

"**여보!**"

"왜?"

"무슨 일로 남자들이 저기 들판에서 구멍을 파는 거죠?"

나이 든 남자는 턱을 갑자기 무겁게 떨구더니 다시 힘을 주어 입을 다물었다. 그는 아무 말 없이 짙은 갈색의 큰 암말에게 마구 채우던 일을 계속했다. 그는 확 하고 재빠른 손길로 말목에 목사리를 씌웠다.

"여보!"

남자는 암말의 등 위에 안장을 털썩 하고 올렸다.

"좀 봐요, 여보, 왜 남자들이 들판에서 구멍을 파고 있는지 알아야겠어요. 알아낼 거예요."

"당신은 집에 들어가 당신 할 일이나 하지." 나이 든 남자가 말했다. 말을 어찌나 속사포처럼 쏟아내던지, 그 말투는 거의 으르렁거림에 가까워 알아듣기 어려웠다.

그러나 여자는 다 알아들었다. 그것은 그녀에게는 모국어였다. "남자들이 들판에서 뭘 하는 건지 말해주지 않으면 집에 들어가지 않을 거예요." 그녀가 말했다.

그렇게 말하고 그녀는 서서 기다렸다. 그녀는 자그마한 몸에 허리도 굴곡 없이 밋밋해서 갈색 면 드레스를 입은 모습이 마치 아이처럼 보였다. 구불거리는 부드러운 회색 머리칼 사이로 드러난 그녀의 이마는 온화하고 자애로워 보였다. 그녀의 코와 입 가장자리에도 그처럼 온화한 주름이 자리하고 있었다. 그러나 나이 든 남자에게 쏠린 그녀의 눈길만큼은 그 온화함이 결코 다른 사람의 의지에 의한 것이 아니라, 바로 그녀 자신의 의지의 결과임을 엿보이게 했다.

그들은 문을 활짝 열어젖힌 채 외양간 문 안쪽에 서 있었다. 그들의 얼굴로, 자라나는 풀과 보이지 않는 꽃들의 향기가 가득한 봄의 공기가 밀려왔다. 널찍한 앞마당에는 농사용 마차 몇 대와 목재 더미들이 어지럽게 널려 있었다. 울타리와 집 가까이에는 선명한 초록빛 잔디와 민들레 몇 송이가 가장자리를 따라서 자라고 있었다.

나이 든 남자는 마구의 마지막 죔쇠를 조이며 그의 아내를 억센 눈빛으로 힐긋 바라보았다. 그에게 그녀는, 오랜 세월 땅에 깊이 뿌리를 내린 블랙베리 덩굴로 인해 움직일 수 없는, 그의 목초지에 있는 바위들 가운데 하나처럼 보였다. 그는 말에 말고삐를 매고는 말을 끌고 외양간 밖으로 나가려 했다.

"여보!" 그녀가 말했다.

나이 든 남자가 멈춰 섰다. "왜 그러는데?"

"저 뜰에서 왜 남자들이 땅을 파고 있는지 알고 싶다고요."

"당신이 꼭 알아야겠다면, 그들은 지하실을 파고 있는 거야."

"지하실을 왜요?"

"외양간을 만들려고."

"외양간이요? 우리가 집을 지으려고 했던 곳에 설마 외양간을 짓겠다는 건 아니죠, 여보?"

남자는 더는 한마디도 하지 않았다. 그는 서둘러 농사용 마차에 말을 묶었다. 그리고 덜컹거리며 마당 밖으로 마차를 끌고 나갔다. 흔들리는 마차 위에 기운차게 앉아 있는 그의 모습은 마치 소년 같았다.

여자는 한동안 그를 바라보며 서 있었다. 그리고 외양간을 나와서 마당을 가로질러 마당 모퉁이에 있는 집으로 향했다. 집은 큰 외양간과 길게 늘어선 헛간들, 그리고 바깥채들과 직각을 이루며 세워져 있었는데, 그것들과 비교해서 너무나 작았다. 그것은 사람이 사는 집 같기는커녕 거의 외양간 처마 밑, 비둘기들을 위한 작은 둥지 상자처럼 보일 지경이었다.

섬세한 분홍빛 꽃처럼 어여쁜 소녀의 얼굴이 창밖을 내다보고 있었다. 그녀는 도로 가까이 있는 마당과 맞닿은 들판에서 땅을 파고 있는 세 남자를 보고 있었다. 여자가 들어오자 그녀는 조용히 몸을 돌렸다.

"저 사람들은 왜 땅을 파고 있는 거래요, 엄마?" 소녀가 물었다. "아버지가 뭐라고 말씀하시던가요?"

"새 외양간을 위한 지하실을 만들려고 땅을 파고 있다는구나."

"엄마, 아버지가 외양간을 또 짓는다고요?"

173

"그렇다는구나."

남자 아이가 부엌 유리 앞에 서서 머리를 빗고 있었다. 그는 갈색 머리칼이 이마 위에 부드럽고 동그스름한 언덕처럼 흘러내리게 정리해가며 천천히 공들여 머리를 빗었다. 그는 대화에는 전혀 관심이 없는 것 같았다.

"새미, 아버지가 새로운 외양간을 지으려고 한다는 거 알고 있었니?"

소녀가 물었다.

소년은 부지런히 빗질만 했다.

"새미!"

그는 부드러워진 머릿결 아래로 그의 아버지 같은 얼굴을 하고서 돌아봤다. "응, 그런 것 같아." 그가 마지못해 말했다.

"안 지 얼마나 됐어?" 그의 어머니가 물었다.

"석 달쯤 되었을 걸요, 아마."

"왜 말하지 않았니?"

"말해봐야 좋을 게 없을 것 같아서요."

"아버지가 뭐 때문에 또 외양간을 만드시는지 모르겠어요." 상냥하고 느린 목소리로 소녀가 말했다. 그녀는 다시 창 쪽으로 몸을 돌리고 들판에서 땅을 파고 있는 남자들을 바라보았다. 그녀의 부드럽고 상냥한 얼굴에는 가벼운 고뇌가 스쳐갔다. 훤히 드러난 그녀의 이마는 아기 이마처럼 깨끗했다. 연한 빛깔의 머리카락은 컬페이퍼[1]를 이용해서 줄을 지어 동그랗게 말아 뒤로 묶었다. 그녀는 꽤 체격이 컸지만 부드러운 몸의 곡선 때문에 근육질로 보이지는 않았다.

그녀의 어머니는 소년을 엄하게 바라보았다. "아버지가 소를 더 사실 거라고 하던?" 그녀가 물었다.

소년은 대답하지 않았다. 그는 신발 끈을 묶고 있었다.

"새미, 아버지가 소들을 더 사들이려 하냐고 묻고 있잖아."

"그러실 것 같던데요."

"몇 마리나?"

"네 마리요, 아마도."

소년의 어머니는 더 말하지 않았다. 그녀는 식료품 저장실 안으로 들어갔다. 접시들이 달그락거리는 소리가 났다. 소년은 문 뒤쪽 못에 걸린 모자를 집어 들었다. 그리고 선반에서 낡은 수학책을 꺼내 학교로 향했다. 그는 날렵해 보였지만 몸가짐은 어

---

1) 머리를 곱슬곱슬하게 마는 데 쓰이는 종이.

설펐다. 그는 뒤춤에 특이한 용수철을 꽂은 채 마당을 나갔다. 그 용수철 때문에 집에서 만든 헐렁한 재킷의 엉덩이 쪽이 들렸다.

소녀는 개수대 쪽으로 가서 쌓여 있는 접시들의 설거지를 하기 시작했다. 그녀의 어머니가 저장실 밖으로 나와 그녀를 옆으로 밀었다. "물기를 닦으렴." 그녀가 말했다. "내가 씻을 테니. 오늘 아침에는 설거지거리가 많구나."

어머니는 거칠게 두 손을 물속에 담갔다. 소녀는 무언가 생각에 잠긴 듯 천천히 접시들의 물기를 닦아냈다. "엄마." 그녀가 말했다. "새 외양간을 또 지으신다니 너무하지 않아요? 우리에게도 제대로 된 집이 필요한데 말이에요."

그녀의 어머니는 접시를 세차게 문질러 씻었다. "우리가 여자라는 걸 아직도 모르니, 내니 펜," 그녀가 말했다. "너는 아직 남자를 잘 몰라. 하지만 조만간 알게 되겠지. 남자들한테 중요한건 우리가 쓸모가 있는지 없는지 뿐이라는 걸. 날씨를 신의 섭리라고 여기고 불평하지 않듯이 우린 그들이 하는 일에 아무 소리도 할 수 없다는 것도 알게 될 거다."

"난 상관없어요. 어쨌든 나는 조지가 그런 사람이라고 믿지 않아요," 내니가 말했다. 울기라도 할 것처럼, 그녀의 고운 얼굴이 분홍빛으로 물들었고, 입술은 살며시 뾰로통해졌다.

"시간이 지나면 알 거야. 조지 이스트먼도 다른 남자들과 다르지 않을 거다. 그래도 아버지를 나쁘게 보면 안 돼. 뭐 어쩌겠니. 너희 아버지는 우리가 보는 방식으로 세상을 보지 않는걸. 그리고 이만하면 우리는 여기서 꽤 편하게 지냈지. 지붕이 새기는 했지만, 한 번뿐이었고, 아버지가 바로 지붕널을 덮어 줬지 않니."

"응접실이 있었으면 좋겠어요."

"깨끗하고 좋은 부엌에 있는 널 와서 본다면, 조지 이스트먼한테도 나쁠 건 없겠지. 그래도 이만큼 좋은 집을 가진 여자는 많지 않을 거다. 내가 언제 불평한 적 있던?"

"저도 불평하지 않아요, 엄마."

"너만큼 좋은 아버지와 좋은 집을 가진 처지에 그러면 안 된다고 생각한단다. 네 아버지가 너보고 나가서 돈을 벌어오라고 했다면 어땠겠니? 실제로 너보다 튼튼하지도 않고 재주도 없는 많은 여자애들이 돈을 벌어야 하는 형편에 있지 않니."

사라 펜은 단호한 태도로 프라이팬을 씻었다. 그녀는 프라이팬의 바깥쪽도 안쪽만큼이나 정성껏 문질러 닦았다. 그녀는 둥지 상자 같은 집일지언정 그것을 훌륭히 관리하는 사람이었다. 그녀의 유일한 거실에는 사람이 살아가다 보면 사물과의 마찰로 인해 생길 법한 먼지조차 없는 것 같았다. 그녀는 비질을 했다. 하지만 빗자루로 쓸기 전에도 그곳에는 먼지 한 톨 없었다. 청소를 하든 안 하든 차이가 없었다. 그녀는 너무나 완벽해서 언뜻 봐서는 예술적 기교를 거의 사용하지 않은 듯이 착각하게 만드는 예술가 같았다. 오늘 그녀는 믹싱 볼과 도마를 꺼내 파이 반죽을 밀고 있었다. 자신보다 더 섬세한 작업을 하고 있던 딸과 마찬가지로 옷에 밀가루조차 묻어 있지 않았다. 내니는 그해 가을에 결혼을 앞두고 있었기에, 하얀 캠브릭 면 위에 자수를 놓고 있었다. 그녀는 어머니가 요리를 하는 동안 부지런히 바느질을 했다. 그녀의 부드러운 손과 손목은 그 섬세한 작업물보다 더 뽀얬다.

"좀 있다가 난로를 헛간으로 옮겨야겠어." 펜 부인이 말했다. "우리가 가진 게 없다고 했지만, 이 더운 날씨에 화로를 옮겨놓을 헛간이 있으니 얼마나 잘된 일이니. 네 아버지가 화로 연통을 고쳐 놓은 거 하나는 참 잘하신 일이야."

파이를 만들고 있는 사라 펜의 얼굴은 신약성서에 나오는 성인들 가운데 한 사람인 듯 온화한 기운이 감돌았다. 그녀는 민스파이를 만들고 있었다. 그녀의 남편, 아도니람 펜이 가장 좋아하는 파이였다. 그녀는 일주일에 두 번은 민스파이를 구웠다. 아도니람은 간식으로 파이 한 조각을 즐겼다. 그녀는 오늘 아침에는 서둘렀다. 평소보다 파이 굽는 게 늦어졌지만 식사 시간에 맞춰 파이를 꼭 구워야겠다고 생각했기 때문이다. 남편에 대한 원망이 얼마나 깊든, 그녀는 남편이 원하는 것에 대해 늘 세심한 주의를 기울였다.

고귀한 성품은 힘든 과정을 겪으면서 드러나게 마련이다. 사라 펜의 고귀한 성품은 오늘 페이스트리 요리를 만들 때 드러났다. 그녀는 비록 일하는 틈틈이 힐긋 올려다 본 식탁 너머의 광경이, 그때마다 그녀의 인내심과 확고부동한 영혼을 고뇌에 빠져들게 했음에도, 정성껏 파이를 만들었다. 그것은 다름 아니라, 새 외양간의 지하실을 파고 있는 장소가 40년 전 아도니람이 그녀에게 새 집을 지어주겠다고 약속한 곳이었기 때문이다.

식사 시간에 맞춰 파이가 구워졌다. 아도니람과 새미는 12시가 조금 지나서 집으로 돌아왔다. 그들은 매우 빨리 식사를 끝마쳤다. 펜 가족은 식탁에서 그리 많은 대화를 나누지는 않았다. 아도니람이 식사 기도를 하고 나면 그들은 지체 없이 먹었고, 곧 일어나 각자 할 일들을 했다.

새미는 토끼처럼 살며시 마당을 빠져 나가 학교로 갔다. 학교 수업이 시작되기 전에 구슬놀이를 하고 싶었는데, 혹시나 아버지가 심부름을 시킬까 봐 걱정이 되었던 것이다. 아도니람이 급히 문 쪽으로 가서 그를 부르며 뒤쫓았으나 그는 시야에서 사라지고 없었다.

"왜 그냥 가게 내버려뒀소, 여보?" 그가 말했다. "나무를 끌어내리는 일을 돕게 하려고 했는데 말이야."

아도니람은 마차에서 목재를 하역하기 위해 마당으로 나갔다. 내니가 둥글게 말았던 머리를 풀고 옷을 갈아입는 동안 사라는 접시들을 치웠다. 내니는 자수와 실을 더 사기 위해 가게에 가려는 참이었다.

내니가 나가고 난 뒤, 펜 부인은 문 쪽으로 갔다. "여보!" 그녀가 불렀다.

"왜?"

"잠깐만 나 좀 봐요, 여보."

"이 나무들 때문에 안 돼. 이것들을 내려야 2시 전에 자갈을 가지러 갈 수 있어. 새미가 일손을 도왔어야 했는데. 학교에 그렇게 일찍 가게 놔두면 안 되는 거였어."

"잠깐만 나 좀 보자고요."

"지금은 안 된다니까, 여보."

"여보, 이리로 와 보세요." 사라 펜은 문 앞에서 여왕처럼 서 있었다. 그녀는 왕관을 쓴 것처럼 머리를 꼿꼿이 들고 있었다. 그녀는 목소리에서 인내심이 깃든 위풍당당한 권위가 드러났다. 아도니람이 그녀에게 다가갔다.

펜 부인은 부엌으로 그를 안내하고 의자를 가리켰다.

"앉아요, 여보." 그녀가 말했다. "당신에게 할 말이 있어요."

그는 무거운 마음으로 의자에 앉았다. 그는 꽤 무심한 듯한 표정을 짓고 있었으나, 그녀를 바라볼 때 그의 눈동자는 불안하게 흔들렸다.

"무슨 일인데, 여보?"

"왜 새 외양간을 짓는지 알아야겠어요, 여보."

"그 문제에 대해서는 할 말이 없소."

"새로운 외양간이 필요할 리가 없잖아요?"

"말했잖소, 거기에 대해서는 할 말이 없다고. 그러니 아무 말 하지 않을 거요."

"소를 더 사려는 거예요?"

아도니람은 대답하지 않았다. 그는 입을 굳게 다물어 버렸다.

"당신이 그러려고 한다는 거 알아요, 여기를 좀 봐요, 여보."

사라 펜은 앉지 않았다. 그녀는 성경 속 여인처럼 교만하지 않은 자세로, 남편 앞에 서 있었다.

"정말 솔직하게 말할게요. 결혼하고 이제껏 그래 본 적 없지만 지금은 그럴 거예요. 불평해 본 적도 없고 지금도 불평하려는 건 아니지만, 솔직히 말해 볼게요. 이 방 보이지요, 여보, 잘 보라고요. 바닥에는 카펫도 깔려 있지 않고, 벽지는 온통 더러워지고 너덜너덜 떨어진 곳도 있어요. 10년이나 벽지를 새로 바르지 않았고 그나마도 내가 직접 할 수밖에 없었죠. 그렇게 해서 한 롤에 9펜스밖에 안 들었잖아요. 이 방을 좀 봐요, 여보. 우리가 결혼한 뒤로 이 방 하나에서 일하고, 먹고, 쉬었어요. 남편 수입이 당신 수입의 반밖에 되지 않는 마을 여자들도 이것보다는 더 잘 해놓고 살아요. 내니가 사람을 초대해도 앉을 곳은 이

방뿐이에요 . 아버지가 당신만큼 유능하지 않은 그 친구들의 방도 이보다는 더 좋을 거예요. 그 애가 이곳에서 결혼식을 올리게 될 텐데 말이에요. 어떻게 생각하세요, 여보? 우리는 이것보다 좋은 곳에서 결혼하지 않았나요? 나는 어머니 응접실에서 결혼했어요. 카펫이 깔려 있고, 가구들로 채워져 있었고, 마호가니 카드 테이블도 있었다고요. 그런데 이런 집에서 우리 딸을 결혼시켜야 하다니요. 여기를 좀 보라고요, 여보!"

사라 펜은 그곳이 마치 비극 무대인 듯 방을 가로질러 갔다. 그녀는 거칠게 문 하나를 열고는 침대와 서랍장과 그 사이에 간신히 통로 하나만 있는 조그만 침실을 보여 주었다. "여기도요, 여보." 그녀가 말했다. "내가 40년 동안 잠자던 방이에요. 아이들이 다 여기서 태어났어요. 둘은 죽고, 둘은 살았죠. 나는 열병으로 앓아눕기도 했고요."

그녀는 다른 방으로 걸음을 옮겨 문을 열었다. 햇빛이 잘 들지 않는 작은 식료품 저장실이었다. "여기는 또 어떻고요." 그녀가 말했다. "내 식료품 저장실이라곤 이게 다예요, 내 접시들이며 식료품이며 우유냄비들까지 죄다 여기에 둬야 한다고요. 여기서 젖소 여섯 마리의 우유를 관리하고 있어요. 그런데 새 외양간을 지어서 소를 더 들이고, 나한테 이제 이 안에서 더 많은 일을 더 하라는 건가요?"

그녀는 다른 문을 열어젖혔다. 위쪽으로 좁게 휘어진 계단이 이어져 있었다. "보세요, 여보!" 그녀가 말했다. "계단을 올라가서 우리 아들과 딸이 지금까지 자야만 했던 완성되지 않은 두 방을 보라고요. 이 마을에 내니만큼 예쁘고 숙녀다운 아이도 없어요. 그런 아이가 이런 방에서 잔다고요. 당신 말이 자는 마구간도 이보다는 나아요. 이 방은 그 마구간만큼도 따뜻하고 탄탄하지 않다고요."

사라 펜은 돌아와서 그녀의 남편 앞에 섰다. "그러니, 여보." 그녀가 말했다, "당신이 주장하는 게 옳다고 생각하는지 묻고 싶어요. 40년 전 우리가 결혼했을 때, 당신은 나에게 진심을 담아 약속했죠. 그 해가 가기 전에 들판 안의 저 부지에 새 집을 지어 주겠다고요. 돈은 충분히 있다고 당신이 말했어요. 그리고 나를 이런 곳에 살게 하는 일은 없을 거라고 말했어요. 그 약속을 한 뒤로 40년이 지났어요. 당신은 돈을 더 벌었고, 나는 당신을 위해 그때부터 저축해 왔어요. 그런데도 당신은 아직 집을 짓지 않았어요. 헛간, 가축우리, 외양간만 지었지요. 그런데 이제 또 새로운 외양간을 짓겠다니요. 여보, 이게 옳은 일이라고 생각하는지 알고 싶어요. 당신은 당신 자신과 당신 피붙이보다도 저 말 없는 짐승들을 더 잘 재우고 있는 거라고요. 정말 옳다고 생각해요?"

"할 말이 없소."

"옳지 않다고 인정하는 것 말고는 할 말이 없겠죠, 당신은. 그리고 또 다른 문제가 있어요. 난 불평한 적 없어요. 40년을 당신과 함께 살았고, 아마도 40년을 더 그래야 하겠죠. 그런데 만일 우리가 다른 집을 짓지 않는다면, 내니는 결혼하고 나서 우리와 함께 살 수 없어요. 그 애는 우리를 떠나 다른 곳으로 가야만 할 거예요. 그걸 그대로 지켜볼 수만은 없어요. 절대로요, 여보. 그 애는 강하지 않아요. 생기는 있지만, 근성이 없다고요. 내가 그 애가 힘들지 않게 모든 면에서 그 애를 보살펴 왔어요. 그러니 그 애 혼자서 온갖 집안일을 다 해내기엔 역부족이에요. 아마 일 년도 못 돼서 지쳐버릴 거예요. 그 애가 그 하얗고 가녀린 손과 팔로 빨래하고 다림질하고 빵을 굽고 청소할 걸 생각해 봐요! 그렇게 놔 둘 수는 없어요, 절대로요, 여보."

펜 부인의 얼굴이 화끈거렸다. 그녀의 온화한 두 눈이 빛났다. 그녀는 웹스터[2]처럼 자신의 작은 대의명분을 변론했다. 신랄한 말도 해보고 연민에 호소하기도 하면서, 그에게 매달렸다. 그러나 그 상대의 고집스러운 침묵 앞에서 그녀의 웅변은 마치 조롱당하듯 헛되이 메아리가 되어 돌아올 뿐이었다. 아도니람이 어색하게 일어났다.

"여보, 그렇게도 할 말이 없어요?" 펜 부인이 말했다.

"자갈을 실으러 가야 한다니까. 여기서 종일 얘기만 하고 있을 시간이 없어."

"여보, 다시 생각해 보고 저기에 외양간 대신 집을 지어줘요."

"더는 할 말이 없다니까 그래."

아도니람이 얼버무리며 나가버렸다. 펜 부인은 침실로 들어갔다. 다시 나왔을 때, 그녀의 눈동자는 빨갛게 충혈되어 있었다. 손에는 생양목 천 한 필을 들고 있었다. 그것을 부엌 식탁 위에 펼쳐 놓고는 남편 셔츠 몇 벌을 만들기 위해 자르기 시작했다. 그날 오후에는 들판에서 작업하는 남자들의 일을 돕기 위해 한 무리의 사람들이 와 있었다. 그들이 큰소리로 서로 부르는 소리가 들려왔다. 셔츠를 여러 벌 만들어야 하는데, 필요한 옷본은 하나밖에 없었다. 소매들은 잘 계획해서 이어 붙여야 했다.

가게에 갔던 내니는 자수를 놓을 일감을 들고 집으로 돌아

---

2) Daniel Webster(1782~1852). 19세기 초 미국에서 가장 유창하고 영향력 있는 정치인 가운데 한 사람으로, 토론과 연설에 뛰어났다.

와서는 앉아서 수를 놓기 시작했다. 머리를 말았던 컬페이퍼들은 푼 상태였다. 그녀의 이마 뒤쪽으로 옅은 색의 머리카락이 둥글게 말아 올려져 있는 것이 마치 후광 같았다. 그녀의 얼굴은 도자기처럼 섬세하고 맑았다. 갑자기 그녀가 고개를 들자, 얼굴과 목 전체에 발그스름한 빛이 감돌았다.

"엄마." 그녀가 말했다.

"왜 그러니?"

"아무리 생각해봐도, 이런 곳에서 결혼식을 올릴 수는 없을 것 같아요. 우리 쪽은 올 사람이 없다고 해도, 그의 가족들을 초대하기엔 창피해요."

"그 전에 새 벽지를 발라야겠구나. 내가 할 수 있어. 네가 가진 것에 대해 부끄러워할 필요 없어."

"새 외양간에서 결혼식을 할 수 있지 않을까요?" 내니가 조금
언짢은 얼굴로 말했다. "왜요, 엄마, 왜 그렇게 보세요?"

펜 부인은 흠칫 놀라 묘한 표정으로 그녀를 바라보고 있었다. 그러다 다시 일을 시작했고, 옷감 위에 옷본을 조심스럽게 펼쳤다. "아무것도 아니야." 그녀가 말했다.

이때 아도니람은 바퀴가 둘 달린 손수레를 타고 마당을 빠져나가고 있었다. 그는 마치 로마 시대의 전차병이라도 되는 양 위풍당당하게 서 있었다. 펜 부인은 문을 열고 서서 잠시 밖을 내다보았다. 남자들이 일하면서 서로 부르는 소리가 더 크게 들렸다.

그 봄, 몇 달 내내 그녀는 남자들이 쉴 새 없이 서로를 불러대는 소리와 톱질과 망치질 소리를 들으며 지내야 했다. 새 외양간은 빠르게 완성되어 갔다. 이 작은 마을에서 그것은 자못 웅장

한 건물이었다. 일요일이면 교회에 가기 위해 깨끗한 셔츠와 정장을 차려입은 남자들이 그 주위에 서서 감탄하며 바라보고는 했다. 펜 부인은 그에 대해 일절 언급하지 않았고, 아도니람도 그녀에게 아무 말 하지 않았지만, 때때로 그 건물을 둘러보고 온 뒤에 자존심에 상처를 입은 듯이 굴기도 했다.

"새 외양간에 대해 네 엄마가 이렇다 저렇다 말이 없으니 이상하구나." 어느 날 그가 새미에게 비밀스럽게 말했다.

새미는 소년치고는 특이한 방식으로 "끙" 하고 앓는 소리를 낼 뿐이었다. 아버지로부터 배운 행동이었다.

외양간은 7월 셋째 주에는 완성되어 사용할 수 있게 되었다. 아도니람은 수요일에 가축들을 옮길 계획이었다. 그렇지만 화요일에 한 통의 편지를 받고는 계획을 바꿨다. 그는 아침 일찍 편지를 가지고 들어왔다. "새미가 우체국에 다녀왔소." 그가 말했다. "히람한테서 편지가 와서 말이지." 히람은 버몬트에 사는 펜 부인의 남동생이었다.

"그렇군요." 펜 부인이 말했다. "가족들은 어떻대요?"

"다들 잘 계시나봐. 그런데 내가 딱 원하던 종류의 말을 살 기회가 있으니 서둘러 와 보라고 하더군." 그는 곰곰이 생각에 잠겨 창밖의 새 외양간을 바라봤다.

펜 부인은 파이를 만들고 있었다. 그녀는 파이 반죽 속으로 밀방망이를 쿵쿵 찍어 넣었다. 그녀의 얼굴은 몹시 창백해졌고 심장은 쿵쿵 뛰었다.

"어쩔까 싶은데 그래도 가보는 게 좋을 것 같아." 아도니람이 말했다. "건초 만들기가 한창이라 지금 가기는 좀 부담스럽지만 말이야. 그래도 10에이커 밭의 건초는 이미 베 놨으니, 루퍼스와 다른 사람들이 내가 없는 사나흘 동안 잘 해주겠지. 여기서는 나에게 맞는 말을 구하기가 어렵단 말이야, 가을까지는 목재를 옮길 말을 구해야 하는데. 히람에게 잘 봐두라고 했어, 좋은 말이 있으면 내게 알려달라고 말이지. 아무튼 가보는 게 좋겠어."

"깨끗한 셔츠를 꺼내 줄게요." 펜 부인이 침착하게 말했다. 그녀는 아도니람이 일요일에만 입는 정장과 깨끗한 옷들을 작은 침실의 침대 위에 올려놓았다. 화장수와 면도칼도 꺼냈다. 마지막으로 그녀는 그의 셔츠 옷깃을 여미고 검정 스카프를 매어 주었다.

아도니람은 특별한 일이 있을 때 말고는 옷깃이 달린 셔츠를 입고 스카프를 매지 않았다. 그는 고개를 들고 위엄 있게 거친 소리를 냈다. 외투와 모자는 잘 빗질되어 있고, 종이가방에 파이와 치즈를 점심으로 넣어 떠날 채비를 다 마쳤을 때, 그는 문가에서 머뭇거렸다. 아내를 바라보는 그의 태도는 거만한 와중에 사과조였다. "*만일* 오늘 소들이 오게 되면 새미가 새 외양간으로 몰아넣으면 될 거요." 그가 말했다. "그리고 인부들이 건초를 가져오면 거기다 던져 넣으면 될 테고."

"그럼 잘 다녀오세요." 펜 부인이 대답했다.

아도니람은 면도를 마친 멀끔한 얼굴로 출발했다. 문간을 벗어나자 그는 다소 긴장한 듯한 엄숙한 표정으로 몸을 돌려 뒤돌아보았다. "별일 없으면 토요일까지는 돌아오게." 그가 말했다.

"조심해서 다녀와요, 여보." 그의 아내가 대답했다.

그녀는 그의 모습이 눈앞에서 사라질 때까지 내니와 함께 문가에 서 있었다. 그녀의 두 눈은 야릇하고 미심쩍은 빛을 띠고 있었다. 그녀의 온화한 이마도 찌푸려 있었다. 다시 안으로 들어

가서 파이를 만들기 시작했다. 내니도 바느질을 하려고 앉았다. 결혼식이 가까워졌기 때문에, 계속되는 바느질로 그녀는 점점 창백해지고 야위어 갔다. 그녀의 어머니가 계속 그녀에게 눈길을 보냈다.

"오늘 아침에도 옆구리가 아프세요?" 그녀가 물었다.

"조금."

펜 부인의 얼굴은 일을 하면서 바뀌었다. 찌푸렸던 이마는 펴졌고, 두 눈은 안정을 되찾았고, 입술은 굳게 다물어져 있었다. 비록 글을 몰라 조리에 닿지 않는다 하더라도 그녀는 스스로 격언을 만들어냈다. "자발적으로 온 기회는 새로운 삶의 길로 이끄는 주님의 이정표이다." 그녀는 거듭 되뇌었다. 그리고 행동하기로 마음을 정했다.

"만일 내가 히람에게 편지를 썼다면." 저장실에서 그녀가 중얼거렸다. "내가 편지를 써서 좋은 말이 있는지 그에게 물어봤다면 어땠으려나? 그렇지만 내가 한 게 아니야. 남편이 간 것도 내가 한 짓이 아니야. 신의 섭리 같은 거야." 마지막에는 그녀의 목소리가 꽤 크게 울렸다.

"뭐라고요, 엄마?" 내니가 말했다.

"아무것도 아니다."

펜 부인은 서둘러 파이를 구웠다. 11시에는 다 마칠 수 있었다. 서쪽 들판으로부터 건초 더미가 천천히 우마차 길을 따라 내려오더니, 새 외양간 앞으로 다가와서 섰다. 펜 부인이 뛰어나갔다. "멈춰요!" 그녀가 소리쳤다. "멈춰!"

남자들이 하려던 일을 멈추고 그녀를 바라봤다. 새미가 건초 더미 꼭대기에서 일어섰다. 그리고 어머니를 바라봤다.

"멈추라고!" 그녀는 다시 한번 외쳤다. "새 외양간에 건초를 넣지 말아요, 옛 외양간에 넣으세요."

"왜요, 여기에다 넣으라고 하셨는데요." 건초 만드는 사람 가운데 하나가 의아한 듯 물었다. 그는 이웃집 아들로, 아도니람이 농장 일을 돕도록 해마다 고용한 젊은이였다.

"새 외양간에 건초를 넣지 말아요. 예전 외양간에도 자리는 많잖아요, 그렇지 않아요?" 펜 부인이 말했다.

"공간이야 넉넉하지요." 고용된 남자가 투박한 시골 말씨로 대답했다. "공간 때문에 새 외양간이 필요했던 건 아니었을 거예요. 뭐, 아무튼 펜 씨가 마음을 바꾸신 모양이네요." 하고는 그는 말고삐를 잡았다.

펜 부인은 집으로 돌아갔다. 곧 부엌 창문이 어두워졌고 따뜻한 꿀 내음이 방 안으로 들어왔다.

내니는 바느질을 멈췄다. "아버지는 건초들을 새 외양간에 들여놓길 원하신 게 아닌가요?" 그녀가 의아한 듯 물었다.

"괜찮아." 그녀의 어머니가 대답했다.

새미는 건초 더미에서 미끄러져 내려와 식사 준비가 되었는지 보러 들어왔다.

"아버지가 안 계시니 오늘은 굳이 평소처럼 먹지 않을 거다." 어머니가 말했다. "불을 꺼트렸어. 빵과 우유와 파이를 먹자. 그 정도만 먹어도 될 거야." 그녀는 우유가 담긴 그릇과 빵, 그리고 파이를 식탁 위에 꺼내 놓았다. "지금 먹어두렴." 그녀가 말했다. "식사는 이렇게 간단히 하자꾸나. 먹고 나서 나를 좀 도와다오."

내니와 새미는 서로를 바라보았다. 엄마의 태도가 조금 이상했다. 정작 펜 부인은 아무것도 먹지 않았다. 그녀는 저장실로 갔다. 그들은 식사를 하면서 그녀가 접시들을 옮기는 소리를 들었다. 그녀는 접시를 잔뜩 들고 나왔다. 그런 뒤 헛간에서 옷 바구니를 꺼내오더니 대신 그 안에 접시들을 넣었다. 내니와 새미는 지켜보기만 했다. 그녀는 도자기 잔과 잔받침도 꺼내 접시들과 함께 담았다.

"어쩌시려고요, 엄마?" 소심한 목소리로 내니가 물었다. 뭔가 평소와 다른 느낌에 몸이 떨렸다. 유령이라도 있는 듯했다. 새미는 파이 너머로 눈을 굴리며 바라봤다.

"내가 뭘 하려는지 알게 될 거야." 펜 부인이 대답했다. "다 먹었으면 내니, 올라가서 네 짐을 꾸리렴. 그리고 새미, 너는 침실에서 침대를 끌어내는 걸 도와다오."

"어머, 엄마, 왜요?" 내니는 숨이 콱 막혔다.

188

"보면 알아."

이후 몇 시간 동안 이 소박하고 경건한 뉴잉글랜드 엄마에 의해 위업이 이루어졌다. 그것은 아브라함 평원에서 있었던 울프 장군의 기습과 똑같은 방식이었다.[3] 남편이 없는 동안에 앞장서서 작은 가재도구들을 새 외양간으로 모두 옮긴 사라 펜은, 적들이 잠에 취해 있을 때 그 가파른 벼랑에서 의아하게 여기는 병사들을 격려했던 울프 장군만큼이나 용감하며 천재적이고 대담했다.

내니와 새미는 불평 한마디 없이 어머니 지시를 따랐다. 사실

---

3) 북아메리카 대륙에서 영국과 프랑스가 벌인 식민지 쟁탈 전쟁인 프렌치 인디언 전쟁(1754~1763)에서 제임스 울프 장군이 이끄는 영국군이 프랑스와 아메리카 원주민 연합군을 상대로 승리를 거둔 아브라함 평원 전투(1759. 9. 13.)를 시사하는 것.

그들은 압도당했다. 어머니는 모든 면에서 확실히 놀라울 만큼 초인적인 자질이 있었으며 그렇게 시행한 그 작업은 너무나 독창적이었다. 내니는 가벼운 짐들을 날랐고, 새미는 진지하게 침대를 끌어내렸다. 오후 5시 무렵에는 펜 가족이 40년 동안 살았던 작은 집이 마침내 텅 비어 새 외양간으로 고스란히 옮겨져 있었다.

모든 건축가들이 어떤 점에서는 그 목적을 잘 모른 채 집을 지으며, 예언자 같은 면모를 보여주기도 한다. 아도니람 펜의 외양간을 지은 건축가는 네 발 달린 짐승들의 안락함을 위해 그것을 설계했지만, 자기도 모르는 새 인간의 안락함을 위한 최적의 구조를 그려 넣었다. 사라 펜은 그 가능성을 한눈에 알아보았던 것이다.

마소를 들여놓기 위해 큼지막하게 구획된 칸막이 안쪽 공간들은 퀼트 천을 걸어 놓으니 그녀가 지난 40년 동안 사용했던 것보다 더 좋은 침실이 되어줄 모양새를 갖추었다. 그리고 원래는 마차를 들여놓았을 마차 보관실도 비바람이 들어오지 않게 탄탄하게 지어져 있었다. 굴뚝과 선반이 설치된, 마구馬具를 보관하는 장비 보관실은 그녀가 꿈에 그리던 부엌이 되었다. 넓은 가운데 공간은 대저택에나 있을 법한 응접실로 손색이 없었다. 위층 또한 아래층만큼 충분한 공간이 있었다. 칸막이와 창문만 있다면 훌륭한 집이 될 것이다! 사라는 소들을 들이기 위해 구획된 공간의 지지대들을 바라보면서 그곳을 현관문으로 만들어야겠다고 생각했다.

6시에 장비 보관실에 놓인 화로의 주전자에서는 물이 끓었다. 차를 마시기 위한 식탁이 차려졌다. 마당 건너편의 비워진 집과 마찬가지로, 이 공간 또한 집의 모습을 갖추고 있었다. 젊은 일꾼이 우유를 다 짰을 때 사라는 새 외양간으로 우유를 가져오라고 그에게 침착하게 지시했다. 그는 새 외양간의 놀라운 변신을 보고 입을 다물지 못했다. 가득 찬 들통에서 흐른 우유거품 방울들이 잔디 위로 떨어졌다. 이튿날 아침이 되기도 전에 그는 아도니람 펜의 아내가 새 외양간으로 이사했다는 이야기를 작은 마을 전체에 퍼뜨렸다. 남자들은 가게에 모여 수군거렸고, 여자들은 집안일을 다 마치기도 전에 머리에 숄을 두르고 이집 저집으로 종종걸음을 치며 옮겨 다녔다. 이 조용한 마을에서는 평범한 삶의 경로를 벗어난 어떠한 일탈도 모든 일상의 흐름을 정지시키기에 충분했다. 모두가 샛길로 빠진, 이 착실하고 독립적인 인물을 보기 위해 멈춰 섰다. 그녀에 대한 의견은 엇갈렸다. 어떤 사람은 그녀가 제정신이 아니라고 했다. 어떤 사람은 그녀더러 무법자에다 저항적인 정신의 소유자라고 했다.

금요일에 그녀를 만나러 목사가 찾아왔다. 오전이었고 그녀는 외양간 문가에서 저녁때 먹을 완두콩 껍질을 까고 있었다. 그녀는 고개를 들어 목사의 인사에 품위 있게 답례하고는 하던 일을 계속했다. 그녀는 목사를 안으로 들이지 않았다. 그녀 얼굴의 성스러운 표정은 여전히 변함없지만 그 위로는 노기 어린 홍조가 감돌았다.

목사는 그녀 앞에 어색하게 서서 이야기했다. 그녀는 완두콩을 마치 총알처럼 다뤘다. 마침내 그녀가 올려다보았는데, 그 눈은 평생 동안 그녀의 온화함 속에 가려졌던 기백을 드러내고 있었다.

"말씀하셔봤자 소용없어요, 허시 목사님." 그녀가 말했다. "저는 생각하고 또 생각했어요. 그리고 옳은 일을 했다고 생각해요. 제 기도 제목으로 삼았던 문제예요. 그리고 이것은 저와 주님, 그리고 아도니람 사이의 일입니다. 다른 사람들이 걱정할 일이 아니에요."

"물론 이 일에 대해 주님께 기도하셨고 옳은 일을 하신 거라고 스스로 만족하신다면야 더 드릴 말씀이 없네요, 펜 부인." 마지못해 목사가 이렇게 말했다. 회색 수염을 기른 그의 마른 얼굴은 연민을 자아냈다. 그는 병약한 사람이었다. 그의 젊은 시절의 자신감은 시들어버렸다. 그는 목사로서의 몇몇 의무들을 행하기 위해서는 가톨릭 수도자만큼이나 가차 없이 자신을 채찍질해야 했다. 그러고 나서 그는 그 쓰라린 고통 앞에 굴복했다.

"선조들이 가진 게 없어서 고향을 버리고 떠나온 게 옳았던 것만큼, 저도 이 일을 옳다고 믿습니다." 펜 부인이 말했다. 그녀는 일어났다. 그녀의 입장에서는 외양간의 문턱은 플리머스 바위[4]와 같았다. "좋은 뜻으로 하신 말씀이라는 건 압니다, 허시 목사님." 그녀가 말했다. "하지만 간섭하지 않아야 할 것들도 있지요. 저는 40년 넘게 교회를 다녔어요. 저는 저만의 정신과 발을 가졌고, 제 방식대로 생각하고 제 길을 가겠습니다. 다른 누구도 아닌 오직 하느님만이 저에게 명령할 수 있으세요. 좀 들어와서 앉으시겠어요? 허시 부인은 좀 어떠세요?"

"염려해주신 덕분에 잘 있습니다." 목사가 대답했다. 그는 당혹스러워하며 몇 마디 사과의 말을 덧붙이고는 돌아갔다.

그는 성경 속의 모든 인물들을 연구해 그 복잡함을 자세히

---

4) 1620년 메이플라워호를 타고 이주해온 영국의 청교도인들인 '필그림 파더스'가 미국 대륙의 플리머스에 상륙했을 때 최초로 밟았다고 전해지는 바위.

설명할 수 있었고, 필그림 파더스와 온갖 역사적 혁신자들을 능숙하게 이해할 능력이 있었다. 그렇지만 사라 펜은 그의 이해 범위를 넘어섰다. 그는 태초의 사건들은 다룰 수 있었지만 동시대적 사건들에는 취약했다. 그러나 결국 그것이 그의 소관은 아니라 해도 그는 주님이 사라 펜을 어떻게 하실지보다 아도니람 펜이 그의 아내를 어떻게 대할지가 더 궁금했다. 모두가 궁금해했다. 아도니람이 새로 산 소 네 마리가 도착했을 때, 사라는 세 마리는 옛 외양간에 넣고 나머지 한 마리는 예전 집 안의 조리용 난로가 있던 자리에 넣어달라고 부탁했다. 그 일로 마을 사람들은 더 흥분했다. 그들은 네 마리 소들이 모두 집 안에 살게 되었다고 수군거렸다.

황혼이 깃드는 토요일 저녁, 그날은 아도니람이 돌아오기로 예정된 날이었다. 새 외양간에서 가까운 길가에 남자들이 무리를 이루고 있었다. 이미 우유를 다 짠 일꾼도 돌아가지 않고 주변에서 어슬렁거렸다. 사라 펜은 저녁 식사 준비를 이미 마쳤다. 갈색 빵과 구운 콩, 그리고 커스터드 파이가 있었다. 모두 아도니람이 토요일 저녁 식사로 아주 좋아하는 것들이었다. 그녀는 깨끗한 면 옷을 입고 침착하게 처신했다. 내니와 새미는 줄곧 그녀 곁에 붙어 있었다. 그들의 눈이 커졌고 내니는 잔뜩 불안 속에 떨었다. 그래도 그들에게는 무엇보다도 즐거운 흥분이 있었다. 아버지에 대한 어머니의 타고난 자신감은 확고했다.

새미가 원래는 장비 보관실이었을 공간의 창으로 밖을 내다봤다. "아버지가 오셨어요." 두려운 듯이 속삭이며 그가 알렸다. 그와 내니는 창틀 너머로 몰래 보았다. 펜 부인은 하던 일을 계속했다. 아이들은 아도니람이 새 말을 진입로에 세워두고 옛집

문 쪽으로 향하는 것을 보았다. 집 문은 잠겨 있었다. 이윽고 그는 빙 돌아서 헛간 쪽으로 갔다. 그 문은 가족들이 집을 비울 때라도 좀처럼 잠겨 있는 법이 없었다. 아버지가 소들과 맞닥뜨리면 무슨 일이 일어나게 될까 하는 생각이 내니의 머릿속을 스쳤다. 그녀는 공포에 사로잡혀 숨죽여 흐느꼈다. 아도니람이 헛간에서 모습을 드러냈다. 그리고 멍한 모습으로 서서 주변을 둘러보았다. 그의 입술이 움직였고 뭐라고 말했지만 그들은 무슨 말인지 알 수 없었다. 일꾼은 옛 외양간의 모퉁이에서 훔쳐보고 있었지만 아무도 그를 보지 못했다.

아도니람은 새 말의 굴레를 잡고 마당을 가로질러 새 외양간으로 향했다. 내니와 새미는 슬그머니 어머니 곁으로 갔다. 외양간 문이 열리고 그곳에 아도니람이 서 있었다. 길고 부드러운 얼굴의 커다란 캐나다 말이 그의 어깨 너머로 보였.

193

내니는 계속 어머니 뒤에 숨어 있었지만, 새미는 갑자기 앞으로 나서며 그녀 앞에 섰다.

아도니람이 그들을 바라봤다. "도대체 왜 다들 여기 모여 있는 거지?" 그가 말했다. "집은 어떻게 된 거야?"

"여기에서 살려고 왔어요, 아빠." 새미가 말했다. 그는 용기를 내서 날카로운 목소리로 떨면서 말을 꺼냈다.

"뭐라고?" 아도니람이 킁킁거리며 냄새를 맡았다. "뭐지? 음식 냄새가 나는데?" 그가 말했다. 그는 한 발 더 내디뎌 열린 외양간 문 안을 들여다보았다. 그러고는 아내를 향해 돌아섰다. 그의 늙고 거친 얼굴은 무척 놀라 창백해져 있었다. "이게 대체 어떻게 된 거지, 여보?" 그는 말을 제대로 할 수 없었다.

"이리 들어와요, 여보." 사라가 말했다. 그를 외양간 안으로 이

끈 다음 문을 닫았다. "자, 여보." 그녀가 말했다. "그렇게 놀랄 것 없어요. 나는 미치지 않았어요. 화낼 일이 하나도 없다고요. 우리는 여기에 살러 왔고, 여기서 살 거예요. 우리는 새 말들과 소들만큼 여기에 대한 충분한 권리가 있어요. 우리가 살던 집은 더 이상 살 만하지 않아요. 나는 거기에서 살지 않기로 결심했어요. 난 지난 40년 동안 의무를 다했고, 앞으로도 그럴 거예요. 그렇지만 여기서 살래요. 당신은 창문과 칸막이들을 설치해 줘요. 그리고 가구들도 사고요."

"왜 이러는 거야, 여보!" 나이 든 남자는 숨이 콱 막혔다.

"외투를 벗고 좀 씻어요, 저쪽에 세면대가 있어요. 그리고 저녁을 들어요."

"왜 이러는 거냐고, 당신!"

새미가 창가를 지나갔다. 새 말을 옛 외양간으로 끌어가고 있었다. 나이 든 남자는 그를 보고는 고개를 말없이 저었다. 그는 외투를 벗으려 했지만 팔에 힘이 없는 것 같았다. 아내가 그를 도왔다. 그녀는 양철 대야에 물을 부었고 비누조각 하나를 집어넣었다. 그가 다 씻고 나자 그녀는 빗과 솔로 그의 회색빛 머리를 매끈하게 빗어 줬다. 그런 다음 콩과 따뜻한 빵, 그리고 차를 식탁 위에 놓았다. 새미가 들어왔고 가족이 모였다. 아도니람은 앉아서 그의 접시를 멍하게 바라보았고, 그들은 기다렸다.

"식사 기도 안 해요, 여보?" 사라가 말했다.

나이 든 남자가 머리를 숙이고 중얼거렸다.

식사 내내 그는 몇 번이나 먹는 걸 잠깐씩 멈추고 그의 아내를 슬쩍 바라보았다. 그렇지만 잘 먹었다. 아내가 해 주는 요리는 맛있었다. 그리고 그의 나이 든 몸은 아직 그 정신의 영향을 받기에는 건강하고 튼튼했다. 그렇지만 저녁 식사를 마치고 그는 밖으로 나와서 외양간 오른쪽 작은 문의 입구에 앉았다. 그곳은 그가 젖소들을 위풍당당하게 줄지어 드나들게 하려고 만든 곳이었다. 그러나 사라는 그곳을 현관문으로 만들어버렸다. 그는 두 손에 얼굴을 묻었다.

저녁 먹은 접시들을 깨끗이 치우고, 우유 냄비도 씻고 나서 사라는 남편에게 다가갔다. 황혼이 짙어지고 있었다. 하늘은 맑은 초록빛으로 물들었다. 그들 앞에는 잔잔한 들판이 펼쳐져 있었고 저 멀리 쌓여 있는 건초 더미들이 마을 오두막들처럼 모여 있었다. 공기는 아주 시원하고 조용했으며 달콤했다. 이상적인 풍경이었다.

사라는 몸을 구부려 남편의 말랐지만 근육질의 어깨를 만졌다. "여보!"

나이 든 남자의 어깨가 들썩거렸다. 그는 울고 있었다.

"왜 그래요, 여보?" 사라가 말했다.

"내가…… 칸막이…… 놔 줄게, 그리고…… 당신이…… 원하는 거 다…… 해 줄게, 여보."

사라는 그녀의 얼굴을 앞치마로 가렸다. 그녀는 승리감에 도취되었다.

아도니람은 강력히 맞설 의지가 없는 요새의 성벽 같았다. 그리고 적절한 도구들을 써서 포위하자 즉시 함락되었다. "그런데, 여보," 남자가 쉰 목소리로 말했다. "당신이 이렇게 할 줄은 꿈에도 몰랐어."

겸손한 정복

A Conquest of Humility

결혼식은 두 시로 예정되어 있었다. 시계가 이미 네 시를 알리고 있었지만 신랑은 나타나지 않았다. 잔치에 초대된 하객들은 마리아 콜드웰의 집 안의 앞쪽에 위치한 두 거실에서 초조하게 기다리고 있었다. 이제 몇몇은 길가가 더 잘 보이는 앞뜰까지 나와 있었다.

그들은 흥분해서 떠들어댔다. 집과 뜰 여기저기에서 여자들의 새된 재잘거림과 남자들의 낮은 웅성거림이 맴돌았다. 30분 전만 해도 작은 속삭임에 지나지 않았지만 히람 콜드웰이 신랑이 결혼식에 늦는 까닭을 알아보려고 신랑 집으로 출발하자 웅성거림은 더욱 커졌다.

젊은 청년 히람은 심각한 얼굴로 햇빛이 내리쬐는 마차를 맹렬하게 몰고 나갔다. 그는 예비 신부 델리아 콜드웰의 사촌이었다. 그곳에 모인 이들은 테이어 또는 콜드웰의 친척들이거나 그들과 가까이 지내는 사람들이었다. 결혼식에 늦은 신랑의 이름은 로렌스 테이어였다.

아름다운 여름 오후였다. 공기는 뜨겁고 달콤했다. 콜드웰 가족의 집 주변에는 달콤하면서도 톡 쏘는 패랭이꽃 향기가 났다. 앞 창문 아래까지 길게 이어진 초록빛 경사지 아래쪽에 큰 패랭이꽃 화단이 있었다.

서서 기다리는 동안 몇몇 여인들과 어린 소녀들은 패랭이꽃을 잡아당겨 향기를 맡았다. 에라스투스 테이어 부인은 계피 빛깔의 갈색 실크 드레스 가슴 부분에 그 패랭이꽃을 두어 송이 꽂았다. 그녀는 입구에 서서 이따금씩 목을 길게 빼고 길가를 내다보곤 했다. 태양이 그녀의 실크 드레스 어깨 위로 뜨겁게 내리쬐고 있었다. 가로로 깊게 패인 목주름이 다 드러났지만 그녀는 마음 쓰지 않았다.

"그가 오고 있어?" 누군가 소리쳤다.

"아니, 무슨 일이라도 생겼으면 어쩌지?"

"오, 엄마, 무슨 일이 있는 걸까요?" 곁에 있던 소녀가 팔꿈치로 그녀를 콕콕 찌르며 물었다. 소녀는 어리고, 가냘프고, 키가 컸다. 자세는 조금 구부정했는데, 그녀의 뾰족한 팔꿈치가 헐렁한 흰 모슬린 원피스 소매 사이로 발그스름하게 비쳐 보였다. 그녀의 얼굴은 예뻤다.

"쉿! 조용히 하렴! 나도 모른단다." 그녀의 어머니가 말했다.

소녀는 걱정이 가득한 눈으로 무력하게 어머니를 바라보며 서 있었다. 드디어 계피 빛깔의 실크 드레스를 입은 여인이 흥분하며 돌아보았다. "그가 와요!" 그녀는 날카롭게 속삭이듯 말했다.

속삭임은 다른 사람들에게 이어졌다.

"그가 와요, 그가!" 사람들은 창가로 모여들었다. 모두 바삐 움직이기 시작했다.

"로렌스가 아니야." 어떤 여자가 실망한 목소리로 말했다. "그의 아버지와 히람뿐이야."

"무슨 일이 있는 게 틀림없어." 테이어 부인이 되풀이해서 말했다. 소녀는 떨면서 어머니의 드레스를 꼭 붙잡았다. 그녀의 눈은 점점 더 커졌고 눈빛은 흔들렸다. 히람 콜드웰이 마차를 몰며 달려왔다. 그는 침통하고 당황한 얼굴로 사람들의 시선과 마주쳤다. 그러나 이제 그는 중요한 사람이 아니었다. 그와 함께 나타난 키 큰 백발의 늙은 남자에게 눈길이 더 쏠렸다. 입구에서 히람이 고삐를 당기자 그는 느릿느릿 마차에서 내렸다. 그리고 자갈길을 따라 집으로 걸어왔다. 사람들은 뒤로 물러서며 그를 바라보았다. 에라스투스 테이어 부인 말고는 누구도 감히 그에게 말을 걸려 하지 않았다. 그녀는 갈색 실크 드레스 자락을 날리며 그의 앞으로 달려 나갔다.

"테이어 씨!" 그녀가 소리쳤다. "무슨 일이에요? 말씀 좀 해 봐요! 무슨 일인가요?"

"델리아는 지금 어디 있죠?" 늙은 남자가 말했다.

"그 앤 응접실에 있지 않고 침실에 있어요. 아직 밖으로 나오지 않았어요. 테이어 씨, 도대체 무슨 일이에요? 로렌스에게 무슨 일이 생겼나요?"

데이비드 테이어는 손을 저어 그녀를 옆으로 비키게 하고는 똑바로 나아갔다. 그의 길고 노란 얼굴은 흔들림이 없었고, 아주 야위고 노쇠한 어깨에는 단호하게 힘이 들어가 있었다. 그는 응접실을 지나 침실 문을 두드렸다.

검은 실크 옷을 입은 여성이 초조하게 떨면서 문을 열었다. 그녀는 그를 보자 소리쳤다. "오, 테이어 씨군요! 이게 무슨 일이지요? 그는 어디 있어요?" 그녀는 숨을 헐떡이며 그의 팔을 움켜잡았다.

그녀 뒤에는 진줏빛 실크 드레스를 입은 젊은 여인이 곧은 자세로 조용히 서 있었다. 키가 크고 당당한 체격이었으며 태도에는 무언가 위엄이 깃들어 있었다. 그녀는 어린 소나무처럼 서 있었는데, 마치 자기 자신 안에 필요한 모든 것을 스스로 갖추고 있는 듯이 보였다. 그녀의 이목구비는 강인하고 매력적이었다. 안색이 좋았더라면 더 훌륭해 보였을 텐데, 그녀의 피부는 칙칙하고 생기가 없었다.

그녀는 아무 말 없이 데이비드 테이어를 바라보며 서 있을 뿐이었다. 입은 굳게 닫혔고, 눈빛은 흔들림이 없었다. 그녀는 아마도 스스로 바람을 견뎌낼 준비가 되어 있는 듯했다.

그 작은 방 안에는 다른 여자들도 몇 명 있었다. 테이어 씨는 그들을 거북하게 바라보았다. "나는 델리아와 이 아이 어머니하고 셋이서만 이야기하고 싶습니다." 마침내 그가 말했다.

그녀들은 흠칫 놀라서 서로 바라보더니 곧 방에서 나갔다. 늙은 남자는 그들이 나가자 문을 닫은 뒤 델리아 쪽으로 돌아섰다.

그녀의 어머니는 울기 시작했다. "오, 얘야! 오, 얘야!" 그녀는 울부짖었다. "뭔가 끔찍한 일이 일어날 줄 알았어."

"델리아." 그가 말했다. "네가 무슨 말을 하게 될지 모르겠다. 너에게 말하기가 쉽지만은 않구나. 지금 이 순간 로렌스 테이어가 내 아들이 아니었으면 좋겠다고 생각했다. 그렇다고 더 나을 것도 없겠지만. 어찌 됐든 그 녀석은 내 아들이고, 누군가는 네게 이야기해줘야 하지 않겠니."

"오, 그가 죽었나요?" 델리아의 어머니가 더듬거리며 물었다.

"아니요, 그는 죽지 않았어요." 늙은 남자가 말했다. "아픈 것도 아닙니다. 그 애에게 무슨 병이 있다면 그의 어리석음이 곧 병이라는 것밖에는 모릅니다. 그는 오지 않을 겁니다. 내가 할 이야기는 이게 전부입니다."

"오지 않는다고요!" 어머니가 비명을 질렀다. 델리아는 꼼짝도 하지 않고 그대로 서 있었다.

"로렌스는 오지 않을 겁니다. 그 애 엄마와 저는 그 녀석과 이야기하면서 그 애를 설득도 해봤지만 아무 소용이 없었습니다.

모르긴 몰라도 그 애 엄마는 지금 몹시 힘들 겁니다. 당신도 알다시피 이게 다 그 브릭스라는 아가씨 때문입니다. 그녀가 집 근처에 오지 않았으면 좋았을 텐데. 한동안 지켜보기만 했지, 이렇게 될 줄은 몰랐습니다. 그 애에게도 갑작스러운 일이었을 거라고 생각합니다. 어쨌든 그 애는 오늘 정오에 오려고 했던 것 같습니다. 그렇지만 올리브가 집으로 찾아왔고, 둘이 응접실에서 이야기를 하더군요. 그녀가 울고 있다는 걸 알았습니다. 그 애 엄마와 내가 준비를 마쳤는데도 그 애가 내려오지 않자, 그 애 엄마가 위층으로 올라갔지요. 그 애는 방문을 걸어 잠그고 가지 않겠다고 소리쳤어요. 그게 다입니다. 그 애는 아무 말도 하지 않았지만 우리는 무엇이 문제인지 알았지요. 그 애 엄마는 올리브가 가게로 돌아갈 때 그녀의 눈이 붉게 충혈되어 있다는 걸 알아차렸습니다. 그녀가 격앙되었던 것 같아요, 아마도. 그래서 그 애가 갑자기 결혼을 없던 걸로 하기로 결정한 것 같습니다. 변명의 여지가 없지요. 둘러대지 않겠습니다. 그 녀석이 너에게 몹쓸 짓을 하고 말았다, 델리아. 나는 이런 일을 겪으니 차라리 내 오른손을 잘라내고 싶은 심정이란다. 이렇게밖에 말할 수 없어서 정말 미안하다."

콜드웰 부인이 갑자기 앞으로 나섰다. "몹쓸 짓 정도가 아니죠!" 그녀가 말했다. 그녀의 목소리는 크고 날카로웠다. "이런 일은 들어 본 적이 없어요. 나한테 그런 아들이 있다면 난 어디 가서 얘기도 꺼내지 않을 거예요. 그리고 브릭스 아가씨가 웬말이에요! 그는 목매달아 죽어야 마땅해요. 당신과 그의 어머니에게 용기가 조금이라도 있었다면 그를 이곳에 오게 했을 거예요. 당신은 언제나 그를 마냥 오냐오냐하기만 했어요. 그는 망나니예요. 그를 한번 좀 만나봐야겠어요. 나는……."

델리아는 어머니의 팔을 붙잡았다. "엄마, 나를 조금이라도 가 없게 여긴다면 그렇게 큰 소리 내지 마세요. 밖에 있는 사람들 이 다 듣겠어요."

나이 든 여자의 날카로운 독설은 딸의 항의에도 불구하고 계속 이어졌다. "나는 그에게 이런 짓을 저지르면 응당한 벌을 받 아야 한다는 걸 보여줘야겠어요. 나는……."

"엄마!"

콜드웰 부인은 갑자기 말투가 바뀌더니 힘없이 울기 시작했 다. "오, 델리아, 가엾은 것, 어쩌면 좋으냐?" 그녀는 흐느끼며 말 했다.

"이렇게 계속해본들 아무 도움도 되지 않아요, 엄마."

"저 밖에 사람들이 다 있는데, 오, 얘야! 다들 뭐라고 하겠니? 테이어와 콜드웰 집안 사람들이 저렇게 잔뜩 모이지만 않았어도 이렇게까지 마음 쓰지 않겠지만, 아마 저들은 이 일을 조롱하며 비웃을 거야. 어쩌면 좋아! 가엾은 것!"

델리아가 테이어 씨를 돌아보며 말했다. "누군가는 손님들에 게 알려야 해요. 결혼식은 취소됐다고."

"오 델리아, 어쩜 그렇게 침착할 수 있니?" 그녀의 어머니가 울 부짖었다.

"그러는 게 좋겠소." 나이 든 남자가 말했다. "그렇지만 내 아 들을 두고 그들에게 그런 말을 할 수는 없습니다. 나는 더 이상 감당할 수 없을 것 같습니다."

"목사님이 좋겠어요. 그렇지요?" 델리아가 말했다.

테이어 씨는 적극적으로 그 제안을 받아들였다. 그는 문을 조금 열고 그 틈 사이로, 기다리고 있던 참견하기 좋아하는 손님들 가운데 한 사람에게 목사님을 불러달라고 부탁했다. 목사가 오자 그는 불안한 마음으로 속삭이며 그에게 상황을 설명했고, 목사는 밖으로 나갔다. 침실 안에 남아 있던 세 사람은 문 밖에 무거운 침묵이 흐르는 것을 느꼈다.

이윽고 목사의 엄숙한 목소리가 그 침묵을 깼다. 그는 결혼이 연기되었다는 사실을 하객들에게 알렸다. 그러자 술렁거림이 일었고, 목사가 다시금 문을 두드렸다.

"결혼식이 언제 다시 열릴지 이야기할까요? 하객들이 알고 싶어 하는군요." 목사가 속삭였다.

델리아가 그 말을 들었다. "결혼식은 완전히 취소됐다고 말해주세요." 또렷한 목소리로 그녀가 대답했다.

목사는 의아한 듯 그녀를 바라보았다. "오!" 그녀의 어머니가 신음했다. 목사의 목소리가 또다시 높아졌고, 그러자 바로 삐걱거리고 바스락거리는 소리와 낮게 웅성웅성 하는 목소리들이 들려왔다. 하객들이 하나둘 자리를 뜨고 있었다.

조금 뒤, 델리아는 응접실로 나가려는 듯 문 가까이로 다가갔다.

"오, 델리아, 나가지 마! 하객들이 다 갈 때까지 기다려라!" 그녀의 어머니가 울부짖었다. "테이어와 콜드웰 집안 사람들이 모두 자리를 뜰 때까지 좀 기다려!"

"거의 다 갔어요. 이 작고 더운 방에 있을 만큼 있었어요." 델리아가 말했다. 그러고는 문을 열었다. 바로 맞은편에 놓인 마호가니 탁자에는 결혼 선물들이 놓여 있었다. 에라스투스 부인과 그녀의 딸을 비롯한 서너 명의 여자들이 그 선물들 위로 몸을 굽히고는 속삭이고 있었다.

문이 열리자 그들은 돌아보았다. 델리아가 가슴에 하얀 신부 꽃을 늘어뜨린 진줏빛 실크 드레스를 입은 채 서 있었다. 그들은 당황한 나머지, 그대로 꼼짝 않고 서 있었다. 그러다 테이어 부인이 가까스로 마음을 다잡고 앞으로 나왔다.

"델리아." 부드럽게 속삭이며 그녀가 말했다. "얘야."

그녀는 델리아에게 팔을 두르며 자기 쪽으로 델리아를 끌어 당기려 했다. 그러나 델리아는 팔을 풀고 그녀를 뒤로 살짝 밀었다.

"테이어 부인, 저 때문에 소란 피우지 말아 주세요." 그녀가 말했다. "그럴 필요 없어요."

테이어 부인은 무르춤하고 문 쪽으로 걸어갔다. 그녀의 얼굴은 붉게 달아올랐다. 그녀는 미소를 지어 보이려 애썼다. 부인의 딸과 다른 여자들이 그녀를 따랐다.

"나는 델리아가 이 일에 대해 화를 내줘서 차라리 기뻐요." 모두 입구까지 나왔을 때 테이어 부인이 속삭였다. "그녀한테 더 잘된 일이에요."

"왜 신랑이 오지 않았는지 물어봐요," 한 여자가 속삭이며 부인을 쿡 찔렀다.

"나는 감히 그럴 수가 없어요. 집에 가는 길에 히람한테 잠깐 들러서 물어볼게요. 어쩌면 테이어 씨가 그에게는 말해 줬을지도 몰라요."

신부 차림의 델리아는 응접실 창가 옆에 당당하게 서 있었다. 그녀는 손님들이 가기만을 담담히 기다렸다. 그들은 소곤대며 계속 그녀를 유심히 살펴보았다. 곧이어 테이어 부인의 딸이 몸을 떨면서 방을 가로질러 왔다. 그녀는 응접실 입구에서 머뭇거렸으나, 그녀 어머니가 그 가냘픈 어깨를 살짝 밀어버리는 바람에, 갑자기 응접실로 들어서 버렸다. 그녀는 델리아가 있는 쪽으로 가면서도 내내 뒤를 돌아보았다.

"어머니가 알고 싶어 하세요." 가녀린 소녀의 목소리가 떨렸다. "언니가 원하지 않는다면, 엄마가 결혼 선물로 가져 온 화장 도구들을 도로 가져가는 게 낫지 않을까라고 하세요. 모르긴 몰라도 보면 기분만 나빠질 거라고요."

"그래. 가져가."

"언니가 괜찮다면 에몬스 부인도 가져 온 깔개를 다시 가져가시겠대요."

"그래. 가져가시라고 해."

소녀는 탁자 위로 몸을 구부려 화장 도구들과 깔개를 낚아채듯이 집어들고 자기 어머니 쪽으로 달아났다.

그들이 모두 떠나자, 데이비드 테이어가 델리아에게 다가왔다. 그는 침실 문 옆에 있는 의자에 앉아 손으로 머리를 감싸 쥐고 있었다.

"나는 이제 가보마," 그가 말했다. "내가 할 수 있는 일이 있다면 알려다오."

"그럴 일은 없을 거예요." 델리아가 말했다. "전 잘 지낼 거예요."

테이어 씨는 늙고 떨리는 손으로 델리아의 손을 쥐고 세게 악수를 했다. "네가 로렌스보다 더 대장부 같구나." 그가 말했다. 그는 몹시 늙었고, 그의 진중한 목소리는 떨리고 있었다.

"아버님이 그에게 많은 말을 하신다 한들 소용없을 거예요."

델리아가 말했다. "저 때문에 그러지 않으셨으면 좋겠어요."

"델리아, 그 녀석을 감쌀 필요 없다. 그놈은 그렇게 할 가치가 없어."

"그를 감싸는 게 아니에요. 그가 아버님 아들인 건 알지만, 감쌀 만한 여지는 별로 없는걸요. 그가 한 일은 아주 자연스러울 뿐이에요. 예쁜 얼굴에 넋을 잃고 만 거죠. 하지만 그 스스로 어떤 사람인지를 보여주게 된 거예요."

"그렇게 느낀다 해도 너를 조금도 탓하지 않으마, 델리아."

"지금으로선 달리 어떻게 받아들여야 할지 모르겠어요. 그게 진실이에요."

"그럼 잘 있어라, 델리아. 우리 부부를 탓하지 않기를 바란다. 우리는 늘 네가 잘 되기를 비니까."

"두 분을 탓할 까닭은 조금도 없어요." 델리아가 말했다. 그녀의 태도는 의도하지는 않았지만 근엄해 보였다. 그녀의 근육들이 온화해 보일 만큼 충분히 긴장이 풀어지지 않아서 그랬으리라. 델리아 콜드웰이 지녔던 모든 힘은 지금 한곳에 집중해 있었다. 그 힘은 위대한 일을 성취할 수 있지만, 작은 일들을 부서뜨릴 수도 있었다.

"그럼 잘 있으렴, 델리아." 노인이 애처롭게 말했다. 그는 강인한 성격이었지만 그녀 앞에서는 한없이 약해 보였다.

그가 떠난 뒤, 델리아는 어머니의 침실로 갔다. 콜드웰 부인은 울면서 그곳에 앉아 있었다. 딸이 들어오자 그녀는 고개를 들었다.

"오, 델리아." 그녀가 흐느꼈다. "이제 어떻게 할 거니? 어떻게 할 거야?"

"먼저 이 드레스부터 벗어야지요."

"어떻게 하면 좋을지 모르겠구나. 이 드레스와 검은 실크 드레스, 두 벌의 새 실크 드레스에다가 갈색 모직 새 드레스도 있지 않니, 모자와 망토도 다 새 것인데. 그리고 웨딩 케이크까지."

"결혼하지 않아도 다 입을 수 있어요. 그리고 웨딩 케이크는 저녁으로 먹으면 되지요, 뭐."

"델리아 콜드웰!"

"왜요, 엄마?"

델리아는 반짝이는 진줏빛 실크 옷을 벗어서 가볍게 턴 다음 의자에 조심스럽게 걸쳐 놓았다.

"너 정신이 온전한 거니?"

"제 생각엔 그래요. 왜요?"

"행동이 자연스럽지가 않잖아."

"나름대로 자연스럽게 행동하고 있어요."

"이제 어떻게 할 거니? 오, 가여운 것!"

콜드웰 부인은 가까이 다가가 딸의 손을 잡았다. 그러고는 딸을 끌어당겨 그녀 곁에 두려 했다.

"이러지 마세요, 엄마." 델리아가 말했다.

그녀 어머니는 딸의 손을 놓고 다시 흐느꼈다. "네가 그렇다면 가엾게 여기지 않으마." 그녀가 말했다. "하지만 끔찍하구나. 게다가 학교에 나갈 수 없게 되었잖아. 플로라 스트롱이 이미 그 자리에 들어가기로 했고, 포기하려 하지 않을 거야."

"나도 그녀가 그렇게 하길 바라지 않아요. 난 또 다른 자리를 구하면 되니까요."

델리아는 옥양목 드레스로 갈아입고는 여느 때처럼 차를 끓였다. 그녀는 웨딩 케이크 몇 조각을 탁자 위에 올려놓았다. 아마도 그녀는 미각에까지 의지를 발휘해 케이크에서 먼지나 재와 같은 맛이 나지 않게 만들고 있는 듯했다. 그녀의 어머니는 한탄을 섞어가며 차를 마셨다.

저녁 식사가 끝나고 델리아는 결혼 선물들을 싸서 그것을 선물한 이들에게 다시 돌려보내기 위해 주소를 썼다. 은화도 조금 있었지만 대부분은 여자 친척들로부터 온 화려한 수예품들이었다. 그녀는 단단해 보이는 갈색 손가락으로 거침없이 깔개들과 덮개들을 접고 정돈했다. 그 손길에는 부드러움이라곤 없었다. 그녀는 물건들에 대해 일말의 애착도 느끼지 않았다.

"사람들이 너무 심술궂은 것 같다. 이렇게 빨리 되돌려 받길 바라다니." 이번에는 자신의 슬픔에 분노까지 조금 보태어 그녀의 어머니가 말했다.

"이 상황에 걸맞는 일이에요." 델리아가 말했다.

델리아가 돌려준 선물들 가운데에는, 그녀가 근무하던 학교에서 가르치는 일을 대신 맡기로 한 플로라 스트롱이 보낸 수를 놓은 작은 덮개도 있었다.

플로라는 이튿날 아침 일찍 찾아왔다. 그녀는 문을 열고 머뭇거리며 서 있었다. 이 집안에서 일어난 사건에 대해 알게 되자 그녀는 자신이 어떻게 해야 좋을지 몰라 몹시 당황한 듯했다.

"안녕하세요, 콜드웰 부인. 안녕, 델리아." 그녀는 애원하는 눈빛으로 머뭇거렸다. 플로라는 가녀리고 예쁜 얼굴에 매우 붉은 입술과 뺨을 지녔다. 그녀는 작은 소포를 초조하게 더듬었다.

"좋은 아침이구나, 플로라." 콜드웰 부인이 말했다. 그러고는 돌아서서 식료품 저장실로 들어갔다.

델리아는 개수대에서 설거지를 하고 있었다. 그녀는 평소와 다름없었다. "어서 와." 그녀가 말했다. "좀 앉을래, 플로라?"

그러자 플로라가 말하기 시작했다. "오, 델리아." 그녀가 크게 외쳤다. "왜 이걸 도로 보냈니? 왜? 내가 이걸 돌려받을 거라 생각한 건 아니지?"

"받다니, 뭘?"

"이 덮개 말이야. 오, 델리아, 널 위해 만든 거야! 상황이 어찌 됐든 그 사실은 변하지 않는걸." 플로라는 흐느낌에 목이 메었다. 그녀는 털썩 의자에 주저앉아 손수건으로 얼굴을 가렸다. 콜드웰 부인도 그 소리를 듣고 식료품 저장실 안에서 울기 시작했다. 델리아는 설거지를 계속했다.

"오, 델리아, 다시 받아 주겠니?" 플로라가 마침내 말했다.

"네가 원한다면 물론 그래야지, 아주 예쁜걸."

"그 일에 대해 듣고서," 플로라가 계속 말했다. "넌 내 이야기를 듣고 싶지 않을지 모르겠지만, 난 해야만 하겠어. 난 로렌스 테이어가 뭐라고 말하는지 듣고 싶은 심정이야. 하지만 내가 살아 있는 한 그와 이야기 나누는 일은 없을 거야. 델리아, 너마저 그의 편을 들지는 않겠지? 그를 악당이라 불러도 괜찮겠니?"

"괜찮고말고." 델리아의 어머니가 식료품 저장실에서 울부짖었다.

"괜찮아." 델리아가 말했다. "마음 쓰지 않아."

플로라는 학교를 포기하겠다고 제안했다. 그녀는 델리아가 받아들여야 한다고 애원했지만 델리아는 그렇게 하지 않았다. 다른 학교에 일자리가 있을 거라고 말했다.

그날 오후, 정말로 델리아는 학교 이사회와 약속이 잡혔다. 그

전에 그녀는 집을 정돈했다. 플로라의 덮개를 응접실의 큰 흔들 의자 위에 잘 걸쳐놓고, 결혼식 의상 가운데 하나였던 파란색 잔가지 무늬 면 원피스를 조심스럽게 입었다. 뜨겁게 달궈진 마을 거리를 지나면서 델리아는 시원한 거실 창가에 앉아 바느질을 하는 여자들을 보았다. 그녀는 평소대로 그들을 올려다보고는 인사했다. 그녀는 자신이 그랬듯이 결혼 때문에 선생님이 떠난 한 학교를 알고 있었다. 그녀는 그 빈자리가 아직 채워지지 않았을지도 모른다고 생각했다. 방학을 한 지 얼마 되지 않았다. 게다가 그 학교는 누구나 원할 만한 직장이 아니었다. 월급이 적었고, 마을에서 3마일이나 떨어져 있었다. 델리아는 그 자리에 취직했다.

9월 초부터 그녀는 일을 시작했다. 그녀는 거칠고 먼지 나는 길을 날마다 충실히 오갔다. 아이들은 그녀에게 경외심을 조금 가졌지만 그녀는 아주 좋은 선생님이라는 명성을 얻었다. 학교에 가는 길에 아이들은 그녀에게 다가오지는 않고 주위에서 맴돌기만 했다. 그녀는 테이어의 집을 지나쳐 갔다. 일이 예정대로 이루어졌다면, 그녀가 살기로 되어 있던 곳이었다. 이따금 델리아는 로렌스와 마주쳤는데, 그녀는 그를 못 본 체하고 지나쳤다. 그리고 올리브 브릭스와는 자주 마주쳤다. 올리브는 모자 가게에서 일하면서 로렌스 아버지의 집에서 하숙을 하고 있었다. 델리아는 언제나 그녀에게 상냥하게 인사했다. 델리아는 가게에서 그녀를 본 적이 있었는데, 실제로 그녀와 알고 지내는 사이는 아니었다. 그 여자는 예뻤다. 델리아가 갖지 못한 미모였다. 올리브의 얼굴은 사랑스럽고 장밋빛이었으며 웃고 있었다. 그녀는 여리여리하고 작은 키에 나비처럼 흩날리듯 가볍게 움직였다. 그에

비해 델리아는 터벅터벅 걷는 것 같았다.

　모든 사람들이 로렌스와 올리브 브릭스가 결혼할 거라고 생각했다. 그들은 저녁 모임에 함께했고 말도 함께 탔다. 로렌스에게는 훌륭한 말이 있었다. 델리아도 저녁 모임에 늘 있었다. 그녀는 옛 연인이 다른 여자와 함께 들어오는 것을 보면서도 결코 움츠러들지 않았다. 그녀는 그 두 사람이 함께 말을 타고 지나가는 것도 보았다.

　"그들을 봤니, 델리아?" 어느 오후, 그녀의 어머니가 흥분한 목소리로 물었다. 어머니와 델리아는 앞쪽 창가에 앉아 있었고, 로렌스와 올리브는 때마침 말을 타고 집 앞을 휙 지나갔다.

　"네."

　"너는 항상 침착하구나, 네가 그런 앤 줄 몰랐다."

　사람들은 로렌스와 올리브, 그리고 델리아를 늘 주의 깊게 살펴보았다. 로렌스는 델리아의 친구들인 마을 처녀들에게 외면당했다. 정직하고, 단순하고, 젊은 그들은 거리에서 그에게 말도 건네지 않았다. 그녀들은 모자 가게에서 올리브와 거래할 때면 그녀를 시골 사람 특유의 완고함으로 거칠게 대했다. 그녀는 마을 출신이 아니었으므로 언제나 의심의 눈초리를 샀다. 이 마을 여자들은 강한 지역보수주의에 빠져 있었다. 그들은 이방인을 인정하기 전에 오랫동안 지켜보았다.

　델리아의 또래 친구들은 경의 어린 동정심을 갖고 그녀를 대했다. 감히 드러내놓고 동정하지는 못했지만, 그들이 그녀와 한편임을 델리아가 알도록 했다. 당연하다는 듯, 테이어나 콜드웰 가문 사람이 아니면 그 일에 대해 그녀 앞에서 말하지 않았다. 두 집안의 친척들은 로렌스를 향한 비난이나 변명, 혹은 델리아에 대한 동정이나 은밀한 비난을 충분히 자유롭게 표현했다. 그녀는 그 내용을 거의 다 들었다. 직접 듣기도 하고 때로는 전해 듣기도 했다. 많은 뉴잉글랜드의 마을이 그러하듯, 몇몇 가문의 영향이 파급력을 가지고 있었다. 마을 사람들 대부분이 테이어와 콜드웰 가문에 속해 있었다. 이 두 이름은 고결하고 존경할 만한 전통을 가지고 있었다. 그들은 매우 친절하고 존경받을 만한 사람들로, 대체로 악의가 없으며 설령 있다 하더라도 거의 없는 것이나 다름없었다. 그들 가운데 몇몇은 그 소용없게 된 결혼 선물을 돌려받는 것에 반대했지만, 델리아가 고집했다. 또 몇몇은 그녀가 썩 원치 않는 것마저 기꺼이 건네고 싶어 하며, 아무리 무례할지언정 자신들 나름대로 정직하고 진실한 동정을 베풀었다.

그러나 델리아 콜드웰이 그녀의 친척과 그녀와의 결혼을 저버린 신랑 쪽 친척들에게서 받은 완곡하고도 예리한 공격들은 헤아릴 수 없을 만큼 많았다. 그들은 착하고 순수한 마음을 가졌으나 오직 같은 부류의 사람들에게만 겨냥하는 따끔한 침을 무기로써 지니고 있는 듯했다. 대체로 타인들을 향해서는 그 침을 쏘지 않았다. 어떤 면에서 이 사실은 델리아에게 유리하게 작용했는지도 모른다. 바깥에서 일어나는 공격을 적극적으로 막아내느라, 홀로 남아 그녀 자신을 찔러댈 시간이 없었기 때문이다.

그녀는 진줏빛 실크 드레스를 쇄자갑처럼 입고 보란 듯이 놀러 다녔다. 그녀는 질 좋은 검정 실크 드레스 차림에다 하얀 깃털로 장식된 결혼식 모자를 썼다. 때때로 그녀는 그 사건을 그냥 직면하는 것 이상으로, 일부러 뒤쫓는 것 같았다.

2월이 되었고, 델리아가 새 학교에서 가르친 지는 거의 두 학기째였다. 올리브 브릭스는 마을을 떠났다. 사람들은 그녀가 일을 접고 결혼 준비를 위해 고향으로 돌아갔다고 말했다.

델리아의 어머니는 그 이야기를 듣고 그녀에게 말했다. "내 생각인데, 그 애는 신랑이 결혼식에 오지 않을까 봐 끔찍이 두려울 거다." 씁쓸한 어조였다.

"나도 그렇게 생각해요." 델리아가 대답했다. 그녀는 로렌스에 대한 사람들의 가혹한 말들을 되풀이했다.

한 달쯤 지난 뒤였다. 어느 날 아침 학교도 가기 전에 플로라 스트롱이 집 안으로 뛰어 들어왔다. "엄청난 소식을 들었어!" 그녀는 숨을 헐떡였다. "글쎄, 그 여자가 그를 차 버렸대."

"차 버리다니, 누구를?"

"올리브 브릭스 말이야. 그녀가 로렌스 테이어를 차 버렸대. 5월에 다른 남자랑 결혼할 거래. 밀리 데이비스한테서 들었어. 올리브에게 편지했더니 그러더래. 정말이야."

"믿어지지 않는구나." 콜드웰 부인이 떨면서 말했다.

"그러게요. 그 소식을 듣고 저는 신이 나서 펄쩍펄쩍 뛰었어요. 델리아, 기쁘지 않니?"

"하지만 그렇다고 나한테 달라질 건 없는데?"

"그가 벌을 받았는데 기쁘지 않아?"

"그래, 기뻐." 잠시 뒤 델리아가 말했다.

"기쁘지 않다면 사람이 아닐 게다." 그녀 어머니가 말했다. 콜드웰 부인은 긴장해서 차갑게 떨고 있었다. 그녀는 의자 등받이를 움켜잡고 서 있었다. "하지만 사실이 아닐지도 몰라. 그게 정말 확실하니, 플로라?"

"그렇다니까요, 콜드웰 부인."

델리아는 그날 아침 학교에 가는 길에 지나가면서 테이어의 집을 바라보았다. '그는 어떤 마음일까?' 그녀는 마음속으로 생각했다. 그녀는 이제 로렌스 테이어가 자신이 겪은 일들을 겪게 될 상황을 생각해 보았다. 그는 온갖 은밀한 조롱과 치욕, 짜증나는 동정심, 배신감과 질투로 말미암아 극도의 고통 속에 남겨질 것이다. 그것들은 그의 얼굴을 불꽃처럼 일그러뜨렸다. 그 일렁이는 불꽃 사이로 그녀는 그가 몸부림치는 모습을 보았다.

델리아는 입술을 꼭 다물고 씩씩하게 걸어갔다. 그때 로렌스를 만났더라면 그녀는 그 어느 때보다 냉정하게 그를 지나쳐 버렸을 것이다. 그러나 만일 올리브를 맞닥뜨렸다면 그녀는 올리브에게 덤벼들 준비가 되어 있었다.

마을 사람들은 그녀에게보다 로렌스에게 더 가혹했다. 응분의 대가에 대한 무게를 어깨에 짊어지고, 땅으로 꺼질 듯 잔뜩 구부린 그의 모습은 그의 친구들에게까지 만족감과 즐거움을 주었다. 그리고 로렌스의 친구 가운데 몇몇 젊은이들은 더욱 노골적으로 무례하게 굴었다. 그들은 어디서나 그를 조롱했다. 그는 그래도 끈질기게 제 할 일을 했다. 그는 침묵에는 강했으나, 여자처럼 섬세하고 사랑스러운 얼굴을 하고 있어서 비난의 말을 들을 때면 쉽게 티가 났다. 그는 아직 너무 젊었다. 델리아는 그보다 두 살 많았지만, 열 살은 많아 보였다. 그러나 로렌스도 어떤 면에서는 그만큼 나이 들어 보이기도 했다. 그는 조용하고 수줍음 많은 청년으로, 부모님과 함께 집에 있기를 좋아했으며, 젊은이들과 잘 어울려 다니지 않았다. 올리브가 나타나기 전까지는 델리아 말고 다른 여자와 이야기해 본 적도 거의 없을 정도였다. 그들은 진득하고 착실하게 학생 시절부터 함께해왔다.

어떤 사람들은 말했다, "이제 로렌스 테이어가 다시 델리아와 함께하지 않겠어요?" 그러나 대답은 언제나 이랬다, "그녀가 그를 거들떠보지도 않겠죠."

어느 일요일 오후, 올리브 브릭스가 결혼한 지 일 년 정도가 지났을 때였다. 콜드웰 부인은 교회에서 집으로 걸어 돌아오며 델리아에게 말했다. "오늘 오후 예배에서 로렌스가 너를 얼마나 빤히 바라봤는지 아니?"

"아니요, 몰랐어요." 델리아가 말했다. 그녀는 그날 무척 예뻐 보였다. 검정 실크 드레스를 입었고, 보닛에는 검붉은 장미꽃 몇 송이가 꽂혀 있었다.

"너한테서 눈을 떼지 못 하더구나. 델리아, 네가 받아주기만 한다면 그 녀석은 뭐든 다 내줄 준비가 되어 있어."

"말도 안 되는 소리 하지 마세요, 엄마."

"틀림없어. 내 말이 맞대도 그러네."

"정말 그런지 보고 싶네요." 델리아가 신중하게 말했다. 생기를 잃어버린 그녀의 칙칙한 볼에 붉은빛이 돌았다.

"나도 그렇단다." 그녀의 어머니가 말했다.

다음 날 저녁, 델리아는 학교에서 돌아오는 길에 여느 때처럼 테이어의 집 앞을 지나치게 되었다. 로렌스의 어머니가 문가에서 있었다. 작은 초록색 숄을 머리에 두르고 있었다. 그녀는 떨고 있었다. 시원한 바람이 불어 왔다. 그녀 바로 뒤쪽에 있는 뜰에는 작은 복숭아나무가 꽃을 활짝 피우고 있었다.

델리아가 다가오자 그녀는 조용히 손을 내밀었다. 델리아는 손을 잡지 않았다. "안녕하세요."라고 말하고는 지나치려 했다.

"잠깐 들렀다 가지 않겠니, 델리아?"

"무슨 일인데요?"

"안으로 잠깐 들어올래? 잠시 얘기하고 싶은 게 있단다."

"오늘 밤은 안 되겠어요, 테이어 부인."

"집 안에 아무도 없단다. 네게 상의하고 싶은 게 있어."

초록색 숄은 뾰족한 턱을 한 그녀의 작고 나이 든 얼굴에 단단히 묶여 있었다. 그녀는 길고 주름진 손을 문 쪽으로 뻗었다. 그러고는 델리아의 팔을 부드럽게 쥐었다.

"그럼, 잠시만 들렀다 갈게요." 델리아가 테이어 부인을 따라서 꽃이 핀 복숭아나무를 지나 집 안으로 들어갔다.

나이 든 여자는 몸을 떨면서 가장 좋은 흔들의자를 앞으로 끌어당겼다. "앉으렴, 얘야." 그녀가 말했다. 그녀는 델리아 가까이에 앉아서 앞으로 몸을 기울이며 애원하듯, 그러면서도 상냥하게 델리아의 얼굴을 가만히 바라보았다. 그녀는 델리아의 손을 잡았으나 델리아는 슬며시 손을 뺐다. 로렌스의 어머니는 온순했지만 시골 여인답게 노골적인 데가 있어서, 내성적인 델리아를 늘 당황스럽게 했다.

"로렌스 얘기를 하고 싶은데." 늙은 여인이 말했다. 델리아는 꼿꼿하게 앉아서 고개를 돌렸다. "네가 언제까지나 그 애에 대해 악감정을 품을 걸 생각하면 견딜 수가 없단다. 알고 있니?"

델리아는 반쯤 일어섰다. "이 얘기를 다시 꺼낼 이유가 없어요, 테이어 부인, 이제는 다 지나간 일인걸요."

"잠시만 앉아 보렴. 얘기할 게 있단다. 그 애를 비난할 이유는 충분히 있겠지만, 그 애에게도 변명할 기회를 주렴. 그 애는 어렸고, 그 여자애는 예쁘장하게 생겼잖니. 그리고 그 여자애가 엄청나게 속상해 했단다. 죽기라도 할 것 같았어. 그렇지만 결국 내 예상대로 되고 말았지. 로렌스에게도 그렇게 될 게 뻔하다고 말했었단다. 그 여자애가 어떤 애인지 난 단박에 알아봤거든. 나쁜 뜻은 없었을 거다. 그 애는 로렌스와 사랑에 빠졌다고 생각했을 거야. 하지만 변덕이 심했지. 고향에 돌아가서 다른 남자를 만났고 이미 로렌스는 안중에도 없었지. 로렌스는 다른 사람들이 생각하는 것만큼 상심하지 않았어. 델리아, 사실을 말해 줄게. 로렌스는 내내 그 여자애보다 너를 더 많이 그리워하고 있어. 너는 내가 제정신이 아니라고 생각할지도 모르겠지만 그런 게 아니란다. 그 여자애가 그를 약간 홀렸던 거야. 그렇지만 너는 언제나 그의 가슴 깊은 곳에 있었단다. 정말이야, 델리아." 늙은 여인이 울음을 터뜨렸다.

델리아가 일어섰다. "테이어 부인. 이제 가 봐야겠어요. 이미 지나간 일이에요."

"가지 말거라, 델리아. 잠깐 말하고 싶은 게 있어. 로렌스가 요 며칠 전 안식일 밤에 나에게 얘기한 적이 있단다. 그 일 이후 그 애가 처음으로 입을 열었지. 그 애는 기분이 몹시 좋지 않았어. 내가 캐물었지. 그랬더니 그 애가 말하더구나. '엄마. 나는 델리아가 날 다시 받아주거나 좋아해주는 것 같은 일은 꿈도 꾸지 않아요. 하지만 할 수 있다면 내가 그녀에게 저지른 끔찍한 과오에 대해 조금이나마 보상해 주고 싶어요.' 그 애가 정말 그렇게 말했단다. 델리아, 그는 네가 생각하는 것만큼 그렇게 나쁜 아이가 아니란다. 그 애를 경멸하지 말아다오."

"그럼, 제가 그렇게 생각하지 않도록 그가 뭔가 행동을 보여야만 할 거예요." 델리아가 말했다. 흐느끼며 힘겨워하는 나이 든 여인을 그녀는 확고부동하게 바라보았다. 그녀는 집으로 돌아와서 어머니에게 그 이야기를 들려주었다.

"아주 잘했다." 콜드웰 부인이 말했다. "내가 네 입장이었대도 쉽게 져주지는 않았을 거야." 그녀는 차를 마셨다. 그들은 저녁 식사를 마친 뒤, 얼마동안 한가롭게 식탁에 앉아 있었다. 콜드웰 부인은 맞은편에 앉은 딸을 갑자기 당황한 듯 날카롭게 바라봤다. "로렌스 얘기가 나와서 말인데, 그를 다시 받아줄 생각은 어쨌든 없는 거지, 그렇지?" 그녀가 물었다.

"엄마, 무슨 말씀 하시는 거예요?"

몇 주 만에 델리아의 무산된 결혼식 기념일이 다가왔다. 델리아가 저녁을 먹은 뒤 그 사실을 직접 말했다. 그녀와 어머니는 까치밥나무 열매로 젤리를 만들고 있었다.

"그런데요, 오늘이 내 결혼식 날인데, 엄마." 그녀가 말했다. "젤리를 만들 게 아니라 웨딩드레스를 입고 웨딩 케이크를 먹었어야 했네요."

"그런 말 하지 마라, 얘야." 그녀의 어머니가 말했다. 가끔 델리아의 대담함은 그녀를 놀라게 했다.

델리아는 까치밥나무 열매들을 면 주머니 안에 넣고 짰다. 과즙이 그녀의 손가락 사이로 흘렀다. 그때 문을 세차게 두드리는 소리가 들려왔다.

"누구세요?" 그녀의 어머니가 당황하며 말했다. 그러고는 달려가 거실 블라인드 사이로 내다보았다. "에라스투스 테이어 부인이야." 그녀가 손짓했다. "그리고 밀리도."

"제가 나가 볼게요." 델리아가 말했다. 그녀는 손을 서둘러 씻고 나갔다. 델리아는 두 방문객이 일요일에 교회에 갈 때처럼 성장盛粧을 한 것을 보고 놀랐다. 테이어 부인은 잘 간직해온 계피 빛깔의 갈색 실크 옷을, 밀리는 새로 풀을 먹인 하얀 모슬린을 입었다. 그들은 안으로 들어와 응접실에 앉으면서, 뭔가 호기심을 억누르고 있는 듯한 분위기를 풍겼다.

델리아는 손님들과 앉아서 이야기를 나누려고 했다. 곧 그녀의 어머니가 매무새를 조금 다듬고 들어왔다. 바로 그때 또 다른 노크 소리가 들렸다. 이번에는 콜드웰 가의 친척 몇몇이 찾아왔다. 그들 역시 잘 차려 입고, 똑같이 진지하게 무언가를 기대하는 분위기로 들어왔다. 그들이 미처 자리를 잡고 앉기도 전에 다른 사람들이 도착했다. 델리아가 문 쪽으로 향했을 때 이번에는 둘셋씩 짝을 지어 길을 따라 걸어오는 사람들이 보였다. 그들이 속속 들어왔고 델리아는 의자를 가져왔다. 그녀는 겉보기에 평정심을 유지하고 있는 듯했다. 그러나 그녀의 어머니는 점점 창백해지더니 안절부절못하기 시작했다. 그녀는 더 이상 애써 뭔가 말하려 하지 않았다. 그냥 앉아서 지켜보았다. 2시가 되자, 방은 2년 전 델리아의 결혼식을 보기 위해 모였던 그 손님들로 채워졌다.

그들은 어색한 침묵 속에서 벽을 따라 빙 둘러 앉았고, 무언가를 기다리는 듯했다. 델리아는 상상력이 풍부한 편이 아니었고, 병적인 공상도 하지 않았다. 그렇지만 의문의 손님들 한가운데 면 드레스를 입고 과즙으로 물든 손을 한 채 그대로 그렇게 앉아 있노라니 그녀는 이것이 꿈인 것 같았다. 참으로 기이한 방법으로 이곳에 모여들어 이 기묘한 고요함 속에 앉아 있는 이 사람들은, 내가 알고 있던 마을 사람들의 환영이 아닐까? 이모든 것이 진실에 대한 믿음과 달콤한 옛 행복의 마지막 순간에 대한 환상은 아닐까? 면 드레스를 입고 과즙 물이 든 손을 하고 꿈에서 깨어난 그녀만이 이 안에 존재하는 단 하나의 실재인 것은 아닐까?

패랭이꽃 향기가 창을 통해 들어왔고, 그녀는 그 향기를 맡았다. '모든 게 얼마나 현실 같은지!' 그녀가 생각했다. '하지만 머지않아 나는 깨어날 거야.' 그것은 마치 두려움 아래로 가라앉지 않기 위해 꿈의 의식에 단단히 매달려 있는, 그런 꿈들 가운데 하나 같았다.

로렌스 테이어가 들어왔을 때 그녀는 난폭하게 잠에서 깨어난 것 같았다. 그녀는 자리에서 반쯤 일어났다가 다시 주저앉았다. 그녀의 어머니는 비명을 질렀다.

로렌스는 응접실 문가에 서 있었다. 두 거실에 있는 모든 사람이 그의 목소리를 들을 수 있었다. 그의 부드럽고 수염 없는 얼굴은 죽은 사람처럼 창백했고, 그 창백함은 젊은 혈색이 누그러뜨려 놓았던 굵은 주름들을 드러냈다. 그는 전에는 호리호리한 체격에 자연스럽게 등을 조금 굽히고 있었다. 지금 그는 갈대처럼 꼿꼿하게 서 있었다. 그는 늘 그를 알고 지내던 이 사람들 눈에 전과는 좀 다르게 보였다.

"여러분," 그는 엄숙하게 숨을 고르는 목소리로 말하기 시작했다. "델리아 콜드웰과 제가 결혼하기로 했던 그날을 기념하는 오늘, 여러분들에게 오시도록 청했습니다. 여러분 앞에서 제 힘이 닿는 데까지 그녀에게 보상해 주기 위해서입니다. 여러분들에게 좋게 보이려고 하는 일이 아닙니다. 모든 걸 아시는 하느님은 알고 계시지요, 이게 절 위한 일이 아니라는 걸. 이건 델리아를 위한 일입니다. 저는 겁쟁이였고, 비열했습니다. 아마 계속 그렇겠지요. 지금 이 행동이 그 사실을 바꿀 수 없다는 것도 알고 있습니다. 바라건대 저는 지금, 그녀가 겪은 일에 대해 조금이라도 보상을 하고 싶을 뿐입니다. 2년 전 오늘, 그녀는 여러분 앞에서 거절과 모욕을 당한 채 우두커니 서 있었습니다. 이제는 그녀의 입장에 놓인 저를 봐 주십시오."

그는 긴장해서 굳은 몸을 델리아를 향해 돌렸다. 엄숙하고 정중한 웅변 같았지만 진지한 그의 말들은 분위기를 차츰 달구었다. "델리아 콜드웰, 겸허하게 용서를 구합니다. 이 세상 그 누구보다 당신을 사랑합니다. 내 아내가 되어 주세요."

"그럴 일은 절대로 없을 거예요." 델리아의 모든 천성이 이 말에 담겨 있었다. 그녀는 일어나서 그를 뚫어지게 바라보며 서 있었고, 그사이 사람들의 무리는 암흑 속으로 사라져 보이지 않았다. 그녀에게는 오직 그의 창백한 얼굴만 보였다. 모든 생각들이 그녀 머릿속에서 날개를 펼치고 날아오르며 빠르게 맴돌았다. 그녀는 그가 하는 말을 들었고, 기이한 이중의 의식 속에서 그녀 자신의 생각도 들려 왔다. 달콤했던 옛 신뢰, 옛 모습과 방식들, 그 모든 날들이 되살아났다. 창백한 얼굴로 이야기하는 로렌스는, 분홍빛 얼굴의 소녀 때문에 그녀를 떠난 낯선 이가 더 이상 아니었다. 그의 내면에 대한 이 폭로는 다른 사람들에게는 낯설게 다가왔지만, 그녀에게는 사랑을 확인시키며 그녀를 흥분시켰다. '겁쟁이에 비열했습니다.' 그랬다. 그러나 그에게도 변명거리가 있었다. 원래 모든 잘못들이 저마다의 변명을 내세우며 이 세상에 동정을 불러일으키는 것이 아니던가? 하지만 그는 남자로서 할 수 있는 한 정직하게 말했다. 그는 그녀가 자신과 결혼해 주리라는 어떠한 희망도 품을 수 없었다. 그녀가 얼마나 분노했으며 그 의지가 얼마나 확고한지 그는 잘 알고 있었다. 이것은 그 자신을 위한 교묘한 계책이 아니었다. 여기에 모인 사람들도 그렇게 생각하지는 않았으리라. 사실 그들은 그가 그런 짓을 할 수 있는 사람이라고 믿지 않았다. 이 남자는 성공을 위해 끔찍하지만 냉정하게 계산된 모험을 계획하며 고심하지는 않을 것이다. 그는 정직하게 자기의 속마음을 털어 놓았을 뿐이다. 앉아 있는 모두가 테이어와 콜드웰 가문 사람들이었다. 그에 대해 얼마나 떠들고 비웃어댈까!

로렌스는 돌아섰다. 그녀가 빠른 답을 줬기에 그는 조용히 인사했다. 그에게서 어떤 품위가 느껴졌다. 그는 실제로 그가 공언했던 고결한 정신적 수준까지 스스로를 끌어올렸다.

델리아는 그를 응시하며 서 있었다. 그녀는 지독하리만큼 집요해 보였다. 한 소녀가 그녀를 쳐다보다가 울기 시작했다.

에라스투스 테이어 부인은 문 가까이에 앉아 있었다. 델리아의 눈이 로렌스에게서 그녀에게로 옮겨졌다. 델리아는 앞으로 튀어나갔다.

"그를 그런 식으로 바라보지 말아요." 그녀가 외쳤다. "그와 결혼하겠어요. 로렌스, 돌아와!"

솔리 언니

Big Sister Solly

샐리 패터슨이 그녀 자신에 대해 내린 평가에 따르면, 그녀는 마을의 어느 여성보다도 눈앞에 일어나는 일들에 재빠르게 적응을 하지 못하는 사람이었다. 그런데 하필이면 그런 그녀가 어떤 섭리에 의해서 하나의 심리적 문제를 해결하기 위해 선택받았다는 것은 놀라운 일이었다.

그 심리적 문제의 주인공은 어린 콘텐트 애덤스였다. 그녀는 교구목사의 상당히 먼 친척 조카로, 고아였다. 부모가 세상을 떠나자 남편과 사별한 이모 아래서 보살핌을 받았다. 이 이모 또한 홀로 쉽지 않은 삶을 살아왔다. 이모가 세상을 떠났을 때 서부의 어느 작은 마을의 담임 목사가 에드워드 패터슨에게 어린 콘텐트가 무력한 상태로 혼자 남겨졌다는 사실을 알려 왔다. 이모는 연금으로 그동안 생활해 왔지만, 그녀의 죽음과 함께 그것은 사라져 버렸다. 아이는 이모의 개인 소지품들을 제외하고는 물려받은 유산이 아무것도 없었다. 이모가 살던 집은 교회에 유증했으며, 담임 목사가 관리하고 있었다. 소녀의 이모가 세상을 떠나자 담임 목사는 아이가 친척 집에 보내질 때까지 자기 집으로 데려가 돌봐 주었다. 그와 그의 아내는 이모의 개인 소유물들에 관련해서 매우 꼼꼼히 따졌다. 그들은 그 물건들을 담을 트렁크를 두 개 샀는데, 이에 대해서도 교구목사에게 지불을 청구했다.

어린 콘텐트는, 때마침 동부로 올 일이 있었고 이모를 알고 지낸 어느 부인의 보살핌 아래, 함께 여행을 해서 이곳 동부로 오게 되었다. 짐으로는 큰 트렁크 여섯 개와 모자 상자와 여행 가방 두 개, 그리고 못질이 된 나무 잡동사니 상자 하나가 있었다. 콘텐트가 도착하고 짐들이 플랫폼에 하나둘씩 내려지는 것을 사람들은 호기심 가득한 눈으로 바라보았다.

가엾은 샐리 패터슨은 어린 콘텐트의 짐을 풀었다. 그녀는 어린 소녀가 도착하고 며칠 지나지 않아 그 아이를 학교에 보냈다. 릴리 제닝스와 아멜리아 휠러는 콘텐트를 데리러 와서 자기들 사이에 함께 팔짱을 끼게 하고 걸어가면서 콘텐트의 등교를 도와주었다. 샐리는 예쁜 기성복 원피스와 새 모자로 콘텐트를 한껏 꾸며 주었지만, 아이의 모습은 특이해 보였다. 무엇보다도 나이가 들어 보이는 외모여서 아주 이상해 보일 정도였다.

"그 애는 벌써 양쪽 입가 아래로 팔자 주름이 생기고 양미간에도 주름이 있더라고요. 앞으로 몇 년후에는 어떤 모습이 되어 있을지 상상조차 안 돼요." 샐리는 릴리의 곱슬머리와 주름 장식과 리본, 그리고 아멜리아의 부드러운 치맛자락 사이로 그 아이의 모습이 보이지 않게 되자 남편에게 이렇게 말했다. "행복한 아이처럼 보이지는 않소." 교구목사는 이에 동의했다. "가엾은 것! 그 아이의 이모 유도라는 틀림없이 그 어린 것을 이상한 방법으로 교육했을 거요."

"틀림없어요, 그 아이는," 샐리가 가엾다는 듯이 말했다. "교육을 지나치게 많이 받았어요. 콘텐트는 누군가가 허락한다는 표현을 하지 않으면, 움직이는 것도, 말하는 것도, 심지어 숨쉬는 것도 두려운 것처럼 행동하니까요. 그 애가 너무 불쌍해요."

그녀는 창고 안에서 콘텐트의 짐들 사이에 있었다. 교구목사는 낡은 의자에 앉아서 담배를 피웠다. 그는 어려운 일이 있을 때 아내 곁에서 지켜주는 것이 남자의 의무라고 굳게 믿었다. 그는 고인이 된 콘텐트의 이모를 수 년 전에 알았다. 그리고 콘텐트의 개인 소유물들을 관리했고 어린 콘텐트가 올 때 그 물건들을 딸려 보낸 그 목사도 알고 있었다.

"마음 단단히 먹고 한번 열어 봅시다, 샐리." 그가 지켜보았다. "내가 기억하기에 제눕 샹크베리 씨는 얼마나 양심적인지 때로는 지나치게 보일 정도라오. 행여 콘텐트가 물려받을 물건을 단하나라도 사취해 자기 양심에 거리끼는 일이 없도록, 그는 아마별별 희한한 물건마저도 하나도 빼놓지 않았을 거요."

샐리가 콘텐트의 긴 검정 원피스를 꺼내 볼 때 여기저기에서 흑옥 장식들이 달랑거렸다.

"여기 이 드레스 말인데요," 그녀가 말을 이었다. "이 드레스를 잘 간직해 둬야겠어요. 막상 그 아이가 어른이 되었을 때면 실크가 바래서 쓸모없게 되어 버릴 것 같지만요."

"가능하면 트렁크 두 개를 가지고 와서 그런 물건들을 넣어두는 게 좋을 것 같소."

"오, 나도 그렇게 생각해요. 나방이 끼는 털과 모 종류만 빼고 일단 모두 간직해 둬야겠어요. 어머나, 세상에!"

샐리는 유행에 뒤떨어진 긴털족제비 목도리를 집어 올렸다. 작은 나방류들이 먼지처럼 쏟아져 나왔다. "나방이에요!" 그녀가 안타까운 듯이 말했다. "이 나방들을 봐요! 에드워드, 당신은 그 목사의 부인이 양심적이라고는 말하지 못하겠군요. 양심적인 여인이 다른 여인의 집에 나방이 온통 슬어 놓은 낡은 족제비목도리를 보내다니요. 그럴 순 없지요."

샐리는 재빨리 그곳을 피해 가로질러 갔다. 그녀는 창문을 열어젖히고 지저분한 족제비목도리를 내던졌다. "이건 너무 끔찍해!" 그녀는 돌아오면서 말했다. "에드워드, 토머스를 시켜서 뒷마당에 모닥불을 피우고 이 물건들을 태우게 하는 게 좋지 않을까요?"

"안 돼요, 여보!"

"하지만 에드워드, 다음 번에는 또 무슨 일이 일어날지 알 수 없잖아요? 콘텐트의 이모가 전염병으로 죽었다면 다른 물건에 손을 대서는 안 될 거예요."

"오, 여보, 그 아이 이모는 마차 사고가 일어나서 그 충격으로 죽었잖소? 심장이 약해서 말이오."

"나도 알아요, 물론 그 아이 이모가 죽은 게 전염병 때문은 아니죠." 샐리는 오래된 모자 상자 하나를 집어 들고 열어 보였다. 그 안에는 반세기 쯤 지나 보이는 것으로 장미와 레이스, 그리고 초록색 테두리 천으로 화려하게 장식된, 이제는 낡아 쓸모 없게 된 보닛모자와 묵직한 검은 상복용 베일이 달린 보닛이 들어 있었다.

"설마 이걸 보관해 두라고 하진 않겠지요?" 샐리는 의기소침해져서 말했다.

에드워드 패터슨은 난처해 보였다. "당신 판단에 맡기겠소," 마침내 그가 말했다.

샐리는 곧바로 성큼성큼 방을 가로질러 가더니 창밖으로 화려한 보닛과 장례용 모자를 던졌다. 그다음에는 오래되어 누렇게 바랜 속옷 꾸러미를 꺼냈다. "사람들이 늘 나에게 화상 입었을 때를 대비해 쓸 수 있는 낡은 리넨을 부탁하곤 했는데," 그녀는 단정적으로 말했다. "이것들을 세탁하고 나면 화형식에 갖다 주고도 남을 양이 나오겠네요."

가여운 샐리는 그날 내내 그리고 그 뒤에도 며칠 동안 이런 일을 해야만 했다. 교구목사는 그 자리를 떠났고, 샐리는 오롯이

자기 자신의 판단에 따라서 어린 콘텐트에게 남겨진 유품을 처리했다. 이 모든 일이 끝나자 그녀는 남편에게 말했다.

"에드워드, 이제 어린 콘텐트의 물건들은 딱 트렁크 하나의 절반쯤 되는 양이 남았어요. 하지만 대부분은 그 아이가 쓸 수 있을 것 같지 않아요. 여섯 번이나 모닥불을 피웠어요. 그리고 오래된 옷 세 벌은 너무 커서 토머스의 아버지에게 보냈어요."

"유도라의 첫 남편 옷이었을 거요, 체구가 건장한 사내였거든." 에드워드가 말했다.

"작은 남성용 옷 두 벌은 누군가 필요한 사람이 입을 수 있도록 구호 단체에 보냈어요."

"그건 유도라의 두 번째 남편 거였겠지."

"그리고 세탁부 아주머니에게는 오래된 오븐용 접시들을 평생 쓰고도 남을 만큼 주고, 금이 간 접시들도 몇 개 주어 보냈어요. 접시들은 대부분 깨져 있었지만 몇 개는 그래도 금만 가 있어서 쓸 만했거든요. 그리고 사일러스 토머스의 아내에게는 오래된 양모 드레스 열 벌과 숄 하나, 망토 세 개를 주었어요. 모닥불 속에 던져지지 않은 다른 것들은 모두 구호 단체에 보냈고요. 그것들은 서부 지방으로 다시 돌아갈 거예요." 샐리는 소녀처럼 소리 내어 웃었다. 그녀의 남편도 함께 웃었다. 그러나 갑자기 그녀가 부드러운 이마를 찌푸렸다. "에드워드." 그녀가 말했다.

"무슨 일이오, 여보?"

"그런데 한 가지 이상한 게 있어요." 두 사람은 서재에 앉아 있었다. 콘텐트는 잠자리에 들었기 때문에 그곳에 없었다. 아무도 쉽게 엿들을 수 없었지만, 샐리 패터슨은 목소리를 낮추었다.

거짓말을 못하는 그녀의 맑고 푸른 눈에는 두려움이 깃들어 있었다.

"무슨 일인데 그래, 여보?"

"당신은 날 어리석은 겁쟁이라고 생각할지도 모르지만 난 스스로 겁쟁이라고 생각해 본 적이 없어요. 이 일은 아무리 생각해도 너무 이상해요. 나와 함께 가요. 바보 같지만 나 혼자서는 도저히 그 창고에 갈 수 없을 것 같아요."

교구목사는 자리에서 일어났다. 샐리는 창고로 쓰는 위층 방으로 가기 위해 계단을 올라가면서 전등 스위치를 켰다.

"살살 걸어가요. 콘텐트가 잠들었을 거예요."

두 사람은 발끝으로 걸어서 위층 창고 방으로 들어갔다. 샐리는 콘텐트와 함께 딸려 온 두 개의 새 트렁크 가운데 하나에 다가갔다. 그녀는 그 트렁크를 열었다. 그러고는 커다란 수건으로 잘 감싸인 꾸러미 하나를 꺼냈다.

"여길 봐요, 에드워드 패터슨."

교구목사가 바라보자 샐리는 드레스 하나를—밝은색의 세련된, 어린 소녀가 입는 드레스를 풀어 헤쳐 보였는데, 그것은 샐리가 팔을 높이 들어 올려도 치맛자락이 바닥에 끌릴 만큼 아주 키가 큰 소녀가 입을 수 있는 옷이었다. 정교하게 짜인 흰 모슬린 드레스였다. 드레스 상체 부분은 흰 레이스로 장식되어 있었고, 옷 전체에 파란 리본 매듭 장식들이 흩어져 있었는데, 파란 리본 장식들은 작은 장미꽃봉오리와 데이지꽃 다발들을 감싸고 있었다. 이 파란 리본 매듭들과 작은 꽃들은 틀림없이 이 옷이 어린 소녀의 것임을 말해 주고 있었다. 모두가 나이에 상관없이 옷을 입는 시대라 하더라도 조금 성숙한 나이의 여인들이라면 그토록 눈에 띠는 파란 리본과 꽃들로 꾸며진, 어린 사람들이 입을 법한 옷 앞에서는 당혹스러워할 것이다.

교구목사는 그 옷을 바라보았다. "그 옷은 아주 예쁘군," 그는 말했다. "그 옷은 보관해 두는 게 좋겠어요, 여보."

"보관해 두는 게 좋겠다고요! 음, 에드워드 패터슨, 잠깐만 기다려요. 당신은 남자라서 이 드레스가 왜 이상해 보이는지 물론 이해할 수 없겠죠."

교구목사는 의아하다는 듯이 바라보았다.

"내가 알고 싶은 건," 샐리가 말을 이었다. "혹시나 콘텐트의 이모 유도라에게 콘텐트가 아닌 다른 어린 조카가 있었는가 하는 거예요. 이런 드레스를 입을 만한 다 큰 여자 조카가 있었나요?"

"그런 아이에 대해서는 아는 바가 없소. 유도라의 첫 남편에게 친척이 있었는지도 모르겠소. 아니, 그는 외아들이었소. 아무래도 유도라에게 나이 어린 여자 친척이 있을 것 같지 않소."

233

"만일 있었다면," 샐리가 단호히 말했다. "이 드레스를 간직했겠지요. 콘텐트의 이모가 세상을 떠났을 때 콘텐트와 함께 살았던 사람이 콘텐트 말고 아무도 없었다고 확신해요?"

"일해 주는 사람들 말고는 없었소, 노인 한 사람과 그 아내였소."

"그렇다면 이 드레스는 누구 거죠?"

"나도 모르오, 샐리."

"당신이 모르면 나도 모르죠. 이건 너무 이상해요."

"아마도," 여자에게 관련된 거라면 알 길 없는 에드워드 패터슨이 말한다. "유도라가 어떤 식으로 그걸 손에 넣게 되었겠지."

"어떤 식으로," 샐리가 말을 이었다. "……라는 말은 불가사의한 일이 있을 때 빠져나가기 위해 남자들이 하는 말이죠. 이건 불가사의예요. 도무지 알 수 없는 일이고, 나를 걱정스럽게 하는 일이에요. 에드워드, 난 아직 당신에게 모든 걸 다 이야기한 게 아니에요."

"뭐가 더 남아 있소, 여보?"

"나는 콘텐트에게 이 드레스가 누구 것이냐고 물어봤죠. 그랬더니 그 아이가, 오, 에드워드, 난 불가사의라면 아주 질색이에요."

"그 애가 뭐라고 했소, 샐리?"

"그 애는 자기 언니 솔리의 옷이라고 했어요."

"자기의 누구라고 했다고?"

"그 아이의 언니 솔리의 옷이요. 에드워드, 그 아이에게 자매가 있었나요? 그 아이한테 언니가 있어요?"

"아니, 그 아이에겐 자매가 없소. 예전에도 없었고, 지금도 없소." 교구목사가 강하게 말했다. "난 그 가족을 모두 알고 있소. 도대체 그 아이에게 무슨 문제가 있는 걸까?"

"그 아이가 언니 솔리라고 했다니까요, 에드워드. 그런데 그 이름마저도 너무 이상하고요. 만일 그 아이에게 언니가 없다면 어떻게 해야 좋을까요?"

"음, 그 아이는 틀림없이 거짓말을 하는 거요." 교구목사가 말했다.

"하지만 에드워드, 그 아이는 자기가 거짓말을 한다고 생각하지 않는 것 같아요. 당신은 웃을지도 모르지만, 그 아이는 자기에게 언니가 있고 그 옷이 언니의 옷이라고 생각하고 있어요. 아직도 당신에게 다 이야기한 게 아니에요. 난 그 아이가 오늘 학교에서 돌아와 위층으로 올라가자마자 방문을 열어 놓은 채 이야기하는 소리를 들었어요. 처음에는 릴리나 아멜리아와 이야기하는 거라고 생각했어요, 그 아이들이 콘텐트와 함께 있는 것을 보지 못했지만요. 잠시 뒤에 우연히 위층으로 올라가 그 아이의 방 안을 들여다보게 됐는데, 그 아이는 오롯이 혼자 있었어요, 내가 위층으로 올라갈 때 틀림없이 그 아이가 이야기하는 소리를 들었는데 말이에요. 그래서 내가 말했죠. '콘텐트, 나는 네 방에 누군가 있었다고 생각했단다. 네가 이야기하는 것을 들었어.'

그러자 아이가 내 눈을 똑바로 바라보며 말했죠. '네, 아주머니. 나는 이야기를 하고 있었어요.'

'하지만 여기에는 아무도 없잖니?' 내가 이렇게 말했죠.

'네, 아주머니,' 그 아이가 말했어요. '지금 여기에는 아무도 없어요. 언니 솔리는 여기에 있었는데 지금은 가고 없어요. 아주머니는 내가 솔리 언니와 이야기하는 걸 들으신 거예요.' 나는 쓰러질 것 같았어요, 에드워드. 난 자신을 추스르기 위해 콘텐트의 고리버들 흔들의자에 앉았어요. 난 아이를 바라봤고 그 아이도 나를 바라봤어요. 그 아이의 파란 눈은 너무나 맑았고, 이마는 진실만을 말하는 것 같았어요. 그 아이는 딱히 예쁜 어린아이는 아니에요, 외모가 좀 독특한 면도 있고요. 하지만 그 아이는 분명히 진실하고 선해 보이는 아이이고, 그 순간에도 그랬어요. 그 아이는 내가 말해준 대로, 머리카락을 너무 뒤로 바짝 당겨 묶지 않고 이마 위로 머리카락을 적당히 동그랗게 부풀렸더라고요. 그리고 새 드레스를 입었고 얼굴과 손은 깨끗했어요. 그리고 똑바로 서 있었어요. 당신도 알다시피 그 아이는 몸이 조금 구부정하기 때문에 그 문제에 대해 그 아이에게 말해왔었죠. 그 아이가 똑바로 서서 그 파란 눈으로 날 바라봤을 때 나는 쓰러질 것처럼 심한 현기증을 느꼈어요."

"그래서 당신은 뭐라고 했소?"

"음, 나는 정신을 차리고 말했어요. '오, 사랑스런 아이야, 너의 언니 사라라니 무슨 말을 하는 거니?' 에드워드, 난 그 이상한 솔리라는 이름을 도저히 내 입으로 말할 수가 없었어요. 실은 그래서 실수로 '사라'라는 이름을 잘못 들은 게 틀림없다고 여긴 것 같아요. 하지만 콘텐트는 나를 바보 같다는 듯이 바라보았어요. 그러더니 '솔리—우리 언니 이름은 솔리예요.' 라고 말했어요.

'하지만 애야, 너에게는 언니가 없는 걸로 알고 있는데.'

'있어요,' 그 아이가 말했어요. '우리 언니 이름은 솔리예요.'

'그러면 언니는 어디에 있지?' 내가 물었죠.

그러자 콘텐트는 나를 보더니 미소를 지어 보였는데, 아주 놀라운 미소였어요, 에드워드. 그 아이는 자신이 나보다 훨씬 더 많은 걸 알고 있고, 그래서 나를 가엾게 여기는 듯이 미소 지었어요."

"그 아이가 당신의 물음에 답을 했소?"

"아니요, 마치 그 무시무시한 솔리에 대해 모든 걸 말해주고 있는데도 내가 너무 무지해서 읽어내지 못하는 것처럼 미소만 지어 보였어요.

'언니는 어디에 있지, 애야?' 난 잠시 뒤에 물었죠.

'지금은 가고 없어요.' 콘텐트가 말했죠.

'어디로 갔는데?' 내가 물었죠.

그러자 그 아이는 다시 내게 미소를 지어 보였어요. 에드워드, 우리 어쩌면 좋을까요? 그 아이는 거짓말을 하는 걸까요? 아니면 지나치게 상상력이 풍부한 걸까요? 상상력이 너무 풍부해서 어린아이들이 거짓말을 하는 줄도 모르고 거짓말을 하는 경우에 대해 들은 적이 있거든요."

"나도 들어 본 적 있소," 교구목사가 무미건조하게 대답했다. "하지만 난 그 말을 믿지 않았소." 교구목사는 방에서 나가려고 했다.

"어떻게 하려고요?" 샐리가 물었다.

"나는 거짓말과 상상력 사이의 차이점을 알아내기 위해 노력해 볼 생각이오." 교구목사가 대답했다.

아래층으로 내려갈 때 샐리는 그의 소맷자락을 꼭 붙잡았다. "여보," 그녀가 말했다. "콘텐트는 잠든 것 같아요."

"그 아이를 깨워야겠소."

"하지만 여보, 아이가 예민할지도 몰라요. 내일 아침에 아이가 깨어날 때까지 기다리는 게 낫지 않겠어요?"

"난 그렇게 생각하지 않소." 에드워드 패터슨이 말했다. 보통은 느긋한 성격의 그였지만, 어떤 동기가 생기면 끝까지 밀어붙이는 성향이 그에게는 있었다. 그가 콘텐트의 방으로 들어갈 때 샐리도 따라 들어갔다. 그들 둘 다 어린 아들 짐이 자기 방 문 앞에서 듣고 있는 것을 눈치 채지 못했다. 그 아이는—어쩔 수 없이—모두 듣고 말았다, 오늘 낮에 콘텐트와 그의 어머니 사이에 오갔던 대화를. 그는 또한 다른 이야기들도 들었다. 그는 본디 예의가 바른 소년이었으나, 지금 자기 부모가 주고받는 대화를 듣고 있는 것은 아주 정당하다고 느꼈다. 그는 이런저런 사실을 알게 되자 부모님의 마음을 평화롭게 해드리는 일에 자신이 어느 정도 책임감을 가져야 한다고 생각했다. 그래서 그는 자신의 어두운 방 입구 쪽에서 몰래 귀기울여 들었다.

콘텐트의 방 전깃불을 켜자 작은 내부 공간의 모습이 드러났다. 그곳은 아주 예쁘게 꾸며져 있었다. 샐리는 마냥 환영받지만은 못한 이 어린 이방인의 방을 안락한 곳으로 만들고자 애를 많이 썼다. 하얀 새틴 벽지가 발라진 벽 위쪽에는 장미꽃봉오리 화환들이 걸려 있었다. 여자아이들을 위한 앙증맞은 장식용품들, 상아로 꾸며진 작은 화장대, 책장, 장미꽃봉오리 무늬 쿠션이 놓인 의자들, 그리고 같은 무늬의 커튼으로 꾸며진 창문들이 눈에 들어 왔다.

콘텐트는 작고 흰 침대 위에서 흩뿌려진 장미꽃 무늬 이불을 덮고 누워 있었다. 아이는 아직 잠들지 않았다. 전등불이 켜지자마자 콘텐트는 그 맑고 파란 눈으로 교구목사와 그의 아내를 바라보았다. 아이의 고운 머리카락은 단정하게 두 갈래로 땋은 뒤 분홍 리본으로 묶여져, 그 작고 선한 얼굴 양쪽에 가지런히 놓여 있었다. 그 아이의 이마는 아름다웠고 희고 통통했는데, 고귀해 보일 만큼 순수함을 드러내고 있었다. 낯선 곳, 낯선 사람들 사이에서 작고 외로운 아이 콘텐트는, 자기를 둘러싸고 있는 삶과 세계를 향한 자신의 모든 태도에서 사랑과 연민을 말없이 간청하며, 에드워드 패터슨과 샐리를 올려보고 있었다. 그때 교구목사는 자신의 결심이 무너지고 있음을 깨달았다. 그는 상상력을 믿기 시작했다, 심지어 솔리 언니에 관한 이야기까지. 그에게는 딸이 없었다. 가끔 딸이 없어 아쉬워하던 그의 마음은 부드러워졌다. 그는 아주 상냥한 목소리로 말했다.

"음, 꼬마 아가씨," 그가 말했다. "내가 어떤 이야기를 들었는데 말이지."

샐리는 그녀의 남편을 바라보면서 웃음이 나오는 것을 억지로 참았다.

콘텐트는 교구목사를 바라보면서 아무 말도 하지 않았다. 그가 무슨 말을 들었는지 아이가 알지 못한다는 게 확실했다. 교구목사는 설명했다.

"꼬마 아가씨," 그가 말했다. "샐리 이모가—그들은 콘텐트에게 삼촌과 이모가 되어주기로 했었다—너의 솔리 언니에 대해 들었다던데." 교구목사는 솔리에 대해 이야기할 때 숨이 반쯤 막히는 것 같았다. 그는 그 터무니없이 이상한 이름 솔리를 내뱉으면서 거의 바보짓을 하는 것처럼 느껴졌다.

콘텐트의 목소리는 그 아이가 파묻혀 있는 분홍과 흰색의 보금자리로부터 카나리아 노랫소리처럼 흘러나왔다.

"네, 그랬어요." 아이가 말했다.

"얘야," 교구목사가 말했다. "너에게 솔리 언니가 없다는 것을 너도 알지 않니." 교구목사는 솔리라는 이름을 말할 때마다 힘들게 침을 삼켰다.

콘텐트는 샐리가 표현한 그대로 미소를 지어 보였다. 그 아이는 아무 말도 하지 않았다. 교구목사는 어린아이의 그토록 순수한 모습과 그 지혜로움에 의해 마치 책망받고 무시당하는 듯한 느낌을 받았다. 그럼에도 그는 계속했다.

"콘텐트," 그가 말했다. "너는 샐리 이모에게 무엇을 했다고 말했지?"

"나는 솔리 언니와 이야기하고 있었어요." 콘텐트가 마음 깊은 곳으로부터 근원적 진실을 말하는 사람의 태도로 담담히 말했다.

교구목사의 얼굴이 근엄해졌다. "콘텐트," 그가 말했다. "나를 똑바로 보렴."

콘텐트는 그를 바라보았다. 이렇게 바라보는 것이 그 아이를 하나의 개별적 존재로서 특징짓는 본능적 행동인 듯했다.

"너에게 솔리라는 언니가 있다고?" 교구목사가 물었다. 그의 얼굴은 근엄했으나 목소리만은 불안정하게 흔들렸다.

"네, 삼촌."

"그럼 나에게 말해 주렴."

"내게는 솔리 언니가 있어요." 아이는 이젠 지친 듯, 그러나 여전히 부드러운 목소리로 말했다, 왜 잠자는 것까지 방해받으며 그토록 뻔한 물음에 답하도록 요구받아야 하는지 알 수 없다는 듯했다.

"언니는 늘 어디에 가 있길래 우리가 알아차리지 못한 거지?" 교구목사가 물었다.

콘텐트는 미소를 지었다. 그러나 아이는 대답했다. "집에."

"언니가 언제 여기에 왔지?"

"오늘 아침에."

"언니는 지금 어디에 있지?"

콘텐트는 미소 지었다. 그리고 아무 말도 하지 않았다. 교구목사는 무력한 눈길로 그의 아내를 바라보았다. 이제 그는 자신이 너무나 당혹스러워 한다는 것을 그녀가 보게 되는 것에 마음 쓰지 않았다. 훌륭한 건장한 어른이면서 성직자인 그가 분홍색과 흰색으로 꾸며진 둥지에서 순수한 꿈을 꾸는 작고 상냥한 여자

아이에게 어떻게 엄격하게 대할 수 있단 말인가?

샐리는 그에게 연민을 느꼈다. 그녀는 남편보다 더 엄격하게 말했다. "콘텐트 애덤스," 그녀가 말했다. "너에게는 언니가 없다는 것을 너도 아주 잘 알지 않느냐. 이제 진실을 말하렴. 너에게는 언니가 없다고."

"나한테는 솔리 언니가 있어요." 콘텐트가 말했다.

"보세요, 에드워드." 샐리가 말했다. "이 고집 센 아이한테 아무리 더 말해봤자 소용이 없다니까요." 그런 다음 그녀는 콘텐트에게 말했다. "잠들기 전에," 그녀가 말했다. "넌 반드시 기도해야 한다, 아직 하지 않았다면 말이야."

"기도했어요." 콘텐트가 대답했다. 그 아이의 파란 눈은 그런 의심에 몹시 놀란 듯했다.

"그렇다면," 샐리가 말했다. "다시 기도하면서 한 가지 덧붙이는 게 좋겠다, 언제나 진실만을 말하게 해주세요, 라고."

"네, 아주머니." 아이는 작은 카나리아의 노랫소리로 대답했다.

교구목사와 그의 아내는 밖으로 나왔다. 샐리는 지나가면서 재빨리 불을 껐다. 홀 밖에서 그녀는 걸음을 멈추고 남편의 팔을 꼭 잡았다. "쉿!" 그녀가 대답했다. 두 사람은 가만히 귀를 기울였다. 그들은 들었다, 어디선가 들려오는 희미한 탄식을.

"그들은 언니가 여기 있다는 걸 믿지 않아, 솔리 언니. 하지만 난 굳게 믿어."

샐리는 장미꽃봉오리 방으로 다시 뛰어 들어가 재빨리 전등을 켰다. 그녀는 주위를 둘러보았다. 옷장 문도 열어 보았다. 그런 다음 전등을 끄고 남편이 있는 곳으로 갔다.

"거기에 아무도 없었소?" 그가 물었다.

"물론 없었어요."

그들은 다시 서재로 돌아와 서로 얼굴을 마주보았다.

"우리는 최선을 다할 거예요." 샐리가 말했다. "걱정 말아요, 에드워드. 당신은 내일 설교할 내용을 작성해야 하잖아요. 어떻게든 방법이 있을 거예요. 난 차라리 당신 말고 그 아이를 맡아 돌봐 줄 다른 먼 친척이 있기를 바라고 있기는 하지만요."

"참 가여운 사람!" 교구목사가 말했다. "샐리, 그 아이가 당신 아이나 친척이 아니라는 사실로 인해 당신에겐 많이 힘이 드는 거겠지요."

"난 그런 거 상관하지 않아요," 샐리 패터슨이 말했다. "그 아이를 잘 키워낼 수만 있다면요."

그 사이 위층에서 다음 날 있을 대수학 수업 내용을 훑어보고 있던 짐 패터슨은, 서재에 있는 자기 부모보다 훨씬 더 혼란스러웠다. 그는 책에는 거의 집중할 수가 없었다. "어린 루시만은 내가 어떻게든 해 볼 수 있을 텐데." 그는 곰곰이 생각했다. "하지만 다른 사람들이 알게 되면 그땐 어쩌지?"

그는 곧바로 일어나서 살금살금 복도를 지나 콘텐트의 방 문 앞에 다다랐다. 소녀는 겁이 많아서 잠이 들 때까지 복도의 불빛을 볼 수 있도록 문을 항상 열어 두었다. "콘텐트," 짐이 속삭였다.

"응?" 희미한 목소리로 아이는 답했다.

"내가 미리 말해 두는데," 짐이 과장되게 속삭이며 말했다. "학교에선 누구한테도 네 언니 솔리에 대해 또다시 말하지 마. 그러면 내가 널 힘껏 때려주겠어."

"상관 안 해!" 방에서 한숨 소리가 새어 나왔다.

"그리고 네 언니 솔리도 때려줄 거야."

작은 흐느낌 소리가 들렸다.

"꼭 그렇게 할 거야," 짐이 선언했다. "이제부터 잘 기억해 둬!"

다음 날 짐은 학교 수업이 시작하기 전, 어린 루시 로즈를 삼나무 아래로 데리고 갔다. 그는 눈앞에서 킥킥 비웃고 있는 버비 하비와 톰 시몬스를 무시했다. 어린 루시는 그를 올려다보았다. 푸른 나무 그늘 아래 여자아이의 흰 얼굴과 붉은 뺨이 더욱 도드라져 보였다. 짐은 소녀 쪽으로 고개를 숙였다.

"너, 날 위해서 뭐 좀 해줄래?"

어린 루시는 심각한 표정으로 고개를 끄덕였다.

"만일 내 사촌 콘텐트가 자기 언니 솔리에 대해 어떤 말을 하거든, 실은 내가 어제 그 애가 또 그 말을 하는 것을 들었거든, 그 누구에게도 절대로 그 아이가 한 말을 단 한마디도 전해선 안 돼. 약속해, 알았지, 작은 루시?"

어린 루시의 상냥한 눈가에 괴로운 표정이 떠올랐다.

"하지만 콘텐트가 릴리한테 말했고 릴리는 아멜리아한테 말했어. 그리고 아멜리아는 자기 할머니 휠러 부인한테 말했고, 할머니 휠러 부인은 길을 가다가 학교 수업을 마치고 집으로 돌아가고 있는 파말리 선생님을 만나 말했어. 그리고 파말리 선생님은 우리 마사 고모 집에 찾아와서 말했어." 어린 루시가 말했다.

"오, 맙소사!" 짐이 말했다.

"그리고 마사 고모는 우리 아빠한테 오빠네 엄마를 찾아가서 그 언니에 대해 물어봐야겠다고 했어. 그리고 아놀드 카루스의 이모 플로라가 오빠네 집을 방문할 거라고 했어. 그 고모 도로시도 방문할 거라고 했고. 액턴 선생님도 파말리 선생님에게 오빠네 엄마를 찾아 가면 그 언니에 대해 꼭 물어봐야겠다고 했어.”

“작은 루시,” 그는 목소리를 낮추어 말했다. “너는 앞으로 살아있는 동안 내가 너에게 지금 말하려고 하는 것을 다른 누구에게도 절대로 말해선 안 돼.”

어린 루시는 깜짝 놀란 표정이었다.

“약속해!” 그가 강요하며 말했다.

“약속할게,” 어린 루시는 연약한 목소리로 말했다.

“절대로, 네가 살아 있는 한 그 누구에게도 말해선 안 돼. 약속해!”

“약속할게!”

“네가 이제부터 나와 한 약속을 깨고 다른 사람에게 말한다면, 넌 끔찍한 거짓말쟁이라는 죄를 짓게 되고 아주 나쁜 사람이 되는 거야.”

어린 루시는 몸을 떨었다. “절대로 말하지 않을 거야!”

“그러니까, 나의 새로운 사촌 콘텐트 애덤스는 거짓말을 하고 있어.”

어린 루시는 숨을 헐떡였다.

“정말 그렇다니까. 그 아이는 자기에게 언니 솔리가 있다는 거야, 실제로는 없는데도 말이야. 그 아이한테는 언니가 있어 본 적도 없고, 앞으로도 절대로 없을 거야. 그 아이는 정말 그런 것처럼 사람들을 믿게 만들고 있어.”

“믿게 만든다고?” 어린 루시는 호기심으로 가득 차서 물었다.

“믿게 만든다는 것은 거짓말을 하는 정말 비열한 방법이지. 콘텐트는 지난밤 나에게 학교에 가서 자기 언니 솔리에 대해 한마디도 하지 않기로 약속했어. 그리고 나는 지금 너에게 이 말을 해주는 거야. 그러니까 너는 릴리와 다른 사람들한테 이 말을 전하면 거짓말을 하지 않는 셈이 돼. 물론 나도 스스로 거짓말을 하기를 원치 않아, 왜냐하면 너도 알다시피 나의 아버지는 교구 목사인 데다 어머니는 거짓말하는 것을 용납하지 않으니까. 하지만 누군가 거짓말을 해야 하는 거라면, 그 사람은 나야. 자, 이제부터 잘 기억해, 작은 루시. 콘텐트의 언니 솔리는 가 버렸고 다시는 오지 않아. 만일 네가 릴리와 다른 사람들한테 내가 그렇게 말했다고 전한다면, 넌 거짓말을 하게 되지는 않을 거야."

어린 루시는 소년의 얼굴을 바라보았다. 그녀는 진실 그 자체처럼 보였다.

"하지만," 그 어린 소녀는 놀라울 만큼 순진하게 말을 이었다. "언니가 여기에 없었다면 어떻게 가버릴 수가 있었지, 짐?"

"오, 물론 갈 수 없었겠지. 하지만 너는 그 아이의 언니 솔리가 가고 없다고, 내가 그렇게 말했다고 하기만 하면 돼. 아직도 모르겠어?"

"난 콘텐트의 언니 솔리가 여기 없었는데 어떻게 가 버릴 수 있는지 모르겠어."

"작은 루시. 난 너 보고 사람들에게 거짓말하라는 게 아니야, 넌 그저 내가 그렇게 말하는 걸 들었다고 하면 돼. 그러니까……."

"난 그게 거짓말이라고 생각해," 어린 루시가 말했다. "언니가 여기에 없어서 가버릴 수도 없었는데, 어떻게 내가 알고 있는 거지……."

"아, 작은 루시!" 짐은 절망적으로 외쳤다. 그러나 여전히 그 목소리는 상냥함을 담고 있었다. 이토록 어린 루시에게 어떻게 상냥하지 않을 수 있겠는가! "내가 바라는 건 콘텐트의 언니 솔리에 대해 절대로, 아무 말도 하지 말라는 거야."

"나한테 물어 보면 어떻게 하지?"

"어쨌든 너의 혀를 꼭 누르고 있으라구. 혀를 꼭 누르고 아무 말 하지 않는 것은 나쁜 짓이 아니잖아."

어린 루시는 자신의 붉은 혀 끝부분을 어색한 듯 내밀어 보였다. 그런 다음 그 아이는 천천히 고개를 저었다.

"응, 혀를 꼭 누르고 있을게."

이 순진무구함과 논리의 만남은 짐을 진퇴양난에 빠뜨렸다. 짐은 교구목사인 아버지, 그의 부인인 어머니, 그리고 그 아들인 자신이 그 신성하지 못한 어린 영혼 콘텐트 애덤스라는 이상한 여자아이와의 관계로 인해 당하게 된 불명예로부터 빠져 나올 방법을 찾지 못했다.

그는 자기의 가르침을 익히기 위해 애쓰고 있는 가엾은 작은 여자아이를 바라보고 있었다. 소녀는 숨을 곳을 찾아 이리저리 뛰어다니고 있는 겁먹은 토끼처럼 보였다. 소년은 화가 나서 여자아이를 바라보는 동안, 점점 아이가 가여워졌다. 콘텐트가 약속을 지킬 거라는 사실에 대해서는 조금도 의심하지 않았다. 그는 그 아이가 솔리 언니에 대해 그 어떤 것도 말하지 않으리라고 굳게 확신했다. 그런데 그날 오후 일어난 일에 대해서는 미처 대비하지 못했다.

학교 수업이 끝나고 집으로 가는 길에 짐은 갑자기 그의 심장이 멎는 듯했다. 루시의 고모 마사 로즈, 아놀드 카루스의 이모 플로라, 그리고 그의 고모인 도로시 버넌을 거리에서 본 것이다.

그들은 흰 장갑을 끼고서 한 손에는 레이스 장식이 달린 양산을, 다른 한 손에는 멋진 손가방을 들고서 그의 어머니를 만나기 위해 그의 집 쪽으로 사뿐사뿐 발걸음을 옮기고 있었다. 짐은 울타리를 뛰어넘어 들판을 가로질러 집 쪽으로 달려가서 그들을 따라잡았다. 그는 포도나무 덩굴이 웃자라 지지대 철망을 온통 가리고 있는 현관 아치문 앞에 나와 앉아 있는 어머니에게 와락 달려들었다.

"어머니," 짐이 소리쳤다. "어머니, 그들이 오고 있어요!"

"누구 말이니, 짐?"

"음, 아놀드의 이모 플로라 양과 그 아이의 고모 도로시 양, 어린 루시의 고모 마사 양이 집으로 오고 있어요."

무의식적으로 샐리의 손은 그녀의 예쁜 머리를 매만지기 위해 올라갔다. "그게 뭐 어때서 그러니, 짐?" 그녀가 말했다.

"어머니, 그 사람들이 솔리 언니에 대해서 물어 올 거예요!"

샐리 패터슨의 얼굴이 창백해졌다. "그걸 네가 어떻게 알지?"

"어머니, 콘텐트가 학교에서 친구들에게 그런 이야기를 하고 있어요. 이미 많은 사람들이 들어서 알고 있어요. 그들은 어머니에게 그 사실을 물어 올 거예요."

"바로 들어가서 콘텐트에게 자기 방에 있으라고 말하렴." 샐리가 속삭였다. 흰 가죽 장갑을 끼고 작은 손가방을 우아하게 든 방문객들이 바삐 걸어오고 있었다.

샐리는 미소를 지으며 앞으로 나아갔다. 그녀는 그 문제에 대해 아무렇지 않은 듯한 표정을 지었지만, 결코 겁쟁이였던 적 없는 샐리 패터슨은 이 부조리한 일 앞에서 자신이 매우 두려워하고 있음을 깨달았다. 방문객들은 말끔한 현관 앞 테이블에 그녀와 함께 앉았다. 어린 포도나무 그림자들이 그들의 가장 멋진 드레스 위에 그물 모양으로 드리워졌다. 하녀는 곧 차를 내오러 갔다. 샐리로서는 너무나 다행스럽게도, 하녀가 나타나기 전에 그 물음이 던져졌다. 질문을 한 사람은 마사 로즈 양이었다.

"솔리 애덤스 양도 만나 볼 수 있을까요?" 마사 양이 말했다.

플로라 카루스 양이 같은 말을 되풀이했다. "나는 또 다른 멋진 아가씨가 마을에 오셨다고 해서 얼마나 기쁜지 모릅니다." 그녀는 열정적으로 말했다. 도로시 버넌 양 또한 사실상 똑같은 말을 되풀이했다.

"유감스럽지만," 샐리가 힘들게 말을 꺼냈다. "솔리 애덤스 양은 지금 여기에 없습니다." 샐리는 그 우스꽝스러운 이야기의 전모를 밝히지 않은 채 그럭저럭 넘어갈 수 있는 선까지만 사실을 이야기했다. 방문객들은 유감스러운 듯 한숨을 쉬었다. 방문객들은 차와 케이크를 대접받은 뒤에 작은 손가방을 들고 터벅터벅 길을 내려갔다. 그날의 시련은 그렇게 끝이 났다.

그러나 샐리는 서재에 있던 교구목사를 찾았다. 그녀는 몸을 떨었다. "에드워드," 그녀가 외쳤다. 남편의 설교 준비에도 불구하고 그녀는 말했다. "지금 무슨 조치를 취해야만 해요."

"무슨 일이오, 샐리?"

"사람들이 솔리를 만나겠다고 찾아 왔어요."

"누구를 만나겠다고 했소?"

"그 아이의 언니 솔리 말이에요!" 그녀가 설명했다.

"음, 걱정 말아요, 여보." 교구목사가 말했다. "물론 뭔가 조취를 취해야 할 것 같소. 하지만 신중히 생각해야 하오. 그 아이는 지금 어디에 있소?"

"그 아이와 짐은 지금 정원에 나가 있어요. 방금 그 아이들이 창문 옆으로 지나가는 것을 봤어요. 짐은 워낙 착한 아이라서 그 아이에게 잘해주려고 늘 노력하고 있어요. 에드워드, 우리는 더 이상 기다릴 수 없어요."

"여보, 기다려야 해요."

그 사이에 짐과 콘텐트 애덤스는 정원에 나가 있었다. 방금 전에 짐은 콘텐트의 방 문 앞으로 다가가서 문을 두드린 뒤 조금 무례하게 외쳤다. "콘텐트, 지금 모자를 쓰고 정원으로 나와. 너한테 할 말이 좀 있어."

"싫어," 콘텐트는 작은 목소리로 힘없이 저항했다.

"그러지 말고 당장 날 따라와."

콘텐트는 짐을 따라갔다. 짐이 꽤 무섭긴 했지만, 콘텐트는 말을 잘 듣는 아이였고, 짐을 좋아했다. 아이는 짐을 따라 목사관 뒤쪽에 있는 정원으로 갔다. 둘은 가지를 늘어뜨린 버드나무 아래 벤치에 가서 나란히 앉았다. 자리에 앉자마자 짐이 말하기 시작했다.

"지금 바로 말이야," 짐이 말했다. "내가 알고 싶은 게 있어."

콘텐트는 짐을 올려 보더니 다시 고개를 숙였고, 낯빛이 창백해졌다.

"내가 진심으로 알고 싶어서 그런데," 짐이 말을 이어갔다. "넌 왜 네 언니 솔리에 대해 그렇게 끔찍한 거짓말을 해대는 거니?"

콘텐트는 말이 없었다. 이번에는 미소를 짓지 않았다. 눈물 한 방울이 아이의 오른쪽 눈에서 떨어지더니 창백한 뺨 위로 주르르 흘러 내렸다.

"너도 알잖아," 짐은 눈물을 보았지만 여전히 거친 말투로, "너한텐 언니가 없고, 심지어 있었던 적도 없잖아. 넌 지금 우리 가족 모두를 끔찍한 혼란 속으로 몰아가고 있어. 아버지는 이곳 교구목사이고, 어머니는 그의 부인이야. 난 아들이고, 넌 조카야. 그런데 이러는 건 정말 나쁜 짓이야. 그러니까 거짓말은 당장 집어치워!"라고 말했다.

콘텐트는 심하게 몸을 떨었다. "난 유도라 이모와 살았어." 아이가 속삭였다.

"그래서, 그게 어쨌다는 거야? 다른 아이들도 이모랑 살기도 하지만, 너처럼 거짓말을 하지는 않아."

"그 아이들은 유도라 이모와 살지 않았어."

"넌 부끄러운 줄 알아야 해, 콘텐트 애덤스. 넌 교구목사의 조카야, 세상을 떠난 사람들에 대해 그런 식으로 말해선 안 돼."

"난 불쌍한 유도라 이모에 대해서 말하는 게 아니야." 콘텐트는 힘없이 훌쩍거렸다. "유도라 이모는 정말 좋은 이모였어, 하지만 이모는 어른이었다고. 이모는 오빠네 엄마보다 훨씬 더 나이가 많았어. 정말이야. 내가 처음 이모랑 살러 갔을 때 난 정말 어린 아기였어. 난 그때 말도 할 줄 몰랐어. 그리고 모든 사람들과 떨어져서 일찍 혼자 잠을 자야 했어. 난 너무 무서웠어, 나 혼자 뿐이었어, 그래서 그렇게……."

"그래, 계속 말해 봐." 짐의 목소리는 부드러워졌다. 그것은 어린아이로서는, 특히 어린 여자아이로서는 내뱉기 어려운 말들이었다.

"그래서 그렇게," 작고 애처로운 목소리로, "나한테 언니가 있으면 얼마나 좋을까, 생각했어. 그래서 울면서 혼자 말을 했어. 난 말도 제대로 하지 못하는 어린 아기였으니까 진짜 언니가 있으면 '좋겠다'^{jolly}라고 말하려던 게, 잘못해서 진짜 언니가 있다면 '솔리'^{solly}야, 라고 말을 한 거야.[1] 그런데 그렇게 말하고 났더니 정말 나에게 왔어."

"누가 왔다고?"

"솔리 언니."

"무슨 바보 같은 소릴! 언니가 온 게 아니잖아. 콘텐트 애덤스, 너도 알잖니, 언니가 오지 않았다는 걸."

"틀림없이 언니가 왔어," 두려움에 사로잡힌 어린 소녀는 고집 스럽게 속삭였다. "틀림없이 왔어. 오, 짐 오빤 모를 거야. 솔리 언니가 왔어, 그렇지 않았다면 나도 아빠, 엄마처럼 죽었을 거야."

짐은 팔을 움찔했지만, 콘텐트의 어깨를 감싸 안지는 않았다.

"진짜로······ 와, 왔다구," 콘텐트가 훌쩍이며 말했다. "솔리 언니가 정말 왔단 말이야."

"그래, 그렇다고 하렴," 짐이 갑자기 말했다. "더 이상 같은 말만 되풀이해 봐야 소용없어. 그래, 언니가 왔었다고 치자, 그런데 어쨌든 이젠 여기에 없잖아. 콘텐트 애덤스, 넌 지금 내 얼굴을 똑바로 보면서 그 얘기를 할 수는 없을 걸."

콘텐트는 짐의 얼굴을 바라보았다. 아이의 얼굴은 당혹감과 두려움, 그 자체였다. "짐," 콘텐트가 속삭였다. "난 여기에 솔리 언니가 없다고 할 수 없어. 난 언니를 보낼 수 없어. 언니가 어떻게 생각하겠어?"

짐은 아이를 바라보았다. "생각? 음, 어차피 언니는 살아 있지

251

---

1) 원문은 "Big sister would be real solly."

않기 때문에 생각도 할 수 없어!"

"난 언니를 죽게 할 수 없어," 콘텐트가 훌쩍거리며 말했다. "내가 언니를 찾았을 때 언니는 왔어. 지금은 그렇게 많이 찾지 않아. 난 에드워드 삼촌도 있고 샐리 아주머니도 있고 오빠도 있으니까, 그렇게 무섭지도 않고 외롭지도 않아. 하지만 솔리 언니를 죽게 하면 난 나쁜 아이가 될 거야."

짐은 휘파람을 불었다. 소년의 얼굴은 밝아졌다. 짐은 영리하고 쾌활한 미소를 지어 보이며 콘텐트에게 말했다. "잘 생각해 봐, 애야, 넌 언니가 다 커서 어른이 되었다고 하지 않았니?" 그가 물었다.

콘텐트는 가련한 얼굴로 고개를 끄덕였다.

"언니가 그렇게 커서 예쁜 어른이 되었다면 남자 친구가 없을까?"

콘텐트는 울음을 그치고 재빨리 짐을 바라보았다.

"그렇다면 왜 결혼해서 서부로 살러 가지 않는 거야?"

짐이 소리 내어 웃었다. 울음 대신 짐과 같은 웃음소리가 콘텐트에서 작게 울려 나왔다.

짐은 즐겁게 소리 내어 웃었다. "그러니까 콘텐트," 그가 외쳤다, "이제는 언니를 결혼하게 해서 보내주는 게 어때?"

"그럴까?" 콘텐트가 말했다.

짐은 다정하게, 보호해 주려는 듯이 콘텐트에게 어깨동무를 했다. "그렇게 하면 돼," 소년이 말했다. "한 소녀에게는 가장 좋은 일이지. 그런데, 콘텐트, 네가 사내아이가 아닌 게 아쉽지 않아?"

"그건 어쩔 수 없잖아." 콘텐트가 온순하게 말했다.

"있잖아," 짐이 곰곰이 생각에 잠기며 말했다. "난 여자아이들에 대해서 그다지 관심이 없거든. 그런데 네가 좋다면 너도 남자아이들처럼 언덕 위에서 미끄럼을 타고 내려오거나 스케이트를 타거나 하는 재미있는 놀이들을 함께 해줄 수 있어."

콘텐트는 짐의 얼굴을 살펴보았고 아이의 어두웠던 작은 얼굴이 곧 밝아졌다. "나도 할래." 아이가 말했다. "난 뭐든지 할 수 있어, 짐. 난 오빠가 원한다면 남자아이들처럼 싸우기도 할 거야."

"내 생각에 네가 근육을 키우지 않는다면 우리들 가운데 누구도 이기지 못할걸." 짐은 아이를 찬찬히 바라보면서 말했다. "하지만 우리는 공놀이부터 하게 될 거야, 그리고 아마 머지 않아 너는 아놀드 카루스부터 시작해서 사내아이들을 이길 수도 있을 거야."

"걔라면 지금도 이길 수 있을걸." 콘텐트가 말했다.

그러나 짐은 소녀의 제안 앞에서 냉정해졌다. "오, 그건 안 돼. 지금 당장 싸우러 갈 순 없어," 소년이 말했다. "그건 안 된단다. 너는 여자아이인 데다 알다시피 삼촌이 교구목사님이잖니."

"그렇다면 하지 않을게." 콘텐트가 말했다. "하지만 그 작은 사내아이는 내가 얼마든지 때려눕힐 수 있을 걸. 할 수 있다는 걸 잘 알아."

"음, 그럴 필요는 없어. 그래도 난 널 좋아할 테니까. 그런데 콘텐트," 말을 꺼내기가 쑥스러운 듯, 짐은 더듬거리며 말했다. "그러니까, 있잖아, 지금 네 언니 솔리는 결혼해서 서부에 살러 갔잖아. 음, 그러니까 내가 대신 너의 오빠가 되어 줄게, 언니보다 오빠가 훨씬 더 나을 거야."

"맞아." 콘텐트가 힘차게 말했다.

"나는," 짐이 말했다. "커서 루시 로즈와 결혼할 거야. 하지만 난 여동생이 없어. 난 네가 여동생이 되어 주면 좋겠어. 그러니까 너의 사촌 대신에 오빠가 되겠다는 거지."

"오빠 솔리가?"

"그래, 콘텐트, 그건 끔찍한 이름이지만 아무래도 괜찮아. 넌 그저 작은 여자아이니까. 네가 날 뭐라고 불러도 좋아, 하지만 콘텐트, 누군가 듣는 데선 절대로 그렇게 부르면 안 돼."

"안 그럴게."

"왜냐하면 원래 그 이름이 아니니까." 짐은 무게 있게 말했다.

"절대로 안 그럴게, 맹세해." 콘텐트가 말했다.

둘은 집 안으로 들어왔다. 트럼불 박사가 와 있었다. 그는 교구목사와 그의 아내에게 진지하게 말을 하고 있었다. 그는 뭔가를 알아보고자 온 것이다.

"정말 알 수 없는 일이지만," 그가 말했다. "난 오늘 오전에 열군데나 왕진을 다녀왔는데요, 가는 곳마다 애덤스 소녀의 언니에 대한 질문을 받았답니다. 대체 왜 숨기고 계시는 건지 모두들 물어보았어요. 사람들은 그 소녀가 바보이거나 아주 못생겼을 거라고 추측하던데요. 나는 거기에 대해 전혀 아는 바가 없다고 말할 수밖에 없었어요."

"그런 소녀는 여기에 없습니다." 교구목사가 지친 듯 말을 이었다. "샐리, 이리 와서 설명 좀 해 보오."

트럼불 박사는 귀를 기울였다. "나도 그런 경우를 알지요." 샐리가 설명을 마치자 그는 이렇게 말했다.

"그러시다면 그 문제를 어떻게 해결하셨나요?" 샐리가 걱정스럽게 물었다.

"아무것도 하지 않았습니다. 그런 일은 시간이 지나면서 저절로 해결되도록 내버려 두는 게 방법입니다. 아이들이 자라서 어른이 되면 그런 상상은 극복하니까요."

"그럼 우리는 그 아이가 어른이 될 때까지 그 이야기를 참고 들어야 한다는 뜻인가요?" 샐리가 절망적인 목소리로 물었다. 그때 짐이 들어왔다. 콘텐트는 먼저 위층으로 달음질쳐 올라갔다.

"이제 잘 해결됐어요, 어머니." 짐이 말했다.

샐리가 그의 어깨를 잡았다. "그 아이가 너에게도 말하더냐?"

짐은 많은 부분은 생략하고, 간단히 콘텐트와 주고받은 이야기들을 말해 주었다.

"그 아이가 그 드레스에 대해서는 아무 말도 안 하던, 짐?" 소년의 어머니가 물었다.

"그 아이 말로 그건 그곳 서부의 교구목사 딸 앨리스가 졸업식 때 입을 드레스라고, 이모가 말했대요. 하지만 콘텐트는 그 옷을 솔리 언니에게 주고 싶었기 때문에 담임목사님의 사모님에게 자기 거라고 말했다고 했어요. 자기가 나쁜 짓을 했다는 걸 알면서도 그렇게 말해 버린 뒤에는 사실이 아니라고 말하기가 두려웠대요. 어머니, 제가 보기에 그 가여운 아이는 겁을 엄청 먹었던 것 같아요."

"아무도 그 아이에게 상처 주는 일은 없을 거야." 샐리가 말했다. "세상에! 그나저나 그 교구목사의 아내는 정말 양심적이어서 그 옷까지도 가져가게 했구나. 음, 그 드레스를 바로 돌려 보내면, 그 목사님 딸이 졸업식에 맞춰 입을 수 있을 거야. 짐, 사랑하는 아들아, 그 가여운 아이에게 내려오라고 하고, 아무도 꾸짖지 않을 거라고 말해 주렴." 샐리의 목소리는 매우 부드러웠다.

짐은 콘텐트를 데리고 돌아왔다. 그 아이는 자기의 뺨과 같은 분홍빛 레이스 원피스를 입고 있었다. 소녀는 어린아이다우면서도 몹시 마음을 끌어들이는, 헤아리기 어려운 표정을 짓고 있었다. 아이는 수줍어하면서도 아주 즐거워하는, 행복한 모습이었다. 샐리는 콘텐트의 입가에서 그 어두운 주름은 사라지고 그 아이가 아주 행복한 어린 소녀가 되었음을 깨달았다.

샐리는 그 작은 분홍빛 소녀의 어깨 위로 한쪽 팔을 두르고는 말했다. "그래, 너와 짐이 이야기를 나누었다고?"

"네, 그래요," 어린 콘텐트가 말했다. "짐은 내 오빠예요." 아이는 솔리라는 이름을 말할 뻔했다가 겨우 피했다.

"그리고 네 언니 솔리는 결혼해서 서부에서 살고 있고?"

"네, 그래요," 콘텐트는 길게 숨을 내쉬었다. "솔리 언니는 결혼했어요." 아이의 작은 얼굴 위로 미소가 가득 번졌다. 소녀는 샐리의 치맛자락에 얼굴을 감추었다. 그 부드러운 모슬린 주름 사이로 새의 지저귐 같은 작은 웃음소리가 퍼져 나왔다.

황금

The Gold

에이브러햄 듀크는 최근에 식민지들이 조국과의 전쟁을 선포한 뒤로, 비록 더 이상 젊지는 않았지만 몸이 건강한 남자로서 대의를 위해 싸울 준비가 되어 있었다. 그는 자신의 아버지가 예전에 잘 휘두르던 낡은 칼을 허리에 차고 있었다. 그의 아내 캐서린은 화가 나서 고개를 삐딱하게 한 채 그런 남편을 지켜보고 있었다. "금이 어디 있는지 왜 말해 주지 않아요, 에이브러햄 듀크?" 그녀가 물었다.

에이브러햄 듀크는 매우 우울한 눈빛으로 아내를 바라보았는데, 자신의 목적을 위해 확고하게 굳어진 눈빛은 그 어떤 요새보다도 공략하기 어려울 것 같았다.

"말해 줄 수 없소, 캐서린," 그가 대답했다. "본디 온 세상이 다 알게 되길 원하지 않는 것에 대해 여자한테 모든 걸 털어놓는 남자는 없소. 그리고 이렇게 혼란스런 때에는 악한 사람들로 넘쳐난다고. 이건 당신 자신을 위한 일이기도 하오. 강도가 들이닥쳐도 금이 어디 있는지 모른다고 정직하게 대답할 수 있으니 말이오."

"흥, 나를 위해서라고요!" 캐서린이 크게 콧방귀를 뀌었다. "내가 금을 다 써 버릴까 봐 걱정돼서 말 안 해주는 거겠죠, 당신은 늘 아내보다 금을 더 사랑했으니까요. 당신은 내가 새 드레스나 모자 리본을 살까 봐 두려운 모양인데. 걱정 말아요, 에이브러햄 듀크 씨, 드레스가 너무 형편없이 될 때까지 오래 입어서 아제는 새 모자 리본을 보면 내가 먼저 놀랄 정도니까요."

"내가 줄 수 있는 건 당신에게 다 줬소. 캐서린." 에이브러햄이 근엄하게 대답했다.

"그렇지만 지금 당신은 5천 파운드나 되는 재산이 있으면서도 꽁꽁 숨겨 놓고 나한테 그게 어디 있는지 말도 안 해주잖아요. 난 당신의 아내인데도 말이에요. 난 날마다 먹을 빵 말고는 아무것도 없는 형편에도 이제껏 이 집을 돌봐왔어요. 당신은 나에게 잘못하고 있는 거라고요, 에이브러햄 듀크 씨."

그러나 에이브러햄 듀크는 더욱 입을 굳게 다물 뿐이었다. 그는 아내보다 열 살쯤 나이가 더 많았다. 그러나 그는 잘 생겼고, 근엄했으며 거의 음울했고 언제나 의기양양한 태도였다. 불과 몇 주 전에는 영국에 있는 그의 아버지로부터 금 5천 파운드의 유산이 퀸메리호에 실려 왔다. 그다음 날 그는 아내를 역마차로 50마일 떨어진 그녀의 여동생 애비게일 엔디콧에게 보냈다. 그는 아내에게 동생을 방문하는 동안 5천 파운드에 대해서는 아무 말도 하지 말라고 당부했다. 그렇지만 그는 그녀가 금 이야기에만 열을 올리며 엄청나게 자랑하리라는 것을 알고 있었다. 그리고 지금 아내가 돌아오고 그는 입대를 하려는 차에, 금은 숨겨뒀고, 그녀는 남편이 돌아올 때까지 금의 행방은 전혀 모르는 채, 아무것도 갖지 못할 터였다. 그는 마지막에 그 나름의 절제된 다정함으로 아내를 대했다. 흰 피부에 금발의 그녀는 여전히 매력적인 여성이었다. 비록 손수 실을 잣고 짜서 만든 파란 페티코트[1]를 입었고, 가슴에 두른 레이스 스카프와 밝은색 머리 위에 쓴 모자도 직접 만든 것이지만, 그녀의 불평에도 불구하고 차림새는 우아했다.

"내가 집에 돌아오면, 당신이 원하는 만큼 쓸 수 있는 돈을 갖게 될 거요." 그가 말했다. "하지만 지금은 아니오. 남편이 전쟁

---

1) 여자의 속옷으로, 치마 밑에 받쳐 입는 속치마.

터로 떠나는 이때, 좋은 아내라면 생활에 필요한 돈 이상은 갖지 않아도 될 거요."

"에이브러햄, 금을 어디에 뒀는지 말해 줘요."

"당신한테 말하지는 않을 거요, 캐서린." 떠날 준비를 모두 마치고 나서 에이브러햄 듀크는 말했다. "어쩌면 돌아오지 못할지도 몰라요. 그러면 당신은 로슨 목사님께 가도록 하오. 당신한테 줄 편지를 그가 갖고 있소. 하지만 내가 쓰러졌거나, 그걸 충분히 증명할 수 있는 경우가 아니라면 편지를 주지 않을 거요. 그의 명예를 걸고 나와 약속했소. 그리고 에브니저 로슨 목사가 그 약속을 저버리는 일은 없을 거요."

"당신이 전쟁터에 나가 있는 동안, 난 이 집에 홀로 남아 굶고 있으란 건가요."

"좋은 가정에서 부지런한 여자가 굶어죽는 일은 없을 거요, 어린 일꾼이 나무도 베어 오고 텃밭도 갈아 줄 거요. 게다가 소와 양과 닭들도 있잖소." 에이브러햄이 말했다.

"하지만 적들이 와서 제멋대로 다 가져가면요. 우린 바닷가에 있으니까 그런 일도 얼마든지 벌어질 수 있잖아요!" 캐서린이 소리쳤다.

"그런 일이 일어나면 당신은 렉스햄에 있는 여동생 엔디콧에게 가도록 하오." 에이브러햄이 말했다. 그는 마지막으로 점잖게 아내를 포옹하려고 다가갔다. 그렇지만 그녀는 남편에 대한 적대감으로 가득해서 그것을 받아들일 마음이 없었다. 그때 이웃에 사는 에이브러햄의 친구인 금세공인의 아들, 어린 해리 에바츠가 뛰어 들어왔다. 아이는 온통 피투성이였고 그 예쁜 얼굴은 죽은 듯이 하얗게 질려 있었다. 소녀처럼 곱슬곱슬한 그 아이의 머리카락은 머리 위에 곤두서서 깃털처럼 흔들렸다. 그 아이는 두려움에 떨고 있었다. 자식이 없었던 캐서린 듀크는 그 모습을 보고는 곧 금에 대해서는 잊어버렸다. 그만큼 그 소년을 사랑했다. "해리! 해리!" 그녀가 비명을 지르며 아이에게 달려가 그를 가슴에 안았다. "얘야, 무슨 일이니? 말해 보렴! 다치지는 않았니?"

"아버지가! 아버지가!" 소년은 숨을 헐떡이며 캐서린의 팔에 힘없이 매달렸다.

"아버지가 어떻다고? 말해 봐!" 캐서린이 소리쳤다.

"아버지가 살해당했어요." 소년이 힘없이 대답했다.

"살해당했다니! 너희 아버지가 돌아가셨다고! 에이브러햄, 들었어요? 조셉 에바츠가 죽었대요. 이 아이가 하는 말 좀 들어보세요! 어서 가 보세요, 서둘러요, 에이브러햄!"

그렇지만 캐서린이 남편을 돌아봤을 때 그곳에는 아무도 없었고 그녀는 당연히 아이의 말을 듣자마자 무슨 상황인지, 그의 친구에게 무슨 일이 일어났는지 알아보려고 남편이 서둘러 조셉의 집으로 갔다고 생각하고는 잠시 그대로 있었다.

그러나 에이브러햄 듀크는 돌아오지 않았고, 그가 상황을 알아보려고 조셉 에바츠의 집에 발을 들여놓지 않았다는 것이 확실한 소식통으로부터 들려왔다. 그는 마을에서 10마일쯤 떨어진 서필드에서 집합하는 부대에 입대하려고 곧바로 길을 떠난 것이다.

비록 금을 숨긴 것에 대해 서로 의견이 달랐지만, 아버지를 잃은 아이를 걱정하고 있을 때 남편이 작별 인사도 없이 슬그머니 가버렸다는 사실에 캐서린은 상처받았다. 그럼에도 그녀는 그때나 그 이후로도 아무런 의심도 하지 않았고 그 누구도 그녀에게 그와 관련된 의혹들에 대해 이야기하지 않았다. 그러나 전쟁의 술렁거림 속에서 곧 적군의 배가 사우스 서필드의 작은 마을 항구에 정박할 거라는 거듭되는 소문들로 인해 모두들 잠자코 있었지만 의혹은 존재했다. 할머니를 방문하고 돌아오던 어린 아들이 아버지의 시신을 발견하기 전, 그날 저녁에 조셉 에바츠의 집을 들어갔다 나온 마지막 사람이 에이브러햄 듀크였다는 소문이었다. 아이의 어머니는 죽고 없었다. 어린 해리 에바츠는 자기 집 문이 무언가로 막혀 있음을 발견하고 온 힘을 다해 밀었다. 그리고 간신히 벌어진 문 틈 사이로, 문을 막고 있던 아버지의 시신을 발견한 것이다. 그의 옆구리는 칼에 찔려 있었다. 에바츠는 고국에서 금세공 일을 하던 사람이었다. 그는 새로운 땅에서 자신의 기술을 발휘할 기회를 거의 찾지 못했기에 농장에서 일하면서 어린 아들을 부양하고 있었다. 그런 그에게 작별 인사를 하기 위해서 에이브러햄 듀크가 전날 밤 찾아갔던 것이다. 옆집에 사는 프루던스 덱스터 여사가 분명히 그가 들어가고 나오는 것을 보았고, 그날 저녁에 다른 사람은 보지 못했다. 그날은 달이 밝았고 그녀는 초를 아끼기 위해 불 없이 창가에 앉아 있었다. 그러나 그러한 불길한 이야기에도 에이브러햄 듀크의 평판—그는 예배당에서 십일조를 징수하는 사람이었고, 모두에게 존경을 받았다—이 워낙 좋았고 그를 의심할 만한 어떤 동기도 알려지지 않았기에 의혹은 대체로 어느 한계를 넘어가지 않았다. 게다가 전쟁과 수평선 너머에 나타나는 낯선 배들에 대한 소문으로 인해 모든 사람의 마음이 어지럽혀져 있었다.

한편 캐서린 듀크는 어린 일꾼을 한 명 두었을 뿐 홀로 살아갔다. 소년은 힘이 세고 좋은 일꾼이었지만 그다지 영리하지도, 슬기롭지도 않았다. 밤이고 낮이고 그녀는 금을 찾아다녔다. 남편이 뜰에 묻어둔 것이 아니라면 집 어딘가에 금을 숨겼으리라고 그녀는 확신했다. 그녀의 남편이 보물을 숨길 만한 모든 장소들, 아마도 낡은 찻주전자, 서랍장의 서랍들, 비밀 서랍, 그리고 시계 등을 다 찾아보는 데까지는 그가 집을 떠난 지 채 24시간이 지나지 않았다. 그녀는 특히 시계를 면밀히 조사했다. 왜냐하면 남편이 사라지기 전날 밤 조셉 에바츠의 집에서 올 때, 시계 부품들을 가지고 오는 것을 봤다는 이웃들의 말을 들었기 때문이다. 프루던스 덱스터는 에이브러햄이 길을 걸을 때, 그의 망토 아래로 달랑거리는 시계추를 똑똑히 봤다고 주장했다.

　죽은 조셉 에바츠가 여러 방면에서 솜씨 좋은 장인이라는 것을 알고 있던 캐서린은, 그가 친구를 위해 시계 안에 비밀스런 공간을 만들었을지도 모른다고 생각했다. 그녀는 잘 찾아봤지만 아무것도 찾아내지 못했다. 그녀는 남편이 비밀스런 목적을 위해 시계 본체를 외투 안에 숨겨서 가지고 나갔을 가능성도 있으리라고 생각했다. 그래서 시계 여기저기를 두들겨보고, 시계 안쪽의 구석구석까지 뒤져 보았지만 금은 찾을 수 없었다. 그래서 그녀는 시계가 장엄하고 위풍당당하게 똑딱거리도록 그대로 두기로 했다. 8일 만에 태엽을 감는 그 시계는 사람 키보다도 컸는데, 거실 한 구석에서 그야말로 시간을 나타내는 존재로서 우뚝 서 있었고, 매일 아침 해가 비치면 바닥 위에 사람 그림자처럼 그림자를 드리웠다. 그러나 그녀는 시계를 조사한 뒤로도 집 안 구석구석을 계속 찾아 헤맸다. 심지어 벽난로의 바닥 돌을 뒤집어엎기까지 했는데, 그녀는 이웃들이 아무것도 의심하지 못하도록 커튼을 내려놓고 촛불을 밝힌 채 행동이 굼뜬 그 어린 일꾼을 데리고 일했다. 그러고 나서 그녀는 교묘한 솜씨로 그것들을 다시 제자리에 놓았다. 캐서린 듀크는 참으로 대단한 여자였다. 그 뒤로도 그녀는 그 많은 굴뚝 벽돌들을 들어냈고 바닥재도 들춰봤지만 아무것도 찾지 못했다.

그녀와 어린 일꾼은 지하실 바닥을 파헤쳤고, 이제까지 경작하지 않고 내버려뒀던 땅을 구석구석 갈아엎었다. 그것은 드러내놓고 할 수밖에 없었는데, 사람들은 캐서린이 남편이 하던 것보다 더 큰 농장을 만들게 될 거라고 이야기하기 시작했다. 그렇지만 그 땅은 쟁기질하기도 어려울 만큼 돌이 너무나 많아서 이 일을 더욱 비밀에 부치기 위해 그녀와 어린 일꾼은 달빛 아래에서 땅을 파고 대신 그 자리에 뗏장을 입혀 놓았다.

한번은 그녀가 조급한 마음으로 손전등을 들고 과감히 나선일이 있었다. 그러다 해안가 근처의 들판을 지나가는 그 빛이 마을에 퍼진 소문의 원인이 되었다. 영국 배가 정박했고, 무장하기 위한 북 소리도 울려 퍼졌다는 이야기였다. 그러자 모든 나이든 남자들과 젊은이들이 몰려 나갔고 캐서린과 어린 일꾼—성격과 맞지 않게 이름이 솔로몬이었다. 업둥이였기 때문에 성姓은 아무도 몰랐다—은 집에 도착할 때까지 그들의 눈에 띄지 않으려고 애썼다. 그녀는 등불을 끄고 속치마가 펄럭이도록 죽을 힘을 다해 달렸다. 어린 일꾼도 그녀의 속도에 맞추어 함께 달렸다. 그 아이는 자신이 무엇을 두려워해야 하는지 몰랐기 때문에 더욱 두려웠다.

그토록 애를 써도 황금 찾기는 허사로 돌아갔다. 농장 일을 해나가는 와중에 그일까지 하려니 더 힘이 들었다. 사우스 서필드에 그녀보다 더 훌륭한 가정주부는 없다고 여겨지던 만큼, 그녀는 그런 명성에 부응해야 했다. 그녀와 어린 일꾼은 양털을 깎고 양을 씻겼으며 그녀는 털실을 자아낸 뒤 무언가를 짰다. 그녀는 또 아마를 재배해서 리넨 천을 만들었다. 비누와 양초도 만들었고 집안을 반들반들하게 정돈했다. 그동안에도 숨겨진 황금을 찾는 일이 늘 마음에 남아 있었다. 그녀는 한밤중에도 여러 번 깨어나 곰곰이 생각하곤 했다. 그리고 마음속으로 보물을 숨겼을 때의 남편 입장이 되어보려고 애썼다. 그녀가 찾아보지 않은 다른 장소가 있는지 생각하고는 일어나 초에 불을 켜고, 잠옷을 입은 채 찾아 다녔지만 아무것도 찾을 수 없었다.

캐서린은 외로움과 함께 차츰 나이 들어갔고, 남편에 대한 분노도 커져 갔다. 그 오랜 세월 동안 오로지 남편을 위해 금욕하고 고생해 온 자신에 대한 남편의 태도가 너무 가혹하다고 여겨졌다. 상처받은 감각은 마음이 곪아 터지게 해서 한 번 시작되면 막을 수가 없었다. 캐서린의 예쁘고 동그스름했던 얼굴은 점점 길쭉하게 시들어 갔고, 매끄럽던 이마도 주름살로 자글자글해졌다. 그녀의 파란 두 눈은 날카롭게 응시하는 눈빛을 띠게 되었고, 그것은 결코 사라지지 않았다. 심지어 그녀는 친구들을 바라볼 때도 그들이 금을 숨겨놓은 곳을 알고 있지는 않을까 의심의 눈초리로 바라봤다. 그러나 실제로 그녀에게는 넉넉히 쓰고도 남을 돈이 있었기에 금 자체에 대한 욕심은 없었다. 만일 금을 찾는다 해도 바로 다시 숨겨서 남편이 돌아올 때까지 한 푼도 쓰지 않을 게 틀림없었다. 그렇지만 상처 받았다는 느낌이 그녀를 자극해 거의 정신이상에 이를 만큼 자신을 몰아붙였다. 그녀는 왜 자기가 알면 안 되는지 스스로 끊임없이 물었다. 남편을 위해서 그토록 절약하며 힘들게 일했건만 어째서 그는 그녀를 믿을 수 없었던 것일까?

안식일 예배에 갔을 때, 그녀는 편지를 갖고 있을 로슨 목사를 남몰래 증오 어린 눈으로 바라봤다. 게다가 그는 자신보다 남편의 더 큰 신뢰를 받고 있었다. 그에게 부당한 대우를 받는다는 생각과 그를 향한 미움이 그녀의 마음을 비뚤어지게 할 때가 있기는 했지만, 그녀는 여전히 남편을 사랑했고 그가 안전하기를 기도했다. 그러나 한편으로는 그가 적 앞에 쓰러질 경우 어떻게 될지 상상하기도 했다. 그때 그녀는 목사에게 가서 봉인된 편지를 달라고 요구할 테고, 드디어 금이 숨겨진 곳을 알 수 있는 권리를 갖게 되리라.

남편이 떠난 지 6개월쯤 지났을 때 그로부터 편지 한 통이 도착했다. 금에 대해서는 한마디도 없었지만 그녀는 가장 좋은 옷을 입었다. 신부였을 때 입고는 조심스럽게 간직해 왔던 빨간 망토를 입고, 깃털 장식이 달린 모자를 쓰고는 목사의 집으로 향했다. 이 세상 무엇보다 사람을 흉하게 만들어 버리는, 금 찌꺼기를 찾는 수색자의 표정이 그 예쁜 얼굴에 자리 잡지만 않았더라면, 그 차림이 썩 잘 어울렸을 것이다. 홀아비인 그는 남편이 말한 것처럼 비밀을 잘 지켜서 존경을 받고 있었지만 예쁜 여자에게는 늘 친절하게 말했다. 캐서린은 빨간 망토와 깃털 장식 모자 차림을 하고 영적인 위로가 필요해서 찾아왔다고 하는 자신의 말에, 그 집 살림을 돌봐 주고 있는 목사의 늙은 고모가 의심스러운 눈길을 보내는 것을 지나쳐 서재로 걸어 들어갔다. 캐서린은 그날그날의 교리에 따라, 하느님의 사랑을 이유로 들어온 인류에게 천벌을 내린다는 갖가지 책들이 늘어선 서재 안에서 책상에 앉아있는 목사를 발견했다. 그는 다음 안식일에 있을 설교를 준비하느라 이마를 찌푸리고 있었다. 이윽고 오랫동안 준비해온 감언이설을 동원해, 그녀는 아직 편지를 전달받을 수 있는 조건이 되지 않았음에도 목사에게 편지를 달라고 졸랐다. 최근 해안에 적들이 부쩍 자주 나타나고 있기 때문에 자신이 비밀을 알아야 할 충분한 이유가 된다고 말했다. 보물을 숨겨 둔 장소를 알아야만 영국 군인들의 탐욕을 피해 황금을 안전한 곳으로 옮겨 묻어둘 수 있다고 주장했다.

그러나 프랑스식 흰 가발을 쓴 잘생긴 얼굴의 에브니저 로슨 목사는 외교관처럼 요령이 좋은 사람이어서, 웃으면서 상냥하게 그녀를 나무랐다. 그는 캐서린이 아무리 빨간 망토에 깃털 장식으로 꾸미고 왔어도 더 이상 예전처럼 아름다워 보이지는 않는다는 사실을 알아차리고는, 육신의 연약함과 아름다움의 덧없음에 관한 매우 적절한 성서의 구절을 그의 마음에 새겼다.

"듀크 부인, 부인께서는 금을 찾을 수 없기 때문에 적들로부터 더 안전하게 숨길 곳을 찾을 필요가 없을 것 같습니다만."

캐서린은 화가 나서 얼굴을 붉혔다. "그렇지만 저는 집에서 쓸 물건들이 부족한 형편이에요." 그녀가 말했다. 그에 대한 대답으로 로슨 목사는 그녀의 둥근 몸매와 빨간 망토의 호화로운 주름을 살피면서, 한 번 입 밖에 내뱉은 말은 자신의 영혼에 자물쇠를 채우고 봉인을 한 것과 같기에, 그 믿음을 저버릴 수 없다고 말했다. 그렇게 말하고 나서 그녀가 생활에 필요한 것이 있다면 그만큼의 돈을 빌려주겠다고 말했다.

캐서린 듀크는 만족할 만한 결과를 얻지 못한 채 결국 그곳을 나오고 말았다. 그녀는 뼛속까지 여성스러웠기에 자신의 머리의 움직임과 빨간 망토의 주름을 의식하면서 우아하게 걸어갔다. 하지만 목사관 창문이 보이지 않는 곳에 이르자 성난 모습으로 돌변했다. 그리고 집들이 없는 길을 따라 걷는 동안 짜증난 아이처럼 울기까지 했다.

그녀는 자신의 집에 다다르기 전, 400미터쯤 떨어진 곳에 있는 조셉 에바츠의 집을 지나쳐야만 했다. 그가 잔인한 방법으로 죽음에 이르게 된 곳이었다. 캐서린 듀크는 예민하지도 소심하지도 않았을 뿐 아니라, 그 당시 여성으로서 살아가기에 필요한 만큼의 철두철미함과 강인함을 갖추고 있었다. 그런 면모가 있음에도, 그리고 비록 그녀가 남편과 직접 관계된 여러 의혹들을 듣지 못했음에도 그 집 앞을 지나칠 때면 자기도 모르게 발걸음이 빨라지고는 했다. 특히 지금처럼 해 질 녘에 혼자 있으면 더욱 그랬다.

그 집은 불쌍한 조셉 에바츠의 시체가 밖으로 실려나간 뒤로 빈집으로 남아 있었다. 어린 아들은 이웃 마을에 할머니와 함께 살도록 맡겨졌다. 비바람에 퇴색한 이 회색빛 집 안에는 수수께끼와 살인의 영靈이 깃들어 있는 듯했고, 그것은 마치 창문 안 적막한 공간에서 모든 행인들을 노려보는 것 같았다. 그래서 캐서린 듀크는 용기 있는 여성이었음에도 그날 저녁 빨간 망토와 깃털 장식이 휘날릴 정도로 발걸음을 재촉했다. 그렇지만 그 집 앞을 지나갈 때 그녀는 자신도 모르게 겁에 질린 파란 눈동자로 그 집을 바라보았고 2층 방 한쪽에서 빛이 번쩍이는 것을 똑똑히 보았다. 그녀는 혹시 빛이 반사된 것은 아닌지 본능적으로 길 건너 반대편을 보았다. 그러나 거기에 집은 없었고, 모닥불조차 없었다. 그녀는 다시 바라보았고, 2층 동쪽 방에서 어른거리는 촛불을 확실히 보았다. 그리고 나서 그녀는 뒤에서 발걸음 소리가 들리는 듯해 막연한 공포심이 밀려와 있는 힘을 다해 빨리 달렸다. 마침내 집에 이르러서 걸쇠를 손으로 움켜잡은 채 뒤를 돌아보니 길가에 사람은 한 명도 없었다. 솔로몬이 불이 켜진 거실에서 그녀를 바라보고 있었다. 길은 듀크의 집으로부터 조금 떨어진 곳에서 급경사로 꺾여 돌아가게 되어 있었다. 바다로 이어지는 그 길이 휘어진 양쪽으로 집이 들어설 공간이 있었다. 에바츠의 집은 해변 쪽 길에 있었다. 듀크의 집 정문에서 보이는 것이라고는 적막하고, 신음하는 바닷물뿐이었다. 바다는 적들이 빠르게 쳐들어올 수 있는 통로가 되기도 했기에 끔찍한 의미를 갖고 있기도 했다. 그리고 그 길에는 구부러진 곳까지 집이 한 채도 없었다. 캐서린은 솔로몬을 문가로 불렀다. "봐봐, 길가에 사람이 있는지 살펴봐." 그녀가 날카롭게 말했다.

솔로몬은 그녀 옆으로 다가서서, 입을 크게 벌린 채 도드라져 나온 담청색 눈의 순진한 얼굴을 어둠 속으로 내밀고는 훌쩍이며—그는 어렴풋이 꾸중을 들을 것 같다는 생각이 들었기 때문에 캐서린을 조금 무서워했다—아무도 보이지 않는다고 말했다.

"저기 길이 구부러지는 데까지 가봐. 그리고 누군가가 보이면, 얼른 돌아와서 문을 잠가." 캐서린이 긴박하게 말했다.

솔로몬은 두려웠지만 출발했다. 그는 다른 알 수 없는 존재보다도 부인의 화를 더 두려워했다. 그런데 그녀가 그를 다시 불렀다. "길가에 아무도 보이지 않으면 에바츠 집에 도착할 때까지 계속 가. 그리고 그 집 동쪽 방에 불빛이 보이는지 살펴봐." 솔로몬은 다리가 떨렸지만 서둘러 달렸다. 부인의 공포가 그에게로 옮아간 듯했다.

캐서린은 집 안으로 들어가 죽 냄비를 꼭 붙잡았다. 이윽고 솔로몬이 돌아와서는 아무도 보지 못했다고 하면서 에바츠 집의 동쪽 방에도 빛은 없었다고 말했다. 그렇지만 집 뒤쪽 해안에 배가 정박해 있었다고 이야기했다.

"제대로 보지 못했구나." 캐서린이 말했다. 이제 그녀는 자신감을 회복한 상태였다. "넌 지난 3년 동안 그 집 뒤에 있었던 오래된 난파선을 본 거야."

"아니요, 부인, 배였어요." 소년이 고집을 부렸지만 캐서린은 그가 잘못 본 것이라고 주장했다. 그는 마침내 캐서린에게 굴복하여 그녀의 의견에 동의하며 그것이 난파선이었다고 말했다. 그는 다른 사람으로부터 압박을 받을 때 그것을 견뎌 낼 의지가 없었다.

그러나 그 불쌍한 소년이 옳았다. 가엾은 캐서린 듀크가 용기를 되찾아 여느 때처럼 저녁 일을 하기보다 그의 충고를 귀담아 들어 버려진 집의 방에서 빛나던 촛불과 집 뒤쪽 해안가에 있던 배를 경고로 받아들였다면 좋았을 것을. 저녁 식사 뒤 그녀는 솔로몬에게 사과를 깎아서 말리게 하고 자신은 아마 실을 뽑기 위해 물레를 돌렸다. 이튿날 사람들은 그녀가 그 옆에서 딱딱하게 굳어 있는 것을 발견했다. 그녀는 조셉 에바츠처럼 살해당한 것이다. 그렇지만 캐서린은 쉽게 죽지도 못했다. 그녀는 먼저 고문을 당했다. 그녀의 양발과 양손에는 불에 탄 자국이 남아있었다.

솔로몬은 낯선 남자들이 문을 두드릴 때 창문으로 뛰어내렸고, 긴 다리로 재빨리 도망쳤다. 그 일로, 애초에 별로 있지도 않았던 분별력은 거의 사라져 버렸다. 누군가 그를 발견해서 다시 데려왔을 때, 그는 중풍환자처럼 몸을 떨었고, 그렇게 남은 인생을 살아갔다. 그는 간신히 일관성이 없는 말더듬이처럼 몇 마디를 했다. 그에게서 질문에 대해 어떤 명확한 답을 얻어내길 기대하기는 어려웠다. 그럼에도 사람들은 자신들이 처음에 가졌던 의혹에 대해 어느 정도의 확증을 얻기는 했다. 금을 어디에 숨겼는지 알아내기 위해 들어온 침입자가 처음에는 캐서린을 고문했는데 끝내 그녀가 말하지 않자—가엾게도 말을 해주고 싶어도 할 수가 없었다—그녀를 살해한 것이다.

그리고 나서 금을 찾기 위해 집을 쑥대밭으로 만들었다. 강도나 살해범도 금을 찾으려고 여기저기 뒤졌으나 캐서린처럼 아무것도 찾지 못한 것 같다고 사람들은 생각했다. 많은 이들이 말하기를, 솔로몬 말고도 그곳을 지나가던 어떤 남자가 봤는데, 에바츠 집 뒤에 정박해 있던 사람들이 금을 찾아내서 멀리 떠난 것 같았다고 했다. 캐서린은 스스로 해를 불러올 만큼 보물에 관해 지나치게 많이 떠들고 다녔다. 보물에 관한 한, 적군은 물론이요 아군의 낙오자들도 경계를 했어야 마땅한 상황이었는데 말이다. 어떤 이들은 영국 병사들이 배를 타고 해안에 온 것이라고 말했고, 또 어떤 이들은 최근 서필드에 잠시 주둔했던 식민지군 출신이었을 거라고 말했지만, 누구도 확실하게는 알지 못했다.

에이브러햄 듀크가 영국군의 총에 맞아 한쪽 팔은 잃고 한쪽 팔만 성한 채로 집으로 돌아왔을 때, 그는 캐서린이 죽은 뒤 적들의 습격으로 폐허가 된 집과 황폐해진 농장을 마주했다. 집은 살림살이를 남겨둔 채 그대로 두었지만, 가축은 모두 빼앗아간 상태였다.

에이브러햄은 혼자서 살아가며 온전한 한쪽 팔과 손만으로 황폐해진 농장에서 고통스럽게 일하며 간신히 영혼과 몸을 지

켜 나갔다. 금을 도둑맞지 않았다 하더라도 그에게는 쓸모가 없
는 듯했다. 때때로 이웃들은 그가 보물을 갖고 있는 것인지 아
닌지 미심쩍어 하면서도, 마지못해 그 불쌍한 남자를 찾아와 얼
마 안 되는 수확을 도와줬다. 그렇지만 그는 별로 고마워하는
기색도 없었다. 에이브러햄 듀크는 언제나 무뚝뚝하고 차가웠는
데, 그의 이러한 태도는 나날이 더욱 심해졌다. 그는 먼저 말을
걸지 않으면 누구하고도 이야기하지 않았고 대답도 거의 없었
다. 안식일의 모든 예배에는 참석했지만, 십일조를 모금하는 일
도 포기했고 하려 들지도 않았다. 사람들은 그가 고난을 받은
뒤에 교리에 의심을 품게 된 것이라고 말했다. 그리고 그 범죄에
대한 죄가 그에게 없다고 할지라도 그의 집에 악^魔이 깃들어 있
다고 생각하기 시작했다.

시간이 흐름에 따라 그의 얼굴은 더욱 고통스럽고 험악하게
변해 갔고 심지어 무섭기까지 했다. 사람들은 더욱더 그를 의심
의 눈으로 바라봤다. 아이들은 그를 겁내기 시작했고, 사람들은
옛 의혹에 대해 차츰 확신을 갖게 되었다. 그는 저주받은 남자였
고, 사람들은 차츰 그를 마지못해 도왔으며 그럴 때마다 그 행
동이 과연 축복받을 만한 것인지 아닌지 심각한 의문을 품었다.
누구도 어떤 증거도 갖고 있지 않았고, 그에게 범죄를 저지를 만
한 어떠한 동기도 없었기에 그를 심판 받게 할 어떠한 이야기도
꺼낼 수 없었지만 말이다.

장성한 조셉 에바츠의 아들은 아버지의 옛집에 돌아와 아주
늙었지만 아직 살아계신 할머니와 함께 살았다. 에이브러햄 듀
크는 그 집 앞을 지나칠 때마다 자신에게 쏟아지는 젊은이의 눈
길을 의식하지 않을 수 없었다. 에이브러햄도 마을에 떠도는 그

273

자신에 대한 의혹을 알고 있었고, 그 의혹은 눈길은 다른 누구보다도 해리 에바츠에게서 더 날카롭게 느껴졌다. 에이브러햄은 젊은이의 얼굴을 거의 쳐다보지 않았다. 그 얼굴은 그에게는 복수하는 운명의 얼굴로 다가왔기 때문이다. 그 집 앞을 지나칠 때면 그는 늘 고개를 숙였지만 그 젊은이가 아니더라도 그의 할머니가 언제나 자신을 의심 가득한 눈으로 바라본다는 것을 알고 있었다. 노인은 그를 몹시 의심해서 자신의 의혹을 거리낌 없이 말하고 다닐 정도였다. 에이브러햄 듀크가 지나갈 때면 좁은 창틀 안 그녀의 늙은 얼굴은 마녀처럼 악의에 차서 바라보았고, 그는 비록 올려다보지는 않았지만 그것을 느꼈다.

그의 사정은 갈수록 나빠졌다. 어느 겨울 류머티즘이 그를 괴롭히더니, 그로 말미암아 불구가 되어버렸다. 그의 불편한 팔과 나이도 문제였다. 이제 노인이 된 그는 불도 없는 난롯가에 하루 종일 앉아 있었다. 그가 나무를 벨 수도, 벨 사람을 고용할 수도 없게 되자 난로에 불이 꺼진 채 지내는 날들이 잦아졌다. 또 종일 한 끼의 식사도 하지 못하고 지내는 날이 많았다. 사악한 행동을 했다는 의혹의 그림자 때문에 마을 사람들로부터 더욱 미움을 받았기 때문이다. 늙은 목사 로슨도 몇 해 전에 세상을 떠났다. 에이브러햄이 군대에서 돌아왔을 때 목사는 봉인된 편지를 돌려 주었고, 그는 말없이 그것을 받았다. 그리고 그 뒤로 그것이 어떻게 되었는지는 아무도 알지 못했다.

에이브러햄 듀크는 그렇게 살아갔다. 가을 나뭇가지의 늙은 잎사귀처럼 그도 연약하게 생을 움켜쥐고 있었다. 그는 어느덧 여든에 가까운 나이가 되었고 당할 수 있는 모든 고통을 겪으며 살아가고 있었다. 그는 서서히 얼어 죽어 가고 굶어 죽어 갔다.

때때로 사람들이 보내는 도움의 손길은 그의 고통을 연장시킬 뿐이었다. 마침내 그가 여든 살이 되었을 때, 혹독한 겨울이 찾아왔다. 의심과 복수심으로 괴로워하던 해리 에바츠는 얼마 전에 결혼을 했고, 얼마쯤은 그 사랑으로 인한 감사함으로 부드러운 마음을 지닌 채, 어느 날 아침 듀크의 집에 이르는 구부러진 길을 지나가고 있었다. 굴뚝에서 연기가 나지 않는 것을 보고, 그는 집으로 돌아가 음식이 담긴 바구니와 좋은 장작을 골라 끈 손잡이가 달린 썰매에 싣고 듀크의 집을 찾아갔다.

화창하고 꽁꽁 얼어붙은 아침이었고 대기는 다이아몬드가 매달린 듯 반짝였다. 북쪽에서 불어오는 바람은 죽음의 도리깨 같았다. 해리 에바츠는 떨리는 몸으로 듀크의 집 문까지 썰매를 끌었고, 안으로 들어갔을 때 무엇을 보게 될지 두려워 잠시 망설였다. 그때 뒤에서 다정하게 부르는 소리가 들려왔다. 그의 아내가 함께 가려고 달려온 것이었다. 그녀의 예쁜 얼굴은 추위로 빨갛게 얼어 있었다.

그녀가 곁에 오자 해리는 문을 두드렸고, 죽음으로 말미암아 텅 비어 있는 듯 소름끼치고 음울한 메아리가 그들 귀에 들려왔다. 젊은 아내, 엘리자베스는 남편의 팔을 움켜잡고 거의 흐느끼고 있었다. "오, 해리! 오, 해리!" 그녀가 속삭였다. "불쌍한 노인이 죽었나 봐요."

해리는 입을 굳게 다물고 다시 한번 두드렸고 또다시 메아리가 들려왔다. 생의 바깥으로부터 들려오는 황량한 조롱의 목소리 같았다. 그러자 해리는 더욱 굳게 입을 다물고 문을 열었다. 문은 잠겨 있지 않았다. 자기가 죽을 줄 알고 노인이 일부러 걸쇠를 잠그지 않고 놔둔 것 같았다. 엘리자베스는 그의 뒤에서 잔뜩 움츠러 들었다.

　난롯가에 늙은 에이브러햄 듀크가 굶주리고 얼어붙은 채 앉아 있었다. 그러나 그의 얼굴에는 평온함과 겸손함이 깃들어 있어서 엘리자베스조차 무서워하지 않을 정도였다. 그러나 그녀는 비통하게 울기 시작했다. "불쌍한 분! 오, 가여워라!" 그녀는 흐느꼈다. "죽은 것처럼 보이지 않아요, 살아있는 것처럼 보여요."

　방은 밝은 햇살로 가득했지만 지독하게 추웠다. 난로에는 재만 남아 있었지만 난로 안 장작받침대와 불 피우는 도구들은 빛을 받아 따뜻하게 반짝이고 있었다. 책상과 다리가 높은 장롱과 시계의 쇠붙이 부분도 그렇게 반짝이고 있었다. 금빛 시계추도 여전히 호를 그리며 좌우로 흔들리고 있었다. 해리는 창백해진 얼굴로 난롯가의 노인을 서서 바라보았다. 엘리자베스는 줄곧 흐느끼다가 다정한 여자의 직감에 이끌려 노인 가까이로 가서 축복이라도 하듯 움푹 들어간 노인의 이마를 자신의 작은 손으로 쓰다듬었다. 그때 그녀는 흠칫 놀랐다. "해리, 그의 손에 편지가 있어요."

　해리는 동요하지 않았다. 그는 아버지를, 문 앞에 죽어서 누워 있던 아버지를 어떻게 집에 돌아와 맞닥뜨렸는지를 생각하고 있었다.

　"해리," 여자가 다시 말했다. "편지가 있어요." 그러더니 그녀는 손을 뻗어 죽은 남자의 손에서 부드럽게 편지를 집어 들었다. "해리, 당신한테 남긴 편지예요!" 엘리자베스가 놀라서 소리쳤다. 그러고는 남편에게 편지를 건넸다. "열어 봐요." 그녀가 말했다.

　"난 못 하겠어." 쉰 목소리로 젊은이가 말했다. 그는 자기 자신과 싸우고 있었다.

"내가 열어볼게요!" 여자가 외쳤다. 그녀의 맥박은 빠르게 뛰고 있었다. 그녀는 봉인을 뜯었다. 편지에는 몇 마디밖에 없었다. 편지라기보다 메모에 가까웠다. 그녀는 그것을 큰 소리로 읽었다. "벽난로 장작 받침쇠, 불 피우는 도구들, 다리가 높은 장롱 손잡이, 책상 손잡이, 시계 테두리, 시계추, 침대 테두리 장식, 서랍장 손잡이, 책상 열쇠—금."

"아버지가 만드신 거야, 아버지가 놋쇠 대신 금으로 물건을 만드셨고, 그래서 알고 계셨던 거야!" 해리가 소리쳤다.

여자는 하얗게 질려버렸다. 그녀는 불도 없는 난롯가에서 홀로 죽어 차갑게 굳어버린 채 앉아있는 노인을 이해하기 어려운 듯 놀란 눈길로 바라보았다. 그 오랜 시간 동안 그는 위대한 재물의 신 마몬과 함께 앉아 있었던 것이다. 그 손에 자신이 파괴될까 봐 필요할 때조차 감히 마음대로 할 수 없는 신이었다. 그녀는 그의 재산이 눈앞에서 반짝이는 가운데 그가 거기에 앉아 굶주리고 있었던 모습을 생각했다. 그리고 또한 그의 죽은 얼굴을 보며 아마도 세속의 응보가 그에게 천국의 평화를 가져다주었을지도 모른다고 생각했다. 그러나 그녀는 발작하듯이 몸을 떨었고, 벽난로 장작 받침쇠 위쪽에서 반사된 금빛이 마치 지독한 이해와 조롱의 눈으로 그녀에게 윙크하는 듯이 느껴졌다.

그녀는 편지를 다시 보았고 그 내용을 다시 한번 날카로운 목소리로 흥분해서 읽어보았다. "벽난로 장작 받침쇠, 불 피우는 도구들, 다리가 높은 장롱 손잡이, 책상 손잡이, 시계 테두리, 시계추, 침대 테두리 장식, 서랍장 손잡이, 책상 열쇠—금."

대니얼과 작은 대니얼

Daniel and Little Dan'l

와이즈 가문이 살았던 집은 한 세기 이상 거슬러 올라가는데, 그 부지 말고는 인상적이라고 할 만한 것은 아무것도 없다. 그것은 눈부시게 하얀 단순한 작은 집이었다. 중심부에는 현관문이 있었고 그 양쪽으로 두 개의 창문이 있으며 낮게 경사진 지붕 위에도 그리 눈에 띄게 아름답지는 않지만 하늘을 바라볼 수 있는 천창이 있었다. 집 왼쪽으로는 건물 전체가 'L'자 형으로 보이게 이어 지은, 예전에는 구두 가게로 쓰였으나 지금은 부엌으로 쓰이는 곳이 있다. 이곳의 낮은 다락방에는 데이비드 와이즈의 조부가 거의 80년 동안 구두장이로 일하면서 쓰던 나무의자가 있다. 할아버지의 뒤를 이어 그 맏아들인 대니얼의 아버지도 마찬가지로 닳아서 움푹해진 이 의자 위에서 인내심을 가지고 같은 일을 해 왔었다. 대니얼 또한 20여 년 동안 그 자리에 앉아 일해 왔으나, 마을에 큰 구두공장이 문을 연 이래로 그 필요성이 떨어지고 고객이 줄어들게 되자 은퇴했다. 그러나 대니얼은 결코 은퇴라는 표현을 쓰지 않았다. 그는 친구들과 조카 도라에게 "일을 놓았다"고만 했다. 그러나 그는 조금도 상처받지 않고, 막상 스스로는 그저 그 일이 자기를 놓았다고 생각했다.

대니얼이 은퇴한 뒤에, 그에게는 어떤 생리적 특성이 두드러지게 나타났다. 그것은 늘 그에게 붙어 다녔는데, 그가 꾸준히 일을 하는 동안에는 그것의 접근을 상당 정도 막아왔다. 대니얼은 물리적 조건들 앞에서 의기소침해지고 겁쟁이가 되었다. 그는 육체적 고통보다는 그로 말미암은 마음의 고통으로 힘들어했다. 대니얼은 지상의 가장 단순하고 피할 수 없는 일들 가운데 하나인 여름의 더위 앞에서 한없이 겁쟁이가 되어 버렸다. 그는 겨울 내내 여름이 오는 것을 두려워했다. 여름은 그의 봄을 망쳐 놓았다. 가을 동안에만 그는 평화라고 일컫는 어떤 상태를 경험했다. 여름이 지나간 그 계절에는, 다가올 다음 여름 사이에 겨울이라는 축복받은 나날이 눈앞에 펼쳐졌다. 그러면 대니얼 와이즈는 긴 숨을 내쉬며 주위를 둘러보면서 그의 '이해'라는 입문서 안에 지상의 아름다움을 적어넣을 여유가 생겼다. 대니얼의 집 뒤쪽 정원에는 열매를 풍성하게 맺는 포도나무가 있었다. 그는 마침내 적을 쓰러뜨린 뒤 승리감에 도취한 시인의 감성으로 지난여름의 풍미가 가득한 포도알들을 맛볼 수 있었다.

어쩌면 대니얼 안에 흐르는 시상이 그를 그토록 겁쟁이로 만들고, 연약함으로 이끌어 갔는지도 모른다. 가을이면 그는 거실 창문으로 펼쳐지는 계절의 색조들을 마음껏 누렸다. 그곳에는 단풍나무와 떡갈나무가 많이 있었다. 날이 갈수록 나무들이 붉고 노랗고 자줏빛이 감도는 화려한 잎들을 떨구면서 마을 집들의 지붕들이 드러났다. 떡갈나무들에는 짙은 황금색과 타오르는 적갈색의 큰 잎들이 남아 있었다. 그러다가 어느새 그 잎들은 부드러운 색조를 띠게 되고 나뭇가지들 사이로 푸른 하늘이 더욱 선명하게 드러났다. 대니얼은 가을 나무들을 순수한 기쁨으로 바라보았다. "그가 오늘 가겠구나." 현관 앞 마당에서 밤 사이 풀밭 위에 하얀 아치를 그려낸 서리를 바라보며 단풍잎의 타오르는 빛깔에 대해 그는 이렇게 말했다. 하루 종일 그는 단풍나무가 화려한 옷을 떨어뜨리는 것을 바라보았고 그럴 때면 그의 간단한 끼니마저 관심 밖이었다. 와이즈 가의 집은 세 개의 단구段丘 위에 지어져 있었다. 풀밭은 건조한 여름 동안에는 아름답지 않은 빛깔로 타올랐다. 그러다가 비가 오면 풀밭은 연둣빛으로 되살아나고, 여기저기서 발그레한 수영이 모습을 드러내고, 이어서 금빛 아르니카 별꽃들이 피어났다. 그러고 나면 다시 서리가 내려 풀밭은 다이아몬드처럼 반짝였다. 여름 동안 단구는 몹시 메말라서 꽃들이 잘 피어나지 못했다. 대니얼의 어머니가 갓 결혼해서 그 집에 왔을 때 창문 바로 아래에 연분홍 장미 관목들을 심었는데, 늘 꽃은 많이 피지 않고 벌레만 우글거렸다. 가을이 되자 장미꽃들은 사라지고 온통 갈색 황무지가 드러나고 아르니카는 황금빛 실로 엮어진 별꽃들을 선사해 주었다. 그 가운데에는 자줏빛 별이 얼핏 보이기도 하고 밝은 황금빛 메역취 별꽃 다발들이 이따금 보이기도 했다. 그러면 대니얼은 단구를 보고 몸을 움츠리지 않아도 되었다. 여름날 오후의 햇빛 아래 번득이는 그 끔찍하고 부정적인 빛깔들은 대니얼을 한없이 침울하게 했었다.

겨울에 그는 가끔 마을에 사는 형 존을 만나러 갔다. 그는 존과, 존의 아내, 그리고 존의 외동딸 도라를 매우 좋아했다. 그는 존이 세상을 떠나고 나중에 존의 부인도 죽게 되자 도라와 함께 살려고 마음먹었다. 그러나 도라는 결혼을 했다. 도라는 그녀의 남편이 죽자 자신과 어린 딸의 생계를 위해 재봉사 일을 시작했다. 대니얼은 그 아이를 무척 귀여워했다. 그 아이가 여자아이였음에도 대니얼은, 아이 엄마의 반대에도 아랑곳 않고 자기 이름을 따서 대니얼이라고 부르게 했다. "여자아이 이름을 대니얼이라고 짓다니요, 삼촌!" 그녀가 소리쳤다.

"어쨌든 내가 떠나고 나면, 내가 가진 모든 것을 그 아이에게 줄 거다." 대니얼은 작은 플란넬 면포에 싸여 조카딸의 품에 안겨 있는 아이를 경이롭고 황홀하게 바라보며 이렇게 선언했다. "그것 때문에 달라질 건 없겠지만, 난 네가 마음을 바꿔서 제발

내 이름을 따서 이 아이 이름을 불러주면 좋겠구나, 도라."

도라 리는 마음이 여렸다. 그녀는 딸 이름을 대니얼이라고 지었고, 그 아이를 대니라고 불렀는데, 그게 썩 나쁘지 않다는 결론을 내렸다. 그녀의 늙은 삼촌은 자기 친딸이라도 되는 듯이 그 아이에게 사랑을 쏟아부었다. 작은 대니얼—그는 늘 그 아이를 대니얼, 또는 대늘이라고 불렀다—은 그가 한여름 무더위 속에도 마을에 내려오는 유일한 이유가 되었다. 여름날 그는 마을에 내려올 때면 늘 모자 안에 푸른 잎을 넣고 다녔고, 우산과 야자나무 부채를 들고 다녔다. 이 모습을 본 동네 개구쟁이 사내아이들이 그를 따라다니며 "할머니, 안녕하세요?"하고 놀려대곤 했다. 귀가 어두운 대니얼은 사내아이들이 왜 그러는지 몰랐지만, 알았던들 개의치 않았을 것이다. 그의 마음은 온통 먼지가 이는 땡볕 아래 거리를 지나 가게에 잠깐 들러서 사탕 한 봉지를 산 뒤, 조카딸이 일하는 작고 어두침침한 응접실에 들어가 자기 이름과 똑같은 이름을 가진 아이를 무릎에 앉히고, 막대사탕을 빨아 먹는 사랑스런 모습을 바라보면서 부채질을 하며 쉬어가는 데에 쏠려 있었다. 도라는 옆방에서 옷을 손질하고 있었다. 여자들이 일을 하면서 그들만의 일상적인 주제들로 이야기하는 소리가 그에게 들렸다. 그는 무릎 위에 그 작은 아이를 앉히고 있는 동안에도 자신이 철저히 외톨이처럼 느껴졌다. 대니얼은 결혼한 적도 애인을 가져 본 적도 없었다. 그가 보아 온 여자들 가운데는 대니얼 와이즈 같은 몽상가의 마음을 끄는 사람은 없었다. 그리고 여자들 대부분은 그를 "조금 이상한 사람"이라고 생각했다.

그의 조카 도라 리는, 삼촌의 인지력에 대해 은밀하게 의심을 품고 있었다. 그는 어른인 그녀보다 어린 대니얼과 함께 있는 것을 훨씬 더 편안해 하는 것 같았다. 도라는 자신이 매우 훌륭한 사업가이고 매우 상식적인 사람이라고 생각했다. 실제로 그녀는 자신의 어린 딸을 두고 세상을 떠났을 때 그녀의 집 말고도 은행에 꽤 많은 돈을 유산으로 남겼다. 대니얼은 조금도 주저하지 않았다. 그는 사라 딘 양을 가정 도우미로 고용했다. 그리고 아직도 아기 티를 벗어나지 못한 어린 대니얼을 집으로 데리고 왔다. 도라는 유언을 남겼는데, 삼촌 대니얼의 인지력에 대한 의구심에도 불구하고, 그를 보호자로 지명했다. 대니얼이 자기 이름과 똑같은 작은 대니얼을 단구 위에 지어진 그의 외딴 집으로 데리고 간 것을 보고 마을 사람들 사이에서는 많은 이야기들이 오갔다. "한 남자와 노처녀가 그 가여운 어린아이를 키우겠다니!"라고 사람들은 말했다. 그런 말들에는 아랑곳 않고 대니얼은 트럼불 박사를 불러 도움을 청했다. "그 연약한 아이는 마을 밖에서 사는 게 훨씬 낫습니다. 여기 있다 보면 애가 많이 지칠 거예요." 트럼불 박사가 말했다. "아이에게는 맑은 공기가 필요해요. 이 동네는 여름에 너무 더워요. 대니얼의 집도 덥긴 하지만 그곳은 공기가 깨끗합니다."

대니얼과 사라 딘 양 사이에 이상한 소문은 없었다. 그런 소문은 그와 마른 잔디 이파리 사이에 소문이 나는 것만큼이나 어처구니 없는 노릇이었다. 사라 딘의 외모가 그랬다. 그녀는 낡은 검은 드레스를 입고 있었다. 회색이 감도는 그녀의 금발은, 부드러우면서도 엄숙해 보이는 그녀의 뾰족하고 야윈 얼굴 양옆의 귀 뒤로 가지런히 넘겨져 있었다. 사라는 집안일도 매우 잘하고 요리도 잘했다. 그녀는 온갖 종류의 케이크와 푸딩과 파이를 만들 줄 알았는데 그녀가 만든 과자는 아주 놀라웠다. 대니얼은 오랫동안 스스로 음식을 만들어 먹어 왔는데, 실제로 달걀을 곁들인 베이컨 한 조각이 그에게는 갓 구워낸 과자와 설탕 절임, 다섯 가지 케이크보다 훨씬 입맛에 맞았다. 그래도 그는 불평하지 않았고, 트럼불 박사가 지적하기 전까지는, 사라의 음식이 어린아이에게는 적당하지 않다는 것을 깨닫지 못했다.

"그 아이가 잘 크기를 바란다면서 그런 종류의 음식만 먹게 내버려 둘 생각인가요?" 트럼불 박사가 말했다. "도대체 음식을 만드는 여자들이고, 그걸 먹는 남자들이고 간에 무슨 생각들인지 모르겠어요! 음, 대니얼, 이곳의 많은 사람들이 열심히 일하고 나서 엄청난 양의 식사를 하지만, 새끼 고양이만큼의 영양분도 제대로 섭취하지 않아요."

"그럼 어떻게 해야 하죠?" 대니얼은 난처한 표정으로 물었다.

"어떻게 하냐고요? 당신 비프스테이크 구울 줄 알죠? 직접 구워줘요. 사라 딘 양이 만든 것은 구두 가죽처럼 질길 테니까요."

"알겠습니다, 비프스테이크라면 맛있게 구울 수 있죠." 대니얼이 말했다.

"그럼 해 주세요. 그리고 토막 낸 고기 요리도 해주고, 달걀도 많이 먹이고요."

"난 원래 너무 단 음식은 그다지 좋아하지 않아요," 대니얼이 말했다. "그런데 사라 딘 양이 마음의 상처를 받을까 봐 걱정입니다."

"위가 상처받는 것보다 마음이 상처를 받는 게 훨씬 나을 겁니다." 트럼불 박사가 말했다. "하지만 내가 사라 딘 양을 잘 아는데, 사라는 상처받지 않을 겁니다. 그녀는 강철 같은 마음을 가졌어요. 누가 쳐서 넘어뜨리더라도, 그녀는 금세 용수철처럼 제자리로 돌아와 있어요. 그 사람 걱정은 하지 말아요, 대니얼.”

그날 저녁 대니얼은 신선한 고기를 사서 집으로 돌아와 요리를 했다. 그와 작은 대니얼은 푸짐한 저녁 식사를 했다. 사라는 스테이크 먹는 것을 다소 오만한 태도로 거절했지만 여전히 예의를 갖추었다. 손도 대지 않은 레이어 케이크[1]와 파이와 과자를 치울 때 그녀는 조금 애가 타는 듯한 얼굴이었다. 그녀의 가치 기준들이 그녀의 눈앞에서 무너지는 것처럼 보였다. ‘영양가 좋은 따뜻한 과자와 케이크가 아니라 비프스테이크 같은 음식만 먹다가는 굶어 죽게 될 거야.’ 그녀는 이렇게 생각했다. 저녁 식사를 하고 설거지를 마친 뒤, 사라는 대니얼이 엄숙하게 인내하며 시원한 한 줄기 바람을 기다리고 있는 거실 창가로 갔다. 몹시 후텁지근한 저녁이었다. 해가 서녘 하늘 낮은 곳에서 붉게 물들고 있었고 저지대 위에서는 물안개가 피어오르고 있었다.

사라는 대니얼 맞은편에 앉았다. “후텁지근하죠?” 그녀가 말했다. 그녀는 레이스 가장자리를 뜨고 있었다.

“꽤 후덥지근하네요.” 대니얼이 말했다. 그는 예의 바른 모습을 보이려 애썼다. 그는 극도로 더위를 두려워했음에도 자기 마음을 과하게 표현하지 않으려 애썼다. 그도 그럴 것이, 날씨란 전능하신 신의 권한이므로 자신이 날씨 앞에서 신성모독이라는 죄를 짓게 될지도 모른다고 생각했기 때문이다. 그래서 그는 고통을 참고 그토록 예의 바른 태도를 보이려 한 것이다.

“작은 대니얼이 있는 위층은 아주 끔찍해요,” 사라가 말했다.

---

1) 크림·잼 등을 사이사이에 넣어 여러 층으로 만든 케이크.

"나는 침대 바로 옆에 있는 창문만 제외하고 모든 창문을 열어 두었어요. 그리고 두꺼운 이불은 덮지 않아도 된다고 말하고 적당한 걸로 하나만 덮어 주었어요."

대니얼은 불안해 보였다. "집 안에서 자기 침대에 있는 아이들이 더위에 쓰러지는 경우는 없죠, 그렇죠?"

"어머, 말도 안 되죠! 살면서 그런 소린 들어본 적이 없어요. 그리고 어쨌든 작은 대니얼은 너무 말라서 더위를 그렇게 심하게 느낄 리가 없어요."

"나도 그러기를 바라오."

대니얼은 몸을 웅크리고 앉아서 안개에 싸인 그림자들이 희미하게 흔들리는 모습을 창밖으로 바라보며 어떤 애절함과 함께 분노마저 느끼고 있었다.

사라는 뜨개질을 했다. 사라는 어둠 속에서도 뜨개질을 할 수 있었다. 잠시 뒤에 그녀는 일어나서 내일은 대청소 날이라 일찍 잠자리에 들어야겠다고 말했다.

그녀는 가고, 대니얼은 혼자 앉아 있었다.

창백한 작은 물체가 어스름 속에서 살금살금 그에게로 다가왔다. 그 아이는 하얀 잠옷을 입고 작고 보드라운 맨발을 그대로 드러낸 채 서 있었다.

"대니얼, 너였구나."

"네, 대니얼 할아버지."

"방이 너무 더워서 잠들기가 어렵지?"

"그렇게 덥지 않아요, 그런데 모기들이 나를 물었어요. 그리고 커다란 검은 새가 지금 방 안으로 날아왔어요."

"박쥐가 날아들었나 보구나."

"박쥐라고요!" 작은 대니얼이 몸을 떨었다. 소녀는 놀라서 울기 시작했다. "난 박쥐가 너무 무서워요!" 아이가 소리쳤다.

대니얼은 그 작고 연약한 아이를 안아 올렸다. "여기서 이 할아버지랑 있으면 돼." 그가 말했다. "여기 있으면 좀 더 시원할 거야. 가끔 바람이 불어들어 오거든."

"박쥐는 들어오지 않아요?"

"아니, 절대로! 이 대니얼 할아버지가 박쥐가 들어오면 절대 가까이 오지 못하게 할 거야."

어린아이는 할아버지의 무릎 위에서 안정을 되찾았다. 아이의 곱고 여린 머리카락이 그의 셔츠 입은 팔 위로 흘러내렸다. 잠이 든 그 아이의 옆모습은 어스름 속에서도 더없이 순수하고 맑아 보였다. 그 아이의 작고 여린 팔다리와 동그랗게 몸을 웅크린 모습은 마치 동화 속 요정을 보는 듯했다. 가여운 어린 것! 대니얼은 너무 작고 연약했다. 할아버지 대니얼은 그 아이를 근심 어린 눈길로 내려다보았다.

"맑은 가을 날씨로 바뀌면," 그가 말했다. "할아버지가 자주 마을로 데리고 가서 친구들과 어울려 놀게 해주마. 그렇게 하는 게 작은 대니얼에게 좋을 거야."

"나는 작은 루시 로즈를 봤어요," 아이가 또랑또랑한 목소리로 말했다. "그 아이는 나를 보며 아주 좋아했어요. 그리고 릴리 제닝스는 예쁜 드레스를 입고 있었어요. 그 아이들이 나랑 놀아 줄까요, 할아버지?"

"물론 그 아이들은 너랑 놀아 줄 거야. 여기 있으니 그렇게 덥지 않지?"

"네, 아까도 덥지는 않아요. 박쥐가 너무 무서웠던 거였어요."

"여기엔 박쥐가 없단다."

"그리고 모기도."

"할아버지가 보니까 모기도 없는 것 같다."

"나도 모기가 윙윙거리는 소리가 안 들려요." 작은 대니얼이 연약한 목소리로 말했다. 아이는 곧 잠이 들었다. 할아버지는 자신의 품에 안겨 잠이 든 그 아이를 마치 반짝이는 천상의 보석을 보듯이 사랑스런 눈길로 바라보았다. 그 자신은 영혼의 순수한 기쁨으로 더위는 거의 잊고 있었다. 자신의 팔에 무력하게 안겨 있는 어린아이를 바라보면서 그의 심장 안에 감춰져 있던 모든 사랑이 되살아났다. 그는 지구상에서 그 어느 때보다 자신이 훨씬 더 크고 중요한 존재임을 깨달았다. 그 순간 그는 부성^{父性}의 화신이 되어 큰 축복을 누렸다. 한참이 지난 뒤에야 그는 아이를 방으로 안고 가서 침대 위에 눕혔다. 아이는 여전히 백합꽃처럼 곤히 잠들어 있었다. 그는 자신의 두 어깨 위에 사랑과 보호의 날개가 달려 있는 듯이 부드럽게 몸을 움직여 아이를 위에서 내려다보았다. 그러고 나서 그는 다시 살금살금 아래층으로 내려왔다.

그런 날에는 그는 잠자리에 들지 않았다. 지붕 아래 있는 모든 침실이 그에게는 덥기만 했다. 그는 창문을 열어 놓고 날이 밝을 때까지 앉아 있었다. 심지어 타오르는 해가 떠오르며 이슬의 차가운 눈길을 단지 보여주기만 할 때에도, 그는 창가에 앉아 좀처럼 불어오지 않는 습지의 시원한 바람을 절망적인 인내심을 가지고 기다리면서 이따금 졸음에 빠져들기도 했다. 대니얼 와이즈는 그곳에 앉아서 무더운 밤을 보내는 동안 마치 신앙심 깊은 보초병이 자신의 주둔지를 지키며 기도하듯, 자신에게 용기를 달라고 기도하기까지 했다. 탈영병의 상상 같은 것은 그 남자 안에는 존재하지 않았다. 그는 심지어 그에게 있는 돈 가운데 얼마간이라도 그 자신에게 필요한 곳에 쓴다는 것조차 상상해 본 적이 없었다. 그는 산이 있는 곳에 가서 깊은 그늘 아래에서 잠시라도 숨을 돌리거나, 거대한 파도가 모래 위로 거품을 일으키는 시원한 바닷가에서 자신을 구원해 줄 거대한 바닷바람을 만끽하는 것은 꿈도 꾸지 않았다. 그가 할 수 있는 것은 오직 자신의 자리를 지키며 몸과 영혼과 마음이 고통을 감수하며 불평하지 않는 것이었다.

이튿날 아침은 끔찍했다. 그 여름은 어느 해보다도 열기가 뜨거웠는데, 특히 그날 하루는 더위가 절정에 달했다. 새벽녘에 대니얼은 숨을 헐떡이며 위층 자기 방으로 올라갔다. 그는 자신이 밤새 뜬 눈으로 지샜다는 것을 사라 딘이 알게 하고 싶지 않았다. 그는 여느 때와 다름없이 단정하게 침대 위의 이불을 열어 펼쳤다. 혼자 살면서 그는 깔끔한 가정주부의 습관들을 스스로 체득해 왔다. 그가 아래층으로 내려갔을 때 사라는 부엌에 있었다.

"아주 끔찍하게 더운 날이에요." 그가 손과 얼굴을 씻기 위해 세면대 쪽으로 걸음을 옮길 때 사라가 말했다.

"좀 따뜻한 것 같긴 하오." 대니얼은 날씨를 신의 계율로서 예의 있게 표현하면서 그 사실을 받아들였다.

"따뜻하다고요!" 사라 딘이 말했다. 그녀의 갸름한 얼굴은 젖은 머리카락의 매끄러운 휘장 사이로 타오르는 붉은 빛을 띠고 있었다. 그녀의 이마 위에는 땀이 맺혀 있었다. "지금까지 살아

온 날들 가운데 가장 더운 날이에요.” 그녀는 도전적으로 말했다. 그녀는 자신의 목소리에 대놓고 저항감을 표시하고 있었다.

“조금 따뜻하다 싶기는 하오.” 대니얼이 말했다.

아침 식사를 마치고 나서 늙은 대니얼은 작은 대니얼과 산책을 다녀오겠노라고 선언했다.

그러자 사라 딘은 이번엔 아주 폭발해 버렸다. “지금 온전히 제정신으로 말씀하시는 건가요, 대니얼?” 그녀가 말했다. “이렇게 더운 날 그 연약한 아이를 데리고 나가는 게 절대로 안전하지 못하다는 걸 모르시나요?”

“트럼불 박사가 비가 오나 눈이 오나 아이를 날마다 밖으로 데리고 나가라고 했소.” 대니얼이 고집스럽게 말했다.

“트럼불 박사가 용광로처럼 이글이글 타오르는 날에도 아이를 데리고 나가라고 하지는 않았을 텐데요!” 사라 딘이 심술궂게 말했다.

대니얼은 조금 놀란 표정을 지어 보였다.

“이렇게 더운 날 밖으로 데리고 나가는 건 아이의 목숨을 거는 짓이나 다름없어요.” 사라가 심술궂게 말했다.

“트럼불 박사가 날씨 같은 건 따지지 말라고 했소,” 대니얼이 끝까지 참으며 말했다. “그리고 우리는 그늘진 곳으로 다닐 거요. 그리고 브래들리 시냇가에도 갈 거라오, 거긴 좀 더 시원하거든.”

“아이가 지쳐서 힘들어 하면 곧바로 집으로 데리고 오세요,” 사라가 말했다. 그녀는 몹시 화가 난 듯했다. “자신이 더위를 못 느낀다고 해서 이런 날, 그 어리고 연약한 아이를 데리고 나가다니요!” 사라가 외쳤다.

"트럼불 박사가 하라고 했소." 대니얼은 조금 곤혹스러운 눈치였지만 고집을 꺾지 않았다. 사라 딘은 대니얼이 그토록 무차별적으로 땡볕이 쏟아지는 길 위를 걸어가느니 차라리 깃발을 들고 행진해오는 군대와 맞서는 걸 택하고 싶어하리라고는 꿈에도 생각지 못했다. 그녀는 늙은 대니얼이 어린 것에게 얇은 보닛 하나만 씌워서 그 위에 한 손으로 우산을 받쳐들고, 다른 한 손으로는 야자나무 부채를 들고서 그렇게 출발하게 한 그의 영웅주의에 대해서는 전혀 상상도 못했다.

작은 대니얼은 마당을 벗어나자 신이 나서 춤을 추었다. 빈혈기가 있는 그 작은 아이는 그 열기를 흥분시키는 어떤 것쯤으로 느끼고 있었다. 대니얼은 계속해서 아이에게 더 천천히 가라고 지시해야 했다. "너무 빨리 가면 안 돼, 작은 대니얼, 그러다 더위 먹겠다. 나중에 딘 양이 뭐라고 하겠니?" 그는 줄곧 같은 말을 되풀이했다.

작은 대니얼의 갸름하고 예쁜 얼굴은 이따금 초록색 선보닛 사이로 그를 내다보았다. 소녀는 앙증맞은 손가락으로 들판 가장자리에서 날아다니는 연노란 나비들을 가리켰다. "바니를 쫓아갈 거야." 아이가 재잘거렸다. 작은 대니얼은 단어를 말할 때 아주 매혹적인 방법으로 자음의 위치를 바꾸어 발음하고는 했다.

"안 돼, 그러다 더위 먹을라. 이 대니얼 할아버지랑 같이 천천히 걷기만 하렴. 곧 예쁜 시냇가에 이르게 될 거야." 대니얼이 말했다.

"자잠리가 사는 곳이요?" 어린 대니얼이 물었다. 자잠리는 잠자리를 뜻했다.

"그래." 대니얼이 말했다. 그는 눈앞에 떠다니는 검은 실 같은 물결들의 움직임이 점점 더 늘어나는 것을 의식하고 있었다. 그것들은 새벽부터 눈앞에 떠다니기 시작했는데, 이제는 그 숫자가 차츰 더 많아지고 있었다. 그의 눈앞에서 떠다니던 그 검은 실 같은 것들이 서로 엉키고 짜여진 베일처럼 보여서, 이따금 조팝나무와 관목들에 둘러싸인 좁은 길이 거의 보이지 않을 정도였다. 그럴 때마다 그는 제대로 걸을 수가 없었다. 작은 대니얼은 호기심 어린 눈으로 그를 바라보았다.

"왜 아까처럼 걸어가지 않아요?" 소녀가 물었다.

"대니얼 할아버지는 왠지 제대로 보이질 않는구나." 노인이 말했다. "아마 날씨가 좀 따뜻해서 그럴 거야."

사실 그날은 열기 때문에 몹시 끔찍했던 하루였다. 그날은 인간의 기억 속에 가장 더운 날 가운데 하루로, 사람들이 몸서리를 칠 만큼 끔찍한 재난으로써 신문 머리기사로 다루어졌을 정도였다. 마치 불타는 하늘의 심판으로부터 그 어디에도 피할 곳이 없는, 계시에서 말하는 무시무시한 심판의 날을 예고하는 그런 날 같았다. 사람들은 쓰러져서 죽거나, 기적처럼 도움을 받아 병원으로 실려 가 목숨을 건지기도 했다. 그날 그 가엾은 노인은 어린아이를 위해 산책을 하면서 자신이 평생 시달려 왔던 더위 가운데서도 가장 끔찍한 열기를 경험했다. 대니얼이 계속 걷고 있을 때 그 열기는 눈에 띌 만큼 뚜렷하게 감지할 수 있었다. 불타는 하늘 위로 엷은 기체가 유령처럼 무시무시하게 움직였는데, 그것은 열기를 식혀주는 게 아니라, 열기와 증기를 더 증가시킬 뿐이었다. 어떤 무시무시한 새가 날개와 부리로 죽음의 위협을 가하는 것처럼, 숨 막히는 습기가 이 저주받은 땅을 감싸고 있는 듯이 보였다.

대니얼은 점점 더 걷기가 힘들었다. 그의 구부린 무릎을 어린 아이의 작은 팔이 감싸 안지 않았다면 대니얼은 쓰러졌을지도 모른다. "넘어질 뻔했어, 할아버지." 아이가 말했다. 아이의 목소리는 몹시 놀라 겁에 질린 듯했다.

"놀라지 않았니?" 대니얼이 숨을 헐떡이며 말했다. "우리는 시냇가에 거의 다 왔단다. 그러니 이젠 괜찮을 거야. 놀라지 않았니? 천천히 걸어서 더위를 먹지 않게 조심하렴."

시냇가에 가까이 다다랐다. 그때였다. 대니얼은 시냇물이 바위틈 사이로 아주 가늘게 흐르는 나무 아래에서 비틀거렸다. 시냇물은 그리 많지 않았다. 이곳도 가뭄이 들어 주위의 많은 생명들이 사라지고 없었지만, 반갑게도 돌들 사이로 작은 웅덩이들이 있어서 물이 흐르는 곳은 시원했다. 축복받은 습지에는 커다란 나무들이 뿌리를 내리고 서 있었다. 그때 대니얼이 힘없이 주저앉았다. 그는 물이 있는 곳으로 손을 뻗어 보았으나, 헛수고였다. 그 검은 베일은 이제 그의 눈앞에 더 촘촘하게 짜여진 덩어리처럼 모양을 이루었다. 그의 머릿속은 끔찍하게 욱신거렸고 두 팔은 감각이 없었다.

작은 대니얼은 그를 바라보며 서 있었다. 아이의 입술이 파르르 떨렸다. 안간힘을 써 가며 대니얼은 그 베일을 벗겨내고 아이의 가여운 얼굴을 바라보았다. "대니얼 할아버지의 모⋯ 모자를 집어라⋯⋯. 그리고 물을 조금⋯ 가져다 다오⋯⋯." 대니얼은 숨을 헐떡였다. "너무⋯⋯ 가까이 가지 마라⋯⋯ 미끄러져 넘어진다."

아이는 시키는 대로 했다. 그는 물에 젖은 모자를 잡으려고 했으나 실패했다. 어린 대니얼은 할아버지의 머리 위에 물을 부어 줄 만큼 슬기로웠지만 곧 울기 시작했다. 그것은 자신이 의지하고 기댈 곳을 잃은 아이의 절망적인 울음이었다.

대니얼은 다시 힘을 냈다. 그의 머리 위에 부어진 물이 잠시 그를 편안하게 해 주었다. 그러나 무엇보다도 아이에 대한 사랑이 그에게 온갖 노력을 하게 할 힘을 주었다.

"잘 들어라, 작은 대니얼," 그가 말했다. 그의 목소리는 수 마일 떨어진 곳에서 울려오는 어느 영혼의 작은 목소리처럼 그에게 들려 왔다. "너는 우…… 우산을…… 가져가라. 그리고 부채도…… 아주 천천히 가야 한다, 더위 먹지 않게. 그리고 가서 딘 양에게 말해라, 그리고……."

그때 사랑하는 아이를 위한 그의 온갖 노력에도 늙은 대니얼은 다시 의식을 잃어 갔다. 그는 거의 의식을 잃었다. 나무들 사이로 그 무시무시한 하늘을 멍하니 초점을 잃고 올려 보는 그의 얼굴은 작은 대니얼에게는 마치 낯선 이의 얼굴 같았다. 여자 아이는 크게 소리 내어 울었다. 그것은 어린아이의 울음소리라기보다는 스스로 감당할 수 없는 공포에 맞닥뜨린 동물의 비명소리 같았다. 아이는 펼쳐진 우산을 쓰고 급히 떠나갔다. 아이는 내내 큰 소리로 울면서 갔다.

아이가 집에 절반쯤 갔을 때 말 한 마리가 흙먼지 구름을 일으키며 터벅터벅 걸어오더니 길 위에 모습을 드러냈다. 밀짚모자를 쓰고 있는 그 말은 아주 천천히 앞으로 다가왔다. 말은 사륜마차를 끌고 있었는데, 사륜마차 안에는 트럼불 박사와 그의 아들 조니가 있었다. 그는 아이를 보기 위해 대니얼의 집을 방문했었는데, 둘이 산책을 나갔다는 말을 듣고는 무슨 생각이 떠올랐는지 방향을 돌려 길 아래로 달려 내려온 것이었다.

"두 사람을 만나면 넌 내려야 한다, 조니," 그가 말했다. "그러고 나면 난 그 불쌍한 노인과 어린아이를 태워야 하니까. 모든 약에 상식이라는 걸 같이 넣어서 조제할 수 있으면 좋으련만. 이런 날씨에 산책이 대체 웬말이냐!"

트럼불 박사는 아이 울음소리와 함께 검고 큰 우산이 움직이는 것을 보고 소리쳤다. 밀짚모자를 쓴 말이 갑자기 멈춰 섰다. 트럼불 박사는 사륜마차 밖으로 고개를 내밀었다. "넌 누구지?" 그가 물었다.

"대니얼 할아버지가 가고 없어요," 아이가 소리쳤다.

"어디로 갔다는 거지? 그게 대체 무슨 말이냐?"

"할아버지가 넘어졌는데, 다른 사람이 됐어요. 할아버지는 거기에 없어요."

"거기가 어디지? 어서 말하렴."

"시냇물이요……. 대니얼 할아버지가 시냇가에서 없어졌어요."

트럼불 박사는 재빨리 행동했다. 그는 조니에게 재촉했다. "어서 가라!" 그가 말했다. "그 애를 짐 만 씨 댁으로 데려가야겠다. 만 부인에게 아이를 그늘로 데리고 가서 쉬게 하고 잘 돌봐 주라고 부탁해라. 그리고 짐에게 말해라. 말에 사륜마차를 채워놓지 않았다면 지체하지 말고 말에게 마구를 채우고 집 안에 있는 모든 얼음을 마차에 실어 놓으라고 해. 어서 서둘러라!"

조니는 아버지의 말이 끝나기도 전에 벌써 마차에서 내려 달려갔다. 짐 만은 마침 그때 사륜마차를 타고 지나가다 세우는 참이었다.

"무슨 일이에요?" 그가 숨도 쉬지 않고 물었다. 그는 몸이 마른, 근육질의 사내였는데, 면바지를 입고 셔츠는 제대로 입지 않은 채 가슴 부분을 활짝 드러내 놓고 있었다. 그의 비스듬하게 기울어진 밀짚모자의 챙 밖으로 푸른 잎들이 보였다.

"연로한 대니얼 와이즈가 더위로 쓰러졌소." 트럼불 박사가 말했다. "집에 있는 얼음을 모두 마차에 싣고 함께 갑시다. 내 말과 마차는 이곳에 남겨 두겠소, 당신 말이 더 빠르니."

이제 마차는 덜컹거리며 길을 따라 달리고 있었다. 달리는 말 뒤로 흙먼지가 일었다. 아이들을 사랑하는 짐 만 부인은 작은 대니얼을 진정시키고 있었다. 조니 트럼불은 대문 앞에서 지켜보고 있었다. 마차가 돌아오자 그는 달려 나가 뒤쪽으로 올라탔다. 그사이 힘세고 볼품없는 농장 말은 태양 아래 달궈진 단구 위에 우뚝 서 있는 집을 향해 달렸다.

늙은 대니얼이 깨어났을 때 그는 고풍스런 거실에 누워 있었고 그의 주위에는 얼음들이 있었다. 머리 위에서는 천둥소리가 울렸고, 우박이 창문을 두드렸다. 더위를 물리치는 갑작스런 소나기가 내려, 그 무시무시했던 한낮의 무더위도 한풀 꺾였다. 대니얼은 트럼불 박사와 사라 딘을 올려다 보며 놀란 표정으로 희미하게 웃어 보였다. 그러더니 몹시 걱정하는 눈길로 주위를 둘러보았다.

"아이는 아주 잘 있어요," 트럼불 박사가 말했다. "걱정 말아요, 대니얼. 짐 만 부인이 아이를 돌보고 있어요. 말하려고 애쓰지 말아요. 당신의 증상은 전적으로 일사병이라고 단정할 순 없지만 더위가 당신에게 큰 영향을 끼쳤던 건 사실이니까요."

대니얼은 박사의 지시에도 불구하고 말을 꺼냈다. "더위는," 놀랄 만큼 맑은 목소리로 그가 말했다. "내게 다시는 그렇게 큰 영향을 주진 않을 겁니다."

"말하면 안 됩니다, 대니얼," 트럼불 박사가 되풀이해서 말했다. "당신은 늘 더위에 민감했어요. 아마도 다시는 이런 일이 일어나지 않겠지만, 지금은 가만히 있어야 합니다. 내가 날마다 아이를 산책시키라고 했지만, 세상이 '소돔과 고모라' 같은 날에도 그렇게 하라는 뜻은 아닙니다. 세상에, 천만다행이었지. 비가 오니 이제 좀 더 시원해지겠군요."

사라 딘은 박사 옆에 서 있었다. 그녀의 얼굴은 창백하고 엄격했지만 평온해 보였다. 그녀는 자신이 대니얼에게 나가지 말라고 몇 번이나 충고했다는 말도 하지 않았다. 사라 딘 안에는 참된 본성이 있었다.

그해 여름 날씨는 예측하기 어려웠다. 소나기가 내리고 시원해지는가 싶더니 더운 날씨가 이어졌다. 그러나 늙은 대니얼은, 기력이 회복된 뒤에는 아침식사를 하고 나서 다시 작은 대니얼과 함께 산책을 가겠다고 고집했다. 몹시 걱정스러워하는 사라 딘을 위해서 대니얼이 내린 결정은, 큰 느릅나무가 있는 길까지만 가서 작은 대니얼이 눈앞에서 뛰어 노는 것을 앉아서 지켜보겠다는 것이었다.

"그러다가 또다시 실려서 집에 돌아오게 될 거예요, 틀림없어요." 사라가 말했다. "이번에 또 실려서 집에 온다면 당신은 다시 일어나지 못할 거라고요."

늙은 대니얼은 웃었다. "걱정 말아요, 사라. 나는 그 큰 느릅나무 아래 그늘에 시원하게 자리 잡고 앉아 있을 거요."

대니얼은 사라의 열정적인 간청을 받아들여 야자나무 부채를 가지고 갔다. 그러나 그 부채를 쓰지는 않았다. 어린 대니얼이 인형을 가지고 노는 동안 그는 오전 내내 시원한 느릅나무 그늘 아래 평화롭게 앉아 있었다. 아이는 그날의 충격 이후로 이리저리 뛰어 다니지 않고 조금 얌전해졌다. 또한 그 노인에게 커다란 책임감을 갖게 되었다. 사라 딘 양은 그가 "더위를 먹"지 않도록 작은 대니얼에게 은밀히 임무를 주었다. 소녀는 끊임없이 대니얼에게 그 사랑스럽고 따뜻하고 아이다운 눈길을 보냈다.

"더위 먹었어요, 대니얼 할아버지?" 아이는 이렇게 묻곤 했다.

"아니, 작은 대니얼, 할아버지는 더위를 눈곱만큼도 먹지 않았단다," 노인은 아이에게 확인해 주었다. 이따금씩 작은 대니얼은 인형을 내려놓고 노인의 무릎 위로 올라가 그 얼굴에 부채질을 해주었다.

그토록 아이를 사랑하기에, 늙은 대니얼의 얼굴은 기쁨으로 빛났다. 그는 가끔 마을에서 작은 대니얼 또래의 여자아이들을 오게 해서 함께 놀게 해주어야겠다고 생각했다. 시원해진 그날 저녁, 그는 사라 딘이 눈치채지 못하도록 살며시 뒷문을 빠져 나와 그 마을 교구목사의 집으로 천천히 걸어갔다. 교구목사의 부인은 포도나무 그늘이 있는 시원한 베란다에 앉아 있었다. 그녀가 혼자 있는 것을 보자 대니얼은 기뻤다. 그는 교구목사 집에 와 있는 콘텐트 애덤스가 다음 날 오후에 작은 대니얼을 만나러 올 수 있는지 부인에게 물었다.

"어린 대니얼은 가끔은 다른 아이들과 어울렸어야 했는데 말이에요, 게다가 사라 딘 양은 쿠키를 아주 맛있게 굽거든요." 그는 간청하듯이 말했다.

샐리 패터슨은 기분 좋게 웃으며, "물론이죠, 와이즈 씨."라고 말했다.

다음 날 오후 샐리는 자신이 직접 교구목사의 말을 몰고 와 콘텐트를 작은 대니얼과 만나게 해주었다. 샐리와 사라 딘은 그 둘이 서로 친해질 수 있도록 응접실에 쿠키 접시를 놓고 여자아이들만 남겨 둔 채, 거실로 나와 앉아 있었다. 두 아이는 처음에는 서로 얼굴만 바라보았다. 엄숙해 보이기까지 한 고요한 침묵 속에 서로 아무 말도 하지 않았다. 쿠키도 먹지 않았다. 샐리가 작별인사를 할 때 작은 대니얼에게 콘텐트와 멋진 시간을 보냈는지 묻자 작은 대니얼이 대답했다. "네, 아주머니."

사라는 쿠키 접시에 냅킨을 씌워서 콘텐트가 집으로 가지고 가게 했다.

"언제 다시 그 아이를 만날 수 있어요?" 콘텐트는 마차를 타고 집으로 돌아가면서 샐리에게 물었다.

"오, 거의 언제든지 만날 수 있단다. 내가 널 마차에 태워 데려다 줄 거야. 네가 걸어가기에는 좀 외진 곳이라서 말이야. 그 아이가 좋았니? 그 아이는 너보다 나이가 조금 어리단다."

"네, 아주머니."

작은 대니얼 또한 그 여자아이가 언제 또 올 수 있느냐고 대니얼에게 물었고, 대니얼이 즐거운 시간을 보냈는지 묻자 그렇다는 뜻으로 고개를 강하게 끄덕여 보였다. 침묵 속에 이루어진, 이해하기 어려운 아이들만의 인사가 끝난 뒤에 틀림없이 즐거운 시간들이 이어진 듯했다. 콘텐트는 주로 일주일에 한 번 작은 대니얼을 만나러 왔고, 늙은 대니얼은 교구목사로부터 어린 대니얼을 데리고 오도록 초대받았다. 그런 때에는 루시 로즈와 릴리 제닝스도 그 자리에 와 있었다. 여자아이 넷이 현관 앞 작은 티 테이블에 앉아 차를 마셨는데, 릴리 제닝스 혼자서만 말을 했다.

교구목사는 늙은 대니얼과 작은 대니얼을 마차에 태워 집까지 데려다 주었다. 집에 돌아온 뒤부터 아이의 입이 풀려서 쉼 없이 재잘거렸다. 아이는 교구목사의 집에서 구경할 만한 것은 이미 다했다. 소녀는 작은 새의 지저귐 같은 목소리로 자기 안에 있는 모든 것들을 표현했는데, 너무 많은 이야기를 해서 지치지 않도록 어른들은 작은 대니얼을 잠자리로 보내곤 했다.

"나는 작은 대니얼이 그렇게 말을 많이 할 줄은 몰랐어요." 사라는 어린 대니얼이 위층 자기 침실로 올라간 뒤에 대니얼에게 말했다.

"그 아이는 나와 단둘이 있을 때는 말을 많이 해요."

"그 아이는 모든 걸 자세히 관찰하는 것 같아요."

"그 아이는 뭘 놓치는 법이 없죠." 대니얼은 자랑스럽게 말했다.

그해 여름은 그 어느 여름과도 비교할 수 없을 만큼 몹시 더웠다. 그러나 대니얼은 다시는 더위에 굴복하지 않았다. 가을이 왔을 때 대니얼은 그의 생애 처음으로 슬프다고 느꼈다. 그는 여느 아버지들이 지니고 있을 만한 애정으로 자신보다 아이를 우선시하며, 그의 소중한 작은 대니얼에게 차가운 서리와 겨울이라는 계절이 미치게 될 영향을 두려워했다. 계절이 바뀌어 갈수록 그의 두려움은 정당한 것이 되어가는 듯했다. 가여운 작은 대니얼은 감기에 자주 걸렸다. 콘텐트 애덤스와 루시 로즈는 아이를 보러 왔다. 교구목사와 의사의 아내는 맛있는 케이크와 과자를 보내왔다. 그러나 작은 대니얼은 기침을 달고 살았고, 몸도 수척해졌다. 늙은 대니얼은 봄과 여름—그가 지금까지 살아오면서 늘 두려워하기만 했던 계절—을 마치 천사가 오기라도 하듯이 기다리기 시작했다. 2월이 되어 얼음이 녹기 시작하면 대니얼은 작은 대니얼에게 말했다. "저 나무들에 쌓였던 눈이 녹아서 떨어지는 것을 보려무나. 그건 곧 여름이 온다는 뜻이지."

늙은 대니얼은 울타리와 목초지 여기저기에 처음 돋아난 연둣빛 새싹들을 자세히 들여다보았다. 나뭇가지들에 잎이 돋아나면서 그림자들의 경계가 다소 불분명한 형태를 띠게 될 때, 개똥지빠귀가 단구 위를 날아다닐 때, 그리고 이따금 대기가 푸른 날개를 좌우로 펼쳐 보일 때, 그의 마음은 기쁨으로 넘쳤다.

"봄이 코앞으로 다가왔어. 그러니 이 할아버지의 작은 대니얼은 곧 기침을 멈추고, 이리저리 뛰어 다니며 꽃들을 꺾고 즐거워하겠지." 그는 창가에서 아이에게 말했다.

그해 봄은 떠들썩하게 한꺼번에 몰려왔다. 과일나무 꽃, 나뭇잎, 새, 관상용 꽃 등—이 모든 것들이 앞다투어 허겁지겁 나와 세상을 온통 달콤한 내음과 음악 소리로 가득 채워 놓았다. 이제 막 오월이 시작된 어느 날, 햇볕이 몹시 강렬하게 뜨거웠다. 마치 한여름 같았다. 늙은 대니얼은 작은 대니얼과 함께 들판으로 나아갔다. 두 사람에게는 마치 꽃과, 나뭇가지 위 연둣빛 화환과 새, 그리고 나비 들이 함께 어우러져 축제를 하는 것처럼 보였다. "정말로 봄이 왔어!" 늙은 대니얼은 또 말했다. "여름이 정말 왔어! 그 고랑에 있는 제비꽃을 꺾으렴, 작은 대니얼." 노인은 목초지의 돌 위에 앉아 그 어린아이가 푸른빛이 감도는 고랑에서 제비꽃을 꺾어 작은 손에 보석처럼 쥐고 있는 것을 바라보았다. 햇빛이 그의 머리 위로 쏟아져 내렸다. 습기를 머금은 대기는 온갖 향기로 가득했다. 늙은 대니얼은 땀에 젖은 이마를 닦았다. 그러나 그는 더위도 의식하지 못할 만큼 행복했다. 이제 그에게는 모든 것이 새롭고 경이로운 듯했다. 그는 이 지구상에서 무적의 무기인 사랑을 휘둘러 눈에 보이지 않는 무시무시한 적을 꺾었다. 그 작고 사랑스런 생명을 위해 자신의 삶은 아무래도 좋다고 느꼈을 때, 그는 그 두려움을 초월해 있었다. 그는 오월의 쏟아지는 열기 아래 앉아 그 어린아이가 제비꽃 꺾으면서 그 계절의 청신한 공기를 호흡하며 힘을 회복하는 모습을 바라보며 자신을 이제까지 괴롭혀 왔던 두려움이 영원히 사라졌음을 깨달았다. 그는, 비록 그것들이 고통을, 심지어 죽음마저 가져올 수 있음에도, 뜨거운 바람과 타는 듯한 햇볕을 다시는 두려워하지 않을 것이다. 그가 사랑을 통해 이 지상에서 삶의 모든 조건들을 다스리는 지배자가 되었기에 가능한 일이었다.

크리스마스 제니

Christmas Jenny

그 전날 비가 오고 날씨가 풀리는가 싶더니, 밤이 되자 갑자기 북쪽에서 바람이 불어오고 점점 추워졌다. 아침에는 매우 맑고 쌀쌀했으며 모든 것이 얼음으로 뒤덮여 반짝거렸다. 단단한 눈 위로 얇은 얼음이 덮여 눈앞에 펼쳐진 들판은 온통 하얗게 빛났다. 나뭇가지와 나무줄기, 그리고 잔가지들도 모두 얼음으로 뒤덮였다. 길은 눈이 부셨고 미끄러웠으며 집 앞뜰도 역시 그러했다. 늙은 조나스 캐리의 집 마당에는 현관문에서 우물까지 비스듬히 이어진 길이 마치 얼어붙은 시냇물 같아 보였다.

이른 아침 조나스 캐리는 양동이를 들고 우물가로 내려갔다. 그는 넘어지지 않으려고 발을 질질 끌며 천천히 힘겹게 걸어갔다. 그는 키가 크고 수척했으며 몸이 한쪽으로 크게 기울어져 있었기에 한쪽 발에 더 큰 무게가 쏠려 있었다. 류머티즘을 앓아서 조금 뻣뻣한 자세로 절뚝거리며 걸었다.

무사히 우물가에 이르러 양동이를 걸고 펌프질을 하기 시작했다. 그는 무척이나 느리고 침착했다. 얼굴 표정 또한 조금도 변하지 않았다.

물을 가득 채운 그는 펌프 주둥이에서 조심스럽게 양동이를 빼내고는 좀 전에 왔을 때처럼 발을 끌며 집으로 돌아가기 시작했다. 문 쪽으로 3분의 2쯤 되는 곳에 이르렀는데, 거기에는 작은 벚나무 뿌리의 일부가 길을 가로질러 드러나 있었고, 그 위로 비스듬히 얼음판이 형성되어 있어 매우 위험해 보였다.

늙은 조나스는 발을 헛디뎌 갑자기 주저앉았다. 물도 모두 쏟아졌다. 집 문이 활짝 열리며 한 늙은 여인이 나타났다.

"오, 조나스. 어디 다친 데는 없어요?"

그녀는 밝은 빛 속에서 겁에 질린 채 눈을 깜빡이며 소리를 질렀다.

노인은 한마디도 하지 않았다. 그는 그대로 앉은 채로 근엄하게 자기 앞을 똑바로 바라보았다.

"오, 조나스! 뼈가 부러진 건 아니죠?"

늙은 여인은 치맛자락을 걷어들고 떨리는 무릎을 움직여 문간에서 조금씩 걸어 나왔다. 그러자 노인이 목소리를 높였다.

"그대로 있어!" 그가 명령조로 말했다.

"집으로 들어가!"

그는 한 번에 한 마디씩 관절을 움직여 몸을 일으키기 시작했고, 노파는 다시 집 안으로 들어가 창을 통해 그를 내다보았다.

늙은 조나스가 마침내 발을 딛고 일어서기까지 어찌나 동작을 조각조각 이어붙이듯이 움직이던지 마치 자신을 조립해서 세우고 있는 듯이 보였다. 그는 다시 펌프로 돌아가 양동이를 주둥이에 걸고 물을 채웠다. 그리고 나서는 전보다 더 조심스럽게 집으로 돌아가기 시작했다. 그가 그 위험한 지점에 이르렀을 때, 그의 발은 다시 날아올랐고 그는 주저앉았으며 물은 쏟아졌다.

노파는 문가에 다시금 모습을 드러냈다. 그녀의 흐릿하고 푸른 눈은 동그래지고 그 연약한 턱은 아래로 늘어졌다.

"오, 조나스!"

"돌아가!"

노인이 고개를 홱 돌려 노파에게 소리치자 그녀는 뒤로 물러났다. 이번엔 좀 더 빨리 일어나더니, 펌프 쪽으로 꽤 활기차게 발을 질질 끌며 갔다.

그러나 양동이가 가득 차고 그가 다시 집으로 돌아가기 시작했을 때, 그는 전보다 더욱 신중하게 몸을 움직였다. 거의 움직이지 않는 것 같았다. 위험하기 짝이 없는 그 지점에 이르렀을 때, 앞으로 나아가는 그의 동작은 나뭇잎 위 민달팽이의 움직임보다도 더 감지하기 어려웠다. 정지와 움직임이 거의 포개진 듯이 보였다. 창가의 노파는 숨을 죽이고 지켜보았다.

미끄러운 곳은 거의 다 지나갔고 발걸음은 조금 빨라졌다. 그러나 노인은 또다시 주저앉았고 양동이는 덜커덩거리며 얼음에 부딪쳤다. 늙은 여인이 나타났다.

"오, 조나스!"

조나스는 그녀를 바라보지 않고 꼼짝없이 앉아 있었다.

"조나스! 다친 데는 없어요? 제발 말 좀 해봐요!"

조나스는 꼼짝도 하지 않았다. 그러자 노파는 조심스레 계단을 내려갔다. 그녀는 빙판길에 쪼그리고 앉아서는 조나스에게로 다가갔다. 그녀가 그의 팔을 붙잡았다. 309

"조나스, 뼈가 부러진 것 같진 않아요?"

그녀의 목소리는 흐느낌에 가까웠고 그 작은 몸은 몹시 떨고 있었다.

"돌아가라니까!"

조나스가 말했다. 그가 할 말은 그뿐이었다. 늙은 여인의 눈물어린 애원은 그를 조금도 움직이게 할 수 없었다. 끝내 그녀는 집으로 돌아가 창가에 자리를 잡았다. 이따금 그녀는 창문을 두드리고는 애처로이 손짓했다.

그럼에도 늙은 조나스 캐리는 가만히 앉아 있었다. 그의 근엄한 얼굴은 무슨 생각을 하고 있는지 헤아리기 어려웠다. 그의 머리 위로 다이아몬드처럼 눈부시게 빛나는 얼음이 맺힌 차가운 벚나무 가지가 늘어져 있었다. 딱따구리가 나무로 날아들어 몸통을 딱딱 두드리기 시작했으나 꽁꽁 얼어붙은 표면이 너무 단단해 먹이를 찾을 수 없었다. 늙은 조나스는 그런 것에는 관심을 두지 않은 채 여전히 그대로 앉아 있었다. 그로부터 몇 피트 떨어진 울타리 위로 어치가 날았다. 참새 한 마리는 문 옆에서 눈으로 뒤덮여 딱딱하게 얼어붙은 잡초를 쪼고 있었다. 동쪽 저편에는 은빛과 푸른빛, 그리고 다이아몬드빛 서리로 뒤덮인 잎들로 가득한 산이 보였다. 공기는 매섭게 차가웠다. 늙은 조나스는 그 무엇에도 관심을 두지 않고 그곳에 앉아 있었다.

늙은 여인은 다시 문으로 달려갔다.

"오, 조나스! 거기서 얼어 죽을 셈이에요!"

그녀가 애원했다.

"일어날 수 없어요? 뼈가 부러진 건 아니죠?"

조나스는 여전히 말이 없었다.

"조나스! 곧 크리스마스 제니가 올 거예요. 그녀가 뭐라 생각하겠어요?"

늙은 조나스 캐리는 움직이지 않았지만 그의 아내는 길을 내려오는 여자를 간절히 지켜보고 있었다. 그 여자는 멀리서 보니 뭔가 이상해 보였다. 마치 넓은 녹색의 움직이는 덤불 같았다. 거기다 뒤에도 초록색의 무언가를 끌고 오고 있었다. 그녀가 가까이 왔을 때, 상록수 가지로 만든 화환을 잔뜩 들고 있는 것을 볼 수 있었다. 그녀는 양 팔에 화환을 줄줄이 끼우고 있었고 삐죽삐죽 튀어나온 석송 가지들이 어깨에 감겨 있었다. 그것들이 담긴 바구니도 들고 있었으며 화려한 빛깔의 떡쑥 꽃다발도 많이 갖고 있었다. 그녀는 작은 상록수를 실은 썰매를 끌고 미끄러운 길을 힘차게 걸어왔다. 그녀는 캐리의 집 문 앞에 다다랐을 때 멈춰서 조나스를 바라보았다.

"그가 다쳤나요?" 그녀가 노파에게 크게 물었다.

"모르겠어요. 세 번이나 넘어졌어요."

제니는 문을 지나 곧장 조나스가 있는 쪽으로 갔다. 썰매는 길가에 세워 두었다. 그녀는 몸을 구부리고, 바구니를 조나스의 머리와 수평이 되게 자세를 취한 다음 그걸로 그의 머리를 살짝 밀었다.

"무슨 일이죠?"

그는 곁눈질조차 하지 않았다.

"뼈가 부러진 건 아니죠?"

제니는 잠시 그를 바라보며 서 있었다. 검은 모자를 쓴 그녀는 그 큰 얼굴이 날씨 탓으로 짙게 그을리고 붉게 상기되어 있었다. 이목구비는 강해 보였으나 심하게 상처가 나 있었다. 그녀는 나무들에 간혹 새겨져 있는, 나무껍질과 옹이구멍으로 이루어진 이목구비를 떠올리게 했는데, 나무 몸통에서 바깥을 내다보는 모습을 상상할 수 있었다. 그녀는 늙지는 않았으나 머리칼은 철회색이었고 회색 이끼처럼 쭈글쭈글했다.

마침내 그녀는 집 쪽으로 돌아섰다. 그러고는 조나스의 아내에게 말했다.

"곧 들어갈게요."

그녀는 꽁꽁 언 계단을 자신 있게 걸어 올라갔다.

"미끄러지면 안 돼요."

노파가 떨면서 말했다.

"난 미끄러지는 것쯤은 두렵지 않아요."

그들이 집안으로 들어갔을 때, 그녀는 캐리 부인에게 돌아서

서 말했다.

"그렇게 야단법석할 필요가 없어요. 그는 다치지 않았어요."

"알아요, 그랬으리라고는 생각지 않아요. 이건 그가 짜증내는 방식 가운데 하나일 뿐이에요. 단지 내가 대체 뭘 해야 될지 모르겠어요. 아이구! 난 가끔 그를 어떻게 대해야 할지 모르겠다니까요."

"내버려둬요. 그냥 거기 있게."

"오, 그이가 물을 다 엎어버렸어요! 얼어 죽기라도 할까 봐 걱정이라고요. 어쩌면 좋아!"

"얼든 말든 내버려둬요! 안달하지 말아요, 벳시."

"이제 막 아침을 먹으려던 참이었어요. 질 부인이 소시지 빵을 보냈거든요. 난 그걸 데우려고 했고 그 사람한테는 밖에 나가서 물 한 통을 받아달라고 했어요. 찻주전자에 물을 가득 채우려고요. 이거 참!"

제니는 바구니를 의자 위에 놓고 집 밖으로 성큼성큼 걸어 나가 조나스 가까이 있는 양동이를 집어 들고는 우물가에 가서 물을 가득 채워 돌아왔다. 그녀는 그 노인을 완전히 무시했다. 그녀가 문에 들어서자, 그의 눈은 허공을 바라보는 근엄한 시선을 풀고 그녀에게 재빨리 눈길을 던졌다.

"이제 주전자에 물을 채우고 소시지를 구우세요."

그녀가 캐리 부인에게 말했다.

"그이가 일어나지 못할까 봐 걱정이 돼요. 게다가 몹시 추울 텐데 말이에요. 때로는 저렇게 성질부리는 게 꽤 긴 시간 이어지기도 하거든요. 세 번이나 주저앉았다니까요. 엄청 화가 났을 거예요."

"난 그가 누구에게 화를 내는 건지 모르겠네요."

"모르겠어요, 신께 화를 내기라도 하는 건지."

"신께선 그가 어디에 앉아 있든지 그리 관심을 두지 않으실 걸요."

"오, 제니. 그이가 얼어 죽을까 봐 무서워요."

"아니, 그럴 일은 없을 거예요. 소시지나 데우세요."

조나스의 아내는 계속해서 불평을 늘어놓으며 프라이팬을 꺼냈다. "그이는 소시지를 무척 좋아한답니다." 데운 소시지 냄새가 방안 가득 퍼지자, 그녀가 말했다.

"냄새를 맡고 들어올 거예요."

제니가 무미건조한 목소리로 말했다.

"그는 소시지 빵이 두 개밖에 없다는 걸 알 테고, 당신이 내게 하나를 줄까 봐 걱정하겠죠."

313

그녀가 옳았다. 이윽고 창밖을 은밀하게 바라보던 두 여자는 늙은 조나스가 느릿느릿 일어나는 것을 보았다.

"그가 들어오면 그에게 아무 소리도 하지 말아요."

제니가 속삭였다. 노인이 부엌으로 쿵쾅거리며 들어왔을 때, 두 여자 모두 그에게 관심을 주지 않았다. 그의 아내는 소시지를 뒤집었고 제니는 그녀의 화환을 한데 모으고 있었다. 조나스는 의자에 털썩 앉아 그들을 바라보았다. 제니는 화환을 내려놓았다.

"아침식사 하고 갈 거요?" 노인이 말했다.

"글쎄요, 모르겠네요. 소시지 냄새가 참 좋기는 한데요."

제니가 대답했다. 조나스의 근엄함은 어느새 모두 사라져 버렸고 그는 멋쩍고 곤란해 보였다.

"모자 벗어요, 제니." 벳시가 재촉했다. "난 소시지를 그다지 좋아하지 않아요. 난 어차피 안 먹을 거니까 당신이 먹어요."

제니는 마음씨 좋게 활짝 웃으며 다시 화환을 모으기 시작했다.

"아니에요! 난 당신의 소시지를 원치 않아요." 그녀가 말했다. "난 아침을 먹었고요, 화환을 팔러 마을로 내려가려고요."

조나스의 얼굴이 밝아졌다.

"참 좋은 날이죠?" 그가 상냥하게 말했다.

제니는 갑자기 냉정해졌다.

"오늘은 그리 좋은 날은 아닌 것 같아요. 여러분이 딱따구리나 파랑어치라면 결코 그렇지 않을 거예요." 제니가 대답했다.

조나스는 무감각한 표정으로 그 까닭을 묻는 듯이 그녀를 바라보았다.

"그 녀석들은 아침을 먹을 수 없어요." 제니가 말했다.

"녀석들은 나무 위 얼음을 뚫고 먹이를 찾을 수 없거든요. 빨리 얼음이 녹지 않으면 모두 굶어 죽고 말 거예요. 가게에 가서 뭘 좀 사야겠어요. 몇 마리에게라도 먹이를 좀 주려고요. 어떻게든 좀 손을 쓰면 내 집 마당에서 죽어가는 녀석들을 볼 일은 없겠죠. 난 오늘 아침에 우리집 새들에게 주려던 먹이에서 내가 줄 수 있는 모든 것을 다 줬어요."

"날씨가 너무 혹독하죠? 안 그래요?"

"몹쓸 일이에요. 이렇게 모든 게 얼지 않았다면 새 옥양목 드레스를 사려고 했는데, 지금은 안 되겠어요. 그걸 살 돈이면 많은 생명을 구할 수 있을 테니까요. 음, 오늘 안에 돌아오려면 서둘러야겠네요."

줄줄이 붙은 초록 덩어리에 둘러싸인 제니는 좁은 문간으로 몸을 비집고 나가야만 했다. 그녀는 곧장 마을로 가서 집집마다 다니며 자신의 물건들을 팔았다. 그녀에겐 단골손님들이 있었다. 해마다 크리스마스 전 주에, 그녀는 상록수를 싣고 산에서 내려왔다. 그녀가 그런 식으로 돈을 꽤 번다는 이야기가 있었다. 여름에는 채소를 팔았지만 크리스마스에 상록수를 거래하는 일이 그녀의 본업처럼 여겨졌다. 그렇게 해서 마을 사람들 사이에서 그녀의 별명이 생긴 것이었다. 그러나 이 환상적인 이름은 제니의 성격에 대해 대다수 사람들이 가지고 있던 인식으로부터 생겨났을지도 모른다. 그녀가 정신이 온전하다는 사실은 의심의 여지가 없었지만 그럼에도 그녀에게는 어딘가 환상적인 면이 있었다. 그녀는 젊었을 때 불운한 연애를 했었는데, 그것은 그녀의 일생을 낯선 기운으로 물들였다. 사람들이 그녀가 '실연으로 망가졌다'고 하는 것이 그것이었다.

"크리스마스 제니는 실연으로 망가졌다"고들 말했다. 그녀는 한여름에도 크리스마스 제니였는데, 녹색 완두콩과 깍지콩과 여름호박을 싣고 산에서 내려왔다. 그녀는 산 위에 작은 집과 몇 에이커의 개간된 땅을 갖고 있었으며 그것으로 어떻게든 생계를 꾸려 나갔다.

그날 정오가 되기도 전에 그녀는 상록수 화환을 모두 팔고 집으로 가는 산길을 오르기 시작했다. 그녀는 작은 떡쑥 꽃다발과 아마란스 꽃, 마른 풀들을 넣어 두었던 바구니에 얼마간의 식량을 담았다.

길은 산기슭을 따라 굽이굽이 나 있었다. 그녀는 1마일쯤 그 길을 따라갔고, 그러고 나서 수레가 다니는 길로 접어들었다. 그 길은 그녀의 집이 있는 개간지로 이어졌다.

조나스 캐리의 집을 지나온 뒤로는 집도 사람도 없었으나 그녀가 알고 있는 많은 생명체들을 만날 수 있었다. 행여 적들이 눈치챌까 봐 이곳저곳을 조심스레 긁어대던 작은 들쥐는 제니로부터 감탄의 시선을 받았다. 그녀가 어치 소리에 고개를 돌리자 눈부신 하얀 나뭇가지 사이로 푸른빛이 어렴풋이 보였다. 딱따구리가 얼음으로 뒤덮인 나무 몸통을 두드려대는 모습을 그녀는 동정어린 눈으로 바라보았다. 이따금씩 그녀는 자신의 꾸러미에서 씨앗과 부스러기를 조금 꺼내 흩뜨리면서 그 먹이들을 드문드문밖에 뿌려줄 수 없는 것을 안타까워했다.

그녀가 수레 다니는 길로 가려고 들어선 지점에는 숲 사이로 틈이 있었고 아래로 마을 풍경이 시원스레 보였다. 그녀는 걸음을 멈추고 그 풍경을 돌아보았다. 그곳은 꽤 큰 마을이었다. 그 마을 위로는 서리가 내린 나뭇가지들이 이리저리 얽혀 있었다. 굴뚝에서 연기가 피어올랐다. 마을 길 아래서 한 소녀와 젊은 남자가 그녀에 대해 이야기하며 걷고 있었지만 그녀는 이 사실을 알지 못했다.

소녀는 목사의 딸이었다. 그녀는 청년과 약혼한 지 얼마 안 되었고 수줍은 자존심 같은 것을 느끼며 한낮에 청년과 걷고 있었다. 그들이 누군가를 마주칠 때마다 그녀는 얼굴을 붉히면서도 자랑스레 고개를 들고는 한쪽 팔을 흔들었다. 그녀는 쑥스러움을 감추려고 꽤 큰 소리로 재잘거렸다.

"응." 그녀는 상냥하고 상큼한 목소리로 말했다.

"크리스마스 제니는 방금 집으로 돌아갔고 우리는 화환을 몇 개 샀어. 우린 그걸 집 전면부의 모든 유리창마다 걸어놓을 거야. 어머니는 그녀에게서 그걸 사도 될지 모르겠다고 하긴 했어. 온갖 말들이 많다더라고. 하지만 난 한마디도 믿지 않아."

"무슨 말?"

젊은이가 물었다. 그는 매우 뻣뻣하고 똑바르게 서 있었고, 소녀의 분홍빛 얼굴에 재빨리 미소 어린 시선을 보낼 때도 고개를 돌리지 않았다.

"설마 몰라? 시내에서들 하는 이야기 말이야. 그녀가 많은 새들과 토끼들을 우리 안에 가두어 놓았고 그 반은 굶겨 죽였다고 사람들이 이야기하던걸. 그리고 그 귀 안 들리고 말 못하는 소년, 알지? 그들이 말하길, 그녀가 그 아이를 끔찍하게 대한다고 했어. 사람들이 그 일을 조사한다고 했어. 아빠와 리틀 집사님이 이번 주에 그곳에 올라가본대."

"그분들이?"

젊은이가 물었다. 그는 소녀의 목소리에 조금 황홀한 듯 관심을 가지고 귀를 기울였으나 그녀가 무슨 말을 하는지는 거의 이해하지 못했다. 두 사람은 걸어가면서 산을 바라보았다.

목사와 리틀 집사가 방문한 것은 다음 날이었다. 그들은 제니의 집 문 옆에서 먹이를 먹고 있던 참새 떼가 놀라서 날아가게 해버렸다. 그러나 새들은 그리 멀리 날아가지 않고 나무에 앉아서 지켜보았다. 제니의 집은 풍상에 씻긴 오두막에 지나지 않았으나 한쪽 끝에는 포도덩굴이 드리워졌고 앞마당은 말끔했다. 집 바로 앞에는 키 큰 소나무가 있었다. 뒤쪽과 오른쪽에는 쟁기로 일군 이랑과 옥수수 그루터기만 남아 반짝이는 땅이 제니의 지난여름 텃밭의 잔해를 보여 주었다.

제니는 집에 없었다. 목사는 노크를 했지만 아무 대답도 돌아오지 않았다. 결국 그가 걸쇠를 들어 올리고 두 남자는 집 안으로 들어갔다. 바깥의 찬란한 햇빛에 있다가 들어오니 방 안은 음울해 보였다. 그들은 처음에 아무것도 볼 수 없었으나 이내 그들의 등장에 흥분한 것 같은 크고 격렬한 끽끽거림과 짹짹거리는 소리를 들을 수 있었다.

어두컴컴한 벽난로 구석으로부터 작고 발그레한 얼굴이 드러났다. 그 얼굴은 어떤 두려움도 놀라움도 없이, 순수한 친근함을 갖고 방문객들을 살폈다.

"저 아이가 그 듣지도 말하지도 못하는 소년인가 보군."

목사가 가라앉은 목소리로 말했다. 그는 허리가 길고 잔주름이 많은 검은 옷을 입은, 어깨가 좁은 노인이었다. 리틀 집사는 근육질의 마른 몸을 일으키다 하마터면 낮은 천장에 머리가 닿을 뻔했다. 그의 얼굴은 조금 누렇고 심하게 주름져 있었으나 이목구비는 잘생겼다.

두 사람은 말로 표현하기 어려운 경이로움과 호기심이 담긴 미묘한 표정으로 자신들의 얼굴을 올려다보는, 귀가 들리지 않는 그 소년을 바라보았다. 그 어린 소년은 소녀처럼 기다랗고 파란 체크무늬 앞치마를 입고 있었다. 그는 상록수 가지 더미 한가운데에 앉아 화환을 엮고 있었다. 그의 예쁘고 부드러운 금빛 머리칼은 촉촉했으며 새하얀 이마 위로 반듯하고 매끄러운 부채꼴 모양 머릿수건이 놓여 있었다.

"보살핌을 잘 받아온 것처럼 보입니다."

리틀 집사가 말했다. 두 사람은 낮은 목소리로 조심스레 말을 주고받았다. 그들은 소년이 소리를 들을 수 없다는 것을 믿기 어려웠다. 그들의 입술이 움직일 때마다 아이의 미소가 깊어졌기 때문이다. 아이는 조금도 두려워하지 않았다. 그들은 죄책감을 조금 느끼며 방 안을 이리저리 다니면서 모든 것을 조사했다. 그곳은 그들이 가보았던 어떤 집과도 달랐다. 그곳에는 숲속의 기이한 분위기가 흘렀다. 이곳저곳에 상록수 더미들이 있었으며 몇몇 작은 초록 나무들이 한구석에 기대어 있었다. 방 안 곳곳에는 작고 거친 우리와 토끼장이 벽에 걸려 있거나 대충 만든 선반 위에 얹혀 있었고, 그 안에서는 지저귀고 짹짹거리는 소리가 들려왔다.

거기에는 쓸쓸해 보이는 작은 새와 토끼, 들쥐가 있었다. 그 새들은 거친 깃털과 작고 풀죽은 머리를 가졌고, 토끼 한 마리는 다리를 다쳤으며 또 한 마리 들쥐는 거의 죽은 것처럼 보였다. 남자들은 동물들을 날카롭게 바라보았다. 목사는 한숨을 쉬었다. 집사의 잘생긴 얼굴은 더욱 굳어졌다. 그들의 얼굴에서 결코 눈길을 거두지 않는 상냥한 파란 눈을 지닌 그 말 못하고 듣지 못하는 작은 소년 때문에, 그들은 자신의 생각을 입 밖으로 내지 않았다. 그들이 방을 한 바퀴 빙 둘러보고 다시 벽난로 앞에 섰을 때, 소년이 갑자기 소리를 질렀다. 그 소리는 거칠고 알아들을 수 없었으나, 완전히 불협화음은 아니었고, 그 나름대로 의미가 있는 것 같았다. 작은 들짐승들의 울음소리와 하나가 되어, 두 방문객에게는 웅변처럼 호소하는 부드러운 아우성처럼 들렸으나 그들은 그것을 이해할 수 없었다. 그들은 난로 옆에서 엄숙하게, 당혹스러워하며 서 있었다.

"그녀가 올 때까지 기다리는 게 나을까요?" 목사가 물었다.

"모르겠습니다." 리틀 집사가 말했다.

그들 뒤로 키가 큰 벽난로 선반이 있었다. 그 위에는 시계와

촛대가 놓여 있었고 제니가 바구니에 넣고 팔 수 있도록 모든 준비가 되어 있는 훌륭하게 말린 꽃다발이 가지런히 놓여 있었다.

갑자기 바깥쪽에서 딱딱하게 언 눈이 긁히며 문이 열리고 조나스 캐리의 아내가 들어왔다. 그녀는 숄을 뒤집어쓴 채 숨을 헐떡이고 있었다.

그녀는 두 남자 앞에 섰고, 갑자기 수줍게 격식을 차렸다.

"안녕하세요." 그녀가 그들의 인사에 답하며 말했다.

그녀는 잠시 그들을 바라보다가 숄 핀을 단단히 조였다. 그러고는 참을 수 없다는 듯이 말했다.

"두 분이 여기 있을 줄 알았어요."

그녀는 연약하면서도 격분한 목소리로 외쳤다.

"난 알고 있었어요. 그 이야기를 들었거든요. 누군가 여기로 와서 그녀를 염탐하리라는 걸요. 며칠 전에 그레그 부인 집에 있었는데, 그녀 남편이 집에 왔죠. 그가 가게에 갔었는데, 그곳 사람들이 제니 이야기를 했다는군요. 그녀가 윌리와 새들을 잘 보살펴주지 않는다며 마을 사람들이 그를 조사하겠다고 했죠. 목사님이 지나가는 걸 봤을 때, 여기로 올 줄 알았어요. 조나스에게도 그렇게 말했죠. 난 제니가 집에 없다는 걸 알고 있었어요. 그리고 이 집엔 말을 할 수 있는 존재가 아무도 없으니 조나스에게 내가 가겠다고 했죠. 도저히 참을 수가 없었어요."

"정말 끔찍하게 미끄럽더군요. 어떤 곳에서는 무릎을 꿇고 손으로 바닥을 짚고서 와야 했어요. 두 번이나 넘어졌지만 난 괜찮아요. 나는 당신들이 제니를 감시하기 위해 여기 올라오도록 내버려둘 수는 없었어요. 이 집 안에 있는 그 누구도 제니를 위해 해명을 해 줄 수 없는 상황에서 말이죠.”

캐리 부인은 그녀의 무모함으로 상대뿐만 아니라 자신까지도 놀라게 한 나머지 당황해서 난폭하게 반항하는 새처럼 그들 앞에 서 있었다. 그녀는 온몸이 두근거리는 듯했으나 그 흐릿한 푸른 눈동자 속에는 사나움이 서려 있었다. 목사가 집사에게 비난조의 말을 막 속삭이려는 참에 집사가 입을 뗐다.

“당신이 원하는 만큼 얼마든지 제니를 대신해 해명해줘도 좋습니다, 캐리 부인.”

그가 말했다.

“우리는 그걸 듣는 일에 대해 어떤 반대도 하지 않습니다. 그리고 우리는 그녀가 집에 없을 줄 몰랐습니다. 그 여자가 이 새들과 여러 가지 것들을 가지고 무얼 하는지 아십니까?”

“동물들한테 뭘 하냐고요? 말씀드리죠. 제니는 그들이 숲에서 굶주리고 얼어 죽기 직전에 이곳으로 데려와서 그들이 건강해질 때까지 돌보고 먹이고, 그러고는 풀어줘요. 그게 그녀가 하는 일이에요. 저기 저 토끼 보이죠? 저 토끼는 덫에 걸렸었어요. 누군가가 가엾은 저 짐승을 죽이려 했죠. 저 울새 보이죠? 누군가 저 새에게 총을 쏴서 날개가 부러졌어요. 그런 짐승들을 구하는 게 바로 그녀가 하는 일이에요. 잘은 몰라도 선교사에게 돈을 보내는 것만큼이나 좋은 일일 거예요. 울새와 굶주린 동물, 그리고 말 못하고 듣지도 못하는 아이의 선교사가 되어 주는 것도 다른 이들을 돌보는 것만큼이나 훌륭한 일이에요. 그리고 그것이 바로 그녀가 하는 일이에요.”

“나는 이 말을 하는 게 전혀 두렵지 않아요. 내가 다 말씀드리죠. 사람들이 그녀에 대해 그런 식으로 이야기하는 게 이해가 되지 않아요. 제니는 구빈원에서 그 말 못하는 아이를 데리고 왔어요. 그녀 말고는 아무도 그 애를 원하지 않았죠. 그 아이는 학대받은 것 같지 않죠. 제가 보기엔 그런데요. 제니는 그녀가 할 수 있는 만큼 최대한 그 아이를 깨끗하게 돌봐 주고 아이와 새들이 충분히 먹을 수 있도록 돌보고 있어요. 자기 자신이 먹을 게 없어도 말이죠. 난 알아요. 그녀는 새 옥양목 드레스 하나 사지도 못한 채 지내고 있어요. 그걸 살 돈이면 나무에서 먹이를 얻을 수 없는 새들을 위해 무언가를 사다주겠다고 말이죠. 나무가 얼음으로 뒤덮여 꽁꽁 얼어 버렸거든요."

"아무 말 하지 말아요. 조나스가 화가 났을 때면 제니는 내가 봐온 그 어떤 사람보다도 빠르게 그의 화를 풀어줄 수 있죠. 그녀가 소문에 시달리고, 이런 터무니없는 감시를 당하는 걸 난 용납할 수 없어요. 그들은 그녀가 실연당해서 망가졌다고 말하죠. 흠, 나는 그들이 무얼 보고 실연으로 망가졌다고 하는지 모르겠어요. 나는 그 앤더슨이라는 남자가 다른 여자와 결혼했다는 걸 알아요. 제니는 자신이 그와 함께하게 될 거라 기대했었죠. 그놈은 교수형을 당했어야 마땅해요. 하지만 난 한 가지 알고 있어요. 만일 그녀가 평범한 사랑의 길에서 벗어나게 되었다 해도 그녀는 또 다른 사랑의 길을 택했다는 걸요. 그곳은 말 못하는 작은 아이와 굶주린 동물들, 그리고 절뚝거리는 토끼들로 가득해요. 그런 그녀가 다른 사람들보다 특별히 더 실연으로 인해 망가진 건 아닌 것 같은데요."

캐리 부인은 애정과 분노에 사로잡혀 거의 시를 읊듯 말했다. 그녀의 작은 얼굴은 분홍빛으로 상기되었고 그녀의 파란 눈은 불길로 가득 차 있었으며, 숄 아래로 흥분한 팔을 격렬하게 흔들었다. 작고 온순한 이 늙은 여인은 참으로 열정적이었다. 두 남자는 서로를 바라보았다. 집사의 잘생긴 얼굴은 여느 때처럼 엄중하고 진지했으나 조용히 목사의 말을 기다렸다. 목사는 사과하듯 말을 이어갔다. 그는 온화한 노인이었고 집사는 교구의 규율을 잡는 일에서 그의 대변자였다. 만일 집사가 그 일에 실패할 때면 목사 자신이 연약하고 친절한 목소리를 드러내야 했다.

그는 캐리 부인의 말을 의심치 않는다고 했다. 그들은 무작정 찾아온 일을 사과하고 크리스마스 제니를 칭찬했다. 그러고 나서 목사와 집사는 물러갔다. 그들은 그들의 머리 위 허공에 닿을 때까지 열정으로 몸을 끌어올릴 것 같았던 그 작고 목소리 큰 늙은 여인에게서 떠날 수 있어 진심으로 감사했다. 그녀는 두려움을 느끼게 할 만큼 그들의 눈에는 비정상으로 보였다. 사실 통상적인 평범함을 벗어난 모든 것은 이 사내들과 마을 사람들을 두렵게 했다. 거기에는 그들의 눈이 꿰뚫어 볼 수 없는 이상한 그림자가 놓여 있었고 그들은 그것을 수상쩍어 했다. 제니 레인에 대한 대중의 정서는 이러한 특성의 결과였고, 이는 마녀에 관한 뉴잉글랜드의 해묵은 미신의 잔재였다. 무엇보다도 제니의 기이함, 평범한 삶의 방식에서 벗어난 그녀의 묘한 일탈이 그녀에 대한 의문을 불러일으킨 것이다. 그들 스스로 인정하지는 않았지만, 그 12월 오후에 산길을 올라간 것은 사실상 마녀사냥이나 다름없었다.

그들은 내려가는 길에 거의 아무 말도 하지 않았다. 그러다 목사가 집사를 바라보았다.

"우리가 개입할 근거가 없을 것 같습니다."

그는 머뭇거리며 말했다.

"예, 그런 것 같습니다."

집사가 대답했다. 집사는 자기 집에 거의 다 이르렀을 때 다시 입을 열었다.

"크리스마스에 그녀에게 작은 무언가라도 보내야겠어요."

그가 말했다. 리틀 집사는 돈이 많았다.

"좋은 생각이군요." 목사가 대답했다.

"저도 제가 할 수 있는 일을 알아보겠습니다."

크리스마스는 그날로부터 일주일 뒤였다. 크리스마스 아침, 늙은 조나스 캐리와 그의 아내는 가장 좋은 옷을 입고 제니 레인의 집으로 가는 산길을 걷기 시작했다. 늙은 조나스는 두꺼운 외투를 입고 아내의 캐시미어 스카프를 목에 두 번 감았다. 캐리 부인은 기다란 숄을 걸치고 그녀가 갖고 있는 것 가운데 가장 좋은 보닛을 썼다. 그들은 매우 손쉽게 길을 걸었다. 얼음은 이제 모두 녹아 있었다. 전날 눈이 조금 내렸지만 신발이 깊이 빠질 만큼은 아니었다. 제니의 친구들, 새들과 들쥐, 토끼들이 눈 위에 작은 흔적들을 남겼는데, 귀여운 지그재그 모양의 선들이 이어져 있었다.

조나스 캐리와 그의 아내는 순조롭게 나아가다가 수레가 다니는 길에 이르러 노인의 신발 끈이 풀려버렸고, 노인은 그걸 밟고 넘어졌다. 그는 허리를 굽혀 그것을 힘겹게 묶고 계속 걸어갔다. 곧 그는 다시 멈췄다. 그의 아내가 뒤를 돌아보았다.

"무슨 일이에요?" 그녀가 물었다.

"신발 끈이 풀렸어."

늙은 조나스가 반쯤 들리지 않는 목소리로 투덜거리며 대답했다.

"내가 묶어주는 건 싫어요?"

조나스는 더 이상 아무 말도 하지 않았다. 그는 거칠게 신발 끈을 묶었다. 제니의 집이 보이기 시작하는 곳에 이르렀을 즈음 그는 다시 멈춰서서, 길 옆에 있는 돌담 위에 앉았다.

"오, 조나스. 무슨 일이에요?"

조나스는 아무 대답도 없었다. 그의 아내가 그에게 다가서자, 신발 끈이 또 풀려있는 것이 보였다.

"조나스, 내가 끈을 묶게 해줘요. 난 금세 묶을 수 있어요. 안 그래요, 조나스?"

조나스는 눈 덮인 블랙베리 덩굴 한가운데 앉아 마치 돌처럼 딱딱하게 굳은 얼굴로 정면을 바라보았다. 그의 아내는 울음 섞인 목소리로 간청했다.

"오, 조나스." 그녀가 애원했다.

"오늘은 성질부리지 말아요. 내가 묶으면 안 될까요? 진짜 세게 묶어 줄게요. 오, 조나스!"

이 늙은 여인은 마치 그녀의 짝 곁을 초조하게 맴도는 새처럼 커다란 외투를 입고 돌담 위에 앉은 노인의 주위에서 안절부절 못하고 있었다. 제니 레인은 집 문을 열고 바깥을 내다보고는 길을 내려왔다.

"무슨 일이에요?" 그녀가 물었다.

"오, 제니. 난 어떻게 해야 할지 모르겠어요. 그가 또 화가 났어요."

"넘어졌나요?"

"아니, 신발 끈이 세 번이나 풀렸는데, 그게 마뜩잖았는지 담벼락에 주저앉았어요. 아마도 종일 여기에 있을 것 같아요. 맙소

사. 당신 집에 거의 다 왔을 때, 이번엔 정말 수월하게 왔다고 생각했어요. 그런데 내가 신발 끈을 묶어준다는데도 그가 허락지 않아요. 저렇게 주저앉았을 때면, 감히 그럴 엄두도 못 내요. 오, 조나스. 내가 신발 끈을 묶게 해줘요. 안 되나요? 두 번 다시 풀리지 않도록 단단하고 멋지게 묶어줄게요."

제니는 그녀의 팔을 잡았다.

"얼른 집으로 들어오세요."

그녀가 힘차게 말했다. 그녀는 사실상 담벼락 위에 앉은 사람으로부터 등을 돌렸다.

"오, 제니. 나는 저이가 저기 앉아 있는 걸 내버려두고 안으로 들어갈 순 없어요. 그는 분명 종일 저기 앉아 있을 거예요. 당신은 몰라요. 때로는 몇 시간 동안이나 서서 그와 입씨름을 해야 꿈쩍하는 시늉이라도 한다니까요."

"얼른 들어와요. 칠면조가 아주 잘 익어서 곧 식탁에 올릴 거거든요. 내가 이제까지 봐온 칠면조 가운데 가장 크고 살진 칠면조예요. 리틀 집사님이 그걸 어디서 구했는지 모르겠어요. 건포도 푸딩도 다 되었고 채소도 다 준비됐어요. 어서 들어와요. 30분 뒤에 식사를 할거예요."

두 여자가 집 안으로 들어가자, 담벼락에 앉아 있던 그는 고개도 돌리지 않고 불안한 눈길만을 보냈다. 그는 코를 킁킁거렸다. 그가 칠면조구이 냄새와 순무, 양파 냄새를 맡을 수 있음은 확실해 보였다. 집 안에서 캐리 부인은 자신의 모자와 숄을 제니의 작은 침실 침대 위에 놓았다. 침대 위에는 전날 밤 제니가 받은 크리스마스 선물인 새 옥양목 드레스도 놓여 있었다. 제니는 자랑스럽게 그것들을 보여 주었다.

"이건 내가 언제나 좋아하던 초콜릿색이에요." 그녀가 말했다.

"그들이 어쩌다 이런 생각을 했는지 모르겠어요."

"정말 멋지네요."

캐리 부인이 말했다. 그녀는 제니에게 방문객들에 대해 말하지 않았지만 그녀는 비밀을 지키는 것에 익숙지 않았고 비밀을 간직하고 있자니 그녀의 얼굴에 묘한 표정이 지어졌다. 그러나 제니는 그것을 알아차리지 못했다. 그녀는 서둘러 식사 준비를 했다. 난로에는 김이 모락모락 나는 냄비가 잔뜩 올려져 있었다. 오븐 속 칠면조에서는 지글지글 끓는 소리가 났다. 귀가 들리지 않고 말도 못하는 어린 소년은 벽난로 구석에 앉아 코를 킁킁거리고 있었다. 그는 제니를 지켜보고 난로를 황홀한 듯 바라보았다. 그러면서도 그의 무릎 위에 있는 보물들을 살펴보았다. 그것은 그림책과 카드, 그리고 사탕과 오렌지가 담긴 상자였다. 그는 그것들을 그의 긴 앞치마에 꽉 움켜쥐었다. 작은 새장 속 야생동물들은 달콤하게 지저귀며 그들의 음식을 쪼아 먹었다. 제니는 가장 좋은 식탁보와 어머니의 꽃무늬 도자기로 식탁을 차렸다. 제니를 낳은 산골 농부 부부의 삶에는 작은 기품이나 안락함이 깃들어 있었고, 집은 가난했으나 크리스마스 만찬에는 도자기와 리넨 식탁보가 갖춰져 있었다.

캐리 부인은 돌담 위에 앉아 있는 창밖의 남편을 불안한 듯 내내 바라보았다.

"그가 들어오길 바란다면 창문에서 멀리 떨어지세요."

제니가 말하자 노파는 난로 곁 의자에 앉았다. 곧 문이 열리더니 조나스가 들어왔다. 제니는 감자 솥 위로 몸을 구부린 채였고 주위를 둘러보지도 않았다.

"그의 외투를 침대 위에 올려놔도 돼요, 캐리 부인."

그녀가 말했다. 조나스는 외투를 벗고 냉정한 위엄을 보이며 자리에 앉았다. 그는 신발 끈을 더욱 단정하고 단단하게 묶었다. 잠시 뒤 그는 자신을 바라보며 웃는, 듣지도 말하지도 못하는 작은 소년을 내려다보았고, 그 아이를 향해 미소를 지었다.

캐리 부부는 저녁까지 머물렀다. 제니는 수레가 다니는 길까지 환히 보일 수 있게, 양초를 창가에 두었다. 아랫마을에서는 목사의 딸과 그녀의 약혼자가 교회로 걸어가고 있었다. 그곳엔 크리스마스트리가 있었다. 꽤 어두웠다. 그녀는 그의 팔에 바싹 달라붙었고 이따금 그녀의 분홍빛 뺨이 그의 소매를 스쳤다. 많은 별들이 떠 있었고 더 많은 별들이 뜨고 있었다. 별 하나가 갑자기 어두운 산 쪽에서 반짝이는 것 같았다.

"크리스마스 제니의 촛불이에요."

소녀가 말했다. 그리고 그것은 크리스마스 제니의 촛불이기도 했으나 그 이상의 것이기도 했다. 모든 평범한 것들이 그러하듯, 거기에는 그 나름의 시詩가 깃들어 있었고, 그것은 그 자체로 하나의 시였으며, 또한 그것은―하나의 크리스마스 별이었다.

오래된 두 연인

Two Old Lovers

오두막집들이 모여 이루어진 마을 레이덴의 집들은 두 가지 형태 가운데 하나로 지어졌다. 하나는 현관 입구가 오른쪽에 있는 것으로, 집 모퉁이 쪽에 집의 3분의 1 길이까지 뻗어 있는 작은 테라스 공간이 있어서 지붕이 그 위로 돌출되어 있거나, 아니면 현관 입구가 중앙에 있어 테라스 공간이 현관을 중심으로 좌우로 가로질러 뻗어 있는 모양새였다.

오두막들은 모두 하얀색으로 칠해졌고, 밝은 봄의 초록빛 블라인드가 걸려 있었다. 집집마다 앞쪽에 작은 정원이 있었고, 꽃밭은 삼각형, 하트, 동그라미, 사각형 등 예술적으로 구성되어 울타리가 둘러져 있었다. 그 안에는 개사철쑥, 수염패랭이꽃, 패랭이꽃 들이 계절마다 다르게 피어 있었다.

작고 하얗고 깨끗한 이 오두막집들 한가운데에 오랫동안 비바람을 견뎌낸 세 개의 신발공장이 건실하면서도 당당하게 서 있었다. 초라한 환경이었지만 쾌활한 분위기가 감돌고 있었다.

여러 해 전, 히람 스트롱이 미국 노동자들이 신는 신발을 생산하기 위해 공장 세 개를 세웠을 때는 레이덴 마을을 세우는 영광까지 함께 얻게 되리라고는 생각지 못했었다. 그는 단지 도시로 향하는 철길이 60마일쯤 떨어져 있어 접근이 쉽다는 이유로 건물 부지를 선택한 것이었다. 처음에 노동자들은 이웃 마을에서 차로 들어왔지만, 조금 지나자 출퇴근이 피곤해진 사람들이 하나둘씩 스스로 오두막을 지었고, 그들이 매일 일하는 현장 근처에 가족과 그에 딸린 살림살이들을 두기 시작했다. 그래서 레이덴 마을은 차츰 커졌다. A는 C처럼 오두막을 지었고, B는 D처럼 지었다. 그들은 집을 하얗게 칠하고 초록빛 블라인드를 걸었으며, 집 앞쪽에는 꽃밭을, 뒤쪽에는 텃밭을 두었다. 이

옥고 교회와 가게, 우체국 등이 들어왔고 레이덴은 필요한 시설을 다 갖춘 마을이 되었다.

그것은 오래전 일이었다. 신발 공장이 히람 스트롱의 상속자들의 손을 떠난 지도 꽤 오래되었고, 그도 이제는 사람들의 기억 속에만 남아 있을 뿐이었다. 사업은 예전처럼 빈틈없고 활발하지는 않았다. 이제는 조금 가라앉아, 예전처럼 바쁘게 서두를 일도 거의 없었다. 공장은 잔업 때문에 저녁 늦게까지 불을 밝히는 일도 전혀 없었다. 노동자들은 바쁘게 자르고 못을 박으면서 즐겁고 유익한 수다를 여유롭게 떨 수 있었다. 그렇다고 이런 행동이 레이덴의 쾌활함과 번영을 떨어뜨리지는 않았다. 주민들은 소소한 일거리로 안락하게 지낼 수 있었고 그들은 만족했다. 그들도 공장의 기계들처럼 더디게 움직이기 시작했다. "레이덴처럼 느리다"는 말은, 일이 빨리 돌아가는 이웃 마을들 사이에서 떠도는 표현이었다. 매일 아침 7시가 되면 나이 든 남자들, 젊은이들, 소년들은 옥양목 셔츠 차림의 창백한—아마도 실내에서만 생활한 탓에—얼굴로, 하얀 오두막 뒷문으로 망설임 없이 줄지어 나와서는 집들 주위로 이어진, 잦은 발걸음으로 깊이 팬 오솔길을 따라 공장들로 들어갔다. 공장들은 크고 못생긴 목조 건물들로, 처음부터 느릿느릿 조금씩 커진 탓에 건물들의 양 옆이 어색하게 튀어나와 있었다. 건물 외벽은 검고 더러웠으며 온갖 색조의 붉은 페인트로 칠해져 있었는데, 줄무늬가 있거나 얼룩이 보이기도 하고 여기저기 덧칠되어 있었다. 오랜 세월 연기와 폭풍우에 시달려 본디 빛깔을 잃은 지 오래였다.

남자들은 신발 공장에서 하루 종일 평화롭게 일했다. 여자들은 집에 머물면서 작고 하얀 오두막을 정돈하고 음식을 만들거나 옷을 빨고 바느질을 했다. 저녁이 되면 남자들은 바커의 가게 앞 테이블에 마주 앉아 즐겁게 수다를 떨거나 정치에 관한 이야기를 나눴다. 그리고 여자들은 이웃집 울타리 너머로 이야기를 나누거나, 오후에 이웃집으로 바느질거리를 가져가곤 했다.

다른 곳과 마찬가지로 레이덴에서도 사람들은 죽었다. 여기저기에 주인이 다시는 딛을 수 없는, 좁은 오솔길로 이어지는 뒷문이 있는 작고 하얀 오두막들이 있었다.

이런 집들 중 한 군데에 남편을 여읜 마사 브루스터와 그녀의 딸 마리아가 살고 있었다. 그들의 오두막은 테라스가 현관 좌우로 뻗어 있는 형태였다. 해마다 여름이면 그들은 이곳에 나팔꽃을 가꿨다. 그리고 작은 정원에는 레이덴에서 흔히 볼 수 있는 꽃들을 심었다. 나이 든 두 여성들만 사는 집 가운데 이곳보다 더 잘 정돈되고 화사한 집은 근처에 없었다. 마사 브루스터는 여든 살쯤 되었고, 그녀의 딸 마리아 브루스터는 예순 가까운 나이였다. 이들은 15년쯤 전 제이콥 브루스터가 죽어 공장을 더 이상 다닐 수 없게 되면서부터 둘이서만 살고 있었다. 그는 이들에게 이 하얀 오두막을 남겼고, 은행 예금도 조금 남겼다. 브루스터 가족 전체는 평생 일하며 절약해 왔다. 남자가 가게에서 일하는 동안 여자들은 집에서 부츠에 끈을 끼우는 일을 했다. 그리고 돈 한 푼을 쓰는 일에도 하룻밤을 고민했다.

마리아의 아버지가 세상을 떠났을 때, 레이덴 사람들은 모두 데이비드 에몬스가 마리아 브루스터와 결혼할 것이라 생각했다. "데이비드는 자기 집은 세를 놓고 마리아와 그녀의 어머니의 집에 들어가서 함께 살면 될 텐데." 애정 어린 마음으로 상황을 정리하고 싶은 사람들은 그렇게들 말했다. 그러나 그는 그렇게 하지 않았다. 매주 일요일 8시 정각이 되면 데이비드 에몬스는 가장 좋은 옷을 입고, 빳빳하게 다린 하얀 옷깃을 달고, 단춧구멍에는 작은 꽃을 끼워 넣고 마리아 브루스터의 집으로 향했다. 지난 25년 동안 매주 일요일 밤마다 마리아를 찾아갔지만 그게 다였다. 그는 자신과 마리아의 행복을 바라는 사람들의 현명한 계획을 실행하겠다는 뜻을 조금도 비치지 않았다.

사람들은 솔직히 말해서, 그녀의 연인이 결혼을 미루는 것을 동정할 일이 전혀 아니라고 생각했다. 그녀는 미루어진 희망 때문에 슬퍼하는 것 같지 않았다. 그녀보다 더 쾌활한 여자는 없었다. 그녀는 말 그대로 기쁨으로 넘쳐났다. 동그란 얼굴에 검은 눈을 한 그녀는 몸 전체를 우스꽝스럽게 조금 튕기듯이 걸었다. 그녀는 마을 전체에서 가장 명랑한 사람이었다.

그녀의 어머니는 이제 너무 쇠약해졌지만 마리아는 나이가 들었어도 여전히 부츠에 끈을 끼워 넣는 일을 했다. 데이비드 에몬스는 예순 살이 되었고, 젊을 때부터 그랬듯이 아직까지도 공장에서 일했다. 그는 마르고 온화한 얼굴을 한 노인으로, 턱 주위에는 군데군데 하얗게 센 금빛 수염이 났으며 머리는 거의 대머리가 되어 있었다. 예전에는 꽤 잘생겼었다고 사람들은 말했다. 비록 모두들 그를 좋아했음에도 어떤 이들은 그를 조금 비웃었다. "느린 레이덴 사람들 가운데에서도 가장 느린 사람." 마을 밖 사람들은 그를 그렇게 불렀다. 심지어 "느린 레이덴 사람들"마저도 그런 과장된 별명을 재미로 부르기도 했다. 잘 알려진 진부한 이야기가 있는데, 데이비드 에몬스가 데이트하러 갈 때면 한 시간이나 걸리기 때문에, 언제나 마리아의 집에 8시까지 도착하기 위해 7시에는 집을 나서야만 한다는 것이었다. 그런가

하면 어느 날 아침에는 그가 공장으로 출근하는 길에 예배당이 그를 앞질러갔다는 우스갯소리도 있었다.

데이비드도 물론 이런 농담을 들었다. 이런 종류의 문제에 대한 시골 사람들 특유의 무신경함 같은 것이 있다. 그러나 그는 모든 것을 좋은 쪽으로 받아들였다. 그는 다른 사람들이 자신을 앞에 두고 웃을 때 함께 웃었다. 그러나 가끔 그가 하는 변명에는 무언가 감동적인 면이 있었다. "음, 왠지 몰라도, 천성적으로 달리 어쩔 도리가 없는 것 같아요. 난 이 세상에 빨리 적응하는 능력을 갖추지 못하고 태어난 것 같거든요. 제 생각에는 여러분이 뒤에서 저를 좀 밀어주시는 수밖에 없는 것 같군요."

그는 현관이 오른쪽에 있는 작은 오두막에서 철저히 혼자 살았다. 집 옆에는 0.5에이커쯤 되는 땅도 있었는데, 그는 채소를 키우는 텃밭으로 그곳을 사용하고 있었다. 공장이 열기 전과 문을 닫은 뒤, 이슬 맺히는 아침과 저녁에 그는 옥수수와 콩의 초록 물결 사이에서 부지런히 땅을 일구고 잡초를 뽑았다. 데이비드 에몬스는 느릴지 몰라도 그의 채소들은 그렇지 않았다. 레이덴의 어떤 텃밭도 그의 텃밭만큼 채소가 풍성하지는 않았다. 그의 옥수수는 수염을 길게 늘어뜨렸고, 그의 감자밭은 다른 사람들이 일군 밭 못지 않게 빨리 흰 꽃을 피워 냈다.

그는 거의 채식주의자로 살았는데, 자신의 텃밭에서 나온 채소들을 주로 먹었기 때문이다. 이른 아침, 이 점잖은 노총각은 푸른 채소들이 담긴 냄비를 끓이고 점심에는 온화한 로버트 헤릭[1]처럼 콩과 허브를 곁들여 맛있게 식사했다. 그는 텃밭에서

---

1) Robert Herrick(1591~1674). 영국의 시인으로 B.존슨의 시풍을 계승해 부드럽고 서정적인 전원시를 많이 남겼다.

그의 연인과 그녀의 어머니가 먹을 모든 채소들도 키워 냈다. 데이비드가 깨끗하고 맛있는 먹을거리들로 가득 찬 바구니를 들고 브루스터의 집 쪽으로 천천히 움직이는 모습은 일주일에도 몇 번이나 볼 수 있었다.

친절한 행동으로는 마리아도 그녀의 나이 든 연인 못지않았다. 그녀는 토요일 하루 뿐 아니라, 주중에도 상당한 양의 빵을 구워 데이비드의 작은 식탁 위에 하얀 아마포 천으로 깔끔하게 덮어 놓아 두었다. 그녀는 그의 집 부엌 블라인드 아래, 그녀가 잘 아는 숨겨둔 장소에서 열쇠를 찾아내서는 은밀히 뒷문을 열고 들어가 좋은 것들을 놓아두곤 했는데, 비록 몹시 비효율적이긴 했어도 꽤 마음을 흥분시키는 일이었다. "마리아가 데이비드에게 줄 빵을 들고 가네." 그녀가 통통 튀며 걸어갈 때, 여자들이 창문으로 내다보며 말했다. 그녀는 평소보다 더 얌전하고 조심스러운 걸음걸이로 길을 내려갔다. 그리고 데이비드가 눈물 어린 눈으로 아마포 천을 걷어내고 갈색 빵과 얇은 조각 파이를 발견했을 때, 그는 이 은혜가 어느 구원의 천사에게서 내려온 것인지 잘 알고 있었다. 빵과 파이는 그를 향한 마리아의 사랑과 그녀의 요리 솜씨를 보여 주는 증거였다.

공동체의 젊고 좀 더 불경한 사람들 사이에서는 25년이나 이어진 이 나이 든 연인들의 연애 방식을 두고 많은 추측들이 나돌았다. 연인들 사이에 흔히 하는 애정 표현, 이를테면 키스라든지 살며시 손을 잡는다든지 하는 시도들이 있기는 했을까?

더 대담한 몇몇 영혼들은 심지어 마리아의 거실 창문을 훔쳐보는 매우 부적절한 행동을 저지르기까지 했다. 하지만 그들은 데이비드가 말 털로 만든 작은 소파 위에 조용히 단정하게 앉아 있고, 마리아가 탁자 옆 등나무를 엮어 만든 흔들의자에 앉아 천천히 몸을 흔들고 있는 모습을 보았을 뿐이다. 마리아가 그녀의 흔들의자를 벗어나 말 털로 만든 소파의 데이비드 옆자리에 앉았을까? 아무도 알 수 없었다. 그렇지만 그녀는 하지 않았다. 마리아와 데이비드의 연애에는 뭔가 웃기면서도 동시에 조금 애처로운 구석이 있었다. 데이비드 에몬스가 25년 전 그 온화하고 푸른 두 눈으로, 뺨을 붉힌 말수 적은 마리아 브루스터에게 수줍어하며 사랑스럽게 처음 눈길을 보냈던 그 순간부터 "교제 중"이라는 사실에 수반되는 모든 외적인 장치는 변하지 않았다. 매주 일요일마다 겨울이면 응접실에 장작불이 지펴졌고, 일 년 내내 땅거미가 지면 응접실 램프에 불이 켜졌다. 마리아의 어머니는 젊은 그들은 "늦게까지 깨어 있"도록 자리를 피해주느라 일찍 잠자리에 들었다. 구애의 초기 단계에야 어땠는지 모르겠지만, "늦게까지 깨어 있"는 것은 이제는 그렇게 대단한 일이 아니었다. 그러나 이 오래된 연인들에게는 감정보다 잠에 대한 욕구가 더 중요했다. 10시가 되면 마리아의 램프가 꺼졌고 데이비드는 혼자서 집으로 돌아갔다.

레이덴 사람들은 데이비드가 마리아에게 실제로 청혼한 적이 있는지, 혹은 다른 일들이 그랬듯이 이 일도 그의 느린 천성 탓에 이루어지지 못한 것인지 몹시 궁금해 하며 지켜보았다. 그들의 호기심은 오랫동안 헛되이 응답받지 못했지만, 브루스터 여사는 늙어가면서 말이 많아졌고, 어느 날 딸이 없을 때 찾아 온 이웃에게 이렇게 말했다. "데이비드는 결코 중요한 말을 하지 않았어. 나는 그가 언젠가는 할 거라고 생각했지. 나야 그가 좀 했으면 좋겠다고 생각했지만, 어쨌든 마리아는 마음 쓰지 않는다

는 걸 알아. 그러니 별 상관 없는지도 몰라. 그래도 서두르지 않
으면 내가 살아있는 동안 그 애들이 결혼식을 올리는 걸 보지
못할까 봐 가끔 걱정하지."

그리고 그 일에 관련된 징조들도 있었다. 싸게 살 수 있는 좋
은 기회가 있어 마리아가 마련한 진줏빛 실크가 그랬다. 여러 가
지 정황으로부터 데이비드가 마침내 중요한 말을 할지도 모른다
고 그녀가 생각해서 대략 20년 전에 사 둔 것이었다. 그로부터
10년 뒤 그것이 드레스로 완성되었다는 것이 또 한 번 넌지시
알려졌다. 마침내 중요한 순간에 이르렀다고 마리아가 다시 한번
추측했을 때였다. 이웃은 브루스터 부인을 잘 구슬러서 그 진줏
빛 실크 드레스의 실물을 잠깐 구경하고는 크게 기뻐하며 집으
로 돌아갔다.

338   마리아가 중요한 질문을 미루는 데이비드의 늦장 부리는 습
관을 크게 마음에 두지 않는다는 것은 전적으로 진실이었다. 그
러기엔 그녀는 매우 명랑했고, 몹시 바빴으며, 날마다 하는 일들
에 관심이 많아서 어떤 일에도 조바심을 내지 않았다. 그녀에게
는 기질적으로 감상적인 요소가 끼어들 여지가 없었다. 데이비
드를 향한 그녀의 마음은 본질적으로 대단히 실용적이었다. 비
록 여자였지만 마리아는 두 사람 중에 더 강했고, 그를 향한 그
녀의 애정은 연인보다는 어머니의 마음에 가까웠다. 주로 배려
하고 보살피는 그녀의 사랑으로 인해 그녀에게 찾아온 유일한
고뇌는 긴 연애와 늦어지는 결혼에서 비롯되었다. 몇 년 전 어느
일요일 밤, 데이비드가 헤어지면서 어떤 말을 하려고 머뭇거리
는 모습을 보면서 마리아는 그가 틀림없이 중대한 질문을 하리
라 생각했고, 그녀는 너무 행복해서 심장이 두근거렸다. 그때

그녀는 진줏빛 실크를 샀다.

몇 년 뒤, 그녀의 심장이 다시 두근거리는 일이 있었다. 그러나 이번에는 떨림이 좀 덜했다. 데이비드는 그 일요일 밤에는 거의 그녀에게 말을 꺼낼 뻔했다. 그래서 그녀는 이번에는 진줏빛 실크로 드레스를 만들었다. 그녀는 가끔 애정이 듬뿍 담긴 눈길로 감탄하며 그 드레스를 바라봤다. 때로는 그것을 입고 거울에 비친 자기 모습을 살피기도 했다. 그리고 데이비드의 신부가 된 모습을 상상했다. 빛바랬지만 행복한, 사랑받는 신부였다.

그녀는 지금도 가끔 그 드레스를 바라보곤 하지만 그것을 절대로 입지 못할 거라는 확신이 강하게 들 때면 조금 슬퍼졌다. 그러나 그 슬픔은 늘 그녀 자신보다는 데이비드를 향한 것이었다. 그녀는 그가 늙어가는 모습을 보며, 보살핌 받지 못하는 외로운 그의 삶이 그녀의 가슴을 연민과 슬픔으로 가득 채웠다. 그녀는 토요일에 빵을 구워 가져다주는 일만 하지는 않았다. 매주 그의 작은 집을 깔끔하게 정돈했고 그의 옷들도 수선했다.

어느 일요일 밤, 그녀는 그의 외투에 길게 찢어진 자국을 발견했다. 여자의 손길이 제대로 닿지 않은 탓이었다. 그가 떠난 뒤 그녀는 자신의 방으로 들어가 펑펑 울었다. 그녀에게는 더욱 가련하게 여겨지는 무언가가 있어 그 마음을 더욱 울렸다. 그녀의 연인이 일요일이면 입는 외투가 찢어진 것은 오랜 세월의 모든 기다림보다 더 가슴 아픈 일이었다.

해가 갈수록 마리아는 가엽고 외로운 늙은 형체가 천천히 움직여 그의 쓸쓸한 집으로 내려가는 모습을 더욱더 슬픈 마음으로 지켜보았다. 그녀의 슬픔은 늘 그를 향한 것이었고, 그녀 자신을 위해서는 슬퍼하지 않았다. 그녀는 변함없이 충실한 애정을 품고 있기는 했지만, 가끔 그에 대해 조금 의아해 하기도 했다. 그것은 바로 그가 노년에 보호와 보살핌을 받을 수 있음에도, 늘 그래왔듯이 어둡고 적막한 집으로 돌아가는, 혼자만의 생기 없는 삶을 선택한다는 사실이었다. 그녀는 다른 것들과 마찬가지로, 그것이 자기 연인의 고질적으로 미루는 습관 때문이라고 굳게 믿었다. 그녀는 그가 자신을 사랑한다는 것을 단 한 순간도 의심하지 않았다. 어떤 여자들은 좀 더 성급하게 일을 서두르려고 했을지 모르지만, 마리아는 열정적이기보다는 꾸준하고 실용적인 본성에 내재된 사려 깊음으로 더욱 한결같은 모습을 보였다. 만일 그녀가 열정적인 행동을 했다면 그녀는 자존심을 영원히 잃고 말았을 것이다.

그래서 그녀는 자신의 손가락이 점점 굳어가고 있음에도 부츠에 끈을 끼우며 쾌활하게 살았다. 해가 갈수록 차츰 쇠약해지고 더욱 아이처럼 되어가는 어머니의 기분을 맞추며 불쌍하고 어리석은 늙은 연인을 위해 최선을 다했다.

데이비드가 일흔이고 그녀는 예순 여덟이었을 때, 그녀는 진 줏빛 실크 드레스를 곧 결혼하게 될 사촌의 딸에게 주어 버렸다. 그 예비신부는 젊고 예쁘고 행복했지만 가난했다. 그 실크 드레스는 그 신부가 손에 넣을 수 있는 그 어떤 드레스보다 아주 멋진 웨딩드레스가 될 것이다.

불쌍하고 늙은 마리아는 드레스를 보내기 전에, 메마른 손으로 윤기 나는 주름들을 매만지며 그동안 억눌러온 데이비드와 자신에 대한 연민으로 조금 울었다. 그렇지만 눈물 한 방울이 실크 천의 반짝이는 표면에 똑 떨어지는 것을 보자 그녀는 곧바로 눈물을 그치고는, 손수건으로 눈물방울을 닦아내면서 드레스를 불빛에 비춰보며 얼룩이 지지는 않았는지, 세심하게 살펴보는 표정이 되었다. 이처럼 현실을 우선하는 마리아의 본성은 때때로 자신에게 아주 유익했다. 그 무엇도 이보다 더 빨리 눈물을 마르게 할 수는 없었을 테니 말이다.

어쨌든 마리아는 자신의 웨딩드레스를 줘 버리고 나서부터는 데이비드를 향한 마음이 조금 달라지는 것을 느꼈다. 그를 향한 그녀의 태도에는 늘 조금 안달하는 기분이 있었고, 사람들 앞에서도 말을 아끼고 조심하는 면이 있었다. 그렇지만 웨딩드레스가 없어지자, 그녀의 머릿속에서도 결혼에 대한 모든 가능성이 완전히 사라졌다. 그로 말미암은 예민한 생각들도 없어졌다. 그녀는 그 나이의 여자로서는 드물게 건강하고 활력이 넘쳤다. 마리아와 그녀의 연인은 두 살도 더 차이가 나는 것 같았다. 이제 그녀가 데이비드의 작은 식탁 위에 가져다 올려놓는 것은 토요일의 빵과 파이만이 아니었다. 더욱 솔직하고 대담하게 누가 보든 말든 상관하지 않고, 그녀는 따뜻한 식사를 여러 번 가져다 놨다. 매일 그녀의 집안일이 끝나면, 데이비드의 집을 정돈했다. 그에게 필요한 말년의 모든 편안함을 누리게 해주겠다고 그녀는 결심했다. 그가 마지막 날들을 보내고 있음은 분명했다. 그는 기침을 했으며, 이제는 힘이 없고 약해져서 몹시 천천히 걸었다. 그 모습을 보는 사람들은 그가 월요일 저녁 전에 마리아 브루스터의 집에 닿을 수 있을지를 걱정할 정도였다.

어느 일요일 밤 그는 평소보다 더 오래 머물렀다. 시계가 10시를 가리켰다. 그가 일어서더니 말했다. 몇 십 년 동안 매주 일요일 저녁마다 해오던 말이었다. "그럼, 마리아, 이제 가 봐야할 시간이에요."

그녀는 그가 외투 입는 것과 목도리 매는 것을 도와주었다. 자신의 평소 습관과는 다르게 그날, 그는 문가에 서서 무언가 할 말이 있는 것처럼 잠시 망설였다.

"마리아."

"네, 데이비드?"

"당신도 알다시피 나는 노인이 되어 가요. 그리고 지나치게 느릿느릿 살았어요. 어쩔 수 없었지만, 좋은 것들을 많이 놓쳤을 거예요." 늙고 갈라진 목소리가 고통스럽게 떨렸다.

"네, 알아요, 데이비드, 모두 다요, 어쩔 수 없었던 거예요. 내가 당신이라면 난 거기에 대해서 조금도 걱정하지 않을 거예요."

"당신은 나에게 아무것도 요구하지 않아요, 그렇지요, 마리아?"

"네, 데이비드."

"잘 자요, 마리아."

"잘 자요, 데이비드. 내일은 끓인 식사를 가져다 줄게요."

그녀는 참을성 많고 비틀거리는 그 늙은 사람의 형체가 눈앞에서 사라질 때까지 문가에서 램프를 들고 서 있었다. 그녀는 집으로 들어가 성경을 펼쳐 들고는, 안경에 맺힌 눈물을 닦아내야만 했다.

이튿날 아침 그녀는 데이비드의 집에 가 보기 위해 집안일을 서둘렀는데, 어쩐지 그날 아침은 그가 유난히 걱정이 되었다. 그때 문을 크게 두드리는 소리가 들렸다. 그녀가 문을 열었을 때 한 소년이 숨을 헐떡이며 서 있었다. 데이비드의 옆집 아이였다.

"에몬스 씨가 아파요. 당신을 찾아요. 제가 우유를 마시려고 하는데, 그분이 창문을 두드리셨어요. 아버지와 어머니도 거기

계세요. 의사도 왔고요. 어머니가 빨리 알리라고 하셨어요."

소식은 삽시간에 퍼져 나갔다. 사람들은 마리아가 급히 길을 내려가는 것을 보고 무슨 뜻인지 알았다. 모자도 쓰지 않은 그녀의 잿빛 머리카락이 바람에 흩날리고 있었다. 한 여자가 그녀를 보며 눈물을 흘렸다. "가엾어라!" 그녀는 흐느꼈다. "가엾어라!"

마리아가 그곳에 도착했을 때는 데이비드의 오두막 주위로 많은 사람들이 모여 있었다. 그녀는 부엌을 지나 그의 작은 침실로 곧바로 가서는 그의 곁에 섰다. 의사가 방에 있었고 몇몇 이웃들도 와 있었다. 마리아를 보자 가여운 늙은 데이비드는 그녀의 손을 잡으며 힘없이 미소 지었다. 그는 의사를 애원하는 눈빛으로 바라보았고, 이어서 방 안의 다른 사람들도 바라보았다. 의사가 무슨 뜻인지 알아차리고는 사람들에게 말하자, 그들은 조용히 줄지어 나갔다. 의사는 얼른 마리아를 돌아봤다. "어서요." 그가 속삭였다.

그녀는 그에게 다가갔다. "데이비드." 그녀가 말했다. 그녀의 주름진 얼굴은 떨고 있었고, 잿빛 머리카락은 뺨 위에 흩어져 있었다.

그는 흐릿해진 눈빛에 낯선 경이로움을 담아 그녀를 바라보았다. "마리아." 마른 옥수숫대 사이로 부는 바람처럼 가늘고 쉰 목소리로 그가 말했다. "마리아, 나는 죽어가고 있어요. 그리고 내가 줄곧 말하려던 것은…… 나와 결혼해 달라는 거였어요."

단 한 번의 호시절

One Good Time

리처드 스톤은 일흔다섯이 가까운 나이에 세상을 떠났다. 그의 아내는 예순이 넘었고, 딸 나르시사는 중년을 지났다. 나르시사 스톤은 예전에 아주 예뻤는데, 그녀의 입에서 쏟아지는 불만과 걱정들은 예민하고 연약한 피부의 그녀 얼굴에 쉽게 주름이 생기게 했으며 그 주름만 없었다면 여전히 예뻤을 터였다. 주름은 나르시사의 파란 두 눈동자와 굳게 다문 입술 주위, 가느다란 콧잔등에도 자리잡고 있었다. 오랜 불안과 망설임을 반복해서 외치기라도 하는 것처럼 이마에도 찡그린 자국이 들어서 있었다. 어깨 너머로 자신의 길에 놓인 새로운 골칫거리들을 넘겨다보려고 긴 목을 너무 많이 돌린 탓에 닥쳐올 일들에 대한 걱정이 빚어낸 주름들이 거기에도 자리잡았다.

나르시사의 머리카락은 여전히 아름답고 숱이 많았는데, 마을 사람들은 빨간 머리라고 그다지 좋아하지는 않았다. 분홍빛 뺨에 가녀린 그녀는 큰 키 때문에 조금 구부정하게 걸었다. 몇몇 사람들은 나르시사 스톤이 제대로 된 드레스와 모자만 갖춘다면 지금도 꽤 아름다울 거라고 말했다. 그녀는 물론 그녀의 어머니도, 초라한 옷차림의 작은 산골마을 여인들조차 허름하다고 여기는 옷밖에는 없었다.

"리처드 스톤 부인은 나르시사가 태어난 뒤로는 새 실크 드레스를 한 번도 입은 적이 없어." 그들은 말했다. "나르시사는 또 어떻고. 그녀도 예배에 참석할 때 입고 갈 만한 옷이 단 한 벌도 없던걸."

리처드 스톤이 죽었을 때, 사람들은 그의 아내와 나르시사가 새 옷을 갖게 될지 궁금해 했다. 리처드 스톤과 팔촌 사이인 네이선 휘트 부인은 장례식 전날, 재봉사 한나 터빈을 만나려고 반 마일쯤 개울을 따라 내려갔다. 사람들 발길이 뜸한 길이었다. 늦가을 꽃 덤불을 지나 그녀가 터빈의 집에 도착했을 때, 그녀의 검정 염소털 드레스는 꽃 덤불 사이를 지나올 때 묻은 금빛 꽃가루와 날개 달린 씨앗들로 무릎까지 하얗게 얼룩져 있었다.

양모 소매 때문에 원숭이 팔처럼 갈색으로 주름진 한나 터빈의 팔은 창문 너머에서까지 보일 만큼 힘 있게 반원을 그리고 있었는데, 휘트 부인이 길에 들어서서 집 안으로 들어갈 때까지 그 동작을 멈추지 않았다. 한나는 계속 일에 몰두하고 있느라 지저분한 갈색 얼굴을 들어올리는 둥 마는 둥 했다.

"안녕하세요." 휘트 부인이 말했다.

한나는 고개를 끄덕였다. "안녕하세요." 그녀는 마치 뒤늦게 생각이라도 난 듯이 대답했다.

휘트 부인은 검정 치마를 힘차게 흔들어 털며 말했다. "노란 잡초들 때문에 온통 먼지를 뒤집어썼어요. 뭐, 이 낡은 염소털 옷은 아무래도 괜찮지만요." 그녀는 흔들의자를 앞으로 당겨 앉으며 말했다. "이맘때치고는 날씨가 따뜻하네요."

한나는 일감에서 실을 잡아당겼다. "네, 그러네요." 그녀는 당연한 자연의 섭리에 대해 어리석은 말을 덧붙인다는 양 무시하는 듯한 얼굴로 찌푸리며 대답했다. 한나 터빈은 마을에서 그다지 인기는 없었지만 상식이 풍부하다는 평가를 들어 왔고, 사람들은 그녀를 멀리하면서도 어느 정도 존경했다.

"인디언 서머[1]인가 봐요." 휘트 부인이 말했다.

한나 터빈은 거기에 대해 아무 말도 하지 않았다. 휘트 부인은

---

1) 가을에 한동안 비가 오지 않고 날씨가 따뜻한 기간.

흔들의자에 앉아 몸을 움직이며 살며시 방 안을 둘러보았다. 모든 것이 매우 잘 정돈되어 있었고, 주인의 직업을 나타내는 물건들도 몇 개 눈에 띄었다. 한쪽 구석에는 패션 잡지 몇 권이 책상 위에 깔끔하게 포개져 있었고, 그 옆에는 잘 개켜놓은 실크 옷감들이 놓여 있었다. 바닥에는 옷감 조각이나 부스러기 하나 없었다. 심지어 실오라기 하나 보이지 않았다. 한나는 여성용 갈색 실크 바스크[2]를 시침질하고 있었다. 휘트 부인은 자신이 알아내고자 한 것의 증거를 조금도 찾지 못했다. 그래서 마침내 에둘러 말하면서 조사하기에 이르렀다.

"리처드 일로 슬퍼 보여요." 그녀가 말했다.

"네." 한나의 갈색 얼굴이 갑자기 찌푸려졌는데, 휘트 부인은 그것을 보고 기억 하나를 떠올렸다. 그녀는 여러 해 전, 리처드 스톤이 한나 터빈에게 관심을 보였고, 사람들이 그가 제인 바셋이 아닌 그녀와 결혼할지도 모른다고 생각했던 일을 기억해 냈다. 그러나 너무나 오래전 일이라, 한나가 그 일을 생각하리라고는 믿어지지 않았고 그 기억은 그녀의 머릿속에서 바로 희미해졌다.

"뭐," 그녀가 한숨을 쉬며 말했다. "결국 행복한 해방이죠. 그는 너무 오랫동안 고통스러워했으니까요. 그를 위해서 더 나은 일이에요. 제인과 나르시사를 위해서도요. 그는 가족들을 편안하게 만들어 주고 떠났어요. 농장도 있고 생명보험도 있으니까요. 게다가 나르시사는 윌리엄 크레인과 곧 결혼하게 될 테고, 나르시사가 결혼하면 농장을 빌려서 제인과 함께 살겠지요. 내

---

2) 겨드랑이 아래 부분부터 엉덩이까지 가리는 여성용 속옷으로, 가슴과 허리둘레가 꼭 맞게 되어 있는 여성 속옷인 보디스의 일종.

가 궁금한 건······.”

한나 터빈은 계속해서 바느질을 했다.

“궁금해서 그러는데,” 휘트 부인이 말을 이었다. “제인과 나르시사가 장례식 때 입을 새 검정 드레스를 마련했나요? 입을 만한 옷이 없을 텐데. 리처드가 장례식 비용으로 조금 모아둔 것 말고는 아마 수중에 돈이 많지 않을 거예요. 그가 내게 이야기했기 때문에 그렇다는 걸 알고 있어요. 하지만 생명보험금이 들어올 테죠. 누군들 그들을 믿지 않을 리가 없으니까요. 가게에 가면 한 마에 1달러 하는 질 좋은 검정 캐시미어가 있더라고요, 아마 그걸로 드레스를 만들어 입지 않을까요? 그런데 제인은 내게 아무 말도 없어요. 난 가여운 리처드의 친척이니, 그녀가 나에게 그런 속내를 털어놓을 거라고 누구라도 생각하겠지만요. 게다가 나르시사도 그 애 엄마만큼이나 폐쇄적이고요.”

한나 터빈은 바느질을 계속했다.

“제인과 나르시사가 아무 말 없던가요? 장례식에 입을 새 검정 드레스를 만들어 달라고 하지 않았어요?” 절박해진 휘트 부인은 노골적으로 물었다.

“아니요, 그런 말 없었어요.” 한나 터빈이 대답했다.

“뭐 그렇다면, 내가 할 말은 그들 스스로 부끄러워질 수밖에 없겠다는 거네요. 가여운 리처드의 보험금으로 1,400, 어쩌면 1,500달러를 손에 쥐게 될 텐데 장례식에서 입을 제대로 된 옷 한 벌 마련하지 않다니요. 보닛을 새로 살 계획도 없는 것 같더라고요. 그 가엾은 양반에게 적절한 예의가 아니지요. 그렇지 않아요?”

“그런 건 가족들이 가장 잘 판단하지 않겠어요.” 대부분 이웃들에게 위협적으로 느껴지곤 하는, 특유의 단호하고 반쯤 무례한 표정으로 한나 터빈이 말했다. 휘트 부인은 더 오래 머무르지 않았다. 시골길의 유령 같은 잡초와 잔디를 헤치고 집으로 돌아가면서 그녀는 한나 터빈에게도 제인 스톤과 나르시사에게만큼 분노를 느꼈다. "저렇게 비밀스러운 사람은 처음 봐." 그녀는 혼자 중얼거렸다. "그래, 원치 않으면 말하지 않아도 돼. 그래도 그렇지. 내 돌아가신 팔촌 친척을 위해 그 가족들이 상복을 입을 건지 알고 싶은 게 해가 되나?"

집에 도착한 휘트 부인은 어머니의 것이었던 검정 숄을 장뇌[3]가 들어있던 서랍장에서 꺼내 바람을 쏘이려고 빨랫줄에 걸어두었다. 그녀는 보닛에서 밝은색 벨벳 꽃들을 떼버리고 그 자리에 검정 타조 깃털을 꿰매어 넣었다. 또 오래된 크레이프 베일도 찾아내 빳빳하게 다렸다. "그의 아내와 딸이 그렇게 하지 않는다고 해도, 난 제대로 입고 장례식에 갈 거야." 그녀는 남편에게 말했다.

"내가 따라가지 않는다면, 사람들은 당신이 과부가 된 줄 알겠는데." 네이선 휘트가 킬킬거리며 웃었다. 네이선 휘트는 아내에게 장난스러울 때가 많았다.

그러나 휘트 부인만 가여운 리처드 스톤의 장례식에 적절한 복장으로 참석한 것은 아니었다. 한나 터빈은 머리부터 발끝까지 검은 옷을 입었다. 사실 소재는 전통적인 상복의 종류는 아니었지만 색깔은 그랬다. 그녀는 검정 실크 드레스와 검정 망토를 입고, 검정 꽃이 장식된 벨벳 모자와 검은 레이스 베일을

---

3) 약품·비닐 제조·좀약 등에 쓰이는 하얀 물질.

썼다.

"한나 터빈은 자기 남편이 죽기라도 한 양 상복을 갖춰입은 것 같았지 뭐야." 장례식이 끝난 뒤 휘트 부인이 남편에게 말했다. "난 그녀가 색깔이 좀 있는 옷을 입을 거라 생각했어. 그녀가 리처드 스톤 때문에 실망했다는 것을 기억하고 있는 사람들이 있으니까. 하지만 어쨌든 제인과 나르시사의 차림새보다는 낫긴 했어. 제인은 또 그 낡은 갈색 드레스를 입었고 나르시사는 초록색 드레스에 모자에는 파란 꽃을 꽂았지 뭐야. 정말 끔찍해. 불쌍한 리처드가 죽으면서 돈을 몽땅 남겼는데도 그 꼴이라니."

사실, 윌리엄 크레인만 제외하고 온 마을 사람들이 리처드 스톤의 장례식에서 그의 부인과 딸의 옷차림에 대해 괘씸하게 여겼다. 그는 겉모습이 아니라 내면 가장 깊은 부분을 인식했기 때문에 스톤 부인의 옷차림에 대해 아무런 이야기를 하지 않았고, 나르시사는 더없이 눈부셨기에 그녀의 상복은 보이지도 않았다.

"윌리엄 크레인은 장례식 내내 나르시사 스톤한테서 눈을 떼지 못하던걸. 그가 그녀와 한 달이나 6주 안에 결혼한다고 해도 놀랄 일이 아니야." 사람들은 이렇게 수군거렸다.

윌리엄 크레인은 제인과 나르시사를 자신의 마차에 태우고는 조촐한 장례 행렬의 영구차 뒤에서 늙고 하얀 말을 점잖게 천천히 몰아 무덤까지 갔고 사람들은 그것을 눈여겨보았다. 그들은 그가 그날 저녁 스톤의 집을 방문할지 궁금해 하며 지켜봤지만 그는 그렇게 하지 않았다. 그는 어머니와 딸이 그날 밤 단둘이서 슬픔을 나눌 수 있도록 배려했다. 다음 날 이웃들은 가장 좋은 옷을 입은 그가 어두워지기 전에 길을 내려가는 것을 보았다. "이렇게 빨리 나서려면 오늘 일을 아주 일찌감치 마친 모양이네." 그들은 말했다.

윌리엄 크레인은 나르시사 비슷한 나이였으나 더 늙어 보였다. 그는 발을 질질 끌며 걸었고, 숱도 많지 않은 머리카락은 희끗희끗한 데다, 몸도 마음도 오랫동안 변함없이 인내하며 살아온 사람에게서 나오는 표정이 있었다. 그는 바윗돌들 사이를 디디며 남쪽 뜰을 지나 집의 옆문으로 왔다. 뜰은 반쯤 움푹 들어간 바윗돌들 때문에 이끼 낀 경사면이 아주 많았다. 농장 전체가 거의 그랬다. 사람들은 리처드 스톤의 집을 그의 이름처럼 "이름도 바위, 주변도 바위."라고 종종 이야기하곤 했다. 표면에는 농작물이 풍부했지만 발아래의 거의 모든 곳에는 바윗돌들이 튀어나와 있었다. 잔디는 손으로만 베어 낼 수 있었다. 이 남쪽 뜰은 말이나 소떼를 몰고 그 사이를 지나려면 능숙한 기술이 필요했다. 그날 저녁 윌리엄 크레인이 문을 두드리자 나르시사가 문을 열었다. "오, 당신이었네! 어서 와." 그녀가 말했다.

"안녕, 나르시사?" 윌리엄이 대답하며 안으로 들어섰다. 그는 입구의 어둠 속에서 그의 오래된 연인에게 입을 맞출 수도 있었지만 그런 것은 생각하지 않았다. 그는 부드럽고 인내심 많은 눈빛으로 걱정스러운 듯 그녀를 바라봤다. "좀 어때?" 그가 물었다.

"보다시피." 나르시사가 대답했다.

"어머니는 어떠셔?"

"그럭저럭 괜찮으셔."

윌리엄은 안내하는 나르시사를 따라 그가 바라던 응접실이 아니라 부엌으로 들어갔다. 연기가 자욱하고 어두운 부엌의 내부는 그에게도 아주 익숙했다. 그렇지만 오늘 밤은 조금 다르게 보였다. 무엇보다 리처드 스톤이 류머티즘 때문에 지난 15년 동안 앉아 지내던 안락의자가 텅 빈 채로 한쪽 구석에 밀려나 있었다. 그것을 본 윌리엄은 마치 그 안에 허리가 굽은, 근엄하고 늙은 형체가 앉아있어야 할 것만 같았다. 위압적으로 두드리는 지팡이 소리도 들리는 듯했다. 그 지팡이는 도움을 청하고자 늘 리처드가 곁에 두었던 것이었다. 무심코 죽은 남자의 의자를 힐긋 본 뒤, 윌리엄은 죽은 리처드의 아내가 침실에서 나와 큰 누비이불을 팔에 안고 다가오는 것을 보았다.

"왔니, 윌리엄." 그녀가 침울하게 말하더니 나지막이 울기 시작했다.

"엄마, 그러지 않기로 하셨잖아요. 그래서 좋을 것 없어요. 그러다 엄마까지 병나요." 나르시사가 견디지 못하고 외쳤다.

"나도 안다, 나르시사, 하지만 어쩔 수가 없잖니. 어쩔 수가 없어. 너무 속상해! 오, 윌리엄, 난 너무 속상하네! 그가 죽은 것 때문만은 아니야, 그건……."

"엄마, 차라리 내가 말할게요." 나르시사가 끼어들었다. 그녀는 누비이불을 엄마에게서 받아들고 흔들의자를 어머니 쪽으로 끌어당기며 말했다. "앉아서 진정 좀 하세요, 엄마."

그러나 나이 든 여성이 슬픔과 변화의 혼란 속에서 침착함을 유지하기란 쉬운 일이 아니었다.

"오, 윌리엄. 우리가 이제 어떻게 할지 아나?" 그녀는 울부짖으면서도 순순히 흔들의자에 앉았다. "우리는 뉴욕으로 떠날 거야. 나르시사가 그러자고 하니까. 보험금을 받으면 그걸 갖고 뉴욕으로 떠날 거라네. 난 나르시사한테 그럴 순 없다고 말했는데도 이 애는 듣질 않아! 저기 여행 가방이 있지. 저기 좀 보게, 윌리엄! 오늘 아침에 저 애가 저걸 다락방에서 끌어내렸어. 저기 좀 봐, 윌리엄!"

윌리엄의 놀란 눈은 스톤 부인의 떨리는 집게손가락이 가리키는 방향을 따라갔는데, 거기에는 파란색과 하얀색 벽지로 안을 댄 크고 아주 낡은 트렁크가 열린 채로 맞은편 벽에 기대어 있었다.

"나르시사가 오늘 오전에 그걸 다락에서 끌어내렸어." 스톤 부인이 변함없이 비극적인 어조로 말을 이었다. 그동안 나르시사는 섬세한 입술을 굳게 다물고는 어머니가 가지고 나온 누비이불을 갰다. "다락 계단에서 쿵 부딪히는 소리가 나서 저 애가 가방을 망가뜨렸거나 아니면 계단에서 굴렀거나 했을 거라고 생각했는데, 저 애는 내가 돕지 못하게 했어. 그러더니 가방을 닦고 풀을 쒀서는 벽지로 안을 댔지. 열쇠는 없어. 내 기억으로는 그래. 내가 왔을 때부터 그 트렁크는 이 집에 있었다네. 우리가 결혼하기 전에 리처드가 서부에 갔을 때부터 가지고 있던 거야. 나르시사는 빨랫줄로 묶겠다는데, 윌리엄, 얘기 좀 해 주겠나? 난 뉴욕엔 못 갈 것 같네."

윌리엄은 트렁크 안에 개킨 누비이불을 넣고 있는 나르시사에게 고개를 돌렸다. 그의 얼굴은 창백하고 당혹스러웠으며 이야기하는 동안 내내 그의 목소리는 떨렸다. "사실이 아니지, 그렇지, 나르시사?" 그가 물었다.

"아니, 사실이야." 여전히 트렁크 위로 몸을 숙인 채 그녀가 짧게 대답했다.

"앞으로 한 달 동안은 가지 못할 거라네." 그녀의 어머니가 다시 끼어들었다. "그 전까지 보험금을 받을 수는 없을 거라고 맥스햄 변호사가 말했거든. 그런데도 저 애는 트렁크를 저기 세워두고, 생각이 날 때마다 물건들을 채워 넣을 거라고 하고 있어. 잊어버린 물건이 없게 하려고 말이야. 저 애는 누비이불을 가져가는 게 나을 거라는군. 침구가 부족할 수도 있으니까. 우리는 호텔에 머물러야 한다네. 오, 윌리엄, 무슨 말이든 해서 저 애를 막아줄 수 없겠나?"

"이 말씀이 사실은 아니지, 나르시사?" 윌리엄은 무기력하게 거듭해서 물어볼 뿐이었다.

나르시사는 몸을 일으켜 그를 마주보았다. 그녀의 뺨은 붉게 달아올랐고, 푸른 두 눈은 빛났으며 관자놀이 위로 머리카락이 느슨하게 물결을 이루고 있었다. 그가 처음 구애했을 때의 모습 그대로였다.

"아니, 사실이야, 윌리엄 크레인. 사실이라고." 그녀가 외쳤다.

윌리엄이 그녀를 이상하다는 듯 애처롭게 바라보자, 그녀는 조금 누그러졌다. "나도 이유가 있어. 당신한테 그 이유를 말해줘야 마땅한지도 모르지. 당신은 뭔가 다른 걸 기대했을 테니까." 그녀는 다시 외치기 시작한 엄마를 바라보며 잠시 머뭇거렸다.

"오, 윌리엄, 저 애를 좀 말려 보게! 무슨 말이든 해서 말릴 순 없겠나?"

그러자 나르시사는 그에게 단호하게 손짓하며 말했다. "여기 응접실로 와, 윌리엄." 그는 입구를 가로질러 그녀를 따라나갔다. 응접실은 썰렁했다. 의자들은 장례식 때 그대로 벽을 따라 규칙적으로 놓여있었고, 트렁크에 덧댄 것과 같은 파란색과 하얀색 벽지를 바른 벽들은 황혼 속에서 희미하게 빛나고 있었다. 윌리엄 앞에 서자 나르시사는 몹시 흥분해서 빠르게 말했다. "난 떠날 거야." 그녀가 말했다. "그 돈을 받으면 엄마 모시고 뉴욕으로 갈 거야. 당신은 날 막으려 하겠지만, 윌리엄. 당신이 뭘 기대했는지 알아. 그래, 이제 아버지도 돌아가셨고, 당신은 우리의 결혼을 방해할 건 그 무엇도 없다는 것을 알겠지. 당신은 우리가 이 집을 세를 주고 어머니와 내가 당신 집에 들어가 살면서 함께 여생을 보내리라 생각하겠지. 당신이 보험금을 기대하지 않는다는 건 알아. 그건 당신답지 않으니까."

"그렇지 않다는 건 주님이 아셔, 나르시사." 윌리엄이 애처로운 자존심을 드러냈다.

"그래, 나도 당신만큼 잘 알아. 당신은 우리가 그 돈을 만일을 위해 은행에 넣어둬야 한다고 생각하겠지. 엄마가 쇠약해진다거나 무슨 일이 있을지 모르니까. 그 돈에 대해 당신이 생각한 건 그게 다일 거야. 어쩌면 나도 그래야 하는지 몰라. 그랬던 것 같기도 해. 하지만 그렇게 하지 않을래. 난 평생 내가 하지 말아야 한다고 생각한 일을 해 본 적이 없어. 그렇지만 이제부터는 해보려고. 못된 일이라고 해도 할 거야. 마음을 정했어. 나에게는 평생 단 한번도 좋은 시절이 없었어. 그리고 이 일 때문에 나중에 후회한다고 해도 지금은 할 거야."

"난 다른 여자들처럼 뭔가를 가져본 적이 없어. 제대로 된 옷을 입어본 적도 없고 어딘가 멀리 가보지도 못했어. 그저 집에서 죽어라 일만 했지. 농장에서 남자들이 하는 일도 했어. 우유를 짜서 버터와 치즈를 만들고 아버지 시중을 드느라 일찍 일어나고 늦게 잠들었어. 내겐 쉬지 않고 일한 기억밖에 없어. 나는 세상도 인생도 몰라. 내가 오래 걸어온 이 길밖에는 아는 게 없어. 그래서 나는 잠시 벗어나려고 해."

"얼마나 오래 머무를 예정이야?"

"나도 몰라."

"생각해 봤는데." 윌리엄이 말했다. "우리 집 거실을 새 금박 벽지로 도배할 거야. 부엌에 새 난로도 들이고. 내 생각에는……."

"무슨 생각 하는지 알아." 나르시사가 예민해진 신경 때문에 얼굴이 붉게 달아올라 떨면서 말을 가로막았다. "당신은 정말 좋은 사람이야. 아버지께서 살아계신 한 내 결혼을 허락하지 않겠다고 하셨을 때 당신처럼 기다려줄 남자는 많지 않았을 거야. 당신을 내내 기다리게 하면 안 된다는 것도 알아, 하지만 나는 그러려고 해. 당신을 소홀히 여겨서가 아니야. 그런 건 아니지만 어쩔 수 없어. 당신이 날 포기하고, 다른 누군가와 결혼하는 게 낫겠다고 생각한다면 어쩔 수 없어. 당신을 탓하지 않을게."

"내가 그러길 바라는 것 같군, 나르시사." 윌리엄이 슬프면서도 위엄 있게 말했다. "그런 거라면, 나랑 끝내고 싶은 거라면, 만약 그게……."

나르시사는 깜짝 놀랐다. "그런 게 아니야." 그녀가 말했다. 그녀는 어색하지만 정중하게 망설이면서 덧붙였다. 그녀는 평범한 뉴잉글랜드 마을의 여자로 말수가 적었고, 연인에게도 그를 사랑한다는 말을 실제로 해 본 적이 없었다.

"당신을 향한 내 마음은 언제나 변함없어, 윌리엄."

응접실 안은 거의 어두워졌다. 그들은 창백하게 빛나는 서로의 얼굴만 볼 수 있었다.

"그렇지 않다고 생각했다면 나는 크게 충격 받았을 거야, 나르시사." 윌리엄이 단순히 대답했다.

"그래."

윌리엄이 그녀의 허리에 팔을 둘렀고, 그들은 잠시 동안 가까이 서 있었다. 그는 그녀의 헝클어진 빨간 머리를 어설프지만 다정하게 쓰다듬었다. "당신은 힘든 시간을 보냈어, 나르시사." 그가 더듬거리며 속삭였다. "당신이 가고 싶다면 반대한다는 말은 한마디도 하지 않을게. 내가 실망했다는 걸 부정하진 않아. 혼자 너무 오래 살아서, 때로는 기다림이 속상하기도 하지만……."

"내가 기다리지 않고 당신과 지금 결혼한다면 나는 당신에게 좋은 아내가 될 수 없어." 나르시사가 심각하면서도 동시에 부드러운 목소리로 말했다. 그녀는 그와 떨어져서 그가 쓰다듬어서 흐트러진 머리카락을 매만지려고 무의식적으로 아가씨 특유의 꼼꼼한 태도로 손을 올렸다. "만일 내가 아버지 집에서 그랬던 것처럼 당신 집에 정착해서 한번 돌아볼 새도 없이 긴 길을 걷는 듯한 세월을 보내야 한다면, 그리고 다람쥐 쳇바퀴 돌 듯 무덤에 들어갈 때까지 빨래, 다림질, 청소, 요리, 바느질, 설거지만 해야 한다면 난 당신을 미워하게 될 거야, 윌리엄."

"빨래할 때 필요한 물은 모두 내가 나를게, 나르시사, 그리고 설거지도 할 수 있어." 윌리엄이 초라하게 애원하듯이 말했다.

"그런 게 아니야. 당신이 할 수 있는 모든 걸 다 해줄 거라는 거 나도 알아. 그건…… 오, 윌리엄! 난 휴식이 필요해. 나는 단 한 번이라도 좋은 시간을 보내야만 해. 난 당신을 좋아해, 그리고 난 아버지도 좋아했어. 하지만 누군가를 묶어두기에 때로 사랑만으로는 충분치 않아. 사람마다 발을 갖고 있고 그 발로 가고 싶은 곳이 있어. 그리고 혹여 사랑이 그 길을 막는다면 그건 출구가 없는 벽에 지나지 않아. 한 번은 검은 새끼 암소를 얻은 적이 있는데 소가 벽이라는 벽은 다 뛰어넘는 바람에 우린 그 소를 팔아야만 했어. 그 소는 늘 나 자신을 떠올리게 해. 들어봐, 윌리엄, 난 내 벽을 넘어야 해, 그리고 한번은 좋은 시간을 누려야만 해."

윌리엄 크레인은 참을성 있게 묵묵히 그의 회색빛 머리를 끄덕였다. 그러나 이마는 어쩔 수 없이 찌푸려져 있었다. 그는 자신의 연인이 하는 말을 조금도 이해할 수 없었다. 지금 그녀의 기분과 모든 것이 그에게는 다른 나라 말처럼 느껴졌다. 그렇지만 이해할 수 없는 그녀의 말소리는 그의 귀에 노래처럼 달콤하게 들렸다. 이 가련한 마을의 연인은 오랜 기다림에 지치긴 했지만 적어도 절대적인 믿음의 왕관은 얻었다. 그가 사랑한 여인은 여전히 별과 같았고, 그녀가 비추는 빛은 아직도 인간의 범위와 이해에는 미치지 못했다.

"얼마나 떠나 있을 생각이야, 나르시사?" 그가 다시 물었다.

"나도 모르겠어." 그녀가 대답했다. "1,500달러는 큰돈이야. 많이 아끼지 않는다 해도 그 돈을 다 쓰려면 꽤 걸리겠지."

"그 돈을 다 쓸 생각은 아니지, 나르시사!" 윌리엄은 자기도 모르게 깜짝 놀라 숨을 헐떡였다.

"아니야! 그럴 순 없지, 우리가 3년을 머무를 게 아니라면. 그리고 난 그렇게 오래 가 있을 생각은 없어. 쓰지 않은 돈은 집에 가져와서 은행에 넣을 거야. 하지만 내가 쓰려는 일들에 다 쓰는 데 1년이 걸린다 해도 놀랄 일은 아니겠지."

"일 년이나!"

"그래, 엄마랑 난 우선 새 옷이 필요해. 둘 다 입을 만한 옷이 없어. 벌써 몇 년이나 그래 왔어. 우리는 장례식에 제대로 된 차림으로 가지도 못했잖아. 사람들이 뭐라고들 떠들어댔는지 다 알아. 엄마가 불쾌해 하셨지만 어쩔 수 없었어. 뉴욕에 가면 제대로 된 것들을 살 수 있는데, 바보같이 여기서 돈을 낭비하며 물건을 사들이고 싶지는 않았어. 그리고 장신구도 몇 개 살 거야. 멋진 브로치를 가져 본 적이 없거든. 그리고 엄마는 아버지가 결혼할 때, 엄마한테 반지도 주지 않았어. 아버지가 나빴다는 게 아니라 그 시절에는 그게 유행이 아니었으니까."

"난 그러려고 했어……." 윌리엄이 얼굴을 붉히며 말을 더듬었다. "언제나 그러려고 했어, 나르시사."

"그래, 알아. 하지만 그런 것에 너무 많은 돈을 쓸 필요는 없어. 나는 어떤 보석이 박혀 있든 상관 안 해, 그냥 단순한 금반지면 족해. 내가 갖고 싶은 게 또 있어, 금시계야. 평생 꼭 하나는 갖고 싶었어."

"어쩌면……." 윌리엄이 아주 힘들게 말을 꺼냈다.

"아니!" 나르시사가 단호하게 외쳤다. "당신이 사주지 않아도 돼. 그런 걸 생각해 본 적도 없어. 내가 살 거야. 엄마한테는 진짜 캐시미어 숄도 사드릴 거야. 맥스햄 변호사의 아내를 만나러 뉴욕에서 온 부인이 가지고 있었던 것 같은 것 말이야. 종이에 물건의 목록을 적어놨어. 그 물건들을 다 넣어 오려면 트렁크를 하나 더 사야겠지."

"그럼," 윌리엄이 크게 한숨을 쉬며 말했다. "난 가 봐야겠어. 기대만큼 좋은 시간 보내길 바랄게, 나르시사."

"내가 처음으로 기대하는 행복한 시간인걸, 꼭 그래야만 해."

나르시사가 말했다. "엄마 모시고 극장에도 갈 거야. 못된 짓이라고 한다 해도 갈 거야." 나르시사가 흥분해서 파닥거리듯 응접실 밖으로 나가자, 윌리엄도 그녀를 따라 발을 끌며 걸었다. 그는 부엌에는 다시 들어가려고 하지 않았다.

"그럼, 잘 가." 나르시사가 말하자 윌리엄도 무거운 한숨을 내쉬며 잘 자라고 인사했다. "뜰에 나갈 때 바위 조심해, 넘어지지 않게." 그녀가 그의 뒤에서 말했다.

"나는 그 바위들에 익숙해." 그가 어둠 속에서 슬프게 대답했다.

나르시사는 문을 닫고 빗장을 질렀다. "그는 좋아하지 않는구나. 기분이 몹시 나쁜 것 같아. 하지만 어쩔 수 없어, 난 갈 거야."

그 뒤 몇 주 동안, 나르시사 스톤의 얼굴은 그녀를 어릴 적부터 알던 사람들에게까지도 낯설게 보였다. 이목구비는 똑같았지만, 새로운 목적을 품은 그녀의 영혼은 그녀 삶의 모든 지나온 것들에 밝은 빛을 비추었고, 비록 이해할 수는 없었지만 단순한 마을 사람들조차도 그 영향을 알아차렸다. 나르시사와 그녀의 어머니가 뉴욕에 간다는 소식은 곧 널리 퍼져 나갔다. 이 작은 마을과 10마일쯤 떨어진 철도를 오가는 역마차 역할을 하는 지붕 없는 3인승 마차로 그들이 떠나는 날 아침, 집집마다 창문에는 그들을 몰래 보려는 얼굴들로 가득했다.

"저기 가네." 한 여자가 다른 여자에게 말했다. "나르시사와 그녀의 어머니, 옷가방이 보여. 나르시사가 돈을 안전하게 챙기긴 했을까? 맨날 입는 낡은 옷을 입고 있잖아. 저 사람들이 돌아왔을 때, 우리가 알아보지 못할 수도 있어. 일 년이나 있을 거래. 그녀의 아버지 스톤 씨가 이걸 알면 무덤에서 벌떡 일어날 일이야. 리지가 봤는데, 윌리엄 크레인이 나르시사가 마차에 트렁크 싣는 걸 돕더래. 내가 그라면 참을 수 없었을 거야. 나르시사는 십중팔구 뉴욕에서 누군가를 만나게 될걸. 그렇게 많은 돈을 갖고 있는 데다 아직 예쁘니까 말이야. 게다가 아버지가 돌아가시고 더 보기 좋아진 것 같아.”

나르시사는 고향 마을을 벗어나 인생의 호시절이 펼쳐지리라 상상하며 미지의 땅으로 달려갔기에 주변의 어떤 것도 신경 쓰지 않았다. 마차가 심하게 덜컹거리는데도 그녀는 가녀린 몸을 꼿꼿하게 곧추세우고 앉아 있었다. 그녀는 한마디 말도 없이 반짝거리는 두 눈으로 앞만 바라보았다. 그녀의 어머니는 낡은 숄을 접어서 얼굴에 대고 울었다. 때때로 그녀는 마부에게 들릴까 봐 조심하면서도 크게 탄식했다.

“내가 태어나고 결혼하고 평생을 살아온 이곳을 떠나다니, 그것도 1년이나. 나는 못 견딘다. 못해.”

“쉿, 엄마! 정말 좋은 시간이 될 거예요.”

“아니, 그럴 것 같지 않다, 그럴 것 같지 않아. 1년이나 머문다니. 나는 못해.”

“한동안 이곳에서는 볼 수 없겠구나.” 기차역에서 그들이 내리는 것을 돕던 마부가 말했다. 그는 나이가 많았고 나르시사와는 그녀가 어린 시절부터 알고 지내던 사이였다.

“그럴 거 같아요.” 그녀가 대답했다. 마부가 그녀 어머니를 들어 올려줬을 때, 어머니의 표정은 감정을 억누르느라 꽤 굳어졌다. 그녀는 그가 마을 사람들에게 자신이 뉴욕으로 떠나면서 울었다는 사실을 알리길 원치 않았다. 고통스러웠지만 그녀에게도 자존심은 있었다.

"그럼, 오늘부터 1년 뒤에 만날 것을 기대할게." 마부가 얼굴을 익살스럽게 찡그리며 말했다. 들어오는 기차에는 마을로 가는 승객은 한 사람도 없었다. 그래서 그는 우울한 가을 숲을 지나 집까지 홀로 마차를 몰고 가야 했다. 하늘은 창백하게 얼어붙은 구름으로 낮게 드리워져 있었다. 눈이 내리려는지 모든 것 위에 낯선 고요만이 가득했다. 마부는 말고삐를 느슨하게 잡고 무릎 위에 팔꿈치를 올려놓은 채 말을 천천히 나아가게 했다. 목적 없이 생각에 잠긴 그의 늙은 눈썹은 구부러져 있었다. 그의 머릿속은 사색을 평화롭게 되새김질하듯 끊임없이 같은 생각을 반복했다. '1년 동안 가 있는댔지. 내가 나르시사 스톤과 그 어머니를 다시 집으로 데려다 줄 때까지 1년 동안 가 있는댔어.'

단조로운 생활을 했기에 상상력이 부족한 그는 그 먼 훗날의 날씨가 어떨지, 혹은 자신이 살아서 그날을 볼 수 있을 것인지 등의 가능성은 헤아려보지도 않았다. 그의 생각은 단순했다. "내가 그들을 집으로 데려다 줄 때까지 일 년 동안 가 있는댔어."

그 상황이 귀결될 단 하나의 결과에 대한 그의 마음이 너무나 확고했던 터라 나르시사와 그녀의 어머니가 채 일주일도 되지 않아, 엿새 만에 다시 나타났을 때, 그는 잠시 동안 그 사실을 제대로 받아들이지 못했다. 늙은 마부는 오직 말들하고만 오래 머물면서 자신의 말들과 비슷하게 늙어왔는지도 모른다. 처음 조련할 때 오직 가고 서는 것만 배웠던 말들처럼 그의 지능도 그들과 같아진 것인지도 모른다.

잠깐 동안 그는 시간이 빨리 흘러서, 일주일이 실은 일 년이었다는 혼란스러운 느낌을 받았다. 온 마을 사람들이 그 여행자

들이 일 년 동안은 돌아오지 않으리라고 말했었다. 그는 벽지를
덧댄 낡은 트렁크를 자신의 역마차에 끌어올리고는, 반짝거리는
황동으로 된 못과 자물쇠가 박힌 멋지고 새로운 짐 가방, 그리
고 몇 개의 짐들을 끌어올렸다. 그러는 내내 어리둥절한 눈으로
나르시사와 그녀의 어머니를 힐끔거렸다. 그는 그들의 달라진
차림새 때문에 하마터면 그들을 못 알아볼 뻔했다. 스톤 부인은
비싸 보이는 검정 새틴 드레스를 입고 있었다. 그녀의 불안하고
늙은 얼굴이 호화스런 모피와 레이스, 까맣고 풍성한 깃털 사이
로 보였다. 나르시사는 거의 왕족처럼 보였다. 늙은 마부는 그녀
가 다가오자, 마치 낯선 사람을 대하듯 물러서며 어색하게 몸을
수그렸다. 그녀의 고운 치맛자락이 위풍당당하게 휘날리며, 못
보던 실크 옷자락이 바스락거렸다. 그녀의 가녀린 어깨에는 풍
성한 모피가 우아하게 펼쳐져 있어 아름다웠다. 공주에게나 어
울릴 법한 모자 아래로 그녀의 빨간 머리카락이 보였고 은은한
제비꽃 향수는 마부를 착각하게 만들어서 그는 집으로 향하는
길에 막 들어섰을 때, 나무 아래 눈 덮인 땅을 바라보았다.

"꽃 향기를 맡은 것 같은데, 이맘때 이 근처에는 그런 게 없단
말이지." 결국 그가 승객들을 향한 말이라기보다, 혼잣말처럼
말했다.

"나르시사가 뉴욕에서 산 손수건에 묻어있는 향수 냄새일 거
예요." 스톤 부인이 조금 안타까워하며 자랑하듯 말했다. 몹시
지치고 당혹스러워 보이는 그녀는 익숙한 것들을 보며 울먹였지
만 그래도 나약함에 굴복하지 않으려는 듯한 기색이 역력했다.
나르시사는 자신이 자유라고 주장했던 것을 수정하는 가운데서
도 기뻐하는, 스스로 거머쥔 승리에 겁먹으면서도 신이 난 아이

처럼 보였다.

"그래요?" 마부가 감탄하며 말했다. 그러고는 하얗게 샌 눈썹 아래 눈동자로 어깨 너머를 넘겨다보며 의심스럽다는 듯 덧붙여 말했다. "계획처럼 오래 있지는 않으셨군요?"

"네, 그래요." 나르시사가 차분하게 대답했다. 그녀는 어머니를 딱딱한 팔꿈치로 슬며시 쿡 찔렀고, 그녀의 어머니는 자신이 침묵을 지켜야 한다는 것을 잘 알았다.

"윌리엄 크레인 말고는 다른 누구에게도 이야기하지 않을 거예요. 그에게는 마땅히 이야기해야죠." 나르시사는 집으로 돌아가기에 앞서 어머니에게 말했다. "다른 사람들에게는 알리지 않을 거예요. 그들은 마음대로 짐작하고 추측하겠지만 알 수 없을 거예요. 내 입으로 말하지는 않을 거니까. 윌리엄은 바위처럼 입이 무거우니까 괜찮아요. 그리고 엄마는 마음만 먹으면 잠자코 계실 수 있잖아요."

스톤 부인은 자신의 딸처럼 입을 굳게 다물었다. 그러고는 고개를 끄덕였다. "그래. 내가 너한테 절대로 말하지 않은 것도 있지, 나르시사." 그녀가 말했다.

역마차가 윌리엄 크레인의 집 앞을 지나갔다. 그들이 그곳에 닿았을 때, 그는 양손에 우유가 담긴 들통을 들고 헛간을 나와 집의 옆문 쪽으로 가고 있었다.

"잠깐만 멈춰주세요." 나르시사가 마부에게 말했다. 그녀는 윌리엄에게 손짓했다. 윌리엄은 들통을 든 채 꼼짝 않고 서서 바라보고만 있었다. 나르시사는 단호하게 다시 손짓했다. 그러자 윌리엄이 눈 쌓인 땅 위에 들통을 내려놓고 울타리 쪽으로 왔다. 그는 창백한 얼굴로 입을 벌린 채 바라봤다.

"집에 왔어." 나르시사가 말했다.

윌리엄이 끄덕였다. 그는 말을 할 수가 없었다.

"나중에 들러." 나르시사가 말했다.

윌리엄이 끄덕였다.

"이제 가도 돼요." 나르시사가 마부에게 말했다. "됐어요."

그날 저녁, 윌리엄 크레인이 연인의 집에 닿았을 때, 응접실 창문에서 새어나온 빛이 밝게 길가를 비추고 있었다. 나르시사가 문을 열었다. 그는 입을 벌린 채 그녀를 바라봤다. 그녀는 그가 지금까지 한 번도 보지 못했던 드레스를 입고 있었다. 부드러운 파란색 실크와 레이스가 바닥까지 끌렸고, 푸른 리본이 펄럭거렸다.

"잘 지냈어?" 그녀가 말했다.

윌리엄이 진지하게 끄덕였다.

"들어와."

윌리엄은 끌리는 그녀의 옷자락을 밟을까 봐 조심하며 그녀를 따라 응접실로 들어갔다. 나르시사는 우아하게 흔들의자에 앉았다. 윌리엄은 맞은편에 앉아서 그녀를 바라보았다. 나르시사는 조금 창백했지만 아직도 그 얼굴은 승리감에 도취되어 있었다.

"예상보다 빨리 돌아왔네." 윌리엄이 한참 있다가 말했다.

"응." 나르시사가 말했다. 그녀는 멋지게 꼬아 올린 머리카락 위에 자개 빗을 높이 꽂고 있었다. 그녀의 목을 감싼 레이스 안에서 무언가 반짝거리는 것이 윌리엄의 눈을 부시게 했고 그녀가 손을 움직일 때, 하얀 불꽃같은 것이 그 위에서 번쩍였다. 윌리엄은 화창한 여름날 아침, 그의 집 문을 열면 잔디 위의 이슬

방울이 반짝거리던 것을 어렴풋이 기억했다. 그는 다이아몬드를 본 적이 없었다.

"왜 예상보다 이렇게 빨리 집에 온 거야?" 잠시 뒤 그가 물었다.

"돈을 모두 다⋯⋯ 써버렸어⋯⋯."

"그 돈을⋯⋯ 다?"

"응."

"1,500달러를 일주일도 안 돼서 다?"

"그거보다 조금 더 썼어."

"더 썼다고?" 그는 쉽게 말을 꺼내지 못했다. 그는 하얗게 질려버렸다.

"그래." 나르시사가 말했다. 그녀는 그가 왔을 때보다 더 창백해졌지만 꽤 단호했다. "다 말할게, 윌리엄. 긴 이야기도 아니야. 내 말을 다 듣고 나서 당신이 나와 결혼하지 않는 게 낫겠다고 생각한대도 탓하지 않을 거야. 그 결정에 대해 반대할 생각이 전혀 없어. 내가 뭘 했는지 말할게. 그러고 나서 당신 마음을 정해."

"오늘이 화요일이지, 우리는 지난 목요일에 떠났고. 고작 엿새 동안 떠나 있었던 거야. 엄마와 나는 목요일 밤에 뉴욕에 도착했고, 우리가 차에서 내리자 남자들이 이 호텔, 저 호텔을 외치며 다가왔어. 나는 술을 마시지 않아서 똑바로 운전할 수 있을 것처럼 보이는 남자를 골랐어. 그는 우리를 우아한 마차로 데려갔어. 엄마와 내가 탔고 우리는 그가 트렁크를 끌어올려 자리에 실을 때까지 기다렸어. 엄마는 트렁크를 떨어뜨리면 안 된다고 소리쳤어."

"우리는 아름다운 호텔로 갔어. 그곳에는 빨간 벨벳 카펫과 빨간색 가구들이 있는 응접실이 있었어. 그리고 초록색과 파란색의 거실도 있었고. 천장에는 그림도 있었어. 잘생기고 젊은 신사 한 명이 처음 간 아래층 접수대에 있었는데, 엄마는 내가 말리기도 전에 그에게 가서 호텔 사람들이 다 정직하냐고 물었어. 엄마는 내내 누가 돈을 훔쳐가지 않을까 걱정하셨거든."

"그 신사는 정말 공손했어. 그가 말하길, 우리가 돈이나 귀중품을 가지고 있다면 자신에게 맡기는 것이 좋고, 그러면 금고에 넣어 두겠다고 했어. 그래서 그렇게 했어. 그리고 황동 단추가 달린 외투를 입은 젊은이가 우리를 엘리베이터까지 데려가서 방을 보여줬어. 우리는 벨벳 카펫이 깔려있고 가구가 있는 응접실과 벽난로 선반 위에 금시계가 놓인 방에 묵게 되었어. 방 두 개와 욕실 하나가 딸려 있었지. 그 근처에 그보다 좋은 방은 없었을 거야. 맥스햄 변호사 집은 댈 것도 아니야. 그 젊은이가 트렁크의 끈을 풀겠다고 해서 그러라고 했어. 그는 정말로 친절했어."

"곧 그 젊은이는 갔고 나는 엄마한테 말씀드렸어, '오늘 밤에는 차 마시러 내려가지 말기로 해요.'"

"'왜? 가자.' 엄마가 말씀하셨어."

"'난 이 낡은 드레스를 입고는 한 걸음도 움직이지 않을 거예요,' 내가 말했지, '엄마도 마찬가지고요.'"

"엄마는 그다지 좋아하지는 않으셨어. 배가 고파서 쓰러질 것 같고, 차도 마시고 싶다고 하셨는데 난 집에서 가져온 생강 쿠키를 드시게 하고 넘어갔어. 황동 단추를 단 젊은이가 잠시 뒤에 다시 와서 필요한 게 없냐고 물었는데 고맙지만 괜찮다고 했어."

"난 차와 따뜻한 비스킷을 어머니께 가져다 달라고 그에게 말했어야 했는데 그게 폐를 끼치는 건지 어떤 건지 모르겠더라고. 그때는 7시가 넘은 시각이었거든. 그래서 우리는 아침까지 그냥 지냈어."

"이튿날 아침 엄마랑 나는 아주 일찍 나가서 빵집에 들어가 쿠키를 좀 샀어. 우리는 길을 걸으면서 쿠키로 요기만 좀 했고 그러고 나서 쇼핑을 갔어. 지갑에 돈을 좀 챙겨 넣고 먼저 엄마랑 나를 위한 멋진 검은 실크 드레스를 샀어. 그리고 호텔로 돌아오자마자 그걸로 갈아입고 아침식사를 하러 내려갔지."

"그렇게 멋진 식당과 음식은 본 적이 없을 거야. 우리가 다 못 먹을 정도였어. 게다가 식사 시간 내내 남자들이 우리 의자 뒤에 서서 식사 시중을 들어줬어."

"아침식사를 하고 나서 엄마와 나는 방을 정리하고 다시 나가서 가게에서 이런저런 물건을 샀어. 상점들은 상록수로 꾸며져 있었고 모두가 크리스마스 선물을 사고 있었어. 당신은 그런 걸 본 적이 한 번도 없을 거야. 엄마와 나는 크리스마스 선물을 받아본 적이 없었어. 그래서 내가 엄마한테 각자 선물을 사서 나눠 갖자고 말했어. 내가 갖고 있던 돈이 다 떨어져서 나는 물건들을 호텔 지배인에게 보냈고 거기서 지불을 해 줬어. 그렇게 하라는 말을 들었거든. 그날 우리는 브로치와 이 반지, 그리고 엄마와 나를 위한 금시계를 샀어. 당신 것도 샀고, 윌리엄. 아무 말 하지 마, 크리스마스 선물이니까. 그날 오후 우리는 센트럴 파크에 갔고, 저녁에는 극장에 갔어. 다음 날 우리는 가게에 다시 가서 엄마는 검정 새틴 드레스를 사고 나는 초록색 드레스를 샀어. 지금 입고 있는 이것도 그날 샀어. 다회복茶會服이라는 거야. 이 옷을 산 뒤로는 호텔에서 차를 마실 때면 늘 입었어. 모자도 샀어. 엄마도 사셨고. 그리고 나는 모피 망토를 샀고, 엄마는 목 부분과 전체에 모피가 둘러진 망토를 사셨어. 그날 저녁 엄마와 나는 오페라를 보러 갔어. 박스석이라고 부르는 칸막이 좌석에 앉았지. 나는 브로치를 단 새 초록 드레스를 입었고 엄마는 검정 새틴을 입으셨어. 우리는 모자를 벗었어. 음악은 훌륭했는데 젊은 사람들에게 가라고 권하지는 않겠어."

"다음 날은 일요일이었어. 엄마와 난 새 검정 실크 드레스를 입고 아주 인상적인 교회에서 예배를 드렸어. 그들은 우리를 앞자리로 안내했고, 설교도 참 좋았어, 엄마는 현실적이지 않다고 생각하셨지만 말야. 그리고 사람들은 우리 예배 때보다 더 자주 일어서고 앉았어. 그래서 엄마와 난 엉뚱한 때 일어서고 앉을까 봐 그냥 가만히 앉아 있었어. 그날 저녁은 종교 음악을 연주하는 콘서트에 갔어. 우리는 가는 곳마다 마차를 탔어. 호텔에서 그렇게 해 주었는데, 나는 무료인줄 알았어. 하지만 아니었지. 나중에야 알았어."

"그다음 날은 월요일이었어. 바로 어제지. 엄마와 나는 다시 가게로 갔어. 나는 실크 누비이불과 멋진 꽃병 몇 개, 맞춤 쟁반에 담겨 있는 금박 입힌 초록색 찻잔세트도 샀어. 깨뜨리지 않고 집까지 잘 가져왔지. 실크 스타킹도 사고, 신발과 실크 드레스도 두 벌 더 샀어. 엄마를 위한 금테안경과 캐시미어 숄도 샀어. 그런 다음엔 밀랍인형을 보러 갔고, 미술관에서 그림들과 진기한 것들을 많이 봤어. 그런 다음 오후에는 또다시 마차를 탔어. 저녁 때 극장에 가려고 했지. 그런데 접수대의 신사분이 내가 지나갈 때 잠깐 이야기 좀 하고 싶다고 나를 불렀어."

"그때 나는 우리가 1,500달러를 이미 다 쓰고, 그것보다 더 썼다는 사실을 알게 됐어. 10달러 가까이 호텔에 빚지고 있더라고. 그게 다가 아니었어. 집으로 돌아올 돈도 부족했어."

"엄마는 바로 주저앉아 울었어. 그러고는 농장 말고는 그게 우리가 가진 전부라고 말하셨어. 가여운 아버지의 보험금이라고, 집으로 돌아가지 못한다고, 감옥에 가게 될 거라고 울부짖으셨지."

"사람들이 모여들었고 난 엄마를 막을 수가 없었어. 나도 내가 뭘 했는지 모르겠더라. 어지러웠고 모든 게 까맣게 보였어. 한 아가씨가 오더니 내 코에 후자극제가 들어있는 병을 갖다 댔고, 접수대의 신사는 황동 단추를 단 남자에게 포도주를 좀 가져오라고 시켰어."

"내가 기분이 좀 나아지고 진정해서 이야기를 할 수 있게 되자, 호텔 사람들이 내게 날카롭게 이런저런 질문들을 하기 시작했어. 그리고 나는 그들에게 아버지의 류머티즘에 관한 것부터 시작해서 내가 처한 상황을 낱낱이 털어놨어. 그들은 우리를 기독교인답게 대한 것 같아. 결국 우리가 그 사람들한테 큰 신세를 졌는데도 말이야. 어쨌든 우리는 목록에 적어간 건 미처 먹어 보지도 못했고, 가구도 아주 조심해서 썼어. 엄마랑 나는 결국 우리가 갖고 있던 돈만큼 제대로 다 누리지도 못했던 거야. 하지만 호텔에서는 우리한테 나머지 비용을 청구하지 않고, 집으로 오는 기차표까지 줬어."

침묵이 흘렀다. 윌리엄은 파란 드레스를 입은 나르시사를 마치 기억 속에서 해답을 잃어버린 수수께끼처럼 바라보았다. 그의 정직한 눈은 온갖 질문으로 가득 차 꽤 가련해 보였다.

"어쨌든 난 돌아왔고, 그 돈을 다 썼어. 나는 낭비하고 사치를 부렸어. 그리고 멋진 옷을 입은 한 신사가 우리 테이블에 앉아서 아주 즐겁게 날씨 이야길 하기도 했어. 나는 그를 조금 생각했어. 물론 그가 당신만큼 좋았던 건 아니야, 윌리엄. 우리 같은 사람들에겐 처음 접한 것이 곧 끝까지 가는 법이니까. 하지만 한편으로는 그가 그 호시절의 일부처럼 느껴져. 그를 다시는 볼 일은 없겠지. 우리가 주고받은 말은 그가 유쾌한 날이라고 두 번 했던 것, 그리고 한 번은 춥다고 하기에 내가 그렇다고 대답했던 것뿐이야. 하지만 나는 당신한테는 모든 걸 말하는 거야. 난 1,500달러를 낭비했어. 생각으로는 당신으로부터 멀어졌어. 게다가 그게 다가 아니야. 나는 즐거운 시간을 보냈고, 아니라고는 말 못해. 나는 멋진 시간을 보냈어, 그리고 후회하지 않아. 당신은 당신한테 가장 좋은 선택을 해, 윌리엄. 당신을 탓하지 않을게."

윌리엄 크레인은 창가로 갔다. 돌아서서 나르시사를 바라보는 그의 눈에는 눈물이 가득 고였고 커다란 입은 떨리고 있었다.

"이제 내 벽 안에 머물러도 만족할 수 있겠어, 나르시사?" 그가 다정하면서도 애처롭게 품위 있는 태도로 물었다.

파란 드레스를 입은 나르시사가 그에게 다가가 처음으로 자진해서 그의 충실한 목에 팔을 두르며 말했다.

"빗장이 풀려있다 하더라도 다시는 나가지 않을게."

앤 메리의 두 번의 추수감사절

Ann Mary; Her Two Thanksgivings

"할머니."

"왜 그러니, 얘야?"

"할머니, 그 컵케이크 이제 팬에 올려서 구울 거죠?"

"응, 그렇단다. 웬만큼 치댔으니까."

"육두구 가루를 조금도 넣지 않았어요, 할머니."

할머니는 몸을 돌려 앤 메리를 바라보았다.

"그렇게 불안해하지 마라." 그녀가 빈정거리듯이 말했다. "맨 마지막에 육두구 가루를 넣을 거란다. 육두구를 넣지 않은 케이크를 오븐에 넣을 수는 없지!"

할머니는 케이크 반죽을 열심히 치댔다. 그녀는 노란 반죽 통을 옆구리에 끼고 숟가락 대신 손을 썼다. 그녀는 통통하고 얼굴은 장미처럼 붉었다. 머리는 곱실거리고 하얬으며 주름 많은 목에는 금구슬 목걸이를 늘 걸고 있었다. 그녀는 누가 그 목걸이를 훔쳐갈까 봐 잔뜩 겁을 먹어서 잠잘 때 베개 밑에 빼놓을 때 말고는 그 목걸이를 절대로 풀지 않았다. 비록 도둑질을 당한 일은 한번도 없었지만 늙은 리틀 부인은 도둑을 늘 걱정했다.

"앤 메리, 이제 식료품 저장실에 가서 육두구를 가져오렴." 할머니는 위엄 있게 말했다.

앤 메리는 의자에서 침착하게 미끄러져 내려와서 육두구를 가지러 갔다. 소녀는 곧 자신이 실수했음을 깨달았다. 그녀는 할머니가 건망증이 있어서 요리할 때 넣어야 할 재료와 넣지 말아야 할 재료를 잘 구분하는지 확실하게 하기 위해서 요리하는 동안 지켜보았다. 그렇지만 애써 일을 하고도 잔소리를 들을 수도 있었기에 할머니가 대꾸할 수 없게끔 그 일을 아주 조심스럽게 처리해야 했다.

앤 메리는 육두구가 담긴 상자와 강판을 가져다가 할머니 팔꿈치 쪽에 밀어 넣고는 제자리로 돌아왔다. 그녀는 식탁 끝에 있는 키가 높은 부엌 의자 가운데 하나에 깊숙이 앉았다. 튼튼한 가죽 구두를 신은 발은 바닥에 닿지 못하고 불안하게 달랑거렸지만, 그녀는 의자 발걸이 위에 절대 발을 올려놓지도 않았고, 기운을 북돋으려고 발을 앞뒤로 흔들지도 않았다. 앤 메리의 할머니는 자신이 요리하는 동안에 손녀가 의자 발걸이에 신발자국을 남기는 것을 좋아하지 않았고, 발을 흔들어서 신경 쓰이게 하는 것도 못마땅하게 여겼다. 앤 메리는 진지하게 똑바로 앉아 있었다. 그녀는 여리고 가냘픈 소녀였지만 절대로 구부정한 자세를 하지 않았다. 소녀는 생김새보다는 태도가 묘하게도 할머니를 닮았다. 소녀는 할머니가 넓은 어깨를 펴고 있듯이 자신의 좁은 어깨를 당당하게 뒤로 젖히고 있었다. 걸음걸이도, 말투도 모두 할머니가 하는 대로 했다.

리틀 부인은 앤 메리 에반스를 매우 자랑스럽게 여겼다. 앤 메리는 그녀의 외동딸이 낳은 아이로, 아기 때부터 할머니와 함께 살았다. 아이의 부모는 아이가 너무 어릴 때 세상을 떠나 아이는 아버지와 어머니 둘 다 기억하지 못했다.

앤 메리는 몸이 허약해서 마을의 공립학교에 가지 않았다. 이웃에 사는 젊은 아가씨 로레타 애덤스가 소녀를 가르쳤다. 로레타는 마을 너머 고등학교에서 아름다운 흰색 모슬린 드레스를 입고 졸업식을 했는데 앤 메리는 그녀에게 존경과 경탄의 감정을 품었다. 로레타에게는 응접실용 오르간이 있었고, 그녀는 그것을 연주할 줄도 알았는데, 추수감사절이 지나면 앤 메리에게도 오르간을 가르쳐주기로 했다. 지금은 휴가라 그녀는 사촌과 함께 2주를 보내려고 보스턴으로 떠났다.

앤 메리는 온통 갈색이었다. 갈색 옥양목 원피스에 갈색 옥양목 긴팔 앞치마를 입었고, 갈색 머리는 할머니의 낡은 갈색 보닛 끈을 이용해 양 갈래로 빈틈없이 땋아서 귀 뒤쪽으로 삐쭉 튀어 나오게끔 묶고 있었다. 한번은 앤 메리가 로레타 애덤스의 집에 갔을 때 그녀는 앤 메리의 땋은 머리를 풀어서 싹 빗기고 두 어깨 위쪽으로 솜털처럼 풍성하게 늘어뜨려 준 적이 있다. 그러나 앤 메리가 집으로 돌아왔을 때 할머니는 몹시 화를 냈다. 할머니는 손녀를 붙잡고는 풍성하게 늘인 머리가 아플 정도로 단단하게 잡아 당겨 다시 땋았다.

"로레타 애덤스가 네 머리에 손을 대지 못하게 해야겠다." 할머니가 말했다. "로레타가 자기 머리를 엉망으로 만들어 미국 원주민처럼 하고 다니고 싶다면야 그건 제 마음이지만, 네 머리는 자기 마음대로 할 수 없어!"

앤 메리는 고개를 숙이고 눈물이 글썽한 눈으로 할머니 앞에 서서, 로레타가 또다시 자기에게 제안을 해오면 그녀에게 자신의 땋은 머리에 손을 대지 말라고 해야겠다고 마음먹었다.

그날 아침, 리틀 부인이 파이와 케이크, 그리고 푸딩을 만드는 동안 앤 메리는 자신이 만들어야 할 몫의 추수감사절 요리를 끝냈기 때문에 한가롭게 앉아 있었다. 그녀는 전날과 그날 아침 일찍부터 손이 쉴 사이 없이 일했는데, 건포도를 모두 잘 선별해서 씨를 빼고 사과는 껍질을 깎아 저며 놓았다. 할머니는 손녀가 할 수 있는 일들이 그 정도일 거라고 생각했다. 앤 메리의 생각은 달랐다. 그녀는 나이에 비해 몸집은 작았지만 열두 살이었고, 그스스로 파이와 컵케이크는 충분히 만들 수 있다고 생각했다.

어쨌거나 그녀는 식탁에 앉아 할머니를 은밀히 감독하는 일
도 그 나름대로 중요한 일이라 생각했고, 그렇게 지켜보지 않으
면 그 음식들 가운데 몇 가지는 조금 이상한 맛이 날 거라는 합
리적인 확신이 들었다.

리틀 부인은 다진 고기를 넣은 파이를 어제 모두 구워 두었
다. 오늘은 그녀가 미리 말한 대로 사과파이와 호박 요리를 만들
고 있었다. 사과파이가 만들어지는 동안 앤 메리는 할머니를 유
심히 지켜보았다. 포개놓은 그녀의 작은 손은 움찔했고 짧은 목
은 앞치마 위로 길게 빼고 있었다. 소녀는 할머니가 파이 윗부
분이 될 반죽을 파이 위에 얹으려고 할 때까지 기다렸다. 그걸
보고 앤 메리가 다급하게 소리쳤다. 소녀의 목소리는 새가 지저
귀듯이 소심하면서도 단호했다.

"할머니!"

"그래, 무슨 일이니, 아가?"

"그 반죽을 지금 파이 위에 덮을 건가요?"

리틀 부인은 반사적으로 놀라 불안한 표정으로 서 있었다. 그
녀는 파이를 날카로운 눈으로 바라보았다. "그래, 그럴 거란다.
왜?" 할머니가 의심스럽지만 도전적으로 물었다.

"하지만 거기다 설탕을 한 알갱이도 넣지 않았어요."

"오, 이런!" 리틀 부인은 이런 종류의 지적을 달가워하지는 않
았지만, 그 필요성을 온당하게 받아들였을 때는 전혀 억울해 하
지 않았다. 그녀는 식탁 위에 있는 파이 껍질 반죽을 내려놓고
파이에 설탕을 뿌렸다. 앤 메리는 내심 만족스러워하면서 진지
하게 할머니를 지켜봤다. 건포도를 빼놓고 푸딩을 만들 뻔한 것
을 앤 메리가 지적한 뒤, 식사 시간이 거의 다 되었을 즈음에 할

아버지가 집으로 돌아왔다. 그는 추수감사절 칠면조를 사려고 마을에 다녀오는 길이었다. 앤 메리는 기쁜 마음으로 창문을 통해 할아버지가 헛간 쪽으로 이어지는 길을 마차를 몰고 지나가는 모습을 내다보았다.

"할아버지가 오셨어요." 소녀가 말했다.

눈이 제법 많이 내리고 있었는데, 그녀는 짙게 흩날리는 눈발 사이로 노인을 태우고 터벅터벅 걸어가는 하얀 말과 기우뚱대는 마차를 보았다.

리틀 씨가 부엌으로 들어오기 전에, 할머니는 그에게 발에 묻은 눈을 모두 털어내고, 조금이라도 발자국을 남기지 말라고 경고했다. 그래서 그는 헛간에서 쿵쿵 소리가 날 만큼 힘차게 발을 굴렀다. 그러고 나서 자랑스럽게 집 안으로 들어섰다.

"자! 이 정도 칠면조면 어떤 것 같아?" 리틀 씨는 대체로 행동이 느리고 점잖았지만, 오늘은 칠면조 때문에 꽤 흥분한 상태였다. 그는 칠면조를 겨우 붙들고 있었다. 그는 몸집이 작은 노인으로, 야윈 손에 쥔 끈이 꼬여 있었다.

"이 칠면조는 무게가 15파운드는 족히 나갈 거야." 노인이 말했다. "그리고 그 가게에는 이보다 더 좋은 놈은 없었어. 애드킨스가 가진 것들 가운데는 그다지 큰 게 없었거든."

"추수감사절을 하루 앞둔 마당에 그것 참 이상하네요." 리틀 부인이 말했다. 그녀는 칠면조를 검사하듯이 살펴보았다. "이거면 될 것 같아요." 마침내 그녀가 선언했다. 그녀가 승인한다는 뜻을 나타내는 최고의 표현이었다.

"당신이 그렇게 생각할 줄 알았어." 노인이 활짝 웃으며 응수했다. "살 수 있는 것 가운데 이게 가장 좋은 거였을걸. 저 아래 사람들도 그렇게 말했다니까. 샘 화이트가 거기 있었는데, 그는 내가 추수감사절을 위해 아주 딱 맞게 가져간다고 생각하는 것 같더라고.”

“추수감사절 바로 전날이 그렇게 특별히 좋은 때 같지는 않은 걸요.” 리틀 부인이 말했다.

“음, 나도 그런 것 같지는 않았어. 샘이 무슨 뜻으로 말한 건지 정확히는 모르겠어.”

앤 메리는 말없이 감탄의 눈길로 바라보기만 했다. 칠면조를 식료품 저장실의 널따란 선반 위에 올려놓자, 소녀는 가서 그것을 유심히 바라보았다. 오후가 되어 오븐에 넣어 굽기 전에 양념으로 속을 채운 칠면조를 보는 것은 아주 즐거웠다.

참으로, 이날은 하루 내내 축제와 잔치, 즐거운 환호성, 기쁨의 향기로 가득했으며, 이어질 행사보다 더 달콤하고 즐거운 날이었다. 그런데 딱 한 가지, 이날 하루 중 앤 메리의 기분에 찬물을 끼얹은 일이 있었는데, 도착해야 할 편지가 오지 않은 것이었다. 리틀 부인은 아들과 그 가족에게 추수감사절을 함께 보내자고 초대했지만 답장이 한마디도 없자, 그들이 오지 않을 거라고 생각했다. 리틀 씨가 우체국으로 온 편지가 없다고 하자 앤 메리는 고개를 떨구었다.

“이런,” 소녀가 말했다. “루시가 올 것 같지 않아요, 할머니?”

“그래, 오지 않을 것 같구나. 에드워드는 이제껏 여기 올 때 소식을 보내지 않은 적이 없고, 마리아도 마찬가지란다. 그 애들이 이번에는 못 오는가 보구나.” 할머니가 말했다.

“오, 이런!” 앤 메리가 다시 말했다.

“그래, 오지 않을 거라고 마음먹어야 할 게다.” 할머니가 대답했다. 리틀 부인은 본인도 실망감에 속이 상했고, 앤 메리의 실망에도 화가 났다. "우리들도 속이 상한 건 마찬가지야. 내가 보기에는 넌 한 번 정도는 루시 없이도 추수감사절을 지낼 수 있을 것 같은데."

잠깐이지만 앤 메리는 거의 그럴 수 없을 것 같았다. 그녀에게 루시는 하나밖에 없는 사촌이었다. 그녀는 루시를 너무나 좋아했고, 자기 또래의 이 어린 소녀를 그리워했다. 앤 메리가 그녀의 사촌을 만날 거라고 얼마나 확신하고 있었는지 아무도 알지 못했다. 앤 메리는 에드워드 삼촌이 편지를 보내는 일에 대해 늘 까다롭고, 이번에 비록 답장이 오지 않았지만, 그래도 여전히 루시가 올지도 모른다는 헛된 희망을 품고 있었다. 추수감사절 아침, 그녀는 수도 없이 창가로 달려가 길을 내려다보았다. 그러나 마을 쪽에서 마차가 나타났다 싶으면, 그것은 속도를 늦추지 않고 바로 집 앞을 지나가 버렸다.

이제는 모든 희망이 사라진 상태였다.

"마음을 편하게 가지렴." 할머니가 말했다. "루시가 여기 없어도 넌 추수감사절을 잘 보낼 수 있을 거야. 네가 원한다면, 오늘 저녁에 로레타한테 잠깐 들렀다가 가라고 해도 돼. 그리고 견과류 사탕도 만들 수 있고."

"로레타는 집에 없어요."

"추수감사절 때 로레타는 집에 올 거다. 그때 집을 비울 리는 없겠지. 내가 저녁 식사를 다 준비하면, 넌 접시에 음식을 가득 담아서 사라 빈의 집에 다녀오너라. 그러면 너도 할 일이 좀 생기잖니. 잘 할 수 있을 거 같은데."

전날 하루 종일 많은 눈이 내려서 땅 위에 눈이 잔뜩 쌓여 있었지만 추수감사절은 무척 즐거운 날이었다. 리틀 씨와 앤 메리는 여느 때라면 예배를 보러 교회에 갔을 텐데 이번에는 눈을 핑계 삼아 가지 않았다.

노인은 길 위에 쌓인 눈이 모두 치워지기 전에 마차를 몰고 마을로 가고 싶어 하지 않았다. 리틀 부인은 그것에 대해 자못 애석해했다. 여느 때라면 남편과 손녀가 추수감사절 아침, 교회에서 예배를 드리는 동안 그녀는 집에 남아 저녁 준비를 했을 터였다.

"추수감사절에 아무도 예배를 가지 않는 건 끔찍이도 이교도적이라고 생각해요." 리틀 부인이 말했다. "그리고 우리는 선언문 낭독도 듣지 못했어요. 지난 안식일에 비가 너무 많이 와서 갈 수 없었잖아요."

그 계절은 유별나게 춥고 혹독해서, 요사이에는 가족들이 예배에 참석할 수도 없었다. 두 주일 동안 가족들 가운데 한 사람도 예배에 참석하지 못했다. 마을은 3마일이나 떨어져 있었고, 길은 험했다. 리틀 씨가 나이가 많다보니 날씨가 몹시 나쁜 날이면 마차를 몰 수가 없었다.

앤 메리가 사라 빈에게 전해줄 추수감사절 저녁 식사를 가지고 갈 때, 소녀는 발이 눈에 젖지 않게 하려고 할아버지의 파란색 모직 양말 한 켤레를 신발 위에 덧신었다. 마음 놓고 걷기에는 눈이 조금 깊었지만 소녀는 그런 것에는 마음 쓰지 않았다. 소녀는 아주 조심스럽게 저녁 식사를 들고 갔다. 큰 접시에는 음식이 가득 담겨 있었는데, 음식이 식지 않도록 양철 접시를 뚜껑처럼 덮어 두었다. 사라 빈은 혼자 사는 노파였다. 그녀의 집은 리틀 씨 집에서 400미터쯤 떨어진 곳에 있었다.

앤 메리가 그 집에 다다랐을 때, 소녀는 노파가 차를 끓이고 있는 것을 보았다. 노파의 저녁 식사에는 차와 버터 바른 빵 말고는 별다른 것이 없는 듯했다. 노파는 귀를 심하게 먹은 데다 병약했으며, 몸을 움직일 때마다 관절이 모두 흔들렸고, 말을 할 때는 목소리가 떨렸다. 식사가 담긴 접시를 받아든 노파의 손이 너무도 심하게 흔들려, 음식을 담은 접시와 뚜껑으로 덮은 양철 접시가 부딪쳐 딱딱거리는 소리를 냈다.

"오, 이건 추수감사절 음식과 똑같구나, 할머니께 감사하다고 말씀드려라!" 노파가 크게 기뻐하며 말했다.

"어머, 오늘이 추수감사절이에요." 앤 메리가 조금 의아한 듯 말했다.

"뭐라고?" 사라 빈이 물었다.

"있잖아요, 오늘이 추수감사절이라고요." 그러나 아무 소용이 없었다. 앤 메리의 목소리가 너무나 낮다 보니 노파는 한마디도 알아들을 수 없었다.

앤 메리는 눈 때문에 빨리 걸을 수가 없었다. 소녀는 45분쯤 집을 비웠다. 할머니는 앤 메리가 돌아올 즈음이면 저녁 식사가 모두 식탁에 차려져 있을 거라고 말했다. 소녀는 돌아오는 길 내내 기대에 차서 즐거운 상상의 나래를 펼쳤는데, 집 근처에 다다르자 구운 칠면조 냄새가 났고, 공기 중에 달콤한 향신료 냄새도 풍겨왔다.

썰매가 마당에 있는 것을 보고 앤 메리는 깜짝 놀랐다. "누가 왔지?" 소녀는 혼잣말을 하며 루시를 떠올렸고, 그들이 썰매를 몰아서 마을에서 올 수 있었을지 상상해보았다. 소녀는 집 안으로 뛰어 들어갔다. "아니, 누가 왔어요?" 소녀가 소리쳤다.

소녀의 목소리는 자기의 귀에 대고 크게 외쳐대는 것처럼 들렸다. 마치 메아리를 일으킨 듯했다. 방 안에는 아무도 없었기 때문에 소녀는 깜짝 놀랐다. 온 집안이 아주 조용했다. 음식은 모두 접시에 차려져 있었기에 난로 위에 놓인 냄비들에서 지글지글 끓는 소리조차 나지 않았다. 소금을 뿌리고, 후추를 치고 버터를 넣어 익혀낸 채소가 모두 식탁에 놓여 있었지만 칠면조는 보이지 않았다. 칠면조가 있어야 할 커다란 빈 자리에는 흰 종이 한 장이 놓여 있었다. 앤 메리는 곧 그것을 발견했다. 소녀는 종이를 집어 들고 읽었다. 할머니가 쓴 쪽지였다.

이모할머니가 많이 아프다는구나. 리즈가 우리가 와줬으면 한단다. 식사는 다 차려두었다. 만일 우리가 오늘 밤까지 돌아오지 못한다면 로레타에게 함께 있어달라고 하렴. 착하지.

할머니가

앤 메리는 쪽지를 읽고는 입꼬리가 축 처진 채 서 있었다. 벳시 이모할머니는 리틀 부인의 동생이었고, 리즈는 벳시와 함께 살면서 그녀를 돌보는 딸이었다. 그들은 그곳에서 14마일 떨어진 더비에서 살고 있었다. 앤 메리에게는 먼 거리처럼 느껴졌고, 소녀는 그날 밤에는 할아버지와 할머니가 집으로 돌아올 수 없다고 확신했다. 그녀는 빈 방을 둘러보며 한숨을 내쉬었다. 잠시 뒤 소녀는 자리에 앉아 눈이 묻은 양말을 벗었다. 생각만큼 배가 고프지는 않았지만 그녀는 저녁을 먹는 편이 낫겠다고 판단했다. 건포도를 넣은 푸딩과 칠면조만 빼고 모든 것이 식탁 위에 놓여 있었다. 앤 메리는 이것들이 오븐 안에 따뜻하게 보관되어 있을 거라고 생각했다. 오븐 문이 조금 열려 있었는데, 안을 들여다보았을 때 그 안에는 아무것도 없었다. 소녀는 식료품 저장실로 들어갔다. 그런데 거기에도 칠면조는 없었다. 너무나 이상했다. 칠면조를 구웠던 냄비는 고기즙이 조금 남은 채로 난로 뒤쪽에 놓여 있고, 벽난로 앞쪽에는 빈 푸딩 접시가 놓여 있었다.

"할머니가 건포도 푸딩과 칠면조를 어디에 어떻게 하셨지?" 앤 메리는 큰 소리로 말했다.

소녀는 다시 식료품 저장실을 들여다보고 나서 지하 저장고로 내려갔다. 집 안에 건포도 푸딩과 칠면조를 둘 만한 곳은 많지 않았다!

마침내 소녀는 찾기를 포기하고, 식사를 하려고 식탁에 앉았다. 호박과 감자, 순무와 양파, 비트와 크랜베리 소스와 파이 등 음식은 많았지만 건포도를 넣은 푸딩과 칠면조가 없다면 추수감사절 정찬이 아니었다. 아무 노랫소리도 들리지 않고 반주만 크게 울리는 거나 마찬가지였다.

앤 메리는 할 수 있는 만큼 잘 담아보았다. 소녀는 칠면조에 곁들이는 고기 소스를 감자에다 조금 끼얹고 접시에 채소를 가득 담았다. 그러나 식사는 맛이 없었다. 소녀는 점점 더 외로워졌다. 설거지를 하고 나서 옷을 갈아입은 뒤 로레타 애덤스의 집으로 가야겠다고 다짐했다. 설거지는 꽤 힘들었다. 프라이팬과 냄비가 너무 많았다. 오후가 한창일 무렵에야 설거지가 끝났다. 앤 메리는 가장 좋은 격자무늬 옷을 입고, 땋은 머리를 가장 아끼는 빨간 리본으로 꾸미고, 4시 조금 전에 로레타의 집으로 출발했다.

로레타는 마을 쪽으로 반 마일쯤 떨어진 곳에 있는 자그마한 하얀 집에 살았다. 앞마당에는 관목들이 많았고, 앞으로 나 있는 길은 상자로 경계가 표시되어 있었다. 관목들은 이제 눈더미가 되어 있었고, 상자는 두 개의 눈 덮인 산등성이처럼 보였다.

집 현관문은 닫혀 있는 듯했고, 거실 커튼은 내려져 있었다. 앤 메리는 집 주변을 돌아서 옆문 쪽으로 갔지만 문이 잠겨 있었다. 그래서 그녀는 눈 덮인 상자 사이를 지나 앞길로 올라가서 현관문을 열어보았는데, 그 문도 잠겨 있었다. 애덤스 가족은 어딘가로 가버린 것이다. 앤 메리는 어떻게 해야 할지 몰랐다. 소녀의 눈에는 눈물이 어렸고, 목이 조금 메어 왔다. 그녀는 두 개의 문 사이를 왔다 갔다 하면서 흔들어도 보고 쾅쾅 두드려도 보고는 커튼 귀퉁이로 거실을 들여다보았다. 소녀는 음악책과 함께 로레타의 오르간, 그리고 익숙한 가구들을 볼 수 있었지만, 그 방은 완전히 휑뎅그렁한 느낌을 주었다.

마침내 앤 메리는 눈을 조금 털어내고는 현관 계단에 앉았다. 소녀는 잠시 기다리면서 사람들이 집으로 돌아오는지 확인해야겠다고 마음먹었다. 그녀는 모자 달린 빨간 외투을 입고, 할머니의 낡은 격자무늬 숄을 걸치고 있었다. 소녀는 숄 둘레를 꼭 잡아당겨 그 안에 얼굴을 파묻었다. 현관 계단에 걸터앉아 있기에는 몹시 추운 날씨였다. 길 바로 건너편에 한 무리의 키 작은 자작나무들이 보였다. 자작나무들 위와 그 나무들 사이로 해가 저물면서 하늘은 붉고 선명하게 빛났다. 추수감사절을 지키려는 어린 소녀에게는 모든 것이 차갑고 헐벗고 황량해 보였다. 문득 소녀는 작은 울음소리를 들었는데, 로레타의 흰 고양이가 집 모퉁이를 돌아 나왔다.

"야옹아, 야옹아, 야옹아." 앤 메리가 불렀다. 소녀는 로레타의 고양이를 무척 좋아했지만 정작 그녀 자신의 고양이는 없었다.

고양이가 가까이 다가와 앤 메리에게 비벼대자, 소녀는 고양이를 들어 올려서 무릎 위에 앉혔다. 그러고는 숄로 고양이를 감싸주었다. 조금 위로가 되었다.

소녀는 현관 계단에 앉아 꽤 어둑어둑해질 무렵까지 고양이를 안고 있었고, 몸은 추위로 몹시 뻣뻣해졌다. 소녀는 고양이를 내려놓고 집으로 가려고 일어섰다. 그러나 얼마 가지 않아서 고양이가 자기를 따라오고 있음을 알아차렸다. 그 조그만 하얀 생명체는 소녀의 발뒤꿈치를 좇아 눈 속을 허우적거리며 지나오면서 끊임없이 야옹거렸다. 때로는 고양이가 앞쪽으로 쏜살같이 달려가 소녀가 다가올 때까지 기다렸지만, 그녀의 품에 안길 마음은 없어 보였다.

389

집에 도착한 앤 메리는 어쩐지 외로운 듯한 집을 바라보며 싸늘한 기운을 온몸으로 느꼈다. 소녀는 겁이 나서 들어갈 수가 없었다. 그녀는 사라 빈의 집으로 내려가 그곳에서 밤새 머물 수 있는지 물어보기로 마음먹었다.

그래서 소녀는 계속 길을 걸어갔고, 로레타의 흰 고양이는 여전히 그녀를 따라왔다. 사라 빈의 집에는 불이 꺼져 있었다. 앤 메리는 문을 두드리고 또 두드렸지만 소용이 없었다. 노파는 이미 잠자리에 들었고, 소녀가 아무리 애를 써도 듣지 못하는 것 같았다.

앤 메리는 뒤돌아 집으로 갔다. 소녀의 차갑고 붉은 뺨에 눈물이 흘러내렸다. 고양이는 전보다 더 크게 울었다. 집에 도착하자 소녀는 고양이를 안아서 집 안으로 데리고 들어왔다. 어쨌든 소녀는 그 고양이라도 친구 삼아 그날 밤을 보내기로 결심했다. 그녀는 이제 혼자 밤을 보내야 한다고 확신했다. 애덤스 가족과 사라 빈이 유일한 이웃이었고, 지금은 너무 늦은 시간이어서 할아버지와 할머니가 돌아오리라고 기대할 수 없었다. 앤 메리는 소심하고 겁을 잘 먹었지만 이성적인 데가 있었고, 어떤 상황이 닥쳐서 그렇게 해야만 한다고 확신하면 대체로 온 힘을 다해 상황을 받아들였다. 소녀는 눈물이 뺨 위로 흘러내리는데도 살을 에는 겨울 공기를 뚫고 집으로 걸어가는 내내 계획을 세웠고, 그것을 실행에 옮기기 시작했다. 소녀는 로레타의 고양이에게 저녁을 주었고, 자신도 다진 고기를 넣은 파이 한 조각을 먹었다. 그러고는 부엌과 거실 불을 확인하고 아주 철저히 문단속을 했다. 그다음에 그녀는 고양이를 품에 안은 채 등불을 들고 어두운 침실로 들어가 문을 잠갔다. 소녀는 자신과 고양이가 안전하게 지낼 최선의 방법을 택한 것이다. 그 어두운 침실은 집의 한가운데, 방들로 둘러싸인 곳에 있었다. 좁고 네모났으며 창문도 없었고 문 하나만 달랑 있었다. 일종의 요새要塞였다. 앤 메리는 옷을 벗지 않고 밤새도록 등불을 켜두어야겠다고 마음먹었다. 그녀는 커다란 노란 목재 기둥들이 세워진 큰 침대에 올라갔고, 고양이는 그녀에게 바싹 달라붙어 가르랑거렸다.

앤 메리가 침대에 누워서 벽지의 흰 새틴 소용돌이 무늬를 바라보고 있는 동안 어떤 소리들이 들려오는지 귀를 기울였다. 10시 무렵까지는 수많은 소리가 들려왔지만 하나같이 신비롭고 설명할 수 없는 소리였다. 이윽고 그녀는 침대에 똑바로 앉았고 심장이 빠르게 뛰기 시작했다. 소녀는 틀림없이 썰매 방울 소리를 들었는데, 그 소리는 어두운 침실까지 들려왔다. 바로 그때 옆문을 시끄럽게 쿵쿵 두드리는 소리가 들려왔다. 앤 메리는 일어나서 침실 문을 연 다음에, 등불을 들고 거실로 나갔다. 쿵쾅거리는 소리가 다시 들려왔다. "앤 메리, 앤 메리!" 크게 외치는 목소리가 들려왔다. 할머니였다.

"나가요, 나가, 할머니!" 앤 메리가 소리쳤다. 소녀는 이제까지 살아오면서 이토록 기쁜 적은 처음이었다. 그녀는 떨리는 마음으로 서둘러 옆문 고리를 뒤로 밀어젖혔다. 거기에는 할머니가 머리 위로 숄을 뒤집어쓴 채 서 있었다. 그리고 마당에는 말에 맨 썰매를 탄 할아버지와 또 다른 남자가 있었다. 남자는 썰매를 돌리고 있었다.

"등을 창문에 놓아라, 앤 메리." 리틀 씨가 말하자 앤 메리는 그 말을 따랐다. 할머니는 의자에 주저앉았다. "지칠 대로 치쳤다." 할머니가 그렇게 말하며 신음소리를 냈다. "만일 이 일로 죽지 않는다면 난 운이 좋은 거야. 발이 돌덩이처럼 느껴지는구나."

앤 메리는 할머니의 팔꿈치께에 서 있었고, 소녀의 얼굴은 온통 환하게 빛나고 있었다. "오시지 않겠구나 생각했어요." 소녀가 말했다.

"너와 소만 아니었다면 오늘밤 한 발자국도 움직이지 않았을 거다." 할머니가 화가 난 듯한 목소리로 말했다. "네가 좀 불안했거든. 그리고 애덤스 씨를 데려오지 않는 한 네가 소젖을 짜지 않을 거라는 걸 알고 있었지."

"이모할머니는 많이 아파요?" 앤 메리가 물었다.

할머니는 고개를 내저었다. "아프다니! 아니, 벳시한테는 별 문제가 없었어. 소시지 고기를 조금 먹고 잠깐 의식을 잃었던 거야. 리즈는 늘 그렇듯이 겁이 나서 죽을 지경이었지. 리즈는 우리가 거기 있는 동안 줄곧 제정신이 아닌 것처럼 행동하더구나. 마치 추수감사절을 모르는 것처럼 굴더라고. 그리고 그 애는 칠면조도 마련해두지 않았는지 보이지 않았어. 벳시 할머니가 아픈 것 때문에 모든 걸 잊었던 모양이야. 난 걔처럼 안절부절못하는 애는 본 적이 없어. 거기 도착했을 때 내 인내심은 바닥이 난 상태였지. 막상 가보니 벳시의 상태는 그다지 나쁘지는 않았는데, 그래도 우리는 엄청 서둘러 갔거든. 기차를 놓칠까 봐 급히 마차를 몰고 갔기 때문에 사라 빈의 집 쪽으로 돌아서 가서 너한테 알려주고 갈 틈도 없었어. 우린 전갈을 전하러 온 남자의 마차를 같이 타고 갔고, 그가 마을로 최대한 빨리 차를 몰아주었지만, 기차는 놓쳤지. 그래서 두 시간 동안 하릴없이 그곳에 앉아 있어야 했단다. 그리고 우리는 덮개 없는 썰매를 타고 14마일을 달려왔어. 벳시 옆집 사람이 우리를 집으로 데려다주겠다고 했는데, 그러는 게 좋을 것 같았어. 그는 오늘밤에 마을로 돌아갈 거야. 친척이 있다고 하는구나. 나는 그에게 여기에 있는 게 낫겠다고 했지만, 그러지 않을 거야. 어차피 귀를 심하게 먹어서 아무리 뭐라고 얘길 해도 못 듣기도 하고. 우린 집으로 오는 내내 한마디도 하지 않았어. 로레타는 어디 있니? 그 여자가 너랑 함께 있으려고 건너왔지?"

앤 메리는 로레타가 집에 없었다고 설명했다.

"참 이상하구나, 추수감사절인데 말야." 할머니가 말했다. "맙소사, 저건 무슨 고양이니? 거실에서 나왔어!"

앤 메리는 로레타의 고양이에 대해 설명했다. 그러고는 할머니가 들어온 뒤로 줄곧 마음속에 품고 있던 가장 궁금했던 질문을 불쑥 내뱉었다. "할머니," 소녀가 물었다. "건포도 넣은 푸딩과 칠면조는 어떻게 하셨어요?"

"뭐라고?"

"건포도 푸딩과 칠면조는 어디 두셨어요?"

"건포도 푸딩과 칠면조?"

"네. 아무리 찾아도 없던걸요."

머리에 둘렀던 숄을 걷어내고 발을 오븐 쪽에 놓은 채 부엌 난로 위로 몸을 구부리고 있던 리틀 부인은 멍한 얼굴로 앤 메리를 바라보았다.

"무슨 말인지 모르겠구나, 얘야." 그녀가 말했다.

리틀 씨는 썰매를 탄 남자가 출발하는 것을 돕고는, 이제 막 들어왔다. 그는 장화를 벗고 있었다.

"기억 안 나? 할멈," 그가 말했다. "어떻게 집 안에 다시 뛰어들어왔다 갔는지? 눈에 잘 띄는 식탁 위에 건포도푸딩과 칠면조를 놓아두면 누군가가 집안으로 들어올지도 모른다면서, 어딘가에 잘 둬야겠다고 하지 않았어?"

"맞아. 그랬지." 리틀 부인이 말했다. "견물생심이라고 괜히 사람들 눈에 잘 띄는 데 두지 않는 게 좋겠다고 생각했어. 그래서 식료품 저장실에 넣어놨어. 네가 돌아오면 찾을 수 있겠다 싶었지."

"식료품 저장실에는 없어요." 앤 메리가 말했다.

소녀의 할머니는 일어나 거만한 태도로 식료품 저장실 안으로 들어갔다. "저장실에 없다고?" 그녀가 되물었다. "제대로 살펴보지 않았구나."

앤 메리는 할머니를 따라갔다. 소녀는 선반 위에 놓인 칠면조와 푸딩을 눈앞에서 보고 자신이 잘못 알았던 거라고 인정할 수 있기를 간절히 기대했다. 리틀 씨도 뒤따랐고, 그들은 모두 함께 식료품 저장실 안에서 주위를 둘러보았다.

"여기 없잖아, 할멈." 리틀 씨가 말했다. "그걸 어디에 뒀는지 생각 안 나?"

할머니는 등불을 들고 당당하게 걸어서 식료품 저장실을 나갔다. "어딘가에 두었는데." 할머니가 무뚝뚝하게 말했다. "아침에 찾아봐야겠어. 오늘 저녁에는 두 사람 다 건포도 푸딩과 칠면조는 안 먹어도 되지?"

그러나 리틀 부인은 아침이 되어도 건포도를 넣은 푸딩과 칠면조를 찾지 못했다. 그렇게 며칠이 지나갔고, 그것들의 행방은 여전히 수수께끼였다. 리틀 부인이 아무리 머리를 굴려도 어디에 두었는지 알아낼 수 없을 정도로 안전한 은신처에 둔 것만은 분명했다. 그녀는 그 일을 몹시 굴욕적으로 여겼고 그에 대해 걱정을 지나치게 해서 거의 병이 날 지경이었다. 그녀는 자신이 정말로 건포도를 넣은 푸딩과 칠면조를 식료품 저장실에 두었는데 결국 도둑맞았다는 의견을 펼치면서 자신도 그 주장을 믿고자 노력했지만, 그러기에는 지나치게 솔직했다.

"난 지금까지, 많은 사람들이 안전한 장소에 물건을 놓아두었는데 그 물건을 찾을 수 없다는 얘기를 듣기는 했어." 그녀가 말했다. "하지만 난 결코 그런 식으로 건포도 푸딩과 칠면조를 잃어버렸다는 이야긴 들어보지 못했어. 잘 모르겠지만 얼마 남지 않은 내 제정신이 그나마도 더 없어지는 모양이다." 그녀는 겸허하면서도 억울한 듯한 태도로 말했다. 그녀는 만일 건포도를 넣은 푸딩과 칠면조를 찾지 못한다면 그다음 주가 시작하는 첫날에 건포도 푸딩과 칠면조 요리를 다시 만들어주겠노라고 앤 메리에게 약속했다.

일요일이 왔지만 여전히 그것들을 찾을 수는 없었다. 날씨가 좋았고, 리틀 씨 가족은 마을의 교회에 갔다. 앤 메리가 자리에 앉은 뒤 건너편 자리를 살펴보니 예쁜 갈색 곱슬머리를 이마에 드리우고 아버지와 어머니 사이에 앉아 있는 로레타가 보였다. 그녀는 로레타가 언제 집에 돌아왔을지 궁금했다.

합창단이 노래를 부르고 목사가 기도했다. 갑자기 앤 메리는 강단에 서 있던 목사가 종이를 펼치는 것을 보았다. 그러고 나서 목사는 추수감사절 선언서를 읽기 시작했다. 앤 메리가 묘한 눈길로 할머니를 바라보았을 때, 할머니는 뭔가 말로 표현할 수 없는 품위를 갖춘 엄숙한 눈길로 그녀를 바라보았다.

예배가 끝나자마자 할머니는 손녀의 팔을 꽉 잡았다. "그 일에 대해서는 아무한테도 말하지 마라." 할머니가 속삭였다. "입조심해!"

그들이 집으로 가는 썰매를 타고 있을 때 그녀는 남편에게 다그쳤다. "당신도 입조심해요." 그녀가 말했다. "그렇지 않으면 읍내에 소문이 퍼질 거예요."

노인은 껄껄 웃었다. "당신도 알지. 내가 전에 추수감사절이 그렇게 일찍 올 리가 없다고 했잖아. 그런데 당신은 내 입을 다물게 했지." 그가 말했다. 그는 온화하면서도 심술궂어 보였다.

"글쎄요, 아주 이상한 일인지도 난 잘 모르겠군요." 리틀 부인이 말했다. "작년에 비해 일주일이나 늦었고, 난 우리가 그 선언을 듣지 못한 거라고 생각했어요."

다음 날 루시와 그녀의 아버지, 어머니가 추수감사절을 함께 보내러 온다는 편지가 도착했다. "난 벌써 진이 다 빠진 것 같구나." 리틀 부인이 편지를 읽고 말했다.

정말 그녀는 어찌할 바를 몰랐다. 건포도를 넣은 푸딩과 칠면조 요리는 아직 찾지 못했고, 그녀는 더 많이 준비하지 않고서는 도저히 마음 놓고 기다릴 수 없을 거라고 생각했다. 그녀는 무슨 일이 있어도 다른 칠면조를 구해야 한다는 것을 알고 있었다. 그러나 그녀는 수요일 오후 마지막 순간까지 기다렸다가 푸딩을 만들기 시작했다. 리틀 씨는 칠면조를 사러 가게에 갔다. 그리고 그는 집으로 돌아와 전했다. "샘 화이트가 거기 있었는데, 그는 올해 우리가 칠면조에 푹 빠졌다고 말하더군."

그날 밤 손님들이 도착했다. 추수감사절 아침 루시와 앤 메리, 그들의 할아버지, 루시의 아버지와 어머니는 모두 예배에 참석할 예정이었다. 리틀 부인은 집에 머물면서 저녁을 준비하기로 했다.

추수감사절 아침, 리틀 씨는 성능이 좋은 밀폐형 응접실 난로에 불을 지폈고, 루시와 앤 메리는 방에 있다가 예배에 참석하려고 집을 나서려던 참이었다. 루시는 소파 바로 맞은편에 놓인 커다란 흔들의자에 앉아 이리저리 몸을 흔들며 이야기를 하고 있었다. 앤 메리는 창가에 앉아 있었다. 어린 소녀들은 저마다 외투를 입고 모자를 쓰고 있었다.

갑자기 루시는 흔들기를 멈추고 골똘히 소파 쪽을 바라보았다.

"뭘 봐, 루시?" 앤 메리가 호기심에 차서 물었다.

루시는 여전히 소파 쪽을 바라보았다. "왠지……. 난 저 소파 밑에 뭐가 있는지 궁금해." 루시가 천천히 말했다. 그리고 나서 루시는 앤 메리 쪽으로 돌아섰는데, 그녀의 얼굴은 놀라서 창백해진 상태였다. 루시는 이미 건포도 푸딩과 칠면조 이야기를 들어서 알고 있었다. "오, 앤 메리, 그게 생긴 게…… 마치……
오……."

두 어린 소녀는 모두 재빨리 소파로 달려가 바닥에 몸을 던
졌다. "오, 오, 오오!" 소녀들이 소리를 질렀다. "할머니…… 엄마!
빨리 와요, 빨리!"

다른 사람들이 들어왔을 때, 앤 메리와 루시는 바닥에 앉아
있었고, 그들 사이에는 건포도를 넣은 푸딩과 칠면조가 눈처럼
새하얀 냅킨으로 각각 얌전히 덮여 있었다.

리틀 부인은 몹시 창백한 얼굴로 몸을 떨었다. "이제 기억이
나." 그녀가 희미하게 말했다. "내가 그걸 갖고 여기 뛰어 들어왔
었어."

그녀가 너무나 흥분해서 다른 사람들은 그 일을 조용히 받아
들이려고 했고 너무 웃지 않으려고 애썼다. 그럼에도 루시와 앤
메리는 교회 의자에 앉고 난 뒤, 서로 틈틈이 바라보며 손수건
으로 얼굴을 가려야만 했다. 하지만 앤 메리는 열심히 설교를 들
으면서, 바르게 행동하려고 노력했다. 그녀의 어린아이다운 마
음속 깊은 곳에서 감사와 행복감이 차올랐다. 그녀 옆에는, 겨울
털모자 아래 그 작고 귀여운 얼굴을 살짝 내민 루시가 앉아 있
었다. 통로 바로 건너편에는 로레타가 있었는데, 그녀는 저녁에
집에 와서 그들과 함께 팝콘과 견과류 사탕을 만들 것이다. 집에
서는 멋진 새 칠면조와 양껏 준비된 푸딩 주위로 즐거운 환호성
이 끊이질 않았고, 모든 실망과 수수께끼는 사라지고 없었다.

앤 메리는 자신의 모든 고민거리 끝에는 늘 감사의 마음이 뒤
따를 것 같은 기분이 들었다.

뱀을 잡는 남자

A Slayer of Serpents

저 멀리 마을에서 종이 울렸다. 세 사람은 램버트의 정원에 서서 그 소리를 듣고 있었다. 정원은 넓고 푸르렀으며, 길게 뻗은 들판 너머에 있었다. 그들 위로 종소리가 떠다니며 울렸다. 마치 그 소리는 날아다니는 새처럼 눈에 보일 듯했다. 정원에는 굵은 이슬이 맺혔다. 정원과 들판의 짧고 바스락거리는 풀은 햇빛을 받아 은빛의 작은 바퀴처럼 보이는 이슬 맺힌 거미줄로 덮여 있었다. 그 모든 것들이 반짝반짝 빛나는 동안 종소리가 들려왔다.

세 사람은 고개를 들고 서 있었다. 그들은 종이 몇 번이나 울리는지 헤아려 보는 중이었다. 그곳에는 나이 든 남자와 여자, 그리고 어린 소녀가 있었다. 늙은 남자는 발을 아이처럼 똑바로 벌린 채, 입을 벌리고 있었다. 그는 한쪽 손을 귀 뒤로 가져가 모은 채로 무언가에 귀를 기울이고 있었는데, 온통 궁금한 것투성이인 듯했다. 늙은 여자는 자신의 체크무늬 치마가 풀밭의 물기에 젖지 않도록 두 손으로 치마를 들고 서 있었다. 그녀는 어린 소녀의 얼굴을 계속 주시하면서 소리가 나는 쪽으로 한쪽 귀를 돌리고 있었는데, 그런 식으로 반쯤 어떤 소리를 듣는 듯했다. 순진한 커다란 눈망울과 작고 둥근 얼굴의 소녀는 진지하게 귀를 기울였다. 그녀의 얇고 진지한 아랫입술 양쪽 입가가 조금 내려가 있었다.

마지막 종소리가 사라지고 더는 들려오지 않는다는 게 확실해졌을 때, 소녀가 먼저 말했다. "난 50까지 셌어요."

"나는 48까지밖에 못 셌는걸." 늙은 남자가 말했다.

"난 51이라고 생각했는데." 늙은 여자가 말했다. "하지만 내 청력을 그다지 믿지 않아요. 아무리 애써도 오른쪽 귀로는 아무 소리도 들리지 않거든. 그렇지만 에이다가 확실히 제대로 들었겠죠. 안젤린을 위한 거였다면 틀림없이 이 애가 들은 게 맞을 거예요. 다른 사람이 아프다는 건 아는 바가 없어요. 안젤린은 이제 쉰 살쯤 됐을 거예요. 에드워드가 살아있었다면, 그 여자가 에드워드보다 두 살 위일 테니까요."

"글쎄, 그녀가 아니라는 걸 당신도 알게 될걸." 늙은 남자는 집 쪽으로 걸음을 옮기며 말했다. 그는 한쪽 무릎을 조금 절었다. "나는 마흔여덟까지밖에 못 들었어."

"그녀가 맞다니까요, 분명해요." 조심스럽게 그의 뒤를 따르며, 늙은 여자가 말했다. "브라운 씨가 어제 그랬어요. 그녀가 정말로 상태가 안 좋았다고요. 그리고 의사가 그에게 말하길, 그녀가 지난 밤을 넘기지 못한다고 하더라도 놀라지 말라고 그랬다는군요."

"그 여자가 아니라는 걸 알게 될 거라니까."

늙은 여자와 소녀는 집으로 들어갔다. 남자는 문 옆에 쌓여있는 나무들을 톱으로 자르기 시작했다. 이내 늙은 여자가 창밖으로 머리를 내밀었다. "올리버," 그녀가 말했다. "올리버!" 마치 그가 멀리 떨어져 있는 것처럼 큰소리로 불렀다.

"왜?"

"브라운 씨 일행이 길을 따라 오고 있어요. 가서 누구 때문에 종을 쳤는지 좀 물어봐요."

올리버 램버트는 절뚝거리면서 천천히 정원을 빠져나와, 일행을 이끌고 오는 남자에게 다가갔다. 그는 돌아와서는 집을 지나쳐 헛간 쪽으로 서둘러 갔다.

"올리버, 올리버!" 그의 아내가 그를 불렀다. "누구라고 하던가요?"

올리버는 말이 없었다. 아무것도 듣지 못했다는 듯이 그저 급히 발을 옮길 뿐이었다.

"안젤린이 확실해." 그의 아내가 에이다에게 말했다. "아주 불리한 일이 생겼을 때 저 사람은 늘 저렇게 행동한단다. 갑자기 귀가 안 들리는 모양이지."

에이다는 웃었다. 그녀는 개수대에서 아침 설거지를 하고 있었다.

"다들 그렇게 행동하는지 궁금해요." 그녀가 말했다.

"글쎄, 모두가 다 그런지는 모르겠구나. 어쨌든 내 생각엔 대부분의 남자들은 자기가 지면 그걸 인정하길 싫어하는 것 같아. 내가 아는 이들이 거의 그랬단다. 내 아들이지만 에드워드도 그랬지. 꼭 그 애 아버지 같았지, 가엾은 녀석."

램버트 부인은 휘청거리면서도 기운차게 부엌 바닥을 걸레질했다. 노쇠한 팔이 힘없이 떨렸지만, 그녀는 결코 쉬지 않았다. 넓적하고 주름진 얼굴은 볼 주위가 축 처졌고, 작고 검은 눈이 안경 너머로 반짝거렸다. 403

"있잖아요, 할머니." 개수대에 있던 소녀가 말했다. 그녀의 예쁜 뺨에는 은은하게 홍조가 피어올랐다. "전부터 묻고 싶었어요. 안젤린 로렌스와 아버지 사이에 대해서."

"아, 아무 일도 없었단다. 그들은 한때 잠시 사귀었을 뿐이야."

"그럼 아버지는 그녀를 떠나서 엄마랑 결혼한 거예요?"

"그래."

"어쩌다 그렇게 됐지? 엄마가 더 예뻤나?"

"네 엄마가 그랬는지는 잘 모르겠구나. 안젤린은 그 시절 꽤 예뻤단다. 네 아버지랑 안젤린 사이에 다툼이 조금 있었던 모양이야. 그런데 얼마 뒤 네 엄마가 이 마을에 왔단다. 네 엄마는 이 곳 학교에서 가르치려고 위즈버러에서 왔어. 그러다 네 아버지 가 그녀를 봤고, 두 사람은 거의 곧바로 결혼했단다.”

“그들은 무엇 때문에 다투었나요?”

“왜 다투었냐고? 내가 알기로는 아무것도 아니었어. 그 애는 자기 아버지랑 똑같았고, 그래서 누가 반박하는 걸 참을 수 없 어 했단다. 게다가 다른 사람이 이기면 숨이 넘어갈 것처럼 못 견뎌 했지. 그 점만 아니면 정말 착한 아이였어. 그게 유일한 단 점이라면 단점이었는데, 그게 꼭 단점이라고 말할수 있을지도 모르겠구나. 걔는 그 점을 충분히 솔직하게 인정했단다. 내가 아 는 건, 그와 안젤린이 일요일에 누가 설교를 하게 될 것인가에 대해 다퉜다는 것뿐이야. 그녀는 당시 여기 정착한 먼로 씨를 라울리에서 온 페퍼렐 씨가 대신할 거라는 통보가 있었다고 생 각했지만, 그 애는 그런 적이 없다고 주장했단다. 안젤린도 고집 이 좀 센 편이었고, 자기 주장을 펴기를 좋아했지.”

“음, 그 일요일에 페퍼렐 씨가 설교대 위에 섰고 그녀는 의기 양양해서 그에게 장난을 쳤지. 그녀는 우리가 나올 때까지 입구 근처에서 기다렸다가 에드워드한테 다가가서 쿡 찔렀단다. ‘누가 설교할 거라고 생각해요?’ 그녀가 말하더구나. 다른 여자들 몇 몇이 에워싸고는 웃고 있었지. 그녀가 그들에게도 말한 것 같더 구나.”

“에드워드는 절대로 웃지 않았어. 그 애는 정색하고 그냥 걸어 나갔지. 에드워드는 그 일요일 밤에 그녀를 만나러 가지 않았고, 그러다가 네 엄마를 만났단다. 그게 전부야.”

“그녀가 기분 나빠하지 않았나요?”

"그래, 그랬을 거야. 그녀는 그와 꽤 오랫동안 사귀었으니까. 나는 그녀가 그 애한테 편지를 써서 일을 바로잡아보려고 한 걸 알고 있지만, 소용없는 일이었어. 기회가 있었다고는 하던데, 그녀는 끝내 결혼하지 않았어. 자, 할아버지가 오시는구나."

"누구였는지 물어 보세요."

"브라운 씨가 종을 울린 게 누구 때문이었다던가요?" 늙은 남자가 부엌으로 들어오자 램버트 부인이 물었다. 그는 발을 끌면서 느릿느릿 선반 쪽으로 갔고, 거기 놓였던 담뱃대를 들어 올렸다. 그는 여전히 말이 없었다.

"올리버!"

"왜 그렇게 소리를 질러?"

"당신이 못 듣는 줄 알았어요. 누구 때문에 종을 쳤냐고 묻잖아요."

"당신이 처음 말했을 때, 이미 들었어."

"누구라던가요?"

"글쎄, 안젤린인가 봐."

"거봐요, 내가 뭐랬어요?"

"어쨌든 당신은 그녀 나이도 제대로 알지 못했잖아. 이제 겨우 마흔여덟이더군."

"왜요, 올리버. 에드워드가 살아있었다면 그 여자는 그보다 두 살 위예요. 에드워드는 올 6월이면 마흔여덟이 되었을 거예요."

"그 앤 마흔여섯 살밖에 되지 않았을걸."

"아니, 올리버 램버트! 당신은 결국 당신 마음대로 하겠죠. 나는 더 이상 아무 말도 하지 않겠어요."

"종소리가 마흔여덟 번 울린 걸 분명히 들었소. 나보고 이래라

저래라 할 순 없을 거요. 여태껏 내가 틀린 적이 없으니까."

"그래요, 마흔여덟 번이라고 칩시다." 그의 아내가 고결한 인내심을 갖고 말했다. "50년 동안 당신을 따랐어요. 그리고 좀 더 그렇게 하죠. 어쨌든 불쌍한 안젤린 때문에 싸우지는 않을 거예요. 그녀가 떠났다는 소식을 들었고, 그것으로 됐어요. 그 여자는 재산을 꽤 많이 남기고 죽었을 거예요. 사람들이 그녀가 오랫동안 자기 집을 깨끗하게 소유하고 있었다고 하던걸요."

"사실이 아니라는 걸 알게 될 거야."

"글쎄, 그렇지 않을걸요."

소녀는 접시를 내려놓으며 은밀히 웃었다. 그러나 몇 주가 흐른 뒤 늙은 올리버 램버트의 고집은 이 문제에서도 헛된 것임이 드러났다. 친척도 없이 홀로 죽어간 불쌍한 안젤린 로렌스는 죽은 연인인 에드워드 램버트의 딸에게 부채가 없이 자유로운 그녀의 작은 집을 남겼다. 30년 동안 마음속에 애정을 숨겨왔던 이 정숙한 독신 여성에게는 이제 아무런 숨길 것도 없었다. 마을 사람들은 모두 환한 빛 아래 드러난 그것을 마치 옛 미인의 잔해인 양 바라보았다.

"그녀는 결코 실연을 극복하지 못했어."라고 그들은 말했다. 그러나 그녀는 풀들이 자라는 무덤 속에 누워 아무것도 듣지 못했다.

죽은 여인이 자신에게 유산을 남겼음을 알았을 때, 에이다 램버트는 희미하게 떠오르는 그 얼굴을 마치 성인聖人의 얼굴처럼 자신의 신실한 마음속에 떠올렸다. 여윈 장밋빛 뺨, 무겁게 감긴 단호한 눈, 부드럽게 곱슬거리는 황갈색 머리칼이 그 내면에서 반짝였다. 그녀는 가장 순수한 사랑과 연민과 동정의 제물로 그것을 숭배했다. 그것이 혹여 그녀에게 가치가 있을지는 모르겠지만, 불쌍한 안젤린은 오랫동안 조용히 고통을 감내한 대가로 진실로 성인으로 공표되어 자신만의 성지聖地를 부여받고 헌신적인 신자를 거느리게 되었다. 심지어 그녀는 오래전에 세상을 떠난 경쟁자, 에드워드 램버트와 결혼했던 그 예쁜 학교 선생님에 대한 미묘한 복수도 한 셈이었다. 에이다는 어머니가 너무 오래전에 돌아가셔서 어머니의 얼굴을 전혀 기억하지 못했다. 그녀의 소녀다운 열망으로, 그 자리를 안젤린 로렌스의 얼굴이 차지했다. 에이다는 혼자 있을 때, 반쯤 부끄러움을 느끼며 그 모든 것을 생각해 봤다. 그녀는 꿈과 부서지기 쉬운 환상 말고는 사랑에 대해 아는 게 없었다. 그 현실을 맞닥뜨렸을 때, 그녀의 죽은 아버지와 그녀가 알던 이 죽은 여인의 삶에 대해, 에이다는 분노와 경이로움으로 흔들렸다. "그분은 아버지를 전부로 생각했던 게 틀림없어." 에이다는 얼굴을 붉히고 괴로워하며 혼잣말을 했다.

 "내가 알았다면 좋았을걸 그랬어요." 그녀는 할머니에게 말했다. "그랬다면 그분이 아팠을 때, 좀 들여다봤을 텐데."

 "만일 그랬다면, 사람들은 네가 그 여자 돈을 노리고 그런다고 말했을 거다."

 "그들이 뭐라고 한들 마음 쓰지 않았을 거예요. 이제야 기억나요. 그분이 나와 마주쳤을 때, 말을 걸려고 애썼던 걸 말이에요. 그녀는 나를 참 신기하다는 듯이 바라보곤 했어요. 난 그게 무슨 뜻인지 전혀 몰랐어요."

 "넌 네 아버지를 아주 많이 닮았단다. 그녀가 그걸 본 게 아니겠니. 그녀를 나쁘게 생각할 건 없다."

"나쁘게 생각한다니요. 그건 아니에요!"

에이다가 받은 유산은 마을에 있는 작은 뜰과 밭이 딸린 조그만 집이었다. 그녀가 자기 소유가 된 집의 열쇠를 갖고, 감탄하는 조부모와 함께 새 거주지를 둘러보던 날은, 그녀 삶에서 새로운 시작을 알리는 것이었다. 비록 그녀가 자신의 경험이 아닌 다른 사람의 경험에 이끌렸음에도, 그 문턱을 넘어서면서 그녀 또한 이 세상과 사랑의 신비 속으로 한 걸음 더 나아가게 되었다.

마침내 작고 소박하고 조용한 방들을 둘러보고 나온 그녀는 되돌아보아야 할 길이 더 길게 느껴졌다. 안젤린 로렌스에 관한 기억이 그녀 자신의 기억에 더해졌다.

"내가 보니까 네가 형편이 꽤 좋아지겠구나." 집으로 돌아가는 길에, 기쁨을 감추지 않고서 그녀의 할머니가 말했다. "집 안의 모든 것들이 나무랄 데 없더구나. 난 그녀가 그렇게 좋은 물건들을 가지고 있는지 몰랐단다. 중국 도자기와 다른 접시들, 그리고 식탁보, 또 침구류도 많더라. 그런데 책상 서랍도 열어봤니?"

"차마 그럴 수 없었어요."라고 에이다가 말하더니 울기 시작했다.

할머니가 신기하다는 듯이 그녀를 봤다. "그래 누구라도 기분이 안 좋을 수 있을 게야. 불쌍한 안젤린." 그녀가 말했다. "하지만 누구에게나 일어날 일이야. 물건은 남겨지게 되어 있고, 살아남은 이들은 그것들을 쓰지 않을 수 없잖니. 앞방 옷장에 아주 좋은 검정 실크 옷하고 꽤 훌륭한 갈색 모직 옷도 있더구나. 언젠가는 그것들이 너를 정말 멋지게 만들어줄 거야. 그것들을 그냥 아껴두느라 좀이 슬게 하는 건 의미 없는 일이야."

그러나 램버트 부인이 아무리 이야기해도 안젤린의 옷은 옷장에 가지런히 걸려 있었고, 그녀의 리넨 소품들은 서랍장 안에 얌전히 보관되었다. 에이다는 그것들에 손대지 않았다. 그 집을 빌리고자 하는 사람이 없어서 2년 동안 비어 있는 것이 그녀는 기뻤다. 그 시간이 끝날 무렵, 그녀의 조부모가 한 달 간격으로 차례로 세상을 떠났다. 그래서 에이다는 그녀에게 덩그마니 남겨진 농장을 팔고 마을의 그 작은 집에서 살기 위해 그곳으로 갔다. 그녀는 은행에 4천 달러의 예금이 있었다. 사람들은 그녀가 아주 운이 좋다고 생각했다. 그러면서도 그들은 그녀를 보며 신기해 했다. "그 어린 나이에 혼자 지낼 생각을 하다니." 사람들은 이렇게 말했다.

에이다는 스무 살이었는데, 열일곱 살처럼 보였다. 그녀는 밝은 금발을 곱게 뒤로 빗어 넘겨 소녀처럼 망사 안에 집어넣었다. 그녀는 어린아이처럼 사람들 얼굴을 호기심 가득한 눈길로 똑바로 바라보았다. 친절한 여자들이 그녀를 위해 계획을 세웠다. 그들은 외로운 여성들—재봉사와 재단사들—을 동반자로 제안했고, 다른 가정들도 제공했지만, 작고 순진한 얼굴의 소녀는 단호했다.

"그렇다면 결혼을 하겠지." 그들은 자기 계획이 통하지 않은 걸 슬쩍 덮으면서, 아는 체하는 표정으로 말했다. 그들은 그녀를 주의 깊게 지켜봤지만, 그녀는 아주 신중했다. 에이다는 언제나 소박하고 분별력 있는 소녀였고, 그녀 친구들의 찰나의 사랑을 진지하면서도 경이로움을 느끼며 바라봤다.

그즈음 결혼 상대가 될 만한 젊은이들 가운데 몇몇은 교회에서 에이다를 본 뒤로, 그 집 앞을 지나갈 때면 그녀를 바라보고는 했다. 그러나 에이다는 그 사실을 전혀 알지 못했다. 그들은 그녀를 찾아가고 싶었지만, 용기를 내지는 않았다. 그녀는 좀처럼 외출하지 않았다. 에이다에게는 그녀가 이따금 찾아가는 여자 친구가 한 명 있었는데, 일감을 챙겨가서 오후에 가볍게 들르곤 했다. 그녀는 아주 가까운 곳에 살았고, 이름은 엘렌 아이브스로 평범하고 조용한 여자였다.

봄이 되면서 에이다는 자신의 유산을 즐기게 되었다. 그녀는 바깥에서 많은 일을 했다. 채소를 심을 사람을 고용하고, 그런 다음에는 잡초를 뽑고 가꾸었으며 혼자 힘으로 꽃밭을 만들었다. 안젤린의 오래된 꽃밭 테두리가 아직 남아 있었는데, 패랭이꽃과 금잔화가 자라던 하트와 다이아몬드 모양의 화단의 윤곽이 선명하게 드러났다. 몇몇 강한 다년생 식물들이 올봄에도 훌륭하게 다시 자라났다. 안젤린의 아몬드꽃과 파란 매발톱꽃, 그리고 거미백합이 그녀를 추억하듯 꽃을 피웠다. 작은 앞뜰은 꽃밭이, 집 뒷마당은 채소밭이 되었다. 한 줄로 늘어선 튼튼한 까치밥나무 덤불이 에이다의 땅과 이웃의 땅을 구분해 놓았다.

어느 오후, 그녀는 차를 마시기 위해 까치밥나무 열매를 따려고 서 있었다. 그녀는 늘 하던 대로 규칙적으로 움직였다. 안젤린의 옛 방식을 따라서 그녀는 하루에 세 번, 혼자 식사를 하기 위해 부엌 벽 쪽에 하얀 천을 덮은 작은 식탁을 차렸다. 그녀는 안젤린의 은수저와 청화 백사기, 그리고 그녀의 영국식 찻주전자를 꺼냈다. 까치밥나무 열매는 덤불 위에서 듬성듬성 자라고 있었다. 에이다는 되도록 여기저기에서 골라내야 했다.

"이쪽 편으로 오면 더 빽빽하게 자란 걸 찾을 수 있을 겁니다." 불쑥 목소리가 들려왔다.

그녀는 소스라치게 놀랐다. "놀라게 할 생각은 없었어요." 하는 목소리가 들려왔고, 친절한 웃음으로 끝맺었다.

실베스터 노블이 덤불 옆에 있는 오래된 사과나무 아래 서 있었다. 사과나무는 오래됐고 앙상했다. 가지의 절반은 죽어서 회색 이끼로 덮여 있었다. 그것들은 잔디 위로 주저앉아 있었다. 잔디는 웃자라서 휘어진 상태였고, 데이지와 미나리아재비가 잔디만큼 높이 자라 있었다. 여기저기에 분홍 장미가 작은 덤불을 이뤘는데, 반쯤 죽은 것처럼 보였다. 집 앞 현관문에서부터 힘없이 쓰러져 있는 꽃들로 작은 고랑이 만들어져 있었고, 실베스터의 발자국이 드러나 있었다. 그는 키가 크고 건장했다. 노란 머리와 헝클어진 노란 수염이 난 그의 얼굴이 사과나무 가지 사이로 높이 솟아 있었다.

에이다는 머뭇거리며 그를 바라보았다. 그녀는 그가 누구인지 알고 있었지만, 그에게 말을 걸어본 적은 없었다.

"이쪽으로 오는 게 좋겠어요. 여기는 손도 대지 않았거든요."

"고마워요."

"여기를 통과해서 오시죠."

에이다는 어느새인가 실베스터 노블의 마당에 건너가 있었다. 그녀는 혼란스러워하면서 까치밥나무 열매를 따기 시작했다. 실베스터는 그녀를 지켜보면서 서 있었다. "왜 전에는 이걸 따지 않았습니까?" 그가 물었다.

"몰랐어요. 게다가 당신 거잖아요."

"오, 아니에요. 이건 당신 덤불이죠."

에이다의 작은 접시가 가득 차자, 그녀는 자기 정원으로 돌아가기 전에 소심하게 실베스터의 얼굴을 올려다보았다.

"알려줘서 고마워요." 그녀가 말했다.

"천만에요. 그런데 궁금한 게 있어요. 집에 혼자 있는 게 무섭지 않나요?"

"아뇨, 괜찮아요."

"제가 상관할 일은 아니지만, 당신과 함께 지낼 만한 친척이 없나요?"

"네, 아무도 없어요. 하지만 제가 바란다면, 누군가에게 오라고 할 수는 있을 거예요."

"제가 당신이라면 그렇게 하겠어요."

"아, 난 아주 잘 지낸답니다. 그렇게 무섭지 않아요."

"음." 실베스터는 머뭇거렸는데, 금발 아래로 그의 얼굴이 붉게 달아올랐다. "당신이 아는지 모르겠지만, 난 집의 이쪽 편에서 잠을 자는데, 잠귀가 밝아 작은 소리에도 깬답니다. 혹시라도 당신이 작은 종을 하나 가지고 있다가, 밤에 무슨 일이 있을 때 그 종을 울린다면, 나는 번개보다 더 빨리 들을 거라는 걸 말씀드리고 싶군요."

"고마워요."

"로렌지 양은 하나 가지고 있었어요. 어디 있는지 알아요?"

"네." 작은 놋쇠 종이 안젤린의 침실 책상에 세워져 있었음을 에이다는 기억했다.

"그래요, 무서워지면 종을 울려요."

그녀는 적막한 집에서 마땅히 느낄 수 있는 두려움보다 더 심한 외로움이라는 공포를 때때로 느꼈다. 그녀는 그것을 인정하지는 않았지만 뜬눈으로 밤을 지새우기가 일쑤였는데, 그렇다고 해도 그 젊은 고집은 조금도 영향을 받지 않았다. 이 일이 있은 뒤로, 그녀는 단 한 번도 불면의 밤을 보내지 않았다. 안젤린은 작은 종을 보면서 무슨 일이 있기라도 하면 실베스터 노블을 부를 수 있다는 사실에 안심하며 달콤하게 잠이 들었다.

노블은 마을에서 가벼운 수수께끼 같은 사람이었다. 그는 말하자면, 사람들로부터 떨어져 구석으로 물러나, 자기 자신이 추측의 대상이 되도록 내버려두었다. 어떤 개인적인 죄책감이나 슬픔이 있든가 아니면 머리가 좀 어떻게 되었든가 둘 중 하나였다. 사람들은 노블에게서 그 어떤 해악을 끼칠 만한 면모를 발견하지 못했기에 후자로 의견을 모았다. 에이다는 사람들이 그에 대해 '실연으로 망가졌다'고 말하는 것을 별 생각 없이 들었다. 그녀는 이 생각을 안젤린에 대한 자신의 이론과 연결 지었고, 그러자 그녀 가슴속에는 또 다른 놀라움과 연민이 솟아올랐다. 그녀는 자신의 작은 집을 돌아다니면서 그를 생각했다. 그리고 그에 대해 엘렌과 이야기를 나누었다.

"그가 사랑했던 여자가 죽었을 것 같니?" 그녀가 물었다.

그렇지만 엘렌도 그녀보다 더 많은 것을 알지는 못했다. 마을 사람들이 알고 있는 것은 실베스터 노블이 마흔 살쯤 되었다는 것과 이 마을에서 방치된 집을 사서 8, 9년쯤 홀로 살았다는 것, 뚜렷한 일을 하는 것처럼 보이지는 않지만 생계를 위한 수입이 조금 있으리라는 것, 그리고 해마다 여름이면 7, 8월의 대부분을 어딘가로 떠나 야영을 한다는 것 등이었다. 올 여름은 7월의 더위가 8월까지 이어졌고, 실베스터는 여행을 가지 않았다. 그러다 어느 날, 그 달 중순쯤, 그가 까치밥나무 덤불로 다가오더니 옆집을 건너다 보았다. 에이다는 창가에서 바느질을 하고 있었다. 그녀는 그를 보고는 집 밖으로 뛰어나가, 정원을 가로질러 그에게 다가갔다.

노블은 그녀를 내려다보았다. "나는 떠납니다." 그가 말했다. "알려 드려야 할 것 같아서요."

에이다는 겁먹은 표정으로 그를 올려다보았다. "돌아오지 않을 건가요?"

"돌아오냐고요? 그럼요, 물론 돌아오죠. 그린힐스로 가서 1~2주쯤 머물 거예요. 실은 나는 해마다 여름이면 떠난답니다. 거기엔 내가 지은 작은 오두막이 있거든요."

"아, 그렇군요."

"내가 없는 동안 무섭지 않기를 바랍니다."

"네, 그럴 거예요."

"생각해봤는데, 아이브스 아가씨가 와서 함께 밤을 보내면 어떨까요?"

"그녀는 기꺼이 그럴 테지만, 난 무섭지 않아요."

"그래도 그녀에게 물어봐요, 알겠죠?"

"뭐, 그래도 되긴 하죠."

"오늘 밤 그녀에게 물어보고 내가 떠나기 전에 알려줄 수 있나요?"

"그래요."

노블은 말없이 그녀를 바라보며 서 있었다. 그녀는 대화를 이어가려고 애썼다.

"그린힐스에서는 뭘 하죠?" 그녀가 물었다.

그가 웃었다. "뱀을 잡습니다."

그녀는 몸서리를 쳤다. "왜요?"

그는 또 웃었다. "그 일을 좋아해요."

"좋아한다고요!"

"네, 그렇게 없애버리는 게 더 나아요. 아주 끔찍한 것들이니까요!"

에이다는 어리둥절하고 겁에 질린 표정이었다. "당신은 무섭지 않나요?" 그녀는 떨면서 말했다.

"뱀이 무섭냐고요? 아니요, 난 이제 아무렇지도 않아요."

에이다의 낯빛은 아주 하얗게 질려 버렸다. 그 모습을 본 노블은 말투를 바꿨다.

"뱀을 잡는 일 말고도 난 다른 일들도 해요." 그가 말했다. "돌이나 특이한 물건들을 수집해서 그에 대한 글을 쓰지요."

"그래요?" 그녀가 경외심을 느끼며 말했다.

"네. 나는 많이 배우지는 못했어요. 아버지는 돈을 아끼는 데만 관심이 있었거든요. 그래도 나는 몇 가지 지식을 얻었어요. 돌이나 식물에 대해 조금 알죠. 그래서 그것들에 대한 글을 쓰고 대가를 받습니다. 그게 내가 영혼과 육체를 유지해 나가는 방법이지요."

에이다는 안도하고 감탄하면서 그를 바라보았다. '만일 그가 그런 일을 할 수 있다면, 그는 나처럼 제정신이야.' 그녀는 속으로 생각했다. '사람들이 자기들 멋대로 그를 실연 때문에 망가진 사람이라고 불러도 상관없어.'

그녀는 엘렌 아이브스가 함께 밤을 보내기 위해 집에 왔을 때, 소녀다운 기세로 이런 의견을 말했지만 그 까닭은 밝히지 않았다. '나는 동네 사람들이 그가 어떤 일을 하는지에 대해 입방아들 찧게 하지 않을 거야.' 그녀는 이렇게 생각했다.

2주쯤 지나서 그녀는 어느 토요일 해 질 녘에 그가 집으로 들어가는 모습을 봤다. 그날 밤, 그녀는 혼자 집에 있었고 뭔가 의지가 된다는 눈길로 종을 바라보고는 등불을 껐다. 이튿날 그녀는 얌전하고 단정한 주일용 옷을 입고 교회에 앉아, 신앙심이 깊고 꾸준하며 믿음직한 한두 명의 젊은이들이 그녀를 몰래 바라보는 동안 실베스터 노블을 생각했다.

'그가 예배에 나오면 좋을 텐데.' 그녀는 생각했다. 그녀는 그날 오후에 그를 잠깐 보았다. 그는 까치밥나무 덤불 너머로 그녀에게 블랙베리 한 통과 아주 큰 양치식물 한 다발과 꽃을 줬다. 햇볕에 그을린 얼굴에 거친 회색 바지와 파란색 모직 셔츠를 입은 그는 그녀의 눈에는 무척 잘생겨보였다. '마을에는 저 사람의 절반만큼도 잘생긴 청년이라고는 찾아볼 수가 없어.' 그녀는 흐뭇해 하며 생각했다.

가을이 지나갔고, 겨울이 찾아왔다. 에이다는 용감하게 외로운 길을 갔다. 이 친절하고 엉뚱한 이웃은 그녀 곁을 충실히 지켰다. 그는 삽으로 길을 닦아주었고, 길 상태가 여자가 다니기 힘들 때면 그녀를 위해 심부름을 해줬다. 길고 따분한 저녁 동안에는 그의 창문에서 빛나는 등불이 그녀 방을 비췄다. 그녀는 눈이 내리는 긴 나날 동안 그가 거기에 앉아 있는 것을 볼 수 있었다. 그가 심부름을 해주러 집 앞에 왔을 때, 그녀가 권했음에도, 그는 결코 그녀의 집 안으로 들어오지 않았다.

에이다는 이번 겨울을 마을 젊은이들과 보냈다. 그녀가 두세명의 여자들과 함께 집에 돌아와 웃고 떠들 때 실베스터가 얼마나 애처롭게 그녀를 지켜보곤 했는지 그녀는 꿈에도 생각지 못했다.

"그녀도 다른 사람들과 똑같아질 거야." 그는 중얼거리며 음울하게 글쓰기를 계속했다. 실베스터에게 그것은 더딘 작업이었다.

자연 말고는 그의 벗이 되어 줄 만한 것이 아무것도 없었고, 웅장하고 아름다운 여신인 그녀는 그의 명사와 동사들 사이에서 서성거렸다. 노블의 글은 고칠 데가 많았지만, 편집자들은 기꺼이 가져갔다. 노블은 자기가 다루는 주제에 대해 새로운 시각을 가지고 있었다.

한번은 그가 에이다에게 자신의 자연 논문이 실린 잡지를 보여준 적이 있었다. 그녀가 순수하게 놀라워하는 모습을 보고 그는 너무나 기뻤다. 그는 그전까지는 자기 일에 자부심을 느끼고 흥분한 적이 없었다.

"누구나 할 수 있는 일이에요." 그는 얼굴을 붉히며 말했다. 에이다는 그 기사를 몇 번이나 읽었다. 그녀는 그 글을 이해할 수 없었지만, 아름답다고 생각했다.

봄이 찾아오자 그녀는 뜰에 나가 그를 자주 볼 수 있었다. 그 사실이 자신을 기쁘게 만든다는 것을 그녀는 깨닫지 못했다. 어느 6월 저녁, 그가 느긋하게 걸어왔을 때, 그녀는 자신의 집 문 앞에 앉아 있었다. "들어오지 않을래요?" 그녀는 일어서며 말했다.

"괜찮아요. 여기 좀 앉아 있다가 갈게요."

그렇게 말하며 그는 그녀 옆 계단에 앉았다. 그는 이제까지 그런 행동을 한 적이 없었다. 엘렌 아이브스가 대문으로 들어섰을 때, 그들이 거기에 앉아 있던 것은 기껏해야 몇 분밖에 되지 않았다. 실베스터는 벌떡 일어나더니 잘 자라는 그의 인사에 에이다가 미처 답하기도 전에 뜰을 가로질러 갔다.

"누가 저렇게 빨리 뛰어가는 거야?" 엘렌이 현관문 쪽으로 걸어오며 물었다.

"노블 씨."

"에이다, 설마 그가 정말로 너와 함께 여기 앉아 있었다고 말하는 건 아니겠지!"

"좀 전에 왔어."

"방금 그 사람에 대한 끔찍한 이야기를 들었어."

"무슨 소리야?"

"넌 알아야 할 것 같아. 그가 너한테 정말로 친절했다는 건 알아. 하지만 안타깝게도 그는 남자도 아니야."

"무슨 뜻인지 설명해줘."

"내가 직접 들은 거야. 앨리스 로버츠가 해준 이야기인데, 펨브룩에 사는 그녀 사촌한테서 들었대. 그는 거기서 태어났다고 해. 그녀가 말하길, 그는 아버지 유산 가운데 남동생의 몫을 속여서 가로챘고, 게다가 그게 최악이 아니야. 심지어 남동생과 약혼한 여자를 데리고 도망쳤다는 거야."

"그가…… 결혼했다고?"

"응, 그는 그 여자와 결혼했대. 하지만 그녀는 죽었다나봐. 앨리스가 그러는데, 그는 남자도 아니고, 그가 사랑에 실망했다는 건 말도 안 돼. 내가 너라면 더 이상 그와 엮이지 않을 거야."

"난 그런 이야기 못 믿겠어."

"글쎄, 내가 직접 들은 게 아니라면 나도 안 믿었을 거야."

"뭐, 상관없어. 그는 내게 잘해 줬어. 나는 단 한마디도 믿지 않을 거야."

그러나 그녀는 믿게 되었다. 엘렌이 반쯤 분개하며 집으로 돌아간 뒤, 그녀는 스스로 자신의 결심을 지키지 못한다는 걸 깨달았다. 그녀는 잠자리에 들 때, 종을 책상 위 멀찍한 곳에 뒀다.

"종을 울려서 자기를 부르라니!" 그녀는 쓸쓸하게 중얼거렸다.

그다음 날, 그녀는 그의 집 쪽을 절대로 쳐다보지 않았다. 그녀는 내내 집 반대편 쪽에 있었다. 뜰에도 나가지 않았다. 밤이 되자, 그가 찾아와 문을 두드렸다.

"당신한테 그저 알려주려고요." 그가 말했다. "난 내일 떠나요."

"그래요?"

그는 그녀를 이상하다는 듯이 바라보았다. "그렇게 오래 걸리지 않아요. 2~3주를 넘기지는 않을 거예요. 전에 그랬던 것처럼 그 아이브스라는 아가씨를 오라고 하면 어떨까요?"

"내 일은 내가 알아서 할게요. 고마워요." 에이다가 말했다.

실베스터 노블은 창백해졌다. 그는 자기 귀를 믿을 수 없다는 듯이 그녀를 바라봤다. "밤새 당신 혼자 있는 건 위험해요." 그는 애처롭게 간절한 마음을 담아 말했다. "내 집에 아무도 없을 때 말이에요. 화이트 씨 집은 꽤 멀잖아요."

에이다는 그를 바라보았다. 그리고 나서 그와 결혼했던 여자를 떠올리자 그가 다른 사람처럼 보였다. "난 충분히 나 자신을 돌볼 수 있어요." 그녀는 딱딱하게 말했다. 그녀는 고개를 뒤로 젖히고 시골 소녀의 고집스러운 자존심을 보이며 그를 바라보았다.

그는 더 이상 아무 말도 하지 않았다. 그저 돌아서서 집으로 갔다. 다음 날 아침, 그는 그의 연례행사인 그린힐스로 여행을 떠났다. 에이다는 창문 커튼 뒤에 숨어서 그를 지켜봤다. 이번에 그녀는 홀로 지냈다. 엘렌은 필요 없다고, 혼잣말을 했다.

3주가 지났지만, 실베스터는 돌아오지 않았다. 에이다는 그가 만일 돌아왔다고 해도 환영할 생각은 없었지만, 불안 속에서 그를 기다리기 시작했다. 어느 오후, 엘렌이 잔뜩 흥분한 모습으로 찾아왔다. 그녀의 창백하고 생기 없는 얼굴은 상기되어 있었다.

"무슨 일이 있었는지 알아, 에이다?" 그녀가 말했다. "그 사람이 잘못한 게 아니었어. 앨리스가 헷갈렸더라고. 그가 아니라 그의 남동생 이야기였어. 실베스터는 절대로 그런 일을 하지 않았대. 그의 남동생이 그와 약혼했던 여자를 데리고 도망친 거야. 그러고는 그녀와 결혼했대. 노블 씨는 모든 일이 끝날 때까지 전혀 몰랐대. 그들은 그를 처음부터 끝까지 속였더라. 실은 그의 동생과 만나는 동안 그의 약혼녀였던 여자는 내내 실베스터를 좋아하는 것이라고 믿게 만들었어. 모든 걸 알게 되고 나서 그는 아버지 재산에서 자기 몫을 모두 동생에게 주고는 이곳으로 온 거야. 게다가 그는 그 여자에게 돈을 마련해 줘서 그녀가 고통받지 않도록 했대. 그는 자기 동생이 재산을 거의 잃었기 때문에 여자를 끝까지 책임지지 못할 거라는 걸 알고 있었대."

"그러니까, 모두 사실이 아니었다는 말이네." 에이다가 천천히 입을 열었다. 그녀는 방치된 노블의 집을 응시했다. 엘렌이 돌아간 다음에, 그녀는 뜰의 높고 축축한 녹색 식물들이 뒤엉킨 사이를 헤치고 들어가, 그쪽으로 넘어갔다. 그녀는 그가 돌아왔을지도 모른다는 희망을 조금 품고 있었다. 낡은 문을 두드렸다. 집은 페인트가 칠해져 있지 않았다. 집 주위에 라일락 나무가 무성하게 자라, 벽에 가까이 붙어 처마까지 닿아 있었다. 그녀가 손을 대자, 문이 흔들렸다. 안에서 텅 빈 메아리가 돌아왔다. 그녀는 기다리며 서 있었다. 그리고 다시 문을 두드렸다.

마침내 그녀는 집으로 돌아왔다. "한 번이라도 그를 다시 볼 수 있다면……." 그녀는 속삭였다.

그린힐스는 6마일 밖에 떨어져 있지 않았다. 그곳의 부드러운 물결 같은 윤곽이 북쪽 하늘 너머로 보였다. 에이다는 그곳을 바라보며 앉아 있곤 했다. 그녀의 작고 소박한 얼굴은 차츰 야위어 갔다. 3주가 더 지나도, 실베스터는 돌아오지 않았다. 그 뒤로 3주가 또 흘렀다.

어느 날 아침, 에이다는 밖으로 나갔다. 그녀는 뚜렷한 목적이 없음을 스스로 인정했다. 그린힐스로 가는 곧은 길이 보였다. 그녀는 그 길을 잘 알고 있었다. 에이다는 계속 걸었다. 그녀는 마을을 벗어나, 드문드문 지어진 집들을 지나갔다.

그 길은 그린힐스 기슭을 따라 나 있었다. 푸른 소나무 숲 비탈길 사이로 회색 바위들이 흩어져 있었다. 길가에 서있는 가난하고 작은 오두막집 안에서 몇몇 아이들이 무리지어 다니며 놀고 있었다. 에이다는 걸음을 멈추고 물었다.

"노블 씨가 저 위 어디에 머무는지 알려줄 수 있어요?"그녀는 언덕을 가리키며 말했다.

"뱀을 잡는 남자 말인가요?" 문가에 나타난 여자가 물었다.

"네."

"저 길로 곧장 올라가세요. 뱀이 무서워서 애들은 못 가게 해요."

"그는 지난주에 16마리나 잡았어요." 아이들 가운데 한 명이 말했다.

"입 다물어! 그는 그러지 않았어. 2, 3주 전이었어요. 오랫동안 그를 못 봤어요. 그 사람한테 무슨 일이 일어났는지, 몹시 걱정돼요. 그 길로 곧장 가세요. 그는 저 위에 집이 있어요. 당신이 그의 여자인가요?"

"아니요."

고귀한 존재

Noblesse

마거릿 리는 늦은 중년의 나이에 이 세상에서 철저히 혼자라는 곤란한 상황에 맞닥뜨렸다. 그녀는 결혼하지 않았는데, 친척들에 관한 한 혈연관계가 아니라 결혼으로 연결된 사람 말고는 아무도 없었다.

마거릿은 살이 비교적 많이 찐 상태일 때 결혼하지 않았다. 그러다 나중에 살이 최상으로 많이 찐 상태일 때에는 결혼할 기회가 없었다. 어떤 상황에서도 마거릿에게 삶은 충분히 힘겨웠을 테지만, 무엇보다도 그녀의 의붓어머니가 데려온 여동생과 그 남편과 함께 사는 것이 그녀의 삶에서 가장 힘든 기간이었다.

마거릿의 의붓어머니는 두 번이나 결혼했음에도 어린아이처럼 철이 없었는데, 외모는 예뻤지만 지혜롭지 못했다. 그녀의 딸 카밀은 어머니만큼 예쁘지는 않았으나 자기 어머니와 어딘가 닮은 데가 있었다. 카밀이 결혼한 남자는 마거릿이 일반적으로 들어 온 "평범한" 사내처럼 보였다. 그러나 그의 사업 방향은 예측하기도, 이해하기도 어려웠다. 그는 늘 담배를 피우고 껌을 씹었다. 그는 화려한 셔츠에 다이아몬드가 박힌 넥타이핀을 하고 있었는데, 그 모습은 마치 훔쳐 온 물건을 지니고 있는 것처럼 그에게는 어울리지 않았다. 사실 그 보석은 마거릿의 어머니 것으로, 카밀이 그것을 잭 데스몬드에게 선물하고 싶다고 간절히 말했을 때 마거릿은 선뜻 내주고 나서, 나중에 방으로 돌아와 혼자 몹시 서럽게 울었다. 그녀가 지녔던 그 작은 보석과 함께 어머니의 영혼도 떠나버린 것만 같았다. 늘 온순하고 섬세한 그녀는 다른 사람들의 부탁 앞에서는 몹시 무력해졌다.

마거릿이 자신의 새끼손가락에 어머니의 유품인 그 반지를 낄 수 있게 될 때까지 꽤 오랜 시간이 걸렸었다. 그녀는 자신의 책상 서랍 맨 위 칸에 레이스로 살짝 덮은 채로, 빛바랜 벨벳 상자에 반지를 간직해 오고 있다는 사실을 떠올릴 때면 작은 기쁨을 얻곤 했다. 그녀는 카밀과 결혼한 지독히 평범한 이 남자의 넥타이 위에서 어머니의 보석이 반짝거리는 게 보기 싫었다. 마거릿은 잭 데스몬드를 교양있는 사람의 방식으로 은근히 경멸했지만 한편으로는 그에게 알 수 없는 두려움을 느꼈다. 잭은 사업으로 성공하지는 못했음에도 그 무엇도, 그 누구도 내버려 두지 않는, 비도덕적이며 약삭빠른 사업 수완을 가지고 있었다.

마거릿은 아주 웅장한 리 집안의 저택을 소유하고 있었는데, 최근 몇 년 동안 지출할 수 있는 경비가 줄어들면서 집은 날이 갈수록 영락해졌다. 집에 딸린 온실은 폐쇄했고, 마구간에는 말이 한 마리밖에 없었다. 잭이 산 말이었다. 그 말은 경주 훈련을 받았는데, 이제는 늙어서 힘이 없었고, 다리에는 조심스럽게 붕대가 감겨 있었다. 잭은 그 야위고 힘없는 말의 상태는 고려하지 않고 무모한 속도로 말을 몰았다. 잭에게는 경주용 이륜마차가 있었는데, 그것을 타고 줄무늬 외투 차림으로 한쪽으로 삐딱하게 모자를 기울여 쓰고는 시가를 입에 문 채, 고삐를 팽팽히 잡고서 먼지 구름을 일으키며 길을 미끄러지듯 나아갈 때, 그는 실상은 그렇지도 않으면서 자신이 진정한 사내이자 스포츠맨이라고 생각했다. 리 가문의 오래된 은화의 일부는 그 늙고 쇠약한 말을 사는 데 쓰였다.

카밀은 잭을 사랑했고, 그에게 어울리지 않는 인간관계나 교제 등에는 관심을 두지 않았다. 그녀는 말을 구입하기 전에 마거릿에게 페어힐에서 제공되는 저녁 식사는 끔찍할 만큼 갑갑하다고 말했다.

"만일 우리가 잭이 아는 몇몇 멋진 남자들을 도시에서 데리고 올 수만 있다면, 그만한 가치가 있을 텐데." 카밀이 말했다. "하지만 우린 요즘 상황이 곤란하니까 그런 사람들의 시간을 가치 있게 해줄 만한 일을 할 수 없겠지. 이렇게 촌스러운 동네에선 그들이 할 만한 게 없어. 그들을 자동차로 데리고 구경 다닐 곳도 없고, 카드놀이를 할 기회도 만들 수 없어. 잭은 지금 카드놀이에서 졌을 경우 낼 돈이 없는데, 명예를 소중히 여기는 사람이란 말이지. 여긴 재미있게 어울릴 만한 적당한 사람들을 도무지 찾아볼 수가 없다니까. 난 교구 목사와 그의 부인, 그리고 늙은 하비 씨나 리치 씨 같은 사람들을 만나고 싶지는 않거든."

"리치 집안은 아주 오래되고 훌륭한 가문이야." 마거릿이 힘없이 말했다.

"난 아무리 오래되고 훌륭한 가문이라도 그렇게 구태의연하면 별로야." 카밀이 비꼬듯이 말했다. "만일 우리가 형편이 넉넉해서 여기에 사람을 초대할 수 있다면, 그 사람들은 훌륭한 집안 출신일 뿐만 아니라 유행에도 앞서나가는 사람들이야. 절대로 쓰지도 않는 오래된 은식기들을 붙들고 있어봐야 소용없어. 게다가 난 그것들을 닦느라 내 손을 망가뜨리고 싶지도 않아. 어쨌든 가엾은 잭은 즐거운 일이라곤 눈곱만큼도 누리지 못하고 있어. 잭이 그러는데, 요즘 말 값이 많이 떨어졌대. 그런데도 그가 그깟 말 한 마리 갖지 못한다면 그건 너무한 일이야. 언니가 유행에 뒤떨어진 은그릇 따위에 집착하느라 그런다면 말이지. 내가 할 말은 이게 다야."

두 세대 전에 카밀 집안에는 프랑스 혈통이 섞여 들어왔다. 카밀은 옷을 아름답게 차려 입고 다녔다. 그녀는 피부색이 짙고 이목구비가 섬세했으며 민첩해 보이는 작은 얼굴을 갖고 있었는데, 근본적으로 상스러운 사람임에도 그 인상 때문에 사람들을 착각하게 만들었다. 때때로 가엾은 마거릿 리는 카밀에게 그쪽 혈통의 피가 더 많이 흐른다면, 차라리 확실하게 못된 성품만을 지녔기를 바랐다. 카밀은 마치 정신을 육두구 열매 분쇄기로 갈아놓기라도 한 양, 이것저것 뒤섞인 난해한 성향인 감수성을 지니고 있어서 마거릿을 몹시 혼란스럽게 했다. 비록 의식적으로 그러는 건 아니라고 해도, 카밀이 마거릿의 신경을 거슬리지 않게 말하는 적은 거의 없었다. 카밀은 이 건장한 여인을 이해할 수는 없었지만 마거릿을 가엾게 여겼고, 자신이 연민을 발휘할 수 있는 한에서 되도록 친절하게 대하려는 마음은 있었다. 마거릿이 더 이상 젊지 않고, 그러면서도 그토록 건장하다 못해 거대할 수 있다는 것이 카밀에게는 끔찍한 일이었다. 그렇지만 얼마나 끔찍한지는 그녀의 정신으로는 파악할 수 없다. 잭 또한 상냥해지려는 생각은 있었다. 그는 난폭한 사람—말하자면 일부러 난폭하게 구는 사람—은 아니었다. 그러나 그는 자기 삶의 질을 높이기 위한 기민한 눈을 가지고 있었고, 이에 방해가 되는 사람들에게 그가 가하는 정신적 고문에 대해서는 조금도 깨닫지 못했다.

오랫동안 리 집안의 살림은 재정적으로 더욱더 나빠지고 있었다. 자매들은 대단히 영락해진 가산을 관리할 책임을 지고 있었는데, 모든 것은 오로지 잭의 판단에 맡기는 수밖에 없는, 또는 판단력의 부재에 따른 그 결과를 받아들이는 수밖에 없는 상황이었다. 그는 더 큰 수입을 올리기 위해 운을 시험해 보기로 작정했다. 오랫동안 갖고 있던 얼마 안 되는 할아버지의 증권은 팔아치웠고, 무모한 사업 거래들로 대체되었다. 잭은, 그런 유형의 사람들이 대부분 그러하듯이, 몹시 약삭빠른 반면에 어린아이처럼 잘 속았다. 그는 자기는 거짓말을 하면서도, 모든 이들이 자신에게 진실을 말해 주기를 기대했다. 카밀은 그의 분부대로 그 오래된 집을 저당잡혔고, 마거릿은 감히 반대하지 못했다. 세금도 내지 못했고 이자도 지불하지 못했다. 그들의 신용은 바닥으로 떨어졌다. 그리고 그 집은 공매에 붙여졌고, 그들이 채무자들에게 갚을 만큼의 돈보다 조금 더 많은 돈이 들어왔다. 잭은 그 남은 돈을 가지고 또다시 자신의 운에 승부를 걸었지만, 당연히 모조리 잃고 말았다. 그 늙고 지친 말은 어느 날 비틀거리다 쓰러졌고 끝내 총으로 사살하는 수밖에 없었다. 잭은 자포자기 상태가 되었다. 그는 카밀을 겁먹게 했다. 그는 갑자기 침울해졌다. 카밀에게 짐을 싸라고 명령했고, 마거릿에게도 그렇게 말했다. 두 자매는 그의 말을 따랐다. 카밀은 구깃구깃한 옷과 귀중품들을 낡은 트렁크 안에 불룩하게 채워 넣었다. 마거릿은 얼마 남지 않은 보물들을 조심스럽게 포개어 정리했다. 그녀가 오래 간직해 온 한두 벌의 실크 드레스는 풍요로운 결백함으로 세월의 흐름에 저항했다. 그 외에는 카밀의 식견으로는, 마치 그 소유자를 이해할 수 없었듯, 이해할 수 없는 낡은 레이스 조각 몇 가지가 남아있었다.

마거릿과 데스몬드 가족은 도시로 가서 더러운 지역에 위치한 끔찍하게 작은 싸구려 아파트에서 살게 되었다. 잭은 가엾은 마거릿이 몸을 옆으로 해서 그녀의 작은 방에 간신히 들어가는 모습을 보고 격렬한 웃음을 터뜨렸다. 잭을 조용히 꾸짖던 카밀 또한 자기도 모르게 웃어 버리고 말았다.

"가엾은 마거릿을 놀리다니, 자기도 참!" 그녀가 말했다.

몇 주 동안 그 아파트에서의 생활은 마거릿에게 너무나 끔찍하게 느껴졌다. 그 뒤로도 상황은 더 나빠지기만 했다. 조롱거리가 된 마거릿의 지친 몸뚱이는 작은 방을 거의 가득 채우다시피 했다. 그리고 비록 햇빛이 강하게 비치고 시끄러웠지만, 대부분의 시간을 그 안에서 보냈다. 단 하나의 창을 통해 빨랫줄이 잔뜩 걸려 있고 시끌벅적한 삶의 모습으로 가득찬, 아파트의 안뜰을 바라볼 수 있었다. 카밀과 잭은 전차를 타고 외출했다. 두 사람은 조금 유쾌하지만 미심쩍어 보이는 사람들의 비위를 맞추려고 애를 써서, 그들에게서 즐거운 노래와 춤이 있는 보드빌 공연 무료 입장권을 얻어, 심야까지 즐기곤 했다. 의심할 여지없이 그 사람들은 마거릿을 비극으로 몰고 갈 어떤 계획을 잭 데스몬드에게 제안했다.

마거릿은 항상 날카로운 눈매를 번득이던 작고 가무잡잡한 남자를 기억했다. 어느 일요일 밤, 그 후줄근한 무리들이 흥이 잔뜩 올라 제멋대로들 굴며 노는 사이에, 마거릿이 자기 방으로 들어가는 모습을 그가 유심히 지켜보았다. 그 남자는 그 순간 신이 나서 소리쳤다. "이거, 놀라운걸!" 마거릿은 그가 잭에게 그녀를 다시 부르라고 말하는 것을 들었다. 그녀는 순순히 나왔고, 그 남자와 그 무리의 다른 남자들을 소개 받았다. 마거릿 리는 이 무리 사이에 서서 그녀의 외모를 보고 다들 킥킥거리며 웃음을 억지로 참는 소리를 들었다. 그곳에 있는 사람들은, 여전히 자신의 불운을 한탄하고 있던 잭과 잭이 빚을 진 그 까무잡잡한 왜소한 남자를 제외하고는 모두 기분이 좋아 보였다. 잭과 그 가무잡잡한 남자가 마거릿을 바라보는 눈초리가 뭔지 모를 공포로 그녀를 서늘하게 만들었다. 그 즐거운 무리 앞에 구경거리처럼 세워진 채 느끼는 수치심과 억울함 같은 것은 그 서늘한 공포 앞에서 마거릿에게는 그리 중요하지 않았다.

그녀는 멋진 후프 스커트[1] 위에 짙은 자줏빛 실크 드레스를 걸치고 말없이, 거대한 존재감으로 그 무리 사이에 서 있었다. 그녀의 불룩 솟은 거대한 어깨 위로 레이스로 만든 옷깃이 부드럽게 내려앉아 있었고, 크고 볼품없는 손 위로는 레이스 주름 장식이 흘러내렸다. 섬세한 이목구비가 살 때문에 두루뭉술해진 그녀의 얼굴은 붉게 상기되었다가 곧 창백해졌다. 그 무리들에겐 관심을 두지 않은 채, 그런 처지에 놓인 그녀의 슬픔만을 고요히 드러내고 있는 짙고 푸른 눈의 광채만큼은 살로도 가릴 수 없었다. 그녀는 자신을 향한 인사말들에 웅얼거리듯 속삭이는 말투로 답변을 늘어놓고 나서 물러갔다. 그녀가 힘겹게 몸을 움직여 비좁은 자기 방으로 들어오고 난 뒤, 터져나온 웃음소리가 들려왔다. 이윽고 별 중요한 내용도 없는 열정적인 대화 소리가 들려왔는데, 이따금 들리는 몇몇 표현들 때문에 그녀는 두려움에 휩싸였다. 그녀는 자신이 저 열정적인 대화의 주제임을 확신했다. 자신에게 좋지 않은 일이 일어날 것임을 그녀는 똑똑히 알 수 있었다.

며칠 뒤에 마거릿은 최악의 상황을 맞게 되었고 그 상황은 그녀가 상상할 수 있는 한계를 뛰어넘은 것이었다. 이 시절은 사람들을 위한 오락거리인 영화가 발명되기 전이었고, 기묘하고 우스꽝스러운 볼거리를 찾던 시대였다. 건강한 마음에서 우러나오

---

1) 탄력 있는 철사 따위로 그 속을 넓힌 치마.

는 웃음 대신 눈물을 자아내기 위한 속셈으로, 기형적인 사람이나 동물을 전시하는 것이 유행하던 시대였고, 그 희생물로서 가엾은 마거릿 리가 선택된 것이다. 카밀은 그녀의 운명을 알려주는 몇 마디 말을 마거릿에게 전했다. 카밀은 왜 미안한 감정이 드는지 비록 이해할 수는 없었지만, 그녀에게 미안한 감정이 들었다. 카밀은 마거릿이 고통에 빠지게 되리라는 사실을 어렴풋이 알 수 있었지만, 그녀의 좁은 식견으로는 이 모든 비극을 완전히 이해할 수는 없었다.

"잭이 파산했어." 카밀이 말했다. "그는 빌 스타크한테 큰 빚을 졌는데, 한 푼도 갚을 능력이 없어. 카드게임의 빚은 꼭 갚아야만 한다는 자존심이 그에게 남은 전부야. 그런데 빌은 작은 서커스단을 갖고 있어서 여름 내내 공연을 하면서 다니는데, 언니한테 큰돈을 벌게 해주겠다고 제안을 해왔지 뭐야. 그렇게 되면 잭은 그 사람한테 진 빚을 갚을 수 있고 우린 먹고살 수 있을 만큼 넉넉한 돈을 갖게 되고, 여기저기 여행 다니면서 즐겁게 지낼 수 있을 거야. 그런 일에 대해서 언니가 너무 야단법석 떨지 않았으면 좋겠어."

죽은 사람처럼 창백해진 마거릿은 평범하면서도 아주 날씬하고 예쁜 카밀을 바라보았다. 카밀의 검은 눈동자에는 알 수 없는 연민의 빛이 서려 있기는 했지만 조롱하듯 그녀를 바라보았다.

"그가…… 내게…… 뭘…… 원하지?" 마거릿은 숨을 몰아쉬며 물었다.

"몸이 아주 크니까, 쇼를 할 수 있을 거야." 카밀이 말했다. "언니는 우리 모두를 부자로 만들어 줄 거야, 대단하지 않아?"

바로 그때 카밀이 비명을 질렀다. 그런 부류의 여자가 낼 수 있는 귀에 거슬리는 새된 비명 소리였다. 마거릿이 실신해서 뒤로 넘어지면서 그녀의 무거운 몸이 의자에 주저앉은 채 움직이지 않았기 때문이다. 잭이 놀라서 달려 왔다. 그의 약삭빠른 눈에 그녀의 가치가 갑자기 올라간 상태였다. 그도 그녀만큼이나 창백했다.

마침내 마거릿은 고개를 들고 처참한 표정으로 눈을 떠서 의식을 되찾고 자기 앞에 놓인 앞길을 바라보았다. 순순히 따르는 것 말고는 달리 방법이 없었다. 그녀는 처음부터 그 사실을 알고 있었다. 세 사람 모두 극빈의 상황에 처해 있었다. 마거릿, 그녀와 그 가엾은 육체가 그들의 유일한 자산이었다. 그녀는 마지막 남은 품위를 동원해 그 사실을 마주해야 했다.

마거릿은 신앙심이 아주 깊었다. 그녀는 자신을 말로 표현 못할 정신적 고문으로 몰고 가는, 이 거칠고 힘든 세상이 전부가 아니라는 자기 내면의 이상理想을 지니고 있었고, 그 생각으로 자신의 믿음을 계속해서 지켜 나갈 수 있었다.

그녀가 떠돌이 극단의 한 구성원으로 그 끔찍한 작은 공연에 나서기까지 일주일이 남았다. 그녀는 밤마다 기도했다. 자기에게 힘을 달라고 신께 쉼 없이 기도하고 또 기도했다. 그녀는 결코 그 상황을 회피하고자 기도하지 않았다. 모든 상황을 받아들인 그녀의 고결한 결심이 그런 것은 용납하지 않았다. 그녀는 끔찍하고 말도 안되는 전투를 앞두고 있었다. 어디에도 피할 곳은 없었다. 그녀는 오로지 승리로 이끌어줄 힘을 달라고 신에게 기도할 뿐이었다.

그러나 막상 그 시간이 닥쳐왔을 때 상황은 그녀가 상상한 것보다 훨씬 나빴다. 고귀한 집안에서 태어나 자라온 여성이 그토록 불명예스러운 끔찍한 삶을 어떻게 상상이나 할 수 있었겠는가? 그녀는 이리저리 이 마을에서 저 마을로 끌려 다녔다. 찌는 듯한 더위 속에서 덜컹덜컹 흔들리는 기차를 타고 떠돌아다녔고, 천막 안에서 잠을 잤다. 그녀, 마거릿 리는 평범하고 저속한 사람들과 동등하게 살아갔다. 날마다 그녀의 거추장스러운 거대한 몸이 웃음 섞인 비명을 지르는 사람들 앞에 전시되었다. 그녀의 믿음마저도 흔들렸다. 넓은 어깨가 드러난 반짝이가 달린 분홍 드레스를 입고 싸구려 목걸이를 하고 팔에는 놋쇠 팔찌를 두르고, 손에는 짤따란 새끼염소가죽 장갑을 끼고서 손가락에는 극단 소유물인 반지를 여러 개 낀 채, 나란히 붙여놓은 두 개의 의자에 앉아 있는 그녀를 지켜보며 바보처럼 웃고 즐거워하며 조롱하는 얼굴들 말고는, 그 너머의 무언가는 영원히 없을 것 같았다.

434

마거릿은 스스로에게도 두려운 존재가 되었다. 이따금 그녀는 자신의 정체성을 잃고 헤매는 듯했다. 카밀과 잭이 그녀에게 아주 상냥하게 굴며 그녀가 끔찍하게 번 돈으로 자기들이 갖게 된 좋은 것들을 보여주었으나 별 소용이 없었다. 그녀는 두 개의 의자에 앉았다. 두 개의 의자는 광고 효과로 그만이었다. 분홍빛으로 번쩍이는 무릎 위에 염소가죽장갑을 낀 통통한 두 손을 꼭 맞잡은 채, 그녀의 영혼은 고통 속에서 허우적거렸다. 그녀의 자아는 커다란 분홍 얼굴이라는 가면 뒤에서 심각할 만큼 고통에 빠져 있었다. 그 후텁지근한 여름날 푸른 언덕들 사이에 있는, 이름도 '그린힐'인 어느 작은 마을에서 그들이 공연을 하기 전까지는 누구도 그 사실을 깨닫지 못했다. 시드니 로드가 그날 공연을 보러 갔다.

　마치 관객들이 존재하지 않는 양 그들을 바라보도록 스스로를 훈련한 마거릿은 문득 관객들 사이에서 자신을 이해하는 한 영혼을 발견했다. 그 남자와 눈이 마주치는 순간, 맑은 수면 위로 불어오는 상쾌한 바람 같은 깊은 위로를 받았다. 그녀는 그 남자가 보내는 이해의 눈길을 알아차렸다. 그녀는 그가 가슴 가득 연민을 느끼고 있음을 알았다. 또한 그녀는 시드니 로드도 그녀와 비슷한 사람이었기에 희화화된 비극의 고통을 공유하는 동료를 만났음을 알 수 있었다. 시드니도 그녀와 똑같은 상황에 처해 있었던 것이다. 그 또한 살이 쪄서 몸이 집채만 했다. 사실 그가 그린힐에서 그의 큰 덩치만큼이나 인품이 두터운 사람이자 전통 있는 가문 출신으로 존경받는 존재가 아니었다면 그는 마거릿과 경쟁 상대가 되었을지도 모를 일이다. 그의 옆에는 나이 든 여인이 상냥한 얼굴로 앉아 있었는데, 가녀린 어깨에 구부정한 자세로 보아, 복종하는 태도가 일상이 되어 살아온 듯했다. 그녀는 시드니의 누나 엘렌 워터스로 남편을 잃고 남동생의 집에서 살면서 집을 관리했는데, 자신의 뜻이라곤 없고 오로지 그의 뜻에 따르며 살 뿐이었다.

　시드니 로드와 그의 누나는 관객들이 공연의 여주인공과 악수를 나누는 특혜를 누리고 빠져나간 뒤까지도 남아 있었다. 거칠고 투박한 손이 마거릿의 손을 잡으려고 익숙하게 뻗어나가는 걸 볼 때마다 시드니는 놀라서 움츠러들었다.

　그는 무대로 다가가면서 누나에게는 앉아 있으라고 손짓했다. 마거릿을 착취하던 잭 데스몬드는 감탄이 섞인 호기심으로 그를 바라보았다. 시드니는 위엄 있는 태도로 그에게 물러나 있으라고 했다. "그녀와 잠시 이야기를 나누고 싶소. 잠시 천막에서 나가주시면 좋겠소." 그가 말하자 잭은 순순히 따랐다. 사람들은 언제나 시드니 로드의 말을 잘 따랐다.

마거릿 앞에 선 시드니는, 번쩍거리는 저속한 옷을 입은 육체 안에 깃든, 맑은 수정과도 같은 그녀의 자아를 보았다. 마거릿은 그가 그것을 보았음을 알아차렸다.

"오, 맙소사, 당신은 숙녀가 아닙니까!" 시드니가 말했다.

그는 계속해서 그녀를 바라보았고, 그녀를 바라보던 그 커다란 갈색 눈동자가 이내 흐려지더니 더 이상 말을 잇지 못했다.

"어쩌다가 이런 곳에 있게 되었나요?" 시드니는 그녀에게 거의 화가 난 것처럼 다그치듯 물었다. 마거릿은 짧게 설명했다.

"참으로 잔악무도한 일입니다!" 시드니가 선언하듯이 말했다. 그는 조금 넋이 나간 듯했다. "지금은 어디에서 살고 있습니까?" 그는 곰곰이 생각에 잠겼다가 물었다.

"이곳에서 살고 있어요."

"그 말은……?"

"사람들이 돌아가고 나면 그들이 날 위해 여기에 잠자리를 만들어 줍니다."

"아마도 전에는… 편히 지낼 집이… 있었을 것 같습니다만."

"도시로 오기 전에는 할아버지가 소유했던 리 가문의 유서 깊은 식민지 시대의 대저택에서 살았습니다." 마거릿은 매우 우아한 목소리로 말했다.

"그러면 당신에게도 훌륭한 방이 있었겠군요?"

"남동쪽 방은 늘 내가 썼지요. 아주 커다란 방이었고, 스페인산 마호가니 가구가 놓여 있었어요."

“그리고 지금은⋯⋯.” 시드니가 말했다.

“보시는 대로예요.” 마거릿이 말했다. 그를 바라보면서 그녀의 진지한 푸른 눈은 그를 통과해서 뭔가를 바라보는 듯했다. “영원히 지속되진 않을 거예요.” 그녀가 말했다.

“무슨 뜻이죠?”

“나는 교훈을 얻고자 노력해요. 난 하느님의 학교에 다니는 아이예요. 내 교훈은 언제나 평화로운 결말에 이른답니다.”

“오, 맙소사!” 시드니가 말했다.

그가 누나에게 손짓하자 엘렌은 매우 놀란 모습으로 다가왔다. 그녀의 남동생이 결코 잘못 처신할 리가 없지만 지금은 여느 때와는 다른 상황이라 그녀는 크게 놀라지 않을 수 없었다.

“이 숙녀는⋯⋯.” 시드니가 말했다.

“리라고 해요.” 마거릿이 말했다. “전 결혼은 하지 않았어요, 마거릿 리라고 합니다.”

“이쪽은,” 시드니가 말했다. “제 누님 엘렌입니다, 워터스 부인이지요. 엘렌, 리 양과 인사해요.”

엘렌은 마거릿의 손을 잡고 무척 아름다운 날이며, 마거릿이 그린힐을 방문해 즐거운 추억을 간직하게 되길 바란다고 힘없이 말했다.

시드니는 천막 밖으로 천천히 걸어 나와 잭 데스몬드를 발견했다. 그는 연하늘빛 여름 실크 드레스에 장미꽃이 달린 검은 모자를 쓰고 한껏 차려입은 카밀 가까이에 서 있었다. 잭과 카밀은 그 덩치 큰 남자가 어떻게 손을 썼는지 도무지 알 수 없지만, 현재 마거릿이 시드니와 그의 누이와 함께 가기로 했음을 알게 되었다.

잭과 카밀은 서로를 바라보았다.

"오, 잭, 마거릿을 보내야 했어요?" 카밀이 말했다.

"뭣 때문에 그녀를 보내준 거야?" 잭이 물었다.

"나도… 잘 모르겠어. 뭐라고 대꾸를 못하겠더라고. 그 남자 수완이 뭔가 대단했어."

"어쨌든 그는 여기서 괜찮게 통하는가 봐. 사람들이 그를 존경하는 것 같아. 이 지역에서 높은 양반인 모양이야. 마거릿처럼 명망 있는 가문 출신인데, 돈은 많지 않은 모양이야. 어떤 촌뜨기들이 이 동네에 그녀보다 더 대단한 볼거리가 있다고 떠벌리더라고. 그러고 나서 나도 보게 된 거지." 잭이 말했다.

"아마도, 마거릿이 다시 돌아오지는 않겠지?" 카밀이 말했다.

"그 작자가 그녀를 데려가면 체포될걸." 이렇게 말하면서도 잭은 마음이 편치 않은 듯했다. 그는 최근 들어 마음이 꽤 편치 않은 상태였다. 사실 마거릿은 갈수록 살이 빠지고 있었다. 게다가 몸 상태도 좋지 않았다. 바로 그날 밤 공연이 끝난 뒤, 작고 가무잡잡한 빌 스타크는 데스몬드 부부와 그 일을 상의했다.

"그 여잘 잘 관리하지 않으면 옷에 솜을 넣어야 할지도 모르겠어. 일단 그러기 시작하면 거인들은 아무짝에도 쓸모가 없어." 빌이 말했다.

카밀은 걱정스러운지 부루퉁한 얼굴로 말했다.

"어쨌든 그녀는 몸이 좋지 않아요. 그녀를 죽게 놔둘 순 없어요."

"하룻밤 어떤 집에서 푹 쉬게 하는 것도 괜찮긴 하겠네." 빌 스타크가 말했다.

"그 뚱뚱한 남자가 그녀한테 여기서 공연하는 동안 자기 집에 머물라고 했어." 잭이 말했다.

"그의 누나가 마거릿을 초대했어요." 카밀이 조금 굳은 얼굴로 말했다. 그녀는 범속했지만 리 집안사람과 함께 살아왔고, 그녀 어머니는 리 집안사람과 결혼으로 맺어졌다. 그녀는 마거릿이 마땅히 누려야 하는 것이 무엇인지, 그리고 자기 자신에게 마땅한 것이 무엇인지 알고 있었다.

"사실," 카밀이 말했다. "이런 생활은 마거릿 같은 여자한테는 너무나 끔찍할 거예요. 그녀와 그녀 집안사람들은 이런 생활에 절대로 익숙하지 않을 테니까요."

"그럼 왜 당신의 그 잘난 남편한테 뭐라도 해서 그 여자와 당신을 돌보라고 말하지 않았습니까?" 카밀을 흠모했지만 그녀가 그를 거들떠보지도 않아 불만이었던 빌이 물었다.

"내 남편은 지금까지 운이 따르지 않았을 뿐이에요. 그는 최선을 다했어요." 카밀이 말했다. "여보, 잭, 더 얘기해봐야 달라질 건 없어. 마거릿은 기운을 차리게 될 거야. 이제 그만 가. 난 너무 지쳤어."

439

그날 밤 마거릿 리는 창문에 모슬린 커튼이 드리워진 아늑한 방에서, 경매에 부쳐지기 전 그녀가 쓰던 것과 아주 비슷한 오래된 커다란 마호가니 침대에서 편히 잠들 수 있었다. 리넨 침대보에서는 라벤더 향이 났다. 마거릿은 행복에 겨워 잠을 이룰 수 없었다. 그녀는 시원하고 향기로운 침대 위에 누워서 자기가 기도드린 신의 존재를 굳게 믿게 되었다.

밤새도록 시드니 로드는 책으로 둘러싸인 아래층 그의 방에 앉아서 지금 일어나고 있는 일에 대해 곰곰이 생각해 보았다. 중대한 상황이었다. 의협심 강한 시드니 로드의 위대한 정신이 발휘될 순간이 마침내 온 것이다. 그는 모든 관점에서 그 일을 생각해 보았다. 거기에 로맨스는 없었다. 그가 헤쳐나가야 하는 것은 거칠고 추악하며 비극적이고 터무니없는 현실뿐이었다. 그는 마거릿이 겪는 고통을 충분히 알 수 있었다. 그는 그러한 스트레스가 주는 고통에 대한 수용력 덕분에 그것을 잘 이해했다. "게다가 그녀는 여성이고 숙녀이지 않은가!" 그는 혼자 큰 소리로 말했다.

시드니가 부자라면 그 문제는 쉽게 해결될 터였다. 그가 잭과 카밀이 찍소리 못할 정도의 돈을 줄 수만 있다면 마거릿은 자신과 누이, 그리고 늙은 두 하인과 함께 살 수 있을 터였다. 그러나 그는 부자가 아니었고 오히려 가난하다고 해야 할 정도였다. 마거릿의 자유를 위해 치러야 할 대가는 쓰디썼다. 그러나 그렇게 하는 수밖에 도리가 없었다. 시드니는 그 사실을 직면했다. 그는 방을 둘러보았다. 흐릿한 불빛 아래 오래된 책들로 둘러싸인 벽은 포근했다. 벽난로 선반 위에는 유화로 그려진 어머니의 초상화가 걸려 있었다. 이제는 날이 따뜻해서 난롯불을 따로 피울 필요는 없다. 그러나 밖에 눈이 흩날리고 벽난로 위에 장작불을 피울 때면 얼마나 아늑하고 사랑스러웠던가! 시드니는 학자이고 신사였다. 그는 평온하고 한가로운 삶을 누려 왔다. 그가 태어난 마을에서 그를 모욕 거리로 삼거나 그에게 조롱을 보낸 사람은 없었다. 마거릿에게 그러했듯이 그에게도 유랑극단은 너무나 다른 세계였다. 그러나 그는 남자였고 그녀는 여자였다. 인간에게 고귀한 정신이 발로가 된 최초의 순간을 상기시키는 기사도 정신이 시드니의 마음에 더욱더 불꽃을 일으켰다. 희미한 햇빛이 서재 안에 스며들었다. 시드니는 진정한 옛 기사처럼 어떤 희망도 대가도 바라지 않고, 약자를 위해 영원히 헌신하는 강자의 전투에 자신을 바치고자 마음을 다잡았다. 그것은 강자의 진정한 가치를 드러내는 것이었다.

오직 한 가지 방법만 있었다. 시드니는 그 방법을 선택하기로 했다. 그의 누이에게는 오랫동안 그 진실을 알리지 않았다. 그 사실을 알게 되었을 때 그녀는 한탄하지 않았다. 그것은 시드니가 선택했기에 옳은 길이 틀림없었다. 마거릿은 사실을 모른 채 주어진 상황을 받아들였다. 실제로 그녀는 병이 들어가고 있었다. 그녀의 영혼은 너무도 섬세한 성품을 지녀서 몸이 오래 견디도록 하지 못했다. 그녀는 시드니가 사업 때문에 집을 비운 동안 그의 누이와 함께 지내라는 말을 들었을 때 거절하지 않았다. 절망을 딛고 날아갈 수 있게 치유의 날개가 돋아나기라도 한 듯이 그녀는 안도감을 느꼈다. 카밀이 그녀에게 작별인사를 하러 왔다.

"언니가 이 훌륭한 집에서 멋진 시간들을 보내길 바라." 카밀은 그녀의 뺨에 키스했다. 카밀은 영리했고 신뢰할 만했다. 그녀는 비밀을 지키기로 한 시드니의 믿음을 저버리지 않았다. 시드니는 변장하는 방법을 썼다. 부분적으로 벗겨진 머리에는 짙은 색 가발을 썼고 얼굴에는 화장을 조금 했다. 그는 공연을 위해 여기저기 돌아다녔고, 의자 세 개에 걸터앉았는데, 껄껄 웃는 관객들과 악수를 나누면서도 이상하리만치 행복했다. 분명히 불편하고 수치스러운 삶이었다. 자신의 흉한 신체를 세상에 전시함으로써 잭 데스몬드와 카밀처럼 하등의 가치도 없는 젊은 부부를 먹여 살려야 한다는 것은 격노할 법한 일이기도 했다. 그러나 그 자신에게는 말할 수 없이 고귀한 일이었다.

그는 언제나 세 개의 의자 위에 거대하고 기이하게—기품 넘치는 태도로 말미암아 한결 더 기묘해 보이는 모습으로—앉아 있었는데, 그의 영혼 안에는 그러한 시련으로부터 그가 보호하고 있는 다른 이와 마찬가지의 용감한 신사의 의식이 있었다. 사랑 그 자체를 포괄하며 가장 높은 단계의 사랑마저도 초월할 것 같은 위대한 연민과 관용은, 자기보다 저속한 이들의 눈앞에 이 뚱뚱한 남자가 전시될 때 그의 온 존재를 빛으로 가득 채웠다. 그를 거의 신처럼 만든 그 기사도 정신은 그가 자신의 임무를 잘 해나갈 수 있는 힘을 주었다. 시드니는 항상 마거릿을 그녀의 육체적 자아와는 완전히 다른 존재, 이 지상의 어떠한 짐도 짊어지지 않은 하나의 맑은 수정 같은, 천사의 영혼이라고 생각했다. 그는 그녀를 순수하게 정신적인 존재로 여겼다. 그리고 다시 숙녀의 평온한 삶으로 돌아간 마거릿, 자신을 바꿔 놓은 호의로 인해 고귀해졌다. 언제나 맑고 아름다운 영혼의 소유자였던 그녀는 햇빛 아래 반짝이는 보석처럼 품성의 새로운 빛을 발산했다. 그녀 또한 시드니를, 그의 육체적 자아와는 완전히 별개로 생각했다. 두 사람의 서로 다른 의식은 영혼의 영원한 조화 속에서 언제나 떨어져서 나란히 가지만 결코 서로 분리될 수 없는, 선함과 아름다움이라는 두 개의 평행선과 같은, 하나의 의식이었다.

개를 무서워한 어린 소녀

Little-Girl-Afraid-of-a-Dog

"닭들이 다시 알을 낳기 시작했어." 에멀린의 이모 마사가 말했다. "그러니까 에멀린은 내일 그 불쌍한 티크너 가족에게 달걀을 가져다 줄 수 있을 거야." 아주 젊고 예쁜 마사는 에멀린에게 큰 기쁨을 안겨주기라도 하는 듯이 아이를 흘긋 바라보며 축하의 눈길을 던졌다.

에멀린의 어머니가 동생의 말을 되풀이했다. "그래, 그래. 시드니가 어제 닭들이 알을 아주 잘 낳고 있다고 하더구나. 내일이면 에멀린이 달걀 전달하는 일을 할 수 있을 거야."

"아이들도 많은 그 가여운 티크너 가족이 날마다 6개씩 새 달걀을 얻으면 얼마나 좋아할지 한번 생각해보렴." 마사는 그렇게 말하면서 자신의 가장 좋은 인형을 안고 창가에 앉아있는 어린 조카에게 다시 축하의 눈길을 보냈다.

"어떤 날에는 그보다 더 보낼 수도 있겠지." 에멀린의 어머니가 말했다. "내가 가게에 가면, 네가 달걀을 들고 갈 수 있게 새 바구니를 사 오마, 얘야."

"네, 엄마." 에멀린은 낮은 목소리로 말했다. 그 자그마한 금발의 머리와 섬세한 얼굴은 저무는 겨울햇살을 가득 받아 노을빛으로 물들어 있었다. 소녀의 어머니와 이모는 아이가 얼마나 창백해졌는지 알 수 없었다. 소녀는 창 쪽으로 얼굴을 돌린 채였고, 아이는 누구보다 정직하고 양심적인 어린 소녀였지만, 아이가 "네, 엄마."라고 말한 순간에는 그 말에 거짓으로 꾸민 기쁨이 스며 있었다. 사실, 그 기쁨을 꾸민 것도 자기 내면의 교섭에서 예수회 신도다운 양심이 발현되었기 때문이었다.

티크너 사람들, 그 가난한 티크너 가족은 많은 아이들과 함께 길 아래 반 마일쯤 떨어진 곳에 살았고, 에멀린의 어머니와 이모는 달걀이 넉넉할 때 그들에게 달걀을 가져다주는 것이 아이의 큰 기쁨이라고 여겼다. 에멀린은 그 기쁨을 부정하지는 않았다. 하지만 추수감사절 무렵 사람들이 당연히 달걀이 더 많이 필요한 시기에, 그 기대와 달리 닭들이 알을 적게 낳아 딱 자기 가족이 쓸 만큼밖에 없을 때면 소녀가 내심 얼마나 기뻤는지는—아이는 스스로 그런 자신이 못됐다고 생각했다—하느님만이 알고 있었다. 그럴 때면 에멀린은 잠시 휴지기를 가졌다. 아이는 살이 올랐고 작고 부드럽게 곡선을 이룬 뺨에는 더 활기가 돌았다. "에멀린은 늘 이맘때 훨씬 더 좋아 보여." 아이의 어머니는 그 이유는 꿈에도 생각지 못한 채 종종 이렇게 말했다. 에멀린은 고통을 받으면서도 양심에 걸려서 어머니에게 솔직하게 털어놓지 못하고 있었다.

446 티크너 가족은 개를 키웠다. 아주 작은 개였지만, 한 무리의 개들의 소리 정도가 될 만큼 목소리가 큰 그 개는 에멀린에게 두려움의 대상이었다. 그 개는 아이가 달걀을 가져갈 때면 늘 짖어댔고, 언제나 아이의 발목 주위에서 불길하게 냄새를 맡곤 했다. 비록 몸집은 작았지만 때때로 거의 에멀린의 얼굴까지 뛰어오르며 소녀에게 사납게 짖어대고는 즐거워했다. 에멀린은 겨우 열 살밖에 되지 않은, 아주 어리고 나이에 비해 작은 소녀였다. 그리고 어머니와 이모의 애정 어린 보살핌을 받고 있었다. 아이의 아버지는 죽었다. 에멀린의 성姓은 에임스로, 에멀린 집안은 작은 농장에서 살았고, 시드니는 이를 관리했다. 에멀린 가족은 이 조그만 마을에서 꽤 부유한 사람들로 여겨졌고, 그들 또한 자신들을 그렇게 생각했다. 그래서 그들은 주변의 불우한 이웃에 대한 의무, 즐거운 의무감을 깨달았다. 바로 그 순간에도 마

사 이모와 에임스 부인 두 사람 다 가난한 이웃들을 위해 옷을 바느질하고 있었다. 연분홍과 파랑의 튼튼하고 오래가는 면으로 지은 페티코트였다. 때때로 에멀린도 이 부드러운 옷의 솔기를 꿰매 달라는 부탁을 받았고, 비록 바느질을 그리 좋아하지는 않았지만, 아이는 언제나 지극히 온순하게 따랐다. 아이는 진지하고 생각하기를 좋아하는 어린 소녀로, 게으르지는 않았지만 얌전히 앉아 있곤 했다. 이 소녀의 어린 내면에서는 앞으로 펼쳐질 미래와 삶의 개념, 그리고 온 우주 체계에서 자신의 작은 자리는 어디일까에 대해 온갖 물음들이 던져지고 있었다. 만일 어머니와 이모가 그 사실을 알았더라면 매우 놀랐을 것이다. 그들은 에멀린을 아기 인형을 안고 있는 사랑스럽고 순종적이며 상냥한 소녀로만 생각했는데, 에멀린의 본모습은 그렇지 않았다. 자신의 상상력과 내리쬐는 햇볕으로 말미암아 그 내면에서는 불꽃이 일었다. 소녀가 얌전히 앉아서 "네, 엄마." 하고 예쁘게 말했을 때, 아이의 영혼은 티크너 가족의 작은 개에 대한, 그들의 상상을 초월하는 엄청난 두려움으로 몸서리치고 있었으나 아이 어머니와 이모는 그 사실을 꿈에도 알지 못했다.

곧 에멀린의 머리와 얼굴에서 아름답고 찬란한 빛이 사라져 갔고, 어머니가 등불을 밝히고 하녀 애니가 저녁 식사를 알릴 때까지, 소녀는 땅거미 속에서 창백하고 조그마한 그림자로 앉아 있었다. 그날 저녁 에멀린이 좋아하는 굴튀김과 와플이 나왔지만 소녀는 도무지 먹을 생각이 들지 않았다. 달걀과 티크너 가족에 대한 이야기를 듣자 그 작은 개에 대한 소녀의 두려움은 더욱 구체화되어 아이는 도무지 가만히 있을 수가 없었다. 그들이 식탁에 앉자마자 애니는 그날 들여온 수많은 달걀 이야기를 꺼냈다. 애니는 오랫동안 에임스 가족과 함께 지냈기에 그들에게는 가족이나 다름없었다. "얘야, 내일 아침에 달걀 열두 개를 가져가도 될 것 같구나." 에멀린의 어머니가 기뻐하며 말했다.

"네, 엄마." 에멀린이 대답했다.

"그 가여운 티크너 가족에게 그것이 얼마나 큰 의미일지 생각해봐." 마사 이모가 말했다.

"네, 이모." 에멜린이 말했다.

그때 에멀린의 어머니는 아이가 평소처럼 밥을 먹지 못한다는 것을 알아차렸다. "왜 그러니, 에멀린. 굴을 절반도 먹지 않았구나!"

에멀린은 힘없이 접시를 바라보면서 그다지 배가 고프지 않다고 말했다. 아이는 자신이 배가 고프지 않은 까닭은, 티크너 가족의 작은 개가 너무나 무서워서 이튿날 아침 가난한 그들에게 달걀을 가져다주고 싶지 않기 때문이었으며, 그렇게 생각하는 자신이 아주 못됐다고 느꼈다. 그들은 말할 수 없이 가난했고 달걀이 절실히 필요했다.

"굴을 먹지 않을 거면 날달걀 두 개를 먹어야 해." 갑자기 에멀린의 어머니가 말했다. "애니, 달걀 두 개를 설탕하고 육두구, 그리고 우유를 조금 넣고 섞으렴."

에멀린은 그때 육체가 느끼는 역겨움 그 이상을 느꼈다. 아이는 달걀처럼 둥근 것을 향한 도덕적인 혐오감을 느꼈다. 그러나 소녀는 애니가 가져온 혼합물을 평소처럼 온순하게 삼켰다.

"그게 굴만큼이나 영양이 풍부할 거야." 마사 이모가 말했다. 마사 이모는 예쁜 파란색 드레스를 입고 있었다. 그녀는 그날 저녁 존 애덤스 씨를 기다리고 있었다. 그날은 수요일이었는데, 존은 수요일과 일요일 저녁이면 늘 찾아왔다. 에멀린은 왜 그런지 잘 알았다. 소녀는 수줍게 남몰래 감탄하면서, 언젠가 수요일과 일요일 저녁에 자신을 만나러 올 젊은이에 대한 상상을 했다. 소녀는 그 흥미로운 때에 빨간 옷을 입기로 마음먹었고, 비록 어렸지만 어쩐지 자신을 신비로운 예감으로 달콤하게 가득 채워 주는 듯했다.

소녀는 목 부분이 작은 네모꼴로 파여서 길고 하얀 목이 드러난, 엷은 파란색 드레스를 입은 예쁜 마사 이모를 바라보았다. 에멀린은 잠시 자기 어린 시절의 진정한 근심거리인 티크너 가족과 그들의 개를 잊어버렸다. 그러나 그 오랜 공포는 어느새 소녀를 다시 덮쳐왔다. 어머니와 마사 이모는 아이를 눈여겨보더니 서로 눈짓을 주고받았다. 저녁 식사가 끝난 뒤, 함께 거실로 돌아가면서, 에멀린의 어머니는 걱정스러운 듯이 마사의 귀에 속삭였다.

"에멀린 낯빛이 안 좋아 보여."

마사는 고개를 끄덕였다. "요즘 그 애가 신선한 공기를 충분히 마시지 못한 것 같아." 그녀는 목소리를 낮추고 말했다. "아침에 티크너 가족에게 달려갔다 오는 게 에멀린한테 도움이 될 거야."

"그건 그래." 에멀린의 어머니가 동의했다. "오늘밤 일찍 재울게. 그리고 내일 아침 식사를 한 직후에 그 애는 맑은 공기를 쐬면서 티크너 가족에게 달걀을 갖다주고 오면 될 거야."

에멀린은 존 애덤스 씨가 집에 오기 전에 잠자리에 들었다. 어머니는 아이를 침대에 눕히고 입맞춤을 한 다음 등불을 끄고 아래층으로 내려갔다. 에멀린은 티크너 가족의 개와 관련된 일들을 마음속으로 떠올리면서 기도했다. 아이는 늘 드리는 주기도문과 "이제 저는 잠자리에 듭니다."[1]라는 기도에 아이다운 애처로운 내용을 덧붙였다.

어머니가 아래층으로 내려간 뒤에도 에멀린은 어둠을 응시하며 깨어 있었다. 어둠이 곧 거센 불길과 함께 깜박이는 것 같았다. 이 불길 한가운데에서 기괴한 얼굴들이 소녀를 보며 싱긋 웃었다가 사라졌다가 했다. 그 작은 골칫거리 개로 말미암은 끔찍한 공포가 소녀를 덮쳐왔다. 에멀린은 일어나서 아래층으로 내려가 등불이 밝혀진 거실에서 어머니를 부르고 싶은 마음이 간절했지만 뻣뻣이 경직된 채 가만히 누워 있었다. 아이는 어린 나이에도 자제력이 지나치게 강했다. 곧 소녀는 멀리서 현관 벨이 울리는 소리를 들었고, 마사 이모가 문을 열고 존 애덤스 씨를 맞이하는 소리를 들었다. 잠시 동안, 아이는 자신의 즐거운 미래에 대한 상상에 정신이 팔렸다. 하지만 존 애덤스 씨와 마사 이모가 응접실로 들어간 뒤, 그들의 희미한 웅성거림만 들려오자 아이는 이전의 상태로 돌아갔다. 그러나 얼마 지나지 않아 소녀의 관심은 다시 딴 데로 옮겨갔다. 존 애덤스 씨의 목소리는 매우 깊고 낮았다. 그런데 이 저음의 음성이 갑자기 높아졌던 것이다. 에멀린은 한마디도 알아들을 수 없었지만, 아이에게 그것은 으르렁거림처럼 들렸다. 그러고 나서 소녀는 마사 이모의 상냥하고 날카로운 목소리를 들었는데, 단어들이 들릴 만큼 소리가 컸다. 그러더니 문이 열렸다가 꽝 닫히는 소리가 들려왔다. 이윽고 아이는 현관 입구에서 흐느끼는 소리를 확실히 들었다. 그 뒤 소녀는 거실 문이 벌컥 열리는 소리와 이어서 어머니와 이

---

[1] 18세기 어린이 취침기도의 한 구절.

모가 줄곧 흥분하여 웅성거리는 대화를 들었다. 에멀린은 존 애덤스 씨가 왜 그렇게 빨리 돌아갔는지, 왜 쾅 소리가 날 만큼 문을 세게 닫았는지, 그리고 이모와 어머니는 무엇 때문에 흥분해서 이야기하는지 궁금했다. 그러나 호기심이 별로 없었던 소녀의 마음은 곧 자신의 문제로 되돌아갔다. 다시 어둠의 불길이 흔들리면서 기괴한 얼굴들이 소녀를 바라보며 히죽히죽 웃었고, 소녀를 잠과 꿈으로 이끌어 갈 모든 즐거운 문들이 티크너 가족의 작은 개로 말미암아 닫혀 버렸다.

에멀린은 그날 밤 잠을 거의 이루지 못했다. 잠이 들기만 하면 아이는 끔찍한 꿈을 꾸었다. 한번은 아이가 울부짖으며 깨어났는데, 어머니는 등불을 들고 서서 에멀린을 바라보고 있었다. "무슨 일이니? 어디 아프니?" 어머니가 물었다. 어머니는 마사 이모보다 훨씬 나이가 많았지만, 그 애정어리고 근심에 찬 얼굴에 등불이 비치자, 길고 흰 가운을 입은 그녀의 모습은 무척 아름다워 보였다.

"꿈을 꿨어요." 에멀린이 희미하게 말했다.

"등을 대고 누웠구나." 어머니가 말했다. "옆으로 돌아누워서 다시 자도록 해. 그 꿈은 생각하지 말고. 내일 아침 그 불쌍한 티크너 가족 아이들한테 달걀을 가져다 줄 생각만 하렴. 그러면 쉽게 잠들 거야."

"네, 엄마." 에멀린이 그렇게 대답하고 얌전하게 옆으로 돌아눕자, 어머니는 밖으로 나갔다.

에멀린은 그날 밤 더는 잠을 이루지 못했다. 새벽 4시쯤이었다. 에임스 가족은 7시에 꽤 이른 아침 식사를 했다. 에멀린은 3시간 뒤에 일어나 옷을 입고 식탁에 앉아야 한다고 생각했다.

아침 식사는 30분쯤 걸릴 테고, 3시간 반쯤 뒤에는 티크너 가족이 사는 곳으로 가고 있을 것이다. 소녀는 거의 사형집행일 아침에 사형수가 느낄 법한 기분을 느꼈다.

애니가 끈에 매어진 일본식 종들을 아무렇게나 잡아당기며 귀에 거슬리게 울려대자 에멀린은 느릿느릿 아래층으로 내려갔다. 소녀는 몸에 힘이 없었고 아주 창백했다. 소녀의 어머니와 밤새 울었는지 비참한 몰골의 마사 이모는 에멀린을 힐긋 바라보고는, 다시 서로를 바라보았다. "신선한 공기를 쐬는 게 좋을 것 같구나." 마사 이모가 무거운 한숨을 억누르며 말했다.

에멀린의 어머니는 마사를 애처롭게 바라보며 말했다. "얘, 갈색 드레스를 걸치고 에멀린과 함께 가는 게 어떠니? 너도 맑은 공기를 쐬는 게 좋을 것 같아."

달걀을 갖고 들어온 애니는 분노와 동정심이 뒤섞인 날카로운 눈길을 마사에게 보냈다. 그녀는 무슨 일이 있었는지 모두 알고 있었다. 그녀는 비정상적으로 귀가 밝았는데, 전날 저녁 존 애덤스 씨가 마사 양과 함께 거실에 있을 때, 마침 식당에 있었다. 두 방 사이에 문이 있기는 했지만 문틈도 심하게 벌어지고 균열도 있어서 두 사람의 이야기를 듣게 되었다. 그녀는 에임스 가족의 모든 일을 자기 일처럼 느꼈고, 자신도 알 권리가 있다고 생각했지만, 굳이 들을 의도가 있었던 것은 아니었다. 그녀는 존 애덤스가 결혼 후 어디서 살 것인지 이야기했다는 것과, 마사에게 에멀린과 아이의 어머니, 그리고 애니 그녀 자신과 함께 사는 대신, 그의 어머니와 형, 두 누이와 함께 낡은 애덤스 농가에서 살아야 한다고 고집한 것을 알게 되었다. 그녀는 마사가 그에 대해 맞선 것은 정확히 옳은 일을 한 것이라고 생각했다. 늙은 애덤스 부인이 어떤지는 모두가 알고 있었다. 게다가 애덤스의 누이 가운데 한 사람은 화를 잘 내는 여자라고 알려져 있었고, 형은 아직 결혼하지 않은 상태였다. 따라서 존 애덤스가 결혼하고도 집에 남아야 할 의무는 전혀 없었다.

한편으로 에멀린의 어머니가 동생과 헤어져 어린 딸과 애니와 함께 커다란 집에서 혼자 사는 것은 분명 무척 힘들 터였다. 집은 매우 컸고, 공간도 넉넉했다. 그러나 애덤스의 집은 작았다. 왈가왈부할 여지가 없다고 애니도, 에멀린의 어머니도, 마사 자신도 생각했고, 마사의 결정이 옳다고 믿었다. 마사는 결혼 뒤에 애덤스 집에서 살게 된다면 자신이 틀림없이 겪게 될 불편함과 성가신 일을 자신에게 감당하라고 하는 것으로 보아, 존 애덤스가 자신을 그렇게까지 좋아하는 것은 아니라는 결론에 이르렀다.

존은 효자이고 형제로서 헌신적이었음에도 불구하고 어머니의 까다로운 성질과 누나의 성미에 대해 늘 솔직하게 밝혔다. 또한 그는 애덤스 가에서는 마사가 결혼 예물을 장식할 수 있는 거실을 가질 수 없지만, 에임스 가에서는 가능하다는 사실도 알고 있었다. 그녀는 마음속으로 그가 자신의 예상만큼 그녀를 사랑하는 게 절대 아니라고 생각했다. 그는 자기의 소원이라는 것 말고는, 그녀가 그의 소원을 들어줘야 한다는 그 고집에 어떤 타당한 이유도 제시하지 않았기 때문이다. 마사는 훌륭한 독자적 정신을 지녔고, 아무리 자신이 사랑하는 사람이라 하더라도 폭압적인 행동을 한다 싶을 때는 화를 냈다. 그래서 그녀는 비록 눈이 빨개지긴 했지만 고개를 꼿꼿이 들고, 언니의 제안대로 하지는 않겠다고 말했다. 그녀는 10시 30분 기차를 타고 볼튼에 가서 쇼핑을 좀 해야겠다고 생각했다. 봄에 어울리는 정장을 장만하고 싶었는데, 한시라도 빨리 양재사에게 옷감을 가져다주는 게 좋으리라 여겼다. 그녀는 마치 자신이 결혼할 때 신혼여행 드레스로 그런 봄옷을 입으려던 계획은 없었던 것처럼 말했다. 마사는 6월 첫날에 결혼할 예정이었다. 지금은 3월이었다. 볼튼에 간다는 마사의 말에 언니의 얼굴은 밝아졌고, 마사는 꿋꿋한 자신에게 자부심을 느끼는 듯 말했다. "난 그렇게 할 거야."

마사는 에멀린이 고개를 푹 떨어뜨린 것을 조금도 눈치채지 못했다. 잠시 에멀린은 이모가 자기와 함께 티크너 가족에게 가서, 그 무시무시한 작은 개를 엄청난 용기와 힘으로 쫓아주리라는 기대로 환희에 차서 심장이 뛰었다. 그러나 고통을 유예해줄 그 기회는 사라졌다. 아이는 시리얼을 한 숟갈 떠서 삼키고는 몹시 애처롭게 작은 입을 오물거렸다. 소녀는 시리얼을 좋아하지 않았는데, 그저 엄마와 이모가 시리얼이 몸에 좋다고 하기에 먹었다. 에멀린은 자신이 싫어하는 많은 것들, 그리고 싫어하는 것 이상으로 질색하는 많은 것들이 왜 자기한테 좋은지 궁금해지기 시작했다. 그녀는 어른들의 지혜를 묵묵히 따랐지만 의문이 생겼다.

에멀린은 시리얼을 먹고 나서, 토스트 위에 반숙 달걀을 얹어 먹었다. 소녀는 보통 때는 달걀을 좋아했지만 그날 아침은 싫었다. 아이는 마치 자기 앞에 놓인 공포와 두려움을 먹는 것처럼 느꼈다. 달걀은 그것과 아주 밀접하게 연관되어 있었다. 소녀는 자기 마음속은 이미 두려움으로 가득해서, 그것을 억지로 뱃속에까지 채우지 않아도 될 것 같았다.

아침 식사를 마친 뒤 에멀린은 빨간 외투를 입고 모자를 썼고

(아직은 겨울옷을 입었다), 어머니는 달걀바구니를 아이에게 건네주며 입맞춤했다. "너무 빨리 걷지 말렴. 그러면 지치니까." 어머니가 말했다.

어머니와 마사는 창가에 서서 그 조그만 소녀가 길을 따라 천천히 내려가는 것을 지켜보았다. 그들은 아이에게 천천히 걸으라고 주의를 줄 필요가 없었다. 아이는 조금도 서두를 마음이 없었다.

"애가 오늘 아침 그다지 좋아 보이지 않네." 에임스 부인이 말했다. "또 불안한 표정으로 하얗게 질려서는, 먹기 싫은 얼굴로 아침을 억지로 먹었어."

"마치 약을 삼키듯 먹던걸요." 애니가 말했다.

"그래, 그렇더구나." 에임스 부인이 걱정하며 동의했다.

"음, 상쾌한 아침 공기를 마시며 걸으면 아이한테 도움이 될 거야." 마사가 말했다. "10시 30분 기차를 타려면 난 출발해야 해. 장갑을 고쳐야 하거든. 갈색 태피터[2] 드레스를 입어야겠어. 볼튼에 있는 동안 로빈스 가족을 방문할지도 모르니까."

"나라면 그렇게 할 것 같구나." 에임스 부인이 말했다. 그들 사이에선 존 애덤스에 대해 더는 할 말이 없었고, 그 주제는 통째로 보이지도 들리지도 않게 되었으며, 모든 것이 전과 같이 흘러가야 한다는 것이 암묵적으로 동의되었다. 어쨌든 에멀린의 빨간 외투가 길 아래로 사라지고, 마사의 발소리가 머리 위에서 들려오자, 에임스 부인은 동생이 볼튼에 가기로 마음먹어서 천만다행이라고 생각했다. "거기 가면 마사가 그 일을 좀 잊을 수

---

[2] 광택이 있는 빳빳한 견직물.

있을 거야 ." 그녀는 이렇게 생각했지만, 마사 앞에서는 절대로 그런 말을 하지는 않았다.

그러는 동안 에멀린은 천천히 걸었으나, 티크너 가족의 집으로 틀림없이 가고 있었다. 길은 400미터쯤 곧게 뻗었다가 곧 구부러졌다. 이 구부러진 길을 지나야 티크너 가족의 다 낡은 누추한 집이 눈에 들어왔다. 그 집은 풍경 속의 얼룩처럼 보였다. 에멀린은 그 구부러진 길로 접어드는 순간을 얼마나 몸서리치며 두려워했던가! 아이는 긴장해서 집중하면 하던 버릇대로 아주 천천히 안짱걸음으로 걸어갔다. 소녀는 끊임없이 기도했는데, 그 가련한 짧은 기도는 이렇게 흘러 나왔다. "오, 하늘에 계신 아버지, 부디 저를 보살펴 주세요. 그리고 점박이가 제 가까이 오지 못하게 하시고, 저를 해치지도, 저에게 짖지도 못하게 해주세요."

에멀린은 이 기도를 리듬감 있게 몇 번이고 되풀이했다. 소녀는 거기에 열심히 보조를 맞추었으나, 그럼에도 기도를 조금도 믿을 수 없었다. 믿을 수 있을 턱이 없었다. 아이는 티크너 가족에게 달걀을 가져다 줄 때면 늘 그런 식으로 기도했으나, 점박이는 번번이 소녀에게 달려들며 짖어댔다. 불안에 떠는 아이에게 다가가 킁킁대며 후들거리는 작은 발목의 냄새를 맡고, 치맛자락을 물고 잡아당기려 하곤 했다. 소녀가 이해하는 한 그 기도는 결코 응답받은 적이 없었는데, 아이가 어째서 지금 그것을 기대하겠는가? 에멀린은 아주 정직한 어린 소녀였다. 아이는 독실했기에, 점박이가 자신에게 짖는 행동을 하느님이 막아줄 수 있다고 믿었지만, 실제로 그렇게 하리라곤 믿지 못했다. 더구나 아이는 어찌 됐든 자신이 겪어야 할 이러한 공포와 고통들이 끝에 가서는 자신의 영적인 선함을 위한 것임을 희망하고 믿을 만큼 신실한 기독교인이었다. 소녀는 불평하지는 않았지만 자신이 고통받고 있음을 알았고, 점박이가 짖어대기를 그만두지 않을 것 또한 알았다.

이제 에멀린은 그 무시무시한 구부러진 길을 돌았고, 티크너 가족이 사는 비참한 장소를 볼 수 있었다. 페인트칠을 하지 않은 이 엉성한 판잣집은, 균형을 잃고 한쪽으로 너무 기울어져서 금세라도 쓰러질 것 같았고, 다른 쪽으로도 비틀어져 가까스로 지탱하고 있었다. 마치 술에 취한 듯한 그 집은 그곳에 사는 사람들의 성격을 고스란히 보여주고 있었다. 너무나 퇴락하고 비참했으나, 그 비참함마저 잊은 듯한 모습이었다. 이 판잣집 옆에는 직각에서 많이 벗어난 모양의 외양간이 있었는데, 그 안에 암소가 보였다. 매어 두지 않은 경우가 많았던 이 소도 에멀린은 때때로 겁나긴 했는데, 그렇다고 해도 개만큼 무섭지는 않았다. 돼지우리와 다른 끔찍한 작은 부속물들도 보였다. 에멀린은 그것을 보고 몸을 떨었다. 점박이가 거기에 없었다 해도 그곳의 외관만으로도 소녀의 예민한 신경을 건드리긴 했을 것이다. 그렇지만 곧바로 아이의 기도를 깨고, 이미 귀에 익은 그 사악한 작은 짖음 소리가 들려왔다.

점박이는 잡종견이었지만 귀가 놀라울 정도로 밝았다. 에멀린은 자신을 향해 멀리서부터 너무나 빠른 속도로 달려와 마치 하나의 선처럼 보였지만, 거친 짖는 소리만큼은 멈추지 않는 그 작은 동물을 발견했다. 에멀린은 기도하며 계속 걸어갔다. 그럴 때 아이가 돌아서서 달아날 생각을 단 한 번도 하지 않는 것은 놀라웠다. 아이는 어머니 뜻을 거스르고 달걀을 티크너 가족에게 가져다주지 않겠다는 생각은 전혀 하지 못했다. 심장이 심하게 뛰고 팔다리가 떨리는데도 기도하며 걸어갔다. 작은 개가 그녀에게 다가왔다. 너무나 작은 개여서 소녀가 그 개에게 그토록 큰 두려움을 느낀다는 것이 어처구니가 없을 지경이었다. 개는 그녀가 앞으로 나아갈 때 원을 그리며 날뛰었다. 개 짖는 소리는 점점 더 커졌다. 그처럼 작은 동물이 어쩜 그렇게 크게 짖을 수 있는지 놀라울 따름이었다. 에멀린은 자기 것이 아닌 듯한 손에 달걀바구니를 들고 안짱걸음으로 착실히 계속 걸어갔다. 소녀는 도무지 자기 몸이 자기 것이 아닌 것 같았다. 그저 그녀의 양심과 복종심, 두려움을 모두 품은 채 달걀바구니를 옮기는 기계처럼 느껴졌다.

티크너 집에 닿았을 때 에멀린은 새파랗게 질려 있었고, 놀라우리만치 심하게 떨고 있었다. 소녀가 문을 두드리자 그 작은 개는 화가 나서 미친 듯이 짖어대며 치마를 물어 당겼다. 그때 소녀에게 구원의 손길이 뻗쳤다. 문이 열렸다. 살이 산더미처럼 찐, 단정치 못한 여인이 나타났다. 그녀는 개를 조용히 시켰다. 개는 복종하지 않았지만 에멀린은 보호받는 기분이 들었다. 에멀린은 티크너 부인이 달걀 때문에라도 만일 점박이가 실제로 에멀린을 공격한다면, 그 개를 깔고 앉아 개가 에멀린을 물게 놔두지는 않을 것이라는 생각을 여러 번 했다. 티크너 부인 뒤로 가까운 방에는 티크너 가족의 아이들로 바글바글했다. 멍하니 웃는 아이들도 있고, 무례한 얼굴을 한 아이들도 있지만, 대부분은 엄마처럼 말이 없고 기력이 없었다. 티크너 가족은 인류의 침체 그자체를 상징했다. 생필품이 바닥나고 굶주림에 내몰렸을 때에만 아버지가 이웃에게 고용돼서 일을 조금 했을 뿐 그들 가운데 누구도 일하거나 진보를 추구하려 들지 않았다. 오늘 티크너 씨는 늙고 둔한 말 뒤를 느릿느릿 따라가며 어느 농부의 일손을 돕기 위해 쟁기질을 하고 있었다. 일을 하고 있다고 보기도 어려웠다. 에멜린은 티크너 씨가 집에 없어서 기뻤다. 그는 종종 독한 사과주를 많이 마셨는데 별말은 없었지만, 그 검붉은 얼굴은 소녀를 불안하게 만들었다. 또한 그가 멍청한 눈으로 빤히 바라보는 시선도 그랬다.

"어머니가 이 달걀을 보내셨어요." 에멜린이 몹시 작고 힘없는 목소리로 말했다. 티크너 부인은 마치 말 못 하는 짐승인 양 고맙다는 말도 제대로 하지 않고 달걀을 받아들었다. 아이들은 빤히 바라보면서 입을 벌리고 웃었다. 그 우중충한 집 안은 빤히 바라보는 눈동자와 멍하니 웃는 입들로 가득 찬 것 같았다.

그 작은 개는 점점 더 크고 사납게 짖어댔다. 그 조그만 개가 얼마나 더 크게 짖어댈 수 있을지 도무지 믿을 수 없을 지경이었다. 에멜린은 자신이 실제로 공격당한다면 티크너 부인이 구해주리라는 믿음을 붙들고 있었지만, 매순간 바늘 같은 개의 이빨이 자기의 발목을 물어버릴 것만 같았다. 소녀의 피부는 잔뜩 움츠러들고 떨렸다. 티크너 부인은 달걀 담을 그릇을 찾느라 한참 걸렸다. 그러다 마침내 그녀가 그것을 찾아냈을 때 에멜린은 바구니를 돌려받았다. 작은 개는 소녀 주변을 위협적으로 빙글빙글 돌며 으르렁거리면서 길모퉁이까지 따라왔다. 그러고는 언제나 그렇듯이, 문득 싸울 가치가 없다는 확신이 든 양 갑자기 몸을 돌려서 집으로 달려갔다.

에멜린은 고개를 들고, 밭장다리로 활기차게 걸어갔다. 그날의 시련과 고난은 그로써 끝이었다.

에멜린이 집에 도착했을 때 소녀를 본 어머니의 얼굴이 밝아졌다. "얘야, 산책하고 오니 훨씬 나아 보인다." 어머니가 말했다. 그리고 나서 티크너 가족이 달걀을 받고 기뻐하더냐고 물었다. 에멀린은 티크너 가족이 실제로 보여준 기쁨의 크기에 조금 의심을 품었지만 이렇게 말했다. "네, 엄마."

"그 가여운 사람들한테 그 달걀은 아주 큰 의미란다." 어머니가 말했다. "우리가 조금이라도 도울 수 있으니 정말 기쁘고, 너도 네 몫을 할 수 있어서 참 기쁘구나."

"네, 엄마." 에멀린이 말했다.

다음 날 아침, 고통이 되풀이되었다. 그것은 잔인한 무기로 무장한 아메리카 원주민들 사이를 걸어가는 역사적인 행진과도 같았다. 그렇지만 소녀는 살아남았고, 집으로 돌아왔을 때, 어머니와 이모 둘 다 아이의 한결 나아진 모습에 대해 이야기했다. 그 모습이 그들에게 오해를 불러일으킨 것이었다. 날마다 아침이면 에멀린은 아주 짧은 안도감을 느끼며 자선 여행을 마치고 돌아왔고, 떠날 때보다 얼굴이 자연스레 밝아졌지만, 그동안 그 긴장감으로 인해 차츰 건강을 잃어갔다. 마침내 어머니는 의사를 불렀고 아이에게는 강장제가 처방되었다. 봄방학이 끝난 뒤 학교가 개학하자 에멀린은 집에 있으면서 마사 이모의 도움을 받아 계속 학교 공부를 따라가기로 처방이 내려졌다.

"어쨌든 아침 산책으로 티크너 가족의 불쌍한 아이들을 위해 달걀을 가져다 준 것 말고는 특별한 건 없어요." 문 앞까지 의사를 배웅하면서 에멀린의 어머니가 말했다.

"굳이 말하자면," 의사가 대답했다. "되도록 신선한 공기를 쐬게 하고, 흥미를 느낄 수 있는 심부름을 보내세요."

"아이가 좋아하는 게 바로 그 일이에요." 에임스 부인이 말했다. "에멀린은 그 가여운 티크너 가족을 돕는 걸 아주 기쁘게 생각해요, 착하기도 하죠."

문이 조금 열려 있어서 에멀린은 어떤 말이 오갔는지 우연히 듣게 되었다. 소녀의 예민한 입가에 묘한 경련이 일었다. 아이는 당혹스러웠지만 그 상황에서 유머를 발견하기도 했다. 자신을 병들게 한 바로 그 일을, 어머니는 최상의 약으로 여긴 것이다.

에멀린이 어머니에게 진심을 털어놓지 않은 것은 이상해 보였다. 만일 그랬다면 그 탐험은 즉시 중단되었으리라. 그러나 에멀린은 어머니에게 말하지 않았는데, 아마도 그녀 자신도 이해하지 못한 이유 때문일 것이다. 모든 완전한 인격에는 자기 자신과 신을 향할 때를 제외하고는 어두운 면이 있는데, 에멀린은 막연하게나마 자신의 이 어두운 면을 깨달았다. 소녀는 자신을 사랑하는 어머니도, 심지어 그 누구도 자신의 이 신성한 어두운 면을 제대로 이해할 수 없음을 정확하게 알았다. 소녀는 어머니에게 자신이 그 작은 티크너 가족의 개를 얼마나 무서워하는지 털어놓는다면 어머니가 자신을 쓰다듬어 주고 위로해줄 테고, 다시는 공포에 맞닥뜨리지 않아도 될 것임을 알고 있었다. 그럼에도 소녀는 어머니가 그 사실을 알게 되면 자신의 기분을 이해하지 못하고 마음속으로 웃으리라는 것 또한 알았기에, 그런 현실을 마주할 수 없을 것 같았다. 아이는 차라리 개를 상대하는 게 낫다고 생각했다.

그래서 에멀린은 줄곧 달걀을 가져다주러 가며 기도했고, 작은 개는 끊임없이 짖어대고, 발뒤꿈치를 덥석 물 듯이 덤비며 아이의 옷을 잡아당겼다. 에멀린은 의사가 처방한 약을 복용했으나, 그럼에도 갈수록 더 창백해지고 야위어갔으며 제대로 자지도 먹지도 못했다. 아이의 어머니와 이모는 날마다 하는 산책이 아이의 기운을 북돋워주는 전부라고 생각했다. 그러는 가운데 소녀가 처음 자선 여행을 시작한 지 3주가 지났고, 어떤 일이 일어났다.

어느덧 4월 1일이 다 되었는데, 봄은 무척 느리게 왔고 수요일 아침에는 겨울로 되돌아간 듯했다. 북서풍이 차갑게 불었는데, 북쪽의 눈과 얼음 벌판에서 불어오는 바람인 듯했다. 땅이 얼어붙어서 농부들은 온화한 날에 시작한 쟁기질을 그만둘 수밖에 없었다. 에멀린은 구부러진 길에 닿기 전에 들판의 긴 이랑들을 지나쳐 왔는데, 그것은 마치 죽은 사람처럼 뻣뻣하게 뻗어 있었다. 그 들판 한가운데 작은 헛간이 있었는데, 문이 열려 있었다. 에멀린은 느릿느릿 걸어가면서 무심코 들판을 건너다보았다. 아이는 여전히 작고 빨간 외투와 모자 차림이었는데, 그 밑으로 소녀의 부드러운 금빛 머리털이 깃발처럼 바람에 날렸다. 아이가 무심코 주위를 흘긋 바라보는 순간, 심장이 한 번 크게 뛰더니 그대로 멎는 것만 같았다.

딱딱하게 굳은 들판 저 너머로 소녀는 작은 생명체가 날쌔게 달려 헛간으로 곧장 들어가는 것을 보았던 것이다. 그 작은 생명체는 틀림없이 소녀의 눈에 띄지 않는 작고 더 빠른 것, 아마도 들쥐나 두더지를 쫓고 있었다.

에멀린은 그 추격자가 티크너 가족의 개라는 것을 알았다. 문득 어떤 생각이 소녀의 머릿속에 떠올랐다. 지나치게 엉뚱하고 대담한 생각이라 찰나에 스쳐갔다. 곧 아이는 모든 능력을 동원해 행동으로 옮겼다. 에멀린은 땅바닥에 달걀바구니를 내려놓았다. 그리고 잎이 없는 덩굴이 뒤엉킨 울타리를 넘어서, 들판을 가로질러 달려갔다. 작은 발은 고랑에서 고랑으로 건너뛰었고, 머리카락이 흘러내렸다. 아이는 헛간에 이르러 찬바람에 삐걱거리며 바깥으로 휙 하고 열리는 문을 온 힘을 다해 손아귀에 움켜쥐었다. 그리고 그것을 쾅하고 닫아걸었다. 에멀린은 마침내 자신의 적을 감옥에 안전하게 가둔 것이다. 화가 나서 짖어대는 소리와 긁어대는 소리가 왔던 길을 빠르게 되돌아가는 아이의 귀를 괴롭혔지만, 빗장이는 풀려날 수 없었다. 아이는 그것을 확신했다. 튼튼하고 작은 집이었다.

에멀린은 달걀바구니를 들고 계속 걸어갔다. 아무도 소녀를 보지 못했다. 이 길은 인적이 드물었다. 미친 듯이 기뻐서 아이는 가슴이 벅차올랐다. 처음으로 소녀는 육체와 영혼을 움켜쥐는 두려움을 느끼지 않은 채 구부러진 길을 돌았다. 작고 지저분한 건물들을 보았을 때는 심지어 그것들이 아름다워 보이기까지 했다. 아이는 혼자 웃었다. 가는 동안 거의 춤을 추듯 했다. 소녀가 티크너 가족의 집에 닿자 늘 그랬듯 부인이 문을 열었다. 에멀린은 처음으로, 막내인 아기 다음으로 어린 소녀가 흙이 묻었음에도 얼마나 사랑스러운 얼굴을 하고 있는지 깨달았다. 에멀린은 달걀을 건네면서 미소를 지어 보였고, 티크너 부인이 바구니를 비우고 돌려줄 동안 밝은 표정으로 서 있었다. 소녀는 이제 두리번거리며 악의에 찬 조그만 동물을 살피거나 짖는 소리가 들려올세라 귀를 기울이고 있을 필요가 없었다. 아이는 완전히 안전했다. 소녀는 가벼운 발걸음으로 집에 돌아갔다. 아이가 집에 도착할 때, 그 얼굴은 장밋빛으로 환하게 빛났다.

"귀여운 조카가 정말 나아졌어." 에멀린이 외출용 쓰개를 벗은 걸 보고 이모가 어머니에게 말했다.

"그래." 에임스 부인이 말했다. "에멀린은 확실히 좋아 보여. 날마다 아침에 신선한 공기를 마시며 걷게 했던 게 그 애한테 도움이 된 것 같아."

"나도 그렇게 생각해." 마사가 말했다. "그게 의사의 약보다 아이한테 더 도움이 됐을 거야."

가엾은 마사야말로 도도하게 자존심을 지키려 하고 있음에도 마치 영혼이나 육체, 혹은 그 모두에 도움이 될 강장제가 필요한 것처럼 보였다. 그녀는 여위었고, 비록 웃음을 지었지만, 그 웃음은 자연스러워 보이지 않았다. 요즘 마사는 기계적으로 입술로만 웃었다. 그녀의 입술은 예쁘게 미소 짓고 있었지만, 에멀린이 많이 나아진 것 같다고 말하는 동안에도 그녀의 눈은 심각하고 생각에 잠겨있는 듯했다.

에멀린은 사실 그날 하루 종일 더 좋아 보였다. 심지어 아침에서 정오 사이에 점심을 먹자고 했다. 그날 밤 소녀는 푹 잤다. 아이는 이튿날 아침 식욕이 나서 아침을 먹고는 즐겁게 티크너 가족의 집에 심부름을 갔다. 여전히 추웠고, 북서풍도 잦아들지 않았다. 바람은 밤새 맹렬히 불어댔다. 헛간이 서 있는 들판에 와 보니, 헛간 문은 굳게 닫혔고, 누구도 일을 하고 있지 않았으며, 나중에 푸른 옥수수 이파리가 깃발처럼 휘날리게 될 이랑은 죽은 사람처럼 뻣뻣하게 누워 있었다. 에멀린은 헛간을 바라보았다. 칭얼거리는 소리와 꽥꽥거리는 소리 중간의 어떤 소리 같은 조금 애처로운 소리가 들린 듯했지만, 확신할 수는 없었다. 집으로 돌아왔을 때 소녀는 확신했다. 자신이 그 소리를 들었음을 알았다. 아이의 얼굴은 하얗게 질렸다. 집에 닿았을 때 어머니와 이모는 서로 눈짓을 주고받았고, 어머니는 애니에게 고기 수프를 끓이게 하려고 부엌으로 들어갔다. 수프가 완성되자 아이는 한 그릇을 다 먹어야 했다. 에멀린의 어머니와 이모는 아이가 어제처럼 건강해 보이지 않는다는 것에 동의하며 실망했다.

아이는 날이 갈수록 더 나빠지는 것 같았다. 3일 동안 에멀린은 헛간에 갇힌 작은 개에 대한 회한으로 고문을 겪었는데, 그 전해에 남겨진 옥수수나 들쥐가 없다면 개가 아마도 굶어 죽었을지도 모른다고 생각했다. 에멀린은 점박이가 굶어죽을 지경이 되더라도 쥐를 잡아먹을지 확신이 서지 않았다. 아이는 둘째 날 저녁 어머니를 놀라게 했다. "엄마, 개가 쥐를 잡아먹기도 하나요?" 어머니와 이모 둘 다 긍정적인 대답을 주지 못하자 아이의 작은 얼굴은 창백하게 변하면서 슬픈 표정을 지어 그들은 크게 놀랐다. 그날 밤 에멀린이 잠자리에 든 뒤, 어머니는 마사에게 아이가 빨리 낫지 않으면 다른 의사를 불러야겠다고 말했다.

그 기간 동안 에멀린은 아침마다 문이 닫힌 헛간과 황량한 들판을 지나가는 게 끔찍했다. 자신이 살인자처럼 느껴졌다. 아이는 점박이가 애처롭게 칭얼거리는 소리를 들었는지 잘 알 수 없었다. 소녀는 그 개가 죽었는지, 그 개를 자신이 죽게 한 것인지 궁금했다.

사흘째 되는 날 저녁, 에멀린은 결심을 굳혔다. 소녀에게 운이 따라주었다. 애니는 빵을 만들 효모를 주문하는 것을 잊었고, 저녁 식사 직전에 아이가 있는 앞에서 그 사실이 언급되었다. 애니는 그날 밤 빵을 구워야 했기에 저녁을 먹은 뒤에 가게에 다녀오겠노라 말했다. 그러자 에멀린이 간절히 부탁했다.

"엄마, 내가 가면 안 돼요? 저녁 식사 때까지는 시간이 충분해요, 제발 제가 다녀오게 해주세요."

마사 이모가 어머니를 부추겼다. "내가 언니라면 에멀린을 보낼 거야." 그녀가 말했다. "다녀오면 잠을 더 잘 자겠지. 이맘때치고는 서리가 내려 쌀쌀하긴 했지만 공기는 상쾌하잖아." 마사는 우체국까지 산책을 나갔다가 막 들어온 참이었다. "내가 가게에 들르긴 해서, 만일 알았더라면 사오긴 했을 텐데," 그녀가 말했다. "하지만 내 생각엔 에멀린한테 산책은 좋은 일이고, 그 애가 돌아오기 전까지는 어두워지지 않을 거야."

그래서 에멀린이 심부름을 가게 되었다. 소녀는 이상하게도 빨간 외투 소매에 닭 뼈 두 조각이 담긴 작은 꾸러미를 밀어 넣었다. 하얀 종이로 싼 작고 귀여운 닭 뼈였다. 아이는 또한 작은 지갑도 챙겼는데, 그 지갑에는 어머니가 효모를 사라고 준 몇 페니 말고도 자신이 가지고 있던 돈이 조금 들어있었다. 빨간 옷을 입은 에멀린의 모습은 재빨리 집 창가에서 내다보이는 시야에서 사라졌다.

"난 저 애를 통 모르겠어." 에멀린의 어머니가 말했다. "이틀 반이나 풀이 죽어 있더니, 느닷없이 내가 이제까지 본 적이 없을 만큼 아주 간절하게 가게에 가고 싶다고 하잖니. 그 애 눈이 별처럼 초롱초롱하더라니까."

"그 애가 다 컸다면 뭔가 마음에 걸리는 게 있는 거라고 생각했을 것 같아." 마사가 생각에 잠기며 말했다.

"마사, 말도 안 되는 소리야! 그 앨 위해 모든 걸 다 해줬는데 저렇게 어린 애가 마음에 걸릴 게 뭐가 있겠니?"

"물론 그 애는 그렇지 않겠지." 마사는 이렇게 말했지만 눈은 깊은 생각에 젖어 있었다.

그러는 동안 에멀린은 걸음을 재촉했다. 가게는 헛간이 있는

밭에 닿기 직전에 티크너 가족의 집으로 통하는 길과 직각으로 된 거리에 있었다. 에멀린은 서둘러 상점으로 가서 효모를 사고, 또 자기 돈으로 작은 종이봉투에 든 달콤한 크래커도 샀다. 그리고 아이는 재빨리, 조금도 망설이지 않고 다른 길로 다시 달려가서 밭을 가로질러 헛간으로 갔다. 문을 열기 전에 소녀는 잠깐 귀를 기울였다. 작게 우는 소리였다. 크게 짖는 소리가 아니라 낑낑거리는 소리였다. 그때 아이는 문을 열었는데, 적을 향해 돌진하는 그 어떤 병사도 그 순간의 그 소녀보다 더 많은 기백이 필요하지는 않았을 것이다. 어쨌든 아이는 문을 열었다. 에멀린은 닭 뼈를 내밀었다. 그러고 나서 아이는 먼지투성이 실내에서 발을 끌듯 느릿느릿 나타난 불쌍한 점박이에게 그것들을 던져주었다. 점박이는 그 작은 뼈들을 물어 와그작거리며 씹었다. 그러고 나자 에멀린은 개에게 달콤한 크래커를 먹였다. 그녀는 우선 바닥에 하나를 내려놓았다. 그러다가 작은 동물이 그것을 물자 큰 사랑과 연민의 감정이 몰려왔다. 아이는 자신이 두려워했던 존재를 단번에 사랑하게 되었다. 소녀는 빨간 엄지장갑을 낀 작은 손으로 나머지 달콤한 크래커들을 점박이에게 먹였고, 날카로운 작은 이빨이 손가락에 그토록 가까이 와 있을 때에도 조금도 두려움에 떨지 않았다.

크래커가 모두 사라진 뒤, 에멀린은 집으로 향하기 시작했고, 점박이는 그 뒤를 따랐다. 개는 소녀를 에워싸고 뛰어오르며 기뻐서 짖어댔다. 가엾은 작은 잡종견은 유전적 요인과 형편없는 훈련으로 말미암아 더 나은 특성들을 갖추지 못했다. 개는 짓궂고 비겁했으며 적의에 차 있었다. 그는 아무도 사랑하지 않았다. 그러나 이제 그는 자신을 자유롭게 해주고 음식을 준 에멀린을

사랑했다. 개는 그녀가 자신에게 준 상처를 알지 못했다. 그는
자기에게 베푼 은혜만을 의식했다. 그래서 그는 티크너 가족 가
운데 누구도 따르지 않았으므로 그녀를 따라왔다. 그들은 사실
개를 전혀 돌보지 않았다. 가여운 떠돌이 개인 그가 초대받지
않은 채 자신들의 집에 자리잡았을 때, 그들은 그저 말할 수 없
이 게으르고 무관심해서 개를 내쫓을 생각을 못했을 뿐이었다.
그러나 이번에는 달랐다. 개는 감옥 문을 열어주고 근사한 닭
뼈와 달콤한 크래커를 먹이로 준 이 어린 소녀를 사랑했다. 개는
고통을 겪었고, 그녀는 자기를 구조하러 왔다. 개는 여전히 목이
말랐지만, 갈증 또한 아이가 채워줄 터였다. 그는 기쁜 마음으로
들판을 가로질러 소녀를 쫓아갔다. 그들이 가게로 통하는 길에
이르렀을 때, 급한 걸음으로 한 남자가 나타나는 것이 보였다.
에멀린은 그를 단번에 알아보았다. 존 애덤스 씨였다.

　　존은 혼란스러운 말투로 에멀린에게 말했다. "아, 너구나, 에멀
린!" 그가 말했다.

　　"네, 선생님." 에멀린이 대답했다.

　　"어머니와 이모는 잘 계시니?"

　　"네, 감사합니다."

　　"저녁은 먹었니?"

　　"아니요, 선생님."

　　존 애덤스 씨는 여전히 무언가 망설였다. "음," 그가 말했다.
"나는 저녁을 일찍 먹었는데, 그러니까, 그러니까 말이지……"

　　에멀린은 그를 힐끗 올려다보았다. 그러다 얼굴이 빨갛게 달
아오른 채 바보 같이 웃고 있는 그의 모습을 보고 놀랐다.

　　"내 생각인데," 그가 마침내 말했다. "난 오늘 저녁에 너희 집

으로 가려고 했어, 일찍 가려고 했지. 왜냐하면……나는 마침 오늘이 기도 모임이 있는 저녁이라고 생각했는데, 잘 모르겠지만……네 어머니와 이모는 거기 갈지도 모르겠다고 생각해서 말이야. 그리고 만일 내가 일찍 찾아간다면, 어머니와 이모랑 함께 가야겠다고 생각했거든."

"엄마랑 이모는 모임에 가지 않을 거예요. 그렇게 말씀하시는 걸 들었어요." 에멀린이 말했다. 그러고는 순진한 영혼에서 우러난 말을 덧붙였다. "이모가 선생님을 보면 참 기뻐할 거예요."

"정말 그럴 것 같니?" 존 애덤스가 간절한 표정으로 물었다.

"네, 선생님."

"내가 만일 너희 집에서 너와 네 어머니, 그리고 이모와 함께 산다면 넌 어떨 것 같니?" 존 애덤스가 물었다.

에멀린은 자신의 작은 손을 그의 손에 슬쩍 집어넣었다. "아주 좋을 것 같아요." 에멀린이 대답했다.

"요 귀여운 녀석!" 존 애덤스가 말했다. 그는 크고 힘센 자신의 손으로 에멀린의 손을 꼭 쥐었다. "네 강아지니, 얘야?" 그가 물었다.

"아니요, 선생님."

"내가 너희 집에 다녀간 후부터 강아지를 키우게 되었는지는 몰랐구나."

"티크너 씨네 개예요. 이 개가 날 따라왔어요." 그때 마침 개가 껑충껑충 뛰자 에멀린이 웃으며 개의 머리를 쓰다듬었다.

"이 녀석은 잡종이지만, 똑똑해 보이는구나." 존 애덤스 씨가 말했다. "내 생각엔 네가 기르는 게 좋겠구나. 그 녀석은 티크너 씨 집에서 잘 지낼 것 같지 않아."

"엄마가 허락하면 그렇게 하려고요." 에멀린은 갑자기 마음을 정하고 말했다.

작은 승리의 행렬이 길을 나아갔다. 서쪽 하늘은 맑고 차가운 붉은빛으로 물들었다. 그들은 지난해 거두어들인 옥수수 더미가 흩어져 있는 들판을 지나쳐갔다. 그늘에서 시들어버린 잎사귀들은 빛바랜 자리에 색채가 아닌 명암이 더해져, 묘하게 생생한 조야함을 드러내고 있었다. 그것들은 최근에 잘린 나무처럼, 벌거벗은 살결처럼 반짝거렸다. 자연현상의 근본요소인 적나라한 죽음에 속하는 것이었다. 마치 빛과 공기와 의식 있는 생명을 채색할 물감이 그 어떤 팔레트에도 없는 것과 마찬가지로 이것을 위한 색채도 없었다. 그러나 서쪽 하늘의 붉은 빛이 옥수수 잎사귀에 부딪히자 그것들은 찬란히 빛나며 마치 붉은 황금빛 불꽃이 이는 것 같았다.

하늘에는 희미하게 초승달이 떠올랐다. 큰 별 하나가 그 가까이에서 서서히 빛을 모으고 있었다. 에멀린은 존 애덤스 씨의 손을 잡고 춤을 추며 걸었다. 아이는 고개를 들었다. 그 얼굴에는 웃음이 가득했다. 작은 개는 앞으로 달려나갔다가 다시 뒤로 달려왔다가, 뛰어오르며 즐겁게 짖어댔다. 그들은 모두 타고난 사랑의 힘으로 승리를 얻어낸 정복자였다. 거기에는 사랑으로 짐승 같은 독기와 악의를 이겨낸 개가 있었고, 사랑으로 자기 아집을 꺾은 남자가 있었다. 그러나 사랑으로, 모든 창조물 가운데 사랑의 가장 큰 적이며, 대립자인 두려움을 정복하였기에, 소녀는 그 셋 가운데 가장 위대한 정복자였다.

어린 루크레시아

Young Lucretia

"저기 가는 꼬마 아가씨는 누구지?" 나이 많은 에몬스 부인이 말했다.

"왜, 어린 루크레시아잖아요, 엄마." 그녀의 딸 앤이 어머니 어깨 너머로 창밖을 바라보며 대답했다. 창가에는 제라늄 꽃이 심겨 있어서 두 여자는 밖을 보기 위해 제라늄 꽃 너머로 고개를 쑥 내밀어야 했다.

"가여워라!" 에몬스 부인이 말을 더했다. "난 저 애가 참 불쌍하구나."

"그렇게 불쌍한 것 같지 않은데요." 앤이 높고 날카롭지만 다정한 목소리로 말했다. 그녀는 마을 성가대의 소프라노 가수였다. "왜 다른 아이들처럼 보살핌을 받지 못하는지 모르겠어요."

"보살핌을 잘 받는지 어떤지는 몰라도 응석받이는 아닌 것 같더라. 루크레시아와 마리아는 애를 그렇게 키울 사람들이 아니야. 요전날 학교에서 크리스마스트리를 만들 거라고 들었는데, 저 애는 아무것도 받지 못할 거라고 내기를 해도 좋아."

"깨끗하고 어디 아픈 데 없고, 예의바르게 행동하도록 길러진다면야 크리스마스 선물 같은 거 받는 것보다 훨씬 낫죠." 앤이 앉아서 힘있게 옷단을 다듬었다. 그녀는 재봉사였다.

"그렇긴 하지만, 저 꼬마 아가씨가 뭐라도 좀 받아야 할 것 같아서 말이다. 너에게 만들어 줬던 작은 아기 헝겊 인형들 기억하니, 앤? 그걸 주면 아주 기뻐할 것 같은데. 그 파란 티벳 천이 인형 드레스로 만들기에 딱 알맞겠구나."

"엄마, 팬시리 안달복달하지 마세요. 그런 거 갖고 싶어 하지도 않을 거예요."

"아니야, 갖고 싶어 할 거다. 네가 그것들을 보며 얼마나 위안을 얻었는데." 키가 큰 늙은 에몬스 부인은 몸을 떨며 일어나 방 밖으로 나갔다.

'리넨 조각들을 찾으러 가셨겠지.' 앤은 생각했다. '정말 오지 랖이 넓으시다니까.' 앤은 자신의 무릎 위에 남은 파란 티벳 천 자투리를 매만지기 시작했다. 그러고는 드레스로 만들기에 적합 한 천을 하나 골랐다.

한편 그 시간에 어린 루크레시아는 학교에 갔다. 꽤 추운 날 이었지만 옷을 따뜻하게 입어서 견딜 만했다. 아이는 마리아 고 모의 검정 숙녀복 외투 위에 루크레시아 고모가 어린 시절 예 배에 갈 때 입었던 빨강과 초록의 격자무늬 솔을 걸쳤다. 외투 는 아주 크고 품이 넉넉했다. 사실 그것은 조금도 손을 보지 않 은 것이었다. 그러나 옷감 자체는 두툼하고 좋았다. 어린 루크레 시아는 자기 몸에 맞게 줄인 마리아 고모의 검정 알파카 드레 스를 입었고 머리에는 루크레시아 고모의 자주색 모자를 뒤집 어쓰고 털실로 짠 목도리를 그 위에 동여맸다. 그녀는 엄지장갑 을 끼고, 검정 누비로 된 페티코트를 입고는 마리아 고모의 낡 고 칙칙한 긴 양말을 신발 위로 덮이게 신었다. 발목에 눈이 들 어가지 않게 하기 위해서였다. 어린 루크레시아가 감기에 걸린다 면 그것은 고모들의 잘못이 아니었다. 그녀는 양철 도시락통이 흔들리지 않게 잘 들고 조금 덜렁대지만 꽤 명랑하게 길을 걸어 갔다. 고모들은 그것을 흔들지 말라고 당부하면서 말했다. "그렇 지 않으면 음식이 엉망이 될 거야."

어린 루크레시아의 얼굴은, 모자와 털목도리 밖으로 진분홍빛 두 뺨이 드러났고 관자놀이 위로는 발그스름한 머리카락이 부 드럽게 흘러내리고 있었는데, 명랑하고 정직해 보였다. 길을 따라 여기저기 상록수와 석송, 솔송나무의 잔가지들을 볼 수 있었다. 루크레시아는 조금 냉정하게 그것들을 흘깃 봤다. 알마 포드의 집에 닿았을 무렵 학교 건물이 보이기 시작했다. 이윽고 알마가 집에서 나와 루크레시아와 함께 걸었다. 털이 달린 겨울 외투와 다홍색 모자를 쓴 알마는 단정하고 예뻤다.

"안녕, 루크레시아!" 알마가 말했다.

"안녕!" 루크레시아가 대답했다. 그리고 두 작은 소녀들은 함께 걸었다. 상록수의 잔가지가 갈수록 굵어졌다. "갔었니?" 루크레시아가 발아래 흩어져 있는 잔가지들을 내려다보며 물었다.

"응, 네거리까지 올라갔었어. 넌 고모들이 가지 못하게 했지, 그렇지?"

"응." 루크레시아가 활짝 웃으며 말했다.

"너무 심한 거 같아." 알마가 말했다.

"허락할 수 없대." 심각한 목소리로 루크레시아가 말했다. 그것은 흡사 다른 누군가의 메아리처럼 들렸다.

학교에 도착하자, 루크레시아는 칭칭 감은 것들을 벗어내느라 꽤 시간이 걸렸다. 마침내 제 모습을 드러냈을 때, 루크레시아같은 차림의 아이는 거기에 아무도 없었다. 뒤에서 보면 아이는 마치 아담한 체구의 할머니 같았다. 소녀가 받쳐 입은 작은 바스크는 고모의 옷본을 본떠 만든 것으로, 고래 뼈가 단단히 박힌 길고 곧은 솔기에 앞섶으로 여미게 되어 있었다. 주름 장식이 달린 줄무늬 무명옷은 푸른 매듭리본으로 단정히 묶여 있었고, 그 위에 갈색 체크무늬 면 앞치마를 입었다. 아이의 엷은 갈색 머리카락은 정확하게 한가운데에 가르마가 타져 있었는데, 관자놀이 언저리에서 매끈한 부채꼴 모양을 이루며 내려와 뒤쪽에서 두 갈래로 땋아 내렸고, 끝은 초록색 리본으로 단단히 묶여 있었다. 어린 루크레시아의 얼굴은 늘 명랑함으로 빛났지만 촌스러운 어린 소녀였다. 그렇지만 착실한 학생이기도 해서 철자와 계산에서는 학교의 그 누구에게도 뒤지지 않았다.

루크레시아가 겹겹이 입었던 겉옷을 벗어놓은 학교 입구에는 상록수와 솔송나무 가지가 어지럽게 흩어져 있었다. 그리고 멀찍이 구석에는 애처롭게 잘린 멋진 솔송나무가 옆으로 누워있었다. 그것을 보자 루크레시아의 웃는 얼굴은 약간 심각해졌다.

"저기 있는 게 크리스마스트리야?" 루크레시아는 교실로 들어가면서 다른 소녀들에게 물었다. 아직 선생님이 오지 않은 교실은 소란스럽고 떠들썩해서 그 목소리는 거의 들리지 않았다. 루크레시아는 대답을 듣기 위해 소녀들 가운데 한 명을 두세 번 쿡쿡 찔러야만 했다.

"뭐라고 했어, 루크레시아 레이먼드?" 그 소녀가 물었다.

"저기 밖에 있는 거, 크리스마스트리야?"

"물론이지. 루크레시아, 오늘 저녁에 와서 다듬는 거 도와줄 수 있어? 남자애들이 나무를 세우고, 우리가 다듬을 거야. 올 수 있어?"

그러자 다른 여자 아이들도 다가왔다. "올 수 있어, 루크레시아? 대답해봐, 올 수 있어?"

루크레시아는 정직하게 미소 지으며 여자 아이들을 바라보고 말했다. "아니, 올 수 없을 거야."

"고모들이 안 보내줘서?"

"보내줄 리가 없어."

알마 포드는 홱 돌아서더니 턱을 한껏 쳐들었다. "뭐, 아무래도 좋아." 알마가 말했다. "너희 고모들은 정말 못됐어! 내가 보기엔 그래."

루크레시아의 얼굴이 붉어지더니 웃음이 사라졌다. 아이가 미처 뭐라고 말하기도 전에 또래보다 나이가 많다는 이유로 학교에서 목소리가 큰 로이스 그린이 덧붙였다. "너희 고모 둘은 심술궂고 쩨쩨한 노처녀들이야. 정말 그렇다니까."

"아냐, 그렇지 않아. 우리 고모들에 대해서 그런 말은 하지 말아줬으면 좋겠어, 로이스 그린." 루크레시아가 뜻밖의 말을 했다.

"오, 그래, 고모들을 감싸고 싶다면 그렇게 해." 로이스는 약이 올라서 차갑게 말했다. "네가 그런 작은 얼간이가 되고 싶다면 그래도 돼. 하지만 아무도 널 동정하진 않을걸. 이 크리스마스트리에서 선물 하나 얻지 못할 거라는 거 알고 있겠지."

"나도 받을 거야." 마냥 상냥하던 루크레시아가 불같이 화를 내며 외쳤다.

"그런 일은 일어나지 않을 거야."

"내가 받는지 못 받는지 두고 봐, 로이스 그린."

"받지 못 한다니까."

그날 하루 종일 루크레시아는 아무리 생각해 봐도, 다른 아이들과 함께 학교에 와서 나무를 다듬고 크리스마스트리에 무언가를 걸어야 할 것 같았다. 아이는 고모들과 자신이 몹시 부끄러워졌고 가족의 명예를 지켜야겠다고 생각했다.

"오늘 저녁에 나무를 다듬으러 갈 수 있으면 좋을 텐데." 학교가 끝나고 집으로 가는 길에 루크레시아가 알마에게 말했다.

"고모들이 보내줄 것 같니?"

"허락해 주시지 않을 거야." 루크레시아는 품위 있게 대답했다.

"있잖아, 루크레시아, 그렇다면 혹시 우리 엄마가 너희 집에 가서 고모들에게 부탁한다면 달라지지 않을까?"

루크레시아는 깜짝 놀랐다. 그런 참견을 받고 화를 내는 고모의 모습이 눈앞에 생생하게 떠올랐다. "오, 그건 조금도 도움이 안 될 것 같아. 하지만 알마, 내가 여쭤보는 동안 우리 집에 와서 함께 있어줘."

"그럴게." 알마가 간절히 바라며 말했다. "잠깐만, 엄마한테 가도 되는지 물어보고 올게."

그러나 모두 소용없는 일이었다. 루크레시아의 간청에 더해진, 예쁘고 작은 알마의 얼굴에 어린 애원하는 표정과 잔뜩 겁먹은 목소리로 "제발 루크레시아도 함께 가게 해 주세요." 하는 말은 조금도 효과를 발휘하지 못했다.

"애들이 밤에 돌아다니는 건 허락 못해." 루크레시아 고모가 말했고, 마리아 고모도 맞장구쳤다. "그야 말할 것도 없지." 그녀가 말했다. "너는 갈 수 없어, 루크레시아. 이 얘긴 다시 꺼내지 마. 저녁 식사 전에 조각보 꿰매는 일이나 하렴. 알마, 너는 집으로 바로 달려가는 게 좋겠다. 너희 어머니께서 네가 도와주길 기다리고 계실 거야." 그 말을 듣고 알마는 갔다.

"어떻게 알마를 여기까지 데려와서 내게 부탁할 생각을 했지?" 루크레시아 고모가 그녀와 이름이 같은 조카의 계략을 꿰뚫어 보고는 어린 루크레시아에게 물었다.

"저도 모르겠어요." 루크레시아는 조각보를 꿰매면서 말을 더듬었다.

"그런 잔꾀를 써서 네 뜻대로 할 수 있을 줄 알았으면 오산이야." 루크레시아 고모가 말했다.

"아예 크리스마스트리 구경을 못 가게 해도 넌 할 말이 없어." 마리아 고모가 엄하게 말했고 어린 루크레시아는 몸을 떨었다. 아이는 오래전부터 크리스마스트리를 보러가도 된다는 약속을 받았었다. 그 기회를 잃어버리는 것은 끔찍한 일이었다. 아이는 조각보를 부지런히 꿰맸다. 소녀는 하루에 조각보 하나는 꿰매야 했고, 열 살이 되기 전에 혼자서 누비이불 전체를 완성시키는 기쁨과 영광을 누리기 위해 그것을 견뎠다.

차를 마시고 30분쯤 지난 뒤에, 어린 루크레시아는 사각보 하나를 다 만들었다. "저 다했어요."라고 말하고, 소녀는 잘 되었는지 검사받기 위해 루크레시아 고모에게 그것을 가져갔다.

루크레시아 고모는 안경을 쓰고 자세히 들여다봤다. "아주 잘 꿰맸구나." 찬찬히 살핀 끝에 그녀가 무뚝뚝한 어조로 칭찬했다.

"너도 정성을 들이면 이렇게 바느질을 잘 할 수 있잖니."

"내가 늘 말하는 게 그거야." 마리아 고모가 맞장구를 쳤다. "이 일을 대수롭지 않게 여겨서, 가끔 바느질을 대충 할 때가 있는데, 그러면 못 써. 루크레시아, 이제 잘 시간이다."

루크레시아는 무거운 발걸음으로 넓고 오래된 거실을 지나, 다시 넓고 오래된 식당을 통과해 부엌으로 들어갔다. 시간이 꽤 지난 뒤에야 루크레시아는 촛불을 들고 돌아와서는 그대로 서서 잠시 머뭇거렸다.

"뭘 기다리고 서 있는 거니?" 루크레시아 고모가 날카롭게 물었다. "조심해라. 초가 기울어지잖니. 그러다 카펫 위에 얼룩 생길라."

"왜 행동을 조심하지 않는 거니?" 마리아 고모가 말했다.

어린 루크레시아는 그 사안에 대해서 마음 편히 털어놓을 자신이 없었지만 그래도 입을 뗐다. "다른 애들은 그 크리스마스트리에 놓인 선물들을 많이 받을 거예요." 소녀가 또다시 초를 기울이며 말했다.

"너 초 똑바로 들 거니, 말 거니?" 루크레시아 고모가 소리쳤다. "누가 선물을 많이 받는다고?"

"다른 여자애들 모두요."

고모들은 진심을 다해 격렬하게 한 목소리를 내어 말했다. 그것은 이중창으로 들려왔다. 어느 한 사람의 목소리가 더 높다고 말하기 어려웠다. "다른 여자애들이 선물을 많이 받을 수도 있겠지. 친척들이 그 애들을 위해서 선물을 가져오면 그럴 수 있겠지." 그들이 말했다. "한 가지 분명한 건 너는 아무것도 못 받을 거라는 거야. 그러니 아무것도 기대하지 마. 나는 크리스마스 선물을 주는 것에 찬성한 적이 없으니까. 그건 지독한 낭비이고 어리석은 장삿속일 뿐이란다."

어린 루크레시아는 입술이 떨려서 말을 거의 잇지 못했다. "제가 아무것도……받지 못하면……애들은……정말……우습다고 생각할 거예요." 소녀가 말했다.

"마음껏 우스워하라고 해. 초를 들고 그만 가서 자. 그리고 더 이상 그 얘기는 하지 말아라. 초를 똑바로 들고 가야 한다."

어린 루크레시아는 계단을 오르면서 초를 똑바로 들려고 애썼지만 눈에 눈물이 가득 맺혀 그러기 어려웠다. 숨죽여 우느라 작은 얼굴은 온통 일그러졌고, 지쳐서 느릿느릿 계단을 올랐다. 그날 밤 잘 시간을 한참 넘기고 나서야 루크레시아는 잠이 들었다. 소녀는 처음에는 울다가, 그다음에는 깊은 생각에 잠겼다. 루크레시아는 너무 어리고 순진해서 어떤 묘책을 떠올릴 수는 없었지만, 상상력이 풍부했고, 비상시에 쓸 유용한 자원을 많이 가지고 있었다. 소녀는 슬프고 실망한 가운데에도 학교 친구들 앞에서 자신과 자신의 고모들, 그리고 가족의 명예를 지키기 위한 계획을 세웠다.

다음 날 모든 것은 계획대로 되었다. 학교 수업은 없었고, 오후에 두 고모는 바느질 모임에 갔다. 그들이 집을 비운 지 한 시간쯤 되는 동안 루크레시아는 꾸러미들을 양 손에 가득 들고 힘겹게 터덜터덜 길을 걸어 내려갔다. 그녀는 소리 내지 않고 살며시 학교 안으로 들어갔다. 나무를 정리하는 일에 몰두하느라 그 누구도 루크레시아 쪽을 쳐다보지 않았다. 그녀는 꾸러미들을 다른 사람들의 것과 나란히 긴 의자에 놓고는 살며시 빠져나와 집으로 달아났다.

학교에서의 축제는 7시에 시작되었다. 예배와 낭송, 노래가 이어지고 나서 선물을 나누어 주는 순서가 있었다. 차를 다 마시자마자 어린 루크레시아는 자신의 작은 방으로 올라가 채비를 했다. 소녀는 놀랄 만큼 짧은 시간 안에 옷을 다 입고 내려왔다.

"벌써 준비 다했니?" 루크레시아 고모가 말했다.

"네, 고모." 어린 루크레시아가 대답했다. 소녀는 문고리를 손으로 잡고 있었다.

"옷을 제대로 안 입었을 것 같은데." 마리아 고모가 말했다. "매듭도 똑바로 맺니?"

"네, 고모."

"옷을 벗어 보게 하는 게 좋겠어. 그게 확실할 거야." 루크레시아 고모가 말했다. "옷을 제대로 입지 않았으면 가지 못하게 할 거야. 그렇지 않으면 다들 한마디씩 할 거라고. 웃옷을 벗어봐, 루크레시아."

"오, 매듭도 똑바로 묶었어요. 정말 똑바르게요, 정말이에요." 어린 루크레시아가 애처롭게 간청했다. 소녀는 격자무늬 숄을 꼭 움켜쥐었다. 그러나 소용없었다. 결국엔 다 벗어야 했다. 어린 루크레시아는 가장 좋은 드레스에 받쳐 입는 고래 뼈 바스크를 거꾸로 입고 있었다. 단추가 뒤에 오게 입은 것이었다. 그녀는 어깨솔기와 소매들이 삐뚤어지고 불편한 상태로 서서 고모들 앞에 고개를 숙이고 있었다.

"루크레시아 레이먼드, 드레스를 이렇게 입다니, 왜 그랬지?"

"다른……여자 애들 옷은……단추가……모두 뒤에 있어요."

"다른 여자애들 같은 소리 하고 있구나! 단추가 뒤에 오게 옷을 입는 일은 절대 용납 못한다. 그렇게 입으면 의자에 등을 기댈 때마다 멋진 여성복 외투에 구멍이 뚫릴 거야. 오늘 너 좀 이상한 것 같구나. 그러다 오늘 아예 못 가게 하는 수가 있어. 얼른 돌아서!"

고모는 어린 루크레시아의 바스크 단추를 얼른 풀어서 벗겼다. 옷을 원래대로 입히고 단추도 채웠다. 소녀가 드디어 출발할 때, 고모들이 야단치는 소리가 뒤에서 들려왔다. 소녀는 슬프고 불안한 마음이 들었지만 곧 특유의 명랑함을 되찾았다.

예배 내내 그 아이보다 더 쾌활하고 빛나는 작은 영혼은 없었다. 루크레시아는 사람들의 연설과 노래를 무한한 감동과 기쁨에 가득 차서 들었다. 소녀는 단정하게 채워진 바스크를 입고 조금도 흐트러지지 않은 채 곧은 자세로 앉아 있었다. 그리고 작고 발그스름한 두 손을 앞에 포개놓고 있었다. 양 갈래로 단단하게 땋아 내린 소녀의 머리는 귓가에서 단정하게 흘러 내렸고, 얼굴은 미소로 빛났다.

선물을 나눠주는 순서가 시작했을 때, 가장 첫 번째로 루크레시아의 이름이 불렸다. 아이는 재빨리 일어나, 즐겁게 껑충거리며 통로를 내려갔다. 선생님이 주신 꾸러미를 받아 들고 자리로 돌아가려고 발걸음을 옮겼을 때, 갑자기 루크레시아 고모, 마리아 고모와 눈이 마주쳤다. 그러자 두려움과 후회가 몰려오기 시작했다. 고모들이 오리라고는 꿈에도 생각지 못했다. 그들은 올 생각이 없었다. 한 이웃이 찾아와서 그들을 설득한 끝에 그들은 갑자기 자신들의 결심과 원칙을 깨뜨리고 왔던 것이다.

어린 루크레시아의 이름은 그 뒤로도 몇 번이나 불렸다. 그럴 때마다 소녀는 마지못해 걱정스러운 듯 살그머니 나무 밑으로 갔다. 소녀는 고모들이 시간이 지날수록 더욱더 놀라 눈이 휘둥그레져서 살피고 있음을 알았다.

모든 선물을 나눠주고 나서, 어린 루크레시아는 선물에 둘러싸인 채 아무 말 없이 앉아 있었다. 선물들은 자신의 책상 위에 놓여 있었고, 마지막 하나만 무릎 위에 놓여 있었다. 루크레시아는 선물을 하나도 풀지 않았다. 선물들은 갈색 종이로 깔끔하게 포장되어 있었고 그 위에 루크레시아의 이름이 쓰여 있었다.

루크레시아는 가만히 앉아 있었다. 주위의 다른 소녀들은 서로 선물을 비교해 보며 신나서 떠들썩했다. 그러나 소녀는 아무 말 없이 가만히 앉아서 고모들이 다가오는 것을 지켜봤다. 그들은 천천히 걸어왔다. 그리고 선생님과 이야기하느라 걸음을 멈췄다. 루크레시아 고모가 어린 루크레시아에게 먼저 다가왔다.

"뭘 받았니?" 그녀가 물었다. 그녀는 화가 난 것처럼 보이지는 않았지만 무척 놀란 눈치였다. 어린 루크레시아는 비참한 표정으로 그녀를 올려다보았다. "왜 선물을 풀어보지 않니?" 루크레시아 고모가 물었다. 어린 루크레시아가 할 수 없다는 듯 고개를 저어 보였다. "어머나, 왜 그러니, 아가?" 루크레시아 고모가 더욱 놀라서 외쳤고, 그때 마리아 고모가 다가왔다. 어린 루크레시아 주위로 사람들이 모여 들었다. 그녀는 울기 시작했다. "어디가 아프니, 아가?" 루크레시아 고모가 물었다. 그녀는 선물 한 꾸러미를 들고 열어 보았다. 빨간색과 금색으로 장정한 책이었다. 그녀는 그것을 가까이 들여다보았다. 이리저리 돌려보고 책 앞뒤의 지면을 살피더니 말했다. "아니, 이건 수잔 이모가 내 열여덟 살 생일에 선물로 주신 오래된 책이잖니. 세상에!"

마리아 고모는 다른 것을 열어 보았다. "이건 꽃무늬 사진첩이야." 그녀가 떨리는 목소리로 말했다. "우리가 늘 북쪽 응접실 탁자 위에 놓아두잖아. 여기 내 이름이 적혀 있어. 이게 어찌된 일인지 난 도무지 이해가……."

루크레시아 고모는 말없이 응접실 선반을 장식했던 정향 사과[1]와 앵무조개껍질이 들어있는 포장도 벗겨냈다. 그러다 한 꾸러미에서 앙증맞게 옷을 입은 헝겊인형이 나타났다. 인형의 두 뺨은 크랜베리 주스로 발그스름하게 염색되어 있었다. 어린 루크레시아는 이 마지막 선물을 보고는 덥석 움켜잡았다.

"오, 누군가 날 위해 이걸 걸어놔 준 거예요! 그런 거예요! 이건 내 거예요!" 아이가 훌쩍이며 말했다.

어린 루크레시아는 그날 밤, 자신이 집으로 걸어가는 것처럼

---

[1] 사과에 정향을 촘촘히 박아 방향제 용도로 방이나 옷장 등에 두었던 장식품.

느껴지지 않았다. 소녀는 자기의 발끝만이 가끔씩 땅을 스치는 느낌이 들었다. 소녀는 키 큰 고모들이 양쪽으로 걸어가는 사이에 서서 아주 빠르게 걸음을 옮기고 있었다. 말은 거의 오가지 않았다. 한적한 길가에 이르자 고모들로부터 엄한 물음들이 쏟아졌고, 어린 루크레시아는 절망으로 울부짖기 시작했다. "다시 제자리에 갖다 놓으려고 했어요, 정말이에요! 어느 것도 망가뜨리지 않았어요. 정말 조심했거든요. 고모들이 알게 될 거라고 생각 못했어요. 오, 친구들이 고모들더러 심술궂고 쩨쩨하다고 했어요. 나무에 선물도 걸어주지 않을 거라고요. 그래서 저는 그 애들이 고모들을 그렇게 생각하도록 놔둘 수 없었어요. 애들이 저도 선물을 받았다고 생각하게 만들고 싶어서 그랬던 거예요."

"어떻게 그런 생각을 할 수 있지?"

"저도 모르겠어요."

"네가 뭘 알 거라고 생각하지도 않았다. 그런 짓은 평생 처음 들어봤다!"

그들이 집에 도착하고 난 뒤 고모들은 어린 루크레시아에게 별 말이 없었다. 고모들은 많은 말들을 쏟아놓기에는 아직도 너무 혼란스러웠다. 루크레시아에게 촛불을 켜고 가서 잠자리에 들라고 했다. 잠자리에 들자 소녀에게는 새로운 슬픔이 밀려왔다. 이미 소녀가 흘린 눈물은 한 양동이는 될 터였다. 고모들은 헝겊인형을 가져갔다. 그리고 그것을 정향사과, 앵무조개껍질, 책과 함께 응접실 한 켠에 치워 버렸다. 그러자 어린 소녀의 마음은 무엇에 대한 것인지조차 알 수 없는 후회와 두려움, 그리고 이 비참한 크리스마스이브에 얻은 단 하나의 위로마저 잃었다는 상실감으로 가득찼다.

"오," 그 아이가 울부짖었다, "내 헝겊 인형! 내 헝겊 인형! 내 헝겊 인형을 주세요, 오! 오! 오! 갖고 싶어요, 갖고 싶어요."

꾸짖음도 소용없었다. 어린 루크레시아는 위층에서 온갖 푸념을 늘어놓으며 흐느꼈다. 그리고 소녀가 방에 들어간 뒤 "내 헝겊 인형, 헝겊 인형을 갖고 싶어요." 하며 애처롭게 울부짖는 소리를 고모들도 들었다.

두 여자는 서로를 바라보았다. 그들은 불안한 마음으로 거실 난롯가에 앉아 있었다.

"너무 엄하게 대한 것 아냐, 루크레시아 언니?" 마침내 마리아가 입을 열었다.

"네가 더 엄하게 대한 것 같은데." 루크레시아가 대답했다. "내 생각대로 했더라면 저 헝겊 인형을 가져가겠다고 하지는 않았을 거야."

"그렇다면 언니가 그냥 저 애에게 인형을 가져다주고 울음을 그치게 하는 게 낫겠어." 마리아가 말했다.

루크레시아 고모는 아무 말 없이 서둘러 북쪽 응접실로 갔다. 그녀는 헝겊 인형을 어린 루크레시아에게 가져다 줬다. 그러고는 아이를 위해 식료품 저장실로 들어가 캐러웨이 씨앗 케이크를 들고 나왔다. "애가 뭐라도 좀 먹는 게 좋을 것 같아. 저녁도 거의 먹지 않았잖아." 그녀가 마리아에게 설명했다. 그녀는 어린 루크레시아에게 케이크를 주고는 머리를 한번 쓰다듬어 주면서 케이크를 먹고 바로 잠자리에 들라고 말했다. 어린 소녀는 헝겊 인형을 품에 안고 행복하게 쿠키를 먹었다.

두 고모는 한동안 거실 난롯가에 앉아 있었다. 루크레시아가 마리아를 바라보고 망설이며 말했다. "화이트 씨 가게에 있는 밀랍 인형 본 적 있지, 응?"

"분홍색 드레스를 입은 그 큰 인형?" 머뭇거리며 마리아가 물었다.

"응, 거기 인형 침대도 있어. 알고 있는지 모르겠지만."

"응, 지금 말하는 걸 들으니까 그랬던 것 같다. 옥양목을 사려고 들렀던 날 본 것 같아. 아기 인형 유모차도 있었어."

고모들은 서로 바라봤다. "아마 지독하게 어리석은 짓이겠지." 루크레시아가 말했다.

"너무 좋아서 어쩔 줄 몰라 할 거야." 마리아가 말했다.

"어쨌든 오늘 밤 살 수는 없잖아." 루크레시아가 말했다. "내가 촛불을 밝히고 문을 잠글게."

다음 날은 크리스마스였다. 나이 지긋한 에몬스 부인이 레이먼드 자매의 집에 들른 것은 오후 3시 무렵이었다. 그녀는 작은 꾸러미를 들고 있었다. 그녀가 거실에 들어왔을 때 어린 루크레시아는 구석에 있었다. 자기 소유의 풍요로운 재산들에 둘러싸인 소녀는, 거실을 온통 어지럽히지 않도록 그 구석 자리에 자리잡고 놀고 있었다. 소녀는 인형들의 꼬마 어머니로서 아기자기한 소꿉들 한가운데서 밝은 얼굴로 바라보고 있었다.

"어머나, 세상에!" 에몬스 부인이 소리쳤다. "전부 다 있는 거니? 큰 밀랍 인형, 침대, 유모차, 탁자와 책상. 세상에나! 내가 어릴 때는 이런 건 생각지도 못했었는데. 여기 헝겊 인형에게 입힐 드레스를 몇 벌 더 만들 수 있게 옷감을 좀 가져왔단다. 네가 원한다면 말이야."

어린 루크레시아의 눈이 빛났다.

"그런 생각까지 해 주시다니 너무나 친절하시군요." 루크레시아 고모가 말했다. "루크레시아가 드레스 만들면서 정말 즐거워할 거예요. 와주셔서 참 기쁘네요, 에몬스 부인. 부인을 뵈려고 오래전부터 가봐야지, 생각하고 있었어요. 앤도 보고 싶고요. 루크레시아에게 입힐 단추가 뒤에 달린 드레스 옷본을 앤이 가지고 있는지 좀 물어보고 싶었거든요."

어린 루크레시아의 눈은 그 어느 때보다 밝게 빛났다. 소녀는 거실 한 모퉁이에서 작은 별처럼 미소 짓고 있었다.

마을의 성가대원

A Village Singer

나무들은 잎이 무성했고, 남쪽에서 거센 바람이 불어오자 새 잎사귀들이 꽤 소란스러운 소리를 내고 있었다. 그해 들어 처음 나무들이 바람에 그렇게 나부끼는 것을 보고 사람들은 곧 알아차렸다. 지난 며칠 사이 봄기운이 완연해진 것이다.

예배가 시작되기를 기다리며 사람들이 앉아있는 마을교회에서도 나무들이 웅성대는 소리가 꽤 크게 들려왔다. 창문은 열려 있었다. 5월 치고는 조금 덥게 느껴지는 일요일이었다.

성가대가 일어나 노래를 부르기 시작했을 때, 교회 안은 이미 이 부드러운 숲속 음악, 즉 나뭇잎과 남풍, 그리고 새들의 달콤하고도 거침없는 휘파람 소리가 만들어낸 화음으로 가득 했다. 여성 성가대원들이 서 있는 열의 한가운데에 알마 웨이가 있었다. 모든 사람들이 그녀를 빤히 바라보며 노랫소리에 귀기울이면서 평가하는 듯했다. 그녀는 새로 온 솔로 소프라노 가수였다.

40년 동안 합창단에서 노래해 온 늙은 캔디스 휘트콤은 최근에 해고되었다. 사람들은 그녀의 목소리가 고음에서 심하게 갈라지고 음정이 불안하다고 생각했다. 많은 불평이 들려오자 오랫동안 신중히 논의한 끝에 교회 간부들은 그들이 결정한 바를 늙은 가수에게 최대한 조심스러운 태도로 알렸다. 그녀는 지난 일요일에 마지막으로 노래를 불렀고, 알마 웨이가 그 자리를 대신하기로 계약이 되어 있었다. 오르간 연주자와 더불어, 솔로 소프라노는 대형 성가대에서 유일하게 보수를 받는 음악가였다. 월급은 그다지 많지 않은 액수였으나 마을 사람들은 젊은 여성에게는 큰 금액이라 생각했다. 알마는 이스트 더비라는, 이웃마을 출신으로, 가수로서 지역 내에서 꽤 명성을 지니고 있었다.

지금 그녀는 푸른 눈을 엄숙하게 고정한 채 서 있었다. 고왔던 그녀의 갸름하고 섬세한 얼굴은 평소보다 창백했다. 보닛 위의 파란 꽃들마저 떨리고 있었다. 노래책을 움켜쥔 그녀의 작고 가느다란 장갑 낀 손이 눈에 띄게 흔들렸다. 그러나 그녀는 훌륭하게 노래를 불렀다. 자기 불신과 수줍음이라는 세상에서 가장 두려운 높은 산이 그녀 앞을 가로막고 있었으나 그녀의 온 신경이 그 산을 꼭 오르고 말겠다는 목표에 집중해 있었다. 찬송가가 한창 이어지는 중간에 그녀의 독창 부분이 나왔다. 그녀의 목소리는 날카롭게 올라가면서도 달콤하게 울려 퍼졌다. 사람들은 서로 감탄하며 고개를 끄덕였다.

그때 갑자기 소란이 일어났다. 모두의 얼굴이 교회 남쪽 창가로 쏠렸다. 바람소리와 새들의 지저귐, 알마 웨이의 감미롭고도 긴장된 목소리 위에 또 다른 여성의 목소리가 울려 퍼졌는데, 다른 선율에 맞춰 또 다른 찬송가를 부르고 있었다.

"그 여자야." 여자들이 서로 속삭였다. 그들은 반쯤은 경악하고, 반쯤은 웃고 있었다.

캔디스 휘트콤의 집은 교회 건물 남측에 가까이 접해 있었다. 그녀는 경쟁자의 목소리가 묻히게 하려고 응접실에 있는 오르간을 치며 노래하고 있었다.

알마는 숨을 죽였다. 그녀는 노래를 거의 멈춘 듯했다. 그녀가 들고 있던 찬송가책이 부채처럼 흔들렸다. 그러고 나서 그녀는 다시 노래를 계속했다. 그러나 그 동안에도 응접실 오르간의 길고 허스키한 저음과 다른 소프라노 가수의 새된 목소리는 그 무엇보다도 크게 느껴졌다.

찬송가가 끝나고 알마는 자리에 앉았다. 그녀는 쓰러질 것만 같았다. 옆에 앉아 있던 성가대원이 살며시 그녀의 손에 박하사탕을 쥐어 주었다.

"신경 쓸 필요 없어요." 그녀가 힘있게 속삭였다.

알마는 미소를 지으려 애썼다. 청중들 가운데에서 한 젊은이가 너무나 안쓰럽다는 눈길로 그녀를 바라보고 있었다. 마지막 찬송가에서 알마는 또 다른 독창부가 있었다. 그때 다시 그 응접실의 오르간 소리가 조심스럽고 섬세한 교회 오르간 반주 위로 웅웅거리며 울렸고, 캔디스 휘트콤의 목소리가 또 다른 곡조를 큰 소리로 불러댔다.

마지막 축복의 기도가 끝난 뒤, 다른 성가대원들이 알마 주위로 몰려들었다. 그녀는 그들의 분노와 동정의 말들에 대해 일일이 응답하려고 애쓰지 않았다. 그녀는 한두 번쯤 살며시 눈물을 훔치고는 미소를 지어 보이려 했다. 나이가 많고 건장하며, 평소에 온화한 표정의 합창단 단장 윌리엄 에몬스는 그녀 옆에 서서 목소리를 높였다. 그는 마을의 음악 관련 행사에서 오랫동안 고위 인사를 맡고 있었으며, 합창동아리와 노래학교를 이끌어 가고 있었다.

"너무나 충격적인 행동이로군요." 그는 말했다.

사람들은 그와 캔디스 휘트콤을 엮곤 했다. 옆집에 살던 그 노총각 테너와 노처녀 소프라노는 토요일 밤 리허설이 끝나면 그녀의 집까지 함께 걸어갔고 그 응접실 오르간 연주에 맞추어 듀엣으로 노래를 불렀다. 사람들은 윌리엄 에몬스가 성가대석에 들어서면 나이 든 그녀의 얼굴에 청춘의 수줍음이 느껴지는 홍조가 가련하게 어리는 것을 날카롭게 지켜봤다. 그들은 그가 그녀에게 청혼할지 호기심을 가지고 지켜보고 있었던 것이다.

그런데 이제 그는 알마 웨이에게 캔디스 휘트콤의 목소리가 최근에 완전히 망가져, 노래 실력이 형편없으며, 그런 사실을 깨달을 수 있을 만큼 분별력이 있어야 한다고 말하고 있었다.

알마가 청중석으로 내려가자, 짹짹거리며 날아다니다 내려앉은 새들의 무리처럼 재잘거리는 성가대원들 틈에서 목사가 다가왔다. 그는 그녀에게 말을 건네려고 기다리고 있었다. 그는 이 교회에서 40년 동안 설교를 해 온, 온화한 얼굴에 살집 있는 노인이었다. 그는 알마에게, 그녀가 당한 골치 아픈 일을 자신이 얼마나 유감스럽게 생각하는지 느릿느릿 말하고는, 그런 일이 다신 일어나지 않도록 노력하겠다는 뜻을 넌지시 전했다.

"휘트콤 양을……반드시 이치를 따져……설득할 필요가 있습니다." 그는 말했다.

그는 말을 조금 망설이기는 하는데, 언어상에 장애가 있는 것은 아니었다. 생각한 바나 할 말이 없어서가 아니라, 그의 생각들이 미끄러지듯 쉬이 그의 말이 되어 드러나지 않는 것 같았다. 그는 알마와 함께 통로를 걸어 내려갔고 윌슨 포드가 문간에서 그녀를 기다리는 것을 보고 그녀에게 작별 인사를 했다. 윌슨 포드와 알마가 연인 사이임은 모두가 알고 있었다. 두 사람은 지난 10년 동안 줄곧 연인 사이였다. 알마의 얼굴이 살짝 붉어지고 거의 눈에 띄지 않을 만큼 고개를 까딱했다. 그녀의 실크 드레스와 망토 레이스가 가볍게 흔들렸다. 그러나 그녀는 아무 말도 건네지 않았다. 윌슨도 마찬가지였다. 비록 그날 서로 처음 보는 것임에도 그들은 서로의 얼굴을 바라보지 않고—마치 그 둘은 그렇게 바라보지 않아도 서로를 보고 있는 듯했다—나란히 길을 걸었다.

그들은 캔디스 휘트콤의 작은 집 대문 앞에 이르렀다. 윌슨은 무성한 덤불에 분홍과 하얀색의 꽃들이 이삭 모양으로 막 피어 나는 앞마당 너머로 레이스 커튼이 쳐진 창문들을 바라보았다. 한 창문을 통해 책을 향해 뻣뻣하게 고개를 숙이고 있는 마르고 창백한 한 사람의 옆모습이 보였다. 윌슨은 고개를 가로저었다. 그는 살집이 있는 남자였으나, 이목구비가 워낙 또렷해서 살에도 덮이지 않았다.

"난 당신과 함께 우리 집으로 갈 거야, 알마." 그가 말했다. "그러고 돌아와서 캔디스 이모에게 제대로 한마디 해야겠어."

"오, 그러지 마. 윌슨."

"아니, 할거야. 당신이 이런 일을 계속 참고 견딜 생각이라면 그렇게 해. 난 그렇게는 못 해."

"이모에게 당신이 말할 필요 없어. 폴라드 목사님이 할 거야."

"목사님이 그렇게 하겠다고 말했어?"

"응, 오후 예배 전에 이모를 만나러 간다는 것 같았어."

"흠, 만일 이모가 오후에 또 그런 짓을 한다면 그 낡은 오르간을 쪼개서 불쏘시개로 만들어버릴 거야."

윌슨은 입을 꾹 다물고는 다시 고개를 저었다. 알마는 그를 곁눈질하며 보았다. 그녀의 말투는 그에게 동의하지 않는 듯한 말투였으나 얼굴에는 부드러운 미소가 떠올라 있었다.

"이모한테는 그 일이 무척 받아들이기 어려울 거야." 그녀가 말했다. "난 그분의 자리를 빼앗은 것에 대해 죄책감을 느낄 수밖에 없어."

"그게 왜 당신 탓이지? 이모가 이런 식으로 행동하는 게 어처구니가 없는 거지."

"성가대가 지난주에 이모에게 사진첩을 준 거 맞지?"

"응, 지난 목요일 밤에 그곳에들 가서 사진첩을 주고 깜짝 파티를 열어줬지. 이모는 좀 예의 바르게 처신할 필요가 있어."

"음, 이모는 그곳에서 아주 오랫동안 노래를 불러왔잖아. 그 일을 포기하기란 힘들겠지."

윌슨과 알마 아주 가까이에 예배를 보고 나서 집으로 돌아가는 사람들이 있었다. 그녀는 그들에게 자신들의 이야기가 들리지 않도록 소리를 낮추어 부드럽게 말했다. 그러나 그는 조금도 목소리를 낮추지 않았다. 곧 알마는 어느 대문 앞에서 멈추었다.

"왜 여기서 멈춰 서는 거야?" 윌슨이 물었다.

"미니 랜싱이 오늘 낮에 자기 집에 와서 함께 있어 달라고 했어."

"당신은 나와 함께 집으로 가야지."

"내가 당신 어머니에게 폐를 끼칠 것 같아서 그래."

"폐를 끼치다니! 당신이 온다고 오늘 아침에 어머니에게 미리 말해두었단 말이야. 어머니는 당신을 위해 모든 것을 준비하셨어. 어서 이리 와. 거기 서 있지 말고."

그는 어머니에게 그녀가 온다고 통보했을 때 어머니가 그 소식을 얼마나 공격적으로 받아들였는지, 그리고 식사 준비를 위해 예배에 참석하지 않으면서 얼마나 생색내며 자신의 수고와 상처를 드러냈는지에 대해서는 알마에게 말하지 않았다.

윌슨은 어머니 때문에 알마와 결혼을 하지 않고 있었다. 그는 아내를 어머니와 함께 살게 할 생각도 없었고 또 다른 공간을 마련해 부양할 형편도 되지 않았다. 알마는 결혼해서 기꺼이 윌슨의 어머니를 참아내며 살 의향이 있었지만, 윌슨의 결정에 대해 토를 달지도 않았다. 그녀의 섬세한 금발과 이목구비는 날카로워졌고 파란 눈은 더 공허해져 갔다. 그녀는 꽤 예쁜 외모를 지녔으나 이젠 그조차 잃어버리고 늙어 보이기 시작했으며, 그녀의 좁은 어깨에는 고지식하고 여윈 노처녀의 모습이 엿보였다.

월슨은 이를 알아차리지 못했다. 알마가 영원히 젊은 것이 아니며, 그 젊음을 잃어 버린다거나 그로 인해 한탄할 일이 있으리라고는 결코 생각지 못했다.

"어서 이쪽으로 와, 알마."

그녀는 순순히 그를 따라 길을 내려갔다. 그들이 캔디스 휘트콤의 집을 지나쳐 간 뒤 얼마 지나지 않아, 목사가 현관 앞마당을 통과해 현관 앞에 서서 벨을 눌렀다. 그가 대문을 열고 마당으로 들어서는 동안에도, 창가의 창백한 옆모습은 조금도 흔들림이 없었다. 그러나 벨소리가 울리자 곧바로 문이 열렸다.

"안녕하세요, 휘트콤 양." 목사가 말했다.

"안녕하세요."

캔디스는 말하면서 머리를 쓸어 올렸다. 마치 적의 냄새를 맡기라도 한 듯 그녀의 얇은 콧구멍과 입술은 평소보다 더 위쪽으로 향해 있었다. 그녀의 검은 눈동자에는 격분한 새의 눈처럼 작고 차가운, 분노 어린 두 개의 불꽃이 일렁거렸다. 그녀는 목사에게 들어오라고 하지 않았으나 그는 천천히 안으로 발을 들여놓았고, 그녀는 작은 응접실로 그를 안내하지 않고 그저 뒤로 물러났다. 목사는 큰 흔들의자에 자리를 잡고 얼굴을 닦았다. 캔디스는 다시 창가의 오래된 자리에 앉았다. 그녀는 키가 컸지만 잔디이파리처럼 호리호리하고 유연해 보였다.

"아주…… 화창한 날이군요." 목사가 말했다.

캔디스는 대답이 없었다. 그녀는 고개를 숙인 채 가만히 앉아 있었다. 바람이 고리가 달린 레이스 커튼을 흔들었고 창밖의 키 큰 장미나무도 흔들렸다. 아련한 그림자가 방 안을 떠다녔다. 캔디스의 응접실 오르간은 교회를 마주보고 열려 있는 창문 바로 앞에 있었다. 그 한쪽 모서리 위에는 물병에 하얀 라일락꽃 다발이 꽂혀 있었다. 방 안은 라일락꽃 향기로 가득했다. 곧 목사는 그것들을 바라보고는 기분 좋게 향기를 맡았다.

"참 아름다운…… 라일락을…… 갖다놓으셨군요."

캔디스는 여전히 아무 말이 없었다. 그녀의 호리호리한 몸매에서 드러나는 모든 선이 유연해 보였으나, 이 유연성에는 엄격함보다 더 강한 저항심이 드러나고 있었다. 목사는 그녀를 바라보았다. 그의 몸은 커다란 흔들의자에 꽉 들어차 있었다. 윤이 나는 검은 외투 소매로 감싼 그의 팔은 의자의 모포 팔걸이 위에 곧고 편안하게 놓여 있었다.

"휘트콤 양, 제 생각에 그냥…… 요점을…… 바로 말하는 게 좋을 것 같군요. 말씀드리고 싶은…… 작은…… 사안이 하나 있어서요. 이미 알고 계셨을 것 같지는 않다고…… 적어도 이미 알고 계실 리는 없다고 생각하지만요……. 오늘 아침 성가대에서 노래를 부르는 동안 당신의 연주와…… 노랫소리가 너무 크게…… 들려오더군요. 창문이 열려 있었던…… 모양입니다. 그 소리가…… 우리를…… 조금 방해했어요. 당신이 상처받지 않았으면 좋겠군요……, 친애하는 휘트콤 양. 하지만 나는 알고 있어요. 당신이라면 차라리 내가 이런 일에 대해 당신에게 말해주는 편이 더 낫다고 생각한다는 걸요. 나는 당신이 그런 일에 대해 누구보다도 불편해 할 거라는 걸…… 압니다."

캔디스는 눈을 들지 않았다. 그의 말들이 창문을 뚫고 다가와 그녀를 마구 뒤흔들기라도 할 것처럼 여기는 듯했다.

"난 전혀 불편하지 않아요. 일부러 그랬어요. 작정하고 그런 거예요."

목사는 그녀를 바라보았다.

"그렇게 볼 필요 없어요. 내가 지금 무슨 말을 하고 있는지 아니까. 그리고 난 또 할 거예요. 어디 한번 말려 보세요. 내가 원한다면 안식일에 오르간을 치고 찬송가를 부를 권리가 제게도 있다고 생각해요. 나를 말리려고 아무리 와서 이야기하고 법석을 떨어도 소용없을 거예요. 이것 좀 봐요!"

캔디는 치마를 옆으로 살짝 걷었다.

"이것 좀 보라니까요!"

목사는 캔디스가 가리킨 곳을 바라보았다. 캔디스는 크고 붉은 명주 천으로 만든 사진첩 위에 발을 올려 놓고 있었다.

"발 받침대로 아주 그만이죠, 그렇지 않나요?" 그녀가 말했다.

목사는 사진첩을 봤다가 그녀를 바라보았다. 그의 얼굴에 서서히 불안감이 밀려오는 듯했다. 그는 그녀가 이성을 잃었다고 생각하기 시작했다. 캔디스는 고개를 들고 그를 뚫어지게 바라보았다. 그녀는 소리내어 웃었는데, 그 웃음은 거의 으르렁대는 소리처럼 들렸다.

"그래요, 난 이게 아주 멋진 발판이 될 거라고 생각했어요."

그녀가 말했다.

"하나 장만해야겠다는 생각을 한동안 하고 있었거든요."

그것은 지독히 비꼬는 듯한 말투였다.

"대체 왜지요, 휘트콤 양……."

그가 입을 열었으나 그녀가 목사의 말을 가로막았다.

"무슨 말씀을 하려는지 알아요, 폴라드 목사님. 그런데 이제 내 할 말을 할 거예요. 말을 해야겠어요. 기독교인인 척 하면서 나를 이따위로 대한 사람들에 대해 어떻게 생각하는지 좀 묻고 싶네요. 나는 40년 동안 거기서 한결같이 노래를 해왔어요. 주일이면 단 한 번도 빠진 적이 없어요. 아주 아팠을 때 말고는요. 침대에 누워서 쉬는 게 나을 때도 빠지지 않고 나가서 노래를 불렀어요. 그런데 이제 와서 아무런 언질도 없이 그곳에서 쫓겨났어요. 내 목소리는 여전히 좋아요. 그 누구도 아니라고 할 수 없어요. 내가 그 알마라는 애만큼 높은 음역대의 고음을 내지 못할지는 모르지만, 다른 부분에서 그녀는 내내 음정을 내려서 불렀어요. 내 목소리는 20년 전과 비교해도 여전히 고음도 잘 내고 좋아요. 만일 그렇지 않다면, 기독교정신은 대체 어디 간 건지 묻고 싶군요. 예전처럼 노래하지 못하고 똑똑하게 설교하지 못한다 해도 늙은 성가대원과 늙은 목사를 데리고 있는 것이 교회 사람들에게 더 명예로운 일이 되지 않겠어요? 그들을 쫓아내고 그들에게 마음의 상처를 주는 것보다는 말이죠. 그래야 신의 영광으로 충만하게도 될 거고요. 만일 노래와 설교가 좋지 않은들 그게 무슨 상관이에요? 구원이 누군가의 고음에 달려있다는 말은 한 번도 들어본 적이 없어요. 요즘 사람들은 마치 술집에서처럼 예배당에서도 쾌락을 찾고 있고 야단법석을 떨어대죠. 목사님, 만일 그들이 당신을 쫓아낸다면, 그들이 와서 당신에게 사진첩 하나 달랑 주면서 모든 걸 정리하라고 한다면, 어떻게 하시겠어요? 나는 당신의 설교를 트집 잡으려거나 그런 게 아니에요. 그 설교는 늘 나에게 딱 알맞았죠. 하지만 당신이 젊었을 때처럼 사람들이 당신의 설교를 흥미롭게 생각하리라는 것은 이치에 맞지 않아요. 그런 걸 기대할 수는 없죠. 만일 그들이 늙은 당신을 내쫓고 나이 어린 풋내기 목사를 부르겠다고 주장한다면 기분이 어떠시겠어요? 윌리엄 에몬스도 마찬가지죠. 그는 나보다 세 살이 더 많은데도, 그가 합창단을 이끌고 마을의 모든 노래부르는 행사를 좌지우지한다는 것은요? 내 목소리가 내 역할을 해내지 못한다고 한다면 그의 목소리도 마찬가지라고 보는 게 합당하죠. 그런데 그렇지 않잖아요. 윌리엄 에몬스는 여전히 노래를 잘도 불러요. 왜 그들은 나와는 달리 그는 쫓아내지 않고 사진첩도 주지 않는 거죠? 잘은 모르겠지만, 누구든 조금 늙고 한물가면, 젊은이들이 그들을 밀어내 무인도로 보내면서 각자 사진첩이나 하나씩 주는 것도 모두에게 좋은 생각일 것 같군요. 그러면 그들은 여생 동안 사진이나 들여다보며 지낼 수 있겠죠. 아예 정부가 나서서 그 일을 하면 되겠네요.

지난주 목요일, 저녁 8시쯤 모든 성가대원이 이곳으로 왔어요. 그리고 깜짝 파티를 해주는 척했죠. 깜짝 파티라, 아아! 케이크와 오렌지를 가져오고, 다들 그 어느 때보다 상냥했고, 난 그 시간이 진심으로 즐거웠어요. 태어나 처음 받아보는 깜짝 파티였죠. 제니 카가 연주를 시작하더니, 그들은 나한테 독창을 해달라고 했고 난 전혀 의심하지 않았어요. 나는 내가 얼마나 어리석었는지, 그리고 그들이 뒤에서 얼마나들 웃어댔을지 생각하니 그날 이후로 화가 치밀 뿐이에요.

그들이 돌아간 다음 나는 테이블 위에 있는 이 사진첩을 발견했어요. 근사하게 포장이 되어 있고 '당신의 수많은 친구들로부터 캔디스 휘트콤 양에게'라고 적혀 있었죠. 그걸 열었는데, 안에는 해고 통지서가 들어 있었어요. 만일 그들이 제대로 된 방법을 썼다면, 내게 싫증이 났고 나 대신 알마 웨이가 노래하길 바란다고 솔직하게 말했다면, 나는 크게 개의치 않았을 거예요. 친구인 척 가장했던 몇몇 사람들이 사실은 그렇지 않다는 걸 알게 돼서 상처를 받기는 했겠지만, 아무리 그래도 이보다 나쁘진 않았을 거예요. 그들은 편지에다, 내가 그간 해준 일에 큰 가치를 두고 있고, 내 노래가 부족해서가 아니라 그 의무를 다하는 데 내가 너무 힘들 것 같아서 날 그만두게 하는 거라고 썼더군요. 흥! 나는 불평한 적도 없어요. 만일 그들이 나에게 출구를 가리키면서 그냥 속 시원하게 '자, 여기서 나가!'라고 말했다면 나왔을 거예요. 하지만 문지방에 온통 당밀을 흘려서 사람을 꼬여내면서 이 모든 일이 다 좋고 달콤한 일이라 착각하게 만들려는 수작은 정말 괘씸해요.

502   난 당장이라도 그 앨범을 포장해서 돌려보내고 싶었지만 누가 그 일을 시작했는지 알 수 없어서 발 받침대로 쓰고 있어요. 내 생각으로는 그러기에 딱 안성맞춤이에요. 그리고 발 받침대로 쓸 때 신발에 묻은 먼지를 애써 털어내려고 하지도 않고 있어요."

폴라드 목사는 앉아서 어딘가를 바라보고 있었다. 그는 캔디스를 바라보지 않았다. 그의 눈은 정면의 한 지점에 고정되어 있었다. 그는 화강암 덩어리처럼 딱딱하게 굳은 얼굴로 무기력하게 앉아있었다. 똑같은 계절이 새롭게 돌아오는 것 말고는 어떤 새로운 일도 없이 한결같고 차분한 성정으로 40여 년 동안 묵묵히 한길만을 엄숙하고도 정확하게 밟아온 이 시골 목사는, 자신처럼 조용히 살아오면서도 막상 내면에는 늘 혁명의 폭풍우를 제안에 품고 살아온 이 여성을 이해할 수 없었다.

그는 이성을 잃었다는 것 외에는, 그러한 격렬함과 극단성을 설명할 수 없었다. 그는 캔디스가 그녀 자신이 이해하고 감당할 범위를 벗어나 있다고 확신했다. 그 자신은 전형적인 뉴잉글랜드 사람이 아니었다. 그의 성격에는 특유의 국민적 요소들이 두드러지지 않았다. 그는 별안간 발현된 이 열대지방의 열기를 방불케 하는 열정에 놀라고 어리둥절했다. 하지만 그것은 열대의 열기 그 이상이었다. 뉴잉글랜드인의 성격은 수문을 닫아 그것을 축적해두고 있다가, 방출할 때면 그 축적된 힘으로 인해 더 격렬하게 쏟아져나오기 마련이다.

캔디스 휘트콤은 아주 섬세하고도 결단력이 강한 조용한 여성이었기에 그녀의 이런 성향은 거의 눈에 띄지 않았고 열망이 감추어져 있을 것이라고 의심받지 않았다. 이제 결의와 열망이 그녀의 온몸에 휘몰아치는 듯했다.

그녀는 다시 말을 시작했다.

"나는 오늘 아침에 그랬던 것처럼 일요일마다 노래하리라 결심했고 사람들이 뭐라고 하든 상관없어요." 그녀가 말했다.

"나는 문제를 내 손으로 해결하기로 결심했어요. 사람들에게 내가 완전히 짓밟히지 않았고, 아직 일어설 수 있다는 걸 보여주려고 해요. 나는 벌써 지쳐서 포기할 생각 없어요. 그리고 누구든 나를 막을 테면 막아보라고 해요. 내 오르간으로 찬송가를 치고 노래 부를 권리가 내게 없는지 묻고 싶네요. 그게 싫다면 당신이 예배당을 옮기면 되죠."

캔디스는 천성적으로 성직자들을 존경했다. 그녀는 언제나 폴라드 목사를 극도의 경외심으로 대해 왔다. 사실 모든 남자들을 대하는 그녀의 태도에는 어떤 온유한 강직함과 위엄이 깃들어 있었다. 그런데 이제 그녀는 뒷마당에서 울타리 너머로 여자들

끼리 험담을 늘어놓을 때나 발휘할 법한 속된 자유로움으로 늙은 목사와 이야기를 나누고 있었다. 그는 답변으로 많은 말을 할 수 없었다. 그러한 격정의 물결에 정면으로 맞서 나아갈 만한 역량이 그에게는 없었다. 그가 할 수 있는 일이라곤 그것이 자신에게 와서 부딪치도록 내버려두는 것뿐이었다. 그는 몇 가지 충고를 늘어놓았지만 캔디스의 화만 더 돋우고 말았다. 그는 그 모든 일에 유감을 표명한 뒤, 그들이 무릎을 꿇고 그 일에 대해 주님의 인도를 받아야 한다고 제안하며, 그렇게 하면 그녀가 모든 것을 다른 시각으로 보게 될지도 모른다고 말했다.

캔디스는 단호히 거절했다.

"그 일에 대해 기도해봤자 아무 소용없을 것 같아요." 그녀는 말했다.

504

"어찌 되었든 주님은 이 일과 그다지 상관이 없잖아요."

목사는 오후 예배 시간이 거의 다 되어서 떠났다. 그는 이 혁명적인 교구민과의 만남으로 말미암아, 한낮 무렵의 편안한 휴식을 취하지 못했다. 목사가 돌아간 뒤, 캔디스는 창가에 앉아 기다렸다. 종이 울리고 그녀는 사람들이 줄지어 지나가는 것을 지켜보았다. 조카 윌슨 포드가 알마와 함께 지나가는 모습을 보고 그녀는 혼자 투덜거렸다.

"저 여자는 가로대처럼 비쩍 말랐어." 그녀가 말했다.

"윌슨이 그녀를 데려올 때쯤에는 뼈밖에 남아있지 않겠어. 나긋나긋한 목소리로 남의 것을 잡아채 가기나 하고. 어쨌든 그녀는 그에게 제대로 된 아내가 되지도 못할 거야. 뭐 그러든가 말든가."

종소리가 멈추고 모든 사람들이 교회 안으로 들어갔을 때, 캔디스는 오르간 앞으로 가서 앉았다. 그녀는 앞에 노래집을 펼쳐 두고는 가만히 앉아서 기다렸다. 그녀의 가늘고 창백한 목과 관자놀이엔 맥박이 강하게 뛰었으며 검은 눈은 생기와 열정이 넘쳤다. 그녀는 소리를 더 잘 듣기 위해 뻣뻣한 몸을 보면대 쪽으로 기울였다. 교회 오르간이 울려 퍼지자, 그녀는 몸을 곧추세웠다. 그녀의 길고 비쩍 마른 손가락은 신경질적인 에너지로 오르간 건반을 눌렀다. 그녀는 힘껏 페달을 밟았다. 가냘픈 몸 전체가 움직였다. 알마의 독창 부분의 첫 음이 시작되자, 캔디스도 노래를 부르기 시작했다. 그녀는 아주 좋은 목소리를 지녔는데, 그것을 얼마나 잘 지켜왔는지도 참으로 놀라웠다. 질투로 인한 분노가 그녀의 목구멍을 긴장시켰으나 그녀의 음은 여전히 정확했다. 그녀의 목소리가 온 방을 가득 채웠다. 그녀는 경탄할 만한 열정과 표현력으로 노래를 불렀다. 온순하고 작은 알마 웨이는 적어도 이것만큼은 결코 모방할 수 없었다. 그녀에겐 착실함과 의심할 여지없는 한결같음이 가득 있었으나 열망과 결의로 타오르는 불길은 없었다. 그녀에게 음악은 그녀의 나이 든 경쟁자와 같은 의미가 아니었다. 주변환경에 의해 좁은 궤도를 따라 끈질기게 자리를 지켰던 이 이해하기 힘든 여인에게 마을 성가대에서 노래하는 것은, 나폴레옹에게 이탈리아가 가진 의미와 같았고, 지금도 그녀는 망명지에서 투지를 꺾지 않은 채 싸움을 계속하고 있었다.

예배가 끝난 뒤 캔디스는 오르간 자리에서 일어나 창가의 낡은 의자로 갔다. 그녀의 무릎은 힘이 빠져서 후들후들 떨렸다. 그녀는 의자에 앉아 머리를 뒤로 젖혔다. 그녀의 뺨에는 붉은 반점이 있었다. 곧 그녀는 빠르게 대문을 쾅 닫는 소리와 자갈길 위로 서두르는 듯한 발소리를 들었다. 뒤로 기댔던 고개를 들어 내다보니, 조카인 윌슨 포드가 현관문으로 급히 걸어 오고 있었다. 그녀는 몸을 조금 움찔하고는 의자에 더욱 단단히 앉았다.

윌슨이 황급히 안으로 들어왔다. 그가 들어오면서 닫지 않았던 현관문을 바람이 세차게 닫아버렸다.

"캔디스 이모, 어디 계세요?" 그가 크게 소리쳤다.

그녀는 아무 대답도 하지 않았다. 그는 사납게 주위를 둘러보았고 그의 눈은 그녀에게 달려들 것 같았다.

"저 좀 보세요, 캔디스 이모." 그가 말했다.

"지금 제정신이세요?"

캔디스는 아무 말도 하지 않았다.

"캔디스 이모!"

그녀는 그가 보이지 않는 것 같았다.

"이모가 아무 말도 하지 않겠다면," 윌슨이 말했다. "내가 그냥 저쪽으로 가서 그 낡은 오르간을 창밖으로 던져 버리겠어요!"

"윌슨 포드!" 캔디스가 거의 비명에 가까운 소리를 냈다.

"무슨 할 말이 있겠어요! 이모는 이모 마음대로 행동하면서, 무슨 변명을 할 수 있냐고요! 제가 말씀드리죠, 캔디스 이모, 난 이모의 행동 용납 못 해요!"

"네 멋대로 구는 모습 어디 한번 보고 싶구나."

"내 멋대로 할 거예요. 창밖으로 저 낡은 오르간을 던져버리고 이모 집 저쪽 창문은 판자로 막아버릴 겁니다. 두고 보세요."

"여긴 네 집이 아니고, 앞으로도 그럴 일은 절대 없을 거다."

"누가 내 집이라고 했어요? 당신은 내 이모고 난 가족의 신용을 지켜야 해요. 캔디스 이모, 대체 왜 이러시는 거예요?!"

"무엇 때문인지는 조금도 상관이 없어. 너처럼 난폭하게 구는 젊은이에게 이유를 말해줄 의무는 없어. 하지만 한 가지는 말해주마, 윌슨 포드. 앞으로도 계속 이런 식으로 말한다면, 넌 내 돈은 땡전 한 푼도 물려받을 수 없다. 그 돈이 없다면 넌 그 웨이라는 여자와 결혼할 수 없겠지. 네 엄마랑 함께 살겠다고 그 여자를 집으로 데려갈 수도 없잖니. 언젠가 이 집에서 아주 아늑하고 편안한 가정을 꾸릴 수 있었을 텐데, 이제 넌 그걸 결코 얻지 못할 게다. 내가 유언장을 새로 작성할 거니까. 넌 몰랐을지 몰라도 유언장을 써 두었어. 하지만 이제는 너도 네 엄마도 내 돈은 한 푼도 받지 못할 거야. 난 그리 오래 살지도 못할 텐데 말이지. 자, 어서 집으로 돌아가. 난 눕고 싶다, 온몸이 아프구나."

윌슨은 그의 이모로부터 한마디 말도 더 들을 수 없었다. 그의 분노는 조금도 가라앉지 않았다. 그의 상속권을 박탈하겠다는 그녀의 협박은 그에게 조금도 위협이 되지 않았다. 그는 지나치다 싶을 만큼 거친 독립심을 갖추고 있었고 실제로 그의 이모 캔디스의 집은 그가 진지하게 고려하기엔 자신에게 공중누각이나 다름 없는 허상으로 여겨졌다. 건장한 체구에다 꽉 막혔다 싶을 만큼 고지식한 사고방식의 그로서는, 만일 그가 무덤 위에 그것들을 지을 만큼 그렇게나 힘든 지경이라 해도, 자신이 공중누각이라 여기는 것은 꿈조차 꾸지 않았을 것이다. 그는 자신이 알마와 결혼할 수 없을지도 모른다는 것을 여전히 인정하지 않았다. 그의 희망은 갑작스런 변화가 아니라 오로지 길고 꾸준한 노동에 의한 자신의 재산 증식에 바탕을 두고 있었다. 그는 두 집을 위해 저축을 잘 해두었어야 했다고 생각했다.

그는 여전히 분노로 쿵쿵대며 이모의 집에서 나갔다. 그의 등 뒤로 문이 닫히자, 그녀는 일어나서 부엌으로 갔다. 불을 피워 차 한 잔을 끓여야겠다고 생각했다. 그녀는 온종일 아무것도 먹지 않았다. 난로에 불쏘시개 나무 몇 개를 넣고 성냥을 켰다. 그러고는 응접실로 돌아가 다시 창가 의자에 앉았다. 부엌 난롯불은 무섭게 포효하듯이 타오르더니 곧 재가 되어 버렸다. 그녀는 그것에 대해 더는 생각하지 않았다. 그녀는 난로에 찻주전자를 올리지도 않았다. 머리가 아팠고 이따금씩 몸을 떨었다. 해가 저물고 땅거미가 지는 동안 그녀는 줄곧 창가에 앉아 있었다. 7시가 되자, 예배를 알리는 종이 또다시 울렸고 사람들이 몰려들었다. 그녀는 이번에는 동요하지 않았다. 응접실에 있는 자신의 오르간 뚜껑을 닫았다. 캔디스는 이날 저녁 자신의 경쟁자를 이기기 위해 노래할 필요가 없었다. 일요일 저녁 예배시간에는 회중이 다 같이 노래를 불렀던 것이다.

그리고 예배가 거의 끝날 때까지 가만히 앉아 있었다. 그녀의 머리는 점점 더 심하게 아파왔고 몸도 더 떨려왔다. 마침내 그녀가 일어났다.

"자러 가야겠어." 그녀가 중얼거렸다.

그녀는 문들을 잠그려고 구부정한 모습으로 몸을 떨면서 집 안을 돌아다녔다. 그러다 뒷문가에 1분 동안 서서 들판 너머 숲을 바라보았다. 빨간 불빛이 보였다.

"숲에 불이 났네." 캔디스가 말했다. 그녀는 봄날의 연초록 나뭇잎을 파괴하며 불길이 일어나는 것을 관심 없다는 듯 둔감한 눈으로 바라보았다. 불길은 반 마일이나 떨어진 곳에서 일어났지만 주위는 연기로 가득 찼다.

캔디스는 문을 잠그고 집 안으로 들어갔다. 이제 막 연약한 잎들이 돋아나고 새로 지은 새둥지가 있는 나무들이 쓰러질 수도 있었다. 그러나 그녀는 그보다 더욱 강렬한 포효를 일으키는 내면의 불길에 휩싸여 있었다. 그녀가 지나온 모든 봄날의 성장과 길들여진 삶 전체가 그 속에서 무너져가고 있었다.

캔디스는 응접실에서 떨어져있는 그녀의 작은 침실에서 잠을 청했으나 잠을 이룰 수가 없었다. 그녀는 밤새 깨어 있었다. 아침에 그녀는 문으로 느릿느릿 가서는 지나가던 어린 소년을 불렀다. 그리고 되도록 빨리 의사를 불러온 다음, 포드 부인에게도 들러서 이곳으로 올 수 있는지 물어보라고 말했다. 그녀는 말하는 동안 문을 꼭 붙잡고 있었다. 소년은 이상하다는 듯이 그녀를 바라보았다. 봄바람이 그녀의 얼굴에 부채질을 했다. 그녀는 드레스를 입고 어깨에는 숄을 걸치고 있었는데, 붉은 뺨 위로 잿빛 머리카락이 휘날렸다.

그녀는 문을 닫고 침대로 돌아왔고 그 뒤로는 다시 일어나지 못했다. 의사와 포드 부인이 와서 그녀를 돌보았고 그녀는 그렇게 일주일을 살았다. 그녀 자신 말고는 그 누구도 그녀가 세상을 곧 떠나리라는 생각을 하지 못했다. 의사는 그녀에게 그저 열이 조금 있을 뿐이라고 했다. 그녀의 의식은 또렷했다.

하지만 캔디스는 처음부터 포기했다. "이게 내 마지막이 될 거야." 그날 아침 포드 부인이 처음 집 안으로 들어섰을 때 그녀는 포드 부인에게 말했다. 포드 부인은 그 생각을 비웃었으나 병든 여인은 그 생각을 고수했다. 그녀는 육체의 고통을 많이 겪는 것 같지는 않았다. 조금씩 쇠약해져 갈 따름이었지만, 정신적으로 괴로워했다. 말을 많이 하지는 않았지만 그녀의 눈빛은 모든 이들을 고통스러운 표정으로 좇고 있었다.

수요일에 윌리엄 에몬스가 그녀의 안부를 물으러 왔다. 캔디스는 응접실에서 들려오는 그의 말을 들었다. 그녀는 그의 목소리를 더 잘 들을 수 있도록 한쪽 팔꿈치로 몸을 일으키려 했다.

"윌리엄 에몬스가 안부를 물으러 다녀갔어." 그가 떠난 뒤 포드 부인이 말했다.

"나도……들었어." 캔디스는 대답하고는 곧 다시 말했다.

"낸시, 그 사진첩은 어디 있니?"

"테이블 위에." 그녀의 여동생이 머뭇거리며 대답했다.

"그걸……좀 닦는 게……좋겠어."

"응."

일요일 아침, 캔디스는 목사에게 정오 휴식 시간에 방문해주기를 청했다. 그녀는 전에 그를 만나길 거부했었다. 그는 그녀를 찾아와서 함께 기도했고, 캔디스는 지난 일요일 자신이 내뱉은 말에 대해 그에게 용서를 구했다.

"그렇게……말하지……말았어야 했는데. 내가 너무……흥분했었요."

"아무래도 몸이 좋지 않으셨나 봅니다."

목사는 그녀를 위로하듯 말했다. 캔디스는 고개를 저었다.

"아니요……그게 아니에요. 주님께서 저를……용서해 주시길 빕니다."

목사가 떠난 뒤에도 캔디스는 여전히 불행해 보였다. 그녀의 애처로운 눈빛은 기계처럼 고집스럽게 그녀의 여동생이 가는 곳을 따라다녔다.

"뭐 원하는 게 있어, 캔디스 언니?"

마침내 포드 부인이 물었다. 그녀는 언니를 충실히 간호했으나 이따금 조바심이 났다.

"낸시!"

"왜 그러는데?"

"알마와 윌슨에게……예배가 끝나면……이곳으로 와달라고, ……네가 가서……말 좀 전해줘. 그 아이의 노래를……듣고 싶어."

포드 부인은 그녀를 뚫어지게 바라보았다.

"알겠어." 그녀는 말했다.

사람들은 교회에서 예배를 보고 있었다. 따스한 일요일이었기에 창문은 모두 열려 있었다. 캔디스는 음악이 시작했을 때 누워서 그 소리를 듣고 있었고 그녀의 얼굴에 평온함이 감돌았다. 그녀의 여동생은 캔디스의 머리칼을 뒤로 매만져 주고는 깨끗한 취침용 모자를 씌웠다. 침실 창문의 하얀 커튼이 흰 돛처럼 바람에 흔들렸다. 캔디스는 자신의 몸 상태가 거의 나아진 듯 느꼈으나 죽음에 대해 편하게 받아들일 준비가 되어 있는 듯했다.

포드 부인은 응접실 창가에서 예배가 끝나기만을 기다렸다. 사람들이 나오기 시작하자, 그녀는 산책로로 달려가 알마와 윌슨을 기다렸다. 그녀는 캔디스의 요청을 전했고 그들은 그녀의 집으로 함께 왔다.

"알마와 윌슨이 왔어."

포드 부인은 그들을 침실로 데리고 왔다. 캔디스는 미소를 지어 보였다.

"들어오렴." 그녀는 힘없이 말했다.

알마와 윌슨은 침대 가까이 다가왔다. 캔디스는 입가에 미소를 띤 채 그들을 바라보았다.

"윌슨."

"무슨 일이죠, 캔디스 이모?"

"난 그 유언장을……바꾸지 않을 거야. 내가 세상을 떠나면……너와 알마가……이 집에 와서……함께 살아라. 네 어머니는 혼자 사는 걸……개의치 않을 거야. 알마가……내 모든 걸……가지거라."

"그러지 마세요, 캔디스 이모."

윌슨의 뺨으로 눈물이 흘러내렸고, 알마의 섬세한 얼굴은 심하게 떨리고 있었다.

"알마가……날 위해 기꺼이……노래를 불러 주지 않을까……생각하는데."

캔디스가 말했다.

"무슨 노래를 불러드릴까요?"

알마가 떨리는 목소리로 물었다.

"예수님, 내 영혼의 사랑."

알마는 윌슨 곁에 서서 노래를 부르기 시작했다. 처음에 그녀는 자신의 목소리를 잘 조절할 수 없었으나 곧 아름답고 또렷하게 노래를 불렀다.

캔디스는 누운 채로 알마의 노래를 들었다. 그녀의 얼굴은 성스럽게 빛났다. 알마가 노래를 멈추었을 때에도 그 얼굴의 빛은 사라지지 않고 그대로 있었다. 그녀는 두 사람을 올려보며 말했다. 그 모습은 마치 연기와 불꽃으로 타오르는 소멸 직전의 나무 한 그루에서 언뜻 보이는 오래전의 온전한 모습 같았다.

"얘야, 음정이 약간 내려간 것 같구나…… 솔에서." 캔디스는 말했다.

우산을 고쳐드립니다

The Umbrella Man

불길한 날이었다. 적어도 상상력이 풍부한 사람에게는 묘하게 대기가 어떤 인간적인 자질을 표출한다고 느껴지는 그런 날이 있다. 그런 날의 대기는 사람들을 범죄나 선행으로 이끌기도 하고, 선의를 불러일으키거나 은밀한 악으로 이끌기도 한다. 또는 아무 이유 없이 누군가에게 맹렬한 공격을 가하게 하기도 한다. 그날은 이 마지막 설명에 부합하는 날이었다. 그런 날의 한껏 달아오른 공기 속에는 죄악이 불러온 노역으로 인해 흐르는 땀과 자연의 곪아터진 상처에 쌓인 질소, 그리고 고통스러운 삶의 혐오스러운 발산물로 가득 찬 사악함이 있었다. 미숙한 피가 흐르는 짐승이나 인간은, 큰 나뭇가지가 폭풍에 이리저리 휘어지듯, 그 후끈한 공기를 들이마신 뒤에 거칠고 사악한 행동을 하게 될지도 모른다.

몇 주 동안 비가 내리지 않았는데도 습도는 대단했다. 남자의 발밑에서 일어난 자욱한 먼지는 불쾌하고 끈적거렸다. 그의 얼굴과 손에도 그의 신발과 값싼 기성복, 그리고 밀짚모자처럼 때가 묻어 있었다. 그러나 그 남자는 자신의 옷에 자부심을 느꼈다. 적어도 자유인임을 상징하는 복장이었기 때문이다. 그는 전날 감옥에서 출소했는데, 관리들이 그에게 제공한 정장은 수치스럽게 여겨 거부했다. 그는 그 옷을 줘 버리고, 조금 모아둔 자신의 돈 일부로 새 옷 한 벌을 샀다. 작은 격자무늬가 들어간 정장이었다. 그 옷을 본 누구라도 그가 이제 막 감옥에서 나왔을 거라고는 생각할 수 없었다. 그는 법에 저촉되는 경범죄를 한 건 저질러 감옥에 몇 년 동안 수감되어야 했다. 그의 형기는 더 짧아질 수도 있었지만, 판사는 무신경했고, 그에게는 친구가 전혀 없었다. 비록 다른 누군가에게 크게 적대감을 가진 적은 없었만 스테빈스는 친구를 많이 사귀는 유형의 사람은 결코 아니었다. 심지어 그의 형량이 조금 부당했음에도 그는 원한을 느끼지 못했다.

감옥에 있는 동안 그는 그렇게 불행하다고 느끼지 않았다. 강자가 약자에게 씌운 멍에라는 어쩔 수 없는 상황을, 그는 거의 즐거운 기분마저 느끼게 하는 인내심을 가지고 받아들였다. 그러나 이제 그는 자유로워졌고, 문득 정신이 번쩍 나서 개과천선을 위한 기회를 유심히 살폈다. 그저 개집에 갇혀 있던 신세에서 이제 냄새를 좇는 사냥개가 된 것이다. 그는 자신의 욕망을 좇는 일을 간절히 하고 싶어졌다. 살아는 있었지만 이전에는 세상 밖에 머물던 존재에서 이제는 세상이 자기 앞에 펼쳐진 존재로, 그의 처지는 달라져 있었다. 그는 노인에 가까운 중년이었지만 스스로 젊게 느껴졌다. 그의 주머니에는 겨우 몇 달러 밖에 없었다. 격자무늬 정장을 사지 않고, 남에게 그렇게 많은 돈을 주지 않았더라면 돈을 조금 더 갖고 있었을 터였다. 일주일 뒤에 형기가 끝나는 또 다른 남자가 있었는데, 그에게는 병약한 아내와 아이들 몇 명이 있었다. 스테빈스는 반은 타고난 친절함과 관대함으로, 또 반은 거의 미신에 가까운 맹신의 감정으로 그에게 얼마 되지 않는 자신의 돈을 주었다. 그는 돈 때문에 자유를 박탈당했다. 그는 타인을 위한 선행의 음악이 전주처럼 울려퍼지는 가운데 자신의 자유로운 삶으로 귀환해야 한다고 속으로 생각했다.

스테빈스는 걸으면서 이따금 새 밀짚모자를 벗고는 빳빳한 새 손수건으로 이마를 닦았다. 손수건에 묻은 때를 조금 염려스럽게 보고 나서, 그는 반백이 된 그의 짧은 머리를 걱정했다. 머리가 조금만 더 자라면 기쁠 것 같았다. 지금과 같은 상태로는 눈썰미 있는 사람은 알아챌 것이기 때문이다. 때때로 그는 또 다른 주머니에서 방금 산 작은 거울을 꺼내 자신의 얼굴을 세심하게 살폈다. 그때마다 그는 뺨을 거칠게 문지르고는, 감옥의 누렇게 뜬 창백함을 대신하는 강한 홍조를 만족스럽게 바라보았다. 그리고 또 이따금씩 그는 어깨를 뒤로 젖히고, 턱을 높이 쳐들고는, 자신의 오른쪽 다리를 좀 더 자유롭게 흔들어댔다. 그는 거의 으스대다시피하며 걸었는데, 새로운 해방감으로 꽤 오만해진 것이다. 그는 스스로 자신이 모든 창조물들과 엇비슷하거나 동등하다고 느꼈다. 시골길에서 마차나 자동차가 그를 지나칠 때마다 그는 배우 같은 연기력을 발휘해 중요한 약속 때문에 서두르는 사업가 같은 태도를 취했다. 그러나 마음은 줄곧 어려운 문제와 씨름하고 있었다. 그는 모아놓은 돈이 얼마 되지 않는다는 것과 아무리 철저히 절약한다고 해도 그것이 오래가지 않으리라는 것을 알았다. 그에게는 친구도 없었다. 직업을 구하려면 감옥에서 복역했던 기록이 틀림없이 새어나올 것이 뻔했다. 그는 그야말로 생계 문제에 직면해 있었다.

517

날은 무척 더웠지만 늦여름이었다. 곧 서리가 내리고 겨울이 올 터였다. 그는 살아서 자유를 누리고 싶었는데, 그가 손에 쥔 자산 또한 오직 자유뿐이었다. 역설적이게도 그것은 삶의 힘이 되는, 일을 구할 능력을 뜻하지는 않았다. 지금 그는 감옥의 돌담 바깥에서, 눈에 보이거나 손에 잡히지 않지만 그것보다 훨씬 더 단단한 벽, 즉 풀려난 죄수에 대한 사람들의 편견이라는 또 다른 벽 안에 갇혀 있었다. 그가 제아무리 으스대며 걷고 맥박은 젊은이처럼 날뛰고 있어도 어찌 됐든 모든 면에서 그는 여전히 죄수였다. 게다가 그는 그 사실을 스스로 인정하려 들지 않는 와중에, 여전히 그가 태어난 땅인 뉴잉글랜드 출신의 사람으로서 어떤 엄격한 감각을 가지고 있었기 때문에 먹고살 문제를 고심했다. 그는 일자리를 얻고자 누군가에게 다가가는 것은 무용한 일이 되리라는 것을 본능적으로 느꼈다. 그는 자신의 온 감각을 통해 마치 필수적인 향수와 같다고 깨달은 자유조차도 교도소의 지독한 악취를 지울 수는 없음을 알았다. 그는 앞을 가로막은 먼지를 헤치고 걸어가면서 자유인의 세계에서 벗어나 법의 손아귀 아래 허리를 굽히기 전에 알고 지내던 이들을 차례로 떠올려 보았다. 그 가운데에는 물론 그의 작은 고향 마을 사람들도 있었고, 친구이자 이웃이었던 사람들도 있었다. 그러나 그들에게 도움의 손길을 청하지 않겠다는 그의 결심을 물리치게 할 만큼 그를 아끼는 사람은 한 사람도 없었다. 촌수가 먼 몇몇 사촌을 제외하곤 친척도 없었다. 그리고 그들은 그와 어떤 식으로라도 엮이려 들지 않을 것이다.

그에게는 결혼을 약속하고, 틀림없이 자신과 결혼할 거라고 확신했던 여자가 있었다. 하지만 그가 교도소에 들어간 지 1년이 지나고 우회적으로 전해들은 소식에 따르면 그녀는 다른 구혼자와 결혼했다고 했다. 그녀가 독신으로 남아 있었더라도 그는 그녀를 찾아갈 수는, 더구나 그녀에게 도움을 청하고자 다가갈 수는 없었을 것이다. 그가 감옥에서 형을 사는 내내 그녀는 어떤 표현도 없었고, 편지도 소식도 보내오지 않았다. 처음에는 몇몇 감상적인 여성들로부터 편지와 꽃, 그리고 쪽지를 받았다. 그러나 그녀로부터는 아무것도 없었다. 그는 아무것도 받지 못했지만, 감옥 문이 처음 그의 눈앞에서 닫힌 순간부터 기이한 인내심을 가지고, 심지어 그 과정에서 묘한 즐거움까지 느끼면서 그 사실을 받아들였다. 그는 그녀를 잊지 않았으나 자신에게 상실된 그녀의 존재에 대해 의식적으로 애도하지도 않았다. 그의 상실과 몰락 자체가 너무나 엄청난 것이어서 그녀마저 그 안에 삼켜졌던 것이다. 어떤 사람의 몸 전체가 자신이 처한 문제와 고통스러운 상황에 무뎌져야 할 필요가 있을 때, 따끔 하고 찌르는 정도의 조그만 상처는 사소한 것이 되어 버리고 만다. 그는 그날 아무런 슬픔도 느끼지 않은 채 그녀를 생각했다. 그는 예쁘고 잘 정돈된 집에서 그녀가 남편과 아이들과 함께 있는 모습을 상상했다. 아마도 이제는 통통해졌으리라. 그녀는 호리호리한 여자였다. 통통해진 그녀는 어떤 모습일지를 하릴없이 상상해보려고 애쓰던 그는 자기보호 본능에 따라 다른 사람의 통통함에 관한 상상에서 자신의 뼈에 살을 찌우고 건장함을 유지하는 문제로 생각이 이어졌다. 지금은 그 여자를 생각할 때가 아니었다. 그녀는 이미 그의 삶에서 사라졌다. 문제는 목숨 그 자체, 다른 모든 것을 포함하는 삶 그 자체를 유지해 나가는 것이었다. 그에게 삶을 내주는 걸 아까워하며 달려드는 무자비한 강철 올가미 같은 이 힘든 세상에서 지금 그는 먹잇감이 된 처지였다.

　그는 걷고 또 걸었다. 한낮이었고 배가 고팠다. 그의 주머니에는 작은 빵 한 덩어리와 프랑크푸르트 소시지 두 개가 있었고, 어디선가 찰랑거리는 시냇물 소리가 들려왔다. 그 지점에서 길은 빽빽하게 우거진 나무들을 마주하고 있었다. 그는 개울 소리를 따라 나무와 덤불을 헤치고 나아가, 초목이 우거진 시원한 곳에 고독하게 앉아 안도의 한숨을 내쉬었다. 그는 깨끗한 개울 위로 몸을 숙여 두 손을 모아 컵 모양을 만들고는 개울물을 마셨다. 그러고는 음식을 먹기 시작했다. 그의 곁에는 노루발풀이 조금 자라고 있었는데, 빵과 소시지를 다 먹은 다음, 그는 윤이 나고 향기로운 그 이파리들을 뜯어서 기계적으로 씹기 시작했다. 그 풍미가 미각을 자극했고, 기분 좋은 아릿함이 자극제가 되어 그의 기억이 되살아났다. 어린 시절 그는 이 작고 푸른 식물을 얼마나 좋아했던가! 그것은 그에게 허락된 어릴 적의 풍요 가운데 하나였다. 오늘, 그것을 맛보는 그의 마음속에는 기쁨과 슬픔이 교차했다. 젊음이란 얼마나 경이로운 것이었던가! 또 환희에 차기도 했다가 후회에 빠지기도 하는 것은 얼마나 빛나고 굉장한 것이었던가! 노루발풀을 씹으며 개울가에 느긋하게 앉아 있던 남자는 어떤 대립들을 실현하는 듯했다. 그는 그 순간 과거에 사는 동시에, 시간의 순환 속에서 과거를 담고 있을지도 모르는 불변의 미래를 살고 있었다. 그러면서 미소를 짓는 그의 얼굴에는 소년 같다 못해 거의 어린아이 같은 윤곽이 드러났다. 그는 단단하고 핏줄이 도드라진 늙은 손으로 윤기 나는 이파리를 하나 더 뜯었다. 그의 기분에 맞춰 손이 변하지는 않았지만 그의 팔다리는 소년처럼 편안해졌다. 그는 갈색 잔물결을 일으키며 흘러가는 개울물을 뚫어지게 바라보았다. 마치 프리즘을 통과한 듯한 희미한 빛이 여기저기 비치는 가운데, 어딘가는 깨끗한 초록 물줄기가 보였고, 어딘가는 칠흑처럼 깊었다. 그래서 그는 송어가 있으리라 생각했다. 낚시도구가 있었으면 싶었다.

그때 갑자기 초록 덤불에서 두 소녀가 보였는데, 소녀들은 깜짝 놀라 커진 눈으로 두려움에 떨며 입을 동그랗게 벌리고 비명을 질렀다. 그들은 허둥지둥 달아났고 곧 조용해졌다. 남자는 소녀들이 왜 그렇게 실없이 굴었는지, 왜 달아났는지 궁금했다. 그는 그들이 자신을 무서워할 거라는 가능성은 꿈도 꾸지 못했다. 그는 노루발풀을 또 하나 씹으면서 그가 체포되어 투옥되었을 때, 자신의 결혼상대라 여겼던 그 여자를 생각했다. 그녀는 그의 어린 시절 기억 속에 있지 않았다. 그는 첫 청춘기가 지나갔을 무렵 그녀를 만났다. 그런데 어찌된 일인지 노루발풀잎의 향기가 그녀의 얼굴을 떠오르게 했다. 어떤 감각에 대한 자극이 때때로 다른 감각을 일깨우는 자극제 역할을 하기도 한다는 것은 참으로 신기한 일이었다. 지금 미각은 시각의 활동을 완전히 일깨웠다. 그는 자신이 마지막으로 본 모습 그대로의 그녀를 떠올렸다. 그녀는 예쁘지는 않았지만 아주 얌전했고 사람의 마음을 매혹하는 우아함을 지니고 있었다. 그는 작고 가지런하지 못한 얼굴과 그녀의 머리를 감싸고 있던 실크처럼 매끄러운 구불구불한 짙은 색 머리카락을 또렷하게 보았다. 그는 또 그녀의 잘 다듬은 손톱과 핏줄이 도드라진 가늘고 거무스름한 손도 보았다. 그가 그녀에게 주었던 다이아몬드의 반짝임도 보았다. 그녀는 그가 체포된 직후 그에게 반지를 보내왔고, 그는 그것을 다시 그녀에게 돌려보냈다. 그는 그녀가 아직도 그것을 가지고 있으며, 끼고 있는지, 그렇다면 그녀의 남편은 그 사실을 어떻게 생각할지 궁금했다. 그는 유치한 추측으로 빠져들었다. 어쩐지 감옥에 있는 동안 그러한 유치한 추측에 더 빠져들게 된 것 같았다. 그녀의 남편이 그녀에게 자신이 준 것보다 더 크고 값비싼 다이아몬드를 주었을지도 모른다는 생각을 하자 그는 격렬한 질투심을 느꼈다. 그 가늘고 까뭇한 손에 자신의 것이 아닌 다른 다이아몬드가 끼워져 있는 것은 보고 싶지 않았다. 그는 그녀가 가진 가장 좋은 옷인 검은 실크 드레스를 입은 그녀를 보앉다. 붉은빛이 감돌았고 흑요석도 반짝거렸다. 그는 그것이 아주 근사한 드레스라고 생각했고 그것을 입은 그녀가 공주처럼 느껴졌다. 길고 가녀린 그녀가 우아하게 소파 한쪽에 앉아 뒤로 기대자 그녀의 무릎 위로 흑요석이 별처럼 박힌 부드럽고 까만 치맛주름이 드리워지고 그 아래로 작은 발 하나가 살짝 드러나는 모습이 눈앞에 그려졌다. 그녀의 조그맣고 발등이 높은 발은 참으로 매혹적이었다. 그러고 나서 그는 그날 저녁 그들이 시청에서 열린 콘서트에 갔다가, 그 뒤에 작은 레스토랑에서 굴 스튜를 먹은 것을 기억해 냈다. 바로 그 순간 그의 생각은 자신의 생계 문제, 그의 의식주 문제로 다시 돌아갔다. 그는 머릿속에서 여자를 떨쳐냈다. 그는 이제 목숨을 부지해야 한다는 삶의 근본적인 문제만을 걱정했다. 그가 지닌 얼마 되지 않는 돈이 모조리 사라지고 나면 그는 어떻게 먹고 살 수 있을까? 그는 앉아서 개울물을 바라보았다. 더 이상 노루발풀을 씹고 있지 않았다. 대신에 그는 주머니에서 오래된 파이프와 담배를 싼 종이를 꺼냈다. 조심스럽게 파이프에 담배를 채웠다. 담배는 소중했다. 그리고 담배를 피우기 시작했는데, 푸른 연기 속 그의 얼굴은 늙고 음울해 보였다. 겨울이 다가오는데 아직 지낼 곳이 없었다. 오랫동안 굶주림으로부터 지켜줄 만한 돈도 넉넉하지 않았다. 그는 일자리를 구할 방법을 몰랐다. 막연히 장작더미를 떠올렸다. 나무를 해서 사람들에게 겨울 땔감으로 파는 것이다. 그의 마음은 진부한 추론으로 흘러갔다. 어쨌든 장작 패기는 그와 같은 부류의 사람이 유일하게 할 수 있는 일 같았다.

이제 그는 담배를 다 피우고 결심한 듯 자신만만하게 일어섰다. 빠른 속도로 숲을 벗어나 다시 길가로 나왔다. 확실한 사업을 구상하고 있는 사람처럼 앞으로 나아가던 중에 어떤 집에 이르렀다. 그곳은 별채가 여럿 딸린 커다란 하얀 농가였다. 어쩐지 느낌이 좋았다. 그는 옆문 쪽으로 다가갔다. 모퉁이 근처에서 개 한 마리가 튀어나와 짖어댔다. 그러나 그가 다가가 말을 걸자 개는 꼬리를 흔들었다. 그가 개를 쓰다듬고 있으려니 문이 열리고 한 남자가 그를 바라보며 서 있었다. 그 즉시 수감 생활의 흔적이 뚜렷하게 드러났다. 그는 개 앞에서 움츠러든 것이 아니라, 훌륭한 하얀 집에 살며 자유를 빼앗긴다는 것이 무엇인지 전혀 알지 못하는 그 남자 앞에서 움츠러들었다. 그는 풀이 죽은 채 중얼거렸다. 그보다 나이가 많은 집주인은 귀가 잘 들리지 않았다. 그는 퉁명스럽게 스테빈스를 훑어보았다. 마침내 그는 집주인에게서 나가라는 말을 듣고 그 자리를 떠났다. 개가 그의 발뒤꿈치를 졸졸 따라오며 꼬리를 흔들자 주인이 개를 거칠게 불러댔다. 또다시 길을 떠나는 스테빈스에게 그 개에 대한 생각은 위로가 되었다. 그는 언제나 동물을 좋아했다. 악수는 못 해주더라도 다정하게 꼬리를 흔들어 주는 개가 있다는 것은 특별한 일이었다.

523

　그다음 집은 작지만 화려하게 꾸며진 오두막이었다. 내닫이창으로 꽃무늬 레이스 커튼이 보였다. 집 벽을 타고 자란 담쟁이덩굴은 군데군데 진홍색으로 물들고 있었다. 스테빈스는 뒷문으로 돌아가서 문을 두드렸지만 아무도 나오지 않았다. 한참 기다리던 그는 미처 패지 않은 장작더미가 잔뜩 있는 것을 발견했다. 마침내 그는 현관 쪽으로 슬그머니 다가갔다. 가면서 문득 지난날에 대한 후회가 밀려왔다. 그 시절에 자신이 어느 집 현관에 다가가는 것만으로도 이미 죄를 짓는 것 같은 기분이 들게 될 날이 오리라는 것을 알았더라면! 그는 초인종을 누르고 창문을 통해 들키지 않도록 문 가까이에 섰다. 곧 사슬고리가 걸린 채 문이 열렸고 금발 소녀의 머리가 나타났다. 숲에서 그를 보고 잔뜩 겁을 먹은 소녀들 가운데 한 아이였다. 그러나 그는 그 사실을 알지 못했다. 소녀의 눈은 다시 커졌고 예쁜 입은 동그래졌다! 소녀는 작게 소리를 지른 뒤 그의 면전에서 문을 쾅 닫아버렸다. 이윽고 그는 흥분한 목소리를 들었다. 그는 하얗게 질린 예쁜 두 얼굴, 숲에서 나타났던 두 소녀의 얼굴을 보았고, 소녀들은 내닫이창 안 레이스 커튼 한쪽 귀퉁이에서 그를 지켜보았다. 그는 그 행동이 무엇을 뜻하는지 이해했다. 그들에게 그는 공포의 대상이었다. 그는 법이 그를 붙잡았을 때에도 알지 못했던 치명적인 모욕감을 즉각적으로 경험했다. 그러나 그는 고개를 빳빳이 들고 그 자리를 떠났다. 그의 영혼은 수치스러운 분노로 끓어올랐다. "저 소녀들은 나를 무서워해." 그는 계속 혼잣말을 했다. 두려움으로 다리가 후들거렸다. 그를 향한 이 두려움은 그의 힘겨운 인생 가운데에서도 가장 견디기 힘든 것이었다. 그는 녹음이 우거진 개울가 한 구석으로 돌아와 다시 앉았다. 잠시 장작더미에 대해서도, 자신의 삶에 대해서도 더 이상 생각하지 않았다. 그는 자신을 무서워하던 그 소녀들을 떠올렸다. 그는 이제껏 살아 있는 어떤 것에게도 해를 가하고 싶은 충동을 느낀 적이 없었다. 그러나 자신에게 그런 충동이 있다는 양 비난의 눈길을 보낸 이 살아있는 존재들을 향한 야릇한 증오가 지금 그를 엄습했다. 그는 냉소적으로 웃었다. 그는 그 아이들이 다시 와서 덤불 사이로 자신을 보기를 바랐다. 위협적인 동작을 취해서 그 철없는 것들이 허둥지둥 달아나는 꼴을 보며 즐거워하고 싶었다.

　잠시 뒤 그는 모든 것을 잊고 다시 자신의 문제로 돌아갔다. 그는 개울가 옆에 누워 곰곰이 생각하다가, 독이 잔뜩 오른 듯 뜨거워진 공기 속에서 천둥소리가 우르릉대며 들려와 눈을 뜨기 전까지 깜빡 잠이 들었다. 몹시 어두웠는데, 낯설고 검푸른 어두움이었다. "뇌우구나." 그렇게 중얼거리던 그는 자신의 새 옷을 생각했다. 흠뻑 젖으면 참으로 불행한 일이었다. 그는 일어나서 주위를 둘러싼 잡목 숲을 헤치고 나아가 수레가 다니는 길로 나왔다. 그 순간 그는 보잘것없는 그의 행운에 디딤돌 역할을 해줄 무언가를 보았다. 손잡이 끝에 진주가 달린 작은 실크 우산이었다. 그는 기뻐하며 그것을 손에 쥐었다. 그의 소중한 옷에 그 우산은 구원을 뜻했다. 아직 비는 내리지 않았지만 그는 우산을 펼쳐서 머리 위로 받쳐 들었다. 우산살 하나가 부러지기는 했지만 아직 쓸 만했다. 그는 발걸음을 서둘렀다. 왜인지는 몰랐지만, 그에게 닥친 폭풍으로부터 몸을 피할 만한 곳에 닿기 위해 서둘러 움직여야 한다는 생각만이 그를 엄습했다. 그러나 그 숲길에서 어떤 피난처가 그 앞에 있을 수 있었을까? 나중에 그는 맹목적인 본능이 그를 이끌었다고 생각했다.

　그는 반 마일도 채 못 가서 기대하지도 않았던 무언가를 보았다. 조그만 빈집이었다. 그는 어딘지 어린아이 같고 애처로운 구석이 있는 기쁨의 함성을 작게 터뜨렸다. 그러고 나서 문을 밀어 열고 안으로 들어갔다. 짓다 만 작은 판잣집이었다. 거실 하나에다 거기서 문을 열고 들어가면 있는 조그만 방이 하나 더 있었다. 천장은 없었다. 머리 위로 텐트 같이 비스듬한 지붕이 있었을 뿐이지만 비는 새지 않았다. 먼지투성이의 바닥은 물기 없이 말라 있었다. 그리고 금세라도 부서질 듯한 의자가 하나 있었다. 스테빈스는 확실히 빈집인지 확인하려고 다른 방까지 들여다본 후 앉았다. 놀라운 만족감과 자존감의 물결이 그에게 밀려들었다. 이 가없은 인간 달팽이는 그의 껍데기를 찾았다. 그에게는 살 곳이 생겼다. 지붕이 있는 피난처를 얻은 것이다. 그 작고 어둑어둑한 장소는 바로 집처럼 보였다. 비가 마구 쏟아지고 천둥이 치자 그곳은 눈이 부실 정도의 푸른빛으로 가득했다. 스테빈스는 파이프에 담배를 더 넉넉히 채웠다. 의자를 벽에 기댄 채, 담배를 피우며 가련한 만족감으로 주위를 둘러보았다. 몹시 작았지만 그에게는 과분했다. 그리고 벽난로와 녹슨 조리용 난로를 발견하고는 만족스러운 듯 고개를 끄덕였다.

그는 폭풍이 지나갈 때까지 앉아서 담배를 피웠다. 폭우가 쏟아졌고, 우박까지 내렸지만 그 초라한 작은 집은 피난처 역할을 톡톡히 해냈다. 북서쪽에서 불어오는 제법 차가운 바람이 문틈 사이로 들어왔다. 우박은 대기의 변화를 가져왔다. 타는 듯한 더위가 가셨다. 밤이 되면 서늘하다 못해 쌀쌀해지기까지 할 것이었다.

스테빈스는 일어나서 난로와 연통을 살펴보았다. 녹슬기는 했지만 꽤 쓸 만해 보였다. 그는 밖으로 나가 빽빽이 자란 숲 가운데서 땔감으로 쓸 젖지 않은 나무를 찾아 다시 돌아왔다. 그리고 능숙하게 땔감을 쌓고 불을 지폈다. 작은 난로는 연기 없이 잘 타올랐다. 그것을 보고 있노라니 스테빈스는 더할 나위 없이 행복했다. 그는 밖에서 다른 보물들도 발견했다. 감자와 옥수수가 조금 자란 작은 텃밭이 있었다. 누군가가 이 조그만 판잣집에서 몇 년 동안 지내면서 채소도 기른 것이었다. 그는 불과 몇 주

전에 세상을 떠났는데, 다른 가구들은 이미 누군가 가져가고 난로와 의자, 작은 방 안의 기울어진 소파, 낡은 무쇠 솥 몇 개와 프라이팬들이 남아있는 것이었다. 스테빈스는 옥수수를 따고 감자를 캐서 요리를 하려고 난로 위에 놓았다. 그러고 나서 서둘러 마을 가게에 가서 베이컨 몇 조각과 달걀 여섯 개, 값싼 차 4분의 1파운드, 그리고 소금을 조금 샀다.

집에 다시 들어섰을 때 그에게서 몇 년 동안 본 적 없는 표정이 보였다. 그는 활짝 웃고 있었다. "자, 여기가 바로 궁전이야." 그는 혼잣말을 하며 순수한 기쁨으로 킬킬 소리내어 웃었다. 그는 집 없는 삶이라는 끔찍하고 공허한 공간으로부터 벗어나 집으로 들어왔다. 그는 집안일에 타고난 소질이 있는 남자였다. 만일 그가 그의 인생에서 최고의 시절을 교도소가 아닌 집에서 보냈다면, 그가 타고난 최고의 자질들이 발현되었을 터이다. 그렇기는 하지만 지금도 그리 늦은 것은 아니었다. 베이컨과 달걀을 요리하고 차를 끓인 다음, 채소를 다 익히고 금방이라도 부서질 듯한 의자에 앉아 막대기들로 받친 낡은 식탁 위에 차린 저녁을 마주했을 때 그는 이루 말할 수 없이 행복했다. 그는 마치 영혼까지 충족할 듯한 식욕으로 음식을 먹었다. 그는 집에 있었고, 말 그대로 자기만의 식탁에서 식사를 하고 있었다. 식사를 하면서 이따금 커튼도 없이 깨져 있는 두 개의 판유리 창을 흘 끗거렸다. 그는 두렵지 않았다. 두렵다니, 그건 말도 안 되는 소리였다. 그가 겁쟁이였던 적은 한 번도 없었다. 그래도 그는 넓고 광대한 자연의 얼굴 또는 혹시라도 집 안을 엿보려할 사람들의 눈을 가로막아줄 커튼이나 다른 무언가가 필요하다고 생각했다. 누군가 집 안의 불빛을 보게 되면 궁금해 할 것이다. 그는 어둠을 밝히기 위해 낡은 병 안에 초를 꽂았다. 밤의 멍한 시선들로 가득 찬 저 너머의 창문들로부터 가리기 위해 창문에 커튼을 달고 싶은 마음은 굴뚝같았지만 그래도 그는 아주 행복했다.

저녁을 다 먹고 나서 담배 생각이 간절해 갈망하는 눈빛으로 파이프를 바라보았다. 그는 자신의 소중한 담배를 아껴야 한다는 것을 깨달았기 때문에 조금 망설이다가 이내 무모해졌다. 집처럼 어마어마한 행운이 찾아왔다는 것은 더 큰 행운도 따르리라는 것을 의미하는 듯했다. 그것은 잇따라 생겨날 행복한 일들 가운데 첫 시작이 틀림없었다. 그는 파이프에 담배를 채워서 피웠다. 그리고 다른 방에 있는 낡은 소파에서 잠을 청하고는 나무들 사이로 햇살이 반짝이며 비칠 때까지 아이처럼 잤다. 그러고는 일어나 집 가까이 흐르는 개울로 가서 물을 끼얹어 씻고 집으로 돌아와 남은 달걀과 베이컨으로 요리한 아침 식사를 먹으며 전날 밤 저녁 식사를 했을 때와 같은 기쁨과 평화를 느꼈다. 그런 다음 그는 출입구의 움푹 들어간 문틀 위에 앉아 중요한 문제에 빠져들었다. 이번에는 담배를 피우지 않았다. 담배는 거의 다 떨어졌고 그는 더 이상 무모하지 않았다. 그는 이제 집에 있다는 느낌이 들지 않았다. 이 집의 주인이 있을지도 모르니 세입자로 남아있어도 될지 어떨지 냉정히 생각했다. 그러나 곧, 그 걱정스러운 상황에 대한 의심은 풀렸다. 그는 수레가 다니는 길 위로 굵은 나뭇가지들이 드리워져 생긴 그림자가 흔들리는 것을 보았는데, 그 옆에 길게 뻗친 더 어두운 그림자가 사람 그림자라는 것을 단번에 알았다. 그는 똑바로 앉았다. 처음에 그의 얼굴은 반항적이었으나, 그다음에는 애원하는 표정이 되었다. 마치 소중한 무언가를 계속 갖고 있길 간절히 바라는 아이와 같았다. 다가오는 그림자를 보자 그의 심장은 격렬하게 뛰었다. 그림자는 노인의 것인 듯 천천히 다가왔다. 앞서가는 자신의 그림자를 뒤따라온 남자는 늙고 아주 건장했는데, 나무 막대기를 지팡이 삼아 절뚝거리는 한쪽 다리를 기대고 있었다. 그는 농부처럼 보였다. 그가 가까이 오자 스테빈스는 일어섰고, 두 남자는 서로를 마주보고 섰다.

"이웃 양반, 댁은 뉘시오?" 방문객이 물었다.

목소리는 거칠었으나 망설이는 듯한 호의가 묻어 나왔다. 스테빈스는 잠시 망설였고 농부의 흐릿한 푸른 눈동자에 의심이 서리는 것을 보았다. 그때 스테빈스는 자신의 전과 기록을 의식한 데다가 새 집을 지키겠다는 강한 갈망으로 다른 이름을 둘러댔다. 외할아버지의 이름이 그의 눈앞에 마치 인쇄된 활자처럼 불쑥 나타났고, 그는 입심 좋게 내뱉었다. "데이비드 앤더슨입니다." 스스로도 그것이 거짓말이 아닌 것처럼 느껴졌다. 갑자기 그 이름은 그의 것이 된 것만 같았다. 좋은 사람이었던 옛 데이비드 앤더슨은 흠 있는 손자에게 자신의 흠 없는 이름을 선물로 주는 것을 결코 아까워하지 않았으리라. "데이비드 앤더슨." 그렇게 대답하고 그는 조금도 위축되지 않은 채 상대방 남자의 얼굴을 똑바로 쳐다보았다.

"어디 출신이시오?" 농부가 물었다. 그러자 이 새로운 데이비드 앤더슨은 서슴없이 옛 데이비드 앤더슨이 태어나서 살다 죽은 곳인 뉴햄프셔의 작은 마을 이름을 댔다.

"무슨 일을 하시오?" 다음 질문이 이어졌고 새로운 데이비드 앤더슨은 영감을 얻었다. 그의 눈은 어젯밤 발견한 우산을 바라보고 있었다.

"우산이요." 그가 짤막하게 대답하자 다른 남자는 고개를 끄덕였다. 수리를 마쳤거나 고쳐야 할 필요가 있는 우산 다발을 가지고 다니는 남자들은 그에게 늘 익숙한 모습이었다.

그러고 나서는 데이비드가 대화를 이끌어 나갔다. 집에 이어 버젓한 직업까지 손에 넣은 그는 이제 대담해졌다. "제가 여기 머무르는 것에 반대하시나요?" 그가 물었다.

상대방 남자는 그를 날카롭게 바라보았다. "담배 많이 피우나?" 그가 물었다.

"파이프로 가끔 한 대씩 핍니다."

"성냥불은 조심하고 있소?"

데이비드가 고개를 끄덕였다.

"내가 걱정하는 건 그게 다요." 농부가 말했다. "이 숲은 불이 붙기 쉽소. 내가 막 나무를 베려고 하는 참이거든. 전에 여기 살던 남자는 한 달 전에 죽었고, 담배를 피우지 않았소. 그는 조심성이 많아, 그랬지."

"정말 조심하겠습니다." 데이비드가 겸손하고 간절한 태도로 말했다.

"그럼 자네가 이곳에서 지내는 걸 반대할 생각은 없네." 농부가 말했다. "늘 누군가가 여기 머물렀었지. 한 남자가 이 판잣집을 20년 전에 지어서 죽을 때까지 살았어. 그러고는 다른 사람이 들어왔지. 돈이 조금 있었던 것 같아. 아무 일도 하지 않았거든! 채소와 닭 몇 마리를 길렀지. 그가 죽은 뒤엔 내가 닭들을 맡았어. 그 닭들을 돌보고 싶다면 가져가도 좋아요. 그가 저기 뒤쪽에 작은 닭장을 만들어 놨소."

"제가 돌보겠습니다." 데이비드가 힘차게 대답했다.

"그럼 우리 집에 들러서 가져가시오, 암탉 아홉 마리와 수탉 한 마리가 있지. 그 녀석들은 알을 잘 낳지만, 난 필요가 없어. 내게도 암탉들이 있거든. 그것만으로도 귀찮아."

"알겠습니다." 데이비드가 말했다. 그는 더없이 행복해 보였다.

농부의 시선은 그를 지나쳐 집 안을 향했다. 단 하나 있는 우산에 그의 눈길이 멈췄다. 그는 장난기가 발동한 듯 익살스럽게 말했다. "우산을 달랑 하나만 갖고 있는 걸 보니 본디 살던 곳에 있던 우산들은 전부 수리가 끝난 모양이지." 데이비드가 고개를 끄덕였다. 그 짐작은 비참하게도 사실이었다.

"마침 우리 집 우산이 지난주에 뒤집혔는데 말이야." 농부가 말했다. "일거리를 줄 테니 시작해 보게나. 성냥불만 조심한다면 얼마든지 여기 머물러도 되네." 그는 다시 집 안을 들여다보았다. "아마 몇몇 녀석들이 와서 남아있던 가구는 거의 다 집어간 모양이야." 그는 찬찬히 살펴봤다. "내 아내가 남는 의자를 내어줄 수 있을 거야, 옥수수 창고에 오래된 탁자도 하나 있고 말이지. 자네가 가지고 있는 것보다는 나을걸. 그리고 자네가 편히 지낼 수 있도록 아내가 오래된 침구도 줄 걸세. 돈은 좀 있나?"

"아주 조금이요."

"물건 값은 필요 없네. 아내도 받지 않을 거야. 그런 뜻이 아니라, 먹을 것을 살 돈은 있나 싶어 물어본 걸세."

"일감을 얻을 때까지는 버틸 수 있을 것 같습니다." 데이비드가 조금 경직돼서 대답했다. 그는 국가의 보조금에 의지하는 것 말고는 달리 남을 상대로 돈을 벌어 살아 본 적이 없었다.

"돈이 너무 부족하지 않기를 바라네, 그뿐이네." 조금 변명하듯 농부가 말했다.

"괜찮을 겁니다. 텃밭에 옥수수와 감자가 있거든요."

"그렇지, 그리고 암탉들 가운데 한 마리는 먹는 게 좋을 거요. 알을 못 낳거든. 푹 삶아야 할 거야. 나무를 주워 쓰는 건 얼마든지 괜찮지만 베면 안 돼. 염두에 두라고. 아니면 말썽이 생길 줄만 알아."

"막대 하나라도 베지 않겠습니다."

"그래, 그러지 말게. 사람들이 나를 만만하게 생각하는데, 도를 넘지 않으면 웬만한 일까지는 내가 적당히 보아 넘기기는 한다네. 그런데 말이야, 내 나무를 베는 행동 같은 게 바로 그 도를 넘어서는 짓이라네. 어젯밤에 그렇게 비가 쏟아졌어도 지붕은 새지 않았겠지, 그렇지?"

"네, 조금도요."

"샐 리가 없지. 손재주가 좋은 사람이었던 터라 늘 집을 손봤거든. 그럼 난 이만 가보겠네. 여기서 지내도 되네. 성냥불 조심하고 내 숲의 나무들만 베지 않는다면 얼마든지 환영이야. 언제든지 괜찮으니 암탉들을 가지러 건너오게. 우리 집 일꾼더러 우마차로 자네를 데려다 주라고 할 테니."

"큰 신세를 지게 되었습니다." 거의 울먹이는 목소리로 데이비드가 말했다.

"천만에." 농부는 느긋한 걸음으로 그 자리를 떠났다.

불운하고 아마도 타락한 손자인 자신을 통해 되살아나게 된 과거 속의 할아버지의 이름으로 다시 태어난 새로운 데이비드 앤더슨은 다시 문간에 앉아 덩치 큰 방문객이 서서히 멀어지는 모습을 바라보았다. 기쁨의 눈물이 어려 흐릿해진 눈 속에서 어른거리며 보이는 그의 널찍하고 둥근 어깨와 때로 멈칫거리는 기둥 같은 두 다리는 마치 춤을 추는 것처럼 보였다. 이 세상에 대가 없는 친절이 있음을 거의 잊고 지냈던 데이비드 앤더슨에게 그것은 마치 천사들이 오르내리는 광경을 본 듯한 느낌이 들게 했다. 그는 한동안 앉아서 현재와 미래의 행복을 실감하는 것 말고는 아무것도 할 수 없었다. 그는 푸르게 펼쳐진 숲의 나뭇가지들을 바라보며 가을에는 그것이 붉은빛과 황금빛으로 바뀌어갈 모습을 상상하면서 즐거움에 젖었다. 또한 겨울이면 눈과 얼음 옷을 입은 모습도 상상했다. 그리고 갑옷도 없는 무방비의 생명체였던 그에게 집이자 피난처가 생겼고, 이제 그런 겨울날 자신의 불 앞에 앉아 있는 모습을 그려보았다. 이 마지막 행복한 전망은 그를 북돋워 주었다. 이 모든 것이 이루어지려면 그는 열심히 일을 해야 한다. 그는 자리에서 일어나 집으로 들어가서 그의 유일한 일감인 망가진 우산을 살펴봤다. 데이비드는 손재주가 있었다. 그는 단번에 자신이 그걸 완벽하게 고칠 수 있으리라는 것을 알았다. 그의 옳고 그름에 대한 감각은 무뎌지지 않았고, 비록 이 우산이 그에게 잔뜩 겁을 먹은 두 소녀 가운데 한 명의 것이라는 합리적인 확신이 들었지만, 이상하게도 그는 그 우산을 자신이 갖는 데 대해서는 아무런 거리낌이 없었다. 그보다 훨씬 더 잔혹했던 수많은 어떤 경험들보다 자신에게 더 큰 상처가 된, 그를 향한 소녀들의 무시무시한 공포가 그 소녀들이 그것을 버리고 가게 했을 거라고 확신했다.

그는 개울가에서 설거지를 하고 그릇이 햇볕에 마르도록 놓아두고는, 마을 가게로 가서 우산 수리에 필요한 간단한 도구들을 몇 개 샀다. 가게를 오가는 길 내내 그는 눈을 크게 뜨고 다녔다. 그는 자신의 자본이 기회와 운에 크게 달려있음을 깨달았다. 우산 세 개를 들고 돌아왔을 때, 그는 특별한 행운을 얻었다고 생각했다. 우산 한 개는 가게 계산대 한쪽에 뒤집힌 채로 기대어 있었다. 그 우산이 누구 것인지 묻자, 원한다면 가져가도 좋다는 대답이 돌아왔다. 데이비드는 내심 기뻐하며 그것을 챙겨왔다. 그러고는 유례없는 행운으로 집에 오는 길에 우산 두 개를 더 발견했다. 하나는 쓰레기통 안에 있었고, 다른 하나는 손수레 바퀴 자국이 난 길 옆에서 마치 뒤늦게 헛스윙을 날린 야구 방망이처럼 날리고 있었다. 데이비드는 혹시 버려진 우산들이 온 땅에 널려 있는 것이 아닌가 하는 생각이 들기 시작했다. 그는 일을 시작하기 전에 농부의 집에 갔다가 의기양양하게 돌아왔다. 농장에서 쓰는 우마차를 타고, 꼬꼬댁 우는 암탉들과 가정용 가구 한가득에다가, 빵과 파이까지 얻어서 싣고 돌아온 것이다. 농부의 아내는 베풀길 좋아하는 사람이었고 받는 것을 베푸는 것보다 더 위대한 행위로 만들 줄 아는 사람이었다. 자기보다 나이가 많은 데이비드를 어머니 같은 눈길로 그녀가 바라보았을 때 그의 자존심은 눈 녹듯 사라졌다. 그는 선물 받는 것이 어린 시절의 권리라는 것을 알기에 아무 거리낌이 없이 받는 어린아이처럼 그녀의 친절에 손을 내밀었다.

534

그 뒤로 데이비드의 사업은 번창했다. 물론 소박한 수준이었지만, 그래도 줄곧 일이 잘 풀렸다. 그는 우산을 어깨에 메고 손에는 작은 연장가방을 든 채 지방을 돌아다니면서 그의 단순한 욕구를 충족시키기엔 충분한 수입을 거둬들였다. 어느덧 머리카락과 턱수염이 자라 있었다. 아무도 그의 과거를 의심하지 않았다. 그는 길에서 이따금 그를 무서워하던 어린 소녀들을 마주쳤지만 아이들은 그를 알아보지 못했다. 겨울에는 집에서 멀리 떨어진 곳까지 다니지 않았다. 밤이 되면 늘 따뜻하고, 배불리 먹을 수 있으며 만족스럽고 평화로운 자신의 집으로 돌아왔다. 가끔 땅주인인 늙은 농부가 저녁 때 들렀고 그들은 체커 게임[1]을 했다. 노인은 체커를 아주 잘했다. 그는 비범한 솜씨로 게임을 했는데, 데이비드는 스스로 작은 놀이 예법을 만들었다. 그는 아무리 자신이 이길 수 있다고 해도, 세 번 중 한 번 이상 노인을 이기지 않았다. 이런 즐거운 자리가 있는 날이면 그는 커피를 끓였다. 그는 커피를 아주 맛있게 만들었고, 그들은 체커판 위 말을 움직이면서 커피를 홀짝였다. 노인은 킬킬거리며 웃었고, 데이비드는 평화로운 행복감으로 환히 웃었다.

그러나 이듬해 봄, 근처의 모든 우산들을 다 고쳐서 일감이 줄어들고 있음을 깨닫기 시작했을 때, 그는 자신의 소중한 작은 집을 정돈하고 문과 창문을 닫아걸고서 더 먼 곳으로 길을 떠났다. 그는 출발할 때부터 운이 좋았다. 일감을 많이 찾아냈고, 헛간에서 충분히 편안하게 잠을 잤으며 가끔은 노숙도 했다. 그는 몇 주간 천천히 길을 가던 중에 어느 마을에 다다랐는데, 그 익숙한 모습은 그에게 충격을 주었다. 그의 고향은 아니었지만 고향과 가까운 곳이었다. 젊은 시절 때때로 여행하던 곳이기도 했다. 그곳에는 큰 상점이 생겨 거의 도시 같았다. 그는 건물들을 차례차례 알아볼 수 있었다. 때로 자신이 한때 알고 지냈던 사람들의 얼굴을 본 것 같기도 했다. 감사하게도 누군가 그를 알아볼 가능성은 거의 없었다. 그는 그 옛날에 비하면 야위고 말랐다. 수염을 길렀고, 그 수염은 그의 머리카락처럼 희끗희끗했

---

1) 체스판에 말을 놓고 움직여, 상대방의 말을 모두 따먹으면 이기는 게임.

다. 그리고 그 시절에 그는 우산장이가 아니었다. 때때로 이런 상황이 얼마나 우스운지에 대해 생각하기도 했다. 말쑥하고 통통하며 우쭐대던 젊은이였던 그에게 만약 누군가 그가 언젠가 우산장이가 되어서 초라한 모습으로 이렇게 남의 집 뒷문 주위를 어슬렁거리며 일거리를 찾게 되리라 말해줬다면 그는 뭐라고 말했을까? 그는 터벅터벅 걸으며 혼자 조용히 웃었는데, 그 웃음에는 쓸쓸함이라곤 전혀 없었다. 그는 운이 훨씬 나쁜 시절도 겪어냈고, 세상에 불가피한 일들이 있다는 것을 기꺼이 받아들이는 낙천적인 성격이었기에, 이제는 그런 일들이 재밋거리로만 여겨졌다.

그 근처에서 지낸 지 3주쯤 되는 어느 날 그 여자를 만났다. 비록 많이 변해 있긴 했지만 그는 그녀를 단번에 알아볼 수 있었다. 그럴 만한 이유가 없었을 것 같은데도 그녀는 어딘지 볼품 없이 살찐 모습이었다. 거추장스러운 지경은 아니었으나 꽤 통통해져 있었고, 예전 삶을 보여주는 모든 윤곽은 살에 파묻혀 보이지 않았다. 한때 밝은 갈색이었던 그녀의 머리카락은 회색빛은 아니었지만 빛바랬고, 숱이 많지 않은 머리를 주름진 이마 위로 팽팽히 잡아당겨 묶고 있었다. 그녀의 머리만 보아도 그녀가 더는 스스로를 돌보지 않고 포기해버린 여자라는 걸 알 수 있었다. 우중충한 검정 모자를 쓴 그녀는 초라한 푸른 면치마를 입고, 산딸기가 반쯤 담긴 양철 들통을 들고 있었다. 그와 여자가 마주쳤을 때, 그들은 충격을 받은 듯 멈춰 섰고, 두 사람 다 얼굴이 창백해졌다. 그녀와 그는 상대를 알아봤지만 한편으로는 서로 알아본 것을 비밀로 하고 싶은 강렬한 욕구가 솟아올랐다. 그의 앞에는 전과 기록이 떠올랐고, 여자한테는 자신의 과거가 떠올랐다. 여자에게는 딱히 죄책감을 느낄 만한 과거가 있었던 것은 아니지만 그녀의 삶은 결코 그녀가 자부심을 느낄 만한 것이 아니었다. 그녀는 한때 사랑했던 남자, 그녀 앞에서 어색해하고 있는 그 사람 앞에서 부끄러움을 느꼈다. 어쨌거나 조금 뒤에 침묵이 깨졌다. 남자가 먼저 침착함을 회복했다.

그가 무심하게 말했다.

"좋은 날이야."

여자가 고개를 끄덕였다.

"딸기를 따고 있었어?" 데이비드가 물었다. 여자는 다시 고개를 끄덕였다.

데이비드는 그녀의 들통을 유심히 들여다봤다. "더 좋은 딸기를 저 뒤에서 봤어. 알이 굵더라고." 그가 말했다.

여자가 뭐라고 중얼거렸다. 그녀 자신도 모르게, 햇볕에 거칠어진 퉁퉁한 뺨 위로 눈물이 흘러내렸다. 데이비드는 그 눈물을 보았고, 무언가 따뜻하고 햇살 같이 찬란하며 아름다운 것이 그의 내부에서 깨어나는 것만 같았다. 그는 눈물을 참아낼 힘도 없이 너무나 가엾게도 젊음과 우아함을 잃어버린 이 가련한 여자에게 애정과 연민을 느꼈다. 그는 마음이 부풀었다. 사실 그는 마을에서 그녀에 관한 소식을 들었었다. 그녀의 결혼생활은 끔찍했고 비극과 의심이 시작되었으며 지독한 가난을 겪었다. 그런데 그는 그녀가 가까운 곳에 있다는 사실은 알지 못했다. 누군가 그녀가 서부로 떠났다고 이야기했기 때문이었다.

"여기 살아?" 그가 물었다.

"저기 뒤쪽 저 집에서 일하면서 먹고 자고 해." 그녀가 중얼거렸다. 그녀는 결국 자신이 무일푼 신세가 된 서부의 마을에서

화물기차를 타고 떠돌이 일꾼으로 이곳에 왔다는 말은 그에게
하지 않았다. "화이트 부인이 딸기를 따오라고 날 내보냈어." 그
녀가 덧붙였다. "그녀는 하숙인들을 두고 있는데, 오늘 아침에는
시장에 딸기가 없었거든."

"나를 따라 와. 알이 정말 굵은 딸기가 있는 곳을 알려줄게."
데이비드가 말했다.

그가 뒤돌아서 먼지를 날리며 앞서가자 인생의 실패자가 된
여자는 조금 떨어져서 그를 따라갔다. 데이비드가 멈춰 서서 가
느다란 가지가 구부러질 만큼 풍성하게 열매가 열린 덤불을 가
리킬 때까지 두 사람은 말이 없었다.

"여기야." 데이비드가 말했다. 둘 다 일을 시작했다. 데이비드
는 딸기를 한 움큼 따서 신이 난 듯 들통 안으로 던졌다. "이름
이 어떻게 돼?" 그는 낮은 목소리로 물었다.

"제인 워터스." 그녀가 선뜻 대답했다. 그녀의 남편, 또는 스스
로 남편이라 불렀던 남자의 성姓이 워터스였고, 그녀의 중간 이
름은 제인이었다. 그녀의 본디 이름은 사라였다. 데이비드는 바
로 기억해 냈다. '자신의 중간 이름과 결혼한 남자의 성을 쓰고
있구나.'라고 그는 생각했다. 그리고 딸기를 따면서 그녀와 눈을
마주치지 않고 물었다.

"결혼했지?"

"아니." 여자는 얼굴을 붉히며 대답했다.

데이비드의 다음 질문에 무심코 본심이 드러났다. "남편이 죽
었어?"

"난 남편은 없어." 그녀가 사마리아 여인처럼 대답했다.

그녀는 속아서 이미 다른 아내가 있는 남자와 결혼한 것이었

다. 남자는 죽지 않았지만 그녀는 모든 비참한 사실을 있는 그대로 털어놓았다. 데이비드는 그가 죽었으리라 추측했었다. 그는 안도의 흥분을 느꼈다. 부끄러웠지만 그 마음을 진정시킬 수가 없었다. 그 자신도 자기 안에 꿈틀거리는 의기양양한 그것이 무엇인지 잘 몰랐다. 사랑인지, 동정인지, 아니면 누군가를 감싸고 보호하고자 하는, 제대로 된 남자의 타고난 본능인지 말이다. 무엇이 됐든 그는 그 감정에 사로잡혀 있었다.

"힘들게 일해야만 해?" 그가 물었다.

"열심히 해야지. 그래야 할 거라고 생각하고 있어."

"그러고도 돈은 아예 못 받고?"

"괜찮아. 돈 받는 건 기대하지 않아." 그녀의 목소리에는 쏩쓸함이 담겨 있었다.

살집이 있는 체구임에도 그녀는 남자만큼 강하지 않았다. 그녀는 전혀 강하지 않았고, 게다가 삶으로부터 받은 상처들이 교묘한 독처럼 끊임없이 그녀의 영혼에 스며들어 생명력을 갉아먹고 있었다. 평범한 이들의 눈에 그녀는 건장하고 튼튼한 중년 여성으로 보이겠지만 실은 상처받고 근심에 싸인, 갈피를 못 잡는 어린아이와도 같았다. 하지만 데이비드의 눈은 평범하지 않았고, 그는 겉으로 보이는 모습이 아닌 그녀의 참모습을 볼 수 있었다. 언제나 그녀에게는 조금 약하고 의존적인 모습이 있었고, 그 점이 그의 관심을 끌었었다. 그런데 지금 그녀의 그런 면모가 그가 가져본 적이 없는 아이들의 절망적인 목소리처럼 그에게 사실상 외치다시피 하고 있었고, 그는 자신이 그 어느 때보다 그녀를 사랑하고 있음을 알았다. 그 사랑은 결핍과 굶주림 속에서 살아남아 싹을 틔우고 꽃을 피우고 열매를 맺은 것이다. 그가 불쑥 말했다.

"이 근처에서 내 일은 거의 다 끝났어. 나는 돈도 조금 있고, 작은 집도 갖고 있어. 크진 않지만 아주 아늑해. 텃밭도 있어. 숲 속에 있는데, 지나다니는 사람도 드물고 별일도 벌어지지 않는 곳이야."

여자는 강아지처럼 불쌍한 눈으로 남자를 믿을 수 없다는 듯이 바라보았다. "별일이 많은 건 싫어." 그녀가 속삭였다.

"이렇게 하는 게 어떨까." 데이비드가 말했다. "그 딸기들을 집에 가져다놓고 짐을 싸. 짐이 많아?"

"내가 가진 건 전부 가방 안에 들어갈 거야."

"그럼, 가져와. 네가 사는 곳 안주인에게 미안하지만 지쳤다고 말해."

"내가 정말 지쳤다는 건 하느님도 아셔." 여자가 갑자기 격하게 외쳤다. "지쳤어!"

"그럼, 그렇게 말해. 그리고 다른 기회가 생겼다고 해. 그리고……."

"무슨 뜻이야?" 여자가 소리치듯 물으며, 마치 물에 빠진 사람처럼 그의 말에 매달렸다.

"무슨 뜻이냐고? 내 말은 이거야. 당신은 짐을 꾸려서 저 뒤 목사님 댁으로 와, 저기 하얀 집으로."

"어딘지 알아……."

"그동안 나는 결혼 허가증 얻는 걸 알아볼게, 그리고……."

갑자기 여자는 들통을 내려놓고 그를 두 손으로 꽉 움켜잡았다. "당신은 결혼하지 않았다고 말해줘." 그녀가 강하게 말했다. "그렇게 말해, 맹세해!"

"그래, 맹세할게." 데이비드가 말했다. "당신은 내가 청혼한 유일한 여자야. 난 당신을 먹여 살릴 수 있어. 부자는 못 되겠지만 편안하게 살 수는 있을 거야. 그리고…… 당신을 행복하게 해 줄 수 있을 거야."

"당신은 이름을 말하지 않았잖아." 여자가 말했다.

"데이비드 앤더슨."

여자는 그를 묘한 표정으로 바라봤다. 다른 영혼의 고립과 비밀을 사랑하고 존경하며, 심지어 추앙하는 표정이었다. 그녀는 자기 존재의 밑바닥 깊은 곳에서부터 이해했다. 그녀는 힘들게 살아왔고, 결점도 있었지만, 다른 사람을 충분히 이해하고 존중할 만큼 선한 사람이었다. 그녀는 몹시 창백했지만 웃고 있었다. 그러고는 집으로 가려고 돌아섰다.

"얼마나 걸릴 것 같아?" 데이비드가 물었다.

"한 시간쯤."

"좋아. 그럼 목사님 댁 앞에서 한 시간 뒤에 만나. 기차를 타고 가자. 돈은 충분하니까."

"걸어가도 괜찮아." 여자는 사랑과 신뢰의 마음으로 지극히 겸손하게 말했다. 그녀는 그가 어디 사는지조차 묻지 않았다. 그녀는 평생 영혼을 다해 그를 따랐고 그녀의 가련한 발은 어떻게든 자신의 영혼과 보조를 맞출 것이었다.

"아니야, 너무 멀어. 기차를 탈 거야. 4시 30분에 출발하는 차가 있어."

4시 반에 이제는 부부가 된 이 한 쌍의 남녀는 기차를 타고 숲속 작은 집을 향해 빠르게 달리고 있었다. 여자는 관자놀이 위로 얇은 머리카락을 곱슬곱슬하게 만들었는데, 애처롭고 우스꽝스러워 보였다. 그녀의 왼손에는 하얀 다이아몬드가 반짝였다. 그녀는 내내 그것을 숨기고 있었다. 그것을 팔아버리느니 차라리 굶기를 택할 정도였다. 창밖으로 스쳐지나가는 풍경을 바라보는 그녀의 얇은 입술은 매력적인 미소를 짓고 있었다. 남자는 그녀 옆에 앉아서 마치 행복한 전망을 바라보듯 정면을 응시하고 있었다.

그 후 그들은 숲속 조그만 집에서 함께 살면서 젊은 시절에는 무시했겠지만 이제는 지상의 모든 행복의 본질처럼 느껴지는 낯설지만 구체적인 기쁨 속에서 행복을 누렸다. 그리고 언제나 여자는 남편을 이해했고 남자도 아내를 이해했다. 두 사람은 서로가 마침내 함께하게 된 오래된 연인이자 마지막까지 함께할 반려자라는 생각을 품고 있었다. 하지만 두 사람 모두 마치 사랑의 가장 내밀한 신성함을 감싸주는 향기 나는 옷처럼 무한한 섬세함과 상냥함의 갈피 속에 그 생각을 살며시 감추어 두었다.

고딕소설

장미 덤불 속 바람

장미 덤불 속 바람

The Wind in the Rose-Bush

포드 마을에는 기차역이 없었고, 포터 폭포에서 흘러온 강의 맞은편에 마을이 있었다. 그곳은 연락선을 타고 여울을 건너야만 닿을 수 있었는데, 그 때문에 '여울'이라는 뜻을 지닌 '포드'라는 마을 이름이 붙었다.

레베카 플린트가 가방과 점심 바구니를 들고 기차에서 내렸을 때 연락선이 기다리고 있었다. 그녀와 그녀의 작은 여행 가방이 안전하게 배에 실렸을 때 그녀는 배에서 경직된 채 곧게, 그리고 조용히 앉아 있었고, 배는 빠르고 부드럽게 강을 건너고 있었다. 배에는 말 한 마리가 가벼운 시골 마차에 묶여 타고 있었는데, 녀석은 불안한지 갑판을 발로 긁고 있었다. 말 주인은 그 가까이 서서 소처럼 침울한 얼굴로 무언가를 씹으며 조심스런 눈으로 말을 바라보고 있었다. 레베카 옆에는 그녀와 비슷한 또래의 여자가 앉아 있었는데, 그 여자는 은밀한 호기심의 눈길로 줄곧 그녀를 바라보았다. 그 곁에는 땅딸막하고 음침한 인상의 남편이 서 있었다. 레베카는 그 둘 가운데 누구에게도 관심을 두지 않았다. 그녀는 키가 크고 마르고 창백했으며, 독신이었지만 기본적인 태도와 표정은 기혼 여성 같았다. 그녀는 거의 무의식적으로 왼쪽 골반 위, 캔버스 가방 안에 말아 넣은 숄을 마치 어린아이나 되는 양 붙잡았다. 그녀는 삶에 맞서듯이 눈살을 찌푸렸지만, 그것은 삶을 벅찬 운명으로 여겨서가 아니라 고집 센 아이로 여기는 어머니의 찡그림과 같았다.

옆에 있던 여자는 계속 그녀를 바라봤다. 그녀는 조금 멍청해 보였다. 그렇지만 지나치게 발달한 호기심이 그 여자를 가끔 믿을 수 없을 만큼 예리하게 만들기도 했다. 그녀의 눈은 반짝였고, 축 늘어진 뺨 위에는 붉은 반점들이 돋아 있었다. 그녀는 계속 말을 하려고 입을 열었다가는 관두는 듯한 동작을 해보였다. 마침내 그녀는 더는 참을 수 없었는지 대담하게 레베카를 쿡 찔렀다.

"날씨 참 좋죠." 그녀가 말했다.

레베카가 그녀를 바라보고 차갑게 고개를 끄덕였다.

"네, 아주." 그녀가 동의했다.

"멀리서 오셨어요?"

"미시간에서 왔어요."

"오!" 여자가 놀라면서 말했다. "멀리서 왔네요." 그녀가 즉각 말했다.

"네, 그래요." 레베카가 단호하게 대답했다.

아직도 여자는 기죽지 않았다. 무언가를 알아내려고 작정한 듯했다. 상대의 모습에서 어떤 부조화를 희미하게 느껴서 그런 열의를 갖게 된 듯했다. "가족을 떠나서 오기에는 먼 길이었겠어요." 그녀는 공들여 능청을 떨면서 말했다.

"난 떠나올 가족이 없어요." 레베카가 짧게 대답했다.

"정말 아무도……."

"네, 없어요."

"오!" 여자가 말했다.

레베카는 빠르게 흐르는 강물을 똑바로 바라보았다.

긴 여정이었다. 마침내 레베카는 뜻하지 않게 말이 많아졌다. 그녀는 다른 여자 쪽으로 고개를 돌려 포드 마을에 살고 있는, 죽은 존 덴트의 부인을 아느냐고 물었다. "그녀 남편은 3년 전쯤에 죽었어요." 레베카는 자세히 말했다.

여자는 격하게 놀랐다. 그녀의 얼굴은 창백해졌다가 붉어졌다. 그녀는 무신경하면서도 싸늘한 눈빛으로 두 여자들을 대하고 있던 자신의 남편에게 묘한 눈길을 보냈다.

"네, 그런 것 같아요." 마침내 여자의 목소리가 불안정하게 흔들렸다.

"내 언니가 그의 첫 번째 아내였어요." 중요한 정보를 전달하는 듯한 분위기로 레베카가 말했다.

"그래요?" 여자가 힘없이 대답했다. 그녀는 의심과 두려움이 섞인 표정으로 남편을 바라보았고 그는 험악하게 고개를 저었다.

"그녀를 만나고서 내 조카 애그니스를 데려가겠다고 할 거예요." 레베카가 말했다.

그러자 여자가 지나치게 놀라는 바람에 레베카도 그것을 알아챌 수 있을 정도였다.

"무슨 일이죠?" 그녀가 물었다.

"아무것도 아니에요, 아마도." 여자가 남편을 바라보며 대답했다. 남편은 중국 인형처럼 천천히 고개를 젓고 있었다.

"내 조카가 아픈가요?" 레베카가 재빨리 의심하며 물었다.

"아니요, 아프지 않아요." 여자가 민첩하게 대답하고는 숨이 막히는지 "휴" 하고 한숨을 내쉬었다.

"언제 그 애를 봤죠?"

"어디 보자. 꽤 한동안 보지 못한 것 같아요." 여자가 대답했다. 그러고는 다시 숨을 크게 쉬었다.

"아주 예쁘게 자랐을 거예요. 언니를 닮았다면요. 언니는 정말 예뻤거든요." 레베카가 생각에 잠겨 말했다.

"네, 예쁘게 자란 것 같아요." 여자가 떨리는 목소리로 대답했다.

"두 번째 부인은 어떤 사람이죠?"

그 여자는 남편의 경고하는 얼굴을 힐긋 봤다. 그녀는 숨이 막히는 듯한 목소리로 레베카에게 대답하는 동안 줄곧 그를 바라보았다.

"좋은 여자인 것…… 같아요." 그녀가 대답했다. "잘…… 모르지만, 그런 것 같아요. 자주 안 만나봐서…… 난 잘 몰라요."

"존이 너무 빨리 재혼해서 조금 서운했어요." 레베카가 말했다. "하지만 그는 가정을 유지하고 애그니스가 보살핌 받길 원했기 때문에 그랬겠죠. 그 애 엄마가 죽었을 때는 내가 돌볼 수 있는 상황이 아니었어요. 어머니를 모셔야 했거든요. 그리고 학교에서 아이들을 가르쳤어요. 이젠 어머니도 돌아가셨고 삼촌도 6개월 전에 돌아가셨어요. 내게 유산을 꽤 남겨주셔서 학교를 그만두고 애그니스를 찾으러 온 거예요. 물론 새어머니가 좋은 분이고 그 애한테 늘 잘 해주셨을 테지만 나와 함께 가는 걸 그 애도 기뻐할 거예요."

아내에게 고개를 흔드는 남자의 경고는 꽤나 불길했다.

"그랬겠지요." 여자가 말했다.

"존은 늘 그녀가 아름다운 여성이라고 편지에 적어 보냈어요." 레베카가 말했다.

이윽고 연락선이 강기슭에 닿았다.

존 덴트의 부인은 의붓딸의 이모인 레베카를 마중하기 위해 말과 마차를 보냈다. 여자와 그녀의 남편이 길을 걸어가고 있을 때, 레베카는 마차에 옷가방을 싣고 곧 그들을 지나쳐 갔다. 여자가 책망하듯 남편에게 말했다.

"저 여자한테 말해줄걸 그랬나 봐요, 토머스."

"스스로 알게 내버려 둬." 남자가 대답했다. "남의 일에 괜한 참견하지 마, 마리아."

"그녀가 뭔가를 보게 될까요?" 어깨를 갑자기 떨면서 두려움 가득한 눈을 굴리며 여자가 물었다.

"본다고!" 그녀의 남편이 무심하게 멸시하며 대답했다. "보이는 게 없다는 걸 확실히 아는 게 좋겠지."

"오, 토머스, 사람들이 말하길……."

"맙소사, 당신은 사람들 말이 다 거짓이라는 거 몰라?"

"하지만 만일 그게 사실이고 그녀가 예민한 여자라면, 너무 무서워서 제정신을 잃게 될 수도 있잖아요." 마차에 꼿꼿이 앉아 있는 레베카의 모습을 불안한 마음으로 바라보며 토머스의 아내가 말했다. 마차는 언덕길의 산마루를 넘어 사라져가고 있었다.

"그렇게 쉽게 망가질 정신이라면 별로 가치가 없어." 남자가 분명하게 말했다. "당신은 상관하지 마, 마리아."

레베카가 탄 마차의 옆자리에는 금발의 소년이 앉아 있었다. 그녀가 보기에 소년은 그다지 총명해 보이지 않았다. 그녀는 소년에게 질문을 했지만, 그는 전혀 관심을 기울이지 않았다. 그녀가 또 묻자, 그는 당황한 듯 도무지 알아들을 수 없는 으르렁대는 소리로 대답했다. 그래서 레베카는 소년이 마차는 제대로 몰줄 안다는 것을 확인한 뒤에 그를 내버려뒀다.

그들은 반 마일쯤 이동해, 마을 광장을 지나 조금 떨어진 곳으로 갔다. 그리고 아주 근사해 보이는 집 앞에서 소년은 워! 하고 갑자기 말을 세웠다. 작고 하얀, 이 근처 원주민들의 작은 집

가운데 하나였는데, 한쪽은 베란다까지 지붕이 확장되어 있었고, 오른쪽 뒤편으로는 건물이 작게 L자 모양으로 튀어나와 있었다. 지금 그 건물에는 몇 가지 변형이 이루어져 있었다. 지붕창들이 있었고, 베란다가 없는 쪽에는 내닫이창을 두고, 정면 입구 계단 아래로까지 이어지는 난간에는 조각을 새겼으며, 현대적인 단단한 나무문을 달아 완전히 탈바꿈한 상태였다.

"여기가 존 덴트 씨 댁이니?" 레베카가 물었다.

소년은 철학자처럼 말을 아꼈다. 그가 보인 유일한 반응은 말 등 위로 고삐를 휙 하고 넘기고 끌채에 발 한쪽을 뻗어, 마차에서 뛰어내린 다음, 옷가방을 꺼내려고 뒤로 돌아간 것이었다. 레베카는 마차 밖으로 나와 집 쪽으로 걸어갔다. 집은 새로 페인트칠을 했는지 하얗게 반짝거렸고 블라인드들은 티 하나 없는 깨끗한 풋사과 색이었으며, 잔디는 벨벳처럼 매끄럽게 깎여 있었다. 그리고 수국과 칸나 꽃들이 점점이 찍힌 듯이 꼼꼼하게 심어져 있었다.

"존 덴트가 부유하다는 건 늘 알고 있었지." 레베카는 편안하게 돌이켜보았다. "아마 애그니스도 유산을 꽤 받았을 거야. 나도 충분히 갖고 있지만, 그 애가 학교 다니는 데 유용하겠지. 여유로울 거야."

소년은 옷 가방을 끌고 자갈길을 따라 올라갔다. 그런데 집이 비탈 위에 지어져 있다보니 베란다로 향하는 곳에 계단이 놓여 있었는데, 소년이 미처 그 계단에 다다르기도 전에 현관문이 열리면서 구불거리는 금발의 아주 크고 잘생긴 여인이 나타났다. 그녀는 풀 먹이고 자수를 놓은 풍성한 주름 장식의 검정 실크 치맛자락을 들고 레베카를 기다리고 있었다. 그녀의 둥글고 턱이 두 개인 분홍빛 얼굴에 조용한 미소가 번지면서 보조개가 파였지만 푸른 두 눈은 경계를 풀지 않았고 계산적으로 보였다. 레베카가 계단을 오르자 그녀는 손을 뻗었다.

"플린트 양이시군요." 그녀가 말했다.

"네, 부인." 레베카는 상대의 얼굴에서 두려움과 저항하는 마음이 뒤섞인, 묘한 표정을 읽어내고 당황하며 대답했다.

"아가씨가 보낸 편지는 오늘 아침에야 받았어요." 차분한 목소리로 덴트 부인이 말했다. 그녀의 큰 얼굴은 내내 분홍빛이었고, 연회청색 눈은 한 눈에 보기에도 적대적이고 뭔가 비밀스러운 면이 있었다.

"네, 부인께서 벌써 제 편지를 받으셨으리라고는 생각지 못했어요." 레베카가 대답했다. "제가 여기 오기 전에 부인께 답장을 받기까지는 기다리지 못할 것 같은 기분이 들었거든요. 게다가 폐가 되지 않는 선에서 부인께서 저를 한동안 머무를 수 있도록 허락해 주시리라 생각했어요. 존이 편지를 써서 종종 소식을 전하면서 자신의 상황이 어떤지 알려주었거든요. 그리고 뜻밖의 돈을 받게 되었을 때, 저는 애그니스를 위해 와야만 한다고 느꼈어요. 부인께서 기꺼이 그 애를 포기하시리라 믿어요. 그 애는 제 혈육이라는 것을 아시니까요. 물론 부인께서는 그 애한테 정이 들었겠지만 사실 부인과는 상관없는 아이지요. 사진을 보니 참 다정한 아이인 것 같더군요. 그리고 존은 늘 제게 말했어요. 그 애가 자기 엄마를 닮았다고. 제 언니라서가 아니라, 그레이스는 아름다운 여성이었죠."

레베카는 놀라움과 불안함에 말을 멈추고 상대방 여자를 바라보았다. 이 크고 아름다운 금발의 존재는 말없이 서서 가슴에 손을 얹은 채, 얼굴이 잿빛이 된 채 숨을 헐떡이고 있었다. 그녀의 입술은 미소를 지으려다 끔찍하게 실패하고 만 표정이 된 채 벌어져 있었다.

"어디 아프세요?" 레베카가 외치며 가까이 다가갔다. "물을 좀 가져다 드릴까요?"

덴트 부인은 가까스로 회복했다. "아무것도 아니에요." 그녀가 말했다. "한번씩 발작이 올 때가 있어요. 이젠 괜찮아요. 안으로 들어오시겠어요, 플린트 양?"

그녀가 말할 때, 아름다운 장밋빛이 그녀의 얼굴에 번졌고, 그 푸른 두 눈은 터키석의 불투명함으로 방문객의 눈과 마주쳤다. 푸른빛을 드러내고는 있지만 모든 것을 숨기고 있었다.

레베카는 여주인을 따라갔고 잠자코 기다리던 소년은 옷가방을 들고 계단을 올랐다. 그러나 그들이 문 안으로 들어가기 전에 이상한 일이 일어났다. 베란다 기둥과 가까운 위쪽 비탈에는 멋진 장미 덤불이 자라있었는데, 그 위에는 비록 계절은 늦었지만 작고 빨간 완벽한 장미꽃 한 송이가 피어 있었던 것이다.

레베카가 그것을 바라보자 상대 여자는 빠른 동작으로 손을 뻗었다. "그 장미는 꺾으면 안 돼요!" 여자는 퉁명스럽게 외쳤다.

레베카는 가슴을 펴고서 위엄 있는 태도를 취했다.

"난 다른 사람의 장미를 허락 없이 꺾어 가는 습관은 없어요." 그녀가 말했다.

이렇게 말하는 동안 무언가 이상한 일이 일어나 레베카는 소스라치게 놀랐고, 자신의 분노조차 잊었다. 갑자기 장미 덤불이 세찬 동풍이 몰아치듯 격하게 흔들렸다. 그러나 놀라우리만치 고요한 날이었다. 장미 가까이 비탈에 있던 수국은 이파리 하나도 흔들리지 않았다.

"이게 무슨……." 레베카는 다른 여자의 얼굴을 보고는 말문이 막혀 버렸다. 그 얼굴은 필사적으로 비밀을 움켜쥐고 있는 듯한 인상을 주었다.

"들어와요!" 그녀는 귀에 거슬리는 목소리로 말했다. 말을 하기 위해 인체의 발화 기관이 끼어들 틈도 없이 가슴에서 곧장 나오는 소리 같았다.

"집 안으로 들어와요. 여기 있으니 점점 추워지는 것 같네요."

"바람도 전혀 불지 않는데 장미 덤불이 어떻게 흔들릴 수 있죠?" 막연한 공포에 떨면서도 단호하게 레베카가 물었다.

"난 흔들리는 걸 보지 못했는데요." 여자가 침착하게 대답했다. 그녀가 말할 때는 정말로 덤불이 조용했다.

"흔들렸어요." 레베카가 말했다.

"지금은 아니죠." 덴트 부인이 말했다. "문 밖에서 흔들리는 모든 것에 신경 쓸 겨를이 없어요. 난 할 일이 많거든요."

그녀는 도전적이고, 전혀 흔들림 없는 눈으로 처음에는 덤불을, 그다음에는 레베카를 바라보며 경멸과 확신을 담아 말하고는 집 안으로 안내했다.

"이상해 보였어요." 레베카는 계속 말하면서도 그녀를 뒤따랐고 소년도 옷가방을 들고 따라왔다.

소박한 그녀의 기준에는 화려하고 우아하게 꾸며진 듯한 실내로 들어갔다. 거기에는 모직 양탄자와 레이스 커튼, 멋진 실내 장식용 직물 제품들과 광택이 나는 가구들이 있었다.

"정말 잘 꾸며 놓으셨네요." 레베카가 새로운 환경에 어느 정도 익숙해진 다음에 말했다. 두 사람은 찻상을 마주하고 앉았다.

덴트 부인은 은식기 세트 너머에서 아주 만족스럽다는 듯이 바라보았다. "네, 그래요." 그녀가 말했다.

"모두 새로 장만하셨어요?" 레베카가 죽은 언니의 신혼살림에 어린 추억을 지키려는 마음에 머뭇거리며 물었다.

"네. 죽은 사람 물건은 갖고 있고 싶지 않았거든요. 내겐 돈도 충분히 있었고요. 그래서 존에게 손 벌리지 않았어요. 오래된 물건들은 경매에 내놨어요. 많이 쳐주진 않더군요." 덴트 부인이 말했다.

"그래도 몇 가지는 애그니스를 위해 남겨 놓으셨겠지요. 애그니스가 자라면 가엾은 엄마의 물건들을 갖고 싶어할 텐데요." 레베카는 조금 분해하면서 말했다.

적대적으로 바라보는 덴트 부인의 파란 눈은 더욱 강렬해졌다. "다락방에 몇 가지가 있어요." 그녀가 말했다.

"애그니스는 아마도 그것들을 소중하게 여길 거예요." 레베카가 말했다. 그녀는 말하면서 창밖을 바라봤다. "애그니스가 집에 돌아올 시간이 거의 되지 않았나요?"

"거의 됐죠." 덴트 부인이 무심하게 대답했다. "하지만 애디 슬로컴네 집에 가면 언제 돌아올지 몰라요."

"애디 슬로컴이 애그니스와 친한 친구인가요?"

"가장 친하죠."

"애그니스가 저와 함께 떠나고 나서 그녀에게 놀러오라고 해도 되겠군요." 레베카가 아쉬워하며 말했다. "처음에는 향수병에 걸릴 수도 있을 거예요."

"그럴 수 있겠죠." 덴트 부인이 대답했다.

"애그니스가 부인을 어머니라고 부르나요?" 레베카가 물었다.

"아니요, 에멀린 아줌마라고 불러요." 여자가 짧게 대답했다. "언제 댁으로 돌아가신다고 하셨죠?"

"제 생각에는 일주일 안에요, 애그니스가 곧 출발할 준비가 되기만 하면요." 조금 놀란 듯 레베카가 대답했다.

그녀는 그런 불친절한 눈빛과 질문을 받고는 하루도 더 머물 수 없다는 생각을 했다.

"오, 그 점은 애그니스가 준비가 되든 안 되든 아무런 차이 없겠죠. 아가씨는 언제든 가야겠다 싶을 때 떠나면 돼요. 그럼 애그니스가 따라 갈 거예요." 덴트 부인이 말했다.

"혼자서요?"

"안 될 것 있나요? 그 애도 이제는 다 컸어요. 아가씨는 차편을 바꾸지 않아도 되고요."

"조카는 저와 함께 집으로 갈 거예요. 혼자 여행하게 두진 않아요. 그리고 그 애 엄마이자 제 언니의 집이었던 이곳에서 그 애를 기다릴 수 없다면 다른 곳에 가서 머물겠어요." 레베카는 조금 흥분해서 말했다.

"오, 원하시는 만큼 얼마든지 여기서 머무르세요. 환영한답니다." 덴트 부인이 말했다.

그때 레베카가 놀라서 말했다. "저기 그 애가 왔네요!" 그녀는 기뻐서 어쩔 줄 모르는, 떨리는 목소리로 말했다. 그녀가 얼마나 소녀를 보고 싶어 했는지 아무도 모를 것이다.

"생각보다는 늦지 않았네요." 덴트 부인이 말했다. 그녀의 얼굴에는 알 수 없는 미묘한 변화가 스쳐 지나갔고 다시 돌처럼 차가운 무표정이 자리잡았다.

레베카는 문이 열리기를 기다리며 문을 바라보았다. "어디 간 거죠?" 그녀가 곧 물었다.

"입구에서 모자를 벗고 있을 거예요." 덴트 부인이 말했다.

레베카는 기다렸다. "왜 들어오지 않죠? 모자 벗는 데 이렇게 시간이 많이 걸릴 것 같지는 않은데요."

대답 대신 덴트 부인은 뻣뻣한 몸을 휙 일으키더니 문을 열어젖혔다.

"애그니스!" 그녀가 불렀다. "애그니스!" 그러고는 몸을 돌려 레베카를 봤다. "애그니스는 없어요."

"창밖으로 지나가는 걸 봤어요." 레베카가 어리둥절해서 말했다.

"잘못 본 거겠죠."

"아니에요, 봤어요." 레베카가 집요하게 말했다.

"그랬을 리가 없어요."

"봤어요. 천장에 그림자가 움직이는 걸 먼저 봤고, 그다음에는 저기 창문 너머로 그 애를 봤어요. 그리고 반대편 탁자 너머 거울에 비쳤어요. 그러고 나서 그림자가 창문으로 지나갔다고요."

"창문에 비친 모습이 어떻든가요?"

"체구가 작고, 밝은색 머리를 뒤로 넘겨서 이마가 드러나 있었어요."

"그녀를 봤을 리가 없어요."

"애그니스 같은가요?"

"그렇긴 해요, 하지만 아가씨는 애그니스를 본 적이 없잖아요. 그 애 생각을 너무 많이 해서 봤다고 착각하는 걸 거예요."

"부인도 그렇게 생각하셨잖아요."

"창가를 지나가는 그림자를 본 것 같다고 생각했지만 내가 착각한 거예요. 그 애는 들어오지 않았어요. 그렇지 않았다면 지금쯤 우리가 그 애를 봤겠죠. 어쨌든 애디 슬로컴 집에서 돌아오기에는 너무 이른 시간이긴 해요."

레베카가 잠자리에 들 무렵까지도 애그니스는 돌아오지 않았다. 레베카는 소녀가 돌아올 때까지 자리를 뜨지 않기로 굳게 결심했지만 몹시 피곤했다. 그리고 자신이 어리석다고 생각했다. 게다가 덴트 부인은 애그니스가 애디 슬로컴과 함께 교회 친목회에 갔을지도 모른다고 말했다. 레베카가 그녀에게 이모가 왔다는 사실을 알리자고 제안하자 덴트 부인은 의미심장하게 웃었다.

"어린 아가씨가 남자아이들이 있는데 이모를 만나려고 친목회 자리를 파하고 오지는 않을 거예요." 그녀가 말했다.

"그 애는 너무 어려요." 레베카가 믿을 수 없다는 듯이 분개하며 말했다.

"그 애는 열여섯이에요." 덴트 부인이 대답했다. "그리고 늘 남자아이들과 잘 지냈어요."

"나와 함께 가면 4년 동안 학교를 다닌 후에야 비로소 남자아이들을 생각할 틈이 있을 거예요." 레베카가 말했다.

"두고 보면 알겠죠." 여자가 웃었다.

레베카는 잠자리에 든 뒤에도 창문 아래에서 소녀의 웃음소리와 소년의 목소리가 들려오지 않을까 하고 귀기울인 채 꽤 오랜 시간 깨어 있다가 잠이 들었다.

다음 날 아침 일찍 그녀는 아래층으로 내려갔다. 덴트 부인이 하인도 없이 바쁘게 아침을 준비하고 있었다.

"애그니스는 아침 식사 준비를 돕지 않나요?" 레베카가 물었다.

"아니요, 그냥 놔둬요." 덴트 부인이 짧게 대답했다.

"어젯밤 몇 시에 돌아왔어요?"

"그 애는 집에 오지 않았어요."

"뭐라고요?"

"집에 오지 않았다고요. 애디네서 잤어요. 자주 그래요."

"말도 없이요?"

"아, 그 애는 내가 걱정하지 않으리라는 걸 알아요."

"언제 집에 돌아올까요?"

"아마 곧 돌아올 거예요."

레베카는 불안했지만 그것을 숨기려고 애썼다. 왜냐하면 자신이 왜 불안해 하는지 정당한 이유를 알지 못했기 때문이다. 어린 소녀가 친구와 하룻밤을 같이 지낸다고 해서 놀랄 일이 뭐가 있겠는가? 그녀는 아침을 많이 먹지 못했다. 그 뒤에 레베카는 여주인이 그녀를 막으려고 은밀히 애썼음에도 작은 베란다로 나갔다.

"집 뒤편으로 가 보는 게 어때요? 아주 예뻐요. 강이 보이거든요." 그녀가 말했다.

"여기가 좋아요." 레베카가 대답했다. 그녀는 목적이 있었다. 소녀가 돌아오는 걸 보고 싶었다.

이내 레베카는 거실을 지나 덴트 부인이 요리를 하고 있는 주방까지 급하게 들어왔다.

"장미 덤불 말이에요!" 그녀는 말을 제대로 못했다.

덴트 부인이 돌아서서 그녀를 마주봤다.

"그게 왜요?"

"흔들렸어요."

"그게 왜요?"

"오늘 아침에는 바람 한 점 없다고요."

덴트 부인은 흉내 낼 수 없는 방법으로 고개를 홱 젖히고는 돌아보았다. "만일 제가 그런 영문도 모를 허튼소리를 듣고 있을 만큼 한가할 거라 생각한다면……." 그녀가 입을 열자 레베카가 끼어들었다. 레베카는 울부짖으며 문 쪽으로 달려갔다.

"저기 지금 있잖아요!" 레베카가 외쳤다. 그녀가 문을 활짝 열자 아주 기묘하게도 산들바람이 불어와 그녀의 회색빛 머리가 흩날리고 탁자 위에 있던 종이들이 날려 바스락거리는 소리를 크게 내며 바닥으로 떨어졌다. 그러나 아무도 보이지 않았다.

"여기에는 아무도 없네요." 레베카가 말했다.

레베카는 멍하니 상대 여자를 바라보았고, 그녀는 들고 온 밀방망이로 파이껍질을 툭 쳤다.

"나는 아무런 소리도 듣지 못했어요." 그녀가 침착하게 말했다.

"누군가가 저 창문으로 지나가는 걸 봤다고요!"

"또 잘못 봤군요."

"분명히 봤어요."

"그럴 리가 없어요. 그 문 닫아주세요."

레베카는 문을 닫았다. 그녀는 창가에 앉아서 부엌문으로 이어지는, 작은 오솔길이 구부러져 있는 가을 뜰을 바라보았다.

"이 방에서 장미 향기가 왜 이렇게 짙게 나죠?" 그녀가 물었다. 그녀는 코를 킁킁거리며 냄새를 열심히 맡았다.

"이 육두구 냄새 말고는 아무 냄새도 안 나는데요."

"육두구가 아니에요."

"다른 냄새는 안 나요."

"애그니스는 도대체 어딜 간 거죠?"

"아마도 배를 타고 애디와 함께 포터 폭포 쪽으로 갔을 거예요. 종종 그러거든요. 그쪽에 애디의 이모가 살아요, 그리고 애디의 사촌도 있고요. 아주 잘생긴 소년이랍니다."

"애그니스가 거기까지 갔다고요?"

"아마도요. 원래 잘 가니까요."

"언제 집에 올까요?"

"오후 전에는 안 올 거예요."

레베카는 최대한 인내심을 발휘해 기다렸다. 그녀는 자신을 안심시키면서 모두 자연스러운 일이라고, 그 여자도 어쩔 수 없는 일이라고 스스로에게 말했다. 그러나 애그니스가 그날 오후까지도 돌아오지 않는다면 아이를 부르러 사람을 보내야겠다고 마음을 먹었다.

4시가 되자, 레베카는 결심한 바대로 일을 해결하려고 나섰다. 그녀는 거실 벽난로 선반에 있는 오닉스 시계를 은밀히 보며 시간을 재고 있었다. 애그니스가 그 시간까지 오지 않는다면 아이를 부르러 사람을 보내달라고 말해야만 했다. 그녀는 일어서서 덴트 부인 앞에 섰다. 덴트 부인은 자수를 하다가 차분하게 고개를 들어 그녀를 바라보았다.

"기다릴 만큼 기다렸어요. 난 미시간에서부터 언니의 딸을 만나 그 애를 집으로 데려가기 위해 온 거예요. 어제부터 24시간이나 여기 있었어요. 그런데 아직도 그 애를 만나지도 못했어요.

이제는 만나야겠어요. 그 애를 부르러 사람을 보내야겠어요."

덴트 부인은 자수를 접고 일어섰다.

"당신을 탓하지는 않아요." 그녀가 말했다. "이제 올 시간이 되었어요. 내가 직접 가서 데려올게요."

레베카는 안도의 한숨을 내쉬었다. 그녀는 자신이 무엇을 의심하거나 두려워하는지 정확히 알지 못했지만, 자신의 입장이 비난은 아니더라도 적대적이긴 했다는 것을 알았기 때문에 안도감을 느꼈다.

"그래 주셨으면 좋겠어요." 그녀는 고마움을 담아 말하고는 의자로 돌아갔다. 덴트 부인은 숄과 하얀 두건을 챙겼다.

"곤란하게 해 드리고 싶지는 않지만 그 애를 보기 위해 더는 못 기다릴 것 같아서요." 레베카는 변명하듯 말했다.

"오, 전혀 곤란하지 않아요." 덴트 부인이 나가면서 말했다.
"아가씨를 탓하지 않아요, 충분히 오래 기다리셨잖아요."

레베카는 창가에 앉아 덴트 부인이 혼자서 뜰로 들어설 때까지 숨을 죽이고 바라보고 있었다. 그녀는 문 쪽으로 달려가 똑똑히 보았다. 이번에는 알아채지 못 할 뻔했지만 장미 덤불이 다시 거칠게 흔들렸고 다른 곳에서는 바람 한 점 불지 않았다.

"그 애는 어디 있지?" 레베카가 외쳤다.

덴트 부인은 비탈을 따라 현관으로 이르는 계단을 올라오면서 경직된 입술로 웃었다. "애들은 애들이네요." 그녀가 말했다. "애그니스는 애디와 함께 링컨에 갔어요. 기차 승무원인 애디의 삼촌이 거기 살거든요. 그가 그 애들한테 기차표를 보내줘서 애디의 이모 마거릿 부인 댁에 며칠 머물 것 같아요. 슬로컴 부인 말로는 애그니스가 기차가 떠나기 전에 와서 제게 물어볼 시간은 없었지만 괜찮을 거라고 말했다더군요, 그리고……."

"왜 그 애가 부인한테 이야기하지 않았죠?" 레베카는 의심하지는 않았지만 화가 났다. 왜 화가 나는지 이유는 알 수 없었다.

"아, 그 애는 포도송이를 걸고 있었나 봐요. 손이 까맣게 물든 걸 다 씻어내고 나면 오려고 했대요. 집에 손님이 오셨다고 들었는데, 손이 너무 보기 흉했다는군요. 유황 성냥 위로 그걸 들고 있었겠지요."

"그 애가 며칠 머무를 거라고 하셨나요?" 레베카가 멍해져서 거듭 물었다.

"그래요, 목요일까지요, 슬로컴 부인이 그러시더군요."

"링컨은 여기서 얼마나 멀죠?"

"50마일 정도요. 가서 굉장히 대접을 잘 받을 거예요. 슬로컴 부인의 언니는 정말 좋은 분이시거든요."

"집으로 돌아가는 날짜가 꽤 늦어지겠네요."

"기다리실 수 없을 것 같으면, 제가 아이를 준비시켜서 되도록 빨리 보내 드릴게요." 덴트 부인이 다정하게 말했다.

"기다릴게요." 레베카가 단호히 말했다.

두 여자는 다시 앉았다. 그리고 덴트 부인은 자수를 도로 집어 들었다.

"그 애를 위해 바느질할 게 있을까요?" 레베카가 마침내 자포자기해서 물었다. "그 애를 위해 바느질을 할 만한 게 뭐 좀 있으면……."

덴트 부인이 얼른 일어나 옷장에서 하얀 뭉치를 들고 왔다. "여기요." 그녀가 말했다. "이 잠옷에 레이스를 달아 주고 싶다면 하세요. 그 애한테 시키려고 했던 건데, 자기가 할 일이 없어져서 좋아하겠네요. 이것과 다른 한 벌도 가기 전에 만들어뒀으면 했지요. 좋은 속옷 한 벌 없이 보내고 싶지는 않거든요."

레베카는 그 작고 하얀 옷을 잡어들고는 열심히 꿰맸다.

그날 밤, 자정이 조금 지났을 때, 레베카는 깊은 잠에서 깼다. 그리고 잠시 동안 그녀의 능력을 모두 동원해 자신에게 들려오는 소리를 설명하려고 애썼다. 마침내 그녀는 그 소리가 너무나 유명한 〈소녀의 기도〉의 선율이라는 것을 알아차렸다. 소리는 아래층 거실의 피아노에서부터 울려 퍼져 마룻바닥을 통해 위층까지 들려왔다. 레베카는 벌떡 일어나 잠옷 위에 숄을 걸치고 서둘러 아래층으로 떨면서 내려갔다. 거실에는 아무도 없었다. 피아노도 조용했다. 그녀는 덴트 부인의 침실로 달려가 흥분해서 외쳤다.

"에멀린! 에멀린!"

565

"왜요?" 덴트 부인의 목소리가 침대 쪽에서 들려왔다. 목소리는 엄격했지만 그 속에는 의식적인 음색이 깃들어 있었다.

"누가, 누가 거실에서 피아노로 〈소녀의 기도〉를 연주했죠?"

"난 아무것도 못 들었어요."

"누군가 있었어요."

"나는 아무 소리도 못 들었어요."

"분명히 누군가 있었어요. 그런데 아무도 보이지 않아요."

"나는 아무것도 못 들었다고요."

"난 들었어요. 누군가 〈소녀의 기도〉를 피아노로 연주했어요. 애그니스가 집에 왔나요? 알아야겠어요."

"물론 애그니스는 아직 오지 않았어요." 격앙된 어조로 덴트 부인이 대답했다. "그 애 때문에 미쳐가는 거 아니에요? 포터 폭포에서 출발한 마지막 배는 우리가 잠자리에 들기 전에 도착했어요. 그 애는 당연히 오지 않았고요."

"들었는데……."

"꿈을 꾼 거예요."

"아니요, 난 완전히 깨어 있었어요."

레베카는 자신의 방으로 돌아가서 등불을 밤새도록 켜놓았다.

이튿날 아침 레베카는 덴트 부인을 향한 흥분을 억누른 채, 경계하면서도 이글거리는 눈빛으로 그녀를 바라보았다. 그녀는 계속 뭔가 말하려는 듯 입을 열었지만, 얼굴을 찌푸리면서 입술을 굳게 다물어 버렸다. 아침 식사 뒤 그녀는 위층으로 올라가서 외투를 입고 모자를 쓰고 곧 내려왔다.

"자, 에멀린. 슬로컴 가족이 사는 곳이 어딘지 알고 싶어요." 레베카가 말했다.

덴트 부인은 가느다랗고 반쯤 감긴 눈으로 레베카를 오랫동안 묘하게 바라보았다. 그녀는 커피를 거의 다 마셔가고 있었다.

"왜요?" 그녀가 물었다.

"거기에 가서 그 댁 딸과 애그니스에 대해 그 애들이 나간 뒤로 뭐 들은 소식이 없나 알아보려고요. 어젯밤 들려온 소리가 영 찝찝해요."

"꿈을 꾼 거겠지요."

"내가 그랬는지 아닌지는 중요하지 않아요. 애그니스가 〈소녀의 기도〉를 피아노로 연주하곤 하나요? 알고 싶어요."

"그랬다면요? 조금은 연주할 수 있을 거예요, 아마도. 잘 모르겠네요. 어쨌든 반도 연주하지 못할 거예요. 그 애는 음악에 대해 조예가 깊지 않아요."

"어젯밤 그건 반도 연주하지 못하는 솜씨가 아니었어요. 나는 그런 일이 일어나는 걸 좋아하지 않아요. 미신을 믿지는 않지만 그런 일은 기분 나빠요. 가봐야겠어요. 슬로컴 댁은 어디죠?"

"길을 따라 내려가다 다리를 건너고 오래된 제분소를 지나면, 왼쪽으로 꺾으세요. 반 마일 안에 있는 유일한 집이라 찾기 쉬울 거예요. 둥근 지붕 위에 돛이 다 올라간 배가 있는 헛간이 있어요."

"그럼 전 다녀올게요. 마음이 편치 않아요."

두 시간 쯤 뒤에 레베카가 돌아왔다. 그녀의 뺨에는 붉은 점들이 올라와 있었다. 그녀는 몹시 흥분해 보였다. "거기 갔었어요." 그녀가 말했다. "그 집에는 아무도 없더군요. 분명 무슨 일이 일어난 거예요."

"무슨 일이 있었죠?"

"저도 모르겠어요. 어젯밤에 경고를 받은 거라고요. 거기에는 아무도 없었어요. 그들을 링컨으로 보낸 것 같아요."

"누군가 물어볼 사람이 있던가요?" 덴트 부인이 불안함을 살짝 감추며 물었다.

"길모퉁이에 사는 여자 분에게 물어봤어요. 그녀는 귀가 완전히 먹었더군요. 부인도 아실 거예요. 제가 슬로컴 가족이 어디 있는지 아냐고 소리치는 동안 귀를 기울이더니 그녀는 '스미스 부인은 여기 살지 않아요.'라고 했어요. 길가에 사람도 없었고, 그게 유일한 집이었어요. 무슨 뜻일까요?"

"큰 의미는 없는 것 같은데요." 덴트 부인이 냉정하게 대답했다. "슬로컴 씨는 기차 승무원이니까 어쨌든 집을 비웠을 테고 그 부인도 남편이 없으면 일찍 나가서 포터 폭포에 사는 그녀의 언니한테 가서 보내곤 해요. 그녀는 애디보다 더 외출을 즐겨요."

"그럼 부인은 아무 일도 일어나지 않았다고 생각하세요?" 레베카가 그 합리적 설명 앞에 의심이 줄어든 채 물었다.

"그럼요, 당연하죠!"

레베카는 외투와 모자를 벗어 놓으려고 위층으로 올라갔다. 그러나 그것들을 벗지 않은 채 다시 서둘러서 내려왔다.

"누가 제 방에 들어왔었죠?" 레베카는 숨을 제대로 쉬지 못했다. 그녀의 얼굴은 잿빛처럼 창백해졌다.

덴트 부인도 그녀를 보면서 창백해졌다.

"무슨 뜻이에요?" 그녀가 천천히 물었다.

"위층에 갔을 때 애그니스가 입는 작은 잠옷이 침대에 놓여 있었어요. **놓여 있었다고요.** 소매가 가슴팍 위로 접혀 있고, 그 사이에 작은 빨간 장미가 놓여 있었어요. 에멀린, 뭐죠? 에멀린, 무슨 일이죠? 오!"

덴트 부인은 숨이 턱 막히는 듯 격하게 숨을 헐떡였다. 그녀는 의자의 등받이 부분을 꼭 붙잡았다. 레베카도 몸을 떨면서 가까스로 서 있었지만 그녀에게 물을 가져다주었다.

회복되자마자 덴트 부인은 공포와 전율, 적대감이 뒤섞인 기묘한 시선으로 레베카를 보았다.

"왜 그렇게 말하는 거죠?" 그녀가 딱딱한 목소리로 말했다.

"그게 **거기에 놓여 있어요.**"

"말도 안 돼요. 아가씨가 던져 놓았고 그런 식으로 떨어져 있었겠죠."

"제 서랍장 서랍에 접어서 놓았었어요."

"그럴 리가 없어요."

"누가 그 빨간 장미를 꺾었죠?"

"덤불 위를 봐요." 덴트 부인이 짧게 대답했다.

레베카가 그녀를 보았다. 그녀의 입은 놀라움으로 크게 벌어졌다. 레베카는 서둘러 방을 나갔다. 그녀가 돌아왔을 때, 그 눈은 금세라도 튀어나올 것 같았다. (그 사이 서둘러 위층으로 올라갔다가 난간을 붙잡고 비틀거리는 걸음으로 내려왔다.)

"이제 이 모든 게 뭘 의미하는지 알고 싶어요." 레베카가 따졌다.

"뭐가 무슨 뜻이라는 거죠?"

"장미는 덤불 위에 있어요. 그리고 내 방 침대 위에 있던 건 사라졌어요! 이 집은 귀신이 들렸나요, 뭐죠?"

"이 집에 귀신이 들렸다는 건 난 전혀 아는 바가 없어요. 그런 걸 믿지도 않고요. 정신이 이상한 거 아니에요?" 덴트 부인은 힘을 모아 말했다. 그녀의 뺨에 핏기가 되살아났다.

"아니요." 레베카가 짧게 말했다. "난 아직 미치지 않았어요. 하지만 이런 일이 계속된다면 그렇게 될지도 모르겠네요. 애그니스가 어디 있는지 밤이 되기 전에 알아야겠어요."

덴트 부인은 레베카를 바라보았다.

"어떻게 하려고요?"

"링컨에 가려고요."

덴트 부인의 커다란 얼굴에는 승리를 거둔 듯한 미소가 희미하게 번졌다.

"그럴 순 없어요. 기차가 없거든요." 그녀가 말했다.

"기차가 없다고요?"

"없어요. 포터 폭포에서 링컨으로 가는 오후 기차는 없어요."

"그럼 오늘 밤에 슬로컴 씨 댁에 다시 한번 가볼래요."

그러나 레베카는 가지 않았다. 가장 좋은 드레스들만 갖고 온 터라 그녀의 결심은 비로 인해 좌절되었다. 게다가 저녁이 되자 그녀가 떠난 지 거의 일주일 정도 되는 미시간에서 편지가 왔다. 레베카가 집을 비운 동안 그녀의 집을 봐주기로 했던 독신의 사촌 여성으로부터 온 것이었다. 특별한 내용은 없는 예의 바른 편지였다. 그녀가 얼마나 레베카를 그리워하는지, 좋은 날씨 속에 건강히 지내길 바란다고 적혀 있었다. 그리고 그 집에서 지내는 첫날 밤 자신이 외로움을 느낄까 봐 친구 그리너웨이 부인이 와서 자신과 함께 지내고 있다고도 했다. 물론 그렇게 하는 데 대해서는 미리 논의한 바가 없었지만, 그녀는 레베카가 이 일을 반대하지 않았으면 좋겠다고 했다. 그녀는 자신이 혼자 지내는 것을 불안해 한다는 것을 몰랐었다고도 했다. 사촌은 아주 성실한 사람이었고, 편지 내용 또한 그러했다. 레베카는 불안한 마음임에도 편지를 읽으면서 미소를 지었다. 그러고 나서 추신에 눈길이 갔다. 다른 사람의 글씨체였다. 친구인 한나 그리너웨이 부인이 썼다고 하면서, 레베카의 사촌이 지하실 계단에서 굴러 떨어져서 골반이 부러졌으며 아주 위험한 상태라는 이야기였다. 자신은 류머티즘을 앓고 있어 그녀를 잘 돌볼 수가 없고, 도와 줄 수 있는 다른 사람도 구할 수가 없는 상황이니 레베카가 속히 돌아와 주길 바란다고 쓰여 있었다.

레베카는 꽤 늦은 시각에 자신의 방에 편지를 전해 주러 온 덴트 부인을 바라보았다. 9시 반이 지난 시각이었다. 그리고 그녀는 그 밤 내내 위층에 있었다.

"이 편지는 어디서 온 거죠?" 그녀가 물었다.

"앰블크롬 씨가 가져왔어요." 덴트 부인이 대답했다.

"그게 누구죠?"

"우체국장이에요. 그는 늦게 온 편지들을 가져다주러 종종 들르곤 해요. 내게는 편지를 가지러 보낼 사람이 없다는 걸 알거든요. 당신이 온다는 소식을 전한 편지도 직접 가져다줬어요. 그와 그의 아내가 당신과 함께 연락선을 타고 왔다고 하더군요."

"아, 기억나요." 레베카가 짧게 대답했다. "이 편지에 나쁜 소식이 있어요."

덴트 부인의 얼굴은 심각하게 질문하는 표정이 되었다.

"네, 제 사촌 해리엇이 지하실 계단에서 굴러 떨어져서 골반뼈가 부러졌대요. 늘 조심해야 하는 곳인데. 그래서 내일 집으로 가는 첫 기차를 타야할 것 같아요."

"그렇군요. 참으로 유감이에요."

"아니, 그렇지 않잖아요!" 마치 펄쩍 뛰기라도 한 듯한 표정으로 레베카가 말했다. "부인은 기쁘잖아요. 왜인지는 모르겠지만 기뻐하고 있어요. 제가 온 뒤로부터 어떤 이유에서인지는 모르겠지만 부인은 제가 없어지길 바라고 있어요. 모르겠어요. 부인은 이상한 분이에요. 이제 부인이 바라던 대로 됐으니 만족하셨길 바라요."

"말씀이 지나치네요."

덴트 부인은 힘없이 상처받은 목소리로 말했지만 두 눈은 빛났다.

"있는 그대로 말한 것뿐이에요. 그럼 내일 아침에 저는 떠나겠어요. 그리고 애그니스가 집으로 돌아오는 대로 제게 보내 주세요. 지체할 것 없어요. 그 애 옷가지만 싸서 보내 주시면 돼요. 옷을 수선해서 보낸다고 지체하지도 마시고 차표를 사주세요. 돈은 제가 두고 갈게요. 차편을 바꿀 필요도 없어요. 그 애가 집에 오면 바로 다음 기차로 출발시키세요!"

"그러죠." 다른 여자가 대답했다. 그녀는 은밀히 즐기는 듯한 표정을 지었다.

"꼭 그렇게 해 주세요."

"좋아요, 레베카."

레베카는 다음 날 아침 여행길에 올랐다. 이틀 뒤, 그녀가 도착했을 때, 그녀는 사촌이 아주 건강하다는 것을 알았다. 게다가 그 친구가 사촌의 편지에 추신을 쓰지 않았다는 사실도 알았다. 레베카는 이튿날 아침, 포드 마을로 돌아가려고 했지만 피로와 신경과로로 몹시 힘들었다. 그녀는 침대에서 꼼짝도 할 수 없었다. 걱정과 피로로 인한 미열이 이어졌다. 그러나 편지는 쓸 수 있었기에 그렇게 했다. 슬로컴 씨 집에 편지를 보냈지만 답장은 없었다. 덴트 부인한테도 썼다. 전보도 수없이 쳤지만 아무런 응답이 없었다. 마침내 그녀는 우체국장에게 편지를 썼고 처음으로 답장이 즉각 도착했다. 편지는 짧고, 무뚝뚝했으며 용건만 간단히 적혀 있었다. 우체국장 앰블크롬 씨는 말이 그다지 없는 사람이었다. 편지에 담긴 그의 표현은 특히 조심스러웠다.

친애하는 부인

당신의 부탁을 접수했습니다. 포드 마을에 슬로컴 가족은 없습니다. 모두 세상을 떠났습니다. 애디는 10년 전에, 그녀의 어머니는 2년 뒤에, 아버지는 5년 뒤에 죽었고 집은 비어 있습니다. 존 덴트 부인은 의붓딸을 돌보지 않았다고 합니다. 소녀는 아팠습니다. 약도 주지 않았다는군요. 어떤 조치를 취했다고 말은 합니다. 증거는 부족합니다. 집은 귀신이 들렸다고 합니다. 이상한 광경이 보이고 소리가 들리지요. 당신의 조카, 애그니스 덴트는 1년 전, 이맘때쯤 죽었습니다.

진실을 담아,
토머스 앰블크롬

루엘라 밀러

Luella Miller

마을길과 가까운 곳에 악명 높은 루엘라 밀러가 살던 단층집이 있었다. 그녀가 죽은 지는 몇 해가 지났다. 하지만 오래된 과거의 위험으로부터 벗어난 유리한 위치에 더 선명한 불빛이 있음에도, 여전히 그 마을에는 사람들이 어릴 때부터 들어왔던 반쯤은 믿을 수 없는 이야기가 전해오고 있었다. 비록 그들 자신이 그런 감정을 갖고 있을 근거는 거의 없음에도, 그들의 마음속에는 루엘라 밀러와 동시대를 살았던 조상들이 품었던 격한 두려움과 광적인 공포가 남아 있었다. 젊은 사람들은 그 오래된 집 옆을 지나칠 때면 몸서리를 치면서 그곳을 바라보았고, 아이들도 절대로 그 빈 건물 주변에서 놀지 않았다. 밀러의 오래된 집은 창문 하나 깨진 곳이 없었다. 에메랄드빛과 파란빛을 띠는 조각 판유리들 위로 아침 햇살이 반사되었고, 현관문에 걸린 자물쇠는 그것을 고정하는 빗장이 없는데도 결코 들어올려지는 일이 없었다.

루엘라 밀러가 거기서 실려나간 뒤로는 사실상 그곳에 살았던 세입자가 없었다. 거기가 아니면 마을에서 멀리 떨어진 지붕도 없는 안식처 말고는 선택의 여지가 없던, 기댈 곳 하나 없는 한 늙은 영혼만이 잠시 머물렀을 뿐이었다. 일가친척과 친구들이 모두 세상을 떠난 후 홀로 살아남은 이 노파는 그 집에서 일주일을 살았다. 그리고 어느 날 아침, 굴뚝에서 연기가 피어오르지 않자 힘센 이웃 여럿이 그 집으로 들어갔고, 그녀가 침대에서 죽어 있는 것을 발견했다. 사망 원인을 놓고 흉흉한 소문들이 돌았고, 죽인 이의 얼굴에 떠나간 영혼이 느꼈던 극심한 공포의 흔적이 남아있었음을 증언하는 사람들도 있었다. 그 노파는 그 집에 들어갔을 때만 하더라도 건강했고 원기 왕성했다. 그리고 7일 뒤 그녀는 죽었다. 마치 어떤 불가해한 힘의 희생양이 된 것 같았다. 목사는 미신을 믿는 죄에 대해서 은밀하고 엄격하게 설교했지만 여전히 그러한 믿음이 널리 퍼져 있었다. 그 집에 사느니 차라리 구빈원에서 살겠다는 마을 사람들이 한두 명이 아니었다. 어떤 부랑자라도 그 이야기를 듣게 되면 반세기 가까이 이어진 미신적인 공포로 말미암아 신성모독죄로 더럽혀진 그 낡은 지붕 아래에서 피난처를 구하려 하지 않았다.

이 마을에는 실제로 루엘라 밀러를 알았던 사람은 딱 한 명 남아 있었다. 그는 여든이 훨씬 넘은 여성이었는데, 경이로운 활력과 사그라지지 않는 젊음을 여전히 간직하고 있었다. 마치 생명의 활시위를 이제 막 떠난 화살처럼, 그녀는 꼿꼿하게 길거리를 활보하고 다녔고, 비가 오거나 날이 맑거나 늘 교회에 갔다. 결혼한 적이 없는 그녀는 루엘라 밀러의 집 건너편에서 몇 년 동안 혼자 살았다.

그녀는 나이 든 사람 특유의 수다스러움은 없었지만, 자신의 의지가 아닌 다른 사람의 의지에 따라 입을 다문 일은 평생 단 한 번도 없었고, 진실을 밝혀야겠다 싶을 때면, 결코 그것을 회피한 적도 없었다. 알면서 고의로 그랬을 수도 있지만 루엘라 밀러의 삶과 사악함, 그리고 그녀의 생김새에 대해 증언한 사람이 바로 그녀였다. 비록 그녀의 생각들은 자신이 태어난 마을의 투박한 사투리의 외피를 입고 있기는 했지만, 말재주 있는 이 노파가 입을 열자, 사람들은 루엘라 밀러가 마치 눈앞에 나타난 것처럼 느낄 수 있었다. 리디아 앤더슨이라는 이름의 이 여성에 따르면, 루엘라 밀러는 뉴잉글랜드에서 보기 드문 미인이었다. 가냘프고 나긋나긋한 그녀는 버드나무처럼 쉽게 부러지지 않는 태도로, 운명에 순순히 굽힐 준비가 되어 있었다. 그녀의 엷게 빛나는 긴 생머리는 가늘고 사랑스러운 얼굴을 부드럽게 감싸고 있었다. 파란 두 눈에는 부드러운 애원이 깃들어 있었고 손은 작고 가냘펐고, 몸가짐과 태도는 멋지고 우아했다. 루엘라 밀러에 대한 리디아 앤더슨의 이야기는 이러했다.

"루엘라 밀러는 오랫동안 잠도 안 자고 연구한다 해도 아무도 따라할 수 없는 자세로 앉아있고는 했지. 게다가 걷는 모습도 볼 만했어. 저기 개울가 버드나무들 가운데 하나가 땅에서 나와 그 뿌리로 걸을 수 있다면, 루엘라 밀러가 걷던 모습 그대로일 거야. 그 여자는 평소 빛에 따라 여러 색깔을 띠는 초록색 실크 드레스를 입고 초록색 리본 띠를 두른 모자를 썼어. 얼굴과 그 양옆으로 레이스 베일이 흩날렸고 허리춤에는 초록 리본이 나부꼈지. 그게 그녀가 에라스투스 밀러와 결혼할 때 모습이었어. 결혼하기 전 그녀의 이름은 힐이었지. 결혼하든 안 하든 그녀 이름에는 언제나 'ㄹ'자가 들어가 있었던 셈이야. 에라스투스 밀러는 루엘라보다 더 잘생겼었지. 난 때때로 루엘라가 그렇게 예쁘지는 않다고 생각했어. 에라스투스는 그녀를 열렬히 사랑했지. 나는 전부터 그를 꽤 잘 알고 있었어. 우리 옆집에 살았고 학교도 같이 다녔거든. 사람들은 그가 나를 섬기다시피 한다고 말했지만, 그건 아니었어. 그가 그랬다고는 전혀 생각하지 않아. 다른 여자애들이 의심할 만한 말을 그가 한두 번 했을 때만 빼면 말이야. 그건 루엘라가 이 지역 학교에 가르치러 오기 전 일이었어. 그녀가 어떻게 학교에 들어가게 됐는지 참 알 수 없는 일이야. 사람들이 말하길 루엘라는 교육을 전혀 받지 못한 사람이라, 그녀가 뒤에 앉아서 흰 삼베 손수건에 자수를 놓는 동안 고학년 여자애들 가운데 하나인 로티 핸더슨이 그녀 대신 모든 것을 가르쳤다더군. 로티 핸더슨은 아주 똑똑한 아이였고, 훌륭한 모범생이라 다른 여자애들과 마찬가지로 루엘라도 그녀를 매우 존중했지. 로티는 아주 똑똑한 여성이 되었을 거야. 하지만 그녀는 루엘라가 이곳에 온 지 1년쯤 됐을 무렵 죽었지. 그냥 시름시름 앓다 죽었어. 무엇이 그녀를 병들게 했는지 아무도 몰랐지. 그녀는 마지막 순간까지 힘들게 학교에 가서 루엘라가 가르치는 것을 도왔어. 루엘라가 일을 거의 하지 않았다는 사실을 학교운영위원회 사람들이 모두 알고 있었지만 그들은 모두 그 사실에 대해 눈을 감아 버렸어. 로티가 죽은 뒤 오래되지 않아 에라스투스는 루엘라와 결혼했지. 난 늘 그녀가 가르치는 데 소질이 없었던 것 때문에 그가 그렇게 결혼을 서둘렀다고 생각했어. 로티가 세상을 떠난 뒤, 고학년 소년들 중 하나가 그녀를 도왔지만, 그는 그 일을 썩 잘하지 못했고, 학생들의 성적도 별로였어. 그러다 결국 루엘라가 학교를 그만두어야 할지도 모르는 상황이 되었겠지. 위원회에서도 더는 눈감아 줄 수 없었으니 말이야. 그녀를 도와주던 아이는 아주 정직하고, 순진한 모범생이었어. 사람들 말로는 그 애가 공부를 지나치게 많이 해서 루엘라가 결혼한 이듬해에 미쳐 버렸다고 하는데 글쎄, 알 수 없는 일이지. 게다가 에라스투스도 결혼한 지 1년이 지나자 폐결핵에 걸렸는데 왜 그렇게 됐는지 모르겠어. 그의 가족 중에 폐결핵을 앓은 사람은 아무도 없었거든. 그는 나날이 쇠약해져 갔고, 루엘라의 시중을 들 때면 등이 두 배는 굽었었지. 그리고 아주 힘없이 말했는데, 꼭 노인 같았어. 그는 루엘라에게 조금이라도 더 많은 재산을 남겨 주려고 마지막까지 열심히 일했어. 나는 그가 폭풍이 몹시 심한 날에도 장작을 내다팔 때 쓰는 나무 썰매에 앉아 있는 모습을 본 적이 있어. 그 위에 웅크리고 앉아 있는 그 모습은 살아 있다기보다는 죽은 것처럼 보였지. 한 번은 도저히 그냥 두고 볼 수가 없어서 그가 수레에 나무를 싣는 것을 도운 적이 있어. 나는 팔 힘이 좋거든. 그가 그만하라고 했지만 난 멈추지 않았어. 아마 그도 내가 도와줘서 많이 기뻤을 거야. 그게 그가 죽기 일주일 전 일이야. 아침 식사를 차리다 부엌 바닥에 쓰러져버렸지. 그는 언제나 루엘라에게는 침대에 누워 있으라고 하고 자신이 아침 식사 준비를 했어. 그가 모든 청소, 빨래, 다림질, 그리고 거의 모든 요리를 도맡아 했지. 그는 루엘라가 손가락 하나라도 까딱하는 것을 참을 수 없어했고, 그녀는 그가 자신을 위해 일하는 걸 내버려 뒀어. 그녀는 여왕처럼 살았지. 바느질조차 하지 않았다니까. 그녀는 바느질을 하면 어깨가 아프다고 말했고, 가엾은 에라스투스의 여동생 릴리가 모든 바느질을 대신 해 주었지. 그녀도 허리가 좋지 않아 그럴 만한 상황이 아니었지만 훌륭하게 해냈어. 루엘라를 만족시키려면 그래야 했어. 루엘라는 아주 끔찍하게 까다로웠거든. 나는 릴리 밀러가 루엘라를 위해 만든 패고팅[1]이나 헴스티치[2] 자수처럼 훌륭한 것은 본 일이 없을 정도였으니까. 그녀는 루엘라의 결혼 예복도 모두 만들었어. 나중에 마리아 배빗이 재단한 초록색 실크 드레스도 릴리가 만든 거였어. 마리아는 아무 대가도 없이 재단을 해주었고, 루엘라를 위해 공짜로 재단과 가봉

581

---

1) 천이나 레이스의 씨실을 날실과 합쳐 다발 모양으로 얽는 매듭 자수.
2) 천의 씨실을 풀고 날실을 몇 가닥씩 묶어서 만드는 가장자리 장식으로 옷, 수건, 이불, 책상보 따위에 많이 쓴다.

을 숱하게 했지. 릴리 밀러는 에라스투스가 죽자 루엘라와 함께 살았어. 그녀는 자기 집에 애착이 많았고, 혼자 지내는 것을 조금도 두려워하지 않았지만 집을 포기했어. 그녀는 장례식이 끝나자마자 그 집을 세주고, 바로 루엘라와 함께 살려고 루엘라의 집에 들어갔어."

루엘라 밀러를 기억하는 이 늙은 여인, 리디아 앤더슨은 릴리 밀러에 관한 이야기로 말을 이어갔다.

"죽은 오빠의 부인과 함께 살려고 그 집으로 들어간 릴리 밀러를 두고 마을 사람들 사이에서 이런저런 말이 나오기 시작했어. 당시 릴리 밀러는 청년기를 채 벗어나지 않은, 가장 원기 왕성하고 한창때인 여성이었어. 장밋빛 뺨에 곱슬곱슬한 검은 머리카락은 하얗고 깨끗한 관자놀이 위에 둥글게 드리웠고, 까만 눈동자는 맑게 빛났지. 하지만 새언니와 함께 살기 시작한 지 6개월도 채 지나지 않아, 그 장밋빛 뺨은 빛을 잃기 시작했고 보기 좋게 통통했던 뺨도 푹 꺼져 버렸어. 굽슬굽슬한 검은 머리카락에는 희끗희끗 하얀 그림자가 드리우기 시작했고, 눈에서는 빛이 사라졌어. 이목구비는 날카로워졌고, 다정하고 행복한 표정을 짓던 입가에는 애처로운 주름이 졌어. 그녀는 새언니에게 헌신적이었어. 릴리가 온 마음을 다해 루엘라를 사랑했고 그녀를 위해 봉사하는 일에 대해 완벽하게 만족했다는 것은 의심의 여지가 없었어. 그녀의 유일한 걱정은 그녀가 죽어서 새언니가 혼자 남게 되는 것이었으니까.

릴리 밀러가 루엘라에 대해 이야기하는 방식은 누구라도 화나게 만들고 눈물 흘리게 하기에 충분했어. 난 마지막에 가끔 그녀가 너무 허약해져서 요리를 할 수 없을 때, 그녀가 맛있게 먹을 것 같은 블랑망제³⁾ 푸딩이나 커스터드⁴⁾ 과자를 만들어서 그녀에게 가져다주었어. 그럴 때면 그녀는 나한테 고마워했어. 어떻게 지내느냐고 물으면 어제보다 기분이 나아졌다고 말했고, 자기가 보기 좋아진 것 같지 않냐고 되물었어. 몹시 가련했지. 그러고는 불쌍한 루엘라가 자신을 돌보고 일하느라 힘겨운 시간을 보내고 있다고 말했어. 그녀는 아무것도 할 수 없을 정도로 힘이 없었지. 그 시간 내내 루엘라는 손가락 하나 까딱하지 않아서 불쌍한 릴리는 이웃들이 조금씩 챙겨주는 것 말고는 보살핌을 받지 못했어. 게다가 루엘라는 릴리를 위해 보내온 음식들을 몽땅 먹어버렸다니까. 나는 그녀가 그렇게 했다는 걸 확실히 알고 있었어. 루엘라는 그저 앉아서 울기만 했지 아무것도 하지 않았어. 그녀는 진심으로 릴리를 좋아하는 것처럼 행동했고 그녀 또한 날이 갈수록 상당히 여위어 갔지. 그녀가 폐병에 걸린 것은 아닌가 생각하는 사람들이 있을 정도였어. 하지만 릴리가 죽은 뒤, 이모인 애비 믹스터가 오자 루엘라는 회복되었고 전처럼 살이 찌고 장밋빛이 되어 갔지. 그렇지만 가엾은 애비 이모도 릴리가 그랬듯이 기운이 빠지기 시작했어. 그리고 누군가 그녀의 결혼한 딸, 샘 애벗 부인에게 편지를 쓴 것 같아. 그녀는 배리에 살았는데, 어머니에게 당장 거기를 떠나 자신에게 오라고 편지를 했지. 그렇지만 애비 이모는 가지 않았어. 난 지금

583

---

3) 우유에 과일향을 넣고 젤리처럼 만들어 차게 먹는 디저트의 일종.

4) 우유나 달걀노른자에 설탕, 향미료 따위를 섞어 굽거나 쪄서 크림처럼 만든 과자.

도 눈에 선해. 그녀는 정말 잘 생긴 여자였어. 키가 크고 체격도 컸지. 크고 각진 얼굴에 이마도 넓어서 자애롭고 선하게 보였어. 그녀는 루엘라를 아기처럼 돌봤고, 결혼한 딸이 자기를 모셔 오라고 사람을 보냈을 때도 조금도 흔들리지 않았어. 그녀는 딸을 많이 생각했지만, 결혼한 딸보다는 루엘라에게 자신이 필요하다고 말했어. 그녀의 딸은 편지를 보내고, 또 보냈지만 소용이 없었어. 마침내 딸이 찾아왔고 제 어머니 상태가 좋지 못한 걸 보고는 울음을 터뜨렸지. 어머니를 데려가려고 무릎까지 꿇었다니까. 루엘라에게도 속내를 털어놨지. 그녀는 루엘라에게 당신은 남편은 물론 당신하고 조금이라도 관련 있는 사람들은 모두 죽게 만들지 않았느냐고, 그러니 내 어머니만큼은 놔 주면 감사하겠다고 말했지. 루엘라는 히스테리 발작을 일으켰고, 애비 이모는 너무 무서워서 딸이 떠난 다음에 나한테 전화를 했어. 결국 샘 애벗 부인은 마차 안에서 큰 소리로 울며 떠났고, 이웃들이 그 소리를 들었지. 살아생전 다시는 어머니의 모습을 보지 못했으니 그런 것도 무리가 아니었지. 애비 이모가 내게 전화했던 그날 밤 나는 그 집에 갔어. 그녀는 작은 초록색 체크무늬 숄로 머리를 감싼 채 문가에 서 있었지. 지금도 눈에 선해. '이쪽으로 오세요, 앤더슨 양,' 그녀가 나를 불렀어. 숨이 찬 것 같았지. 나는 망설이지 않았어. 되도록 빨리 발걸음을 옮겼지. 그 집에 들어가니까 루엘라가 웃음과 울음을 동시에 터뜨리고 있었어. 애비 이모는 그녀를 달래려고 애를 썼지. 애비 이모는 내내 백지장처럼 하얗게 질려 있었고 서 있기도 힘들 정도로 떨고 있었어. '제발, 믹스터 부인,' 내가 말했어. '부인이 루엘라보다 상태가 더 나빠 보여요. 침대에서 일어나 있을 상태가 아닌 것 같아요.'

'아니, 나는 전혀 문제 없어요.' 그녀가 말했어. 그러고는 루엘라에게 계속 말했지. '옳지, 옳지, 안 돼, 안 돼, 불쌍한 어린 양. 애비 이모가 여기 있단다. 이모는 널 떠나 멀리 가지 않아. 아니란다. 가여운 어린 양.'

'믹스터 부인, 루엘라는 저한테 맡기고 가서 좀 누우세요.'라고 내가 말했어. 애비 이모는 어찌어찌 일을 하기는 했지만, 그즈음 누워지내는 날들이 많았거든.

'나는 충분히 괜찮아요.' 그녀가 말했어. '루엘라를 위해 의사를 부르는 게 낫지 않을까요, 앤더슨 양?'

'의사요, 제 생각에는 부인이 먼저 진찰을 받으셔야겠어요. 부인이야말로 의사가 필요해요. 누구보다도 상태가 나빠 보여요.' 나는 이렇게 말하고 모든 세상의 중심인 양 웃으면서 울고 있는 루엘라 밀러를 똑바로 바라봤어. 그녀는 너무 아파서 아무것도 느끼지 못하는 것처럼 내내 연기를 하더라고. 그러면서도 우리가 어떻게 하는지 곁눈질로 날카롭게 지켜보고 있었어. 난 그녀를 알아. 루엘라 밀러에 관해서는 나를 절대로 속일 수 없어. 결국 난 너무나 화가 나서 집으로 달려가서는 길초근으로 만든 진정제를 한 병 가져왔어. 그리고 개박하 한 줌을 넣고 끓인 뜨거운 물에 그것을 넣었지. 길초근으로 만든 진정제 반 잔에 개박하차를 섞은, 그 김이 무럭무럭 나는 컵을 들고 곧장 루엘라한테 걸어가서 이렇게 말했지. '자아, 루엘라 밀러, **이걸 마셔!**'

'이게, 이게 뭐야, 이게 뭐지?' 그녀는 날카롭게 소리를 지르고는 누군가를 죽이고도 남을 듯한 웃음을 터뜨렸어.

'가엾은 양, 가엾은 어린 양.' 비틀거리며 서 있던 애비 이모가 말하고는 그녀의 머리를 장뇌로 씻기려고 했지.

585

'지금 당장 이걸 마셔,' 내가 다시 말했어. 난 어떤 격식도 차리지 않았어. 나는 루엘라 밀러의 턱을 잡고 머리를 뒤로 젖혔어. 그러고는 웃는 그녀의 입을 붙잡아 벌렸고 입술까지 컵을 가져갔지. 나는 그녀에게 거의 고함을 질렀어. '마셔, 마셔, 마시라고!' 그녀는 그걸 바로 삼켰어. 그래야만 했고, 그게 결국 약효가 있었던 것 같았어. 어쨌든 그녀가 울고 웃기를 멈췄으니까. 나는 그녀를 침대로 데려갔고, 30분도 안 돼서 그녀는 아기처럼 잠이 들었지. 가엾은 애비 이모가 도무지 엄두도 내지 못 했던 일들이었어. 애비 이모는 그날 밤 내내 깨어 있었고 날더러 이제 그만 가보라고 했지만 난 그냥 함께 있었어. 그녀는 자기가 누군가의 돌봄을 받아야 할 만큼 아픈 건 아니라고 했어. 하지만 나는 옥수수죽을 만들어서 찻숟가락으로 조금씩 밤새도록 그녀한테 먹이면서 함께 있었어. 그녀는 완전히 지쳐서 죽어가는 것처럼 보였지. 아침이 밝자마자 나는 비스비 댁에 달려가 조니 비스비를 의사한테 보냈어. 의사에게 서둘러야 한다고 말하라고 그에게 부탁했고, 의사는 꽤 빨리 와주었어. 하지만 가엾은 애비 이모는 의사가 도착했을 때에는 이미 아무것도 분별할 수 없는 상태였지. 그녀가 숨을 쉬는지조차 알아차리기 어려울 정도였어. 그녀는 몹시 지쳐있었어. 의사가 돌아가자 루엘라가 방으로 들어왔어. 주름장식이 달린 잠옷을 입은 그녀는 아기같이 보였지. 정말 그랬어. 파란 눈에 얼굴은 뽀얗고 분홍빛이 도는 꽃 같았지. 그녀는 침대에 누워 있는 애비 이모를 순진한 얼굴로 바라보더니 놀라더라고. '세상에, 애비 이모가 아직도 안 일어나신 거야?' 그녀가 물었어.

'이모는 일어나시지 못해.' 내가 짧게 말했어.

그러자 루엘라가, '커피 냄새가 안 나는 것 같더라고.'라 말했지.

'커피라고? 오늘 아침에 커피를 마셔야겠으면 직접 만들어야할 거야.' 내가 말했어.

'난 살면서 커피를 만들어 본 적이 한 번도 없어.' 그녀가 깜짝 놀라며 말했어. '에라스투스가 살아 있을 때는 언제나 그가 커피를 끓였고, 그 후에는 릴리가 만들었고, 그다음에는 애비 이모가 만들어 주셨어. 난 커피를 만들 수 없을 것 같아, 앤더슨 양.'

'직접 만들든가 아님 그냥 마시지 말든가, 네가 원하는 대로해.' 내가 말했지.

'애비 이모는 안 일어나시는 거야?' 그녀가 묻더라고.

'아마 이모는 못 일어나실 거야, 네가 그만큼 아파봐.' 나는 점점 화가 치밀어 올랐어. 거기에 서서 커피 어쩌고저쩌고 하는그 뽀얗고 분홍빛을 띤 물건에게는 뭔가 있었어. 그녀가 자기보다 훨씬 더 나은 사람들을 숱하게 죽이고, 방금 또 한 사람을죽였을 때, 난 누군가 나서서 그녀를 죽여줬으면 좋겠다고 바랐지. 그녀가 또 다른 누군가에게 해를 끼칠 수 있는 기회를 얻기전에 말이야.

'애비 이모가 아파?' 루엘라가 물었어. 마치 피해 입고 상처받은 사람처럼 말했지.

'그래. 이모는 아프고, 돌아가시게 될 거야, 그러면 넌 혼자 남게 될 테고, 모든 걸 스스로 해야 하고 식사 준비도 알아서 해야 해, 아니면 아무것도 없이 살든가.' 내가 좀 가혹했는지 모르지만, 그게 사실이었고, 내가 루엘라 밀러보다 더 가혹했다면 나는 그만둘게. 그렇지만 나는 그렇게 이야기한 걸 결코 후회하지 않았어. 그것 때문에 루엘라가 히스테리 발작을 또 일으켰지만, 난 그녀가 그러거나 말거나 그냥 내버려뒀어. 애비 이모가 그 소리를 듣지 못하도록 그녀를 입구의 다른 쪽 방으로 밀어 넣기만 했을 뿐이야. 이모가 이미 그 소리를 들을 수 있는 상태를 지나 버렸는지는 모르겠어. 아무튼 난 그녀를 의자에 앉히고는 다른 방에 들어오면 절대 안 된다고 말했고, 그녀는 받아들였어. 그녀는 지칠 때까지 히스테리를 부렸어. 아무도 자기를 달래러 오지 않는다는 것을 알았을 때에야 겨우 멈췄어. 적어도 내 생각엔 그래. 나는 불쌍한 애비 이모의 숨이 끊어지지 않도록 할 수 있는 건 다했어. 의사가 아주 센 약을 주면서 그녀가 몹시 기운이 없으니까 자주 몇 방울씩 먹이라고 말했지. 영양분을 잘 섭취해야 한다고도 몇 번이나 말했어. 물론 난 의사 말대로 충실하게 했어. 그녀가 더는 삼킬 수 없을 때까지 했지. 그러고는 그녀의 딸을 불렀어. 시간이 얼마 남지 않았다는 것을 알았거든. 루엘라에게 말할 때도 그렇게 말은 했었지만, 그때는 미처 깨닫지 못했던 것 같아. 의사가 왔고, 샘 애벗 부인도 왔어. 하지만 그녀가 도착했을 때는 너무 늦었지. 그녀의 어머니는 이미 세상을 떠난 상태였어. 애비 이모의 딸은 어머니가 거기 누워 계신 모습을 보더니 바로 돌아서서는 갑자기 날카롭게 나를 바라봤지.

'그 여자는 어디 있어요?' 그녀가 물었어. 난 그녀가 루엘라를 찾고 있다는 것을 알았지.

'루엘라는 부엌에 있어요. 그녀는 몹시 신경이 예민해져 있어서 사람이 죽어가는 모습을 볼 수가 없어요. 자기도 아프게 될까 봐 두려워하고 있거든요.' 내가 말했어.

그때 의사가 똑똑히 말했지. 그는 젊은 남자였어. 늙은 의사인 파크 선생은 지난 해에 죽었고, 이 젊은이는 대학을 갓 졸업한 풋내기였지. '밀러 부인은 강하지 못해요.' 그는 꽤 심각하게 말했어. '그러니 스스로 마음이 동요되지 않게 하는 건 잘하는 일이에요.'

'다음은 당신 차례야, 젊은이. 그녀가 자기의 예쁜 앞발로 당신을 노리고 있다고.' 난 속으로 이렇게 생각했지만, 아무 말 하지 않았어. 그저 샘 애벗 부인에게 루엘라가 부엌에 있다고 한 번 더 말했어. 그러자 그녀는 거기로 갔고, 나도 따라갔어. 그리고 난 그 어디서도 들어본 적이 없는 심한 말을 그녀가 루엘라 밀러한테 하는 걸 들었지. 나 자신도 루엘라에게 모질게 굴었다고 생각했는데, 나보다 더 심했어. 루엘라는 히스테리 발작을 일으키기에는 너무 무서웠는지 그냥 털썩 주저앉더라고. 샘 애벗 부인이 거기 서서 그녀에게 진실을 말하니까, 그녀는 부엌 의자에 앉은 채로 움츠러들었어. 아마 그 진실은 그녀가 감당하기에 너무나 벅찼는지, 아니나 다를까, 이번에는 정말로 기절해 버렸어. 사실 난 그녀의 히스테리 발작이 거짓은 아닐까 늘 의심했었는데 그렇지도 않더라고. 그녀가 죽은 듯이 기절해 버려서 우리는 바닥에 그녀를 눕혀야 했어. 의사가 서둘러 들어와서는 루엘라의 심장이 약하다면서 샘 애벗 부인에게 끔찍한 이야기를 했지만, 그녀는 조금도 두려워하지 않는 것 같았어. 그녀는 죽은 듯이 누워있는 루엘라와 똑같이 하얗게 질린 얼굴로 의사를 대했어. 그때 의사는 루엘라의 맥박을 재고 있었지.

'심장이 약하다고요?' 그녀가 말했어. '심장이 약하다니, 말도 안 돼요! 저 여자가 약하기는 뭐가 약해요, 그녀는 다른 사람을 죽게 만들 때까지 그들에게 달라붙어 있을 만큼 강하다고요. 약하다니요? 약한 사람은 불쌍한 우리 엄마예요. 이 여자가 우리 엄마를 죽였어요. 엄마를 칼로 찌른 거나 다름없다고요.'

그렇지만 의사는 그다지 신경 쓰지 않았어. 그는 누워 있는 루엘라 위로 몸을 굽혔어. 금발이 흘러내린 뽀얗고 분홍빛을 띠었던 루엘라의 예쁜 얼굴은 창백했고, 파란 두 눈은 빛을 잃은 별 같았어. 그는 루엘라의 손을 잡고 그녀의 이마를 어루만졌지. 그러고는 나한테 애비 이모의 방에서 브랜디를 가져다 달라고 말했어. 난 확신했지. 애비 이모가 떠난 지금 루엘라가 다시 들러붙을 누군가를 찾았다고 말이야. 나는 불쌍한 에라스투스 밀러를 생각했어. 예쁜 얼굴에 끌려버린 가엾은 젊은 의사에게도 연민을 느꼈어. 그리고 내가 뭘 할 수 있는지 생각해보기로 마음먹었어.

나는 애비 이모가 돌아가신 뒤 묻히고 나서 한 달 정도를 기다렸어. 그 의사는 루엘라를 정기적으로 보러 다녔고, 사람들은 수군거리기 시작했어. 그러던 어느 날 저녁, 그 의사가 마을 밖으로 왕진을 나가 근처에 없다는 걸 알았을 때, 난 루엘라에게 갔어. 그녀는 한껏 차려입고 있더군. 하얀 물방울무늬가 있는 푸른 모슬린 드레스를 입었고 머리카락은 곱슬곱슬하게 말려 있었지. 그녀와 견줄만한 젊은 아가씨가 마을에 없을 정도였어. 루엘라 밀러에게는 사람들의 마음을 끄는 뭔가 특별한 게 있었지. 하지만 내 마음을 끌지는 못했어. 그녀는 거실 창가 옆 흔들의자에 앉아 있었고, 아무것도 하지 않는 그녀를 도와주던, 실상은 일을 도맡아 해주던 마리아 브라운은 집으로 돌아가고 없었지. 마리아 브라운은 정말 유능했는데, 아무런 연고도 없었어. 결혼도 하지 않은 채 혼자 살았고, 그래서 그렇게 해주겠다고 나섰던 거야. 나는 왜 마리아가 루엘라보다 더 일해야 하는지 알 수 없었어. 루엘라보다 몸이 더 튼튼한 것도 아니었어. 하지만 그녀는 할 수 있다고 생각하는 것 같았고, 루엘라도 그렇게 생각한 것 같아. 그래서 그녀는 그 집에 가서 집안일을 도맡아했어. 루엘라는 흔들의자에 앉아 쉬는 동안 마리아는 빨래, 다림질, 빵 굽는 일까지 모조리 했어. 마리아도 오래 살지 못했어. 그녀도 다른 사람들과 마찬가지로 시름시름 앓기 시작했지. 물론 사람들은 그녀에게 조심하라고 일러줬어. 하지만 사람들이 무슨 말이라도 할라치면 마리아는 불같이 화를 냈어. 그러면서 루엘라가 정말 불쌍하고, 혹사 당한 여성이라, 제 한 몸 건사하기조차 너무 연약하다고 말이야. 오히려 그렇게 말하는 사람들이 부끄러워해야 한다는 거야. 그리고 스스로 살아갈 힘이 없는 사람들을 돕다가 죽는다 해도 자기는 그렇게 할 거라고 말하더니, 정말로 그렇게 되고 말았어.

'마리아는 집으로 돌아갔나 봐.' 루엘라의 집에 들어가 맞은편에 앉으며 루엘라한테 내가 말했어.

'응. 저녁 먹고 설거지를 하고는 30분 전에 갔어.' 루엘라가 예쁜 척하면서 말했지.

'오늘밤은 마리아네 집에도 일할 거리가 많은가봐.' 내가 매섭게 말했는데도 루엘라 밀러에게는 소용이 없었어. 그녀는 자기보다 더 일할 힘이 있는 것도 아닌 사람들이 자신의 시중을 드는 게 옳다고 생각하는 것 같았어. 그리고 누구라도 그게 옳지 못하다고 생각하는 걸 이해하지 못하는 것 같았어.

'응, 오늘 밤에는 빨래를 해야 한다고 했어. 여기 오는 것 때문에 빨래를 2주나 미뤘다지 뭐야.' 정말 다정하고 예쁘게 루엘라가 말했어.

'마리아가 집에서 자기 빨래를 하지 않고 대체 왜 여기 와서 네 일을 대신 해줘야 하는 거야? 너도 스스로 일할 수 있을 만큼 건강하고, 오히려 마리아가 하는 것보다 더 잘할 수 있을 텐데 말이야.' 내가 물었어. 그러자 루엘라는 딸랑이를 흔드는 사람을 쳐다보는 아기처럼 나를 바라보더라고. 그녀는 아주 천진난만하게 웃으면서 말하는 거야. '나는 집안일을 할 수 없어, 앤더슨 양. 해 본 적이 없는걸. 마리아가 해야 해.'

나는 다시 똑똑히 말했지. '해야 한다니, 해야 한다는 게 무슨 소리야! 마리아가 해야 할 의무가 없어. 마리아 브라운은 자기 집이 있고, 충분히 먹고살 수 있어. 그녀가 너한테 무슨 신세를 갚을 게 있어서 널 위해 노예 노릇을 하며 자기 자신을 죽여야 할 이유가 없잖아.' 루엘라는 마치 사람 손을 너무 많이 탄 끝에 살아 움직이게 된 인형처럼 앉아서 나를 바라봤어.

'그래, 그녀는 스스로를 죽이고 있어. 그녀는 에라스투스, 릴리, 네 이모 애비처럼 죽어갈 거야. 너는 그들에게 했던 것처럼 그녀를 죽이고 있어. 너에게 무엇이 있는지는 모르겠지만 너는 저주를 불러오는 것 같아. 너는 바보같이 너 따위를 좋아하고 보살펴 주는 모든 사람들을 죽게 만들잖아.' 내가 말했어. 그녀는 나를 빤히 바라봤는데 얼굴이 꽤 창백했어. 나는 또 이어서 말했지.

'그리고 네가 죽게 만드는 건 마리아만이 아닐 거야. 넌 의사인 말콤 선생님도 죽게 만들어야 그와의 관계가 끝나겠지.'

그러자 그녀의 얼굴 전체가 붉어졌어. 불같이 화를 냈지. '나는 그를 죽이지 않아.' 그녀는 이렇게 말하더니 울기 시작했어.

'아니, 넌 그럴 거야!' 내가 말했어. 그리고 전에는 입 밖으로 꺼내본 적이 없는 말을 했어. 난 에라스투스 때문에 그렇게 해야 할 것 같았거든. 나는 루엘라에게 말했지. 그녀를 위해 목숨을 바친 남자와 이미 한 번 결혼한 적이 있는 그녀가 다른 남자를 생각할 이유는 전혀 없다고 말이야. 그리고 끔찍한 여자라고도 말했어. 그게 진실이라고. 하지만 요즘 가끔 난 그녀가 그 사실을 과연 알았을까 궁금하기도 해. ……그러니까 그녀가 혹시 가위를 손에 쥐고는 스스로 무슨 짓을 하는지도 모르는 채 이 사람 저 사람 베어대는 아기 같은 건 아니었을까 궁금하기도 해.

루엘라는 계속 더 창백해졌고, 내 얼굴에서 눈을 떼지 못했어. 나를 바라보는 눈길이 뭔가 소름끼쳤지. 그리고 한마디도 덧붙이지 않았어. 나는 더 이야기하지 않고 잠시 뒤에 집으로 돌아왔어. 나는 그날 밤 지켜보았지. 9시가 되기 전에 그녀 집의 불이 꺼졌고, 그때 말콤 선생이 차를 타고 지나가면서 조금 속도를 늦추었는데 불빛이 없는 것을 보고는 그대로 지나갔지. 나는 그다음 일요일 예배가 끝난 뒤 그녀가 뭔가 조금 겁을 먹은 듯한 태도로 빠져나가는 것을 보았어. 의사는 그녀와 함께 집으로 가지 않았지. 그래서 난 어쩌면 그녀가 일말의 양심의 가책을 느낀 건 아닐까 생각했어. 마리아 브라운이 세상을 떠난 것은 그러고 나서 겨우 일주일 뒤였어. 그렇게 되리라는 것을 모두가 알고 있었지만 마리아의 죽음이 조금 갑작스럽기는 했어. 그리고 많은 이야기와 꽤 음산한 소문이 돌기 시작했어. 사람들은 사악한 마법의 시대가 다시 돌아왔다고 하면서 루엘라를 아주 무서워했지. 그녀는 의사에게 차갑게 대했고, 그도 그녀를 찾지 않

앉아. 그리고 그녀를 위해 무언가 해 줄 사람이 아무도 없었지. 그녀가 어떻게 지냈는지는 몰라. 나도 그녀에게 도움을 주러 가지 않았으니까. 다른 사람들처럼 죽을까 봐 두려워서 가지 않은 게 아니라, 그녀를 위해 내가 할 수 있는 만큼 그녀도 자신의 일을 충분히 할 수 있으리라 생각했기 때문이었어. 게다가 그녀가 자기 일은 스스로 하고, 다른 사람들을 죽게 하는 일은 이제 그만 멈출 때가 되었다고 생각했거든. 그렇지만 얼마 지나지 않아 사람들은 루엘라가 그녀의 남편, 릴리, 애비 이모, 그리고 다른 사람들이 그랬듯이 쇠약해지고 있다고 말하기 시작했어. 내 눈에도 그녀는 몹시 상태가 나빠 보였어. 나는 그녀가 꾸러미를 들고 가게에서 돌아오는 길에 지나가는 것을 보곤 했는데, 마치 기어갈 힘도 없는 듯이 아주 천천히 걷더라고. 하지만 난 에라스투스가 자기 발 한 발짝 옮기기조차 힘들 때에도 어떻게 그녀의 시중을 들곤 했는지를 기억하고, 그녀를 도우러 가지 않았어.

그런데 결국 어느 날 오후, 그 의사가 구급상자를 들고 미친 듯이 차를 몰고 가는 것을 보았고, 배빗 부인이 저녁 식사 후에 나에게 들러서는 루엘라가 많이 아프다고 말했어.

'가서 그녀를 돌보고 싶지만, 나에겐 돌봐야 하는 아이들이 있어요. 게다가 사람들 이야기가 진실이 아닐지도 모르지만 그녀를 돌보던 사람들이 그렇게 많이 죽은 것은 참 이상한 일이에요.' 그녀가 말했어.

나는 아무 대꾸도 하지 않았어. 하지만 나는 루엘라가 에라스투스의 아내였던 사실과 그가 얼마나 그녀를 아꼈는지를 생각하고, 그녀가 나아지지 않았다면 내가 뭘 도와줄 건 없는지 알아보기 위해 다음 날 아침 가보기로 결심했지. 그렇지만 이튿날 아침 창문으로 그녀를 보았을 때, 그녀는 생기발랄한 모습이었어. 그리고 조금 뒤에 배빗 부인이 와서 말하기를, 그 의사가 그 집에서 일하게 될 사라 존스라는 한 소녀를 마을 밖에서 구했고, 의사는 루엘라와 결혼할 것이 거의 확실하다고 했어.

난 그날 밤 그가 문 앞에서 그녀에게 입 맞추는 것을 보았고, 그래서 그게 사실임을 알았지. 그 일하는 소녀는 그날 오후에 왔는데, 그녀가 그렇게 돌아다니는 것은 일종의 예령^{豫鈴}이었어. 루엘라는 마리아가 죽은 뒤로 청소를 하지 않은 것 같았어. 소녀는 바닥을 쓸고, 먼지를 털고, 빨래를 하고 다림질을 했지. 젖은 옷들과 먼지떨이와 카펫들이 그날 종일 그 집안 곳곳을 날아다니는 것 같았어. 그리고 의사가 거기 없을 때면 사라 존스가 곁에 붙어서 루엘라가 문밖에 나설 때마다 계단을 오르내리는 것을 도왔어. 마치 루엘라가 걷는 법을 익히지 못한 아기라도 되는 듯이 말이야.

모두가 루엘라와 그 의사가 결혼하는 줄로 알았어. 하지만 얼마 지나지 않아 그들은 그의 형편없는 모습을 보고 쑥덕거리기 시작했지. 다른 사람들이 그랬던 것처럼 말이야. 사라 존스에 대해서도 말들이 많았고.

결국 그 의사도 죽었어. 그는 얼마 되지 않는 재산이라도 루엘라에게 남겨주려고 일단 결혼하고 싶어했지. 하지만 목사가 도착하기 직전에 그는 죽었고, 사라 존스도 일주일 뒤에 죽었어.

뭐, 루엘라 밀러에게는 그걸로 모든 게 끝이었지. 그 후론 마을에서 누구도 그녀를 위해 손가락 하나 까딱하려고 하지 않았거든. 극심한 공포에 빠졌던 거야. 그러자 그녀는 정말 기가 꺾이기 시작했어. 배빗 부인은 토미가 루엘라 대신 심부를 하게 될까 봐 걱정을 해서, 루엘라는 혼자서 가게에 가야 했어. 난 그녀가 두세 걸음 걷고는 쉬려고 걸음을 멈추는 걸 봤어. 난 버틸 만큼 버텼어. 하지만 어느 날 그녀가 양팔 가득 물건을 든 채 배빗네 울타리에 기대어 멈춰 있는 것을 보고 나도 모르게 달려가서 그 짐을 받아들었고, 그녀의 집까지 옮겨줬지. 그러고 나서 나는 그녀에게는 한마디도 하지 않고 집으로 돌아왔어. 그녀가 나를 끔찍이도 불쌍하게 불러댔지만 말이야. 그날 밤에 나는 오한이 들면서 아프기 시작했고, 2주나 앓았어. 배빗 부인은 루엘라를 도우러 나가던 나를 보고는 찾아와서 그것 때문에 내가 죽을 거라고 말했지. 난 내가 그래서 죽게 될지 어떨지는 몰랐지만, 에라스투스의 아내를 위한 일로는 잘한 일이라고 생각했어.

그 2주 동안 루엘라는 아주 힘든 시간을 보낸 것 같았어. 그녀는 꽤 아팠고, 내가 알아낼 수 있는 바로는 그 누구도 그녀에게 가까이 가려고 들지 않았던 것 같아. 그녀에게 정말 그렇게 필요한 것이 있었는지는 모르겠어. 그녀 집에는 먹을 것도 넉넉히 있었고 날씨도 따뜻했으니까. 게다가 그녀는 매일 귀리죽을 조금 만들었지. 하지만 평생을 보살핌만 받아오던 사람이다 보니 힘든 시간을 보냈을 거야.

어느 날 아침, 몸이 회복되어서 외출할 수 있게 되자 나는 그집에 가 봤어. 배빗 부인이 나한테 와서 그 집 굴뚝에서 연기가 나지 않는다고 말해줬거든. 그녀도 확신할 순 없었지만 누군가 안에 들어가 봐야할 것 같다고 했어. 하지만 자기는 돌봐야 할 자식들을 생각해서 그럴 수 없다고 해서 내가 벌떡 일어났지. 비록 난 2주 동안 집 밖을 나간 적이 없었지만 그 집으로 갔어. 루엘라는 침대에 누워서 죽어가고 있었어.

그녀는 그날 내내, 밤이 되도록 버텼어. 그리고 나는 새로운 의사가 다녀간 뒤에도 거기에 앉아 있었지. 누구도 그곳에 가려고 하지 않았어. 자정쯤에 나는 그녀를 혼자 두고 먹던 약을 가지러 잠시 집에 다녀왔어. 몸 상태가 나빠지는 걸 느꼈거든.

그날 밤은 보름달이 떴었어. 문밖으로 나와 루엘라네 집으로 돌아가려고 길을 건너려던 순간, 나는 잠시 멈춰 섰지. 무언가를 본 것 같았거든."

이 지점에서 리디아 앤더슨은 항상 자신의 말을 믿어 주길 기대하지 않는다는 듯한 어떤 도전적인 태도로 말했다. 그리고 나서 숨죽인 목소리로 이야기를 이어갔다.

"나는 봤어, 그리고 내가 뭘 봤는지는 내가 알아. 내 죽을 자리를 두고 맹세하건대 내 두 눈으로 똑똑히 봤다니까. 나는 루엘라 밀러와 에라스투스 밀러, 릴리, 애비 이모, 마리아, 의사 선생, 그리고 사라가 그 집 문밖으로 나오는 것을 봤어. 루엘라만 빼고 모두가 달빛 속에 하얗게 빛나고 있었지. 그리고 그들은 모두 그녀가 그들 사이에서 함께 멀리 날아오를 수 있을 때까지 그녀를 도우며 따라갔어. 그러고는 모두 사라져 버렸어. 나는 가슴이 두근거렸고, 한동안 그 자리에 가만히 서 있었어. 그리고 그 집에 가봤지. 배빗 부인에게 같이 가자고 해볼까 생각했지만, 그녀가 두려워할 거 같았어. 그래서 무슨 일이 일어났는지 알면서도 혼자 갔어. 루엘라는 침대 위에 아주 평화롭게 누운 채로 죽어 있었지."

이것이 노부인 리디아 앤더슨이 전한 루엘라 밀러에 관한 이야기였다. 그리고 살아남은 사람들이 그 뒷이야기를 덧붙였고, 이 이야기는 마을의 전설이 되었다.

리디아 앤더슨은 그녀가 여든일곱 살이 되던 해에 세상을 떠났다. 그녀는 죽기 2주 전까지도 평생 그랬듯이 놀랍도록 원기왕성했고 활기가 넘쳐 보였다.

어느 달 밝은 저녁, 그녀는 응접실 창가에 앉아 있다가 갑자기 깜짝 놀라 외마디 소리를 지르면서, 그녀를 돌보던 이웃이 그녀를 막아 세울 새도 없이 집을 나와 길을 건넜다. 이웃은 재빨리 뒤쫓아 갔지만, 리디아 앤더슨이 루엘라 밀러의 버려진 집 문앞, 땅바닥에 늘어져 있는 것을 발견했다. 그녀는 죽어 있었다.

이튿날 밤, 달빛을 거스르며 붉은 불빛이 반짝였고, 루엘라 밀러의 오래된 집은 완전히 타 잿더미가 되어 버렸다. 이제는 낡은 주춧돌 몇 개와 라일락 덤불을 빼고는 아무것도 남지 않았다. 그리고 여름에는 잡초 사이에서 속수무책으로 자라나는 나팔꽃들의 흔적만이 루엘라를 떠올리게 했다.

상냥한 유령

A Gentle Ghost

공동묘지 앞쪽으로 하얀 말과 포장된 마차가 서 있다. 말은 묶여 있지 않았음에도 아주 얌전히 서서, 온순한 하얀 얼굴을 떨구고, 네 발은 안정감 있게 땅을 밟고 있었다. 나뭇잎 그림자가 말의 등 뒤에서 춤을 추었다. 공동묘지 둘레에는 나무가 많았는데, 여느 5월과 달리 유난히 잎이 무성했다. 마차를 타고 온 네 여인들이 서로 말을 주고받았다.

"나뭇잎이 이맘때에 벌써 이렇게 무성한 모습은 처음 보는데요." 한 여인이 머리 위로 햇살을 받아 금빛으로 빛나는 연녹색 가지들을 올려다보며 말했다.

"안 그래도 나도 오늘 아침에 메리에게 그렇게 말했어요." 다른 여인이 대답했다. "나뭇잎들이 예년과 달리 눈에 띄게 무성하다고 말이에요."

여인들은 묘지 사이에 나 있는 좁은 오솔길을 거닐었다. 평범해 보이는 네 명의 중년의 여인들, 세월이 그려진 그들의 얼굴에 품위 있고 잔잔한 기쁨이 어려 있었다. 여인들은 비석 위에 새겨진 비문들을 호기심 어린 눈길로 차분히 읽어 내려갔다. 그리고 옆으로 몸을 돌려 새롭게 피어난 봄의 관목 숲도 바라보았다. 꽃을 피운 아몬드와 조팝나무 들이 있었다. 이따금 새로운 비석을 발견할 때면, 여인들은 다가가서 열정적인 비평들을 쏟아내곤 했다. 그러는 사이, 그 가운데 한 여인의 친척들이 잠들어 있는 묘지에 다다르자 곧 분위기는 엄숙해졌다. 한 여인이 어느 무덤 앞에 꽃 한 다발을 놓고 가만히 그곳을 바라보았다. 그녀의 눈가가 어느새 붉어졌다. 나머지 세 여인은 조금 떨어져서 선 채 공손히 경의를 표했다.

그녀들은 그곳을 떠나기 직전까지 공동묘지 안에서 누구도 마주치지 않았다. 그녀들이 그 공동묘지의 가장 오래된 후면 부지에 다다라 그만 돌아가려고 했을 때, 자신들의 오른편 묘지 쪽에 한 아이가 앉아 있는 게 눈에 띄었다. 그곳에는 먼지와 이끼가 낀 일곱 개의 비석들이 기울어져 있었는데, 비문의 글씨들은 읽기 어려울 만큼 아주 희미했다. 그 아이는 그 중 한 기의 비석 가까이에 앉아 있었다 그러다 마치 갓난아이 같은 천진한 예리함이 담긴 눈빛으로 자신을 쳐다보고 있는 이 한 무리의 여인들을 올려다보았다. 그 얼굴은 작고 예쁘고 창백했다. 여인들은 그 여자아이를 바라보았다.

"애야, 이름이 뭐니?" 한 여인이 물었다. 그녀의 보닛에는 밝은 빛깔의 꽃이 한 송이 꽂혀 있었고 턱에는 자신감과 당당함이 어려 있어서, 그녀가 그 무리의 대변인 격인 듯 했다. 그녀의 이름은 홈즈였다. 아이는 옆으로 얼굴을 돌리고 혼자 무언가를 중얼거렸다.

"뭐라고? 네가 뭐라고 말하는지 안 들린단다. 큰소리로 말해줘. 무서워하지 말고. 네 이름이 뭐지?" 그녀가 섬세하고 친밀한 태도로 아이에게 다가가 이야기를 건넬 때 밝은 빛깔의 꽃장식이 살랑이며 움직였다.

"낸시 렌." 아이는 소심하고 짧게 한마디 했다.

"렌?"

아이는 부드러운 곡선을 이룬 분홍빛 입술을 벌린 채 고개를 끄덕여 보였다.

"나는 들어본 적 없는 집안인 것 같네요." 질문을 던진 그 여인은 곰곰이 떠올려 보았다. "이 아이는 아무래도…… 저쪽에서 온 것 같아요." 그녀는 고개를 움직여 오른쪽을 가리켜 보였다.

그녀가 물었다. "낸시, 넌 어디에 살지?"

아이도 고개를 움직여 오른쪽을 가리켜 보였다.

"그럴 줄 알았어." 그녀가 말했다.

"넌 몇 살이지?"

"열 살."

여인들은 놀란 듯 서로 눈길을 주고받았다.

"정말이니?"

아이가 고개를 끄덕여 보였다.

"그게 사실이라면 이 나이에 이토록 작은 아이는 처음 보는걸요." 한 여인이 다른 여인에게 말했다.

"정말 그래요," 홈즈 부인이 소녀를 심각한 눈빛으로 뜯어보며 말했다. "이 아이는 작아도 너무 작아요. 우리 메리가 그 나이였을 때와 비교해봐도 너무 작단 말이죠. 이 묘지에 잠든 사람들 가운데 아는 친척이 있니?" 그녀는 상냥하지만 절제된 품위를 지키며 물었다.

여인들을 올려다보고 있던 아이의 얼굴이 갑자기 밝게 빛났다. 소녀는 조금 전과는 달리 갑자기 말이 많아지기 시작했다.

"저기, 엄마가 있어요." 아이가 비석 가운데 하나를 손으로 가리키며 말했다. "그리고 아빠, 그리고 존, 그리고 마거릿, 그리고 메리, 그리고 수잔, 그리고 아기, 그리고 여기는 제인."

여인들은 놀란 표정으로 아이를 바라보았다. "그럼 너희 가족이⋯⋯." 홈즈 부인이 말을 꺼낼 때, 다른 한 여인이 성큼성큼 그 아이 곁으로 다가갔다.

"어머! 그건 블레이크 가족이에요." 그 여인이 말했다. "이 아이가 그 집안과 관계가 있을 리 없어요. 그런 말 하면 못쓴단다,

낸시."

"정말인데……." 아이는 수줍어하며 고집을 부렸다. 소녀는 그 여인의 말의 참뜻을 확실히 이해하지 못하는 듯했다.

여인들은 믿지 못하겠다는 듯이 아이를 향해 더 강한 의혹의 눈길을 보냈다. "그럴 리가 없어요." 한 여인이 다른 여인들에게 말했다. "블레이크 가족은 여러 해 전에 모두 죽었거든요."

"난 제인을 본 적이 있어요." 아이가 거리낌 없는 태도로 미소를 지어 보이며 말했다.

그러자 통통한 여인이 제인의 비석 옆에 무릎을 꿇고 비문을 유심히 들여다보았다.

"그 아이는 40년 전, 오늘 같은 5월 어느 날, 세상을 떠났어." 그녀가 숨을 몰아쉬며 말했다. "난 어렸을 때 그녀를 알고 지냈어. 그녀는 열 살에 죽었지. 그러니 네가 그 애를 알 리가 없어. 그런 거짓말 하면 못쓰는 거야."

"난 그 애를 오랫동안 못 봤어요." 여자아이가 말했다.

"넌 어째서 그녀를 본 적이 있다고 말하는 거지?" 홈즈 부인은 협상이라도 하려는 듯이 날카롭게 말했다.

"난 그 애를 아주 오래전에 진짜로 봤어요. 그 애는 하얀 드레스를 입고 머리에는 꽃을 엮어 만든 화관을 썼어요. 여기에 와서 나와 함께 놀았거든요."

여인들은 충격을 받아 하얗게 질린 얼굴로 서로 마주보았다. 한 여인은 겁에 질려 있었고, 다른 여인은 몸을 떨었다. "저 애 정신이 조금 이상한 것 같아." 그녀가 속삭였다. "가자." 여인들은 줄지어 그곳을 떠나기 시작했다. 홈즈 부인은 여인들 가운데 가장 나중에 떠나면서 아이에게 말했다.

"네가 그 소녀를 보았을 리가 없단다." 그녀가 엄한 태도로 말했다. "그런 거짓말을 하면 나쁜 아이란다. 다시는 그러면 안 돼, 알겠니?"

낸시는 제인의 비석 위에 손을 얹고 서서 그녀를 바라보았다. "정말인데." 아이는 부드럽게 고집을 부리며 되풀이해서 말했다.

"아이에게 뭔가 문제가 있는 것 같아요." 홈즈 부인이 다른 여인들을 부지런히 뒤쫓아 가면서 속삭였다.

"난 저 앨 본 순간 좀 이상한 데가 있다고 생각했어요." 겁에 질렸던 한 여인이 말했다.

네 여인은 묘지 입구에 다다르자 좀 쉬어 가려고 앉았다. 날씨는 따뜻했다. 여인들은 말과 마차가 있는 다른 입구 한쪽까지 가려면 아직도 제법 더 걸어야 했다.

그들은 둑 위에 나란히 앉았다. 통통한 여인이 얼굴의 땀을 닦았다. 홈즈 부인은 보닛을 바르게 고쳐 썼다. 길 바로 맞은편에는 집 두 채가 벽들이 거의 서로 맞닿아 보일 만큼 가까이 있었다. 한 집은 네모난 큰 건물로, 하얗게 페인트칠한 부분들이 반짝거렸고 녹색 블라인드가 보였다. 다른 한 집은 나지막했는데, 낮은 창문 높이까지 이르는, 회반죽을 바른 석조 부분이 조금 품위 없고 변변찮은 느낌이 들었고, 심지어 블라인드도 없었다.

낮은 건물 옆으로는 갈아놓은 밭들이 넓게 펼쳐졌고, 나이가 지긋한 몇몇 노인들이 가쁜 숨을 고르며 무언가를 심느라 절뚝거리며 돌아다니고 있었다. 그들에게는 씨 뿌리는 이의 원대한 희망 같은 것은 없어 보였다. 길 건너편에서도 그들의 기력 없고 뻣뻣한 움직임과 반쯤 마비된 팔이 거칠게 떨리는 모습을 볼 수 있었다.

"나는 저 노인들이 저 밭의 파종을 다 마칠 거라고는 도무지 상상할 수 없군요." 홈즈 부인이 주의 깊게 그들을 바라보면서 말했다. 네모난 하얀 집 입구에는 밝은 빛깔의 머리카락을 가진 한 소녀가 앉아 있었다. 두 그루의 키 큰 단풍나무의 연녹색 잎들을 비추는 햇빛이 마당을 가득 드리우고 있었고, 그 사이에서 소녀의 머리카락은 더욱 밝은 빛을 띠고 있었다.

"저기 문간에 있는 게 플로라 던이 아닌가요?" 통통한 여인이 말했다.

"맞아요. 그 아이의 붉은 머리카락을 보면 딱 알아볼 수 있거든요."

"그럴 줄 알았어요. 던 씨는 자기 집 바로 옆에 구빈원이 있다는 사실을 좋아하지 않을 거예요. 틀림없다니까요!"

"오, 그는 신경 쓰지 않아요," 홈즈 부인이 말했다. "그는 늙은 틸리만큼 태평한 사람이죠. 자기 집 앞마당에 그 건물이 들어서 있다 해도 상관하지 않을 거예요. 하지만 그 부인은 조금 거슬려 할 테죠. 그녀가 그렇게 여긴다고 어디서 들었거든요. 존은 그렇게 할 필요가 전혀 없다고 말했죠. 만일 던 씨가 조금만 더 단호하게 반대했더라면 마을에서 그렇게 가까이에 그 건물을 짓지는 않았을 거라고 말이죠. 그런데 마을에서는 저 바로 옆의 밭을 널찍하게 비워두고 싶었을 거예요. 그래도 그가 난리를 피웠다면 좀 더 떨어져서 건물을 지었을 테죠. 난 이제 거의 확신한다고 말씀드릴 수 있어요. 성서에 걸고 확신한다고까지는 못하지만 이 말만은 하지 않을 수가 없네요. 난리를 피우지 않는 사람들은 이 세상에서 자기들의 권리를 지킬 수가 없어요. 그저 잠자코 있기만 하고 분기할 생각을 하지 않으면 짓밟히고 마는 법이에요. 그렇게 되어도 괜찮다고 생각하는 사람들은 그러겠죠. 하지만 난 아니에요."

"난 그가 구빈원을 저렇게까지 가까이 둔 걸 싫어했을 거라고 생각해요." 통통한 여인이 중얼거렸다.

갑자기 홈즈 부인이 몸을 앞으로 내미는 듯하더니 세 사람들 사이에 불쑥 머리를 내밀었다. "있잖아요, 난 부인들이 던 씨 집에 관한 이야기를 들었는지 알고 싶어요." 야릇하게 속삭이며 홈즈 부인이 말했다.

"아뇨, 그게 뭔데요?" 다른 세 여인들이 이구동성으로 물었다. 그들이 다 같이 몸을 앞으로 숙여 네 사람은 어느새 머리를 맞대다시피 하고 있었다.

"음," 홈즈 부인은 길 맞은편에 있는 밝은 머리카락의 소녀를 흘끗 바라보더니 조심스럽게 말을 이었다. "이건 내가 아주 직접 들은 이야긴데…… 그 집에 유령이 나온대요."

통통한 여인이 코를 훌쩍이고는 몸을 곧추세웠다.

"유령이 나온다고요!" 그녀가 되풀이했다.

"글쎄, 제니가 죽은 뒤로 집 주위에서 알 수 없는 이상한 소리가 들려온대요. 저기 앞쪽에 있는 방 보이죠? 저 구빈원 바로 옆에 있는, 바로 그 방이래요."

여인들은 모두 몸을 돌려 그 방 창문을 바라보았다. 주름 장식이 잡힌 흰 커튼이 바람에 너풀거리고 있었다.

"부인들도 알다시피 저곳이 제니가 잠자던 침실이에요." 홈즈 부인이 말을 이어갔다. "그리고 그곳에서 죽었죠. 음, 제니가 죽기 전에 플로라가 늘 제니와 함께 잠을 잤대요. 그런데 플로라는 그 방에 다시 들어가는 게 왠지 꺼림칙해서 다른 방을 써야겠다고 생각했다네요. 음, 하지만 그랬더니 제니의 방에서 무시무시한 신음 소리가 들려와서 플로라가 다시 그 방에 자러 들어갔다는군요.”

“난 그 아이가 그 방에 도로 자러 갈 수 있을 줄은 몰랐네요.” 겁에 질린 여인이 창백한 얼굴로 속삭였다.

“그 신음 소리는 그녀가 그 방에 등불을 갖고 들어서자마자 사라졌대요. 부인들도 알다시피 제니는 늘 겁이 너무 많아서 혼자 자는 것을 무서워했다잖아요. 그래서 밤새 불을 켜고 잤다고 하죠. 그래서 그게 정말 그녀일 거라고 사람들이 생각하게 된 거죠.”

“난 그런 말 하나도 믿지 않아요.” 통통한 여인이 몸을 일으키면서 말했다. “난 사람들이 그런 말도 안 되는 소리 하는 걸 들으면 참을 수가 없어요. 던 씨 가족이 단지 묘지 맞은편에 산다는 이유로 그런 소릴 해대는 거라고요.”

“난 그저 들은 대로 말할 뿐이에요.” 홈즈 부인이 무뚝뚝하게 말했다.

“오, 난 부인을 비난하려는 게 아니에요. 내가 참을 수 없는 건 그런 말들을 지어내는 부류의 사람들이에요. 열여섯 살밖에 안 된 사랑스럽고 예쁜 그 아이가 유령이 되어 그 집을 돌아다닌다고 생각하다니요!”

“음, 난 들은 대로 말했을 뿐이라니까요.” 홈즈 부인은 불쾌감이 서린 어조로 되풀이해서 말했다. “내가 그런 이야기를 진지하게 믿어 본 적은 없어요.”

네 여인은 덮개가 덮인 마차로 걸어가 자리를 잡고 앉았다.

"나로서는……." 통통한 여인이 홈즈 부인을 달래려는 듯이 말했다. "이런 외출을 언제 해봤는지 기억조차 나질 않네요. 아주 유익한 시간이었어요. 아주 오래전부터 묘지 쪽으로 와 보고 싶었거든요. 단순히 산책하는 것 이상이었어요. 정말 고마워요, 홈즈 부인."

다른 세 여인들은 안쪽에 자리를 잡고 앉았다. 홈즈 부인은 우아하게 모든 감사 인사를 사양하면서 묵묵히 앞자리에 올라 흰 말의 고삐를 잡아당겼다. 네 사람은 길을 따라 마을로 내려갔다. 외딴 농가들과 초록으로 물든 목초지를 지나갔다. 민들레가 한창이라 곳곳에 피어 있었다. 미나리아재비는 아직 보이지 않았다.

문간에 앉아있던 플로라 던은 그들이 마차를 몰고 길을 내려가기 시작할 때 흘긋 보더니, 다시 눈을 돌려 재빨리 바느질을 하기 시작했다.

"저 사람들은 누구였니, 플로라?" 그녀의 어머니가 거실에서 물었다.

"누군지 못 봤어요." 플로라가 관심 없다는 듯이 말했다.

바로 그때 여인들이 만났던 소녀가 머뭇거리며 묘지를 나와 길을 건너고 있었다.

"저기 그 불쌍한 렌 가의 아이가 가고 있구나." 거실에서 목소리가 흘러 나왔다.

"네." 플로라가 대답했다. 잠시 뒤 그녀는 일어나서 안으로 들어갔다. 플로라가 방 안으로 들어오자 그녀의 어머니는 몹시 걱정스러운 눈길로 플로라를 바라보았다.

"너 때문에 애가 타서 견딜 수가 없구나, 플로라." 그녀가 말했다. "얼굴이 종잇장처럼 창백해. 그러다 병이 나고 말 거야. 왜 그리 어리석은 짓을 하는 거니."

플로라는 의자 안쪽에 깊숙이 앉아서 연민이 가득 담긴 지친 눈길로 머리 위쪽을 응시했다. "나도 어쩔 수 없어요. 달리 어떻게 할 방법이 없다고요." 그녀가 말했다. "엄마가 날 꾸짖으실 줄은 몰랐어요."

"꾸짖다니, 난 널 꾸짖는 게 아니란다, 얘야. 하지만 네 행동이 너무 사리에 맞지 않아서 그러는 거야. 그러다 병이 나고 말 거야, 넌 내게 남은 전부인데 말이다. 너한테 무슨 일이라도 일어날까 봐 걱정이다, 플로라." 갑자기 그녀는 두 손으로 얼굴을 가린 채 낮게 흐느껴 울기 시작했다.

"내가 보기엔 엄마도 나보다 더 나은 상태 같지가 않아요." 플로라가 무겁게 말했다.

"내가 어떤지는 잘 모르겠다." 어머니가 흐느끼며 말을 이었다. "하지만 난 이제 너까지 걱정해야 하잖니. 오오, 어쩜 좋단 말이니, 어쩜 좋아!"

"엄마가 내 걱정까지 할 필요는 전혀 없어요." 플로라는 울지 않았다. 하지만 그녀의 얼굴에는 먹구름처럼 어두운 기운이 밀려들었다. 그녀의 머리카락은 아름다웠고, 얼굴빛에서는 매력적인 은은함이 느껴졌다. 그러나 그녀는 잘생긴 외모는 아니었다. 이목구비는 너무 날카로웠고, 표정은 지나치게 진지하고 예민해 보였다. 그녀의 어머니도 외모는 그녀와 아주 달랐으나 표정은 비슷했다. 두 사람의 얼굴에는 같은 상처로 침식된 흔적이 엿보였다. 확실히 낯선 사람이 보더라도 던 부인의 크고 선이 굵은 얼굴과 플로라의 마르고 섬세한 얼굴 사이에서 매우 강한 유사성을 단박에 찾을 수 있었을 것이다. 석 달 전만 해도 감지할 수 없었던 유사성이었다.

"네가 괜찮다고 해도 걱정이 되는 걸 어쩌겠니." 어머니가 대답했다. "난 눈이 멀지 않았단다."

"엄마가 무엇 때문에 날 비난하는 건지 모르겠어요."

"비난하는 게 아니란다. 하지만 너보다는 차라리 내가 거기 올라가서 잠을 자는 게 나을 것 같아서 그래."

갑자기 플로라가 크게 울음을 터뜨렸다.

"난 그녀를 떠나지 않을 거야. 오, 가엾은 어린 제니! 가엾은 제니! 저한테 그러라고 하지 마세요, 그렇게 하지 않을 거예요!"

"플로라, 그만해!"

"그렇게 못해요, 그렇게 못한다고요! 오, 가엾은 제니! 오 세상에! 제니!" **611**

"그러면 어떻게 되는 거지? 그게 제니라면 어떻게 되는 건데? 그 아이에게는 너뿐만 아니라 이 엄마도 있는 거잖니. 엄마가 그 아이에게 갈 수는 없는 거니?"

"제니 곁을 떠나기 싫어요! 싫어요! 싫다고요!"

충동처럼 발산된 상대방의 고통의 무게에 맞닥뜨리자 던 부인은 도리어 침착해졌다. "플로라." 어머니가 엄숙하게 달래는 말투로 그녀에게 말했다. "그러면 안 돼. 그건 네가 잘못하는 거야. 언젠가 네 판단이 틀렸다는 걸로 밝혀질 수도 있는 일 때문에 그렇게 너를 소진해버려서는 안 돼."

"엄마, 정말 그렇게 생각하세요?

"플로라, 나는 어떻게 받아들여야 할지 잘 모르겠다만," 바로 그때 집 뒤쪽 어디에선가 문 닫히는 소리가 들려왔다. "아버지가 오셨구나." 어머니가 일어나면서 말했다. "불을 아직 피우지 않았어."

플로라도 어머니가 저녁 준비 하는 것을 돕기 위해 일어나 바삐 움직였다. 두 사람 모두 갑자기 경직된 평정심을 찾았다. 그들의 눈은 여전히 붉게 충혈되었고, 입술은 굳게 다물어져 있었다. 그들에게는 단호한 기질이 있었다. 고통으로 스스로를 단련했고, 상실의 슬픔이 있을 때조차 굳건할 수 있었다. 그들은 던 씨와 그들의 고용인 두 사람을 위해 따뜻한 차를 준비했고 식기들을 깨끗이 정리했다.

그리고 나서 그들은 거실에 앉아 바느질을 했다. 사람 좋아 보이고 다소 둔감한 던 씨는 그들과 함께 앉아서 신문을 읽었다. 던 부인과 플로라는 어디에도 눈을 돌리지 않고 오로지 바느질에만 열중했다. 옆방에 있는 키가 큰 시계가 큰 소리로 째깍거리며 돌아가고 있었다. 그 시계는 매시에 울리기 직전에 늘 귀에 거슬리는 어떤 삐걱거리는 소리를 냈다. 시계가 그렇게 9시를 알렸을 때 던 부인과 플로라는 서로 눈길을 주고받았다. 소녀의 얼굴은 창백했고 눈은 더 커졌다. 그녀는 일감을 접기 시작했다.

갑자기 위쪽 방에서 들려오는 듯한 낮은 신음 소리가 그 집 전체로 울려 퍼졌다. "이 소리예요!" 플로라가 소리를 지르며 갑자기 램프를 들고 달려갔다. 던 부인이 그 뒤를 따랐다. "무슨 일이오?" 문가에 앉아 졸고 있던 던 씨는 어리둥절해져서 아내의 옷자락을 붙잡고는 멍한 표정으로 물었다.

"못 들었어요, 여보? 못 들었냐고요?"

나이 든 남자는 아내의 옷자락을 놓아주었다. "아무 소리도 듣지 못했는데!" 그가 말했다.

"잘 들어봐요!"

실제로 울음소리는 멈추었다. 플로라가 바로 위의 방 안에서 이리저리 움직이는 소리가 들렸다. 그게 전부였다. 곧바로 던 부인이 그녀 뒤를 따라서 위층으로 달려갔다. 늙은 남자는 앉아서 위쪽을 바라보고 있었다. "모두 어리석은 짓이야." 그는 혼자 나직이 중얼거렸다. 그러더니 다시 졸음에 빠져 들었다. 멍하니 웃고 있던 그의 얼굴이 앞으로 기울어졌다.

둔감하고 인내심 있으며 상상력이 부족한 던 씨는 지난 3개월 동안 이런 일로 저녁 단잠을 설치곤 했는데, 그럴 때마다 그는 번번이 어안이 벙벙해 했다. 그는 삶의 단순하고 일상적인 대낮의 모습에 적응하며 살아왔다. 생의 그림자들은 그의 생각들 너머에 있었다. 그의 의식 세계에서 딸 제니는 죽어서 천국에 가 있었다. 그는 머리 위에 있는 자신의 딸 방에서 나는 귀기 어린 신음소리에 귀 기울이려 하지 않았고, 더구나 그런 소리가 들린다는 걸 믿지도 않았다.

그의 아내가 마침내 아래층으로 내려와 잠든 남편을 보았을 때, 그녀는 씁쓸한 느낌을 지울 수 없었다. 그녀는 얼음장처럼 차가운 고독 앞에 내던져진 것만 같았다. 그녀의 딸은 이런 당혹스럽고 복잡한 심정에 빠져 있는 그녀에게 동감을 표시하고 그녀를 이해해 주는 유일한 존재였다. 그러나 그녀는 어머니로서 플로라를 깊이 염려하였기에 그 처절한 울음소리를 차라리 홀로 들을지언정 딸이 공감할 수 없기를 바랐다. 플로라는 절대로 강한 아이가 아니었다. 다음 날 아침 플로라가 아래층으로 내려왔을 때 그녀는 근심 어린 눈으로 딸을 바라보았다.

"간밤에 잠은 좀 잤니?" 그녀가 물었다.

"조금이요." 플로라가 대답했다.

아침 식사를 마치고 나서 얼마 지나지 않아 곧 그들은 렌 가의 어린 소녀가 살금살금 옆집에서 빠져나가 다시 길 건너 묘지로 향하는 것을 보았다.

"저 애는 늘 그곳에 가 있단다." 던 부인이 말했다. "저 애는 사람들을 피해 나가는 게 분명해. 뒤돌아보는 모습을 좀 보렴."

"그런 것 같아요." 플로라가 무심하게 대답했다.

정오 무렵이 되자 옆집에서 부르는 소리가 들려왔다. "낸시! 낸시! 낸시 렌!" 그 목소리는 크고 고압적이었으나, 한편으론 느리고 어조가 일정했다. 이는 그 목소리의 주인이 어떤 사람인지를 잘 보여주었다. 자신의 화난 목소리를 누르고 억제할 수 있는 그 여인은 다른 사람들의 마음도 그렇게 누르고 억제할 수 있으리라. 던 부인과 플로라는 연민을 가지고 그 목소리를 들었다.

"그 불쌍한 어린 것이 집에 돌아오면 한바탕 닦달을 당하겠구나." 던 부인이 말했다.

"낸시! 낸시! 낸시 렌!" 그 목소리가 다시 들려왔다.

"그레그 부인이 찾으러 다니기라도 하면 아이가 너무 가엾게 되겠구나. 애가 거기서 잠이라도 들었나 보다. 플로라, 네가 달려가서 그 아이를 데려오는 게 어떻겠니?"

그 목소리가 다시 밖으로 울려 퍼졌다. 플로라는 모자를 눌러 쓰고 아이를 부르는 여인의 눈에 띄지 않게 살며시 집 아래쪽으로 길을 건너갔다. 그녀는 묘지에 도착하자 가늘고 다정한 목소리로 조심스럽게 아이를 불렀다. 마침내 그녀는 아이를 찾아냈다. 소녀는 블레이크 씨 묘지 구역에 있었는데, 칙칙한 면 드레스를 입은 아이는 어느 무덤 가까운 곳에서 가냘픈 몸을 웅크리고 있었다. 어느 누구도 아닌 오직 자연만이 그 오래된 무덤들을 지키며 그 자신의 설계대로, 그리고 그 자신의 의지대로 상냥하게 모든 것을 되돌리고 있었다. 그 무덤들 주위로 심어졌던 정원용 관목들은 이제 한 그루도 남아있지 않고, 대신 흔히 볼 수 있는 하얀 찔레꽃들의 새 잎만 돋아나고 있었다. 블레이크 씨 가족묘는 공동묘지의 제일 뒷쪽에 있었는데, 작은 숲에 가까이 붙어 있으면서 그 본디 경계선을 조금씩 무너뜨리고 있었다. 그 묘지 뒤편으로는 작은 잡목들이 은빛 이파리를 반짝이고 있었다. 그 땅은 삼백초로 말미암아 꽤 파란 빛이 감돌았다.

아이는 자그마한 머리를 들고 플로라를 바라보았다. 방금 잠에서 깬 듯한 얼굴이었다. 소녀는 마치 어떤 새로운 장면을 맞닥뜨린 듯 그 분홍빛 입술을 벌린 채 파란 두 눈은 놀란 표정을 하고 바라보고 있었다.

"그 애는 어디로 갔어요?" 아이는 상냥하고 연약한 목소리로 물었다.

"누가, 어디로 갔다고?"

"제인."

"무슨 뜻인지 모르겠구나. 낸시, 넌 지금 빨리 집에 가 봐야 해."

"제인 못 봤어요?"

"아니, 아무도 못 봤는데." 플로라가 재촉하듯 말했다. "어서 가자!"

"그 아이는 바로 여기 있었는데."

"무슨 말이지?"

"제인이 바로 여기 있었어요. 하얀 드레스를 입고, 화관도 쓰고 있었어요."

플로라는 몸을 떨었다. 그리고 두려움이 가득한 눈길로 주위를 둘러보았다. 그 소녀의 환상이 그 아이의 본성까지 덮고 있었다. "여기엔 아무도 없었어. 넌 꿈을 꾼 거야, 얘야. 어서 가자!"

"아니요, 난 꿈을 꾼 게 아니에요. 난 언제나 파아란 꽃들과 반짝이는 잎들을 봤는걸요. 제인은 바로 저기에 서 있었어요." 아이는 작은 손가락으로 어느 한 곳을 가리켰다. "그 애는 아주 오랫동안 오지 않았어요." 아이가 덧붙였다. "그 애는 저 아래 있었어요." 아이는 자신에게 가장 가까운 무덤을 가리켰다. 플로라는 조금 오싹해지면서도 강한 어조로 말했다. "넌 당장 일어나서 집으로 가야 해. 그레그 부인이 널 끊임없이 부르며 찾고 있어. 부인이 좋아하지 않을 거야."

낸시의 작은 입 주위가 갑자기 창백해지더니, 아이는 벌떡 일어섰다. "그레그 부인이 오고 있어요?"

"네가 서두르지 않으면 이곳으로 올 거야."

아이는 한마디도 더 하지 않았다. 좁은 길을 따라서 쏜살같이 날아갔는데, 플로라가 길을 건너기도 전에 벌써 구빈원 문 앞에 다다라 있었다.

"그 앤 그레그 부인을 몹시 무서워해요." 플로라는 집으로 돌아와서 어머니에게 말했다. 낸시가 그녀의 우울함을 조금 흔들어 놓았고, 그녀는 좀 더 평소의 그녀답게 말했다.

"가엾은 것! 그 애가 너무 불쌍하구나." 던 부인이 말했다. 그녀는 그레그 부인을 좋아하지 않았다.

플로라는 잠시 아무 말 없이 혼자 되새겨본 후에야 어떤 이야기를 꺼내는 편이었다. 오후에 두 사람은 거실에서 바느질을 하고 있었다. 이때 플로라는 어머니에게 '제인'에 대해 말했다.

"물론 그 아이는 꿈을 꿨을 거예요." 플로라가 말했다.

"물론 그랬겠지." 어머니가 맞장구쳤다.

그러나 두 사람은 서로 마주보았고, 그들의 눈은 그들의 입보다 더 많은 것을 이야기하고 있었다. 지금껏 어떤 자취만 느꼈던 새롭고 놀라운 종류의 증거가 그들 앞에 놓여 있었다. 이 두 뉴잉글랜드의 영혼은 자기 방식대로 고집스럽게 삶의 길을 걸어왔으며, 여전히 그 길을 걸어오다가 마침내 신비로 감싸인 어두운 풀밭을 통과하는 좁은 길들을 만난 것이다. 만일 그들이 결코 발을 헛디디지 않는다면 축축한 풀밭의 기운이 그들의 얼굴 위로 느껴질지도 모른다.

그 어떤 이름으로 부르든 간에, 이러한 환상, 환영, 미신이 어린 제니 던이 죽은 이후로 그들에게 3개월이나 지속된 것이다. 만일 그것이 환영이라면 더 오래 지속되지 않을 이유도 없었다. 천성적으로 예민하고 상상력이 풍부한데, 오랜 염려와 슬픔으로 지칠 대로 지친 이 두 여인의 기질은 그것을 떨쳐 버릴 수 없었다.

만일 그것이 환영이 아니라면, 어떤 악령을 쫓는 의식, 어떤 주문과 방울로 어둠 속에 혼자 있기를 두려워하는 어린 영혼을 잠재울 수 있을까?

여러 날이 지났다. 플로라는 여전히 9시를 치는 시계 소리를 듣고 서둘러 위층 그녀의 방으로 뛰어 올라갔다. 만일 그녀가 조금이라도 늦으면, 때로 그녀가 그 시간에 자기 방에 없으면, 그 낮은 울음소리가 그 집에 울려 퍼졌다.

이상한 소문은 차츰 마을에 퍼져 나갔다. 던 부인과 플로라는 그에 대해 침묵했다. 그러나 소문이라는 것이 그 자체로 유령 같은 것이라, 막을 방법이 없었다.

그 소문은 가는 곳마다 사람들 입에 오르내렸다. 병적인 호기심과 동정심으로 가득 찬 사람들이 그 집을 찾아오기도 했다. 어느 날 오후에 목사님이 찾아와서 기도를 해주겠다고 했다. 던 부인과 플로라는 매우 조심스럽게 그들을 맞이했다. 그들은 그 자신들의 귀로 그 불가사의한 소리를 직접 들어보고 가겠다는 사람들의 바람에 응하지 않았다. 사람들은 두 사람이 "지독히도 폐쇄적"이라고 말했다. 그들은 던 씨로부터 더 많은 만족을 얻었다. 던 씨는 그 문제에 관한 한 자기 힘껏, 그리고 자기만의 이론을 가지고 모든 정보를 내어 줄 준비가 되어 있었기 때문이다.

"나는 딱 한 번 무슨 소리를 들었소. 나에겐 그저 고양이 울음소리 정도로만 들렸다니까요. 내 생각엔 플로라와 그 애 어머니가 좀 과민한 성격인 것 같소."

계절이 늦은 봄을 향해 가던 어느 날 저녁, 플로라는 램프 불을 낮게 밝히고 위층 자기 방으로 올라갔다. 그녀는 그날 램프에 기름 채우는 것을 소홀히 했다. 그녀는 잠을 자기 위해 옷을 벗기 전까지 램프에 기름이 부족하다는 사실을 알아차리지 못했다. 그래서 그녀는 불을 끄기로 했다. 평소엔 겁 많은 어린 제니가 있을 때처럼 늘 밤새 램프 불을 밝혀 두었었다. 이제는 플로라가 겁을 많이 먹고 소심했다.

어쨌든 그녀는 입김을 불어 램프 불을 껐다. 그녀가 베개를 베고 누운 순간 낮은 울음소리가 방에 울려 퍼졌다. 플로라는 침대에서 일어나 앉아 두 손을 모으고 귀를 기울였다. 울음소리는 점점 더 커졌다. 몇 마디 단어와 문장들이 들렸다. 두려움과 고통을 호소하는 가련한 외침이 좀 더 또렷하게 들려왔다.

플로라는 벌떡 일어나 구빈원이 보이는 서쪽 창문 쪽으로 더듬거리며 걸어갔다. 그녀는 창밖으로 머리를 내밀고 잠시 소리에 귀를 기울였다. 그런 다음 그녀는 다급히 어머니를 불렀다. 그녀의 어머니는 이미 램프를 들고 문 앞에 와 있었다. 그녀가 들어오자 울음소리가 멈췄다.

"엄마." 플로라가 외쳤다. "그건 제니가 아니었어요! 저쪽에 있는 누군가예요, 그 구빈원이요. 입구에 불을 놓아두고 이쪽으로 돌아와서 들어 보세요."

던 부인은 램프를 내려놓고 돌아와서 문을 닫았다. 몇 분이 흐른 뒤에 울음소리가 다시 들리기 시작했다.

"나는 바로 저기에 가야겠다." 던 부인이 말했다. "옷을 입고 저기에 가봐야겠어. 무슨 일인지 지금 알아봐야겠다."

"나도 갈게요." 플로라가 말했다.

두 사람이 구빈원 마당에 조심스럽게 발을 들여 놓았을 때는 9시 반밖에 되지 않았다. 1층에 있는 방에 불이 아직 켜져 있었다. 감독관의 가족이 거실로 사용하는 곳이었다. 그들이 안으로 들어갔을 때 감독관은 의자에서 잠들어 있었고 그의 부인은 탁자 앞에서 바느질을 하고 있었다. 분홍빛 면 드레스를 입은 한 노파는 아무것도 하지 않고 가만히 앉아 있었다. 그들은 모두 놀라서 동시에 침입자들을 바라보았다.

"안녕하세요?" 던 부인은 침착함을 유지하려고 애쓰면서 말했다. "잠깐 건너와 봐야겠다고 생각했어요. 좀 놀라서 말이죠. 지금 이 소리 말이에요. 이게 무슨 소리죠, 그레그 부인?"

실제로 울음소리는 더 커졌고 더 또렷하게 들려왔다.

"왜, 낸시 아시잖아요?" 그레그 부인은 놀랐지만 위엄을 잃지 않은 채 말했다. 그녀는 건강한 체구에 감독자다운 침착함도 지니고 있었다. "나는 몇 분 전에 그 소리를 들었어요." 그녀는 계속해서 말했다. "그 아이가 그치지 않으면 올라가서 확인해 보려고 했어요."

그레그 씨는 몸집이 크고 음침한 노인으로, 뻣뻣한 수염이 난 그 큰 얼굴이 이날은 잠에서 막 깨어나 멍한 표정으로 상황을 지켜보고 있었다. 분홍 면 옷을 입은 노파는 모두에게 냉담한 미소를 지어 보였다.

"낸시!" 던 부인은 그레그 부인을 바라보면서 낸시의 이름을 따라 불렀다. 던 부인은 그레그 부인에게 그다지 마음이 끌리지 않았고, 두 사람은 그토록 가까운 이웃임에도 그동안 서로 친하게 지내지 않았다. 그레그 부인 또한 사교적인 사람은 아니었고, 자신이 해야 할 일들만 할 뿐 사람들과 거의 교류가 없이 지내왔다.

"그래요, 낸시 렌이요." 그녀는 놀라움에 휩싸인 채 말했다. "그 아이는 거의 매일 밤 이렇게 울어요. 열 살이지만 거의 아기처럼 어둠을 두려워해요. 조금 특이한 아이죠. 좀 예민한 것 같아요. 무슨 까닭인지, 그 애는 줄곧 묘지에 가 있으려고 해요. 틈만 나면 그곳으로 달려가죠. 그리고 하얀 드레스를 입고 머리에 화관을 쓴 제인과 놀았다는 이상한 이야기만 되풀이한답니다. 블레이크 가족 묘지에 묻힌 제인 블레이크에 대해 말하는 거였어요. 나는 이 주위에 어떤 아이도 살고 있지 않다는 것을 알기 때문에 그 이야기에 대해서 좀 더 알아보려고 합니다. 그 가족들의 비문에 보면 "우리 아버지", "우리 어머니"라고 적혀 있잖아요. 그 애가 글쎄 그들을 아빠, 엄마라고 부르면서 그곳에 가 있곤 하더라고요. 난 이제 그 아이에 대한 인내심이 바닥이 났어요. 그런 사람들에 대해선 아는 바가 조금도 없단 말입니다." 울음소리는 이어졌다. "바로 올라가 봐야겠습니다." 그레그 부인은 결심한 듯 램프를 집어 들었다.

던 부인과 플로라가 그 뒤를 따랐다. 두 사람이 그레그 부인의 안내로 그 방에 들어갔을 때 어린 낸시는 침대 위에 앉아 있었다. 그 아이는 창백한 얼굴로 온몸이 굳어 있었는데, 파란 두 눈에서는 눈물이 흘러내렸고, 작은 분홍빛 입술은 바르르 떨고 있었다.

"낸시!" 그레그 부인이 강한 어조로 말하기 시작했다. 그러나 던 부인은 곧바로 달려가 두 팔로 아이를 끌어안았다.

"아주 무서웠구나, 응?" 그녀가 속삭였다. 낸시는 온 힘을 다해 그녀에게 매달렸다.

기쁨으로 충만한 상냥함의 큰 파도가 아이 잃은 여인의 가슴 속에서 물결쳤다. 그것은 사랑스러운 어린 딸 제니의 영혼이 외로움과 두려움으로 울부짖는 소리가 아니었다. 제니는 어린 소녀들이 가질 수 있는 혼돈과 두려움 저 너머에서 축복받은 채 안식을 누리고 있었다. 그 소리는 이 작은 살아 있는 소녀의 것이었다. 그녀는 이제 그 모든 것을 또렷이 알 수 있었다. 돌이켜 보니 그것은 지나치게 예민해지고 슬픔으로 가득 차서 부정적인 상상에 사로잡힌 여인이 아니라면, 그 누구라도 알아차릴 수 있는 일이었다.

그녀는 낸시를 꼭 끌어안고 달래 주었다. 그 아이가 마치 자신의 딸 제니처럼 느껴졌다. "괜찮으시다면 이 아이를 제가 데려가겠습니다." 그녀는 그레그 부인에게 말했다.

"부인께서 원하신다면 제가 반대할 이유는 없습니다." 그레그 부인은 냉정한 태도로 말했다. "나는 낸시 렌에게 내가 할 수 있는 모든 것을 해주었습니다." 던 부인이 아이를 감싸 안고 있는 동안 그녀가 말했다. 그들 모두는 문 앞 계단까지 나와 있었다. "난 그 애를 달래거나 안아 주지 않았습니다. 그건 제 방식이니까요. 내 자식들에게도 그렇게 하지 않았습니다."

"부인께선 자신이 할 수 있는 모든 것을 이 아이에게 해주셨다는 것을 압니다." 던 부인은 형식적인 사과의 말을 했다. "부인을 비난하는 것은 아닙니다. 난 그저 오늘 밤 이 아이를 데려가고 싶을 뿐입니다." 그녀는 자신의 어깨에 기대어 눈물 흘리고 있는 아이에게 몸을 기울여 입을 맞추었다. 그녀는 낸시를 아기처럼 품에 안았다. 플로라는 부인이 걸을 때마다 흔들리는 아이의 작은 손을 잡고 따라갔다.

"너는 저기 위층에서 플로라와 함께 잠을 자게 될 거야." 던 부인은 마당을 지나가면서 아이의 귀에 속삭였다. "그리고 네 곁에는 밤새 램프 불을 켜 놓을게. 잠자러 가기 전에 케이크 한 조각도 내어 주마."

일요일 오후마다 던 씨 가족은 묘지에 가서 제니의 무덤 앞에 꽃다발을 놓아 주었는데, 다음 일요일에는 어린 낸시도 함께 갔다. 아이는 기쁘게 따라왔고, 블레이크 가족의 묘지에 대해서는 생각하지 않는 것 같았다. 그 아이의 공허한 세계를 가득 채우고 있던 유령 가족들에 대한 측은한 환상과—만일 그것이 정말 환상이었다면—그리하여 나타나게 된 하얀 드레스를 입고 화관을 쓴 천사 친구는 이제 쉬고 있을지도 모른다. 이제 그런 상상은 할 필요가 없었다. 그 아이는 살아 숨 쉬는 이들 사이에서 자신의 자리를 찾았고, 인간들 사이의 '사랑'이라는 자연의 양식을 얻고 있었다. 그들은 제니가 어렸을 때 입었던 하얀 드레스를 낸시에게 입혔고 모자에는 여러 해 전 제니의 모자를 장식했던 리본과 장미꽃봉오리를 달아 주었다.

아름다운 일요일이었다. 그들은 묘지를 떠나 길을 따라서 산책을 했다. 짙푸른 초원과 오두막이 있는 울타리들 사이로 길이 나 있었다. 장미는 아직 꽃필 때가 아니었고, 라일락은 회색으로 바뀌어 가고 있었다. 미나리아재비가 초원에 활짝 피어 있었지만, 민들레꽃들은 노란 왕관을 잃고 이제는 속이 훤히 비치는 두개골들을 드러내고 있었다. 그들은 황금빛 미나리아재비들 사이에서 유령처럼 서 있었다. 그러나 가족 가운데 누구도 그것에 대해 생각하지 않았다. 그들의 유령들은 평온하게 영면하고 있었다.

남서쪽 방

The Southwest Chamber

"액턴에서 온다던 그 선생님 말이야, 오늘 올 거야." 언니 소피아 길이 말했다.

"그렇구나." 여동생 아만다 길이 맞장구쳤다.

"난 그녀를 남서쪽 방에 들일 생각이야." 소피아가 말했다.

아만다는 의심과 두려움이 섞인 표정으로 언니를 바라보았다.

"언니는 그런 생각 안 해? 그녀가 혹시나……." 아만다는 더듬거리기 시작했다.

"혹시나 뭐?" 소피아가 날카롭게 물었다. 그녀는 여동생보다 더 날카로웠다. 둘 다 자그마한 키에 통통했지만 소피아는 살집이 단단했고, 아만다는 그에 비하면 물렁한 편이었다. 아만다는 낡고 헐렁한 모슬린 원피스를 입었고(무더운 날이었다), 소피아는 풀을 먹여 빳빳한 캠브릭 원피스를 몸에 꼭 맞게 입고 있었다.

"잘은 몰라도 그 방에서 안 자겠다고 하는 거 아닌가 싶어서. 해리엇 이모가 얼마 전에 거기서 돌아가셨잖아." 아만다가 머뭇거리며 말했다.

"이런!" 소피아가 말했다. "바보 같기는! 네가 만일 이 집에서 아무도 죽지 않은 방을 하숙인들을 위해서 골라보려고 한다면 넌 아무것도 못 할걸. 애클리 할아버지한테는 자식이 일곱이나 있었어. 내가 확실히 아는 바로는, 그 중 네 명이 이곳에서 죽었고, 할아버지와 할머니도 여기서 돌아가셨어. 할아버지의 어머니인 증조할머니 애클리 여사도 여기서 돌아가신 것 같아. 분명히 그랬을 거야. 그리고 애클리 증조할아버지와 할아버지의 결혼하지 않은 누이인 대고모 패니 애클리도. 이 집에 누군가 죽지 않은 방이나 침대는 하나도 없을걸."

"그래, 그렇게 생각하는 건 어리석은 일이겠지. 그러면 그녀는 그 방에 머무는 게 좋겠다." 아만다가 말했다.

"그래. 북동쪽 방은 비좁고 더워. 그 선생님은 통통해서 아마도 더위를 많이 탈 거야. 돈도 모아놨고, 여름이면 하숙을 하러 올 텐데, 방이 마음에 들면 아마 내년에도 또 올 거야." 소피아가 말했다. "이제 넌 그 방에 가서 청소가 잘 되었는지, 먼지는 없는지 살펴봐. 그리고 서쪽 창문을 열어서 햇볕이 들어오게 해. 난 그동안 케이크를 구울게."

소피아가 무거운 발걸음으로 부엌으로 이어지는 계단을 내려가는 동안, 아만다는 맡은 일을 하러 남서쪽 방으로 갔다.

"환기를 하고 먼지를 터는 동안에는 침구를 펼쳐둔 다음에, 청소 끝나고 이부자리를 다시 정리하는 게 나을 거야." 그녀를 뒤에서 부르는 소리가 들렸다.

"알겠어, 언니." 아만다는 몸서리를 치며 대답했다.

어린아이 같은 자유로운 상상력을 가진 이 나이 지긋한 여인이 남서쪽 방에 들어가기를 얼마나 두려워하는지 아무도 몰랐다. 그리고 아직까지도 그녀가 왜 그런 두려움을 느끼는지 설명할 수 없었다. 그녀는 지금은 죽은 이들이 한때 살았던 방에 들어가기도 하고 살기도 했었다. 그녀와 그녀의 언니가 이곳에 오기 전에 살았던 작은 집에서 그녀가 쓰던 방, 돌아가신 어머니의 방이었다. 그녀는 그 사실에 대해서 애정 어린 경외심과 공경의 마음 말고는 다른 생각을 품어 본 적이 없었다. 두려움이라곤 느껴본 적 없었다. 하지만 이 경우는 달랐다. 그녀가 방으로 들어서자 자신의 심장이 쿵쿵 대며 뛰는 소리가 들려왔다. 손도 차가워졌다. 그 방은 아주 큰 방이었다. 창문이 네 개 있었는데,

그중 두 개는 남쪽을 향해 있었고, 나머지 둘은 서쪽으로 나 있었으며 블라인드도 달려 있었으나 모두 닫혀 있었다. 그 방의 벽지는 어두운 초록색이었다. 가구가 희미하게 보였다. 벽에 걸린 흐릿하고 오래된 판화의 금박 액자가 빛을 반사하고 있었다. 침대 위 하얀 침대보는 백지처럼 보였다.

아만다는 방을 가로질러서 서쪽 창문 중 하나를 가냘픈 등과 어깨로 힘겹게 열고는, 블라인드를 올렸다. 그러자 오래되고 낡았지만 아직 쓸 만한 상태의 방이 드러났다. 오래된 마호가니 가구들이 앞으로 튀어나와 있었고, 공작새 무늬 무명천이 침대에 걸쳐 있었다. 이 무명천은 이 방에 전에 살았던 사람이 좋아하던 자리인 커다란 안락의자도 덮고 있었다. 옷장 문이 조금 열려 있었다. 아만다는 놀라서 그 사실을 알아차렸다. 옷장 안쪽에 못이 있었고, 거기에 보라색 천이 걸려 있는 것이 얼핏 보였다. 아만다는 그곳으로 가서 걸려있던 옷을 내려놓았다. 그녀는 언니가 방을 청소하고서 어쩌다 그걸 놔두고 간 것인지 의아했다. 그것은 그녀의 이모가 입었던 낡고 헐렁한 드레스였다. 그녀는 어두운 옷장 깊숙한 곳을 두려움 가득한 눈으로 들여다본 후, 그것을 꺼내서 내려놓고는 벌벌 떨며 옷장 문을 닫았다. 그 긴 옷장에서는 러비지[1] 냄새가 강하게 풍겼다. 해리엇 이모는 러비지를 먹기도 했고 주머니에도 늘 넣어 다니곤 했다. 아만다가 안락의자 위에 내던진 퀴퀴한 냄새가 나는 보라색 드레스 주머니에는 우스꽝스러운 그 식물 뿌리가 남아있을 것이 뻔했다.

그 냄새를 맡은 아만다는 그것이 실제로 있는 것 같아서 흠

1) 미나리과의 약용 식물.

629

칫 놀랐다. 어떤 의미에서 냄새는 누군가의 개성을 결정짓는 데 필수적인 것으로 보인다. 그것은 끈질긴 그림자처럼 그것이 붙어있던 피부보다 더 오래 살아남아, 그 자체로 실체를 가지고 있는 것처럼 보인다. 아만다는 방을 정돈할 때마다 언제나 이 러비지 향을 의식했다. 그녀는 언니가 지시한 대로 침대보를 펼쳐둔 다음에, 무거운 마호가니 가구들에 쌓여있는 먼지를 꼼꼼하게 털어냈다. 그녀는 깨끗한 새 수건을 세면대와 책상에 펼쳐놓았고 침대를 정돈했다. 그러고 나서 안락의자에 놓아둔 보라색 드레스를 가져다가 다락방으로 옮겨서 거기에 챙겨둔 죽은 여인의 옷장 속 다른 물건들과 함께 큰 여행용 가방에 집어넣어 두려고 했다. 하지만 보라색 드레스는 의자 위에 없었다!

아만다 길은 자신의 행동에 대해서조차 강한 확신을 갖는 여인이 아니었다. 그녀는 곧바로 자신이 실수했을지도 모른다고 판단하고, 옷장에서 드레스를 꺼내지 않았다고 생각했다. 그러고는 옷장 문을 흘끗 쳐다봤는데, 그것이 열려 있어서 깜짝 놀랐다. 그리고 그녀는 자신이 문을 닫았다고 생각했지만 순간, 정말로 그랬는지 확신할 수 없었다. 그래서 그녀는 옷장으로 들어가서 보라색 드레스를 찾아보았다. 그런데 그것은 거기에도 없었다!

아만다 길은 힘없이 옷장 밖으로 나와 다시 한번 안락의자를 바라보았다. 보라색 드레스는 거기에 없었다! 그녀는 미친 듯이 방을 둘러보았다. 떨리는 무릎을 꿇고 침대 밑을 살피고, 서랍장 서랍을 열고, 옷장 안도 한 번 더 들여다보았다. 그러고 나서 방 한가운데 서서 자신의 손을 꽉 움켜쥐었다.

"이게 무슨 뜻이지?" 그녀는 충격 속에 속삭였다.

그녀는 죽은 해리엇 이모의 그 헐렁한 보라색 드레스를 틀림없이 보았다.

제정신인 사람이라면 스스로를 반박하는 것을 반드시 멈춰야 하는 한계가 있다. 아만다 길은 그 지점에 도달해 있었다. 그녀는 자신이 옷장에서 보라색 드레스를 봤다는 걸 알고 있었고, 그걸 치워서 안락의자 위에 올려놨다는 것 또한 알고 있었다. 게다가 그녀는 자신이 그걸 방 밖으로 갖고 나간 적이 없다는 것도 알고 있었다. 그녀는 정신적으로 뭔가 뒤집힌 듯한 묘한 기분을 느꼈다. 마치 그녀의 모든 전통과 삶의 법칙이 물구나무를 서 있는 것 같았다. 어떤 사람이 옮긴 것이 아닌 이상, 그녀의 단순한 기억 속에서 그녀가 어딘가에 두었던 드레스가 그 자리에 있지 않을 일은 없었다.

그 순간 그녀는 자신이 등을 돌리고 드레스를 정리하는 동안, 언니 소피아가 눈에 띄지 않게 방으로 들어와 드레스를 치웠을 수도 있다는 생각이 들었다. 갑자기 안도감이 밀려들었다. 그녀의 혈액은 다시 평소대로 흐르는 것 같았고 잔뜩 긴장했던 신경도 누그러졌다.

"참 나, 바보 같이 무슨 생각을 한 거야." 그녀가 소리내서 말했다.

그녀는 서둘러서 소피아가 케이크를 만들고 있는 부엌으로 내려갔다. 소피아는 나무 숟가락으로 멋지게 원을 그리며 노란색 크림 덩어리를 휘젓고 있었다. 그녀는 여동생이 들어오자 고개를 들었다.

"다 끝났어?" 그녀가 물었다.

"응" 아만다가 대답했다. 그러고 나서 그녀는 멈칫했다. 갑작스런 공포가 그녀를 덮쳤다. 소피아가 거품투성이 케이크 반죽을 잠시 놔두고 해리엇 이모의 방으로 가서 보라색 드레스를 치우는 것이 어쩐지 개연성이 있어 보이지 않았다.

"있잖아, 일을 마쳤으면 그 콩들 좀 다듬어줄래? 저녁 식사로 먹으려 해도 지금 그걸 삶을 시간이 없거든." 소피아가 말했다.

아만다는 식탁 위에 놓인 콩이 담긴 냄비 쪽으로 다가갔고, 언니를 바라보았다.

"언니, 혹시 내가 해리엇 이모 방에 있을 때 올라왔었어?" 그녀가 힘없이 물었다. 그녀는 질문하면서 어떤 대답이 나올지 알고 있었다.

"해리엇 이모 방에 올라갔냐고? 물론 아니지. 난 이 케이크에서 손을 뗄 수 없었어. 너도 잘 알잖아. 왜 그러는데?"

"아무것도 아니야." 아만다가 대답했다.

문득 그녀는 언니에게 무슨 일이 일어났는지 말할 수 없다는 것을 깨달았다. 그 모든 터무니없는 일 앞에서 그녀로서는 자신의 이성에 대한 확신마저도 무너졌기 때문이다. 만일 그녀가 소피아에게 털어놓는다면 언니가 뭐라고 말할지 알고 있었다. 언니의 목소리가 귓전을 울리는 듯했다.

"아만다 길, 너 미쳤니?"

그녀는 절대 소피아에게 이야기하지 않겠다고 다짐했다. 그녀는 의자에 털썩 주저앉아서 힘없는 손가락으로 콩 껍질을 까기 시작했다. 소피아는 그녀를 이상하다는 듯이 바라보았다.

"아만다 길, 도대체 뭐 때문에 괴로운 거야?" 그녀가 물었다.

"아무것도 아니야" 아만다가 대답했다. 그녀는 초록색 콩깍지 위로 머리를 아주 낮게 숙였다.

"아니야, 뭔가 있어! 얼굴이 백지장처럼 창백하고, 손은 떨려서 깍지콩을 제대로 다듬지도 못하잖아. 난 네가 더 분별력이 있는 줄 알았는데, 아만다 길."

"무슨 말을 하는 건지 못 알아듣겠어, 언니."

"아니, 내가 무슨 말을 하는지 다 알잖아. 모르는 척 하지 마. 내가 그 방에 있었는지 왜 물은 거야? 그리고 왜 이렇게 이상하게 굴어?"

아만다는 망설였다. 그녀는 언제나 진실하도록 교육받았다. 그런데 이번에는 거짓말을 했다.

"지난번에 온 비 때문에 책상 위쪽 부분의 벽지에 비 샌 자국이 생긴 걸 언니가 혹시 눈치챘냈는지 궁금했어." 그녀가 말했다.

"그럼 얼굴은 왜 그렇게 창백한 거야?"

"모르겠어. 너무 더워서 그런가 봐."

"아주 오랫동안 닫혀 있었던 그 방이 별로 더울 것 같다는 생각은 안 드는데." 소피아가 말했다.

그녀는 분명히 만족스럽지는 않았지만, 그때 식료품 잡화상이 문 앞에 왔기 때문에, 대화는 끊어졌다.

그 후 한 시간 동안 두 여인은 몹시 바빴다. 그들은 하인을 두지 않았다. 이모가 돌아가시면서 자매가 이 오래되었지만 좋은 집을 소유하게 되었을 때 그들은 그 축복을 과연 축복으로 받아들여야 할지 의심스러웠다. 그들에게는 자신들이 태어나 평생을 살았던 작은 집을 팔아 얻은 1,200달러 말고는 이 집에 대한 수리비와 세금과 보험료를 납부할 돈이 한 푼도 없었다.

여러 해 전, 옛 애클리 가문에 분열이 일어났다. 애클리 집안의 딸들 가운데 한 명이 어머니의 뜻을 거스르는 결혼을 하는 바람에 상속권을 박탈당했다. 그녀는 길이라는 이름의 가난한 남자와 결혼했다. 그리고 예전에 살던 집이 보이는 곳에서 자신의 자매와 어머니가 부유하게 사는 모습을 지켜보면서 딸 셋을 낳을 때까지 그의 변변찮은 땅을 함께 일구며 살았다. 그리고 그녀는 과로와 걱정으로 지쳐버린 끝에 죽었다.

어머니와 그녀의 언니는 끝까지 몰인정했다. 그녀가 결혼한 날 밤, 집을 떠난 이후로 두 사람 모두 그녀에게 단 한 번도 말을 걸지 않았다. 그들은 모진 여인들이었다.

상속권을 박탈당한 그녀의 세 딸들은 조용하고 초라하게 살았지만 실제로 궁핍하게 살지는 않았다. 둘째 제인은 결혼하고 채 1년도 되지 않아 세상을 떠났다. 소피아와 아만다는 제인의 남편이 재혼했을 때, 그녀가 죽으면서 남긴 딸을 데리고 왔다. 소피아는 몇 년 동안 초등학교에서 가르쳤으며 그들이 살았던 작은 집을 마련할 수 있을 만큼 저축을 했다. 아만다는 코바늘 뜨개질로 레이스를 만들고 플란넬에 수놓는 기술이 있었고, 정리함과 바늘방석도 만들었다. 그것으로 그녀는 자기 옷과 어린 조카, 플로라 스콧의 옷을 살 만큼의 충분한 돈을 벌었다.

그들의 아버지, 윌리엄 길은 그들이 서른이 되기 전에 죽었다. 그리고 이제 그들은 늦은 중년의 나이에, 종종 보았지만 한 번도 이야기를 나눠본 적 없는 이모의 죽음을 맞이하게 되었다. 그녀는 오래된 애클리 대저택에서 여든이 넘을 때까지 혼자 살았다. 유언장은 없었고, 죽은 여동생의 손녀인 플로라 스콧을 제외하고는 그들이 유일한 상속인이었다.

소피아와 아만다는 자신들이 유산을 받는다는 것을 알았을 때, 바로 플로라를 생각했다.

"플로라에게 멋진 일이 될 거야. 우리가 세상을 떠난 뒤에도 플로라가 충분히 먹고 살 수 있을 테니까." 소피아가 말했다.

그녀는 무엇을 해야 할지 곧바로 결정했다. 그들이 살던 조그만 집을 팔고, 오래된 애클리 저택으로 옮긴 뒤 그 집을 유지할 비용을 충당하기 위해 하숙을 치기로 했다. 그 집을 판다는 생각은 일축했다. 그녀는 자신의 가족에 자부심이 대단했다. 드나들 수 없던 곳이었지만 여전히 자기 핏줄의 요람인 그 오래된 대저택을 지나칠 때면, 그녀는 늘 고개를 꼿꼿하게 세우곤 했다. 그녀에게 조언해 주던 변호사가 해리엇 애클리가 애클리 집안의 돈을 한 푼도 남기지 않고 모두 써버렸다는 사실을 알려줬을 때에도 그녀는 흔들리지 않았다.

"우리가 일을 해야 한다는 걸 깨달았지만, 동생과 난 그 저택을 지키기로 결정했어요." 그녀가 말했다.

그로써 이야기는 끝났다. 소피아와 아만다 길은 2주일 전부터 오래된 애클리 가의 집에서 살기 시작했고, 하숙인 셋을 두고 있었다. 남편을 여의었지만 수입이 넉넉한 노부인, 회중교회 성직자인 젊은 남자, 그리고 마을 도서관에서 일하는 중년의 독신 여성이 그들이었다. 이제 액턴 출신의 학교 선생님인 루이자 스타크 양이 이곳에서 여름을 보낼 것이며, 하숙인은 네 명이 될 터였다.

소피아는 그들이 편안하게 지내도록 신경 썼다. 그녀와 여동생이 바라는 건 아주 적었고, 심지어 조카조차 어린 소녀임에도 불구하고, 돈이 그리 많이 들지 않았다. 죽은 이모할머니의 옷을 몇 년 동안 계속 물려 입게 될 것이기 때문이었다. 애클리 저택의 다락에는 그녀가 앞으로 몇 년 동안 어둠침침한 풍요 속에서 넉넉히 입을 수 있는 검정 비단과 새틴, 그리고 봄버진 천들이 보관되어 있었다.

플로라는 크고 진지한 파란 눈과 좀처럼 웃지 않는 귀여운 입, 고운 금발을 가진 아주 온순한 소녀였다. 섬세하고, 아주 어린 이 소녀는 이번에 생일을 맞이하면, 열여섯 살이 된다.

그녀는 이제 막 식료품점에서 설탕과 차를 사 가지고 집으로 돌아온 터였다. 그녀는 차분하게 부엌으로 들어와, 가지고 온 것들을 아만다 이모가 앉아서 콩을 다듬고 있는 식탁 위에 올려놓았다. 플로라는 죽은 이모할머니의 것이었던 검은 짚으로 만든, 유행이 지난 터번 모양의 모자를 쓰고 있었다. 왕관처럼 높이 솟은 모자 아래로 소녀의 이마가 드러나 있었다. 그녀의 드레스는 자줏빛과 흰색으로 된 고전적인 무늬로, 꼭 맞는 가슴 윗부분을 제외하고는 지나치게 길고 너무 컸다.

"모자를 벗는 게 좋겠다, 플로라." 소피아가 말했다. 그녀는 갑자기 아만다 쪽으로 몸을 돌렸다. "학교 선생님이 머물 방 물병에 물은 채웠니?" 그녀는 엄격하게 물었다. 그녀는 아만다가 물병에 물을 채우지 않았다고 확신했다.

아만다는 얼굴을 붉히며 죄 지은 사람처럼 깜짝 놀랐다. "안 채웠어." 그녀가 말했다.

"안 채웠을 것 같았어." 소피아가 빈정대는 어조로 말했다.

"플로라, 해리엇 이모할머니가 쓰시던 방으로 올라가서 세면대에 있는 물병을 가져다가, 물을 채워놓으렴. 물병을 깨거나 물을 쏟지 않도록 조심해야 한다."

"그 방이요?" 플로라가 물었다. 그녀는 아주 조용히 말했지만,

얼굴이 조금 달라졌다.

"그래, 그 방에." 소피아 이모가 날카롭게 대답했다. "바로 가도록 해"

플로라는 방으로 향했다. 그녀의 가벼운 발걸음 소리가 계단 쪽에서 들려왔다. 파랗고 하얀 물병을 가지고 곧 돌아온 그녀는 부엌 개수대에서 조심스럽게 물을 채웠다.

"물을 흘리지 않도록 조심하렴." 플로라가 조심스럽게 물병을 들고 방에서 나갈 때 소피아가 말했다.

아만다는 겁을 먹은 채 호기심 어린 눈으로 플로라를 쳐다보았다. 혹시 그녀가 보라색 드레스를 보았는지 궁금했다.

바로 그때, 그녀는 마을의 역마차가 집 앞까지 온 걸 보고 깜짝 놀랐다. 그 집은 모퉁이에 있었다.

"아만다, 네가 나보다 차림새가 나으니까 네가 나가서 그녀를 만나봐." 소피아가 말했다. "나는 케이크를 팬에 담아서 오븐에 넣고 올게. 선생님을 바로 방으로 안내하도록 해."

아만다는 서둘러 앞치마를 벗고, 언니가 하라는 대로 따랐다. 소피아는 급히 케이크 반죽을 빵 굽는 팬에 부었다. 그녀가 케이크를 막 오븐에 넣었을 때, 문이 열리면서 플로라가 파란 물병을 들고 들어왔다.

"물병을 왜 또 가지고 내려왔니?" 소피아가 물었다.

"선생님께서 물을 가져다 달라고 하셨어요, 아만다 이모가 저더러 갖고 오라셨어요." 플로라가 대답했다.

그녀의 예쁘고 창백한 얼굴에는 당황한 표정이 역력했다.

"맙소사, 그렇게 큰 물병의 물을 벌써 다 썼다는 거야?"

"물병에 물이 하나도 없었어요." 플로라가 대답했다.

이모를 바라보는 그녀의 아이다우면서도 기품 있는 이마는 당황해서 조금 찌푸려진 상태였다.

"그 안에 물이 없었다고?"

"네, 이모."

"네가 물병에 물을 채운 걸 본지, 10분도 지나지 않았어. 그렇지?"

"네, 이모."

"그 물로 뭘 했니?"

"아무것도 안 했어요."

"물이 가득 담긴 물병을 갖고 그 방으로 올라가서, 그걸 세면대 위에 잘 놓았니?"

"네, 이모."

"흘린 건 아니고?"

"네."

"자, 플로라 스콧, 진실을 말하렴! 넌 물병에 물을 가득 채웠었어. 그리고 그걸 들고 올라갔지. 그런데 그녀가 물을 쓰려고 했더니 물이 전혀 없었다고?"

"네, 이모."

"그 물병 좀 보자." 소피아는 물병을 살펴보았다. 입구에서 바닥까지 완벽하게 말라붙어 있을 뿐만 아니라 먼지가 조금 묻어 있기까지 했다. 그녀는 소녀를 엄격하게 돌아보며 말했다.

"이걸 좀 보렴. 넌 물병을 전혀 채우지 않았어. 그걸 위층까지 갖고 올라가기 싫어서, 물을 틀어놓은 채 옆으로 흘려보낸 거야. 난 네가 부끄럽구나. 게으른 것만으로도 이미 나쁘지만, 진실을 말하지 않은 것은……."

어린 소녀의 얼굴은 갑작스러운 혼란으로 애처롭게 무너졌고 그 파란 눈동자는 눈물로 그렁그렁해졌다.

"물병을 채웠단 말이에요. 정말이에요. 분명히 채웠어요, 소피아 이모. 아만다 이모한테 물어보세요." 소녀는 머뭇거리면서 말했다.

"아무한테도 묻지 않을 거야. 이 물병이 충분히 증명하잖니. 만일 10분 전에 물을 넣었다면, 물병 안에 물이 사라질 리가 없고, 먼지도 쌓여있지 않았을 거야. 자, 넌 빨리 물병을 가득 채우고, 위층에 갖고 가렴. 그리고 물 한 방울이라도 흘리면, 잔소리로 끝나지 않을 거다."

플로라는 눈물로 뺨을 적시면서, 물병에 물을 가득 채웠다. 그녀는 가녀린 허리로 조심스레 균형을 잡고 나가면서 조용히 훌쩍거렸다. 소피아는 소녀의 뒤를 따라갔다.

"그만 울어." 그녀가 날카롭게 말했다. "부끄러운 줄 알아야지. 루이자 스타크 양이 어떻게 생각하겠니? 애초에 물병에 물도 없었던 데다가, 네가 그걸 갖고 오기 싫었던 것처럼 울면서 돌아오면 말이야."

자신도 모르게, 소피아의 목소리는 부드러워졌다. 그녀는 조카를 무척 사랑했다. 그녀는 소녀를 따라 위층으로 올라가서 루이자 스타크 양이 여행 중에 묻은 먼지를 털어내기 위해 물을 기다리고 있는 방까지 왔다. 그녀는 보닛을 벗었고, 거기에 달린 빨간 제라늄 다발은 마호가니 옷장의 어두운 분위기를 밝게 만들었다. 그녀는 조그만 구슬로 장식된 작은 망토를 조심스럽게 침대 위에 올려놓았다.

물병의 새로운 수수께끼 때문에 거의 기절 직전 상태인 아만다는 조금 떨면서 그녀에게 말을 걸었다. 그녀는 날씨가 더워서 꽤 고생했다고 대답했다.

루이자 스타크는 체구가 건장하고 튼튼했다. 그녀는 길 자매들보다 더 컸다. 그리고 몇 년 동안 학교에서 가르치면서 명령하는 것이 몸에 밴 여인이었다. 그녀는 건장한 풍채를 위풍당당하게 드러냈고, 더위로 촉촉하게 상기된 얼굴도 위엄을 잃지 않았다. 그녀는 높은 곳에 서 있는 듯한 느낌을 주면서 자신만만하게 방 한가운데에 서 있었다. 소피아와 플로라가 물병을 가지고 들어오자, 그녀가 돌아봤다.

"이쪽은 제 언니 소피아예요." 아만다가 소심하게 말했다.

소피아는 앞으로 나아가 루이자 스타크 양과 악수하며 환영의 말을 건네고는 방이 마음에 들었으면 좋겠다고 말했다. 그러고 나서 그녀는 옷장 쪽으로 이동했다. "이 방에는 크고 멋진 옷장이 있어요. 이 집에서 가장 좋은 옷장이죠. 선생님의 여행 가방을……." 그녀가 말하고는 잠시 멈췄다.

옷장 문이 조금 열려 있었고 마치 바람에 날리는 것처럼 보라색 옷이 갑자기 흔들리는 게 시야에 들어왔다.

"아니, 왜 여기 이 옷장에 뭔가가 남아있는 거야." 소피아가 민망해하며 말했다. "다 치웠다고 생각했는데……."

그녀가 보라색 옷을 휙 잡아당기자, 아만다는 그녀 곁을 지나서 힘겹게 문 쪽으로 갔다.

"동생 분 몸 상태가 좋지 못한 것 같아서 걱정이네요." 액턴에서 온 학교 선생님이 말했다. "당신이 그 옷을 잡아당겼을 때, 그녀는 몹시 창백해 보였어요. 저는 그걸 단번에 알아차렸어요. 무슨 일인지 가서 살피는 게 좋지 않겠어요? 그녀는 기절할지도 몰라요."

"그 애는 그렇게 쉽게 기절하지 않아요." 대답은 그렇게 했지만, 소피아는 아만다 뒤를 따라갔다.

그녀는 그들이 함께 쓰는 방에서 몹시 창백한 얼굴로 숨을 제대로 쉬지 못한 채 침대에 누워있는 여동생을 발견했다. 그녀는 동생 위로 몸을 숙였다.

"아만다, 무슨 일이니, 몸이 안 좋아?" 그녀가 물었다.

"좀 어지러워."

소피아는 장뇌 병을 갖고 와서, 동생의 이마를 문지르기 시작했다.

"좀 나아졌니?" 그녀가 물었다.

아만다는 고개를 끄덕였다.

"아까 낮에 먹은 풋사과 파이 때문인 것 같구나." 소피아가 말했다. "내가 해리엇 이모의 드레스를 어떻게 했지? 네가 좀 나아진 것 같으니까 내가 바로 가서 가져다가 다락에 올려둘게. 내려오면 다시 여기로 올 테니까 가만히 누워있어. 플로라한테 차 좀 가져다주라고 할게. 저녁은 아예 먹을 생각 안 하는 게 낫겠다."

방을 나서는 소피아의 말투에는 애정이 가득했다. 곧 돌아온 그녀는 심란해 보였고 화도 난 상태였다. 그녀의 표정에는 일말의 두려움의 기미도 보이지 않았다.

"말해 봐." 그녀가 날카롭고 빠르게 주위를 살피며 말했다. "내가 그 보라색 드레스를 여기로 가져오지 않았니?"

"나는 보지 못했어." 아만다가 대답했다.

"여기 있어야 하는데. 그건 저 방에 없고, 옷장에도 없어. 네가 혹시 깔고 누워있는 거 아니지?"

"나는 언니가 들어오기 전부터 누워 있었잖아." 아만다가 대답했다.

"그래, 그렇지. 그럼 난 가서 다시 한번 살펴볼게."

곧 아만다는 다락으로 이어지는 계단을 오르는 언니의 무거운 발걸음 소리를 들었다. 그리고 소피아는 묘하게 반항적인 얼굴로 돌아왔다.

"그걸 다락방으로 옮겨서 이미 여행용 가방에 넣어두었더라고." 그녀가 말했다. "깜빡했던 모양이야. 네가 정신을 잃는 바람에 내 머릿속에서 지워진 것 같아. 그건 내가 놓은 그 자리에 반듯하게 개켜진 채로 잘 놓여있었어."

소피아의 입은 굳어 있었고, 겁에 질리고 불안에 떠는 동생의 얼굴을 바라보는 그녀의 눈빛은 맹렬한 도전으로 가득 차 있었다.

"그래." 아만다가 중얼거렸다.

"난 바로 내려가서 케이크를 살펴봐야 해." 소피아가 방을 나가면서 말했다. "만일 몸 상태가 나빠지면 우산으로 바닥을 쿵쿵 쳐."

아만다는 언니를 바라봤다. 소피아가 죽은 해리엇 이모의 보라색 드레스를 다락방의 여행용 가방에 넣지 않았다는 걸 그녀는 알고 있었다.

그러는 동안 루이자 스타크 양은 남서쪽 방에서 짐 정리를 하고 있었다. 그녀는 여행용 가방의 짐을 풀고, 옷들을 조심스럽게 옷장에 걸었다. 서랍장의 서랍들은 잘 접힌 리넨과 작은 물품들로 채웠다. 그녀는 매우 꼼꼼한 사람이었다. 보라색 꽃이 달린 검정 인도 비단으로 만든 드레스를 입고 넓은 이마 뒤로 부드럽게 봉긋 솟은 희끗희끗한 금발을 빗질했다. 목의 레이스 부분에는 조금 낡았지만 아직은 꽤 멋진, 금박으로 장식한 검정 오닉스 위에 진주가 포도처럼 다발로 달려있는 브로치를 했다. 몇 년 전 봄 학기 때 받은 월급으로 거금을 들여 산 것이었다.

구식 마호가니 서랍장 위에 놓인 작은 회전 거울로 몸을 굽혀 자신을 보던 그녀는, 갑자기 몸을 앞으로 내밀고 브로치를 자세히 살펴보았다. 그녀는 뭔가 잘못되었다고 생각했다. 살펴볼수록 확신했다. 검정 오닉스 위에는 익숙한 진주 포도송이 대신 유리 아래 금발과 흑발의 매듭이 있고 그 가장자리는 꼬아놓은 금으로 장식되어 있었다. 그녀는 이유를 알 수 없지만 공포로 온몸을 떨었다. 브로치를 풀어 살펴봤는데, 진주 포도와 오닉스로 만든 그녀에게 익숙한 그것이었다. "정말 바보 같잖아." 그녀는 생각했다. 그녀는 다시 목을 감싼 레이스에 브로치를 꽂고 거울 속 자신의 모습을 보았다. 그러자 거기에는 또다시 금발과 흑발 매듭과 꼬인 금장식이 있었다.

643

루이자 스타크는 브로치 위에 놓인 자신의 크고 확고한 얼굴을 바라보았다. 그 얼굴은 공포와 충격으로 가득 찬 낯선 표정을 하고 있었다. 그녀는 곧 자신의 정신에 뭔가 문제가 생긴 것은 아닌지 의심하기 시작했다. 그녀는 어머니의 이모가 정신 이상이었던 것이 떠올랐다. 자신에 대한 일종의 분노가 그녀를 사로잡았다. 그녀는 분노와 동시에 두려움을 느끼며 거울 속 브로치를 응시했다. 그러고는 브로치를 다시 빼서 살펴보았다. 익숙한 그녀의 낡은 브로치였다. 마침내 그녀는 브로치의 금 핀을 레이스에 찔러 넣고, 단단히 옷깃을 여민 뒤 거울을 뒤로 하고 저녁 식사를 하러 내려갔다.

저녁 식사 자리에서 그녀는 다른 하숙인들―노부인, 젊은 성직자, 그리고 중년의 사서를 만났다. 그녀는 나이 든 과부는 신중하게 보았고, 성직자는 존경심을 품고서, 중년의 사서는 의심의 눈초리로 바라보았다. 사서는 아주 앳되어 보이는 블라우스를 입었고, 머리도 소녀들 사이에서 유행하는 방식으로 손질했다. 목 뒤의 뿌리쪽부터 머리카락을 단단하게 빗어 올려 작고 매끈한 올림머리를 하고 있는 이 학교 선생님은 사서의 그 머리모양이 더 이상 그녀에겐 어울리지 않는다고 마음속으로 비난하고 있었다.

재빠르고 날카로운 태도의 사서는 어느 방에 머무느냐고 그녀에게 물었다. 학교 선생님이 대답을 꺼리는 기색이 역력한데도 다시 물었다. 마침 옆자리에 앉았던 그 사서는 심지어 검정 비단 드레스를 입은 그녀의 옆구리를 스스럼없이 팔꿈치로 쿡 찔렀다.

"어느 방에 계세요, 스타크 양?" 그녀가 물었다.

"뭐라고 설명해야 할지 모르겠네요." 스타크 양이 딱딱하게 대답했다.

"남서쪽 큰방인가요?"

"그쪽 방향이기는 해요." 스타크 양이 말했다.

일라이자 리핀콧이라는 이름의 사서는 갑자기 아만다 길을 향해 고개를 돌렸다. 아만다의 섬세한 얼굴은 홍조와 창백함이 뒤섞여 묘한 낯빛을 띠고 있었다.

"아만다 양, 이모님이 어느 방에서 돌아가셨죠?" 그녀가 불쑥 물었다.

아만다는 목사에게 푸딩이 담긴 접시를 건네고 있는 언니를 겁에 질린 눈으로 쳐다보았다.

"그 방이요." 그녀가 힘없이 대답했다.

"그럴 줄 알았어요." 어떤 승리감을 느끼듯 그 사서가 말했다. "그 방에서 그분이 돌아가신 것 같았어요. 그 방은 이 집에서 가장 좋은 방인데, 여태껏 누구에게도 하숙을 주지 않았지요. 왜 그런지는 알 수 없지만, 최근에 죽은 사람이 쓰던 방은 보통 마지막에 사람을 들이게 되더군요. 몇 주 전에 누군가가 죽은 방에서 자는 걸 마다하지 않다니, 선생님은 아주 대담하신가 봐요?" 그녀는 날카로운 눈빛으로 루이자 스타크에게 물었다.

"네, 난 괜찮아요." 스타크 양이 힘주어 대답했다.

"같은 침대인데도요?" 아양을 떠는 듯한 말투로 일라이자 리핀콧이 계속 말했다.

젊은 목사는 푸딩을 먹다 말고 고개를 들었다. 그는 매우 정신적인 남자였지만, 이전 하숙집에서 형편없는 식사를 했었기 때문에, 길 양의 요리를 즐거운 마음으로 만끽하지 않을 수 없었다.

"당신이라면 정말 두려워하지 않으시겠죠, 리핀콧 양?" 그는 온화하고 거의 달래는 듯한 말투로 이야기했다. "신께서 설마 그의 종들 중 하나를 해치기 위해 이제는 천국에서 안식을 누리리라 믿는 여인이 육신을 떠난 영혼이 되어 나타나도록 허락한다는 것을 단 한순간이라도 믿을 리는 없잖아요?"

"오, 던 목사님, 물론 아니죠. 난 절대로 그런 뜻으로 말한 건 아니에요……." 일라이자 리핀콧이 얼굴을 붉히며 대답했다.

"당신이 그랬다고 믿지는 않습니다." 목사는 온화하게 말했다. 그는 매우 젊었지만 이미 그의 미간 사이에는 걱정으로 인한 사라지지 않는 주름이 새겨져 있었고, 입가에는 환심을 사려는 듯한 미소가 떠나지 않았다. 그 미소로 말미암아 입가에는 주름처럼 깊이 선이 가 있었다.

"물론 해리엇 길 양은 기독교인이었지요." 노부인이 말했다. "그리고 난 기독교인이라면 설령 그녀가 그럴 수 있다 하더라도 일부러 돌아와서 사람들을 겁먹게 만들 것 같지는 않아요. 난 그 방에서 자는 것이 조금도 두렵지 않을 거예요. 내 방보다 그 방을 더 쓰고 싶을 정도죠. 훌륭한 여성이 세상을 떠난 방에서 자는 것이 두렵다면 그건 입 밖에도 내지 않을 거예요. 만일 내가 뭔가를 보거나 듣는다면 그 원인은 결국 내 죄책감 때문이라고 생각해요." 그러고 나서 그녀는 스타크 양을 돌아봤다. "당신이 그 방에서 지낼 자신이 없어지면, 언제든지 내가 기꺼이 당신과 방을 바꿔 줄게요." 그녀가 말했다.

"고맙습니다. 하지만 저는 바꾸고 싶은 생각이 없어요. 저는 제 방이 마음에 쏙 들어요." 스타크 양은 냉정하게 위엄을 보이며 노부인에게 대답했다.

"음, 만일 겁이 나면 어떻게 해야 하는지 알고 있지요? 내 방은 진짜 좋은 방이에요. 동향이라 아침 햇살을 맞을 수 있지요. 하지만 내 생각에는 선생님 방만큼 좋지는 않아요. 나는 여름에 더운 방보다 차라리 누군가가 세상을 떠난 방에서 지내는 게 낫다고 생각하거든요. 나로서는 유령보다 일사병이 더 걱정이에요." 노부인이 말했다.

한마디도 하지 않다가 점점 더 굳게 입을 다물기만 하던 소피아 길이 갑자기 식탁에서 일어났다. 목사는 푸딩을 조금 남길 수밖에 없었고, 그는 아쉬운 듯이 그것을 힐끗거렸다.

루이자 스타크는 다른 하숙인들과 함께 응접실에 가서 앉지 않았다. 그녀는 곧장 자기 방으로 갔다. 여독이 남아 피곤했고, 헐렁한 실내복으로 갈아입고 잠자리에 들기 전에 조용히 편지나 몇 통 쓰고 싶었다. 그리고 또 그녀는 방으로 들어가길 미룬다면 나중에 더 무서워질 것 같은 느낌이 들었다. 그녀는 자신과 그 안에 숨어있는 나약함에 온 힘을 다해 저항했다.

　　그래서 그녀는 단호하게 남서쪽 방으로 들어갔다. 방 안에는 부드러운 황혼이 드리우고 있었다. 모든 것을 어렴풋이 알아볼 수 있는 와중에, 광택이 고운 하얀 소용돌이무늬 벽지와 침대 위에 놓인 하얀 침대보, 그 두 가지가 가장 처음 그녀의 주의를 끌었다. 그다음에 그녀는 문 바로 맞은편 벽지 위 그림에 그녀의 가장 좋은 검정 새틴 드레스의 블라우스가 걸려 있는 것을 보았다.

　　"정말 이상한 일이네." 그녀는 혼자 중얼거렸다. 또다시 막연한 공포가 엄습해 몸이 떨렸다.

　　그녀는 자신이 검정 새틴 블라우스를 잘 개서 여행 가방 안 수건 사이에 넣어 둔 것을 알고 있었다. 아니, 알고 있다고 생각했다. 그녀가 아주 세심하게 다루는 검정 새틴 드레스였다.

　　그녀는 검정 블라우스를 끌어내려서 침대 위에 올려놓고 개려고 했는데, 그 순간 그녀는 옷의 두 소매가 같이 단단히 꿰매져 있는 걸 발견했다. 루이자 스타크는 꿰매진 소매를 가만히 바라보았다.

　　"이게 무슨 뜻이지?" 그녀는 자신에게 되물었다. 그녀는 바느질을 주의 깊게 살펴보았다. 검정 비단 실로 꿰매진 바늘땀은 촘촘하고, 가지런했으며 단단했다.

그녀는 방을 둘러보았다. 침대 옆에 있는 협탁에 그녀가 전에는 알아차리지 못했던 게 놓여 있었다. 맨 위에 앞치마를 한 꼬마 소년의 그림이 있는 작은 구식 반짇고리였다. 이 반짇고리 옆에는 마치 사용한 사람이 방금 놓아 둔 것처럼, 검정 비단 실패 하나, 가위, 그리고 윗부분에 구멍이 뚫린 꽤 커다란 구식 쇠골무가 하나 있었다. 루이자는 이것들을 빤히 쳐다보았다. 그리고 블라우스의 소매를 다시 봤다. 그녀는 문 쪽으로 움직였다. 잠시 동안 그녀는 이것은 정보를 요구하는 것이 정당한 사안이라고 생각했다. 그러다 그녀는 확신이 없어지기 시작했다.

반짇고리가 늘 거기에 있었다고 가정하자. 그런데 그녀가 그것을 깜빡했다고 가정하자. 그리고 그녀 스스로 이런 터무니없는 짓을 한 것이라고 가정하자. 또는 그녀가 하지 않았다고 가정하자. 그렇다고 해도 다른 사람들이 그렇게 생각하지 않으라는 법이 어디 있으며, 그녀 자신의 기억력과 추리력에 대한 의심을 던지지 말라는 법이 어디 있겠는가?

루이자 스타크는 강철 같은 체질과 강한 의지력에도 불구하고, 신경쇠약에 걸릴 지경이었다. 어떤 여인도 완벽하게 무사한 상태로 40년 동안 학교에서 가르칠 수는 없다. 그녀는 평생 경험했던 그 어느 때보다 자신이 쇠약해져간다는 가능성을 더 확실히 믿고 있었다. 두려움과 공포로 온 몸이 차가워졌지만, 아직 초자연적인 것에 대한 두려움과 공포는 그녀 자신에 대한 것만큼 심하지는 않았다. 초자연적인 것을 믿는 나약함은 이 강한 본성으로는 거의 불가능했다. 차라리 자신의 지력이 쇠약해져간다는 것을 믿는 편이 더 쉬웠다.

"나는 마르시아 이모할머니처럼 될지도 몰라." 혼잣말을 하는 그녀의 통통한 얼굴은 두려움으로 말미암아 오랫동안 굳어 있었다.

그녀는 드레스를 벗으려고 거울 쪽으로 가다가 기묘하게 보였던 브로치가 떠올라 걸음을 멈추었다. 그래서 반항적으로 자세를 꼿꼿이 세우고 서랍장 앞으로 가서 거울을 들여다보았다. 목의 레이스를 고정하고 있는 것이 거울에 비친 모습을 보았다. 그것은 커다란 타원형의 구식 물건으로, 유리 아래 흑발과 금발 매듭이 있고 테두리는 꼬인 금이 둘러져 있었다. 그녀는 떨리는 손가락으로 브로치를 목에서 풀고 다시 들여다보았다. 검정 오닉스에 진주가 포도송이처럼 달린, 그녀의 브로치였다. 루이자 스타크는 그 조그만 장신구를 분홍색 면이 깔려있는 작은 상자에 넣어서 서랍 안에 넣어 두었다. 그녀의 규칙적인 습관을 방해할 수 있는 건 오직 죽음밖에 없었다.

649

그녀의 손가락은 몹시 차가워져서 드레스 단추를 풀 때 거의 감각이 없었다. 그녀는 옷을 머리 위로 벗으면서 휘청했다. 옷을 걸어놓으려고 옷장으로 다가가다가 움츠러들었다. 강한 러비지 향기가 콧속으로 들어왔다. 마치 바람이 안쪽에서 불어오듯이, 문 근처에 있던 보라색 드레스가 그녀의 얼굴 쪽으로 부드럽게 흔들렸다. 옷장 안에는 그녀의 것이 아닌 옷들이 걸려 있었고, 대부분이 어두운 검은색이었지만, 이상한 무늬의 실크와 새틴 옷들도 조금 있었다.

루이자 스타크는 갑자기 용기를 되찾았다. 이것은 의심할 나위 없이 분명한 물증이라고, 그녀는 자신에게 말했다. 누군가가 그녀의 옷장에 멋대로 손을 댔다. 누군가가 그녀의 옷장에 다른 사람의 옷을 걸어놓은 것이다. 그녀는 황급히 옷을 다시 입고,

곧장 응접실로 내려갔다. 사람들은 거기에 앉아 있었다. 노부인과 목사는 주사위 놀이를 하고 있었고 사서는 그들을 지켜보고 있었다. 아만다 길 양은 가운데 있는 식탁 위의 커다란 램프 옆에서 수선을 하고 있었다. 루이자 스타크가 들어가자 그들은 모두 놀라 고개를 들었다. 그녀의 표정에는 뭔가 이상한 점이 있었다. 그녀는 아만다를 제외하고는 아무도 신경 쓰지 않았다.

"언니는 어디 있죠?" 그녀는 아만다에게 단호하게 물었다.

"부엌에서 빵을 반죽하고 있어요." 아만다는 떨리는 목소리로 말했다. "무언가 문제라도……." 그러나 학교 선생님은 가버렸다.

그녀는 소피아가 부엌 식탁 옆에 서서 품위 있게 반죽을 치대고 있는 모습을 발견했다. 어린 소녀 플로라가 식료품 저장실에서 밀가루를 가지고 오고 있었다. 그녀는 멈춰 서서 스타크 양을 응시했고, 그녀의 예쁘고 섬세한 젊은 얼굴에는 불안한 표정이 떠올랐다.

스타크 양은 마음속에 있던 문제를 바로 털어놓았다.

"길 양." 그녀가 매우 학교 선생님 같은 태도로 말했다. "왜 내 방 옷장에서 내 옷을 치우고, 다른 사람의 옷들로 채웠는지 말해줄래요?"

소피아 길은 선 채로 두 손으로 반죽을 섞으며 그녀를 바라봤다. 그녀의 얼굴이 천천히, 그리고 주저하는 빛으로 창백해졌고, 입은 굳어졌다.

"뭐라고요? 무슨 말씀인지 잘 모르겠군요, 스타크 양." 그녀가 말했다.

"내 옷들이 내 방 옷장에 없어요, 그리고 내 옷이 아닌 것들로 가득 차 있다고요." 루이자 스타크가 말했다.

"밀가루를 가져와." 소피아가 날카롭게 어린 소녀에게 말했고, 그녀는 그 말을 따랐다. 소녀는 스타크 양의 곁을 지나갈 때, 주눅이 든 채 깜짝 놀란 눈으로 스타크 양을 힐끗 쳐다보았다. 소피아 길은 손에서 반죽을 떼려고 손을 문지르기 시작했다.

"난 그 일에 대해 아무것도 몰라요." 그녀는 조금 거칠게 말했다. "그 일에 대해 무언가 아는 게 있니, 플로라?"

"아니, 아니요. 전 아무것도 몰라요, 소피아 이모." 어린 소녀가 떨면서 대답했다.

그러자 소피아는 스타크 양을 향해 몸을 돌렸다.

"함께 위층으로 올라가요, 스타크 양. 그리고 뭐가 문제인지 보자고요. 뭔가 착오가 있는 게 틀림없어요." 그녀는 부자연스러울 정도로 정중하고 딱딱하게 말했다.

"좋아요." 스타크 양이 위엄 있게 말했다. 그녀와 소피아는 위층으로 올라갔다. 플로라는 뒤에서 그들을 쳐다보며 서 있었다.

소피아와 루이자 스타크는 남서쪽 방으로 올라갔다. 옷장 문은 닫혀 있었다. 소피아는 옷장 문을 활짝 열고서 스타크 양을 바라보았다. 옷장 안에는 학교 선생님의 옷들이 원래대로 나란히 걸려 있었다.

"잘못된 게 없어 보이는데요." 소피아가 험상궂게 말했다.

스타크 양은 뭐라고 말하려 했지만 할 수 없었다. 그녀는 가장 가까이 놓인 의자에 주저앉았다. 그녀는 자신을 방어하려고 하지 않았다. 그저 옷장 안의 자기 옷들을 보았다. 그녀는 자신이 봤다고 생각하는 옷들을 꺼내고 다시 그녀의 옷들을 거기 넣을 만한 시간이 누구에게도 없었음을 알고 있었다. 그것이 불가능하다는 사실을 잘 알았다. 또다시 그녀 자신에 대한 끔찍한 공포가 그녀를 압도했다.

"잘못 본 게 틀림없어요." 그녀는 소피아가 말하는 걸 들었다.

소피아가 뭐라고 중얼거렸지만, 무슨 말인지 그녀는 거의 알아들을 수 없었다. 이윽고 소피아는 방에서 나갔다. 그녀는 곧 옷을 벗고 잠자리에 들었다. 아침에는 아침 식사를 하러 내려가지 않았다. 그래서 소피아가 무슨 일인지 알아보러 올라가자 그녀는 정오 기차에 맞춰 역까지 데려다 줄 역마차를 불러달라고 했다. 그녀는 미안하지만 자신은 지금 몸이 좋지 않고, 더 몸이 나빠질 것이 두려워서 지금 당장 집으로 돌아가야 할 것 같다고 말했다. 그녀는 정말 아파 보였고, 소피아가 그녀를 위해 준비한 토스트와 차도 먹지 못했다. 소피아는 그녀에게 연민을 느꼈지만 한편으로는 분노가 치밀기도 했다. 그녀는 루이자 양이 아프고, 갑자기 떠나는 진짜 이유를 알 것 같았는데, 그것이 그녀를 몹시 화나게 했다.

"만일 사람들이 바보처럼 군다면, 우린 결코 이 집을 지킬 수 없을 거야." 스타크 양이 떠난 뒤, 그녀는 아만다에게 말했고, 아만다는 언니의 말이 무슨 뜻인지 알았다.

학교 선생님이 떠나서 그 남서쪽 방이 비었다는 사실을 알자마자, 노부인 엘비라 시몬스 부인은 방을 바꿔달라고 간청했다. 소피아는 잠시 망설이다가 노부인을 날카롭게 쳐다보았다. 까다로움과 결단력이 강하게 드러나는 장밋빛의 커다란 얼굴에는 그녀를 안심시키는 무언가가 있었다.

"반대하는 건 아니에요, 시몬스 부인." 그녀가 말했다. "만일……."

"만일, 뭐요?" 노부인이 물었다.

"만일 부인께서 제 이모가 돌아가신 방이라는 사실 때문에 소란을 피우지 않으실 만큼 상식이 있으시다면." 소피아는 직설적으로 말했다.

"말도 안 돼요!" 엘비라 시몬스 부인이 말했다.

바로 그날 오후, 그녀는 남서쪽 방으로 옮겼다. 어린 소녀 플로라가 비록 제 뜻은 아니었지만 그녀를 도왔다.

"이제 네가 시몬스 부인의 옷들을 그 방의 옷장으로 옮겨서 잘 걸어주면 좋겠구나. 그리고 부인이 원하시는 게 모두 있는지 살펴봐." 소피아 길이 말했다. "그리고 침구를 바꾸고 새 침대보를 깔아 드리렴. 왜 나를 그렇게 쳐다보니?"

"아, 소피아 이모. 다른 일을 하면 안 될까요?"

"왜 다른 일을 하고 싶은데?"

"무서워요."

"뭐가 무서워? 부끄러운 줄 알아라. 안 돼, 넌 지금 바로 가서 내가 시킨 대로 해."

곧 플로라는 소피아가 있는 거실로 뛰어 들어왔다. 소녀의 얼굴은 죽은 사람처럼 창백했다. 그녀의 손에는 주름장식이 달린, 특이한 구식 취침용 모자가 들려 있었다.

"그게 뭐니?" 소피아가 물었다.

"베개 밑에서 발견했어요."

"무슨 베개?"

"남서쪽 방에 있는 베개요."

소피아는 그것을 받아들고, 뚫어지게 바라보았다.

"해리엇 이모할머니의 것이잖아요." 플로라가 힘없이 말했다.

"넌 지금 바로 나가서 식료품점에 심부름을 다녀오렴. 난 그 방을 살펴볼 테니." 소피아가 위엄 있게 말했다. 그녀는 취침용 모자를 다락방으로 가져가서 죽은 여인의 나머지 소지품들이 함께 보관되어 있는 여행용 가방 안에 넣었다. 그러고 나서 그녀는 남서쪽 방으로 들어가 침구를 정리하고, 시몬스 부인이 짐을 옮겨 오는 것을 도왔다. 그리고 더 이상 사건은 일어나지 않았다.

노부인은 새 방을 얻고 나서는 보란 듯이 의기양양하게 굴었다. 그녀는 저녁 식사 자리에서 그에 대해 이야기했다.

"그 방은 이 집에서 가장 좋은 방이에요. 당신들은 모두 내가 부럽지요?" 그녀가 말했다.

"그런데 정말 유령이 무섭지 않으세요?" 사서가 물었다.

"유령이라고요!" 노부인이 비웃었다. "만일 유령이 나타나면, 당신에게 보내줄게요. 당신 방은 남서쪽방 바로 맞은편이잖아요."

"그럴 필요 없어요." 일라이자 리핀콧이 몸을 떨면서 받아쳤다. "저는 그 방에서 자지 않을 거니까요, 전에……." 그녀는 목사를 바라보면서 말을 아꼈다.

"전에, 뭐요?" 노부인이 물었다.

"아무것도 아니에요." 일라이자 리핀콧이 당황한 듯이 대답했다.

"저는 리핀콧 양이 그런 걸 믿기에는 아주 분별력이 있고 매우 두터운 믿음을 갖고 있다고 믿습니다." 목사가 말했다.

"나도 그렇게 믿어요." 일라이자가 황급히 대답했다.

*

"당신은 무언가를 보거나 들었군요. 그게 뭐죠? 이젠 나도 알아야겠어요."

그날 저녁, 그들이 응접실에 단둘이 있을 때, 노부인이 말했다. 목사는 신자를 방문하러 나가고 없었다.

일라이자는 망설였다.

"무슨 일이었죠?" 노부인이 고집을 피웠다.

"글쎄요." 일라이자는 망설였다. "만일 부인께서 아무한테도 말하지 않겠다고 약속한다면 얘기할게요."

"그래요, 약속할게요. 그게 뭐죠?"

"글쎄, 지난주 어느 날, 학교 선생님이 오기 직전에, 저는 날씨가 어떤지 보려고 그 방에 들어갔었어요. 저는 회색 드레스를 입고 싶고 싶었는데, 비가 내릴까 봐 걱정이 됐거든요. 그래서 하늘이 완전히 보이는 그 방에 들어갔어요. 그리고……."

"그리고?"

"아시죠, 침대 위에 꽃무늬 침대보가 깔려 있고, 장식용 천, 그리고 안락의자, 그걸 무슨 무늬라고 하셨죠?"

"왜, 파란 바탕에 있는 공작새요. 참 멋지죠, 그걸 한 번이라도 본 사람은 절대 잊을 수 없을 거예요."

"파란 바탕에 있는 공작새. 확실해요?"

"그래요, 틀림없어요. 왜요?"

"그날 오후 제가 그 방에 갔을 때는, 그건 파란 바탕 위에 공작새 무늬가 아니었어요. 노란 바탕에 크고 빨간 장미 무늬였어요."

"왜, 그게 무슨 말이죠?"

"말한 그대로예요."

"소피아 양이 그걸 바꿨다는 건가요?"

"아니요, 한 시간 후에 다시 그 방에 들어갔는데, 공작새 무늬가 있었어요."

"처음부터 잘못 본 거겠죠."

"그렇게 말씀하실 줄 알았어요."

"공작무늬는 지금 방에 있어요. 방금 봤는걸요."

"그래요, 그럴 거예요. 돌아왔겠지요."

"하지만, 그건 불가능해요."

"그런 것 같은걸요."

"아니, 어떻게 그런 일이 일어날 수 있죠? 있을 수 없는 일이에요."

"아무튼 제가 알기로는 그날 오후 한 시간 동안 그 공작무늬가 사라졌었고, 그 대신 노란 바탕에 빨간 장미 무늬가 거기 있었어요."

노부인은 그녀를 잠시 빤히 쳐다보았다. 그러고 나서 그녀는 조금 신경질적으로 웃기 시작했다.

"글쎄요." 그녀가 말했다. "난 그런 바보 같은 일로 내 멋진 방을 포기하지는 않을 거예요. 난 파란 바탕에 공작무늬 천 대신 노란 바탕에 붉은 장미 무늬 천이라도 얼마든지 좋아요. 하지만 그건 말할 필요도 없는 일이지요. 당신이 잘못 본 거라고요. 어떻게 그런 일이 일어날 수 있겠어요?"

"저도 모르겠어요." 일라이자 리핀콧이 말했다. "하지만 전 당신이 제게 천 달러를 준다고 해도 그 방에서는 자지 않을 거예요."

"음, 그렇겠지요. 그래도 나는 그 방에서 잘 거예요." 노부인이 말했다.

그날 밤 남서쪽 방으로 돌아간 시몬스 부인은 침대와 안락의자를 힐끗 쳐다보았다. 거기에는 파란 바탕에 공작새 무늬 천이 걸려 있었다. 그녀는 일라이자 리핀콧을 경멸했다.

'그 여자는 신경과민이 아닌가 싶어. 가족 중에 정신이 이상한 사람이 있었던 건 아닌지 모르겠네.' 그녀는 생각했다.

그러나 시몬스 부인이 침대에 들어가기 직전에, 다시 한번 옷걸이와 안락의자를 살펴보니, 거기에는 파란 바탕의 공작 무늬 대신, 노란 바탕에 붉은 장미 무늬 천이 걸려 있었다. 그녀는 오랫동안 날카롭게 그것을 바라보았다. 그러고 나서 눈을 감았다. 그리고 다시 눈을 뜨고, 그것을 보았다. 여전히 빨간 장미가 보였다. 그녀는 방을 가로질러 침대를 등지고, 남쪽 창문을 통해 밤하늘을 올려다보았다. 맑은 하늘에 보름달이 빛나고 있었다. 그녀는 검푸른 보름달이 금빛 달무리 속에 떠 있는 것을 잠시 지켜보았다. 그러고 나서 그녀는 침대에 걸쳐있는 천을 돌아보았다. 여전히 노란 바탕에 빨간 장미 무늬가 보였다.

시몬스 부인은 그녀의 가장 취약한 부분을 공격당했다. 평상시에 상상력이 부족한 이 여인에게는 침대에 걸쳐 놓는 침대보 같은 아주 일상적인 것에서 드러나는 이 분명한 합리성에 대한 반박이, 유령 같은 것의 등장보다 훨씬 더 충격을 주었다. 노란 바탕 위의 빨간 장미 무늬는 무덤가의 하얀 소복을 입은 어떤 이상한 형체가 방 안으로 들어오는 것보다도 그녀에게는 더욱 무섭게 느껴졌다.

그녀는 문 쪽으로 향하다가 곧 단호한 태도로 돌아섰다.

"아래층으로 내려가서 무섭다고 말하면 그 리핀콧 계집애가 우쭐해 하겠지. 공작새 대신 빨간 장미가 있대도 그런 꼴을 볼 수는 없어. 어차피 날 해칠 수는 없을 거야. 그리고 우리 둘 다 그걸 본 이상, 우리가 둘 다 미친 건 아닐 테니까." 그녀는 혼자 중얼거렸다.

엘비라 시몬스는 촛불을 끄고 침대에 누워 달빛이 비치는 방

안에 걸려있는 벽걸이 천을 바라보았다. 그녀는 더 편안하다는 이유로 늘 그랬듯 침대 속에서 기도를 했고, 굳건한 신체적 습관을 가진 충성스런 종에게는 허용되는 것이라 여겼다. 그리고 잠시 후 그녀는 잠에 빠져들었다. 그녀는 지극히 현실적인 사람이어서, 자신의 몸에 실제로 어떤 영향을 끼치지도 않는 것들이 그녀의 잠을 오래 막을 수는 없었다. 지금까지 어떠한 영적 문제도 그녀의 잠을 방해하지는 못했다. 그래서 그녀는 빨간 장미, 또는 공작새 사이에서—그 사이에 어느 것으로 바뀌어 있는지 의식하지 못한 채—그대로 잠이 들었다.

그러나 그녀는 목구멍에 이상한 느낌을 받아, 자정 즈음에 잠이 깼다. 길고 하얀 손가락을 가진 누군가가 자신의 목을 조르는 꿈을 꿨다. 그리고 그녀는 하얀 수면용 모자를 쓴 늙은 여인이 자신의 몸 위로 몸을 굽히고 있는 걸 보았다. 그녀가 깨어났을 때, 늙은 여인은 없었다. 방은 보름달이 비추어 주는 빛으로 거의 대낮처럼 밝았고, 아주 평화로워 보였다. 하지만, 목이 졸리는 느낌은 계속되었고, 그 외에도 그녀의 얼굴과 귀를 누군가가 감싸는 느낌이 들었다. 손을 올려 더듬거려 보니, 머리에 주름 장식 달린 취침용 모자가 덮어씌워져 있었고, 그 모자는 아주 불편하게 그녀의 턱 밑에서 꽉 묶여 있었다. 엄청난 공포가 그녀를 덮쳤다. 그녀는 모자를 미친 듯이 뜯어내고, 마치 그게 거미라도 되는 듯이 필사적으로 벗어 던졌다. 그렇게 하는 동안 그녀는 공포에 질려 날카롭고 짧은 비명소리를 냈다. 침대에서 벌떡 일어나, 문 쪽으로 걸어갔다. 하지만 곧바로 멈춰 섰다.

그녀가 자고 있는 사이에, 일라이자 리핀콧이 방에 들어와 모자를 묶었을지도 모른다는 생각이, 문득 그녀에게 떠올랐다. 그녀는 문을 잠그지 않았었다. 그녀는 옷장과 침대 밑을 들여다보았다. 거기에는 아무도 없었다. 그런 뒤 그녀는 문을 열려고 했다. 하지만 놀랍게도 안쪽에서 문이 잠겨 있다는 걸 알았다. '어쨌든 내가 잠근 게 틀림없어.' 그녀는 문을 잠근 적이 없었기에 매우 놀라면서 생각했다. 그 모든 것에 평소와는 다른 무언가가 있다는 생각을, 그녀 스스로도 거의 떨칠 수가 없었다. 그 누구라도, 방에 들어왔다가 안에서 문을 잠근 채로 다시 밖으로 나갈 수는 없었다. 자신에게 스멀스멀 다가오는 공포로 인해, 그녀는 한동안 몸을 떨었다. 하지만 여전히 단호했다. 그녀는 창문 밖으로 모자를 내던지겠다고 마음먹었다. "어떤 식으로 나를 놀리려고 속임수를 쓰는지 지켜볼 거야. 그게 누구든 상관없어." 그녀는 꽤 큰 소리로 말했다. 그러면서도 여전히 초자연적인 현상에 대해서 완전히 믿지는 못했다. 어떤 인위적인 속임수에 대한 생각을 아직 떨쳐 버릴 수 없었기에, 그녀의 마음은 분노로 가득 찼다.

그녀는 자신이 모자를 던져 놓은 쪽으로 걸어갔다. 문 쪽으로 가는 길에 분명히 그걸 넘어서 지나갔었다. 하지만 그것은 그곳에 없었다. 등불을 켜고 방 전체를 살폈지만, 모자를 발견하지 못했다. 결국 그녀는 포기했다. 그녀는 등불을 끄고, 침대로 돌아갔다. 그리고 다시 잠이 들었다. 하지만 같은 상황 속에서 다시 잠에서 깨어났다. 이번에도 그녀는 모자를 벗겨냈지만, 바닥에 던지지는 않았다. 대신에 그녀는 그걸 강하게 움켜잡았다. 피가 거꾸로 솟는 것 같았다.

하얗고 얄팍한 그것을 꽉 잡은 채로 그녀는 침대에서 벌떡 일어나서 열려 있는 창문으로 달려가, 그걸 던져 버렸다. 하지만 고요한 밤이었음에도 불구하고 갑자기 돌풍이 불더니, 그 모자는 그녀의 얼굴 위로 다시 돌아왔다. 그녀는 마치 거미줄이라도 되는 듯 그것을 옆으로 털어냈다가 꽉 움켜쥐려 했다. 그녀는 실제로 화가 났다. 하지만 그것은 움켜쥐려는 그녀의 손가락을 교묘히 빠져 나갔다. 그러더니 어느새 모습을 감추었다. 그녀는 마루를 살펴보았고, 등불을 다시 켜서 뒤졌지만, 아무런 흔적도 없었다.

그때 시몬스 부인은 너무나 분개해서, 얼마 동안 어떠한 공포도 느끼지 못했다. 그녀는 무엇에 화가 났는지 정확히 알 수 없었으나, 스스로 너무나 강하다는 걸 말없이 증명해 보이며 그녀의 나약함을 비웃는 어떤 존재를 인식하게 되었고, 이에 맞서 온 힘으로 저항했다. 아무것도 아닌 것에 모든 감각을 곤두세운 채 이토록 방해받으며 당혹해 하는 것이 무엇보다도 그녀를 불쾌하게 만들었다.

마침내 그녀는 다시 침대로 돌아갔다. 그러나 잠들지 않았다. 그녀는 이상한 나른함을 느꼈지만, 그것에 저항했다. 그러면서 완전히 깨어 있는 상태에서 달빛을 바라보고 있었는데, 갑자기 부드러운 하얀 끈이 그녀의 목둘레를 조이는 걸 느꼈고, 그녀의 적이 다시 자신을 공격해 왔음을 깨달았다. 그녀는 끈을 움켜잡았고, 그걸 잡아 푼 다음에 모자를 비틀어 벗겼다. 그리고 그 모자를 든 채로 가위가 놓여진 탁자로 달려가, 미친 듯이 화를 내면서 산산조각 냈다. 그녀는 그걸 자르고 찢으면서 묘한 쾌감을 느꼈다.

"잘 봐!" 그녀는 꽤 큰 목소리로 말했다. "이 오래된 모자는 더 이상 아무 문제도 일으키지 못할 테니."

그녀는 모슬린 조각들을 바구니에 던져 넣고, 다시 잠자리에 들었다. 그녀가 침대에 누워 거의 잠들려고 하자마자 다시금 부드러운 끈이 그녀의 목에 감기는 걸 느꼈다. 마침내 그녀는 항복했고, 완전히 패배했다. 그녀가 배웠던 모든 이성의 법칙들에 대한 이 새로운 반박은—말하자면, 삶에 대한 그녀의 이론을 다시 쓰는 것은—그녀의 평정심이 감당하기에는 너무나 벅찬 일이었다. 그녀는 달라붙어 있는 끈을 힘없이 떼어냈고, 머리에 씌워진 그걸 잡아당겼다. 그리고 침대에서 힘없이 미끄러져 나와, 가운을 두르고 서둘러 방을 나왔다. 그녀는 소리 없이 복도를 따라 걸어서 그녀가 전에 머무르던 방으로 갔다. 그녀는 방에 들어가서, 친숙한 침대에 누워 벌벌 떨면서 귀를 기울이며 남은 밤을 보냈다. 깜빡 잠이 들었다가도 목구멍을 압박하는 느낌을 번번이 다시 느끼면서 잠에서 깨어나 그 방이 아니었음을 깨달았지만, 아직도 공포를 완전히 떨쳐 버리지는 못했다.

날이 밝자, 그녀는 남서쪽 방으로 살금살금 들어갔다. 그리고 서둘러 그녀가 입을 옷들을 몇 벌 가지고 왔다. 그 방에 들어가기 위해서 큰 결심이 필요했지만, 거기에 있는 동안 이상한 일은 다시 일어나지 않았다. 그녀는 서둘러서 자신이 원래 머무르던 방으로 돌아왔다. 옷을 갖춰 입고 침착한 얼굴로 그녀는 아침을 먹으러 내려갔다. 그녀의 낯빛은 변함없이 그대로였다. 일라이자 리핀콧이 잠을 잘 잤는지 물었을 때, 그녀는 다른 사람들을 어리둥절하게 할 만큼 차분한 표정으로, 잘 자지 못했다고 대답했다. 그녀는 새 침대에서는 원래 잘 자지 못하는 편이라, 예전 방으로 돌아가야겠다고 했다.

일라이자 리핀콧은 속지 않았다. 길 자매도, 어린 플로라도 마찬가지였다. 일라이자 리핀콧이 노골적으로 말해 버렸다.

"잘 잤다는 이야기 같은 걸 내게 할 필요는 없어요," 그녀가 말했다. "나는 당신의 행동으로 지난밤에 그 방에서 이상한 일이 일어났다는 걸 알 수 있어요."

그들은 모두 호기심 어린 눈으로 시몬스 부인을 바라보았다. 사서는 악의적인 호기심과 승리에 찬 눈빛으로, 목사는 믿지 못하겠다는 듯 슬픈 눈빛으로, 소피아 길은 공포와 분노의 눈빛으로, 아만다와 어린 플로라는 그저 두려움의 눈빛으로, 모두들 그녀를 바라보았다. 노부인은 위엄을 잃지 않았다.

"나는 이성적인 방식으로 설명할 수 없는 그 어떠한 것도 보지 못했고, 듣지 못했어요," 그녀가 말했다.

"그게 뭐였는데요?" 일라이자 리핀콧이 집요하게 계속 따져물었다.

"그 문제에 대해서는 더 이상 논의하고 싶지 않아요," 시몬스 부인은 짧게 대답했다. 그러고 나서 그녀는 으깬 감자 샐러드를 더 먹기 위해 접시를 건넸다. 그녀는 취침용 모자의 무시무시한 부조라든가, 그런 가능성에 대해 코웃음을 친 마당에 파란 바탕천에 그려진 공작새가 날아가버린 것을 보고 혼란에 빠졌다든가 하는 것을 고백하느니 차라리 그전에 죽어버리는 게 낫다고 느꼈다. 그녀는 상황을 타개하는 방식으로, 모든 문제를 아주 모호하게 남겨 두었다. 밤에 무슨 일을 당했는지 모르는 사람들에게, 그녀의 차분한 모습은 깊은 감명을 주었다.

아침 식사가 끝난 뒤 아만다와 플로라의 도움을 받아, 그녀는 자신의 예전 방으로 돌아갔다. 짐을 옮기는 과정에서 말은 거의 주고받지 않았지만, 그들은 모두 떨면서 서둘러 움직였고, 서로 눈을 마주치기라도 하면 마치 공통의 두려움이 발각되는 걸 의식하는 듯 죄책감을 느끼는 것처럼 보였다.

그날 오후, 젊은 목사 존 던은 소피아 길에게 가서, 그날 밤 남서쪽 방에서 머무를 수 있도록 해달라고 요청했다.

"나는 내 물건을 그곳에 옮기는 걸 도와 달라고 부탁하는 게 아닙니다." 그는 말했다. "나는 지금 내가 있는 방보다 훨씬 더 좋은 방에서 지낼 여유는 거의 없습니다. 하지만 만약 당신이 원한다면, 여기서 싹텄을지 모를 불행한 미신을 나 스스로 반박하기 위해, 오늘밤 그 방에서 자 보려고 합니다."

소피아 길은 아주 기뻐하며 목사에게 감사를 표했고, 적극적으로 그의 제안을 받아들였다.

"상식을 가진 사람이라면 어떻게 그런 말도 안 되는 이야기를 잠시라도 믿을 수 있는지, 나는 이해할 수 없어요," 그녀가 말했다.

"기독교를 믿는 사람이 어떻게 귀신을 믿을 수 있는지, 나도 정말 이해가 되지 않습니다." 목사가 부드럽게 말했고, 소피아 길은 그의 말을 듣고 여성으로서의 어떤 만족감을 느꼈다. 그 목사는 그녀에게 어린애나 다름없었다. 그녀는 그에게 아무런 감정도 느끼지 않았으나, 그럼에도 그가 다른 두 여인들을 은근히 비난하는 것을 듣는 걸 좋아했고, 그럴 때면 그녀 스스로 너무나도 의기양양해졌다.

그날 밤 12시 즈음 목사 존 던은 잠을 자기 위해 남서쪽 방으로 가려고 했다. 그는 그 시간까지 앉아서 설교를 위한 준비를 하고 있었다.

그는 작은 손전등을 들고, 복도를 가로질러 갔다. 그리고 남서쪽 방의 문을 열었고, 들어가려 했다. 그런데 그 순간 그 집의 단단한 벽을 통과하려고 시도하는 게 차라리 나았을지도 모른다. 그는 자신의 감각을 믿을 수 없었다. 문은 확실히 열려 있었다. 그는 안을 들여다볼 수 있었고 창문으로 들어오는 달빛 아래, 부드러운 빛과 그림자가 방 안을 가득 채운 것을 볼 수 있었다. 게다가 자신이 밤을 보낼 거라 예상되는 침대도 볼 수 있었다. 하지만 그는 들어가지 못했다. 그가 들어가려고 고군분투할 때마다 마치 그의 진입을 거부하는, 절대로 극복할 수 없는 힘을 가진 보이지 않는 누군가가 그를 밀어내는 것 같은 이상한 느낌을 받았다. 목사는 탄탄한 체격을 가진 남자는 아니었지만, 그래도 상당한 힘을 가지고 있었다. 그는 팔꿈치를 똑바로 펴고, 입을 굳게 다문 채, 방으로 밀고 들어가기 위해 애썼다. 그에게 닥친 저항은 단단히 뿌리 박힌 바위산이 앞을 가로막기라도 하는 것처럼 엄중하고, 말없이 혹독했다.

의심하고 분노하면서, 공포보다는 자신의 영혼 상태로 말미암아 극도의 정신적 고통에 압도된 존 던은, 30분 동안 그 남서쪽 방으로 들어가기 위해 애썼다. 그렇지만 그는 그 이상한 장애물 앞에서 그저 무력할 따름이었다. 마침내 악[*]에 대한 엄청난 공포가 그를 덮쳤다. 그는 소심한 남자였고, 아주 젊었다. 결국 자기 방으로 달아나 버렸고, 마치 겁에 질린 소녀처럼 스스로를 가두었다.

다음 날 아침, 그는 소피아 길에게 가서 무슨 일이 있었는지 사실 그대로 말했다. 그리고 자신의 나약함을 드러냄으로써 자신이 하려던 일의 대의가 손상되는 일이 없도록, 다른 사람들에게는 아무 말도 하지 말아 달라고 부탁했다. 그는 실제로 그 방에 무슨 문제가 있다는 걸 믿게 되었던 것이다.

"나로서는 잘 알 수 없는 것입니다만, 소피아 양," 그는 말했다. "내 의지와는 다르게 그 방에는 현대 신앙과 현대 과학이 설명할 수 없는 저주받은 악한 힘이 작용하고 있다고, 이제 나는 굳게 믿게 되었습니다."

소피아 길 양은 고개를 숙인 채 어두운 표정으로 듣고 있었다. 그녀는 본디 성직자들에게 존경심을 지니고 있었지만, 자신의 조상들이 살아 온 이 사랑하는 오래된 집의 남서쪽 방은 아무런 잘못이 없다고 굳게 믿었다.

"오늘밤은 내가 그 방에서 자려고 해요." 목사의 말이 끝났을 때, 그녀가 말했다.

그는 믿지 못하겠다는 듯, 놀란 눈으로 그녀를 바라보았다.

"나는 당신의 믿음과 용기에 아주 큰 존경을 표합니다, 소피아 양," 그는 말했다. "하지만 그것이 과연 현명한 선택일까요?"

"나는 오늘밤 그 방에서 자기로 이미 결심했어요," 그녀가 단정적으로 말했다. 소피아 길이 위엄 있는 모습을 보일 때가 있는데, 바로 지금 그랬다.

소피아 길이 남서쪽 방으로 들어간 것은, 그날 밤 10시였다. 그녀는 여동생에게 자신이 하고자 하는 것에 대해 이야기했고, 여동생의 눈물 어린 애원에도 뜻을 굽히지 않았다. 아만다는 어린 플로라에게 말하지 않도록 주의를 받았다.

"아무것도 아닌 일로 어린아이를 겁먹게 할 필요는 없어." 소피아가 말했다.

소피아는 남서쪽 방으로 들어가, 자기가 가져온 등불을 책상 위에 놓았다. 그리고 커튼을 내리고, 침대의 새하얀 침대보를 벗

기고, 밤을 보내기 위해 이것저것 준비를 하면서 방 안을 돌아
다니기 시작했다.

　그렇게 하는 동안 그녀는 아주 차분하고 신중해져서, 자신이
낯선 생각을 하고 있음을 의식하게 되었다. 자신이 아직 태어나
지 않았기에 기억할 수 없었던 일들, 즉 어머니의 결혼과 관련
된 마찰, 심한 반대, 어머니가 당한 문전박대, 의지했던 가족들
이 마음에서 내치고 집에도 발을 들이지 못하게 한 것이 그것이
었다. 그러면서 그녀 스스로 깊은 분노와 같은 아주 특이한 감
정을 인식하게 되었는데, 그것은 그녀 자신의 어머니를 그렇게
대했던 할머니와 이모에 대해서가 아니라 그녀 자신의 어머니를
향했다가, 자신에게까지 이어진 비통한 감정이었다. 그녀는 자신
이 기억할 수 없었음에도, 자기 기억 속 젊은 시절의 어머니에게
악의를 느꼈고, 자기 자신과 여동생 아만다, 그리고 플로라에게
도 악의를 느꼈다. 그녀의 머릿속에는 그녀의 심장을 돌처럼 차
갑게 하는 악爾의 제안이 쉽없이 밀려들었다. 그리고 일종의 이
중의식에 의해, 그녀는 줄곧 자기가 이상한 생각을 하고 있음을,
그리고 그것이 그녀 자신의 자율적인 의지에 의한 것이 아님을
알 수 있었다. 그녀는 자신이 다른 사람의 생각을 대신하고 있
음을, 그리고 그게 누구인지를 알 수 있었다. 그녀는 자신이 빙
의되었다고 느꼈다.

　그러나 이 여인의 본성 안에는 엄청난 힘이 있었다. 그녀는 조
상들의 악한 힘으로부터, 선하고 정의로운 자기 주장을 위한 힘
또한 물려받았다. 그들은 자신의 무기에 스스로 공격당하게 된
것이다. 그녀는 죽을 힘을 다해 저항했고, 마침내 그 끔찍한 존
재가 그녀에게서 떠났음을 알 수 있었다. 이제 그녀는 온전히 자

기 자신의 생각을 할 수 있게 되었다. 그러고 나서 그녀는 그 엄청난 경험에 대한 어떤 초자연적인 생각을 스스로 무시해 버렸다. '다 내 상상의 산물에 불과해,' 그녀는 자신에게 말했다. 그러면서 잘 준비를 계속했다. 서랍 쪽으로 가서, 묶고 있던 머리를 풀었다. 그런 뒤 거울을 들여다보았더니, 여러 갈래로 부드럽게 물결치는 자신의 머리카락 대신, 구식 머릿수건의 검정 테두리 아래로 철회색의 거친 머리카락이 보였다. 그녀는 자신의 매끄럽고 넓은 이마 대신, 긴 세월 품어 온 이기적인 생각들이 집중된 듯한, 주름진 높은 이마를 보았다. 자신의 굳건한 파란 눈 대신 검은 눈을 보았는데, 그 눈은 어떤 넓은 의미 안에서, 악의에 찬 불길한 정적을 담고 있었다. 그리고 자신의 견고하고 자애로운 입 대신, 단단하고 얇은 선과 우울한 주름을 가진 입을 보았다. 또한 보기 좋은 중년의 자기 얼굴과 시련 속에서 인내하며 타인에게 정직한 선의의 삶을 드러내 주는 표정도 보이지 않았다. 그 대신 비친 아주 늙은 여인의 얼굴은 그녀 자신과 다른 모든 사람들, 그리고 삶과 죽음을 향한 끊임없는 증오와 고통으로 영원히 찡그린 모습이었다. 그녀는 거울 속에서 자신의 얼굴 대신, 죽은 해리엇 이모의 얼굴을 보았다. 익숙한 옷차림을 한 해리엇 이모의 얼굴이 자신의 어깨 위에 얹혀 있었다!

소피아 길은 그 방을 나왔다. 그녀는 여동생 아만다와 함께 쓰는 방으로 갔다. 아만다는 고개를 들어 그녀가 서 있는 걸 보았다. 그녀는 등불을 탁자 위에 놓고, 얼굴을 손수건으로 가린 채 서 있었다. 아만다는 겁에 질려서 그녀를 바라보았다.

"무슨 일이지? 무슨 일이야, 소피아?" 그녀는 숨을 헐떡였다.

소피아는 여전히 손수건으로 얼굴을 가린 채로 서 있었다.

"오, 소피아, 내가 누군가를 불러올게. 얼굴을 다친 거야? 소피아, 언니 얼굴이 대체 어떻게 된 거지?" 아만다가 크게 소리를 질렀다.

갑자기 소피아는 얼굴에서 손수건을 뗐다.

"나를 봐, 아만다 길," 그녀가 이상야릇한 목소리로 말했다.

아만다는 몸을 움츠리며 그녀를 바라보았다.

"무슨 일이지? 오, 무슨 일이야? 어디 다친 것 같지는 않아. 무슨 일이야, 소피아?"

"뭐가 보이지?"

"뭐가 보이냐고? 그야 언니 얼굴이 보이지."

"내가?"

"그래, 언니. 뭐가 보일 거라고 생각했는데?"

소피아 길은 여동생을 바라보았다. "내가 살아가는 동안, 나는 절대로 너에게, 네 눈에 뭐가 보일 거라고 생각했는지에 대해 말하지 않을 거야. 그리고 너도 내게 절대로 물어서는 안 돼." 그녀가 말했다.

"그래, 절대로 물어 보지 않을게, 소피아." 아만다는 공포에 질린 채 반쯤 흐느끼면서 대답했다.

"소피아, 다시는 그 방에 자러 가지 않을 거야?"

"그래," 소피아가 말했다. "그리고 나는 이 집을 팔기로 했어."

길 잃은 유령

The Lost Ghost

존 에머슨 부인은 창가에 앉아서 바느질을 하며 밖을 내다보았다. 로다 메저브 부인이 길을 내려오는 것이 보였는데, 발걸음의 움직임과 비스듬한 머리 때문에 그녀가 자기 집으로 들어서려 한다는 것을 단번에 알 수 있었다. 에머슨 부인은 또 메저브 부인이 그럴 때면 보여 주는 일상적인 행동, 그러니까 목을 앞으로 내밀고 어깨를 수선스럽게 끌어 올리는 동작으로 그녀가 중요한 소식을 갖고 왔음을 확신했다. 로다 메저브는 새로운 사건이 일어날 때마다 늘 그 즉시 소식을 접했고, 대부분 존 에머슨 부인에게 가장 먼저 그것을 알렸다. 두 사람은 메저브 부인이 사이먼 메저브와 결혼해 마을에 살러 오게 된 이후로 친구가 되었다.

메저브 부인은 주름치마를 우아하게 휘날리며 걷는 예쁜 여자였다. 챙이 깃털로 장식된 검은 모자 아래로 그녀의, 조가비처럼 우아하게 물든 뚜렷하고 긴장한 듯한 얼굴이 창가에 있는 에머슨 부인을 밝은 표정으로 바라보고 있었다. 에머슨 부인도 그녀가 오는 것을 보고 반가운 마음이 들어 기쁜 마음으로 인사를 건네고 서둘러 일어나서는 추운 응접실로 달려가 가장 좋은 흔들의자를 꺼내왔다. 맞은편 창가 옆에 의자를 끌어다 놓고 문가의 친구를 맞이하니 시간이 딱 맞았다.

"잘 지냈어요?" 그녀가 말했다. "이렇게 오셔서 정말 기뻐요. 온종일 혼자였거든요. 존은 오늘 아침에 시내에 갔어요. 오후에 부인 집을 들를까 했는데, 바느질감을 다 가져갈 수 없겠더군요. 새 검정 드레스 치마에 주름을 달고 있었어요."

"나도 코바늘뜨기 말고는 해야 할 일이 없었어요." 메저브 부인이 대답했다. "그래서 잠시 들러야겠다고 생각했지요."

"그래 주셔서 기뻐요." 에머슨 부인이 대답했다. "겉옷 벗으세요. 침실 침대 위에 올려놓을게요. 흔들의자에 앉으세요."

메저브 부인은 에머슨 부인이 자신의 숄과 모자를 옆쪽 작은 침실에 가져다 놓을 동안 응접실에서 가져온 흔들의자에 앉았다. 그녀가 돌아왔을 때 메저브 부인은 평화롭게 의자를 흔들며 코바늘을 넣었다 뺐다 하면서 파란 양털실로 뜨개질을 하고 있었다.

"참 예쁘군요." 에머슨 부인이 말했다.

"네, 나도 그렇게 생각해요." 메저브 부인이 대답했다.

"교회 바자회에서 파실 거죠?"

"네. 품삯은 그렇다 치고 털실 값이나 받을 수 있을지 모르겠어요. 그래도 뭔가 만들어야 하니까요."

"작년 바자회에서는 하나에 얼마나 받으셨어요?"

"25센트요."

"너무하네요, 그렇지요?"

"그러게요. 하나 만드는 데 꼬박 일주일이 걸리거든요. 25센트에 사 간 사람들이 직접 한번 만들어 봤으면 좋겠어요. 그럼 태도가 달라질 거예요. 주님을 위한 일이니 불평하면 안 되겠지만, 가끔은 주님께도 도움이 안 되는 것 같거든요."

"어쨌든 예뻐요." 맞은편 창가의 의자에 앉은 후 바느질하던 드레스 치마를 집어 들면서 에머슨 부인이 말했다.

"네, 정말 예쁘죠. 나는 코바늘뜨기가 좋아요."

두 여인은 흔들의자에 앉아서 2, 3분 동안 말없이 바느질과 코바늘뜨기를 했다. 그들은 둘 다 기다리고 있었다. 메저브 부인은 상대방에게 호기심이 생기기를 기다렸다. 그녀가 갖고 온 소식에 걸맞는 무대 등장의 순간을 위해서 말이다. 에머슨 부인은 그 새로운 소식을 기다렸다. 마침내 그녀가 더는 참지 못하고 먼저 말을 건넸다.

"뭐, 새로운 소식이라도 있나요?" 그녀가 물었다.

"글쎄, 그렇게 특별한 일은 없는 것 같은데……." 메저브 부인이 얼버무리며 상황을 좀 더 끌어보려 했다.

"아니요, 있어요. 나는 못 속여요." 에머슨 부인이 대답했다.

"세상에, 어떻게 알았어요?"

"부인 얼굴을 보면 알아요."

메저브 부인은 의식적으로 웃으며 으쓱거렸다.

"사이먼도 내 얼굴에 티가 너무 많이 나서 내가 아무리 애써도 5분 넘게 뭔가를 감추는 게 불가능하다고 그러더군요."라고 그녀가 말했다. "새로운 소식들이 좀 있기는 해요. 오늘 정오에 사이먼이 집에 돌아왔어요. 사우스 데이턴에서 들었다고 하더군요. 오늘 아침에 거기서 일이 좀 있었거든요. 그 오래된 사전트의 집을 세를 준대요."

에머슨 부인이 바느질감을 떨어뜨리고 바라봤다.

"설마요!"

"정말이에요."

"누구한테요?"

"왜, 작년에 보스턴에서 사우스 데이턴으로 이사 온 사람들 있잖아요. 지내던 집이 마음에 들지 않았나 봐요. 충분히 넓지 않다고 했대요. 그 남자가 재산이 아주 많아서 꽤 잘 살 수 있는 여력이 되나 봐요. 부인과 결혼하지 않은 여동생이 있는데, 그 여동생도 돈이 좀 있대요. 그 남자는 보스턴에서 사업을 하는데 사우스 데이턴만큼 여기서도 보스턴에 가기 쉬우니까 그래서 여기로 오는 거래요. 오래된 사전트 집이 훌륭한 곳이라는 건 알고 있죠?"

"네, 마을에서 가장 멋진 집이기는 하지요, 그렇지만⋯⋯."

"아, 사이먼 말로는, 그런 얘기를 했더니 그 사람이 그냥 웃더래요. 그 사람도 그의 아내도, 여동생도 무서워하지 않는다고요. 유령 정도의 위험은 감수하겠다고 말했대요. 데이턴 집의 햇빛도 안 들어오는 작은 침실보다 낫다고요. 그는 스스로 유령이 되느니 유령을 **보는** 게 낫겠다고 했다는군요. 사이먼이 그러는데 그 사람이 농담을 아주 잘한다고들 하더래요."

"뭐, 그렇다면." 에머슨 부인이 말했다. "아름다운 집이니까요. 그냥 하는 얘기일 뿐 아무 일도 없을지도 몰라요. 애초에 그렇게 신뢰할 수 있는 이야기 같지는 않다고 생각했어요. 사실 그 이야기들에 대해 별로 깊이 생각해본 적이 없기도 하고요. 다만⋯⋯ 그의 아내 분이 예민할까 봐 걱정이네요."

"그런 종류의 말을 들은 이상, 누구도 나를 그 집에 들어가게 할 수는 없을 거예요." 메저브 부인이 강조하며 선언했다. "그들이 내게 집세를 준다고 해도 그 집에는 들어가지 않을 거예요. 귀신들린 집은 살면서 충분히 볼 만큼 봤어요."

에머슨 부인의 얼굴이 사냥개의 표정처럼 변했다.

"그러세요?" 그녀는 진지하게 속삭이며 물었다.

"네, 그래요. 더는 그런 일 겪고 싶지 않아요."

"이곳에 오시기 전 일이에요?"

"네, 결혼하기 전, 꽤 젊었을 적 얘기지요."

메저브 부인은 어린 나이에 결혼한 게 아니었다. 에머슨 부인은 그 이야기를 들었을 때 몇 년 전 일일지 머릿속으로 따져보았다.

"정말로 그런 집에 사셨다는……." 그녀는 무서워하며 속삭였다.

메저브 부인은 진지하게 고개를 끄덕였다.

"정말로 무언가 보신 적이…… 있어요?"

메저브 부인이 또 끄덕였다.

"아무런 해도 끼치지 않던가요?"

"네, 그걸 봤다고 해를 입진 않았어요. 하지만 이 세상 누구라도 그런 걸 봐서 좋을 일은 없어요. 절대로 잊기 어렵거든요."

정적이 흘렀다. 에머슨 부인의 얼굴은 날카로워 보였다.

"물론 부인께 이야기하라고 강요하고 싶지는 않아요." 그녀가 말했다. "내키지 않는다면 말이죠. 하지만 마음에 담아두어서 언짢은 일이라면 털어놓는 게 좋을지도 몰라요."

"마음에서 지워버리려고 했었죠." 메저브 부인이 말했다.

"네에, 부인 마음 가는대로 하세요."

"사이먼 말고는 다른 누구한테도 털어놓은 적이 없어요." 메저브 부인이 말했다. "아마도 현명한 일이 아니라고 생각했던 것 같아요. 사람들이 어떻게 생각할지 모르니까요. 사람들은 이해할 수 없는 것은 믿지 않잖아요. 내 정신이 뭔가 잘못되었다고 생각할 것 같았어요. 사이먼이 그 일을 이야기하지 말라고 조언해주기도 했고요. 그는 그것이 초자연적인 일이라고는 믿지 않았지만, 어떤 설명도 할 수 없다는 것은 인정한대요. 그리고 누구도 믿지 못할 거라는 것도 인정한댔어요. 그러고는 그 일에 대해 말하지 않겠다고 하더군요. 그가 말하길 많은 사람들이 그들이 꿰뚫어 볼 수 없다는 걸 인정하기보다 차라리 다른 사람들에게 내 머리가 이상하다고 말할 거랬어요."

"나는 그렇게 말하지 않을 거예요. 확실해요." 에머슨 부인이 비난하듯 되받았다. "부인이 더 잘 아시잖아요."

"네, 그럼요." 메저브 부인이 대답했다. "부인께서 그렇게 말하지 않으리라는 거 잘 알아요."

"그리고 그러지 말라고 하시면 다른 사람한테도 말 안 할게요."

"네, 그러지 않았으면 좋겠어요."

"남편한테도 말하지 않을게요."

"남편 분에게도 이야기하지 말아주세요."

"그럴게요."

에머슨 부인은 바느질하던 치마를 다시 집어 들었다. 메저브 부인도 파란 양털실을 한 코 더 떴다. 그리고 그녀는 이야기를 시작했다.

"물론, 난 유령을 믿는다거나 믿지 않는다거나 하는 것에 대해 단언하지는 않을 거예요. 다만 내가 말하는 모든 것은 내가 직접 본 것이랍니다. 설명할 수는 없어요. 그런 척 하고 싶지만 할 수도 없고요. 부인께서 잘 설명할 수 있다면 기쁠 것 같아요. 그러면 이 고통이 멈추겠지요. 낮이든 밤이든 그 일이 일어난 뒤로 하루도 그 일이 떠오르지 않을 때가 없거든요. 그리고 그럴 때마다 언제나 등줄기가 오싹해지는 걸 느껴요."

"끔찍한 기분이겠어요." 에머슨 부인이 말했다.

"그렇죠? 음, 이건 내가 결혼하기 전에 있었던 일이에요. 나는 어린 아가씨였고 이스트 윌밍턴에 살고 있었죠. 거기서 살기 시작한 첫해였어요. 그 일이 있기 5년 전에 우리 가족이 모두 죽었다는 건 알고 있죠? 내가 말했었잖아요."

에머슨 부인이 끄덕였다. 그러자 메저브 부인이 긴 이야기를 시작했다.

"나는 거기에 학교 선생님으로 갔어요. 그리고 아멜리아 데니슨 부인과, 그녀의 여동생 버드 부인과 함께 살았죠. 버드 부인의 이름은 애비였어요. 애비 버드는 남편을 잃고 혼자 살고 있었어요. 아이는 없었고요. 그녀에게 돈이 조금 있었어요. 데니슨 부인은 돈이 전혀 없었죠. 애비 버드는 이스트 윌밍턴에 와서 집을 사서 언니와 함께 살았어요. 참 예쁜 집이었어요. 아주 오래되고 낡긴 했지만요. 버드 부인이 집을 잘 꾸미려고 돈을 좀 들인 것 같았어요. 그래서 내게 하숙을 주었던 것 같아요. 그게 조금이나마 살림에 보탬이 되리라 생각했겠지요. 아마 내가 내는 하숙비가 모두의 식비로 쓰였을 거예요. 버드 부인이 아껴 썼더라면 충분히 살아갈 수 있었을 거예요. 하지만 오래된 집을 고치는 데 너무 많은 돈을 썼기 때문에 한동안 조금 쪼들렸던 모양이에요.

어쨌든 그들은 내게 하숙을 줬고, 그곳에 들어갈 수 있어서 꽤 행운이라고 생각했어요. 크고 볕이 잘 드는 좋은 방을 내줬고, 예쁜 가구에다 벽지도 페인트칠도 새로 되어 있고, 모든 것이 깔끔했거든요. 데니슨 부인은 내가 만난 사람 중에 가장 요리를 잘했어요. 내 방에 작은 난로가 있었는데, 학교에서 집으로 돌아오면 늘 따뜻하게 불이 피워져 있고는 했지요. 거기서 산 지 3주쯤 지나기 전까지는 내 집이 없어진 이후로 그렇게 좋은 장소에서 살아본 적이 없다고 생각했어요.

그것에 대해 알기 전까지 나는 3주쯤 거기서 지냈어요. 그분들이 이사를 했을 때부터 그 일이 일어나기 시작했던 것 같은데, 그럼 거의 넉 달쯤 되었을 거라 생각해요. 그분들은 아무 말 없었지만, 놀랍지도 않아요. 집을 사고 그것을 고치느라 너무 많은 돈과 수고를 들였으니까요.

내가 갔을 때는 9월이었어요. 첫째 주 월요일부터 학교에 다니기 시작했어요. 몹시 추운 가을이었던 걸로 기억해요. 9월 중순에 서리가 내려서 겨울 외투를 입어야 했거든요. 그날 밤 집에 돌아왔을 때를 기억해요(어디 보자, 월요일에 학교가 시작하니까, 그 일이 일어난 건 그다음 목요일로부터 2주가 지났을 때네요). 나는 아래층에서 외투를 벗고 입구에 있는 탁자 위에 올려 뒀어요. 아주 좋은 외투였죠. 묵직한 검정 브로드 천 소재에 털 장식이 달려 있었어요. 겨울이 오기 전에 장만해 둔 것이었죠. 내가 위층으로 올라가려니까 버드 부인이 나를 불렀어요. 외투를 현관에 놔두면 안 된다고 하더군요. 누군가 와서 가져갈지도 모른다고요. 나는 웃었죠. 걱정하지 않는다고 했어요. 도둑을 두려워하지는 않았거든요.

9월 중순이 된 지 얼마 지나지도 않았는데도 아주 추운 밤이었죠. 내 방은 서향이었는데, 해가 차츰 낮아져서 하늘은 옅은 노랑과 보랏빛으로 물들어 있었지요. 가끔 겨울에 일시적 한파가 찾아올 때 볼 수 있는 것처럼요. 아마 그해 첫서리가 내린 날 밤이었을 거예요. 데니슨 부인이 앞뜰에 있던 꽃들을 덮어 두었거든요. 창밖으로 버베나 화단 위에 그녀의 낡은 초록색 격자무늬 숄이 덮여있던 모습을 본 게 기억나요. 내 작은 난로에는 장작불이 타고 있었어요. 버드 부인이 피워주신 걸로 알아요. 그녀는 정말 어머니 같은 분이었어요. 늘 다른 사람들을 행복하고 편안하게 해주는 일을 가장 큰 행복이라 여겼죠. 데니슨 부인은 그녀가 언제나 그래왔다고 말해줬어요. 그녀의 남편도 평생 너무 애지중지했다고요. '애비가 아이를 낳지 않은 게 다행일지도 몰라. 애들을 다 응석받이로 키워서 망쳐 버렸을 거야.'라고 그녀가 그러더군요.

그날 밤은 그 멋지고 작은 난롯가에 앉아서 사과를 먹고 있었어요. 내 탁자 위에 맛있는 사과 한 접시가 있었거든요. 버드 부인이 갖다 놓은 거였죠. 난 늘 사과를 아주 좋아했어요. 음, 그렇게 앉아서 사과를 먹으면서 편안한 시간을 보내고 있었어요. 이렇게 좋은 사람들이 있는 멋진 곳에서 하숙을 하게 되어서 얼마나 행운인가를 생각하면서요. 그런데 문 쪽에서 조금 이상한 소리가 들렸어요. 뭔가 망설이는 소리 같았어요. 노크를 하는 소리라기보다는 손으로 더듬거리는 소리 같았어요. 무척 소심한 사람이 아주 작은 손으로 감히 노크는 할 수 없어서 문만 만지작거리는 느낌이었지요. 잠깐 생각엔 쥐인 줄 알았어요. 그렇지만 나는 기다렸고 소리가 또 들리자 마음을 정했죠. 이건 약간 겁먹은 듯이 하는 노크 소리라고요. 그래서 말했죠. '들어오세요.'라고.

그렇지만 아무도 들어오지 않았어요. 그리고 그 노크 소리가 또다시 들렸어요. 그래서 일어나서 문을 열었어요. 몹시 이상하다고 생각했고 왜인지는 모르겠지만 무서운 느낌이 들었어요.

문을 열고 처음 느낀 건 차가운 바람이었어요. 아래층 현관문이 열려있는 듯한 느낌이었죠. 하지만 찬바람에서 이상한 냄새가 났어요. 바깥 냄새라기보다는 몇 년 동안 닫혀 있었던 지하실에서 나는 냄새 같은 것이었죠. 그때 뭔가를 봤어요. 내 외투를 먼저 봤고요. 외투를 들고 있는 그 존재가 너무도 작아서 잘 보이지가 않았어요. 그러고 나서 겁에 질린 작고 하얀 얼굴과, 누군가의 심장에 구멍을 낼 것 같은 너무나 무섭고 갈망이 담긴 눈이 보였어요. 정말 끔찍한 작은 얼굴이었어요. 이 세상 사람의 얼굴과는 뭔가 다른 데가 있었죠. 하지만 너무 가련해서 왠지 그 끔찍함이 떨쳐졌죠. 내 겨울 외투를 들고 있는 그 자그만 두 손은 추위 때문에 보라색으로 얼룩져 있었어요. 그리고 이상하게 조금 멀리서 들리는 것 같은 목소리로 말했어요. '엄마를 찾을 수가 없어요.'라고.

'세상에, 넌 누구니?' 내가 물었어요.

그러자 그 작은 목소리가 다시 한번 말했어요. '엄마를 찾을 수가 없어요.'

그러면서 줄곧 추위 냄새를 맡았는데, 그러다 그 냄새가 그 여자아이 주위에서 난다는 걸 알았어요. 마치 그 아이가 죽음처럼 차가운 곳에서 나오기라도 한 것처럼 냉기가 그 아이에게 매달려 있었어요. 나는 외투를 집어 들었어요. 달리 어떻게 해야 할지 모르겠더라고요. 추위는 거기에도 매달려 있었어요. 외투가 얼음 속에서 나온 것처럼 차가웠어요. 외투를 받아 들자 아이를 더 또렷하게 볼 수 있었어요. 그 애는 아주 단순하게 만들어진 작고 하얀 옷을 입고 있었어요. 잠옷이었죠. 발을 다 덮을 만큼 꽤 길었어요. 그리고 추위 때문에 보랏빛으로 얼룩덜룩해진 그 애의 작고 마른 몸이 희미하게 비쳐 보였어요. 얼굴은 그다지 추워 보이지는 않았어요. 깨끗하고 창백한 하얀색이었지요. 아이의 머리카락은 어두운 빛깔을 띠고 있었는데, 너무 축축해서 어둡게 보이는 것 같았어요. 거의 젖어 있었으니까요. 본디는 밝은 빛깔이었을 거예요. 머리카락이 둥글고 흰 이마에 가까이 붙어 있었어요. 아이가 그렇게 무시무시해 보이지만 않았다면 무척 예뻤을 거예요.

'넌 누구니?' 그 아이를 보며 내가 다시 물었죠. 하지만 그 아이는 지독하게 애원하는 눈빛으로 나를 바라보면서 아무 말도 하지 않았어요.

'넌 대체 뭐야?' 내가 말했더니 그 애는 가버렸어요. 여느 아이들처럼 뛰거나 걷는 것 같지 않았어요. 가볍게 날아갔죠. 너무 가벼워서 실제 같지 않고, 무게가 전혀 없는 듯이 움직이는, 그런 작고 얇은 하얀 나비 같았어요. 그런데 그 애가 계단 위에서 뒤돌아보며 말했어요. '엄마를 찾을 수가 없어요.' 나는 그런 목소리는 들어 본 적이 없어요.

'네 엄마가 누구인데?' 내가 물었지만 그 애는 가버렸어요.

잠깐 동안 정신을 잃을 뻔했어요. 방은 더 어두워졌고 귓가에 노랫소리가 들려왔어요. 나는 외투를 침대 위에 올려놨죠. 그걸 들고 있던 내 손은 얼음장처럼 차가웠어요. 그리고 문 앞에 서서 먼저 버드 부인을, 그다음에 데니슨 부인을 불렀어요. 그 아이가 사라져버린 그 계단으로 감히 내려갈 엄두가 나지 않았어요. 이 세상 사람의 얼굴 같은 무언가, 혹은 누군가를 보지 않으면 미쳐버릴 것 같았어요. 그 누구도 내 소리를 못 듣는 게 아닌가 싶었는데, 그들이 아래층에서 돌아다니는 발소리가 들렸고, 저녁 식사로 굽고 있는 비스킷 냄새도 맡을 수 있었어요. 어쨌든 그 비스킷 냄새만이 유일하게 자연스럽게 느껴졌고 그 때문에 정신을 똑바로 유지할 수 있었어요. 난 감히 그 계단으로 내려갈 수 없었고, 그저 거기 서서 부르기만 했어요. 그리고 마침내 문을 열고 버드 부인이 대답해 줬어요

'무슨 일이죠? 나를 불렀나요, 암스 양?'

'이리 올라와 보세요. 어서 빨리요, 두 분 다요.' 난 소리쳤어요. '어서요, 어서, 어서!'

나는 버드 부인이 데니슨 부인에게 말하는 것을 들었어요. '빨리 와, 아멜리아 언니, 암스 양 방에 무슨 일이 생긴 것 같아.' 그때도 이미 그녀가 조금 이상하게 말하는 것처럼 느껴졌어요. 정말 이상하다 싶었어요. 그분들이 올라왔을 때 이미 무슨 일이 일어났는지 알고 있는 것 같았죠. 아니면 일어난 일의 본질이 무엇인지 알고 있었거나.

'무슨 일이에요, 아가씨?' 버드 부인이 물었는데, 그녀의 예쁘고 사랑스러운 목소리는 긴장한 것처럼 들렸어요. 그 순간 나는 그녀가 데니슨 부인을 바라보고, 데니슨 부인도 그녀를 돌아보는 것을 보았어요.

'하느님 맙소사.' 내가 말했어요. 나는 전에는 그렇게 말해본 적이 없었어요. '하느님 맙소사, 제 외투를 위층으로 들고 올라온 그게 대체 뭐였죠?'

'어떻게 생겼던가요?' 데니슨 부인이 낙담한 듯한 목소리로 물었어요. 그리고 그녀는 다시 동생을 봤고 동생도 그녀를 돌아봤죠.

'여기서는 본 적이 없는 어린아이였어요. 아이처럼 보였어요,' 제가 말했죠. '하지만 그렇게 무시무시한 아이는 본 적이 없어요, 잠옷을 입었고, 엄마를 찾을 수 없다고 하더군요. 누구예요?

대체 뭐예요?'

데니슨 부인이 기절하는 게 아닐까 하는 생각이 잠시 들었어요. 하지만 버드 부인이 그녀를 꽉 붙잡고 서서 손을 문지르면서, 그녀의 귀에 대고 속삭였죠(옹알거리는 듯한 너무나 작은 소리였어요). 그리고 나는 급히 그녀에게 찬물 한 잔을 가져다 주었어요. 아래층에 혼자 내려가는 데는 대단한 용기가 필요했지만, 그분들이 등불을 입구 탁자에 놓아둔 덕분에 잘 볼 수 있었어요. 어둠 속이었다면 아래층으로 내려갈 용기가 나지 않았을 거예요. 매 순간 그 아이가 내 가까이 있을까 봐 계속 걱정이 됐을 테니까요. 등불과 비스킷 굽는 냄새가 용기를 북돋아 준 것 같아요. 그렇지만 계단을 내려가서 부엌에서 물 한 잔을 가져오는 데 많은 시간을 낭비하지는 않았어요. 집에 불이라도 난 것처럼 물을 퍼 올렸죠. 그리고 컵 같이 생긴 것을 되는 대로 잡았어요. 그건 데니슨 부인의 주일학교 학생들이 그녀에게 꽃병으로 쓰라고 색칠해 준 컵이었어요.

나는 물을 담아서 위층으로 뛰어올라갔어요. 매 순간 뭔가 내 발을 잡기라도 할 것 같이 느꼈죠. 버드 부인이 데니슨 부인의 고개를 받쳐 주고 있는 동안 나는 유리컵을 잡고 그녀의 입술에 대줬어요. 그리고 그녀는 물을 오래 삼키더니, 컵을 유심히 보길래 내가 말했죠.

'네에, 맞아요, 처음 손에 잡히는 대로 집은 게 바로 이거였어요. 조금도 망가지지 않았어요.'

'칠해 넣은 꽃이 젖으면 안 돼요. 이렇게 하면 다 씻겨나갈 거예요.' 데니슨 부인이 아주 힘없이 말하더군요.

'아주 조심할게요.' 난 이렇게 대답했어요. 그녀가 줄곧 색이 칠해진 그 꽃병에 눈길을 보내고 있는 걸 알았거든요. 물을 마시고 기운을 좀 차렸는지, 곧 데니슨 부인은 버드 부인을 밀어내고 일어나 앉았어요. 내 침대 위에 누워 있었거든요.

'이제 괜찮아요.' 그녀가 말했어요. 하지만 그녀의 얼굴은 말할 수 없이 창백했고, 눈은 사물 바깥에 있는 무언가를 바라보는 것 같았죠. 버드 부인은 크게 나아지지는 않았지만, 그녀는 늘 그 무엇도 쉬이 흐트러뜨릴 수 없을 것 같은 차분한 분위기의 상냥하고 좋은 모습을 보여주는 분이었어요. 들고 있던 유리컵에 비친 내 모습을 보고 내가 끔찍하게 보인다는 것을 알았어요. 나 자신조차도 그게 누구인지 알아보기 어려울 정도였어요.

데니슨 부인은 침대에서 빠져나와 비틀거리며 의자로 갔어요. '이렇게 무너지다니, 참 바보 같지.' 그녀가 말하더군요.

'아니, 그렇지 않아, 언니.' 버드 부인이 말했어요. '이게 뭘 의미하는지 나도 언니만큼이나 잘 모르지만, 그게 무엇이든 우리가 살면서 알아온 것과는 아주 다른 무언가에 압도당했다고 해서, 바보 같다고 말해선 안 돼.'

데니슨 부인은 동생을 바라보고, 또 나를 바라봤어요. 그리고 다시 동생을 봤죠. 그러자 버드 부인이 질문에 대한 답이라도 하는 듯이 이야기를 시작했어요.

'그래.' 그녀가 말했어요, '암스 양에게도 이야기해야 해. 우리가 아는 모든 것을 말해야 한다고 생각해.'

'우리도 아는 게 별로 없는데.' 데니슨 부인이 한숨을 쉬듯 힘 없는 목소리로 말했어요. 그녀는 금세라도 다시 기절할 것처럼 보였지요. 그녀는 정말 연약해 보였지만, 알고 보니 불쌍한 버드 부인보다 훨씬 강했어요.

'그래, 우리도 아는 게 많지 않지.' 버드 부인이 말했어요. '하지만 얼마 되지 않는 것이라도 암스 양도 알아야 해. 암스 양이 처음 이곳에 왔을 때부터 그래야 했던 것 같아.'

'나도 이야기하지 않는 게 그다지 바람직하다고는 생각지 않았어.' 데니슨 부인이 말했어요, '하지만 난 그게 멈출지도 모른다고 생각했거든. 그리고 그게 어쩌면 암스 양을 곤란하게 하지 않을지도 모른다고 생각하기도 했고. 네가 집에 돈을 너무 많이 들였잖아, 그리고 우린 돈이 필요했고. 암스 양이 겁을 먹고 오지 않겠다고 할지도 모를 일이었고, 그렇다고 남자를 하숙생으로 들이고 싶지는 않았으니까.'

'돈 문제가 아니더라도 우리는 암스 양이 와주기를 간절히 바라고 있었어요.' 버드 부인이 말했어요.

'그래요. 우린 젊은 사람이 집에 있길 원했어요. 외로웠거든요.
그리고 우리 둘 다 당신을 보자마자 아주 마음에 들었답니다.' 이렇게 데니슨 부인이 거들었어요.

두 분 모두 진심이었다고 생각해요. 그들은 아름다운 여성들이었고, 그분들만큼 내게 친절하게 대해줄 수 있는 사람은 없었어요. 나에게 미리 털어놓지 않은 것을 탓하지 않았죠. 그리고 그들이 말했던 것처럼, 그들도 그다지 해 줄 이야기가 없었어요.

집을 사서 이사 들어온 지 얼마 지나지 않아 그들에게 뭔가 보이고 들리기 시작했다더군요. 버드 부인은 거실에 두 분이 함께 앉아 있던 어느 날 저녁, 처음으로 그 소리를 들었다고 했어요. 버드 부인이 말하길, 언니는 레이스를 뜨고 있었고(데니슨 부인은 아름다운 편물 레이스를 만든답니다), 그녀는 선교 신문을 읽고 있었답니다(버드 부인은 선교에 관심이 무척 많았거든요). 그

때 갑자기 어떤 소리가 들렸대요. 처음엔 버드 부인이 먼저 들어서 선교 신문을 내려놓고 귀를 기울였대요. 데니슨 부인은 여동생이 무언가에 귀를 기울이는 모습을 보고 레이스를 떨어뜨렸죠. '뭘 듣고 있는 거야, 애비?' 그녀가 물었어요. 또다시 소리가 나자 이번엔 두 분 다 그 소리를 들었죠. 그리고 왜 그런지는 알 수 없지만 그 소리를 듣는 순간 등줄기가 오싹해지는 것을 느꼈대요. '고양이인가 봐, 그렇지?' 버드 부인이 말했대요.

'고양이가 아니야.' 데니슨 부인이 말했죠.

'틀림없이 고양이일 거야. 고양이가 쥐를 문 것 같아.' 버드 부인이 데니슨 부인을 진정시키려고 일부러 명랑하게 말했대요. 데니슨 부인이 그런 걸 봤다간 죽도록 무서워할 게 틀림없으니까요. 언니가 기절해버릴까 봐 늘 걱정했거든요. 그래서 버드 부인은 문을 열고 불렀어요. '야옹아, 야옹, 야옹!' 그분들은 이스트 윌밍턴에 살러 왔을 때, 바구니에 넣어서 고양이도 함께 데리고 왔었죠. 아주 잘생긴 얼룩 고양이였어요. 그리고 그 녀석은 많은 걸 알고 있었고요.

그녀는 계속 불렀어요. '야옹아, 야옹, 야옹!' 그러자 고양이가 왔고, 문으로 들어오면서 녀석은 그들이 들었던 소리와 다르지 않은 소리로 크게 울더래요.

'자 언니, 고양이가 왔잖아, 고양이가 맞다니까 그러네.' 버드 부인이 말했대요. '가엾은 고양이!'

하지만 데니슨 부인은 고양이를 바라보고 크게 꺅 하고 소리를 질렀어요.

'저게 뭐야? 저게 대체 뭐지?' 그녀가 물었어요.

'뭐가 뭐냐는 거야?' 버드 부인은 언니가 말하는 게 무슨 의

미인지 모르는 척 하며 말했죠.

'뭔가 고양이 꼬리를 붙잡고 있잖아.' 데니슨 부인이 말했대요. '뭔가가 고양이 꼬리를 잡고 있어. 꼬리가 길게 뻗어 있잖아. 고양이가 벗어나지도 못하고 있어. 우는 소리를 들어봐!'

'아무것도 아니야.' 버드 부인이 말했대요. 하지만 그렇게 말은 했어도 조그만 손이 고양이 꼬리를 꽉 쥐고 있는 것을 볼 수 있었죠. 그러고 나서 아이의 모습이 손 뒤의 어둑한 곳에서 뚜렷해지기 시작했고, 그 순간 아이는 슬퍼 보이기보다는, 웃기 시작했대요. 그녀는 그게 훨씬 더 안 좋았다고 말했어요. 그녀가 말하길 그 웃음은 자신이 들어본 것 중 가장 끔찍하고 슬픈 것이었다고 하더군요. 부인은 말문이 막혀 뭘 해야 할지 몰랐다고 했어요. 그리고 처음에는 초자연적인 것이라는 걸 느낄 수 없었다고 했어요. 그냥 이웃 아이들 중 하나가 도망쳐서 집을 제멋대로 돌아다니다가 자기네 고양이를 놀리는 걸로 생각했대요. 그리고 자신들이 너무 긴장한 나머지 그렇게 신경이 곤두섰던 거라 생각했대요. 그래서 날카롭게 말을 했대요.

'야옹이 꼬리를 잡아당기면 안 되는 것 모르니? 불쌍한 야옹이를 아프게 하면 안 되는 거야. 네가 조심하지 않으면 할퀼 수도 있단다. 가엾은 야옹이. 고양이를 괴롭히면 안 돼.'

그러자 아이는 고양이 꼬리를 잡아당기기를 멈추고 부드럽게 가련하다는 듯이 쓰다듬었어요. 고양이도 그것이 좋다는 듯이 등을 들어올리고 문지르면서 가르랑거렸고요. 고양이는 조금도 두려워하는 것처럼 보이지 않았대요. 그게 저한테는 이상했어요. 동물들은 언제나 유령을 끔찍하게 무서워한다고 들어와서 말이죠. 하지만 그건 작고 해를 주지 않는 유령이었던 거죠.

버드 부인은, 아이가 고양이를 쓰다듬는 동안 자신과 데니슨 부인은 서로 손을 꼭 잡고 서서 그걸 지켜봤다고 말했어요. 괜찮다고 생각하려고 정말 애를 써보았지만, 실은 전혀 괜찮아 보이지 않았대요. 마침내 데니슨 부인이 그 아이에게 말했답니다.

'이름이 뭐니, 꼬마 아가씨?' 그녀가 물었대요.

그러자 아이가 올려다보고 고양이 쓰다듬기를 멈추더니, 엄마를 못 찾겠다고 말하더래요. 나한테 말했던 것과 똑같이요. 그래서 데니슨 부인은 크게 놀랐고, 버드 부인은 그녀가 기절할지도 모른다고 생각했지만 그렇지는 않았어요. '네 엄마가 누구지?' 그녀가 물었어요. 하지만 아이는 다시 말했어요. '엄마를 못 찾겠어요. 엄마를 못 찾겠어요.'

'어디에 사니, 꼬마야?' 버드 부인이 물었대요.

'엄마를 못 찾겠어요,' 아이가 말했고요.

그랬던 거예요. 아무 일도 일어나지 않았죠. 두 여자는 거기서 그저 서로 꼭 붙잡고 있었죠. 아이가 그들 앞에 섰고 그들은 아이에게 질문을 했고요. 그래도 그 애는 '엄마를 못 찾겠어요.'라는 말만 했던 거예요.

그러자 버드 부인이 아이를 잡으려고 했대요. 자신이 두 눈으로 똑똑히 보았음에도 어쩌면 그녀가 신경이 과민해서 진짜 아이인데 착각한 것일지도 모른다고 생각했기 때문이죠. 어쩌면 정신이 조금 온전치 않은 소녀가 잠자리에 들었다가 잠옷을 입은 채 달아난 거라고 말이에요.

그녀는 아이를 잡으려고 애썼대요. 그래서 생각해 낸 것이 아이에게 숄을 둘러 안아서 데리고 나가는 것이었지요. 아주 작은 아이니까 충분히 쉽게 옮길 수 있을 거라 생각했죠. 그렇게 해서 어느 이웃의 아이인지 찾아내보려고요. 하지만 그녀가 아이에게 다가가자 거기에는 아무도 없었대요. 아무것도 없는 곳에서 들려오는 것 같은 작은 목소리만 들릴 뿐이었죠. '엄마를 찾을 수가 없어요.' 하는 그 목소리는 이내 사라졌대요.

같은 일이 내내 반복되었다고 해요, 아주 비슷한 일들이요. 가끔 버드 부인이 설거지를 하고 있으면 갑자기 아이가 그 옆에 행주를 들고 서서 그것을 닦았대요. 물론 끔찍한 일이었죠. 버드 부인은 설거지를 다시 해야만 했죠. 데니슨 부인에게 아예 말하지 않은 때도 있었대요. 그녀를 몹시 불안하게 만드는 일이었으니까요. 그들이 케이크를 만들 때면 케이크에 넣을 건포도를 다 선별해 놓은 것을 발견하는 경우도 있었고, 때로는 부엌난로 옆에 불쏘시개로 쓰는 작은 막대기들이 놓여 있기도 했대요. 언제 그 아이를 마주칠지 몰랐죠. 그리고 그 아이는 늘 엄마를 찾을 수 없다는 말만 했대요. 그분들은 아이에게 말을 걸려고 하지 않았대요. 어쩌다 한번씩 버드 부인이 너무 절박한 마음에 무언가를 물어보기는 했지만, 아이는 그 소리를 듣지 못하는 것 같았대요. 언제나 엄마를 찾을 수 없다는 말만 반복할 뿐이었죠.

그분들은 아이와의 일을 저에게 다 이야기해 준 뒤, 그 집과 그 전에 거기에 살았던 사람들에 대해서도 들려줬어요. 그 집에서 뭔가 끔찍한 일이 일어난 것 같았어요. 하지만 부동산업자는 그 사실을 그분들에게 전혀 말하지 않았던 거예요. 두 사람이 미리 그 사실을 알았다면 아무리 집이 싸다고 해도 사지 않았을 테니까요. 그 무엇도 겁내지 않는 사람들이라고 하더라도 그런 끔찍한 일들이 일어나서 그 생각이 계속 떠오르게 하는 집에 살고 싶지는 않은 법이니까요. 그분들의 이야기를 듣고 나서 단 하룻밤도 더 그 집에서 지내지 말아야 했다는 걸 알아요. 그분들을 생각하지 않았다면, 내게 주어진 환경이 아무리 안락하더라도 그랬을 거예요. 그런데 나는 겁을 잘 먹는 편도 아니었고, 결국 그 집에 계속 머물렀어요. 물론 내 방에서 그 일이 일어나지는 않았어요. 그랬다면 정말 그 집에서 살 수 없었을 거예요.”

“그게 무슨 일이었어요?” 에머슨 부인이 두려워하는 목소리로 물었다. 메저브 부인은 대답을 이어갔다.

“끔찍한 일이었어요. 그 아이는 그 집에서 아버지, 어머니와 함께 2년 전에 살았다더군요. 그들은—혹은 그 아버지는—아주 좋은 집안 출신이었어요. 그는 환경이 좋았지요. 도시에 있는 큰 피혁회사의 외판원이었어요. 그들은 아주 멋지게 살았고, 돈도 넉넉했어요. 하지만 어머니가 못된 여자였죠. 그녀는 그림처럼 아름다웠고, 보스턴의 좋은 집안 출신이라고 사람들은 말했죠. 그녀는 말씨가 정말 공손했고 대부분의 사람들은 그녀를 좋아했지만, 그녀는 흠이 많은 사람이었어요. 몸치장을 하고 과시하기 좋아했어요. 그리고 아이에게는 큰 관심을 기울이지 않았다는군요. 사람들은 그녀가 아이를 잘 보살피지 않는다고 말하기 시작했대요.

그 여자는 집에 일하는 사람을 오래 쓰는 데 어려움을 겪었어요. 어떤 이유에서인지 일하는 사람이 오래 머무르질 않았죠. 그들은 떠나고 나서 그녀에 대해 온갖 지독한 말을 했어요. 사람들은 처음에는 믿지 않았어요. 그러다가 조금씩 믿기 시작했죠.

그들은 여자가 다섯 살 정도밖에 되지 않은, 게다가 또래 아이들보다 작아서 아기 같기만 한 그 어린아이에게 일을 거의 다 시킨다고 말했어요. 그들은 또 집안일을 도와주는 사람이 없을 때면 집이 돼지우리 같았다고 말했죠. 어린 것이 의자 위에 올라서서 설거지를 했고, 자기 키 만큼 큰 장작더미를 나르는 모습도 많이 봤다고 했어요. 그리고 어머니가 그 애를 꾸짖는 것도 들었다고요. 여자는 노래를 잘 불렀는데, 아이를 야단칠 때는 가면올빼미 같은 목소리를 냈다고 하더군요.

아버지는 집에 있는 적이 거의 없었죠. 한번 나가면 몇 주씩 서부에 가 있곤 했어요. 한동안 한 유부남이 그 애 엄마 곁에 어슬렁거린 일도 있었어요. 사람들이 그걸 두고 또 입방아를 찧어댔죠. 그렇지만 그 두 사람이 나쁜 짓을 했다고 확신할 수는 없었어요. 그 남자는 지위가 높고 돈도 있는 사람이라, 혹시라도 그런 이야길 듣고 자신들을 괴롭히기라도 할까 봐 그들은 가만히 있었죠. 물론 아무도 그 소문에 대해 확신할 수 없기도 했고요. 그래도 사람들은 나중에 아이 아버지는 알아야 하는 게 아니겠냐는 이야기를 했죠.

말이야 쉽죠. 하지만 그런 일을 기꺼이 그에게 알릴 누군가를 찾기란 그리 쉬운 일이 아니었어요. 더구나 확신이 없다면요. 그는 아내만 바라보고 있기도 했고요. 사람들은 그가 아내의 몸치장에 필요한 것들을 사기 위해 돈을 번다고 말할 정도였죠. 그리고 그는 아이도 몹시 애지중지했어요. 그들은 그가 아주 좋은 남자라고 말했어요. 그렇게 나쁜 대우를 받는 남자들 대부분은 정말 좋은 사람들이에요. 나는 늘 그런 일들을 봐왔거든요.

그런데 어느 날 아침, 이런저런 소문이 돌던 그 유부남이 없어졌어요. 그가 정말 사라졌다는 그 사실이 실제로 알려지기까지 시간이 꽤 걸렸어요. 그가 집을 비우면서, 일 때문에 뉴욕에 일주일쯤 가 있어야 한다고 아내에게 말했고, 혹시나 그가 집에 돌아오지 않거나 편지하지 않더라도 걱정하지 말라고 했다는군요. 왜냐하면 늘 다음 기차로 집에 오려고 생각하고 있을 것이기에 편지가 소용없을 거라고 했다는 거예요. 그래서 그의 아내는 기다렸어요. 일주일이 지나고 또 이틀이 지날 때까지 그녀는 걱정하지 않으려고 했대요. 그러다 그녀는 이웃집에 뛰어들었고 기절해서 바닥에 쓰러져 버렸어요. 사람들이 묻자 그가 도망을 가버렸다고 말하더래요. 남의 돈까지 훔쳐가지고 말이에요.

그러자 사람들은 그 여자는 어디 갔는지 묻기 시작했고, 서로 정보를 비교한 끝에 남자가 떠난 이후로 아무도 여자를 본 사람이 없다는 사실을 알아냈어요. 그런데 서너 명의 여자들이, 그녀가 아이를 데리고 보스턴에 가서 친척들을 방문할 생각이라고 그들에게 말했던 것을 기억해냈어요. 그래서 여자가 보이지 않고 그 집 문도 닫혀 있자, 그녀가 보스턴으로 갔을 거라고 쉽게 결론을 내리고 만 거죠. 그 여자들은 그녀 집 가까이에 살던 이웃들이었지만, 사실 그녀와 별 왕래도 없이 지냈어요. 그런데 그녀가 그들을 굳이 찾아가서 보스턴으로 갈 거라고 계획을 말했던 거예요. 그리고 그들은 그 말을 들었을 때 특별히 뭐라고 대응을 하지도 않았고요.

그렇게 그 집 문이 닫힌 채, 남자와 여자, 그리고 아이도 사라졌죠. 그런데 갑자기 가장 가까운 곳에 살던 한 부인이 무언가를 기억해 냈어요. 그녀는 어딘가에서 아이 울음소리가 들리는 것 같아서 사흘 밤을 연달아 잠에서 깼던 것을 기억해 냈어요.

한번은 그녀의 남편도 깨웠는데, 그는 아마 비스비네 어린 딸일 거라고 했다는군요. 그래서 그녀도 그렇겠거니 생각했고요. 아이가 건강하지 않아서 늘 보챘거든요. 특히 밤에는 한바탕 배앓이를 하곤 했어요. 그래서 그녀는 그 일이 일어나기 전까지 그것에 대해 더는 생각하지 않았답니다. 그러다 문득 그 일이 떠오른 거예요. 그녀는 자신이 들었던 소리에 대해 이야기했고, 마침내 사람들이 그 집에 들어가서 뭔가 이상한 점이 없는지 살펴봐야겠다고 생각하기 시작했어요.

사람들이 그 집에 들어갔고, 잠겨 있던 방들 가운데 하나에서 아이가 죽어있는 것을 발견했죠(2층에 있는 뒤쪽 침실이었는데, 데니슨 부인과 버드 부인은 그 방을 절대로 쓰지 않았어요).

그래요, 사람들은 그 가여운 아이를 거기서 발견했어요. 굶어 죽은 상태로 꽁꽁 언 아이를요. 하지만 그 아이가 추위 때문에 죽은 건지는 확신할 수 없었대요. 그 애가 살아 있을 때 충분히 따뜻할 수 있도록 옷을 두껍게 입고 침대에 누워 있었다고 하니까요. 하지만 그 애는 일주일이나 거기 그냥 있었고 비쩍 말라 뼈와 거죽만 남아 있더래요. 아이 엄마가 아이를 집 안에 가두고 떠나면서, 아이에게 소리를 내지 못하도록 주의를 준 것 같았다는군요. 이웃들이 아이 소리를 듣고 그녀가 사라진 걸 알게 될까 봐서요.

데니슨 부인은 설마 여자가 자기 자식을 굶어 죽게 만들려고 했을 거라는 사실은 도무지 믿을 수 없다고 말했어요. 아마도 아이 엄마는 어린 것이 누군가를 부르거나 혹은 사람들이 들어와서 그 애를 발견할 거라고 생각했겠죠. 뭐, 그녀가 어떻게 생각했건, 아이는 거기에 죽어 있었어요.

하지만 그게 끝이 아니었죠. 그런 일들이 일어났을 때 마침 아이 아버지가 집으로 돌아왔어요. 아이는 땅에 묻혔고, 그는 제정신이 아니었어요. 그리고 아내를 뒤쫓아 그녀를 찾아내 총으로 쏴 죽였다더군요. 이 사건은 그 무렵 온통 신문을 도배했대요. 그런 뒤 그는 사라졌어요. 그 뒤로 그를 본 사람은 없어요. 데니슨 부인은 그가 자살하거나 살 길을 찾아 해외로 도피한 것 같다고 했어요. 그의 행방은 아무도 몰랐지만 사람들이 그 집에 뭔가 문제가 있다는 것은 분명히 알고 있었어요.

'우리가 처음 이곳에 왔을 때, 어떠냐고 묻는 사람들의 행동이 어딘지 이상하게 여겨지긴 했어요.' 데니슨 부인이 말했어요. '하지만 그날 밤 그 아이를 보기 전까지는 그 이유를 몰랐던 거죠.'"

여기까지 이야기를 듣고 난 뒤 두려움 가득한 눈으로 상대방을 바라보며 에머슨 부인이 말했다.

"난 지금까지 그런 이야기는 들어본 적이 없어요."

"그렇게 이야기하실 줄 알았어요." 메저브 부인이 말했다. "내가 어느 집에 이상한 점이 있다는 소리를 가볍게 들어 넘기지 않는 까닭을 이제 알겠죠?"

"네, 그래요, 그런 일을 겪었다면 당연히 그렇겠네요." 에머슨 부인이 말했다.

"그렇지만 그게 다가 아니에요." 메저브 부인이 말했다.

"그 아이를 또 보셨어요?" 에머슨 부인의 물음에 메저브 부인의 뒷이야기가 이어졌다.

"네, 그 뒤에도 몇 번이나 봤어요. 내가 예민하지 않기에 망정이었죠. 그렇지 않았다면 거기에 머물 수 없었을 거예요. 아무리 그곳을 좋아하고 그 두 부인을 생각하는 마음이 있었다고 해도요. 그들은 아름다운 여성들이었고, 단언컨대 나는 그분들을 아주 좋아했어요. 데니슨 부인이 언젠가 나를 만나러 와주길 바라고 있어요.

그곳에 머물면서 언제 그 아이와 또 마주칠지 몰랐죠. 내 물건은 항상 위층에 갖다 놓으려고 신경을 많이 썼어요. 그리고 작은 것 하나라도 정리가 필요한 물건을 내 방에 그냥 내버려 두지 않았어요. 그 아이가 내 외투나 모자, 장갑을 끌고 올라올지도 몰랐으니까요. 그리고 엄연히 방에 들어와 정리를 할 사람이 없는데 방이 정리되어 있는 걸 보게 될 수도 있었으니까요. 그 애를 보게 될까 봐 얼마나 무서웠는지 몰라요. 그 애를 보는 것보다 더 싫은 건 그 소리였어요, '엄마를 찾을 수가 없어요.' 간담을 서늘하게 만들었다니까요. 살아 있는 아이가 엄마를 찾느라 우는 소리도 그 죽은 아이가 가련하게 우는 것에는 비할 바가 아니었어요. 가슴이 정말 찢어질 것 같더라고요.

그 애는 다른 사람보다 버드 부인에게 자주 찾아와서 말했어요. 한번은 버드 부인이 그 불쌍한 어린 것이 저세상에서도 엄마를 찾지 못한 게 아닐까 하고 얘기하는 걸 들었어요. 그 애 엄마는 정말 사악한 여자였으니까요.

하지만 데니슨 부인은 그렇게 말해서도, 생각해서도 안 된다고 그녀에게 말했죠. 버드 부인은 자신의 말이 맞아도 놀라지 않을 거라고 이야기했어요. 버드 부인은 늘 좀 엉뚱한 구석이 있었거든요. 하지만 그녀는 좋은 분이었어요. 다른 사람들을 위해 일하지 못해 안달을 내는 분이었죠. 그걸로 힘을 얻어서 사셨던 분 같아요. 그분은 그 불쌍한 작은 유령을 무서워한다기보다 가엾게 여겼던 것 같아요. 살아 있는 아이에게 해 줄 수 있는 것처럼 뭔가를 해줄 수 없다는 걸 무척 가슴 아파했어요.

'가끔은 내가 죽으면 그 애의 그 끔찍한 작고 하얀 잠옷을 벗기고 새 옷을 입힐 수 있지 않을까, 그 애를 먹이고 돌보면서 엄마 찾는 걸 그만두게 할 수 있지 않을까, 생각해요.' 나는 그분이 이렇게 말하는 걸 한 번 들은 적이 있는데, 그녀는 진심이었어요. 그 말을 하면서 눈물을 흘리셨거든요. 그분이 세상을 떠나기 얼마 전 일이었지요.

이제 가장 이상했던 일을 말해야겠네요. 버드 부인은 아주 갑자기 돌아가셨어요. 어느 날 아침이었어요. 그날은 토요일이라 학교 수업이 없었고, 나는 아침을 먹으려고 아래층으로 내려갔어요. 그런데 버드 부인은 보이지 않고 데니스 부인만 있었어요. 내가 주방에 들어갔을 때 커피를 따르고 있었죠. '버드 부인은 어디 계세요?' 내가 물었어요. '애비는 오늘 아침에 몸이 안 좋대요.' 그녀가 말했어요. '내 생각엔 별일은 아닌 것 같은데, 잠을 잘 못 갔대요. 그리고 머리가 아프고 오한이 좀 난다고 했어요. 그래서 집이 좀 따뜻해질 때까지 침대에서 쉬는 게 낫겠다고 말했어요.' 그날 아침은 아주 추웠거든요.

'아무래도 감기에 걸렸나 봐요.' 내가 말했어요.

'네, 그런 것 같아요.' 데니슨 부인이 말했어요. '감기에 걸린 것 같아요. 그래도 곧 일어날 거예요. 애비는 될 수 있으면 침대에 오래 누워있지 않으려고 하는 편이거든요.'

그래서 우리끼리 아침을 먹었는데 갑자기 방 한 쪽 벽과 천장에 그림자가 스치고 지나갔어요. 누군가가 창밖으로 지나갈 때 그러기도 하잖아요. 데니슨 부인과 나는 동시에 위쪽을 올려다보고는 창밖을 봤죠. 그때 데니슨 부인이 비명을 질렀어요.

'아니, 애비가 왜 저러지!' 그녀가 말했어요. '저기, 애비가 이렇게 고약하게 추운 아침에 저기, 밖에 나가 있어요,, 그리고⋯⋯ 그리고⋯⋯.' 그녀는 말을 끝맺지 못했죠. 그녀는 아이를 본 거였어요. 우리는 함께 밖을 내다보고 있었고, 우리 평생에 가장 분명하게 봤어요. 애비 버드 부인이 하얗게 눈 쌓인 길을 아이의 손을 꼭 잡고 걸어가고 있었어요. 아이는 마치 자기 엄마를 찾은 것처럼 그녀 가까이에 꼭 붙어 있었지요.

'죽었어.' 나를 세게 움켜잡으며 데니슨 부인이 말했어요. '죽었어요, 내 동생이 죽은 거예요!'

그랬죠. 우리는 재빨리 위층으로 올라갔어요. 그녀는 침대에서 죽어 있었어요. 꿈꾸듯이 미소 짓고 있었죠. 그리고 무언가를 잡고 있는 것처럼 한쪽 팔과 손을 뻗고 있었어요. 마지막까지도 그 손을 펴 줄 수 없었어서, 장례식 때도 그 팔만 관 밖으로 삐져나와 있었죠.”

697

“그 아이를 다시 본 적이 있나요?” 에머슨 부인이 떨리는 목소리로 물었다.

“아니요.” 메저브 부인은 대답했다. “그 아이는 버드 부인과 함께 뜰 밖으로 나간 뒤로 다시는 나타나지 않았어요.”

시대를 앞선 독립적이고 인상적인 여성들의 이야기

여성 최초로 윌리엄 딘 하우얼스 메달 수상

메리 엘리너 윌킨스 프리먼Mary Eleanor Wilkins Freeman, 1852~1930은 미국의 시인이자 작가이다. 그녀는 아버지 워런 윌킨스Warren Wilkins와 어머니 엘리너 로스롭 윌킨스Eleanor Lothrop Wilkins 사이에서 두 번째 자녀로 1852년 10월 31일, 매사추세츠주, 랜돌프의 작은 마을에서 태어났다. 태어난 지 채 열 달이 되기 전에 첫 번째 자녀를 잃은 그녀의 부모는 그다음으로 태어난 메리를 애지중지하며 아낌없이 사랑했다. 메리는 예쁘고 조금 버릇이 없는 아이였다. 그녀의 부모는 딸의 건강을 염려하기도 했지만, 그녀를 키울 때 1645년 뉴잉글랜드에 정착한 조상들의 청교도적인 전통을 지키는 회중교회의 절제와 정직, 독실함과 같은 경건의 덕목을 마음에 새기는 동시에 딸이 부모와 윗사람, 선생님, 그리고 종교 지도자들에게 순종하게 하는 등 엄격하게 가르쳤다.

메리가 여섯 살 때, 세 살 아래였던 남동생이 죽었다. 그 후로 유일하게 살아남은 형제는 그녀보다 일곱 살 어린 여동생 애나뿐이었다. 애나는 열일곱에 세상을 떠났고 그 죽음은 길을 잃거나 버려진 아이가 나오는 프리먼의 유령 이야기들의 중요한 주제 가운데 하나가 되었다. 이것은 특히 가슴 아픈 프리먼의 단편 소설 〈길 잃은 유령The Lost Ghost〉에서 드러난다.

그녀가 자란 랜돌프라는 지역은 뉴잉글랜드의 특징이 두드러진 곳이었다. 사람들은 칼뱅주의 교회를 중심으로 생활했으며, 큰 농업 사회가 형성된 마을로 인종과 문화면에서 서로 같은 배경을 가지고 있었다. 이곳은 프리먼의 여러 후기 작품들의 무대가 되기도 했으며, 프리먼과 메리 존 웨일스 Mary John Wales의 우정이 시작된 곳이기도 하다. 메리 존은 프리먼의 몇 안 되는 친구들 가운데 하나였다. 그들의 깊은 우정과 사랑은 1914년 메리 존이 세상을 떠날 때까지 이어진다. 사실 웨일스의 집은 프리먼이 40대 때 찰스 프리먼과 짧은 별거를 했을 당시 피난처로 삼은 곳이기도 하다.

프리먼의 아버지, 워런은 남북전쟁 뒤의 불경기가 그의 가족을 부양할 능력에 영향을 끼치기 전까지는 목수와 건축업자로 일했다. 그는 오랫동안 명망을 이어 온 세일럼 가문 출신이었다. 프리먼의 조상들 가운데 그녀의 아버지 쪽은 호손 가문과도 연관성을 가지고 있다. 그녀 가족의 혈통은 17세기 세일럼의 마녀 재판과의 관련으로 특징지을 수도 있다. 프리먼은 뉴잉글랜드의 소지주, 자일스 코리 Giles Corey에게 일어났던 마녀 박해를 다룬 희곡을 쓰기도 했다. 프리먼의 어머니인 엘리너 로스롭 또한 뉴잉글랜드 정착민의 후손이었다. 그렇지만 남편처럼 집안 배경이 유명하지는 않았다. 그녀의 가족은 1640년대부터 뉴잉글랜드에서 살았다.

윌킨스 가족은 정통파 회중교회의 교인으로 안식일을 엄격하게 지켰다. 칼뱅주의의 가르침을 통한 이해로서, 그리고 교회 교리 안에서 일요일은 성경의 가르침이 가장 충만한 날이었다. 그리고 아이들과 어른들이 그들의 매일의 삶에 성서와 교리를 적용하는 법을 배우는 날이기도 했다. 프리먼의 사고방식은 이러한 것들에 깊은 영향을 받았다. 비록 나중에 그녀는 믿음의 투쟁을 하기도 하지만 적어도 가족들의 신학이 그녀의 개인적 감정들과 깊이 관련되어 있었고, 믿음과 선함이 어느 정도 세상의 물질적 성공과 관련되어 있음을 배웠을 것이다. 프리먼의 집에서는 언제나 가난한 사람들의 빈곤은 죄에 대한 형벌로 여겨졌다.

1867년, 프리먼이 아직 초등학생일 때, 그녀의 가족은 경제적으로 어려워졌기 때문에 랜돌프에서 이사를 가야만 했다. 버몬트주의 브래틀보로에서 워런 윌킨스는 조지프 스틴Joseph Steen이 경영하던 책방 옆에 포목점을 열게 된다. 브래틀보로로의 이사는 그녀가 작가로서 활동하게 될 미래의 경력에 아주 큰 영향을 주게 된다. 고등학교 수업이 끝나고 오후가 되면 스틴의 책방에서 몇 시간씩 책을 읽으며 시간을 보냈기 때문이다. 문학에 대한 프리먼의 사랑은 뒷날 그녀가 글쓰기를 시도하는 데 많은 용기를 주고 밑거름이 되었다.

그리고 프리먼이 처음으로 정신적 공포를 맛보고, 고딕 소설을 쓸 수 있었던 계기가 마련된 것도 브래틀보로에서였다. 윌킨스가 살았던 작은 집에서 36미터 정도밖에 떨어지지 않은 곳에는 버몬트 정신병원인 마쉬 빌딩이 있었다. 낮 동안은 정신병원의 많은 환자들이 동네를 자유롭게 활보하고 다니는 것이 허락되었고 그 가운데 몇몇은 윌킨스 집 앞의 계단에까지 오곤 했다. 비록 프리먼은 훗날 그녀가 사람들을 특별히 좋아하지는 않는다고 주장했지만, 이런 환경으로 인해 인간의 성격, 동기, 감정을 분석하는 것에 익숙해졌을 것으로 보인다. 프리먼은 문학작품과 정신이상적인 요소를 포함한 그녀의 주변 세계를 구성하는 사람들을 보며 인간을 연구했다.

1870년 고등학교를 졸업하고, 프리먼은 마운트 홀리요크 여자 신학교Mount Holyoke Female Seminary에 들어갔다. 마운트 홀리요크에서의 열성적인 종교적 가르침은 프리먼에게는 지나치게 강렬한 것이었다. 학교의 목적은 "학생들의 종교적 민감함을 더욱 길러서 (중략) 이전에 그러한 경험을 가지지 못했던 모든 여성들이 바뀌어 가는 것"이었다. 프리먼에게 이러한 엄격한 학습 환경은 숨이 막히는 것이었다. 그녀는 1년 동안 그곳에서 배웠고, 신학교에 다니던 기간을 이렇게 적고 있다.

"나는 아주 어렸다. (중략) 그리고 연말에 신경쇠약에 걸려 집에 가게 되었을 때, 나는 모든 것이 어느 정도 혼란스러웠던 것 같다. 내가 확신하는 것은 온갖 방법으로 요리된 너무 많은 소고기와 구운 사과들을 먹었다는 것이다. 그래서 그 후로는 그것들을 그렇게 좋아하지 않게 되었다. 나는 왜 그들이 그토록 우리의 젊은 도덕심을 경계했는지 종종 궁금해진다. 그리고 음식 메뉴를 다양하게 해 주지 않은 이유도 궁금했다. 내가 기억하기로는 마운트 홀리요크에서 예의 바르게 행동한 것 같지 않다. 그리고 나는 그것을 단조로운 식사와 너무 심한 양심의 가책 탓으로 돌렸다."

프리먼은 호스포드 글렌우드 신학교Mrs. Hosford's Glenwood Seminary에서 공부를 이어갔다. 그녀는 이후 미스 소여 여학교Miss Sawyer's School for Girls에서 선생님으로도 일했지만, 그 기간은 짧았고 성공적이지도 못했다. 그리고 예술가가 되기 위한 도전도 해 보았지만 마찬가지로 성과 없는 시도에 그치고 말았다. 그래서 프리먼은 글을 쓰기 시작했다. 그녀의 첫 작품은 종교적인 시였고, 출판되지는 못했다. 그러나 프리먼은 그것을 아버지와 버몬트 성직자들에게 보였다. 그들 모두로부터 긍정적인 반응을 얻은 것에 힘입은 그녀는 《폴 리버 매거진 Fall River Magazine》에 동시를 써 보냈다. 그 글은 출판되었지만 돈을 받지는 못했다. 편집자로부터 칭찬과 격려를 받은 프리먼은 창작에 더욱 박차를 가했다.

1873년, 아버지의 사업 실패로 프리먼과 가족은 랜돌프로 돌아왔다. 이때 그녀는 핸슨 타일러 Hanson Tyler를 향한 불 같은 사랑에 빠졌다. 그는 해군 소위로 쿠바 아바나에서 휴가차 집에 와 있었다. 불행하게도 타일러는 프리먼의 깊은 사랑의 감정에 답하지 않았다. 그녀는 죽을 때까지 타일러의 사진을 간직한 채, 평생 그와의 추억을 떠올렸다. 프리먼의 소설에 등장하는 미혼 여성의 이야기는 타일러를 향한 그녀의 짝사랑의 마음이 반영된 것이며 일부일처제 관계에 헌신하려는 남자들의 망설임 문제를 다루게 된 계기가 되기도 했다.

1877년 프리먼의 여동생 애나가 죽기 전 해에 가족의 경제적 지위가 계속 나빠지면서 프리먼의 가족은 핸슨 타일러 부모의 집으로 들어가게 되었다. 핸슨의 아버지, 토머스 픽먼 타일러 Thomas Pickman Tyler 목사는 프리먼의 어머니가 가정부로 일하고, 그녀의 아버지가 잔디밭 일을 하는 조건으로 가족이 살 수 있도록 허락해 주었다. 가난이 죄에 대한 하느님의 직접적인 벌이라고 믿는 엄격한 칼뱅주의자인 워런에게 이런 상황은 특별히 어려운 일이었다. 뒷날 프리먼의 작품에서 그녀의 많은 소설 주인공들은 그들에게 닥칠 수 있는 최악의 불명예에 굴복하는 모습을 보여준다. 그리고 이 일은 프리먼에게 더욱 모멸감이 드는 경험이었다. 타일러를 사랑했지만 그가 그녀 가족의 경제 상황을 낱낱이 알고 있었다는 것이 사실이었기 때문이었다.

1880년에 프리먼의 어머니가 53세의 이른 나이로 갑자기 예상치 못한 죽음을 맞았다. 그래서 프리먼과 아버지는 타일러의 집을 강제로 떠나야 하는 상황이 되었다. 프리먼은 글쓰기를 계속해서 아버지를 부양했다. 그로부터 1년 뒤 그녀는 처음으로 출판에 성공해 작품으로 돈을 받게 되었다. 《와이드 어웨이크Wide Awake》라는 어린이 잡지에 실린 발라드 작품, 〈거지 왕The Begger King〉이 그것이었다. 그녀는 그 작품으로 10달러를 받았고 동시 작가로서의 일이 번창하기 시작했다. 그녀가 쓴 몇 권의 아동서적들에 더해 동시들과 산문들이 아이들을 위해 출판되기 시작했다. 1882년에 프리먼은 그 무렵 모든 아동 잡지 가운데 가장 널리 읽혔던 《성 니콜라스St. Nicholas》의 정규 기고자가 되었다.

프리먼은 그녀의 저작 지평을 넓혀가기 시작했다. 그리고 1882년, 어른들을 위한 이야기, 〈그림자 가족The Shadow Family〉을 써서 《보스턴 선데이 버짓Boston Sunday Budget》으로부터 50달러의 상금을 받는다. 이어서 그녀는 1883년, 〈오래된 두 연인Two Old Lovers〉을 썼다. 이 단편 소설은 나중에 그녀의 첫 작품집, 《변변찮은 로맨스와 다른 이야기들A Humble Romance and Other Stories, 1887》에 포함된다.

프리먼은 〈오래된 두 연인〉 원고를 《하퍼스 바자Harper's Bazaar》에 보냈다. 하퍼스의 편집자였던 메리 루이즈 부스Mary Louise Booth는 원고를 출판하기로 했고 프리먼의 가장 좋은 친구이자 문학적 조언자가 되었다. 1887년에 프리먼의 책, 《변변찮은 로맨스와 다른 이야기들》이 출판되었고, 이어서 1891년에 《뉴잉글랜드 수녀와 다른 이야기들A New England Nun and Other Stories, 1891》이, 1894년에 그녀의 가장 훌륭한 작품이라 할 수 있는 《펨브룩Pembroke》이 출판되었다. 사람들이 찬사를 모으고 문학적 추종자들이 생기면서 프리먼의 창작열은 더해갔다.

그러나 프리먼의 아버지는 1883년에 생을 마감하여 이 기쁨을 함께 누리지 못했다. 그녀는 랜돌프로 돌아가 어릴 적 친구 메리 웨일스의 농장에서 살게 된다. 그곳, 호젓한 웨일스 집의 2층 방에서 그녀는 20년 가까이 살게 되는데 친구 메리는 그녀를 밤낮으로 보살펴 줬다. 집안일이나 밤의 악몽에서 벗어나 그녀는 이야기들과 소설을 지속적으로 써 나갈 수 있었고, 하루에 10시간은 일에 쏟을 수 있었다. 나중에 그녀는 글쓰기에 대해 이렇게 말했다. "몹시 어려운 작업이에요. (중략) 일하는 사람이든 그렇지 않든 아무도 작가를 노동자라고 생각하지 않지만요."

프리먼의 작품에 등장하는 여성들은 오랫동안 잃어버린 연인이 돌아오길 기다리거나 또는 결혼을 기다리거나 하는데, 그 실제 대상이라고도 할 수 있는 핸슨 타일러를 그리워하고 그와의 사랑을 꿈꾸며 몇 년이라는 시간을 보낸 뒤에 1892년, 그녀는 타일러가 캘리포니아에 있는 누군가와 결혼했다는 사실을 알게 된다. 같은 해, 뉴욕 여행 중에 프리먼은 8년 뒤에 그녀와 결혼하는, 술고래에 방탕하며 말 애호가였던 의사 찰스 프리먼을 만난다. 메리와 찰스는 가까운 관계로 발전하는데 그녀는 문학에 대한 그의 지식과 취향, 지적인 세계에서의 그의 위치를 존중했다. 이미 40대 중반으로 그 시대 사람들이 보기에도 노처녀였던 프리먼에게 찰스 프리먼의 등장은 완벽한 것이었다. 1897년 그들은 약혼했고, 그것은 그들의 동료와 친구들이 놀랄 만한 일은 아니었다.

그들이 약혼하고 1년 만에 프리먼이 결혼을 취소하는 일이 있었다. 그녀에게 정서적, 정신적으로 혼란스러운 시기였고 그녀는 자면서 심한 악몽에 시달리기도 했다. 웨일스 가족들과 함께 지내면서 그녀는 반드시 누군가와 함께 자야만 했다. 그래야만 잠을 방해하는 무시무시한 꿈으로부터 프리먼이 벗어날 수 있었다. 상황이 나빠지자, 그녀는 많은 양의 진정제에 기댈 수밖에 없었고 얼마쯤 그것에 중독되어 버렸다. 이 중독은 그녀의 남은 평생 동안 따라다닌다. 이 시기에 그녀는 결코 완성되지 않을 것 같은 이야기의 파편들을 썼다. 자기 영혼의 상태에 대해 고민하는 결혼하지 않은 여성 제인 레녹스Jane Lennox에 관한 이야기였다. 이 시기 프리먼의 삶과 이 단편적 이야기에 대한 많은 추측들이 있지만 레아 블랫 글래서Leah Blatt Glasser는 "독신 여성의 삶에서의 분노, 공포, 환멸" 등으로 정의 내렸다. 프리먼은 마침내 1902년 새해 첫날, 찰스와 결혼한다. 그리고 그들은 뉴저지주, 메투첸에 그들의 집을 마련했다. 그러나 그것은 결국 떠들썩하기만 하고 행복하지 못한 결합이 되고 만다. 찰스는 알코올 중독자였다. 그리고 프리먼이 해야 하는 다른 일들이 있음에도 저작 활동을 계속하도록 그녀를 압박했다. 결혼 뒤, 그녀가 하는 일의 양은 줄지 않았지만 질은 떨어졌다. 전하는 바에 따르면 이 시기 동안 프리먼은 동시에 두 개의 이야기를 한 번에 작업하기도 했다.

찰스의 음주문제가 위험한 지경에 이르자, 프리먼은 그를 뉴저지 주립 정신병원에 입원시켰다. 1922년 둘은 법적으로 헤어졌고, 1923년 찰스가 세상을 떠났다. 그리고 한때 그가 사랑했던 아내에게도 유언을 남겼는데, 그 유언은 그녀에게 1달러를 남긴다는 것이었다. 이 유언 때문에 프리먼과 찰스의 여동생들 사이에 다툼이 있었는데, 그녀는 결국 찰스의 재산에 대한 소유권을 포기해버렸다.

이즈음 프리먼은 70대였고, 작품 활동은 거의 모두 포기한 상태였다. 그러나 문학계에 대한 그녀의 공헌이 1920년대에 인정받기 시작했고 경제적 성공도 거두었다. 1926년 4월 23일, 그녀는 여성 최초로 미국문화예술아카데미에서 5년에 한 번 그 시기에 가장 뛰어난 미국 소설가에게 수여하는 윌리엄 딘 하우얼스 메달William Dean Howells Medal을 받았다. 상을 수여하는 자리에서 그녀의 작품은 "뉴잉글랜드의 삶에 대한 독보적인 기록"으로 평가받았다. 같은 해 11월에 프리먼은 애그니스 레플리어Agnes Repplier, 마거릿 딜란드Margaret Deland, 그리고 이디스 워튼Edith Wharton과 함께 최초로 국립예술문학원의 네 명의 여성으로 선출되었다.

죽기 전에 프리먼은 랜돌프와 브래틀보로를 다시 방문하고 자신의 인생을 돌아보았다. 그녀는 핸슨 타일러에 대한 그녀의 사랑을 자주 말하고는 했다. "만일 다음 세상이 있다면 그는 또다시 만나고 싶은 그런 사람이에요." 랜돌프에서 그녀는 할아버지 집 근처의 호숫가 둑 위에 서서 거기서 보낸 자신의 어린 시절과 그녀에게 평생 위로가 되어 주었던 친구 메리 존 웨일스를 회상했다. 프리먼은 메투첸으로 돌아왔고 1930년 3월 15일 저녁, 그곳에서 심장마비로 죽음을 맞이했다. 그리고 뉴저지주, 플레인필드에 있는 힐사이드 묘지에 묻혔다.

뉴잉글랜드 그리고 청교도

프리먼이 평생 자신의 작품 배경으로 삼았던 뉴잉글랜드는 영국 청교도들의 이민으로 시작되어 미국의 식민지 독립과 노예 해방, 산업 혁명 등이 일어난 중요한 지역이다. 이러한 역사적 사실들은 프리먼의 작품 속에 고스란히 녹아난다.

뉴잉글랜드 지역은 미국 북동부지역에 위치한 코네티컷주, 메인주, 매사추세츠주, 뉴햄프셔주, 로드아일랜드주, 버몬트주까지 총 여섯 개의 주로 구성되어 있다.

해안에 인접한 구릉성 산지 지형이 대부분이고 북쪽으로 캐나다, 서쪽으로 뉴욕주와 인접한다. 이곳은 농지가 부족하고 농업에 적절하지 않은 자연환경으로 말미암아, 섬유와 금속공업이 발달했다.

1620년, 영국에서 이주한 첫 이민자들이 뉴잉글랜드에 정착해 플리머스 식민지Plymouth Colony를 형성했다. 1620년 102명의 영국 청교도Puritan들이 메이플라워호를 타고 매사추세츠의 플리머스 식민지에 정착했는데 이 영국인들을 흔히 순례자를 뜻하는 필그림Pilgrim이라 부른다. 1820년 대니얼 웹스터Daniel Webster, 1782~1852가 미국 정착 200주년 기념 연설에서 이들을 '필그림'이라 부른 이래, 뉴잉글랜드에 이주해 살던 애국 시민을 뜻하는 대명사가 되었다. 그 뜻 그대로 뉴잉글랜드는 종교 박해를 피해 영국에서 이주해 온 경건한 청교도 이주자들이 많이 모여 영국의 농업식민지를 개척한 곳이다.

10년 후에 청교도인들이 플리머스 식민지 북쪽의 보스턴에 정착해 매사추세츠만 식민지Massachusetts Bay Colony를 형성한다. 이후 126년 동안 뉴잉글랜드는 4차례에 걸친 프렌치 인디언 전쟁[1]을

---

1) French and Indian War : 북아메리카 대륙에서 아메리카 원주민 영토를 두고 영국과 프랑스가 벌인 식민지 쟁탈 전쟁. 영국 입장에서 볼 때 프랑스가 아메리카 원주민과 동맹을 맺었다고 해서 프렌치 인디언 전쟁이라고 불렀다.

치른다. 이 전쟁은 영국의 승리로 끝이 난다.

　18세기 초에 뉴잉글랜드는 그들의 동의 없이 새로운 세금을 부과하려는 영국 의회에 대항한다. 보스턴 차 사건$^{\text{Boston Tea Party}}$은 매사추세츠의 독립성을 빼앗는 영국의 처벌적 법안에 강력히 반대했다. 이 사건을 계기로 1775년 미국 독립 전쟁이 일어나게 되었고 1776년 독립 선언에 이른다.

　뉴잉글랜드는 미국의 문학, 철학, 그리고 교육 변화 운동이 시작된 곳이었고 노예 해방 운동에 주도적인 역할을 했으며 미국에서 산업 혁명으로 가장 먼저 변화된 지역이다. 오늘날에도 뉴잉글랜드는 교육, 첨단 과학기술, 보험, 의약의 세계적인 중심이다. 특히 보스턴은 뉴잉글랜드의 문화, 금융, 교육, 의학, 교통의 중심지로 꼽힌다.

　이 지역은 일찍부터 주민들의 사회 경제적인 지위가 높았고, 교육 제도가 발달한 덕분에 미국 정신문화의 발달을 이끌어 왔는데, 초기 이민자들은 그들이 바라던 이상을 실현하고자 교육에 집중했다. 이민 초창기부터 매사추세츠 식민지에서는 동네에 50가족이 정착하면 초등학교를 세웠고, 100가족 이상의 거주지에는 고등학교를 설치하도록 했다. 이런 이유로 지금도 명문 사립 기숙학교들이 많이 남아있다. 또한 상류층 거주 지역에는 일찍부터 대학교육이 시작되었다. 이민이 정착한 지 6년 뒤인 1636년에 건립된 보스턴의 하버드대학, 그리고 1701년 설립된 예일대학 등을 중심으로 목사, 변호사, 공무원이 양성되었다. 청교도들이 지향하던 시대적 요청과 신앙적 이상을 실현하는 데 필요한 유능한 인재 배출이 목적이었다.

　그러나 이민 초창기의 미국 뉴잉글랜드 농가는 대가족이 통나무집에서 살았고, 대부분을 차지하던 잉글랜드계 여성들의 사회적 위치는 낮았다. 이들은 종교와 사회적 지위가 비슷한 주변 사람들과 중매결혼을 했다. 이 시대 여성들의 정체성은 결혼 후 건강한 아이를 출산하고 양육하며 남편을 지원하는 것이었다. 여성은 가족의 자산에 대한 권리를 주장할 수 없었고, 정치 참여 또한 허락되지 않았다. 아들이 결혼하면 아버지가 땅, 가축 또는 농기구를 선물했고, 딸은 가구, 농장의 동물 또는 현금을 받았다. 18세기의 보고서에 따르면, 여성은 보통 20대 초에 결혼해, 6명에서 8명의 아이들을 낳았고 아이들 대부분은 성인으로 성장했다고 한다. 초기 이민자 농가의 여성들은 양털실을 뽑아 스웨터와 스타킹을 뜨개질했으며 의복 대부분은 자기들의 집에서 직접 만들어 입었다. 여성들은 초와 비누를 만들고, 직접 짠 우유로 버터를 만드는 등, 가정에 필요한 물자들을 자급자족했다고 한다.

뉴잉글랜드의 중산층은 지금도 경건한 신앙심, 기업가 정신이 강하고 애국심도 높고, 대체로 보수 성향을 띠고 있다. 주민들의 정치 참여 또한 높다.

17세기 말 무렵, 뉴잉글랜드 식민지의 가족과 공동체에서 당시 엘리트 청교도 가정 내 가장의 역할은 권위적이고 억압적이었다기보다는, 온화한 남편이자 자녀 교육과 결혼 문제 등에 깊이 관여하는 자상한 아버지의 역할이었다. 청교도 가정은 구성원 간의 '애정과 의무'에 토대를 두었다. 그러나 청교도 가정에서의 부부 간 그리고 부모 자식 사이의 관계는 친밀하고 사적인 상호 애정보다는, 아내가 남편에게 복종하고 자녀는 부모의 가르침을 따라야 하는 가부장 문화에 가까웠다. 또한 청교도 가정은 공동체의 규범과 가치체계의 영향을 받았으며, 특히 이웃들의 상호감시망은 개인의 행동을 크게 제약했다. 청교도에게 사회는 개인들 간의 책임과 의무의 망으로 구축된 것이 아니라 신과의 성약을 실천하는 공동체 구성원 간의 계약관계에 토대를 둔 것이었다. 즉 종교는 뉴잉글랜드 식민지의 가족 및 공동체 문화를 지배하는 주된 요인이었다. 어린이들의 높은 사망률, 가족기도와 찬송 의무, 교육이나 도제수업을 위해 어린 나이에 집을 떠나야 하는 관습, 자식의 의무수행을 조건으로 한 재산상속, 높은 성 범죄율, 노동과 검약의 중시, 음주가무와 카드놀이의 금지, 마을 구성원 간의 상호감시, 엄격한 교회회원 가입절차 등은 가정이나 공동체에서의 청교도들의 삶이 편안한 일상의 기쁨과 여유를 누리는 것과는 거리가 있었음을 짐작케 한다. 최근의 연구들이 청교도의 인간적인 면모를 부각시키는 데 얼마쯤 성공했을지 모르나, 종교나 사회 규범에 따른 큰 제약이 없었던 버지니아 등의 식민지와 견주어 청교도 사회에서의 도덕과 신앙의 역할은 여전히 두드러졌던 것으로 보인다.

식민지 뉴잉글랜드는 영국으로부터 독립할 때까지 정치와 교회가 분리되지 않았으므로, 교회가 종교행사뿐만 아니라 마을의 정치와 집회의 공간이 되었다. 지도자들은 매사추세츠 식민지는 사랑으로 묶인 종교 공동체이며, 여기에서는 기쁨과 슬픔, 노동과 고통을 모두가 함께하자고 했다. 이들은 로마 가톨릭이나 영국 성공회의 중앙집중식 교회 체제보다는 체제와 신앙생활 규범 및 일상 규칙을 신자들 상호 간의 계약으로 결정해야 한다고 생각했다. 교회의 조직과 일, 성직자, 장로, 집사 등의 선출을 구성원이 결정하는 '회중會衆교회Congregational Church'가 조직된 것이다. 식민지 정부는 교회와 서로 협조하며 행정체제를 만들어 갔다. 식민지 정부는 자유인 신분에게만 재산소유권을 인정했고, 재산소유권자만 교회의 정회원이 될 수 있도록 했다. 자유인이 되려면 교회의 정회원이어야 했고, 비로소 평온한 삶을 살 수 있었다. 교회가 신앙 및 세속 공동체의 중심이 되었다. 그러나 신분제도와 재산권은 하느님이 정해 준 질서라고 믿었고, 신분에 따른 격차는 마땅하다고 생각했다. 영국에서 경제적, 사회적 지위가 있던 상류계층은 이곳에 와서도 여전히 특권을 누렸다. 서민들은 식민지의 토지가 평등하게 나눠져야 한다고 했으나, 상류층은 효율적인 토지 이용을 위해 투자 능력에 따라 차등 배분해야 한다고 주장했다. 상류층들은 그들의 주장대로 1인당 약 200에이커의 땅을 분양받았으나, 서민들은 30에이커 이하를 받았다.

이주지에서는 청교도 남성들만이 식민회사의 독점적인 주주가 되었고, 참정권을 얻었다. 이를 반대하던 사람들은 매사추세츠 식민지에서 쫓겨나 다른 식민지로 떠나야만 했다. 그 무렵 뉴햄프셔, 버몬트, 메인 지역에도 식민지가 들어섰는데, 영국의 제임스왕은 이 지역을 통틀어 새로운 영국이란 뜻의 '뉴잉글랜드'라 명명했다.

시대를 넘어서는 강력한 보편성

40여 년 동안의 작품 활동 기간 가운데 프리먼은 영화 시나리오 1개, 연극대본 3개, 시집 3권, 소설 14권, 단편 소설집 22권, 그리고 70편의 짧은 이야기들과 산문 에세이를 썼다.

프리먼은 특히 미국의 남북전쟁이 끝나고 세기가 바뀐 사이에 활동한 뉴잉글랜드 지역의 여성 작가들 가운데 한 사람으로 잘 알려져 있다. 프리먼의 많은 작품들 가운데 널리 알려진 것은 단연 단편 소설들로, 잡지를 통해 많은 독자들이 읽고 즐겼다. 그 작품들은 뉴잉글랜드 시골에서 찾을 수 있는 기이한 캐릭터들의 유머러스함과 현실적인 묘사를 담고 있다.

프리먼은 10대 시절부터 부모를 돕고자 아이들을 위한 이야기나 산문을 썼고 빨리 성공한 편이었다. 그녀가 첫 번째로 돈을 받고 출판한 것은 아동 잡지에 실린 동시였다. 1881년, 프리먼이 스물여덟 살 때의 일이었다.

단편 작가로서의 프리먼의 경력은 1881년 〈유령가족The Ghost Family〉이 콘테스트에 당선하면서 시작되었다. 1882년에는 아동 잡지를 통해 많은 이야기들과 시들을 출판했다. 그리고 첫 성인 문학 작품으로 《보스턴 선데이 버짓》에서 상을 타기도 했다. 《하퍼스 바자》는 프리먼의 단편 소설 〈오래된 두 연인〉을 1882년에 받아주었고 이어지는 몇 년 동안 그녀는 아이들을 위한 이야기와 시를 모은 작품집과 단편 소설들을 《하퍼스 뉴 먼슬리Harper's New Monthly》와 《하퍼스 바자》를 통해 출판한다. 1887년은 프리먼의 초기 경력에 아주 큰 성과가 있었던 해였다. 그해에 《변변찮은 로맨스와 다른 이야기들》이 출판되었기 때문이다.

이것은 그녀의 첫 주요 출판물이었을 뿐만 아니라, 프리먼의 작품에 아주 중요한 주제를 보여주는 것이었다. 엄마와 딸, 또는 이와 비슷한 정도로 강도가 높은 여성들 사이의 유대관계를 그렸다.

초자연적인 현상도 프리먼의 관심을 끌었고, 그 결과 많은 단편소설들이 탄생했다. 그것들은 가정의 현실주의와 초현실주의를 결합한 것으로 대단히 영향력이 컸다.

그녀를 유명하게 만든 작품들은 그녀가 랜돌프에 살 때 쓴 1880년대와 1890년대의 것들로, 가장 잘 알려진 작품집은 《변변 찮은 로맨스와 다른 이야기들》과 《뉴잉글랜드 수녀와 다른 이야기들》이다. 그녀의 이야기들은 거의 뉴잉글랜드에서의 삶을 다뤘다. 장편 《펨브룩》도 유명한데 이 작품은 1830년대와 1840년대 메사추세츠 펨브룩이라는 작은 마을을 배경으로 정치적 논쟁과 로맨스가 틀어지면서 시작한다. 그리고 12명의 작가가 공동 집필한 《모든 가족The Whole Family, 1908》에서도 프리먼은 눈에 띄는 작업을 했다.

프리먼의 단편은 오페라로도 각색되었다. 스티븐 파울루스Stephen Paulus가 작곡한 1막 오페라 〈마을의 성가대원The Village Singer〉이 그것이다. 이 작품은 1979년에 세인트 루이스 오페라 극장Opera Theater of Saint Louis에서 초연되었다.

프리먼은 동화와 동시, 그리고 아이들을 위한 짧은 이야기들을 포함한 여러 장르를 집필하면서 전형적이지 않은 방법으로 작업을 했다. 예컨대, 그녀는 이야기 속 여성 인물들을 만들 때 약하고 도움이 필요한, 문학에서 흔히 쓰던 그러한 비유를 거부했다. 〈뉴잉글랜드 수녀A New England Nun〉의 주인공 루이자와 같은 이야기 속 인물들을 통해 프리먼은 여성의 역할, 가치, 사회 속에서의 관계 등에 대한 그 무렵의 생각에 맞서기도 했다. 또 다른 단편 〈엄마의 반란The Revolt of "Mother"〉은 농촌 여성으로서, 그리고 가족 내의 역할 안에서 투쟁하는 엄마의 모습을 그리고 있다. 〈엄마의 반란〉 때문에 농촌 여성의 권리에 대한 논의가 시작되었고, 다른 작품들 또한 가정 경제에 대한 농촌 여성들의 통제력

부족과 20세기 초 농촌 가족들의 구조 개선에 관한 논의를 북돋게 되었다.

　때때로 유머와 역설이 미묘하게 담긴 딱딱하고 객관적인 방법으로 서술되기도 했지만, 프리먼의 이야기들은 어느 정도 예외적인 사람들, 예컨대 가난하거나 장애를 가진 사람들을 구속하는 상황들과 그들의 상황에 여러 방법으로 맞서는 반응들을 다루고 있으며 그러한 이들의 성격을 빼어나게 묘사하고 있다. 뉴잉글랜드 지역의 마을과 시골을 작품 배경과 대화 장소로 삼은 프리먼의 이야기들은 지역 색 운동the local colour movement에 속하며, 그녀의 작품은 그러한 경향에서 널리 읽히고 사랑받았다.

　1960년대부터, 프리먼의 작품은 새로운 관심 아래 주목받기 시작했다. 특히, 여성주의적 관점으로 그녀의 작품은 재평가 받았다. 많은 비평가들이 "프리먼의 작품 속 여성들은 결혼했든, 하지 않았든 불합리하지만 우위를 차지하는 남성들의 요구에 직면했을 때, 그들이 지닌 잠재성을 모아서 남성들에게 예상 밖의 힘을 발휘하며 인상적인 독립 정신을 드러낸다."고 평가했다.

　마찬가지로 경제적으로 허덕이는 마을에 발이 묶인 이 여성들은 그들 스스로 삶은 결혼, 출산 그리고 양육, 또는 가부장적인 가정 안에서 아내나 가정주부의 역할에만 의존하면 안된다는 것을 알고 있었다. 프리먼 작품의 주요 주제들은 그녀의 삶 자체의 문제들을 다루는 것이었다. 여성의 내적 성소聖所, 청교도주의, 그녀의 정신 속에 있는 종교와 그 영향, 가난과 수모, 결혼, 그리고 고향 뉴잉글랜드의 역사와 아름다운 자연에 기초한 초자연적 신비주의 등이 그것이었다.

　한편 미국 고딕 소설의 전통에서 프리먼의 공헌은 19세기 뉴잉글랜드 여성들의 삶을 탐구했던 진보적인 페미니스트 성향의 작품들만큼 중요하다. 비록 그녀가 뉴잉글랜드 지역주의자로 여겨지기는 하지만 그녀의 작품은 강력한 보편성도 지니고 있다. 여성 문제에 관한 강력한 주제들에 더해 유령 이야기를 다룬 작품들은 "종종 침묵당하거나 평가 절하되어 사회, 경제, 개인적으로 압박을 당하는 여성들에 대한 간접적인 검토의 의미에서" 무시되어서는 안 될 것들이다.

여성의 가치를 또렷하게 보여주다

프리먼의 여러 이야기들을 살펴보면, 그 무대가 되는 장소는 주로 집 안이라는 것을 알 수 있다. 프리먼은 사적인 공간과 공동의 공적인 공간을 분리했다. 그녀는 작품을 통해 독립의 문제와 자기 정의의 부분으로서 의지의 발생을 발달시키는 것을 소개한다. 종종 프리먼의 이야기에서 그 무대는 등장인물이 공동체 또는 더욱 큰 세계에 대해 묵상하는 장소가 되기도 한다. 그리고 독자들을 그 영역 안으로 끌어들여, 그녀는 우리의 시선을 집중하게 만든다. 그래서 독자도 사적 영역과 그 안에 사는 여성들의 가치를 볼 수 있는 것이다.

때때로 프리먼 작품 속의 인물들은 결혼이나 집 밖의 일을 통해 행복을 찾는다. 그러나 그들은 아직 "여성의 영역" 안에 있다. 〈변변찮은 로맨스A Humble Romance, 1884〉의 제이크는 양철 장수다. 헌 옷을 양철 그릇으로 바꿔주는 일로 생계를 이어간다. 여성들의 문화 속에서 장사를 하는 것이다. 어느 집에 들렀을 때, 그는 한 소녀가 설거지를 하는 모습을 보고 집 안으로 들어가 그녀에게 말을 건다. 그는 그렇게 하는 것이 아주 자연스럽다. 왜냐하면

장사를 잘 하기 위해 공적인, 그리고 사적인 영역 모두에 쉽게 관여하기 때문이다. 그는 발을 헛디디거나 접시를 깨지도 않는다. 그는 그 영역을 쉽게 넘나든다. 남자로서 그는 무언가를 약탈하거나 〈뉴잉글랜드 수녀〉의 조 다겟처럼 실수하지 않고 여자들의 공동체에 참여한다. 소녀 샐리는 고아로, 몇 년 전에 가정부로 맡겨져서 일하고 있어서 다른 여자의 공간에 있는 부속물 같은 존재이다. 그런데 그런 샐리는 집 밖에서 성공적으로 장사를 해 내는 예외적인 인물이다. 제이크는 개인적인 일로 그녀를 혼자 두고 떠나고, 그녀는 힘들지만 제이크가 자신에게 남긴 말과 마차를 팔아 그가 돌아올 때까지 그 돈으로 지내라는 그의 명령을 따르지 않는다. 그는 샐리를 돌봐주려고 하지만 그녀 스스로 자신은 소극적으로 돌봄을 받을 필요가 없음을 깨닫는다. 샐리는 제이크의 사업을 물려받아 계속 운영하기로 결정한다. 그녀는 바느질 도구와 다른 잡화들까지 취급하며 이윤을 늘리기까지 한다. 여성의 영역에서 장사했던 남성 제이크보다 여성 자신인 샐리가 더욱 잘 알고 있었기 때문이다. 그녀는 남편이 자신의 곁을 떠난 동안 잡화들을 성공적으로 팔고 다닌다. 그러나 그녀는 의심하는 상인들과 고객들에게 제이크에 대한 믿음으로만 장사를 이어가고 있다고 조심스럽게 설명한다. 그녀는 그 없이는 독립 또는 성공하고자 하는 열망이 없다. 프리먼 이야기의 여자들은 집 밖에서 훌륭히 생계를 꾸려 나갈 때에도 남성과 동등한 자격으로 공적 영역에 들어가거나 남성의 역할을 빼앗거나 하지 않는다.

대표작 가운데 하나로 꼽히는 〈엄마의 반란The Revolt of "Mother", 1890〉은 비록 프리먼이 나중에 이의를 제기하기는 했지만 그녀에게 중요한 이야기이다. 먼저 "엄마"는 새로 지은 큰 외양간으로 집을 옮기면서 가정에서 승리를 이룬다. 그녀는 새로운 집을 갖게 되는 것이다. 그래서 이러한 차원에서는 싸움에서 여성이 남성을 이긴 것으로 보인다. 이것이 작품의 첫 번째 주제이다. 이 작품에 내포된 두 번째 주제는 남자가 그의 자존심과 가축들이 안락하게 지내는 것을 자신의 아내와 가족보다 우위에 놓는다는 것이다. 이것은 남성중심 사회 속 여자들, 가정, 그리고 가족의 가치에 대한 명백하고도 날카로운 비판이다.

프리먼은 이 작품에 대해 나중에 후회하기도 했는데, 자서전에서 그 심경을 이렇게 털어놓았다. "모든 소설은 진실이어야만 한다. 하지만 〈엄마의 반란〉은 사실이 아니었다. (중략) 때로 끊임없는 진실이 신경을 건드린다. 나의 경우에는 그랬다. 뉴잉글랜드에 '엄마'와 같은 사람은 결코 없었다." 그녀는 그 시대의 엄마는 남편의 의견을 따르며 생존의 의미를 가족의 평안 앞에 두었다는 것을 누구보다 잘 알고 있었다. 그러나 이 작품을 쓰지 않았더라면 하는 그녀의 말은 조금 지나친 것이다. 소설이 언제나 진실이어야만 한다는 것은 사실이 아니기 때문이다. 어떤 비평가들은 그녀의 이러한 선언을 역설적인 농담으로 받아들이기도 했다. 그러나 프리먼이 옳다. 주인공 사라 펜과 같은 여성은 아마도 외양간으로 집을 옮기려고 하지는 않았을 것이다. 그러나 그녀는 더욱 중요한 것, 본질적 진실을 가져야만 한다. 사라 펜은 그녀 자신만의 외양간이 도덕적 승리를 거두는 장소가 되어야 한다고 스스로 주장한다. 이 여성은 프리먼의 이야기 속에서 가치 있는 존재로 주장되고 선언되는데 이것이 프리먼 작품이 지닌 가치이기도 하다. 이 이야기에서는 미묘한 방식 대신 프리먼의 여성의 가치를 또렷하게 그리려는 명령만이 있을 뿐이다.

〈뉴잉글랜드 수녀 A New England Nun, 1891〉에서 루이자 엘리스의 삶은 '의례적 일상'으로 설명되기도 한다. 주인공 루이자 엘리스에게 가정생활은 예술이다. 그녀는 자신의 집과 그에 관련된 일을 무척 사랑한다. 그녀의 집과 그녀의 "라벤더와 전동싸리 향기를 풍기며 잘 개켜진 옷들이 담겨있는 잘 정리된 서랍장"은 기억과 비밀 그리고 집단에서 유래한 것이며, 종교의례와 몸짓, 움직임과 정적을 암시하는 것이고, 여자가 대상이 아니라 주체라는 것을 나타내는 물질적 소유에 대한 언어이다.

이야기는 늦은 오후에 시작된다. "밤을 알리는 전조"로서 "오직 가라앉음을 위해서 모든 것 위에 부드러운 동요가 일어나는 듯했다."로 묘사되는 이 시각은 그날의 일이 끝나고 밤은 아직 시작되기 전이다. 루이자는 "오후 내내 거실 창가에 앉아 평화롭게 바느질을 했다." 그러나 지금 그녀는 "곱게 접어놓은 천에 조심스럽게 바늘을 꽂아, 그것을 골무, 실, 가위와 함께 바구니에 넣었다." 그녀의 모든 동작들은 조심스럽고, 정확하고 혹은 체계적이다. 마치 그녀에게는 움직임이 무엇인지 중요한 것만큼 어떻게 움직이는지도 중요한 것처럼 말이다.

그녀는 뜰에 나가 차에 넣을 까치밥나무 열매를 따기 위해 초록색 앞치마를 입는다. 차를 다 마시면 개와 닭들에게 먹이를 주고 그녀는 다시 "초록색 체크무늬 앞치마를 벗었다. 그러자 분홍과 하얀 무늬의 짧은 앞치마가 드러났다." 앉아서 바느질을 하기 위해서였다. 약혼자가 걸어오는 소리를 듣자 그녀는 분홍과 흰 앞치마를 벗고 아래쪽 끝을 캠브릭 천으로 마감한 흰색 리넨 앞치마를 드러낸다. 그녀는 손님이 오지 않는 한 그 앞치마

위에 항상 바느질용 면 앞치마를 덧입었다. 조가 도착하자 그녀는 "분홍과 흰색 무늬 앞치마를 꼼꼼하지만 서두르는 손길로 개서 식탁 서랍에 넣었다." 그녀의 정확성과 체계성은 매일의 행동들에 의례의 중요성을 부여하고, 프리먼은 제목에서부터 시작해 이야기 내내 루이자의 이러한 자질을 강조한다.

루이자가 차를 만들 때 그녀는 "움직임이 느리고 정적"이다. 그래서 "차를 준비하는 데도 오래 걸렸다. 그렇지만 찻상이 다 마련 되었을 때, 그것은 혼자였어도 실제로 손님이 온 것처럼 정성을 다한 멋스러운 모습을 갖추었다." 그녀의 식탁은 주방 한가운데에 정확히 놓여 있었고, "화려한 꽃무늬로 가장자리가 장식된 풀 먹인 리넨 천으로 덮여 있었다." 프리먼은 루이자의 식탁을 묘사하면서 다마스크 냅킨, 티스푼으로 가득 찬, 무늬가 있는 유리컵과 은으로 된 크림 항아리, 자기 설탕 그릇, 분홍색 자기 잔 하나와 잔받침까지 하나하나 섬세하게 설명한다. 풀을 먹인 하얗고 주름진 옷들과 빛나는 은과 유리 그릇 세트는 "우아함" 또는 "은총"과 결합된다. 왜냐하면 그녀가 식탁을 차리는 과정과 모습은 성찬식을 준비하는 제단의 느낌을 떠올리기 때문이다. 캠브릭 천으로 마감한 흰색 리넨 앞치마에 이르기까지 그녀가 겹겹이 입은 앞치마도 교회 봉사자가 교회에서 입는 예복과 닮았다.

음식, 그리고 다른 사람을 먹이는 일은 프리먼의 이야기에 나오는 많은 등장인물들에게 중요한 일이다. 그녀의 등장인물들이 함께 먹거나 서로 먹이며 베푸는 보살핌과 배려는 거의 "종교적인 돌봄"에 가깝고, "기독교의 성찬예식"과 유사하다. 음식은 너그러움에서 내놓든 희생적 자기 부정에서 내놓든 간에 은유의 풍부한 원천이 된다.

루이자는 "저녁으로 유리 접시에 담아낸 설탕에 절인 건포도와 작은 케이크 한 접시, 그리고 담백한 하얀색 비스킷을 먹었다. 상추도 한두 잎 잘 잘라 먹었다." 그것은 다정하고 세밀한 언어로 묘사된 매력적이고 앙증맞은 식사다. "새가 모이를 쪼아 먹듯이 조금 먹는 것 같"아도, "상당한 양의 음식이 없어졌다"는 구절을 통해 그녀의 식욕이 왕성하다는 것을 알게 된다. 우리는 만족스럽고 여성스럽게 식사하는 그림을 떠올리게 된다. 그녀의 다음 임무는 그녀의 개, 시저를 먹이는 것이다. 그는 강아지였을 때, 이웃을 한 번 문 일이 있은 뒤로는 "사나운 괴물"로 여겨졌다. 열을 내고 피 맛이 나는 살코기와 뼈로 그의 위험한 성질을 돋우지 않기 위해 시저의 먹이는 "옥수수죽과 케이크 같은 금욕적인 음식"이다. 시저의 먹이는 루이자가 "위험한", 즉 남성적인 존재를 계속 통제하기 위한 하나의 방법이다. 그녀는 자신의 질서정연한 삶을 조가 침범했듯이 시저도 같은 방식으로 그럴 것이라 생각하는 것이다. 그래서 그녀는 "간단한 밥을 소리 내어 먹는 그 늙은 개를 바라보았다. 그리고 다가오는 결혼을 생각하며 몸을 떨었다."

그녀의 기쁨은 단순하고 일상적인 일, 예를 들면 바느질, 청소, 요리 등에서 온다. 그녀는 "리넨 솔기를 바느질하는 일을 사랑했는데, (중략) 바느질 할 때 느끼는 단순하고 온화한 즐거움 때문이었다." "그녀는 보석처럼 빛날 때까지 닦아 놓은 창문을 보며 진정한 환희로 가득 찼다. 잘 정리된 서랍장을 보며 흡족해 했다." 이러한 묘사는 그녀가 하는 집안일의 의례들로부터 오는 기쁨과 가치를 보여준다. 그러나 조가 찾아왔을 때 그녀의 고요한 집은 말 그대로 어수선함 속에 놓이고 만다. 그는 루이자의 책들을 마음대로 섞어 놓아 그녀가 자기만의 방식대로 다시 놓아야만 했다. 그리고 그가 그녀의 반짇고리와 부딪치면서 안에 있던 실패가 떨어져 여기저기 굴러다니게 된다. 그는 그것을 주워 도우려 하지만 너무 어색하고 어설퍼서 루이자는 그를 저지한다. 그리고 조가 드디어 떠나자, 루이자는 "바닥에 램프를 놓고, (깔개를) 면밀히 살펴보기 시작했다." 그녀가 의심하던 대로 그가 가지고 들어왔던 "먼지"들을 찾아내어 그녀는 "쓰레받기와 빗자루를 가져와 조 다겟의 흔적을 조심스럽게 쓸어냈다." 그녀는 그의 방문으로 인한 모든 자취들을 없애버린다. 의심의 여지없이, 결혼함으로써 그녀의 모든 질서와 평온함을 잃게 될지도 모른다는 걱정 또한 쉽게, 완전히 제거할 수 있기를 바라는 것이다.

조 다겟과 14년 전에 약혼한 루이자는 그가 오스트레일리아에 가 있는 동안 기다렸다. 그는 결혼하기 전에 돈을 벌어 보겠다고 떠난 것이었다. 그가 그토록 오래 가 있으리라고는 둘 가운데 누구도 예상하지 않았다. 그러나 그 사이에 "루이자가 새로운 길에 발을 들여놓았다는 것이다. 바람 한 점 없이 고요한 하늘 아래 평탄하게 뻗은 그 길은 너무나 곧고 변함이 없어서 그녀의 무덤에 이르러서나 방해물을 만날 수 있을 것 같았다. 또한 그 길은 너무 좁아서 그녀 곁에 누구도 허락할 여지가 없어 보였다." 그가 돌아오자, 그들은 둘 다 지조 있고 충실한 사람들이라 교제를 다시 이어가지만 미래는 더 이상 서로에게 어떠한 기쁜 약속도 주지 못한다.

분명하게, 조는 이 자족할 수 있는 여성의 공간, 그가 필요하지도 그를 원하지도 않는 이 장소가 불편하다. 그리고 루이자는 그의 침범에 관여하고 싶지 않아 하며, 이것을 오히려 자신의 완전함에 혼란을 주는 모독으로 느끼기도 한다. 그녀는 스스로 만족하고 있었다. "이 모든 섬세한 조화 속에 존재하는 남성이라는 거친 존재로 말미암아 어쩔 수 없이 생겨나는 먼지와 무질서", 끝도 없이 어지럽게 흩어져 있는 남성의 거친 소유물들이 그녀를 곤란하고 슬프게 만든다. 그녀의 집과 독립으로 인해 누릴 수 있었던 기쁨 등 결혼으로 말미암아 잃어버릴 모든 것을 생각하며 그녀는 산책에 나섰고, 조와 한 여성, 릴리가 하는 이야기를 엿듣게 된다. 릴리는 그가 없을 때 조의 어머니를 돌봐줬던 여성이다. 루이자는 그들이 사랑하고 있음을 깨닫는다. 조가 다른 여자를 사랑한다는 것을 알게 된 루이자는 그에게 상처를 주거나 그에 대한 그녀의 의무를 회피할 염려 없이 그를 자유롭게 보내줄 수 있게 된다. 그래서 그녀 또한 스스로 자유로워진다.

루이자의 일상적인 활동들은 의례이며 그것은 그녀가 행복하게 자신의 삶을 정돈하는 수단이고, 그녀에게 독립된 삶을 유지하고 싶은 욕망을 준다. 그녀는 그녀의 임박한 결혼을 결합이라기보다는 손실로 보았다. 만약 그녀가 "행복한 혼자만의 생활에 대한 특별한 특징들"에 가치를 두지 않았다면, 그녀는 결혼에 대해 그렇게 꺼리는 마음을 가지지는 않았을 것이다. 조에게 작별을 말한 뒤 그녀는 "조금 울기도 했지만, 자신이 왜 울고 있는지 잘 알 수가 없었다. 그러나 다음 날 아침 깨어났을 때, 그녀의 마음은 자신의 영토를 빼앗길까 봐 두려워하다가 마침내 소유를 보장받은 여왕 같다고 느꼈다." 루이자의 조용한 기쁨에 대한 묘사에서 우리는 종교적 양육의 이미지를 다시 보게 된다. 그녀는 "깊은 평화"를 느꼈는데, 차를 마시는 의식을 떠올리게 하는 이미지이다. 그리고 미래는 그녀에게 흠 없고 온전한 묵주알 같은 이미지이다. "묵주알처럼 이어진 앞으로의 날들을 그려보았다. 그 모든 날들이 여느 날과 마찬가지로 매끄럽고 흠 없으며 온전했다. 그녀의 마음은 감사로 차올랐다."

이 여성은 일상생활의 의례적 성격을 통해 특이한 결정을 함으로써 성취감과 힘을 얻은 것이다.

그 밖에도 이 책에는 〈자수정 빗 The Amethyst Comb〉, 〈사라의 선택 Sarah Edgewater〉, 〈상냥한 유령 A Gentle Ghost〉, 〈솔리 언니 Big Sister Solly〉 등 간결하면서도 명징한 문체로 여성의 역할과 가치관 및 사회관계를 다루면서, 전통적인 방식을 벗어난 페미니스트로서의 가치를 보여주는 작품들을 여럿 수록했다. 그뿐만 아니라 프리먼의 다양한 작품 세계를 폭넓게 살필 수 있도록 몇몇 아동소설과 고딕, 로맨스 등도 함께 실었다. 이 모든 작품의 주인공들은 대부분은 어린이나 여성—그것도 어린 소녀부터 젊은 여성, 중년, 노년 여성에 이르기까지 다양하며 대부분이 가난하고 힘없고 소외된 이들이다. 그리고 그들을 바라보는 프리먼의 시선은 따뜻한 연민으로 가득하며 그들의 행동을 쉽게 평가하지 않는다. 그러나 그 여성 인물들을 나약하고 의존적인 모습으로 그리는 대신 주어진 상황 안에서 독립성을 부여함으로써 여성의 역할과 가치에 대한 편견을 깨뜨리고 있다. 뉴잉글랜드라는 보수적인 지역 사회에서 엄격한 청교도적인 가르침을 받고 자란 프리먼의 시대의 틀을 깨는 이 수많은 작품들은 오늘날에도 큰 공감과 울림으로 다가올 것이다.